rowohlt
POLARIS

OLLE LÖNNAEUS

DER TOD GEHT UM IN TOMELILLA

Kriminalroman

Aus dem Schwedischen
von Antje Rieck-Blankenburg

Rowohlt Polaris

Die Originalausgabe erschien 2010 unter dem Titel
«Mike Larssons rymliga hjärta» bei Damm Förlag,
Forma Publishing Group AB, Stockholm und Malmö.

1. Auflage Dezember 2011

Umschlaggestaltung HAUPTMANN & KOMPANIE
Werbeagentur, Zürich (Foto: plainpicture/Mira)
Autorenfoto © Thomas Löfqvist
Satz JansonPostScript, InDesign,
bei KCS GmbH, Buchholz bei Hamburg
Druck und Bindung CPI – Clausen & Bosse, Leck
Printed in Germany
ISBN 978 3 86252 016 9

FSC
www.fsc.org
MIX
Papier aus verantwortungsvollen Quellen
FSC® C083411

Das für dieses Buch verwendete FSC®-zertifizierte Papier
Lux Cream liefert Stora Enso, Finnland.

KAPITEL 1

Mike Larsson hätte das abgegriffene Foto vermutlich nie aus dem Portemonnaie herausgenommen und der Sozialarbeiterin gezeigt, wenn sie nicht so einen üppigen Busen gehabt hätte. Einen Augenblick lang hatte er den Eindruck, dass sie eine ausgezeichnete Mutter abgeben würde. Genau das, was Robin brauchte.

Eine liebevolle Frau, die ihn mit heißer Schokolade erwartete, wenn er aus der Schule nach Hause kam. Die dem Jungen bei den Hausaufgaben half, dafür sorgte, dass sowohl Mike als auch Robin saubere Unterwäsche im Schrank hatten, und die schließlich sonntags die Verwandtschaft mit einem leckeren Rumpsteak in Sahnesoße und eingelegten Gurken bewirtete.

Na ja, wenn er irgendwelche Verwandten gehabt hätte.

«Er ist vierzehn. Wird an Heiligabend fünfzehn. Ein wilder Teufel. Genau wie sein Vater.»

Mike setzte sein charmantestes Lächeln auf.

Die Sozialarbeiterin verzog den Mund. Sie warf einen gleichgültigen Blick auf das Foto, das er ihr zwischen Daumen und Zeigefinger direkt vor die Augen hielt.

«Aha …»

Sie machte keine Anstalten, das Bild in die Hand zu nehmen. Schaute stattdessen nach draußen in Richtung Herbstsonne, die durch das verschmierte Fenster hindurchzudringen versuchte. Hinter der Scheibe wartete eine Spinne in ihrem Netz. Mike schob das Foto sorgfältig wieder an seinen

Platz in dem Fach neben seinem zweiten Traum: der herausgerissenen Zeitungsannonce.

Er steckte das Portemonnaie in die Innentasche. Mike wurde klar, dass er sich getäuscht hatte. Wahrscheinlich war sie doch nicht der mütterliche Typ.

Es waren diese prachtvollen Titten, die ihn irregeführt hatten. Sie quollen ja geradezu über die rosafarbene Spitzenkante ihres Ausschnitts. Es war, als verberge sie zwei lebende Kreaturen unter ihrer Seidenbluse. Zwei weiche pulsierende Tiere, die so heftig atmeten, dass der Sauerstoff im Raum allmählich knapp wurde.

Er schnappte nach Luft.

«Ich werd ihn zurückholen», murmelte er.

«Dazu müssen Sie aber wohl erst Ihr eigenes Leben in Ordnung bringen.»

Die Augen der Sozialarbeiterin bohrten sich wie Eispickel in die seinen. Mike richtete seine Aufmerksamkeit diskret auf ihre roten Lippen. Während des Bruchteils einer Sekunde war ihre Zungenspitze im Mundwinkel zu sehen. Ihr Lippenstift glitzerte. Er räusperte sich und schluckte.

«Ja, aber ich habe einen Plan …»

Die Sozialarbeiterin schien nicht länger zuzuhören. Sie nahm diverse Blätter aus einem Aktenordner, den sie neben ihren Stuhl gestellt hatte.

«Mike Lorne Larsson …»

Sie hielt kurz inne und zog die Augenbrauen hoch.

Mike tat so, als hätte er es nicht gesehen. Er trommelte ungeduldig mit seinen neuen Joggingschuhen gegen den Boden. Asics in Silber und Blau, ziemlich chic, aber teuer. Über einen Tausender hatte er dem solariumgegrillten Schnösel im Sportgeschäft dafür hinblättern müssen. Er war kurz davor gewesen, dem Typen eins auf die Fresse zu geben, als er den Preis hörte. Zum Glück hatte er sich schnell wieder gefangen. Misshandlungen während des letzten Ausgangs vor der Entlassung hinterließen keinen besonders guten Eindruck.

«Sie wissen, dass Sie sich Medikamente verschreiben lassen können», erinnerte ihn die Sozialarbeiterin. «Antidepressiva und Entsprechendes ... Wir könnten den Arzt bitten ...»

«Keine Pillen!»

Mike spürte, wie es in seinem Kopf heiß wurde und die Adern an seinen Schläfen anschwollen. Die Frau auf der anderen Seite des Tisches begegnete seinem wilden Blick unerschrocken.

«Antabus vielleicht? Sie haben ja immerhin beträchtliche Alkoholprobleme gehabt.»

«Keine Pillen, hab ich gesagt!»

Sie zuckte mit den Achseln, sodass ihm ein Duft nach Fruchtshampoo entgegenschlug.

«Wie Sie wollen.»

Während sie weiter in ihren Papieren blätterte, kehrten die Gedanken zurück. Eine richtige Frau im Haus. Vielleicht war es doch nicht völlig unmöglich. Alles würde sauber und ordentlich sein. Beim Staubsaugen und Spülen würde er sogar helfen. Auch bei der Wäsche. Wenn er auf der Garagenauffahrt stand und den Wagen polierte, würde sie ans Küchenfenster klopfen, winken und ihn mit ihren weißen Zähnen anlachen. In der Weihnachtszeit würde sie drei Pfefferkuchenherzen an roten Seidenbändern ins Fenster hängen. *Mike* und *Robin* würde mit Zuckerguss draufstehen. Und auf dem dritten ... Er schielte auf der Suche nach einem Hinweis in Richtung der Dokumente, fand jedoch keinen. Vielleicht *Solveig*. Ja, das war ein schöner Name. Eine strahlende Sonne, die ihre Familie mit Wärme bedachte.

Mike musste erneut lächeln, diesmal, ohne dass es ihm bewusst war.

Nach dem Abendessen könnten sie gemeinsam einen Film anschauen. Sie würde ein kleines Tablett mit einem weißen Deckchen, darauf zwei Kaffeebechern, ein paar Keksen und einem Glas Himbeersaft herrichten. Indiana Jones vielleicht. Der würde Robin bestimmt gefallen. Oder den neuesten Bondfilm.

Und dann, wenn sie den Jungen zu Bett gebracht hätten, würden sie ein paar Kerzen anzünden und romantische Musik auflegen. Eros Ramazotti. Amore …

Mike kniff die Augen zusammen und linste durch die Augenwimpern in Richtung der tiefen Spalte zwischen ihren Brüsten, der feuchten Schlucht, deren Geheimnis unter Spitze und Seide verborgen lag. Er spürte, wie es in seinem Unterleib zu pochen begann und die Jeans enger wurden. Wenn er seine Hand unter ihren Pulli schob und die verschwitzten Melonen befreite, würde sie hingebungsvoll seufzen. Aufstöhnen und sich auf die Lippe beißen. Dann würden sie wild vor Erregung den Couchtisch zur Seite schieben, und sie würde auf allen vieren vor ihm auf dem Teppich knien. Das Gesicht über die Schulter nach hinten gewandt, mit zerzausten Haarsträhnen vor den glänzenden Augen würde sie laut stöhnen und ihn bitten, sie hart zu nehmen. Und er würde sich die Hosen vom Leib reißen und ihre weißen, prallen Pobacken ergreifen und …

«Zwei Wäschetrockner!?»

Sie musterte ihn mit einem Blick, der nicht im Geringsten geil war. Mike blinzelte schlaftrunken.

«Hä?»

«Sie haben zwei Wäschetrockner aus einer Waschküche in einem Haus in der Föreningsgata gestohlen. Dafür haben Sie doch eingesessen. Unter anderem.»

«Ja …»

«Ich bin nur neugierig», erklärte die Sozialarbeiterin. «Ich meine, was haben Sie sich eigentlich dabei gedacht? Für mich klingt das nicht gerade wie ein smartes Verbrechen: Wer kauft schon geklaute Wäschetrockner?»

Mike errötete, öffnete den Mund, doch ihm fiel nichts Sinnvolles ein, was er hätte entgegnen können. Absolut nichts.

Er besaß keinerlei Erinnerungen an die besagte Nacht. Außer, dass er in der Zelle auf der Polizeiwache mit so dermaßen starken Kopfschmerzen aufgewacht war, dass er nur noch sterben wollte. Als der Vernehmungsleiter ihm mitteilte, aus welchem Grund man ihn festgenommen hatte, fragte er sich selbst, was zum Teufel er sich dabei gedacht hatte. Bei dem Versuch, die schweren Kolosse die Kellertreppe hochzubugsieren, auf frischer Tat ertappt, voll wie eine Haubitze und den rechten Arm, der mit Schnittwunden versehen war, mit einer blutverschmierten langen Unterhose umwickelt. Himmel nochmal!

Doch Trunkenheit stellte im Leben von Mike Larsson weiß Gott nichts Ungewöhnliches dar. In zwei Monaten würde er fünfundvierzig werden. Während einer schlaflosen Nacht in der Zelle, nachdem er sowohl das Fernsehprogramm als auch die Pornozeitschriften und das Anstarren des Mondes vor dem Fenster satthatte, hatte er ausgerechnet, dass er während der vergangenen dreißig Jahre rund ein Drittel der Zeit betrunken gewesen war. Zudem hatte er bereits eine ansehnliche Zeitspanne hinter Gittern verbracht.

Als Mike in diesem klaren Augenblick an all die Dinge dachte, die ihm entgangen waren, an das, was er verloren hatte, wurde ihm angst und bange. Er bekam so starke Angst, dass er zu frieren und zu schlottern begann. War so verängstigt, dass er, der Männer, die wie Tunten heulten, eigentlich verabscheute, sich in seiner Einsamkeit sogar eine Träne nicht verkneifen konnte.

Doch nun lag all das hinter ihm. Jetzt wurde es für Mike

Larsson höchste Zeit, Herr über sein eigenes Leben zu werden.

Zwei Jahre Gefängnis hatten sie ihm für den Wäschetrocknerdiebstahl sowie einen misslungenen Einbruch in einer Videothek im Einkaufszentrum Triangel aufgebrummt; die Polizei hatte ihn im Nachhinein auf dem Film der Überwachungskamera identifiziert. Dazu kam noch, dass er einem Typen, der ihn im Restaurant Nyhavn am Möllevångstorg als «verdammten Schwuli» beschimpfte, einen Bierkrug auf dem Schädel zertrümmert hatte. Inzwischen waren sechzehn Monate abgesessen und Mike auf dem Weg, aufgrund mustergültiger Führung vorzeitig auf Bewährung aus der Strafvollzugsanstalt Kirseberg in Malmö entlassen zu werden.

«Sie haben sich gut geführt. Haben in der Werkstatt gearbeitet und alle Ihre Drogengespräche wahrgenommen», lobte ihn die Sozialarbeiterin, nachdem sie ihre Papiere durchgesehen hatte.

Mike fuhr sich mit der Hand über das kurz geschnittene Stoppelhaar und lehnte sich auf seinem Stuhl zurück.

«Und Sie haben, wenn ich es recht verstehe, außerdem eine ganze Menge im Fitnessstudio trainiert.»

Sie schlug ihr eines Bein über das andere und wippte leicht mit dem Fuß. Mike betrachtete sie forschend. Wollte sie ihn aufziehen? Er spürte erneut eine Irritation in seinem Körper aufsteigen, konnte es jedoch nicht lassen, kurzerhand die Brustmuskeln anzuspannen, sodass sein Haarwuchs unter dem offenen Hemd erzitterte. Dann verschränkte er seine muskulösen Arme vor der Brust.

«Das Wichtigste ist natürlich, dass Sie sich von schlechter Gesellschaft und Drogen fernhalten», ermahnte ihn die Sozialarbeiterin. «Und dass Sie sich eine Arbeit suchen. Sie haben offenbar bereits einen Job bei einer Autoverwertung in Aussicht?»

«Ein Superjob. Und ich besitze genau die richtigen Voraussetzungen.»

Mike dachte an das Angebot, das Dragan ihm eines Nachmittags gemacht hatte, als sie sich nach einer Runde mit den Langhanteln in dem nach Schweiß stinkenden Kabuff ganz hinten im Keller des Gefängnisses ausruhten und durchatmeten. «Ich kenne jemanden draußen in Tomelilla, der Verstärkung braucht. Du bist doch aus der Gegend, oder? Ist 'n feiner Kerl. Boris heißt er. Mit reichlich Knete. Er fragte, ob ich 'nen zuverlässigen Typen kenne, der ihn bei … allem Möglichen unterstützen könnte.»

Mike hatte sofort zugesagt. Ausnahmsweise war ihm das Schicksal mal gewogen. Er wollte unbedingt nach Tomelilla. Denn dort lebte auch Robin. Und Dragan hatte ihm versichert, dass es sich um eine gewöhnliche Arbeit handelte. Nichts mit Drogen oder irgendwelchem anderen Scheiß, wo sie einen schnappen könnten. Obwohl Dragan ein Jugo und fünfzehn Jahre jünger war als er selbst, hatte Mike ihn vom ersten Augenblick an gemocht. Der Typ saß zwar im Knast, weil er Anabolika aus Polen ins Land schmuggeln wollte, aber er hatte versichert, dass er es bereue. Sie hatten sich da unten im Keller zwischen den Hanteln über so einiges unterhalten. Dragan hatte nämlich ebenfalls einen Jungen, den sie ihm weggenommen hatten. Er wusste genau, wie sich das anfühlte.

Zur Sicherheit schob Mike die Hand in die Hosentasche und vergewisserte sich, dass der Zettel mit der Telefonnummer noch dort war.

«Ja, das war dann wohl alles.»

Die Sozialarbeiterin, die vielleicht Solveig hieß, sammelte ihre Papiere wieder ein und klappte den Ordner zu. Mitten in der Bewegung hielt sie inne und sah Mike mit einer Miene an, die ihn zum ersten Mal erahnen ließ, dass sie neugierig war.

«Sie sagten etwas davon, dass Sie einen Plan hätten …?»

Er zuckte mit den Achseln.

«Ach, eigentlich nicht. Es geht nur um Robin. Ich hab mir gedacht, jetzt, wo ich anfange zu arbeiten und Geld verdiene und das Saufen sein lasse, wird sich vielleicht alles wieder einrenken. Dass er und ich vielleicht …»

Er verstummte und suchte in ihrem Gesicht nach Zeichen dafür, dass sie begriff. Doch die Sozialarbeiterin saß stumm und ausdruckslos da und wartete darauf, dass er weiterredete. Sie atmete schwer. Es klang nahezu angestrengt. So verdammt warm war es doch wohl nicht im Raum, oder? Die Spinne hockte noch immer in ihrem Netz hinter der Fensterscheibe und wartete. Mike verspürte erneut ein Kribbeln in der Magengegend. Es kam ihm vor, als läge ein Fluch über ihrem üppigen Wesen, als sende sie mit ihrem nach Blüten duftenden Körper gewisse hypnotische Wellen aus. Unweigerlich glitt sein Blick hinauf zu ihren feuchten Lippen und der enormen Oberweite und glitt an einem ihrer mit Seidenstrümpfen bekleideten Beine hinunter zu der schwarzen Stiefelette, mit der sie immer noch ausdauernd wippte. Vor seinem inneren Auge sah er sie ein weiteres Mal mit glänzend weißer nackter Haut auf allen vieren auf dem weichen Teppich vor dem Fernseher und dem umgekippten Couchtisch stehen.

«Sie hätten nicht zufällig Lust, heute Abend auf ein Glas mit mir auszugehen?»

Die Worte entschlüpften ihm blitzschnell, und er bekam es sofort mit der Angst zu tun. Wenn es möglich gewesen wäre, hätte er sich auf sie gestürzt und versucht, sie wieder einzufangen, wie ein Fischer, dem ein frisch gefangener Aal aus dem Netz entwichen ist.

Mike schluckte heftig.

Ohne ein Wort stand sie vom Stuhl auf und sah auf ihn

hinunter. Innerhalb einer Sekunde gelang es ihr, ihn in einen kleinen bedeutungslosen Fliegenschiss zu verwandeln.

«Viel Glück», sagte sie kalt, als sie den Raum mit hoch erhobenem Kopf verließ.

Als er das Gefängnis verlassen hatte, stellte er erst einmal die Sporttasche mit seinen Habseligkeiten ab und atmete tief durch. Er blickte hinauf zur Überwachungskamera, die das grüngestrichene Tor und die hohen stacheldrahtbekränzten Mauern im Fokus hatte, bevor er eine Packung Marlboro aus der Tasche kramte und sich eine Zigarette anzündete.

Die Oktoberluft war kristallklar, kalt wie die Freiheit und frisch wie die Aussicht auf ein neues und besseres Leben. Die Ahornbäume neben dem Schotterplatz, auf dem ein paar kleine Jungs Fußball spielten, leuchteten rot und golden. Der Himmel war knallblau, und über seinem Kopf krächzten einige Krähen im Wind.

Corvus corone cornix, registrierte er beiläufig. Ob Robin wohl Interesse zeigen würde? Das Vogelbestimmungsbuch lag jedenfalls sicher verwahrt zwischen den zerknitterten Klamotten in der Tasche.

Mike spürte, wie der Rauch seinen Brustkorb wärmte. Er sog den Geruch nach Erde und feuchtem Laub aus dem nahe gelegenen kleinen Park ein. Etwas entfernt hörte er das Rauschen der Autobahn in Richtung Lund. Er warf rasch einen Blick über die Schulter, um sich zu vergewissern, dass keiner der mürrischen Aufseher in der Schleuse ihn durch das verstärkte Panzerglas hindurch beobachtete.

Dann nahm er sein Portemonnaie zur Hand. Vorsichtig entfaltete er die herausgerissene Zeitungsannonce mit dem Boot darauf. Es schien sich um einen ziemlich alten Kahn zu handeln. Kein Preis angegeben. Ein umgebauter Schlepper, behaupteten sie. Der würde jeden Sturm und jeden Orkan überstehen, dachte er. Für einen alten Seemann konnte es doch wohl nicht so schwer sein, ein solches Schiff zu steuern?

Mike sah sich selbst schon auf der Brücke stehen, konzentriert in Richtung Horizont spähend, während die Bugwellen ihm ins braungebrannte wettergegerbte Gesicht hinaufspritzten. Er würde sich auf den Weg machen. Sie würden sich auf den Weg machen.

Er faltete die Anzeige wieder zusammen und fingerte stattdessen das kleine Foto von Robin heraus. Es hatte bereits ein paar Jahre auf dem Buckel und dementsprechend abgegriffene Ränder. Ein altes Schulfoto, wenn er sich recht erinnerte. Das Haar des Jungen stand wild ab, und er starrte den Fotografen mit unergründlicher Miene an, sodass sich schwer ausmachen ließ, ob er sauer war oder nur kurz davor, loszulachen.

Mike spürte, wie ihm warm ums Herz wurde.

«Und jetzt, mein kleiner Scheißer, jetzt wirst du sehen, was ein richtiger Vater ist!», murmelte er vor sich hin.

KAPITEL 2

Der gelbliche Schein der Petroleumlampe hatte etwas Verschwörerisches und ließ die Jungs in der morschen Jagdhütte aussehen, als brüteten sie gemeinsam ein Geheimnis aus.

Robin betrachtete sie mit leichtem Grauen und mit Stolz. Sechs verbissene Gesichter, Pickel und Mitesser waren in der Dunkelheit in schwarze Schatten verwandelt. Ihre Augen leuchteten. Sie waren Krieger, und sie forderten Respekt.

Jetzt würden sie es ihnen zeigen, all den Idioten, die sich andauernd über sie beschwert hatten. Den Tanten vom Hort, den Lehrern in der Schule und den Weibern vom Sozialamt.

Und seinem Vater, nicht zuletzt seinem Vater.

Robin spürte etwas Heißes in seiner Brust. Sein Vater würde bestimmt stolz auf ihn sein, wenn er ihn jetzt sehen könnte.

Er holte sein Handy hervor und schaute auf die Uhr. Es wurde langsam Zeit. Die Stille kroch wie ein unsichtbarer Geist vom Boden herauf und umschlang sie mit ihren feuchten Armen. Draußen tropfte der Regen nahezu unbemerkt auf das Fensterbrett vor der schwarzen Scheibe. Der Geruch nach Schimmel stach ihm in die Nase. Von einer lecken Stelle an der Decke fielen schwere Tropfen herab.

Bullen wollte Fackeln mitbringen, das hatte er versprochen.

Wo blieb er nur?

Zumindest die Uniformen hatten sie rechtzeitig fertiggestellt. Zum Glück, dachte Robin. Disziplin war wichtig. Das hatte Kenny gesagt, und er wurde ziemlich schnell sauer, wenn sie nicht nach seiner Pfeife tanzten. Robin schielte von seinem Platz an der Tür zu ihm rüber, wo er an seinem Stilett herumfingerte. Zwischen seinen Fingern auf dem Schaft zeichnete sich ein grinsender Totenkopf ab. Ein geschmeidiges Klicken war zu hören, als das Blatt rein- und rausfuhr. Er sieht gefährlich aus, dachte Robin. Grüne Militärhosen. Die Sturmhaube bis zur Stirn hochgerollt.

«Weiße Vorherrschaft. Unser Vaterland. Ultima Thule. Das ist unser Ding. Wir sind Auserwählte. Kapiert?»

Kenny betrachtete seine kleine Schar mit blassen Augen, die tief zwischen den fleischigen Wülsten in seinem Gesicht begraben lagen. Die anderen Jungs tauschten Blicke aus und nickten dann ernst.

«Überall wohnen Jugos und Araber. Sie sind dabei, die Macht an sich zu reißen. Wir müssen ihnen richtig einheizen.»

«Gestern hab ich zwei Neger im Konsum gesehen», bestätigte Jocke, der Jüngste von ihnen. «Richtig tiefschwarze Neger. Wollten bestimmt Bananen kaufen.»

In Kennys Gesicht breitete sich ein anerkennendes Grinsen aus. Nervöses Kichern und stimmbruchartiges Räuspern erfüllten das Hüttendunkel.

Robin schwieg. Bevor Kenny anfing, über all das mit den Kanaken zu reden, hatte er sich eigentlich keine Gedanken darüber gemacht. Dass sie irgendwie anders wären. Aber inzwischen erschien es ihm ganz selbstverständlich. Was hatten die eigentlich in Schweden zu suchen? Es war verdammt nochmal an der Zeit, nein zu sagen.

Und dennoch hatte er ein komisches Gefühl dabei. Als Kenny zum ersten Mal von seinem Plan berichtete, hatte jemand versucht, einen Witz zu machen. So in der Art Rambo bei der Bundeswehr. Doch da muckte Kenny auf und grinste gehässig. Jetzt hingegen schienen alle begriffen zu haben, dass er es ernst meinte. «Es ist an der Zeit, zu zeigen, dass es Schweden gibt, die langsam die Nase voll haben», hatte er gesagt. «Patrioten, die es leid sind, dazusitzen und herumzumeckern.»

Die Entschlossenheit war ausschlaggebend. Robin hatte im Internet selber darüber gelesen. Er surfte immer auf den entsprechenden Websites auf Gunborgs altem Computer, wenn keiner zu Hause war. Nationaler Widerstand. Svenskan, Weiße Vorherrschaft. Einmal hatte Sune durch Zufall ein Hakenkreuz erblickt. Der Kerl hatte sich von hinten angeschlichen, als wollte er spionieren. Als er die Fotos auf dem Bildschirm sah, verfinsterte sich seine Miene, und er spuckte irgendeine unwirsche Bemerkung aus. Robin hatte trotzig zurückgeglotzt.

Während der ersten Zeit bei Sune und Gunborg hatte er Angst gehabt. Da hatte er die Schultern hochgezogen und auf die geballte Faust gewartet wie ein Hund, der vor der Peitsche zurückzuckte. Aber eigentlich war es gar nicht so schlimm. Man gewöhnte sich dran. Legte sich eine harte Schale zu und schottete sich gewissermaßen ab. Am schlimmsten war es hinterher, wenn Gunborg ihn mit ihrem Dackelblick ansah. Als wäre sie diejenige, die arm dran war. Sie bezog allerdings ebenfalls Prügel von Sune, so viel hatte er mitgekriegt.

Doch jetzt war es damit vorbei. Robin war nicht länger bereit, es hinzunehmen. Wenn der Kerl noch einmal versuchen sollte, ihn hinunter in den Keller zu schleifen, würde er zurückschlagen. Dem Arsch das Nasenbein brechen.

Das Merkwürdige war, dass Sune es zu spüren schien. An dem Abend, als er Robin am Computer überraschte, wurde es ihm klar. Er fluchte laut vor sich hin, doch als Robin nicht darauf einging, machte er einen Rückzieher und schwieg. Er hatte nichts kapiert, das Schwein. Jedenfalls nichts Entscheidendes.

«Glaubst du, dass wir in die Zeitung kommen, Kenny?»

Das war wieder Jocke.

«Klar kommen wir in die Zeitung. Der Schwuli von dem Blatt, das ich angerufen hab, wurde so geil, dass er schon gleich am Telefon abgespritzt hat.»

Die anderen lachten laut. Jemand öffnete eine Bierdose mit einem Zischlaut. Danach folgte ein nur mäßig unterdrückter Rülpser.

«Glaubst du nicht, dass die Bullen auftauchen?»

Kenny klickte das Messerblatt mit dem Daumen heraus und zeigte damit auf Jocke.

«Schon möglich. Eigentlich sind sie ja ziemlich dumm in der Birne, aber man kann nie wissen. Ich hab den dämlichen Journalisten davor gewarnt, ja nichts durchsickern zu lassen. Aber das war gar nicht nötig. Er meinte nämlich, dass er sich den Scoop allein sichern wollte.»

Er schnaubte verächtlich und betrachtete die Gruppenmitglieder, eins nach dem anderen, wie ein Offizier, der seine Truppe inspiziert.

«Unsere Aktion muss schnell gehen. Zack rein und sofort wieder raus. Keine Trödelei. Dann haben die Bullen keine Chance.»

Robin spürte, wie es in seinen Beinen zu kribbeln begann. Er blickte sich in der Hütte um. In einer Ecke lagen eine fleckige Matratze, ein paar alte Decken und einige leere Bierdosen. An der Tür standen ein Spaten und ein Paar lehmverschmierte Gummistiefel. Den gusseisernen Ofen zu befeuern hatte keiner geschafft. Robin stand auf und ging zum Fenster, das beschlagen war. Er wischte die Scheibe mit dem Ärmel trocken und schaute hinaus. Das Einzige, was er sah, waren der schwarze Wald und ein blasser Halbmond.

«Wann zum Teufel kommt Bullen nur?»

«Er wird schon kommen … Das wäre jedenfalls das Beste für ihn. Wir müssen um Punkt zwölf vor Ort sein. Das hab ich dem Idioten von der Zeitung jedenfalls gesagt.»

Klick!

Die anderen folgten Kennys verhextem Blick auf die Messerklinge, die gerade wieder einmal herausgesprungen war.

Klick!

Dann war sie wieder verschwunden. Robin versuchte, seine Irritation zu unterdrücken. Musste er denn die ganze Zeit mit diesem verdammten Scheißding herumfummeln?

«Hast du eigentlich schon mal jemanden damit getötet?», entfuhr es ihm.

Kenny schaute mit hinterlistiger Miene rasch auf. Er strich sich mit dem Daumen über seinen spärlichen Schnurrbart. Mit einer ruckartigen Bewegung aus dem Handgelenk beförderte er das Stilett in die linke Hand hinüber und wieder zurück, woraufhin er die Klinge schließlich reinfahren und es in seiner Jackentasche verschwinden ließ.

«Frag nicht, wenn du dich nicht traust, die Antwort zu hören», erwiderte er mit leiser Stimme.

Robin hielt die Luft an. Er bereute, überhaupt etwas gesagt zu haben. Es musste irgendwie mit dieser Rastlosigkeit zusammenhängen.

«Glaubst du mir, wenn ich dir sage, ich hab damit ’nen Kanaken aufgeschlitzt?»

Plötzlich wirkte Kenny bedrohlich. Das war das Unangenehme an ihm. Im einen Moment machte er noch coole Witze und alberte rum wie verrückt. Doch im nächsten fuhr der Teufel in ihn. Dieses boshafte Grinsen verengte seine Augen zu schmalen Schlitzen.

Robin zuckte mit den Achseln und setzte sich wieder.

«Weiß nicht …»

Kenny starrte ihn herausfordernd an. Robin spürte, wie sich sein Magen zusammenzog. Sollte er zurückstarren oder sich einfach unbeteiligt abwenden? Die anderen sagten nichts, doch er merkte, dass sie irgendwie aufhorchten, als hätten sie Witterung aufgenommen.

Plötzlich schleuderte Kenny einen Arm vor, der einer Kobra glich, die sich in Robins Handgelenk festbiss. Als er versuchte sich loszureißen, war es bereits zu spät. Er hing unweigerlich zwischen den Kiefern der Schlange fest.

Kennys Augen blitzten giftig. Er war ihm jetzt so nahe, dass Robin seinen sauren Atem roch. Unbarmherzig wurde seine Hand auf den Tisch gepresst, eine dicke Platte auf zwei Bierkästen.

«Spreiz die Finger!»

Robin wagte nicht, sich seinem Befehl zu widersetzen. Er spreizte seine fünf Finger auf der Tischplatte, so weit er konnte.

«Wenn du die Augen zumachst, bist du 'n feiges Weichei!»

Dann tauchte das Stilett in Kennys Hand auf. Ein Reflex der Petroleumlampe ließ die Klinge aufblitzen. Robin schnappte nach Luft. In seinen Eingeweiden tobte es regelrecht, und er hatte plötzlich den Drang, zu scheißen. Die anderen saßen wie versteinert da. Jemand hustete trocken. Eine halbe mucksmäuschenstille Ewigkeit lang ruhten alle Blicke auf der superscharfen Stilettspitze.

Mit einer schnellen Bewegung drehte Kenny das Messer, sodass er es nun in der Faust hielt.

«Verpass ihm 'nen Schmiss!», flüsterte Jocke aufgeregt.

«Halt die Klappe!», zischte Kenny, ohne auch nur für eine Sekunde die Aufmerksamkeit von seiner Beute zu lassen.

Der Griff um Robins Handgelenk verstärkte sich. Seine Finger wurden immer weißer.

Dong!

Der erste Stich bohrte sich mit gewaltiger Kraft in die Tischplatte zwischen Robins Daumen und Zeigefinger. Durch die Hütte ging ein Raunen. Die Spitze steckte zwei Zentimeter tief in der Holzplatte, und Kenny musste kräftig daran ziehen, um sie wieder loszukriegen. Er grinste zufrieden.

Robin brach der eiskalte Schweiß auf der Stirn aus. Instinktiv spürte er, dass er etwas tun musste. Um Gnade flehen oder zumindest einschmeichelnd lachen und irgendetwas hervorbringen im Stil von «Verdammt, jetzt hab ich aber Schiss gekriegt!», um Kenny zu besänftigen und auf andere Gedanken zu bringen. Doch es war unmöglich. Er brachte kein Wort über die Lippen. Stattdessen begegnete er Kennys selbstherrlichem Grinsen mit aufgebrachtem Blick, obwohl er in seinem vierzehnjährigen Körper deutlich spürte, dass es die falsche Reaktion war.

Folgerichtig wechselte die Farbe in Kennys Gesicht von aufgehetztem Rot zu wütendem Violett.

«Okay, jetzt werden wir ja sehen, wie tough du bist!»

Ein weiteres Mal bohrte sich das Messer in die Tischplatte, dieses Mal zwischen Robins Mittel- und Zeigefinger. Doch jetzt begnügte sich Kenny nicht mit einer einzigen Attacke, sondern zog die Spitze rasch wieder heraus und begann, sie frenetisch zwischen den gespreizten Fingern reinzuhauen. Sein rechter Arm, der mit Muskeln aus Stahl versehen zu sein schien, verwandelte sich in eine mörderische Nähmaschine, deren überdimensionale Nadel das Stilett bildete.

Dong-dong-dong-dong-dong!

Robin hätte am liebsten die Augen ganz fest zusammengekniffen. Seinen Arm an sich gerissen und den Tisch aus dem Weg geschoben, um aus der Hütte zu stürmen und tief, tief in den Wald hinein zu fliehen. Doch sein Handgelenk war wie in einem Schraubstock festgeklemmt, und alles, was er tun konnte, war, der blitzenden Messerspitze, die zwischen seinen Fingern und der Tischplatte hin und her sauste, mit dem Blick zu folgen.

«Aua!»

Ein heftiger Schmerz fuhr ihm in die Hand.

Das Stilett hatte sich in die Haut zwischen Daumen und Zeigefinger gebohrt und eine tiefe klaffende Wunde hinterlassen. Dunkles Blut sickerte hervor und bildete auf der Tischplatte eine Pfütze. Kennys Gesicht nahm einen verwunderten Ausdruck an, als wache er aus einer Ekstase auf. Er ließ sowohl Robins Hand als auch das Messer los, das noch immer in der Platte steckte und vibrierte.

Als er gerade den Mund öffnen und etwas sagen wollte, hörte man das Motorengeräusch eines Wagens, und kurz darauf schien das Licht zweier Scheinwerfer ins Fenster.

«Das ist Bullen!»

Alle außer Robin stürmten aus der Hütte, wo sie vom Gegenlicht wie erblindete Fledermäuse geblendet wurden.

«Hallo, habt ihr da drinnen jetzt endlich fertiggewichst?», hörte man eine heisere Stimme rufen.

«Wo bist du denn geblieben?»

«Der Typ in der Firma hat länger gearbeitet. Dachte schon, er würde nie nach Hause fahren. Und dann hat er auch noch die Schlüssel vom Pick-up mitgenommen, also musste ich ihn kurzschließen.»

«Hast du die Fackeln dabei?»

«Liegen auf der Ladefläche. Ihr müsst auch da hoch. Seht zu, dass ihr euch nicht die Klamotten mit Teer einsaut.»

«Wir müssen noch auf Robin warten.»

«Wo ist er denn?»

Draußen wurde es still. Robin spürte, wie es in seiner Hand pochte. Der Ärmel seines Pullis war inzwischen blutgetränkt, und aus der Wunde neben dem Daumen kam immer noch mehr. Verdammt, tat das weh! Er sah sich um und entdeckte das Laken auf der Matratze. Mit seiner unverletzten Hand zog er die Stilettspitze aus dem Tisch, stand mit zittrigen Beinen auf und griff sich ein Stück vom Stoff. Dann machte er ein paar Schnitte, riss einen Streifen ab und wickelte ihn um die Wunde.

Er schloss die Augen, um den Schwindel und die Übelkeit abzuschütteln. Wartete einen Moment und versuchte seine Atmung zu beruhigen. Schob dann die angelehnte Tür mit seinem Stiefel auf und stieg hinaus.

Ein kaum merkliches Schaudern erwartete ihn in der Dunkelheit. Robin schwieg und verstärkte den Griff um das Stilett in seiner gesunden Hand.

«Hej Robin! Hast du dich verletzt?»

Bullen betrachtete den blutigen Stoffstreifen um Robins Hand. Die anderen das Messer. Keiner antwortete.

Robin machte ein paar Schritte auf sie zu und blieb dann stehen. Blinzelte ein paar Mal, um klar sehen zu können. Langsam hob er das Stilett, sodass die Spitze direkt auf Kennys Augen zeigte.

«Verdammt, Robin ...»

Die anderen traten murmelnd zur Seite. Kenny wich etwas zurück und blickte sich rasch über die Schulter um. Sein Blick flackerte unruhig umher, als suche er nach Unterstützung. In dem Moment erblickte Robin einen ungeahnten Ausdruck in seinem Gesicht. Eine Miene, die er nicht kannte. Kenny hatte Angst.

Für ein paar Sekunden ließ das Machtgefühl Robin den Schmerz vergessen.

Dann drückte er mit dem Daumen auf die Verriegelung, und die Messerklinge fuhr wieder hinein. Mit einer lässigen Handbewegung warf er es Kenny zu.

«Hier! Haste dein verdammtes Messer wieder!»

Wenn Amela nachts nicht schlafen konnte, wanderte sie für gewöhnlich durch die Straßen, bis die Müdigkeit sie übermannte. Am liebsten war es ihr, wenn es nieselte. Der Nebel, der die Häuser so oft mit seinen feuchten Schwaden umhüllte, hatte einen beruhigenden Einfluss auf ihre Nerven. Das hatte sie festgestellt, als sie in das fremde Land kam. Tuschelten sie im Ort über sie?

Vielleicht.

Amela konnte es nicht mit Sicherheit sagen. Während ihrer nächtlichen Spaziergänge begegnete sie selten jemandem. Und wenn die Leute in den dunklen Häusern, die sie passierte, sie heimlich durch die Gardine hindurch beobachteten, war es deren Sache. Es kümmerte sie nicht.

Vor der Haustür blieb sie stehen und genoss es, wie die feuchte Luft in ihre Lungen drang. Sie zog die Schultern hoch und knöpfte einen weiteren Knopf ihres Mantels zu. Es war kühler als letztes Mal.

Sachte richtete sie ihr Gesicht gen Himmel und ließ die kalten Tropfen über ihre Wangen streichen. Dann ging sie in langsamem Tempo los, um in diesen meditativen Trott hineinzukommen, der die Gedanken vertrieb. Ziemlich schnell begannen sich Zeit und Raum aufzulösen, genau, wie sie es erhofft hatte. Die Leere in ihrem Kopf kam jedes Mal wie eine Befreiung.

Als sie den Marktplatz erreichte, konnte sie nicht sagen, wie lange sie unterwegs gewesen war. Eine Stunde, vielleicht zwei. Doch plötzlich ließ etwas sie innehalten. Möglicherweise ein ungewohntes Geräusch oder etwas Ähnliches, das sie unbewusst wahrnahm und das ihr Gehirn veranlasste, ein Signal auszusenden. Es war, als wäre sie unerwartet aufgewacht. Ohne zu wissen, warum, stand sie im Schatten des alten Gebäudes der Sparbank.

Der Platz lag nahezu öde da, lediglich von ein paar Straßenlaternen und dem schwachen Schein eines Schaufensters erleuchtet. Auf der Bank vor dem Systembolag, dem staatlichen Alkoholgeschäft, wo die Säufer immer herumhingen, lag ein zusammengekauertes Bündel, das vermutlich ein Mensch war. Etwas weiter entfernt in Richtung Bahnübergang wartete ein älterer Mann mit einer schwarzen Plastiktüte in der Hand ungeduldig auf seinen Dackel, der angestrengt zusammengekauert im Rinnstein hockte. Aus einem offenen Fenster im zweiten Stock drangen aufgeregte Stimmen aus dem Fernseher.

Außerdem stand eine schmale Figur diskret an die Wand eines Hauseingangs gelehnt. Nicht, dass sie sich versteckte: Die Körpersprache deutete eher darauf hin, dass die Person so wenig Aufmerksamkeit wie möglich erregen, zugleich aber natürlich wirken wollte. Vielleicht war es die Kamera, die er in regelmäßigen Abständen zur Hand nahm und einstellte, die Amelas Aufmerksamkeit erregte. Der Mann schien auf etwas zu warten. Das weckte ihre Neugier.

Sie blieb in der Dunkelheit neben dem mächtigen Gebäude stehen. Einige aufgeschreckte Tauben flatterten neben der Artemisstatue und der abgeschalteten Fontäne auf. Der kleingewachsene magere Mann mit der Kamera schaute ungeduldig auf seine Uhr.

Die Ruhe vor dem Sturm, dachte Amela.

Genau in dem Augenblick wurde die Stille von einem aufheulenden Motorengeräusch und dröhnender Musik aus scheppernden Lautsprechern durchbrochen. Ein beladener Pick-up kam um die Ecke geschossen, bog vor der geschlossenen und dunklen Imbissbude ein und legte eine Vollbremsung hin, sodass die Reifen quietschten. Der Platz wurde mit lärmendem Gesang beschallt:

«Ragnarök, Befreier und Tod,
Ragnarök, Ultima Thule entsteht …»

«Go, go, go! Beeilt euch jetzt, verdammt!», ermahnte eine aufgebrachte Stimme durch den Lärm hindurch.

Fünf Figuren in einer Art Uniform sprangen von der Ladefläche. Erst flackerte eine Flamme auf, dann mehrere. Zwei weitere Gestalten stürzten aus der Fahrerkabine, und einer von ihnen hielt einen Ghettoblaster im Arm. Er drückte ein paar Knöpfe, sodass die Musik für einen Moment verstummte, um dann mit noch höherer Lautstärke wieder aufzubranden. Dann hallte die schwedische Nationalhymne zwischen den Hauswänden wider:

«Du gamla, du fria, du fjällhöga nord.
Du tysta, du glädjerika sköna …»

Mit brennenden Fackeln in den Händen stürmten die sieben Kommandosoldaten auf die Statue zu, entrollten ein großflächiges Plakat und stellten sich dann stramm auf.

Ausländer raus aus unserer Stadt – schwedische Patrioten, stand in schwarzen Lettern gesprüht darauf.

Offenbar hatte der Mann mit der Kamera auf genau dieses Szenario gewartet. Sobald der Wagen auftauchte, sprang er vor und begann zu fotografieren. Flink wie ein Wiesel lief er herum, um ständig neue Perspektiven zu erhalten; zuerst kletterte er auf eine Bank, dann klammerte er sich an die Statue im Brunnen, bis er schließlich bäuchlings auf dem feuchten Pflaster vor den maskierten Kriegern lag. Die ganze Zeit über schrie er aufgeregt, doch seine Worte wurden vom Gesang übertönt.

Amela presste sich instinktiv dichter an die dunkle Hauswand. Junge, vor Adrenalin strotzende Männer in Uniformen hatte sie zu Hause mehr als genug zu sehen bekommen. Sie spürte, wie sich ihr Magen zusammenzog und sie sauer aufstoßen musste.

Abrupt verstummte die Musik. Amela hörte ein Rufen und zwei laute Knallgeräusche. Dicker Rauch bildete sich, eine gelbe und eine blaue Wolke, die rasch zu einem undurchdringlichen grünen Nebel über dem Platz zusammenflossen. Das Klacken von Stiefelabsätzen, die über den Asphalt liefen. Zersplitterndes Glas. Danach das Motorengeräusch eines startenden Wagens und ein Auto, das in der Nacht verschwand.

Unmittelbar darauf wurden diverse Fenster geöffnet, und aufgeregte Stimmen erfüllten die Stille, die aber danach ebenso schnell wieder eintrat, wie sie durchbrochen worden war. Aus der Rauchwolke kam der Fotograf gestolpert. Er ging heftig hustend geradewegs auf Amela zu. Als er sie passierte, sah sie Tränen über seine Wangen laufen.

Amela verließ ihren Aussichtsposten am Bankgebäude und folgte dem schmächtigen Mann weg vom Marktplatz. Sie spürte, wie es in ihren Augen zu brennen begann. Die rauchgeschwängerte Nachtluft erschwerte das Atmen.

Als Robin die Haustür öffnete, merkte er sofort, dass Sune noch wach war. Im Flur war es dunkel, doch aus dem Wohnzimmer drang das kalte Licht des Fernsehers, und er vernahm entferntes Gelächter. Der Ton war leise gestellt. Man konnte keine Stimmen unterscheiden. Was zum Teufel glotzt er da nur mitten in der Nacht?, dachte Robin.

Der Geruch nach Rauch hatte sich in seiner Kleidung festgesetzt, das roch er. Ansonsten hinterließ er jedoch keine Spuren. Die Uniformen hatten sie sorgfältig in der Jagdhütte versteckt. Er zog die Schuhe aus und hängte die Jacke an den Haken. Vielleicht war der Alte ja auf dem Sofa eingeschlafen. Robin schlich auf Zehenspitzen. Doch als er die Treppe zur Hälfte hinaufgestiegen war, hörte er ein kratzendes Geräusch hinter seinem Rücken. Er drehte sich rasch um.

In der Türöffnung zum Wohnzimmer stand Sune. Robin

betrachtete ihn mit Abscheu. Sein aufgeknöpftes Hemd und das Unterhemd darunter hingen wie ein Sack über seiner aufgedunsenen Gestalt. Die Tränensäcke unter seinen Augen verliehen ihm mehr denn je Ähnlichkeit mit einer Bulldogge. Beide schwiegen. Doch Robin hielt seinem Blick stand. Und Sune, er stand lediglich mit hängenden Armen da und starrte ihn an. In keinster Weise bedrohlich. Mehrere Sekunden lang wirkten beide wie versteinert. Dann schüttelte Sune den Kopf und trottete zurück in Richtung Fernsehsofa.

Robin nahm die letzten Treppenstufen nach oben.

Alles lief perfekt. Genau nach Plan, dachte er, als er sich ins Bett legte.

Doch in seinem Magen rumorte es. Er schaltete die Lampe am Bett aus und starrte in die Dunkelheit. Hörte sein eigenes Herz pochen. Es schlug schnell und heftig, als wollte dieser Muskel um jeden Preis so viel Blut wie möglich in seinen bereits vollgepumpten Schädel hinaufpressen. Er knipste die Lampe wieder an. Ihn plagten Kopfschmerzen, und seine Gedanken sausten in seinem Schädel herum wie ein wild gewordener Mückenschwarm. Eigentlich war er ziemlich sauer. Es irritierte ihn, dass er ständig sauer war, ohne genau zu wissen, auf wen. Er drehte sich um und schlug fest mit der Faust aufs Kissen.

Dann versuchte er nachzudenken. Woher kam nur diese innere Wut? So weit er sich erinnern konnte, war ihm immer wieder das Blut zu Kopfe gestiegen, ohne dass er begriff, warum. Es fühlte sich wie ein Kurzschluss im Gehirn an. Jedes Mal, wenn sie ihn in eine neue Schule steckten, war es dasselbe. Plötzlich war er in eine Schlägerei verwickelt, ohne zu wissen, wie es dazu gekommen war. Seine Klassenkameraden hatten Angst vor ihm, obwohl er eher klein war. Manchmal erfüllte es ihn mit einer Art Stolz. Doch es war, als hätte er nie auch nur einen von ihnen näher kennengelernt.

Mein Vater, dachte er. Vielleicht ist er derjenige, auf den ich sauer bin? Oder die Kanaken. Als Kenny von ihnen sprach, erschien es ihm, als fügten sich die Puzzleteile zu einem Ganzen. Als würde dadurch alles einfacher. Als wäre es leichter, sauer zu sein, wenn er wusste, wen er hasste.

Eine ganze Weile lang lag Robin vollkommen still da und starrte an die Decke, an der ein Modellflugzeug aus Plastik schwebte, das er vor langer Zeit einmal gebaut hatte.

Mit einem schweren Druck auf der Brust schlief er ein.

KAPITEL 3

Die Dunkelheit war über den Möllevångstorg hereingebrochen, ohne dass Mike es mitbekommen hatte. Er rülpste lautlos und presste seine Nase gegen die Fensterscheibe.

Es war bestimmt schon spät.

Er schirmte das Licht aus der Kneipe mit der Hand ab und versuchte hinauszuspähen. Doch durch die beschlagenen Scheiben konnte er kaum etwas erkennen. Das Scheinwerferlicht der Autos glänzte auf dem Asphalt der Bergsgata, und über den gepflasterten Platz huschten schwarze geduckte Schatten. Es hatte angefangen zu regnen.

So ein Scheiß auch, verdammt spät geworden, dachte er.

Doch irgendwie war es auch nur allzu menschlich. Ein paar Bierchen, nachdem man gerade aus dem Knast gekommen ist, konnte man sich ja wohl erlauben. Das erste Pils hatte er in einem einzigen wohltuenden Zug hinuntergekippt. Ein prickelndes Behagen erfüllte seinen Körper. Mit dem zweiten hatte er sich mehr Zeit gelassen. Es war angenehm bitter und stark und schmeckte nahrhaft nach Malz und Hopfen. Er bestellte umgehend ein weiteres. Nach dem siebten Bier begann sein Magen zu knurren, und er ließ sich eine ordentliche Portion Bratkartoffeln mit Ei und Roter Bete sowie einen Gammeldansk kommen. Es schmeckte verdammt lecker.

Er schlürfte die letzte Pfütze aus dem Bierglas und sah sich im Lokal um. Es wurde höchste Zeit, sich um ein Transportmittel zu kümmern.

An der Bar drängten sich hauptsächlich jüngere Männer

und einige wenige Frauen. Lederjacken, Jeansjacken und Stoppelbärte. 'ne Menge Jugos und Araber in Jogginghosen, genau wie im Knast, dachte Mike. Der Barmann war ein hagerer Typ mit Pferdeschwanz und Ohrring. Im Gesicht bleich wie ein Bestattungsunternehmer. In seinem Schädel drehte es sich ein wenig, und Mike konnte nicht genau abschätzen, ob er es sich nur einbildete, doch er hatte den Eindruck, dass einige der älteren Gäste an der Bar wegschauten, wenn er sie anguckte, fast so, als bekämen sie es mit der Angst zu tun. Den Saufbruder, der gerade eben heraustorkelte, hatte er irgendwo schon mal gesehen. Mike zuckte mit den Schultern. Keiner, den er näher kannte.

Als er vom Stuhl aufstand, überkam ihn ein Schwindelgefühl. Mike schüttelte den Kopf, um etwas klarer denken zu können, doch es half nicht viel. Er wankte auf den Tresen zu und schob brüsk seinen Ellenbogen zwischen zwei jüngere Männer in glänzenden Jacketts. Sie rochen stark nach Rasierwasser. Mike warf ihnen einen kurzen Blick zu. Er hatte nicht besonders viel übrig für alberne Typen mit flaumigen Bärten und halblangen pomadigen Frisuren, die aussahen, als seien sie mit Schweineschmalz gekämmt.

«Kann ich die Rechnung bekommen?», lallte er dem Barmann zu.

«Müssen Sie denn unbedingt so drängeln!?»

Der größere der beiden anzugtragenden Männer betrachtete ihn mit pikierter Miene, verteidigte seinen Platz am Tresen mit dem Ellenbogen und nahm dann das Gespräch mit seinem Freund wieder auf. Doch der kurze Blick reichte Mike, um seine Verachtung wahrzunehmen.

Er spürte, wie es an seinen Schläfen zu kribbeln begann. Das war das erste Anzeichen. Das Jucken unmittelbar oberhalb der Ohren stellte für Mike eine Art Vorwarnung dar, dass die Temperatur in seinem Gehirn zu steigen begann und das Risiko der Überhitzung bestand. Er kratzte sich mit beiden Händen am Kopf.

«Was hast du gerade gesagt, du parfümiertes Arschloch?»

Mikes dröhnende Stimme ließ den Geräuschpegel um sich herum abrupt sinken. Der Lange drehte sich langsam zu ihm um und sah auf ihn hinunter. Mike war nahezu einen halben Kopf kleiner als er, sein Nacken jedoch muskulös wie der eines Ochsen. Die Wut in seinen rot unterlaufenen Augen ließ den anderen vor Entsetzen zurückweichen.

Das angenehme Wohlgefühl, das Mike eben noch erfüllt hatte, war wie weggeblasen. Der sanfte Nebel hatte sich gelichtet. Jetzt sah er den Zusammenhang glasklar: Scheißkerle wie diese Schnösel hier waren an allem schuld.

Aktienfritzen und Maklerschwuchteln, die meinten, ihnen gehöre die Welt. Söhne aus betuchten Elternhäusern, die alles von ihren Vätern in den Arsch geschoben bekommen und es dann mit ihrem Erbe düngten. Grünschnäbel, die noch nie einen ehrenhaften Handgriff getätigt haben und in deren Augen er nicht mehr wert war als ein erbärmlicher Wurm. Selbstgefällige Ärsche wie diese waren es, die Jungs aus einfachen Verhältnissen wie Mike immer schon Steine in den Weg gelegt hatten. Und die es auch in Zukunft tun würden … zum Beispiel mit Robin.

«Ich hab gefragt, was du gesagt hast, du Arschloch.»

Mike balancierte auf den Zehenspitzen. Er atmete tief durch die Nasenlöcher ein und ballte seine rechte Faust so hart, dass die Knöchel weiß wurden und sich die Fingernägel in die Handflächen bohrten. Das Einzige, was er spürte, war die Glut in seinem Hirn.

Der Lange machte einen Schritt zurück. Sein Gesicht war plötzlich aschfahl und nahezu durchsichtig. Sein Mund stand weit offen, was ihn wie einen Fisch aussehen ließ, der nach Sauerstoff ringt. Sein Freund versteckte sich mit zitternder

Unterlippe hinter seinem Rücken. Keiner der beiden brachte ein Wort heraus, und vermutlich war das ihre Rettung.

«Immer mit der Ruhe, Mike ...», warnte ihn der Barmann.

In einem Moment der Verwirrung drehte Mike den Kopf.

«Jungs, ich glaub, es wäre das Beste, wenn ihr euch langsam vom Acker machen würdet», sagte der blasse Barmann, ohne die Stimme zu erheben oder Mike aus den Augen zu lassen.

Die zwei Männer zögerten nicht. Drei Sekunden später hatten sie eine Kreditkarte auf den Tresen geworfen und waren durch die Tür nach draußen gestolpert, ohne darauf zu warten, sie wieder zurückzubekommen.

«Du bist immer noch ganz der Alte, Mike ...»

Der Barmann betrachtete ihn mit einem Lächeln in den Mundwinkeln.

«Kennen wir uns?»

«Nein, nicht direkt. Aber ich hab dich schon mal in voller Action erlebt. Wollte nur verhindern, dass du mir die Bar ruinierst und die Bullen hier auftauchen ...»

Mike nickte. Der schlimmste Aufruhr in seinem Gehirn begann sich zu legen, und sein Puls pendelte sich langsam wieder im Normalbereich ein. Nur gut, dass die Schlappschwänze sich verpisst hatten. Er spähte durch die Glastür und sah, dass sie noch dort draußen standen und eifrig gestikulieren, als stritten sie darüber, wessen Schuld es war, dass sie den Schwanz eingezogen hatten. Mit einem Mal waren sie ihm total gleichgültig.

Mike hatte stattdessen Lust auf Geselligkeit.

«Bin gerade freigekommen. Aus dem Knast, mein ich ...»

«Oh, verdammt ...»

«Fang jetzt 'n neues Leben an. Mit 'ner anständigen Arbeit, keine krummen Dinger mehr.»

«Dann hast du ja Glück gehabt, dass ich dich gebremst habe.»

Mike glotzte den Typen mit dem Pferdeschwanz an, der im Moment offenbar nichts weiter zu tun hatte.

«Ich hab draußen in Tomelilla 'nen Jungen. Will mich jetzt um ihn kümmern. Ihn erziehen, sozusagen.»

«Klingt gut …»

Der Barmann sah ihm direkt in die Augen. Mike betrachtete forschend seine Miene, konnte aber keine Ironie entdecken. Also zückte er sein Portemonnaie und fischte das kleine Foto erneut heraus.

«Er heißt Robin.»

Der Barmann beugte sich vor und begutachtete interessiert das Bild, das Mike ihm hinhielt.

«'n feiner Kerl.»

Dann drehte er sich rasch um, tippte ein paar Zahlen in seine Kasse und legte Mike die Rechnung hin.

«Wo du schon mal das Portemonnaie gezückt hast, kannst du ja auch gleich bezahlen. Das macht fünfhundertachtzig Kröten.»

Mike seufzte tief. Plötzlich fühlte er sich total müde. Sorgfältig steckte er das Foto zurück in sein Fach und kramte sechs Hunderter aus der Geldbörse hervor. Viel blieb nicht übrig.

Als er gerade gehen wollte, hielt ihn der Barmann zurück.

«Du hast doch bestimmt noch Lust auf'n letztes Pils. Um dich zu erfrischen, bevor du dein neues Leben anfängst. Ich lad dich ein.»

Als Mike die Kneipenwärme hinter sich gelassen hatte und fröstelnd auf dem nächtlich öden Marktplatz stand, fiel ihm plötzlich ein, dass er völlig vergessen hatte, sich zu überlegen, wo er die ersten vierundzwanzig Stunden verbringen würde.

Er trat gegen eine Bierdose, die irgendjemand auf den Boden gestellt haben musste, sodass sie heftig scheppernd gegen die Alufelgen eines glänzenden Benz prallte, der am Straßenrand stand. Idiot! ’n halb ausgetrunkenes Pils einfach so da stehen zu lassen! Er schaute sich eilig um, doch offenbar hatte ihn keiner gesehen.

Die langfristige Planung hatte Mike ziemlich klar vor Augen. Es war eher die kurzfristige, die einige Lücken aufwies. Genauer gesagt, ziemlich viele. Zum Beispiel, wo zum Teufel er heute Nacht schlafen und wie er morgen nach Tomelilla kommen sollte. Dragan hatte ihm zwar die Telefonnummer von diesem Boris gegeben. Aber es war ja viel zu spät, ihn jetzt noch anzurufen.

Er schob die Hände in die Taschen seiner Lederjacke, zog die Schultern hoch und begann planlos in Richtung Ystadgatan zu torkeln. Es roch nach Stadt und Herbst. In der Ecke vor dem Gemüseladen lag ein Haufen halb vergammelter Blumenkohlköpfe, und im Thairestaurant sah er eine Putzfrau Stühle auf die Tische stellen. Es war ziemlich kalt geworden.

Als er die libanesische Baklavabäckerei passiert hatte, begann Mike ernsthaft über mögliche Alternativen nachzudenken. Die erste, die ihm einfiel, war die Herberge der Heilsarmee. Doch so weit war er noch nicht gesunken. Ein Freund, der ihm unter Umständen für die Nacht ein Bett überlassen würde, fiel ihm nicht ein. Und sich für ein paar Stunden in einen Hauseingang zu drücken war nicht gerade sein Stil. Einen gewissen Stolz hatte man ja schließlich. Gerade jetzt, wo er vorhatte, ein neues Leben zu beginnen.

Ein anständiges Leben.

Plötzlich fiel sein Blick auf einen rostigen Ford Sierra, der am Straßenrand stand. Genau so einer, wie ihn Mike selbst einmal vor langer Zeit besessen hatte. Ein dunkelblauer Achtundachtziger mit Spoiler und extra breiten Reifen, der ein halbes Vermögen wert war. Mike wurde ganz warm ums

Herz. Es war, als hätte er einen guten alten Freund wiedergetroffen. Das konnte unmöglich ein Zufall sein. Er spähte erst die leere Straße entlang und danach hinauf in Richtung Himmel in der Hoffnung auf ein Zeichen. Als jedoch keins kam, ließ er sich von einem inneren Impuls leiten.

In weniger als drei Minuten hatte Mike den Schraubenzieher, den er immer bei sich trug, in die Türöffnung geschoben und die Tür geöffnet, das Zündschloss geknackt und ein paar Kabel zusammengezwirbelt. Mit einem wohlbekannten Schnurren startete der Wagen. Mike drückte das Gaspedal bis zum Anschlag durch, betätigte die Kupplung und genoss das Gefühl, als die Reifen auf dem Asphalt griffen.

Als er losfuhr, grinste er über das ganze Gesicht. Es war ein schönes Gefühl, zu wissen, dass er gerade seinen letzten Wagen geklaut hatte.

Die Sonnenstrahlen, die vom Eis gespiegelt werden, stechen ihm schmerzhaft wie spitze Nadeln in die Augen. Mike ist dagegen wehrlos, er vermag nicht einmal zu blinzeln. Es donnert um ihn herum, als würde die gesamte unendliche Weite des Eises vom Meer aufgebrochen werden.

Ihm ist übel, doch er weiß, er darf sich nicht übergeben und all das schöne Weiß um sich herum besudeln.

Die ewige Schönheit.

Überall um ihn herum befindet sich ausschließlich Eis und über ihm ein unbarmherzig blauer Himmel. Wo war nur das Schiff geblieben, mit dem er herkam?

Es ist kalt, und mit jedem Ausatmen bildet sich eine Dunstwolke vor seinem Mund. Er schlingt die Arme um seine Schultern und schlottert vor Kälte. Er schaut auf seine Füße hinunter und stellt fest, dass sie nackt sind.

Warum habe ich denn nichts an?, denkt er.

Mike beugt sich hinunter und kratzt mit den Händen etwas Schnee zusammen. Das Eis lässt die Finger rot werden. Der Durst, er muss seinen Durst stillen! Er steckt den Schnee in den Mund, lässt ihn auf der Zunge schmelzen und spürt das eiskalte Wasser seine Kehle hinunterrinnen. Wieder und wieder.

Dann fällt ihm ein, warum er hier ist. Der Junge. Mit einer Willensanstrengung gelingt es ihm schließlich, die Augen zusammenzukneifen, sodass lediglich zwei schmale Schlitze offenbleiben. Das Pochen und der Schmerz sind noch da, doch jetzt sieht er zumindest etwas deutlicher. Die Eisweite ist unendlich.

Er dreht sich um und hat nun die Sonne im Rücken. Der Schatten vor ihm ist kurz und erstaunlich blass, als wäre er selber nahezu durchsichtig.

Müsste es hier nicht Eisbären geben?

Mike hört das Eis erneut donnern. Das Meer presst sich mit unbändiger Kraft von unten dagegen. Schwarz und tief. Unter seinen Fußsohlen spürt er, wie es vibriert. Es ist wahrscheinlich nur eine Frage von Stunden, bevor es bricht.

Er muss den Jungen finden.

Er macht sich auf den Weg. Allem Anschein nach in Richtung Norden, denn die Sonnenstrahlen treffen ihn im Rücken. Das Merkwürdige ist, dass er die Kälte an den Füßen kaum noch spürt, lediglich noch die heftigen Kopfschmerzen. Schonungslose Hammerschläge gegen Stirn und Schläfen.

Dann erblickt er ihn. Nur als kleinen Punkt ganz hinten am Horizont, doch Mike weiß, wer es ist, und er weiß, dass die Zeit knapp wird. Er erhöht das Tempo und beginnt zu laufen. Winkt mit den Armen und brüllt, sodass es in seinen Lungen zieht und ein blutiger Geschmack in seinen Mund hinaufdringt. Doch das Donnern des Eises übertönt ihn, und es scheint nicht so, als käme die winzige schwarze Figur dort in der Ferne näher. Sieht er ihn nicht? Das Hämmern in seinem Kopf macht ihm das Denken so entsetzlich schwer.

Es knallt wie ein Pistolenschuss, als sich direkt neben ihm der erste Riss bildet; plötzlich ist das Eis, das eben noch so klar und rein war, zu einem Mosaik aus fest zusammengepressten Scherben geworden. Jeden Moment kann es bersten und das weiße Paradies in eine blubbernde, brodelnde, eiskalte Hölle verwandeln.

Mike sucht verzweifelt nach dem schwarzen Punkt am Horizont. Er ist verschwunden. Und jetzt schwankt es unter ihm, jetzt spürt er die gewaltige Kraft des Meeres unter den Füßen. Ein Dröhnen und Grollen, und dann werden die ersten Eisschollen gesprengt. Wie riesige Hünen ragen ihre Kanten nebeneinander in die Höhe, es schabt und kreischt, und Kaskaden von Wasser spritzen zwischen ihnen auf. Der Lärm ist so ohrenbetäubend, als ginge der gesamte Erdball unter.

Sachte gleitet Mike in das dunkle kalte Wasser hinunter, während seine Fingernägel klammernd nach Halt suchen, doch er weiß, dass es vergebens ist.

Hoffentlich kann sich zumindest der Junge retten, denkt er.

Mikes Gliedmaßen waren steif wie die einer Leiche, als er aufwachte. Eine ganze Weile lang war er unsicher, ob er noch lebte oder tot war. Er versuchte sich zu strecken, doch irgendetwas war im Weg. Unten an seinen Füßen raschelte es, aber wie sehr er auch stampfte und um sich trat, um seinen Körper auszustrecken, er wurde zusammengedrückt und blieb eingezwängt. Mike fror, sodass er am ganzen Körper schlotterte, und hatte nicht die geringste Ahnung, wo er sich befand.

Vorsichtig öffnete er seine verklebten Augenlider. Ein

gräuliches Licht stach ihm in die Augen. Es roch nach vergossenem Benzin. Sein Kopf war schwer wie ein überreifer Kürbis. Abwechselnd rauschte und dröhnte es da drinnen. Und zu allem Übel drückte ihm auch noch irgendein Idiot eine Pistole in den Rücken.

Er richtete sich hastig auf und schlug mit dem Kopf gegen den Rückspiegel. Mist! Der Schaltknüppel, auf dem er gelegen hatte, ragte trotzig gen Decke, und Mike konnte den Impuls nicht unterdrücken, ihm eins mit der Faust zu verpassen, sodass es im Getriebe nur so krachte. Seine Fingerknöchel brannten. Dann starrte er dümmlich auf den schwarzen Müllsack, in den er nachts offensichtlich gekrochen war, um sich zu wärmen.

Mit zitternden Händen öffnete er die Fahrertür, stolperte hinaus und riss sich das Plastik von den Beinen.

Ein dichter feuchter Nebel umgab ihn. Wohin er auch blickte, er sah lediglich Asphalt. Ein leerer Parkplatz, unendlich wie ein graues Meer bei Windstille. Und kalt, wahnsinnig kalt.

Ich muss meinen Kreislauf in Schwung bringen, dachte Mike.

Er führte die Startkabel zusammen und brachte den Motor zum Laufen. Während er darauf wartete, dass es im Wageninneren warm wurde, schlug er neben dem Auto die Arme um seinen Körper, sah aber rasch ein, dass es nicht helfen würde. Stattdessen ging er über zu Jumping Jacks. Erst gerieten sie etwas hölzern und steif, doch dann zunehmend geschmeidig und energisch. Die Beine auseinander und zusammen und mit den Händen über dem Kopf klatschend, genau wie damals beim Schulsport.

Laut schnaufend und mit Armen, die wie Flügel einer Windmühle ruderten, erblickte er ein Stück entfernt im Nebel auf einmal einen Einkaufswagen. Ohne seine Übungen zu unterbrechen, hüpfte er in Richtung des Wagens. *Ikea* stand auf einem kleinen Schild am Handgriff. Verwirrt blickte er sich um und versuchte vergebens, den gestrigen Abend zu rekonstruieren, um dahinterzukommen, wie um alles in der Welt er auf einem Kundenparkplatz draußen bei Bulltofta gelandet war.

Nach einer Weile spürte Mike, wie das Blut in seinem Körper etwas schneller zirkulierte. Wie immer empfand er einen quälenden Genuss dabei, wie die Alkoholreste aus seinen Adern weggespült und frisches, sauerstoffreiches Blut ins Gehirn gepumpt wurde. Der Suff war für Mike schon immer ein Phänomen gewesen, das man eher mit Gewalt besiegen sollte, anstatt wie ein verdammter Jammerlappen im Bett liegend darauf zu warten, dass man wieder nüchtern wurde. Und er war stolz darauf, dass er im Alter von fünfundvierzig Jahren noch genügend Kondition dafür besaß.

Der Securitaswagen löste sich lautlos aus dem Nebel. Erst als hinter seinem Rücken zwei Autotüren nahezu gleichzeitig zuschlugen, reagierte Mike. Er unterbrach seine Jumping Jacks, drehte sich um und starrte die beiden übergewichtigen Sicherheitskräfte an, die breitbeinig mit den Daumen in ihre Gürtel eingehakt dastanden und ihn musterten. Der fettere der beiden grinste höhnisch. Der etwas weniger Fette holte gemächlich eine Dose mit Kautabak aus seiner Brusttasche und schob sich eine Portion in den Mund.

«Und was machen Sie hier?»

Mike starrte ihn unbeirrt an.

«Jumping Jacks, was glauben Sie denn?»

Der Dickere grinste affektiert.

«Fitnessgymnastik, hä? Klar, ich hab gehört, dass ihr morgens gegen halb sechs ’ne Stunde auf dem Parkplatz von Ikea abhaltet. Aber heute sind ja nicht gerade viele Sportskanonen erschienen …»

Er zwinkerte seinem Kollegen belustigt zu. Der Dünnere der Sicherheitsbeamten nickte in Richtung des Sierra.

«Ihr Wagen?»

Mike erahnte ein schwaches Kribbeln an der einen Schläfe.

«Mm ...»

«Drin geschlafen?»

«Ist das etwa verboten?»

Die Sicherheitsleute betrachteten ihn misstrauisch, ohne zu antworten.

«Könnte ja sein, dass Sie vorhatten, im Warenhaus einzubrechen, nicht wahr?» fragte der Dickere von ihnen nachdenklich. «'ne Scheibe einschlagen, 'ne Menge Sachen klauen und dann einfach mit Ihrem schicken Flitzer abhauen, oder?»

Mike bemühte sich, ruhig zu bleiben.

«Ja, 'n Wasserbett.»

«Wie bitte?»

«Ich hatte vor, 'n Wasserbett zu klauen.»

«Aha ...?»

«Sie wissen schon, so 'n weiches schwankendes Bett, in dem scharfe Jungs wie ich eine Braut nach der anderen vernaschen.»

Mike grinste spöttisch.

«So eins, das bei 'nem Fettwanst wie dir wie 'n Luftballon platzt.»

Zufrieden registrierte er, wie die Gesichtsfarbe des Sicherheitsmannes von weißer Blässe in Rot und schließlich Violett überging.

«Sie verdammter ...!»

Als die Securitasleute schon dabei waren, nach ihren Schlagstöcken zu greifen, begann der Funk in ihrem Wagen zu rauschen. Sie hielten mitten in der Bewegung inne und horchten, versteinert wie Statuen. Blickten einander dann unschlüssig an, hin- und hergerissen zwischen Pflichtgefühl und der Lust, dem aufmüpfigen Herumtreiber, den sie gerade gestellt hatten, eins über den Schädel zu ziehen.

Sie zögerten nicht lange, doch für Mike reichte die kurze Zeitspanne. Mit ausgebuffter Nonchalance schlenderte er auf den Ford zu, stieg ein und rief, bevor er die Tür zuknallte: «Und vergesst nicht die Plunderstücke für die Kaffeepause, Jungs! Nicht, dass ihr noch vom Fleisch fallt!»

Danach legte er einen Kavalierstart hin, bei dem die Reifen ordentlich quietschten.

Als Mike vom Parkplatz fuhr, dachte er, dass sein zweiter Tag in Freiheit trotz des nächtlichen Albtraums eigentlich richtig gut begonnen hatte.

KAPITEL 4

Das Hemd flattert am Körper des kleinen Jungen, der über den Marktplatz rennt. Der Schrecken steht ihm ins Gesicht geschrieben. Alles ist absolut still.

«Lauf, Adnan! Hierher! Lauf, so schnell du kannst!»

Amela schreit, sodass es sich anfühlt, als würden ihre Lungen platzen. Doch sie bringt kein Wort hervor.

Vor Sehnsucht außer sich streckt sie die Hände nach ihrem Sohn aus, als könne sie ihn mit reiner Willenskraft in ihre Arme hineinziehen.

Die Bestie ist schnell. Mit enormen Sprüngen holt sie ihre Beute Stück für Stück ein. Ihre Schneidezähne sind scharf. Und obwohl sie beide weit weg sind, meint sie den Jungen schnaufen und den großen Hund lechzen zu hören.

«Lauf, Adnan!»

Doch der Junge rennt nicht quer über den Platz, wie er es eigentlich sollte, sondern weiter weg auf die Einmündung einer anderen Straße zu. Warum nur läuft er in die falsche Richtung?

Sie versucht, es ihm mit Winken zu signalisieren. Das Ungeheuer kläfft blutrünstig.

Das Merkwürdige ist, dass die Männer und Frauen um ihn herum nicht reagieren. Merken sie denn nichts? Die Leute gehen unbekümmert kreuz und quer über den Platz, stehen in kleinen Grüppchen zusammen, unterhalten sich und schimpfen, doch keiner sieht den kleinen Jungen, der um sein Leben rennt.

Ihr kleiner Junge.

«In Gottes Namen, so helfen Sie ihm doch!»

Amela weiß, dass sie nicht träumt. Sie ist wach. Als sie die Augen öffnet, sieht sie um sich herum fast nur Dunkelheit. Ein schwacher, kaum merklicher Lichtstrahl fällt durch den Spalt zwischen der Wand und der Gardine, die sie vors Fenster gezogen hat, um nicht durch das Mondlicht gestört zu werden. Falls der Mond scheinen würde.

Sie horcht. Vielleicht können die Geräusche vom Parkplatz sie beruhigen. Dort unten lacht jemand freudlos. Sie hört eine Autotür zuschlagen. Das Geräusch eines startenden Motors, Reifen auf feuchtem Asphalt.

Manchmal, wenn sie sich richtig anstrengt, kann sie ihn atmen hören. Seine ruhigen, beruhigenden Atemzüge ins Kissen hinein. Die kleinen Schnarcher, die er hin und wieder von sich gibt.

Amela liegt unbeweglich auf dem Rücken und starrt an die dunkle Decke. Versucht sich an die Dunkelheit zu gewöhnen. Das Spinnennetz, das sie schon längst hätte entfernen wollen, hängt es immer noch da oben an der Lampenschnur?

Jetzt beginnen ihre Augenlider wieder zu zucken. Doch sie traut sich nicht, die Augen zu schließen. «Ich muss aber doch schlafen», denkt sie. «Muss früh wieder raus und arbeiten.»

Die Bilder befallen sie immer in dem gefährlichen Grenzbereich zwischen Wachsein und befreiendem Schlaf. Sie fürchtet und verabscheut sie.

Dennoch weiß sie, dass sie sich mit ihnen auseinandersetzen muss.

Adnan ist jetzt fast am Beginn der anderen Gasse angekommen. Und Amela begreift, wohin er vorhat zu laufen. Die Dorfstraße hinauf, vorbei an der Moschee und dann hoch in die bewaldeten Hügel, wohin er immer zum Spielen geht und wo er jede Grotte und jede Kluft, jedes Wurzelwerk und undurchdringliche Gebüsch kennt, das ihm Schutz bieten könnte.

Aber irgendetwas ist merkwürdig. Es scheint, als wäre Adnan gewachsen, während er über den Platz gelaufen ist. Wie ist das nur möglich? Innerhalb weniger Sekunden hatte er sich von einem kleinen Buben in einen Jüngling verwandelt, der bald schon ein Mann sein wird.

Von dem sie weiß, dass er niemals ein Mann werden wird.

Jetzt wirft er verzweifelt einen Blick über die Schulter, und eine ganze Ewigkeit lang blickt er ihr geradewegs in die Augen: Rette mich, Mama!, fleht er stumm.

Die Bestie ist ihm direkt auf den Fersen. Der Junge schreit mit einer letzten Kraftanstrengung. Genau in dem Moment, in dem der Hund so nahe ist, dass er zum entscheidenden Sprung ansetzen kann, verschwinden beide in die Gasse hinein.

Amela holt tief Luft, um zu rufen, hält jedoch inne. Sie kommt zu der Einsicht, dass es zu spät ist.

Sie lässt ihren Blick in der Hoffnung schweifen, ihren Sohn noch einmal flüchtig zu sehen zu bekommen. Sucht mit den Augen die Gasse ab, in der er gerade verschwunden ist, blickt über die roten Ziegeldächer hinauf zur Moschee mit dem spitz aufragenden Minarett und schließlich auf den bewaldeten Hügel.

Nichts.

Dann sieht sie etwas gen Himmel aufsteigen. Einen einsamen schwarzen Vogel.

Amela gefielen die kurzen Stunden mit Ragnhild. Sie waren im Laufe der Zeit miteinander vertraut geworden. Ihr Kaffee war zwar etwas schwach und die Kekse, die sie ihr anbot, waren staubtrocken und mehlig, doch das war letztlich unwichtig. Amela ging wegen der netten Gespräche zu ihr. Und natürlich des Geldes wegen. Sie hörte gerne zu, wenn Ragnhild sie an den kleinen Geschichten von früher teilhaben ließ. Sie kamen ihr irgendwie bekannt und zugleich fremd vor. Wenn sie ihren Inhalt etwas drehte und wendete, vermochte sie sie nach und nach zu einem Spiegel zusammenzusetzen. Zwar mit Rissen und Sprüngen im Glas, aber immer noch so klar, dass man hineinschauen und so einiges erkennen konnte. Amela hatte allerdings auch nichts dagegen, zu putzen. Es hatte etwas Entspannendes, mit dem Staubtuch über all die Bücher im Regal zu wischen. Hier und da innezuhalten und die Titel zu lesen. Dann eine Runde mit dem Staubsauger zu drehen. Das Badezimmer sauber zu machen, bis ihr der Schweiß herunterlief, während Ragnhild in ihrem Lieblingssessel am Wohnzimmerfenster mit Blick in den Garten saß und schnarchte. Wenn sie erwachte, fragte sie jedes Mal schlaftrunken, wie viel Uhr es sei. Als hätte es irgendeine Bedeutung.

Während der langen Kaffeepausen erzählte Amela manchmal auch von sich. Nicht viel. Jedes Mal nur ein bisschen. Die Alte stellte Fragen. Nicht aufdringlich. Eher vorsichtig, als bewege sie sich auf dünnem Eis. Tastend, als wisse sie, dass das schwarze Wasser darunter ziemlich tief war.

Wie hat es eigentlich angefangen? Und ihre Familie? Ihre Freunde? Konnte denn keiner eingreifen?

Amela wusste es nicht. Es war schließlich in einer Stadt passiert, die allerdings nicht viel größer war als diese. Amela kannte die Menschen, die dort lebten. Sie meinte zumindest, sie zu kennen. Doch dann kam die Nachricht vom Krieg. Erst sahen sie es nur im Fernsehen. Keiner konnte glauben, dass es sie unmittelbar betreffen würde. Doch die Flüchtlinge, die aus den umliegenden Dörfern kamen, wurden immer zahlreicher. Diejenigen, die Glück hatten, kamen mit all ihrem Hab und Gut in überladenen Autos angefahren. Andere kamen zu

Fuß die Straße entlang, ausgehungert und ermattet. Eines Tages grüßten die Nachbarn nicht mehr. Fensterscheiben wurden eingeworfen. Hausfassaden beschmiert. Die eigene Kuh erschossen. Die Blicke wurden finster und feindlich. Hinterlistiges Getuschel ging in laute Beschimpfungen über. Und als der Schneeball erst einmal ins Rollen gekommen war, konnte man die Lawine nicht mehr aufhalten. Nicht einmal die Vereinten Nationen, die versprachen, die Stadt als geschützte Zone auszuweisen, konnten etwas ausrichten. Die Leute drehten völlig durch.

Im letzten Sommer benahmen sich die Leute dann wirklich wie wild gewordene Hunde.

Heute versuchte Amela, nicht mehr daran zu denken, doch die Erinnerungen drängten sich immer wieder auf.

Und Ragnhild betrachtete sie und seufzte bekümmert. «Das ist doch einfach nicht zu fassen.»

Doch Amela ahnte, dass Ragnhild weit mehr mitbekam, als sie behauptete.

Oft lachten sie auch gemeinsam. Meistens über ganz gewöhnliche Dinge. Über eine lustige Kindheitserinnerung. Etwas, was sie gelesen oder im Fernsehen gesehen hatten. Über den keuchenden Feuerwehrmann mit der merkwürdigen Aussprache, der seine weiblichen Kollegen beim Hallenhockey immer umrempelte. Oder den immer fetter werdenden Chef eines verschlafenen Büros in einem Vorort von London, in dem alle vor ihren laufenden Computern gähnten. Oder über die sogenannte geile Gun, die einen Mann nach dem anderen vernaschte.

Dank der Kaffeestunden mit Ragnhild sprach Amela die neue Sprache inzwischen nahezu fehlerfrei, wenn auch mit Akzent. Außerdem waren sie ja praktisch Kollegen.

«Sie sollten wieder Lehrerin werden, Amela. Und Ihr Leben nicht damit vergeuden, bei alten Weibern zu putzen.»

«Ich weiß, ich weiß …»

Sie ergriff die geäderte Hand der Alten und lächelte.

«Aber dann hätte ich ja keine Zeit mehr, hier zu sitzen und mich mit Ihnen zu unterhalten, Ragnhild.»

Sie betrachtete den Regen, der von draußen gegen das Fenster trommelte und wie ein Schwall kalter Tränen an der Scheibe hinunterlief. An einem unsichtbaren Spalt am Fenster entstand ein Zug, der das Teelicht flackern ließ. Die Geranie auf dem Küchentisch ließ ein wenig die Blätter hängen. Ich muss sie gießen, bevor ich gehe, dachte Amela. Doch einen kurzen Augenblick wollte sie noch drinnen in der Wärme verweilen.

«Sie haben einen schönen Namen, Ragnhild.»

Die Alte schnaubte, fast als wäre sie böse, doch ihr Gesicht hellte sich bald zu einem faltigen Lächeln auf.

«Ich fand immer, dass er so hart klingt. Ragnhild. Fast wie ragata.»

«Ragata?»

«Ja, das bedeutet so viel wie böses Weib. So eins, wie ich es bin.»

Amela lachte.

«Aber Sie sind doch kein bisschen böse. Im Gegenteil, Sie sind doch so nett … Was bedeutet Ihr Name denn nun wirklich?»

Unmittelbar glättete sich Ragnhilds ovales Gesicht, und sie wurde ernst. In ihren grauen Augen bildeten sich Tränen.

«Und Amela?»

«Es war mein Vater, der mir den Namen gegeben hat. Nach meiner Großmutter …»

Irgendwo weit in der Ferne hörte sie eine Stimme rufen. Eine Gestalt kam ihr im Wald entgegen. Eine warme runzelige Hand strich ihr sanft über das Haar und danach mit dem Handrücken über die Wange.

«Amela. Du bist das Werk Gottes. Allahs Wunderwerk. Das bedeutet dein Name.»

Es war nach einem dieser Putzbesuche bei Ragnhild, als Amela den Mann erblickte.

Erst war sie sich nicht sicher. Sie sah ihn von schräg hinten, und ihr Magen begann, sich zusammenzuziehen. Eine Welle der Übelkeit durchströmte ihren Körper. Sie geriet aus dem Gleichgewicht und musste sich am Auto festhalten, das sie gerade aufgeschlossen hatte. Er? Hier in Tomelilla? Amela stand wie versteinert da. Ohne es zu merken, umklammerte sie die offene Autotür so fest, dass ihr das Blut aus den Fingern wich. Mit weit aufgerissenen Augen starrte sie auf seinen Rücken. Unschlüssig blieb sie stehen und beobachtete, wie er sich von dem Wagen entfernte, aus dem er gerade gestiegen war, einem schweren Jeep mit Ladefläche.

Sie spürte, wie ihr die Beine zitterten. Und dennoch war sie weit davon entfernt, überzeugt zu sein. Das konnte doch wohl nicht möglich sein, oder?

Ich muss mich verguckt haben, dachte sie.

Amela warf hastig einen Blick auf die Uhr. Sie war bereits verspätet.

Der Kaffeeklatsch mit Ragnhild hatte sich hingezogen, und sie hätte bereits vor einer halben Stunde beim nächsten Kunden sein müssen. Einem mürrischen alten Mann, der immer nach Pisse stank. Er hieß Palmlund. Beim letzten Mal, als sie zu spät kam, hatte er angerufen und sich beschwert, und der Chef der Reinigungsfirma hatte ihr vorgeworfen, dass sie zu langsam sei. Der Chef ergriff immer die Partei der Kunden.

Egal, dachte sie. Ich muss herausfinden, ob er es wirklich ist.

Sachte, als hätte sie Angst, das Geräusch des Schlüssels würde sie verraten, schloss sie die Autotür wieder zu. Dann schaute sie sich um. Auf dem Marktplatz waren ungewöhnlich viele Menschen unterwegs. Der Händler am Gemüsestand hatte alle Hände voll zu tun. An der Imbissbude standen zwei Männer in Overalls und Gummistiefeln und aßen Bratwurst. Bestimmt Bauern. Aus der Bank kam eine Gruppe lachender Angestellter, die zu einem frühen Mittagessen im Hotel unterwegs waren. Und hinten beim Konsum und dem Systembolag, wohin der Mann unterwegs zu sein schien, war ebenfalls eine Menge los. Gut, da ist es leichter, sich zu verstecken, dachte sie.

Langsam setzte sich Amela in Bewegung. Als sie den Jeep passierte, fiel ihr auf, dass die Reifen lehmverschmiert waren, auch der Lack hatte Spritzer abbekommen. Er muss irgendwo im Gelände herumgefahren sein. Auf der Ladefläche lagen eine Rolle Stacheldraht, ein Sack Hundefutter und diverse Werkzeuge. Sie warf rasch einen Blick durch die Scheibe. Eine zusammengeknüllte Decke auf dem Beifahrersitz. Ein Päckchen Zigaretten. Eine Zeitung. Nichts Aufsehenerregendes. Doch dann zog ein kleines Bild in einem goldenen Rahmen, eingeklemmt zwischen Armaturenbrett und Windschutzscheibe, ihre Aufmerksamkeit auf sich.

Es war eine schlichte Kopie aus Kunststoff. Ein altertümliches Gemälde in matten bräunlich grauen Farben. Über dem Kopf des Heiligen schwebte ein weißer Heiligenschein. Amela erkannte ihn sofort.

Der heilige Sava von Serbien.

Sie hatte ihn schon so oft zuvor gesehen. Damals, vor langer Zeit, als alles noch in Ordnung war, hatte er keine besondere Bedeutung für sie gehabt. Die Serben konnten schließlich ihren Glauben haben wie andere auch. Amela hatte sich nie näher mit Religion beschäftigt. Nicht, bevor sich alles veränderte und Nachbarn zu Feinden wurden. Jetzt ließ der Anblick des alten Heiligen ihre Knie weich werden. Unangenehme Gerüche drängten sich ihr auf. Der Geruch nach Feuer und der Gestank von Diesel. Sie hörte aufgeregte Schreie, Männer, die herumbrüllten und Befehle erteilten. Verzweifelte Menschen, die weinten. Dröhnende Motoren und Tiere in Panik. Hände, die nach Kindern griffen, sie ihnen aus den Armen rissen. Das Knallen von Schusssalven draußen im Wald. Sie schüttelte heftig den Kopf, um all die schrecklichen Erinnerungen wieder loszuwerden.

Der Fahrer des Wagens hatte den Systembolag fast erreicht. Sein Rücken war breit, der Nacken ebenso. War er es tatsächlich? Noch hatte Amela ihn nicht von vorn gesehen. Jeder x-Beliebige kann ein Heiligenbild im Wagen haben, versuchte sie sich einzureden. Ich sollte mich wieder auf den Rückweg machen.

Unter dem grünen Schild zögerte sie. Lugte durchs Schaufenster. Doch das Tageslicht spiegelte die Straße in der Scheibe und ließ sie nur wenig erkennen. Langsam schob sie die Tür auf.

Und wenn er mich nun wiedererkennt?, schoss es ihr durch den Kopf, als sie den Laden betrat.

Sie griff sich aus einem Ständer schnell eine Werbebroschüre, senkte den Kopf und tat so, als ginge sie die Liste der Spirituosen durch. Vorsichtig linste sie über den Rand und spähte die Regale entlang. Bei den Rotweinen war es leer. Vor den Weißen stand lediglich eine Frau mit verquollener Nase, die ihre Lippen bewegte, als murmelte sie etwas vor sich hin. Vielleicht hatte sie den Namen des Weines vergessen, den sie vorhatte zu kaufen, und versuchte sich zu erinnern. Zwei junge Männer hievten Bierkästen in einen Einkaufswagen. Doch der Mann, den sie verfolgte, war verschwunden.

Doch dann erblickte sie ihn wieder. Er stand bereits an der Kasse. Zwei Flaschen Johnnie Walker glitten auf dem Laufband an der Kassiererin vorbei. Der Mann streckte einige Scheine vor, nahm das Wechselgeld entgegen, nickte zum Dank, und genau in dem Moment, als er sich umdrehte, um die Whiskyflaschen in eine grüne Plastiktüte zu stecken, schaute er auf und richtete seinen Blick geradewegs auf Amela.

Es war, als bliebe ihr das Herz stehen. Sie schnappte nach Luft. Es dauerte nur eine Sekunde. Doch während dieses kurzen Zeitraums, in dem sich ihre Blicke begegneten, registrierte Amela jedes Detail in seinem Gesicht. Die tief liegenden grauen Augen, die so dicht nebeneinanderlagen, dass sie an eine doppelläufige Schrotflinte erinnerten. Die flache breite Stirn, die in eine fleischige Nase überging. Das gespaltene markante Kinn.

Er war natürlich älter geworden, wie alle anderen auch. Auch böses Blut kann natürlich vergehen. Sein Haar war noch genauso voll und stoppelig wie früher, allerdings an den Schläfen grauer geworden. Der Hals und die Schultern genauso kräftig wie damals.

Dann war der Augenblick vorbei.

Der Mann griff nach der Plastiktüte mit den beiden Whiskyflaschen und ging in Richtung Ausgang, als wäre nichts geschehen.

Amela folgte seinem Rücken mit den Augen, bis er aus ihrem Blickfeld verschwand. Ihre Beine waren schwer wie Baumstämme. Sie betrachtete die Werbebroschüre, die sie ohne es zu merken zu einem unförmigen Papierball zusammengeknüllt hatte. Sie öffnete die Hand und ließ ihn zu Boden fallen. Amela fror. Ein Anflug von Schwindel bewirkte, dass sich in ihrem Kopf alles drehte, und sie hatte Mühe zu atmen.

Er sah geradewegs durch mich hindurch, dachte sie. Als wäre ich Luft.

Amela presste die Hand gegen ihr Brustbein. Sie war immer noch kurzatmig.

Ich sollte froh darüber sein, dass er mich nicht erkannt hat. Aber stattdessen tut es nur weh.

Tief in ihrem Herzen spürte sie, wie sich das bitterste aller Gefühle regte. Eigentlich müsste er doch derjenige sein, der litt. Wenn es eine Gerechtigkeit auf Erden gäbe, wäre er derjenige, der alle Höllenqualen durchleiden und, von den Erinnerungen verfolgt, nachts wach liegen würde, wäre er derjenige, der dazu verdammt sein würde, all die furchtbaren Seelenqualen wieder und wieder zu durchleben. Er, der ihr Leben zerstört hatte. Er, der ihr den Jungen weggenommen hatte. Doch offensichtlich war Amela für ihn nur eine beliebige Frau, zu unbedeutend, als dass er sich an sie erinnerte.

KAPITEL 5

Die Zweifel überkamen Mike völlig unerwartet. Es fühlte sich an, als hätte er einen epileptischen Anfall erlitten. Ein heftiges Zittern setzte sich von seinen Zehen bis zum Kopf fort, und ihm wurde schwarz vor Augen. Im letzten Moment kam er wieder zur Besinnung, umfasste das Steuer fester und konnte den Wagen daran hindern, im Graben zu landen.

«Verdammt!»

Was war geschehen? War er etwa eingeschlafen?

Mike schüttelte heftig den Kopf. Sein Hemd war von kaltem Schweiß durchnässt und klebte ihm am Rücken.

Ich brauche unbedingt einen Kaffee, dachte er.

Am Kreisverkehr in Sjöbo bog er nicht in Richtung Süden ab, um den Ort in einem Bogen zu umfahren, sondern fuhr stattdessen am großen Gelände der Firma Auto-Bengtsson vorbei und folgte der schnurgeraden Straße ins Zentrum hinein. Die Konditorei lag schräg gegenüber der Statoil-Tankstelle, genau, wie er es in Erinnerung hatte. Er parkte den gestohlenen Sierra, stieg aus und streckte sich, dass es in seinen Gelenken nur so knackte.

Der Nebel hatte sich gelichtet, doch dicht über den Dächern hing eine schwere Wolkendecke. Zwischen den Häusern ging ein leichter Wind. Das nasse Hemd ließ Mike frösteln. Er blickte die Straße entlang. Erst in Richtung Osten, dann nach Westen. Keine Menschenseele in Sicht. Vor dem Café standen fünf Mopeds geparkt. In einiger Entfernung hörte er das Knattern eines Motors.

«No country for old men», murmelte Mike vor sich hin.

Die Frau hinter dem Tresen war füllig wie ein aufgegangener Hefeteig. Sie lächelte einladend, während sie ein Tablett mit frischem Plundergebäck in den Glastresen schob. Die Jungs am Fenstertisch verstummten und warfen dem Neuankömmling über die Schulter gleichgültige Blicke zu, bevor sie sich abwendeten und wieder auf die Straße hinausschauten. Rotäugige Vampire und Feuerspeiende Drachen zierten ihre Helme, die sie neben ihren Kaffeebechern und Limoflaschen auf den Tisch gelegt hatten.

«Ich hätte gern einen Kaffee. Und zwei Käsebrötchen.»

«Geht in Ordnung!»

Die Bedienung klimperte mit den Wimpern. Sie waren ungewöhnlich lang, zu lang, um echt zu sein.

«Nicht gerade schönes Wetter draußen, oder?»

«Mm …»

Ein Teller mit Schokoküssen hatte Mikes Aufmerksamkeit erregt.

«Sie können noch einen Negerkuss dazulegen», sagte er und zeigte darauf.

Die Frau kicherte belustigt.

«Sie meinen, einen Brancokuss?»

«Wie bitte?»

«Die heißen jetzt so. Brancoküsse.»

«Aha», meinte Mike teilnahmslos. «Dann nehm ich eben einen Brancokuss.»

Sie warf ihm einen geheimnisvollen Blick zu und griff mit ihrer Kuchenzange nach einer der braunen buttrigen Kugeln.

«Wollen Sie denn gar nicht wissen, warum?»

Mike räusperte sich und blickte sie verwirrt an.

«Ja … doch, natürlich. Warum heißen sie jetzt Brancoküsse?»

Die Bedienung beugte sich so weit über den Tresen vor, dass ihr Busen beinahe in einem Blech mit Pfefferkuchen landete. Sie flüsterte vertraulich.

«Wir wurden von einem Kunden beim Diskriminierungsombudsman angezeigt. DO, Sie wissen schon. Der Name Negerkuss ist jetzt verboten. Also veranstalteten wir einen Namenswettbewerb. Und Brancokuss hat gewonnen. Ist doch ziemlich pfiffig, oder? Brian Anderssons Conditorei. Eine Abkürzung.»

«Ja …»

«Und wissen Sie, was der Witz an dem Ganzen ist?»

«Nein?»

«Danach war ein Kunde hier, ich glaube, ein Stockholmer, der uns aufklärte und meinte, dass branco weiß bedeutet. Auf Spanisch oder Portugiesisch oder so. So kann es gehen. Die Negerküsse wurden also zu weißen Küssen …»

Sie kicherte erneut und zwinkerte Mike vielsagend zu, der nicht so recht, wusste, was er sagen sollte. Schließlich goss er sich aus der Kanne auf der Warmhalteplatte Kaffee ein und nahm seinen Teller an sich.

«Lustig.»

Er setzte sich an einen Tisch an der Wand unter ein Ölgemälde, das einen traurigen Elch darstellte. Ein ausladender bulliger Elch mit finster herabhängendem Maul. Er wirkte nahezu menschlich. Als wäre es Mikes Schuld, dass massenweise fanatische Hobbyjäger im Unterholz herumkrochen und davon träumten, einem Zwölfender eine Kugel ins Fleisch zu jagen. Er nahm seinen Becher und den Teller und wechselte den Tisch.

Der Kaffee ließ Mikes Lebensgeister erwachen. Doch dieser Zweifel, der ihn so plötzlich überfallen hatte, bereitete ihm immer noch Kopfzerbrechen. Er nahm einen Bissen von seinem Brötchen und schielte zum Tisch der Jungs am

Fenster rüber. Sie sahen müde aus. Einer von ihnen gähnte gelangweilt, ein anderer raufte sich die Haare und murmelte etwas vor sich hin, während ein dritter grinste, als irgendjemand einen blöden Spruch machte. Stuhlbeine schabten auf dem schmuddeligen Linoleumboden.

Sie waren schätzungsweise im selben Alter wie Robin, dachte er.

Früher war alles so einfach gewesen. Als er hinter Gittern saß und sein neues Leben plante, erschien es ihm selbstverständlich. Mike und Robin. Sie würden zusammenhalten. Vater und Sohn. Und dennoch Freunde sein. Vielleicht könnten sie mal mit dem Fernglas rausfahren und gemeinsam Vögel beobachten.

Er nahm das Vogelbuch aus seiner Tasche und blätterte zerstreut darin. Es war ein zerlesenes Exemplar mit dem Titel *Europas Vögel in Farbe*. Mike kannte es nahezu auswendig.

Zuvor hatten ihn Bücher nie interessiert. Als ein Bibliothekar, der zufällig Ornithologe war, zu ihm ins Gefängnis kam und ihm vorschlug, etwas Sinnvolles zu tun, anstatt die Zeit vor dem Fernseher totzuschlagen, war er erst einmal sauer. Aber er nahm das Buch an sich. Und als er die Bilder sah und die Texte über das Flugverhalten und die Brut- und Nistplätze der Vögel zu lesen begann, erwachte etwas in ihm zum Leben. Es sprach ihn total an.

Haus- und Feldsperlinge, Elstern, Krähen, Buchfinken und Rotkehlchen hatte er vom Zellenfenster aus identifizieren können. Ebenso diverse Möwenarten. Hin und wieder einen Mäusebussard oder einen Roten Milan, die sich der Autobahn in der Hoffnung näherten, ein überfahrenes Kaninchen zu erbeuten.

In seiner Einsamkeit stellte sich Mike oft vor, er wäre ein Adler. Ein gewaltiger Steinadler, der hoch oben über der Erde schwebte. «Aquila chrysaetos», murmelte er vor sich hin.

Mit einem Seufzer schlug er das Buch zu und warf sich den letzten Brocken seines Brancokusses in den Mund. Eigentlich ist man letztlich sowieso nur ’ne verdammte angeschossene Dohle, die sich flatternd durchs Leben schlägt, dachte er.

Dann wanderten seine Gedanken zurück zu Robins letztem Besuch im Gefängnis. Der Junge hatte irgendwie niedergeschlagen gewirkt. Als bedrückte ihn etwas. Vielleicht war es nur allzu natürlich. Wer hat in einem tristen Besucherzimmer hockend schon gute Laune, wenn er weiß, dass die Aufseher draußen vor der Tür stehen und mit den Schlüsseln rasseln und nur darauf warten, dass die Besuchszeit wieder vorbei ist? Robin hatte noch nie viele Worte gemacht. In dem Punkt kam er ganz nach seinem Vater.

Mike hatte versucht, aus ihm herauszubekommen, wie es ihm bei diesen Leuten in Tomelilla erging. Sune und Gunborg Olsson. Einmal hatte er sie während eines Ausgangs kurz gesehen. Sune hatte seine Hand wie in einem Schraubstock zusammengepresst und übertrieben herzlich gelacht, als wären sie die besten Freunde. Gunborg schaute zu Boden und murmelte etwas von Kaffeekochen.

Doch Mike und Robin hatten stattdessen eine Pizza bei Aladdins auf dem Marktplatz gegessen. Als sie das letzte Mal im Besucherzimmer in Kirseberg mit zwei Scheiben mehligem Zuckerkuchen auf einem Teller zwischen sich saßen, hatte Mike sich getraut nachzufragen.

«Sind sie auch nett zu dir?»

«Ja, verdammt …»

«Ganz sicher?»

«Ja, sag ich doch.»

«Okay, okay! Und in der Schule. Gehst du auch … hin?»

«Meistens …»

«Die Schule ist wichtig. Man muss zusehen, dass man was lernt, solange man noch jung ist. Bevor es zu spät ist.»

Robin hatte ihm unter seinen Augenbrauen hindurch einen genervten Blick zugeworfen und verächtlich geschnaubt.

«Hör doch auf.»

Eine ganze Weile hatten sie dort auf den mit Kunststoff bezogenen Sitzmöbeln gesessen, Zuckerkuchen verdrückt und Kaffee geschlürft, ohne etwas zu sagen. Mike konnte sich noch an das Gefühl erinnern, das er in der Magengegend verspürte. Es war, als würde es ihn zerreißen, als würde sein Körper angesichts der widersprüchlichen Interessen platzen. Sollte er den Jungen in einem improvisierten Boxkampf zu Boden werfen, ihn einfach umarmen oder ihm womöglich eine Ohrfeige verpassen, damit er aufwachte? Er tat nichts dergleichen.

«Und dieser … Sune?»

Seine Kiefermuskeln spannten sich an, als er den Namen aussprach. Robin zuckte mit den Achseln und zog die Nase hoch.

«Er ist ganz okay.»

Dann riss sich der Junge zusammen und grinste frech.

«Obwohl er 'n ziemlicher Fettklops ist. Er sieht aus wie Jabba der Hutte in Star Wars. Sune the fucking Hutt!»

Sie lachten laut los und ahmten gemeinsam Jabbas Krötenstimme nach, boxten sich gegenseitig in die Oberarme und lachten noch lauter. Aber ein gutes Gefühl war es dennoch nicht. Der Junge wirkte so zerbrechlich, als die Aufseher ihn wieder in den Korridor hinausbegleiteten.

Das Gelände des Schrotthändlers lag etwas außerhalb des Ortes auf der Strecke hinauf nach Spjutstorp.

Ein einsamer Ort mitten im Ackerland, auf dem schwarze Saatkrähen Würmer aus den Ackerfurchen pickten. Der Nebel hatte sich wieder herabgesenkt und schwebte in dünnen

Schleiern über der braunen Erde. Ein hoher Bretterzaun umgab die Gebäude. Aus der Entfernung sah es nahezu wie ein Fort aus. Aus einem Schornstein drangen schwere Rauchwolken.

Mike hielt mit dem Wagen auf der Schotterstraße vor dem Eingangstor an. Hätte er vielleicht besser vorher anrufen sollen? Aber Dragan hatte doch gesagt, dass er einfach hinfahren sollte. Und er hatte ihm versichert, dass Boris jemanden zur Unterstützung brauchte. Warum also noch lange fackeln? Mike schaltete in den ersten Gang und rollte langsam auf den Hof.

In dem Augenblick, in dem er die Wagentür öffnete, hörte er ein dumpfes Knurren gefolgt von einem blutrünstigen Bellen. Er zog die Tür wieder zu und blickte sich unsicher um. Hunde waren für Mike das Schlimmste, was es gab. Sie kamen jedenfalls gleich nach Katzen. Es spielte keine Rolle, ob es sich um kläffende kleine Staubwedel oder geifernde große Bestien handelte. Hunde waren eine elendige Plage, und Mike konnte im Leben nicht begreifen, wozu es gut sein sollte, dass Leute sich welche hielten. Er hoffte innerlich, dass dieser hier ordentlich angekettet war.

War er aber nicht.

Der Dobermann stand lediglich ein paar Meter vom Wagen entfernt und bellte mit gefletschten Zähnen. Ein gewaltiges Ungeheuer mit leuchtend gelben Augen. Mike atmete tief durch.

Müsste nicht langsam mal jemand kommen und ihn zurückpfeifen? Er trommelte nervös mit den Fingern aufs Lenkrad und wartete. Doch nichts geschah.

Mike warf einen Blick durch die Windschutzscheibe. Auf dem Hof standen ungefähr ein Dutzend schrottreife Autos. Im Wohnhaus waren ein paar Fenster erleuchtet. Direkt gegenüber lag ein Gebäude, das aussah, als beherberge es eine Werkstatt und ein kleines Büro. Etwas entfernt erblickte er ein offenes Tor zu einem größeren Hinterhof, in dem er noch mehr Autowracks erkennen konnte. Direkt neben dem Sierra, in dem er sich selber verbarrikadiert hatte, stand der einzige etwas neuere Wagen. Ein Jeep der Marke Mitsubishi, total mit Lehm bespritzt.

Dann erblickte er eine merkwürdige Skulptur an der Treppe zum Wohnhaus. Eine schwere Büste aus Granit auf einem Steinsockel. Sie stellte einen Mann mit harten Gesichtszügen dar. Er trug eine Militärmütze mit einem Stern an der Stirnseite. Zweifelsohne ein mächtiger Führer.

Mike betrachtete die Skulptur lange, ohne den Mann zu erkennen. Ansonsten ließ sich keine Seele blicken außer dem Hund, der immer noch laut kläffte.

Ich kann ja schließlich nicht den ganzen Tag wie 'ne Memme hier sitzen bleiben, dachte Mike. Er betrachtete das Untier und spürte, wie ihm ein Schauer über den Rücken lief. Die Tür zum Haus war immer noch zu und vermutlich auch abgeschlossen. Er hatte keinerlei Chancen, sie zu erreichen, bevor sich der Hund auf ihn stürzen würde.

Vielleicht wäre es besser, die Biege zu machen, dachte Mike. Scheint ja eh keiner da zu sein. Doch er zögerte. Er wusste natürlich nicht genau, welche Arbeiten er für Boris erledigen sollte, doch nach dem zu urteilen, was Dragan angedeutet hatte, suchte der Schrotthändler bestimmt keinen Angsthasen, der Schiss vor Hunden hatte. Falls er ihn zufällig durchs Fenster hindurch beobachtete. Es würde keinen guten Eindruck hinterlassen, jetzt den Schwanz einzuziehen und abzuhauen.

Genau in dem Moment, als Mike es am dringendsten brauchte, schoss ihm ein verwegener Gedanke durch den Kopf. Der wandelnde Geist! Wie funktionierte es nochmal? Mike blätterte rasch das umfangreiche Archiv alter Comics in seinem Kopf durch, bis er fand, was er suchte. Den Hundetrick des Phantoms.

Er füllte seine Lungen mit Luft, öffnete die Wagentür, so leise es ging, und streckte seine Beine. Der Dobermann gab erneut ein ausgehungertes Gebell von sich und setzte zum Sprung an. Doch als er sich gerade auf ihn stürzen wollte, spannte Mike sämtliche Bauchmuskeln an, sodass ihm das Blut in den Hals hinaufschoss und sein Gesicht dunkelrot färbte. Über seine Lippen kam ein einziges kurzes Brüllen, das wie ein Gewitter über den Hof donnerte.

«Still!»

Der Hund verstummte abrupt.

Langsam hob Mike den Arm und richtete zwei Finger auf die Augen des Tieres. Unerschrocken wie ein Löwenbändiger hielt er dem gelben Blick stand und senkte den Arm wieder.

Der Hund winselte kläglich, leckte sich die Schnauze und machte auf dem lehmigen Boden Platz.

Mike jubelte innerlich.

«Verdammt, es hat funktioniert», murmelte er begeistert.

Dann hörte er eine Stimme hinter sich.

«Imponierend. Wirklich imponierend.»

Blitzschnell fuhr er herum. Die Haustür stand jetzt offen, und ein groß gewachsener Kerl lehnte am Türpfosten.

Mike schaute verwundert zu dem Hund, der lammfromm auf dem Boden lag, und dann erneut zum Mann in der Tür.

«Komm, Tito!»

Der Dobermann wedelte mit dem Schwanz, lief zu seinem Herrchen und leckte ihm liebevoll die Hand. Der Mann kraulte das Tier hinter den Ohren und warf Mike ein vielsagendes Lächeln zu.

«Sie können reinkommen», forderte er ihn auf.

Mike ließ verwirrt seinen Blick von Boris zu dem Hund und der merkwürdigen Steinbüste auf dem Sockel schweifen.

«Josip Broz», erklärte Boris mit ausdrucksloser Stimme. «Ein bedeutender Führer. Sie hätten niemals das Land teilen dürfen.»

Er schüttelte mit ernster Miene den Kopf, als hätte er gerade eine traurige Nachricht überbracht.

«Nein, das stimmt», pflichtete ihm Mike bei.

Der Name kam ihn entfernt bekannt vor.

Dann stellte er fest, dass sein Arbeitgeber bereits im Haus verschwunden war. Mike erkannte, dass ihm wohl nichts anderes übrig blieb, als ihm zu folgen.

Drinnen war es dunkel und still. Auf einem Schuhregal standen ein paar hohe Stiefel und einige derbe Schuhe. Ein abgestandener Geruch hing in der Luft. Vom düsteren Flur gingen zwei geschlossene Türen ab. Die dritte stand offen und führte in ein Wohnzimmer, in dem in einer Feuerstelle einige Holzscheite glühten. Aus einem dahinter liegenden Raum fiel Licht über die Türschwelle. Mike ging rasch darauf zu und schob die halb offene Tür auf.

Boris saß hinter einem Schreibtisch, der mit Stapeln von Papieren beladen war. Dass es der Schrotthändler persönlich war, der ihn empfing, bezweifelte Mike nicht. Der Mann betrachtete ihn in einer Art und Weise, die keinen Zweifel daran ließ, dass er es gewohnt war, Befehle zu erteilen.

Die eng beieinanderliegenden Augen verliehen seinem Blick eine eindringliche Intensität. Mike hatte das Gefühl, als würde sich die Flamme eines Schweißbrenners auf ihn richten.

«Dragan hat gesagt, dass Sie Unterstützung benötigen.»

Ohne zu antworten, fingerte der Mann eine Zigarette aus einem Päckchen hervor und zündete sie mit einer stoischen Ruhe an, die signalisierte, dass es keinen Anlass zur Eile gab.

«Ja, also, ich bin Mike Larsson. Ich hab mit Dragan zusammen in Kirseberg eingesessen.»

«Setzen Sie sich.»

Mike gehorchte. Er betrachtete den Hund, der jetzt auf dem verblichenen Orientteppich lag und an einem getrockneten Schweineohr herumknabberte. Hinter dem Schreibtisch des Schrotthändlers stand ein schwerer Geldschrank und daneben ein mit Ordnern gefülltes Bücherregal. Der Computer auf dem Schreibtisch sah aus, als wäre er schon etwas älter. Vor dem einzigen Fenster hingen dicke weinrote Gardinen, die nur einen schmalen Streifen Tageslicht hereinließen. An der Wand gegenüber hing ein Bild mit einem altertümlichen Motiv. Es sah aus wie eine Art Heiligenbild, fand Mike.

«Die Sache ist folgende», begann Boris zögernd und mit einem Akzent, der Mike bestätigte, dass er seine Wurzeln im ehemaligen Jugoslawien hatte. «Jetzt, wo Dragan einsitzt, brauch ich jemanden, der mich in diversen Dingen unterstützt. Jemand, auf den ich mich verlassen kann. Verstanden?»

«Dann sind Sie bei mir richtig.»

Mike grinste unterwürfig.

«Das sagen Sie ...»

«Unbedingt! Ich hab im Laufe der Jahre so einige Jobs gemacht. Bin zur See gefahren. Hab im Hafen gearbeitet. Bin bei 'ner Reifenfirma eingesprungen. Umfangreiche Kompetenzen, sozusagen. Tja, und ich hab auch mehrfach eingesessen. Aber im Knast hab ich Schweißer und Werkzeugmacher gelernt. Das ist hier doch bestimmt von Nutzen, oder ...?»

Boris nickte zerstreut.

«Dieser Sierra, mit dem Sie gekommen sind. Ist das Ihrer?»

Mikes Wangen begannen zu glühen. Er wand sich auf dem Stuhl und hüstelte ein paar Mal hinter vorgehaltener Hand. Besser, gleich ehrlich zu sein, dachte er.

«Na ja, hab am Möllan 'n paar Bierchen gezischt, als ich rauskam. Sie wissen schon, man hat 'nen Wahnsinnsdurst. Und dann hab ich die Kiste halt einfach mitgenommen ...»

Mike lächelte schief. Das kraftstrotzende Gesicht auf der anderen Seite des Schreibtisches verfinsterte sich. Doch dann setzte der Schrotthändler ein väterliches Lächeln auf.

«Das kriegen wir schon hin. Aber es ist keine gute Idee, in einem gestohlenen Wagen herumzufahren. Sie können erst mal einen von mir nehmen.»

«Sehr nett von Ihnen.»

Boris machte mit der Hand eine ausladende Geste und murmelte etwas Unverständliches. Mike erschien es angebracht, eine Frage zu stellen.

«Was für einen Job soll ich eigentlich bei Ihnen machen?»

«Autos entgegennehmen. Auseinanderbauen und sortieren. Teile an Leute verkaufen, die herkommen. Alles Mögliche. Das findet sich mit der Zeit schon ...»

Boris verstummte und musterte Mike mit seinem Schweißerblick.

«Haben Sie schon eine Unterkunft?»

Mike strahlte.

«Ja, verdammt. Ich werd bei Bubbleking einziehen. Er ist zwar 'n bisschen verrückt, aber er besitzt ein großes Haus, das er von seiner Mutter geerbt hat.»

«Bei Bubbleking?»

Zum ersten Mal offenbarte der Schrotthändler Anzeichen dafür, dass er die Situation nicht vollständig unter Kontrolle hatte. Mike lachte verlegen.

«Ja, er heißt eigentlich Roland Andersson. Viele nennen ihn Rolle. Aber für seine Freunde ist er der Bubbleking. Dieser Name, der ... äh, das ist 'ne lange Geschichte. Das Wichtigste im Moment ist ja, dass er ein großes Haus hat, in dem sowohl ich als auch Robin Platz haben.»

«Robin, ist das Ihr Sohn?»

Mike entdeckte eine Spur von Neugier unter den hochgezogenen Augenbrauen des anderen und spürte, wie ihm vor Stolz ganz warm ums Herz wurde. Mit einer flinken Handbewegung hatte er die kleine Fotografie aus dem Portemonnaie gezogen.

«Vierzehn Lenze. Und ganz der Vater.»

Mit einer Behutsamkeit, die Mike erstaunte, nahm Boris das Bild aus seiner Hand entgegen. Er saß lange vollkommen reglos da und betrachtete das Foto. Als er schließlich wieder aufblickte, sah Mike, dass sich sein Gesichtsausdruck verändert hatte. Es war, als wäre die Schweißflamme erloschen.

«Ich hatte auch einen Sohn», sagte der Schrotthändler tonlos, als kümmere es ihn nicht, ob jemand zuhörte. «Er starb. Sie haben ihn in diesem verdammten Krieg getötet.»

Seine klobige Hand zitterte, als er Mike das Foto zurückgab.

«Passen Sie gut auf Ihren Sohn auf», sagte er leise. «Einem Mann kann nichts Besseres passieren, als einen Sohn zu haben.»

KAPITEL 6

Die riesige Kastanie sah nicht gesund aus. Die meisten Blätter waren vorzeitig abgefallen, und diejenigen, die sich immer noch an den Zweigen festklammerten, waren mit braunen Flecken übersät, als wären sie von einer ansteckenden Krankheit befallen.

Mike betrachtete den traurigen Baum. Irgendwo dort oben muss doch noch das alte Versteck sein, dachte er und ließ seinen Blick suchend am Baum hinaufwandern.

An einer Astgabel einige Meter über dem Boden, genau an der Stelle, wo sich der mächtige Stamm in drei Richtungen teilte, hing ein morsches Brett an einem rostigen Nagel. Dort hatten sie immer gesessen und heimlich geraucht. Mike musste lächeln. John Silver ohne Filter. Rolles Mutter mochte dieses Kratzen im Hals. Die letzten Jahre hatte sie gekrächzt wie eine Krähe. Mike spürte regelrecht noch den Geschmack ihres klebrig süßen Bananenlikörs auf der Zunge. Sie hatten sich regelmäßig eine Flasche aus dem alten Barschrank des Teelichtfabrikanten unter den Nagel gerissen und sich den Inhalt dort oben in ihrem geheimen Versteck hinter die Binde gekippt. Verborgen unter dichtem Laubwerk, saßen sie Abend für Abend da und phantasierten über zukünftige Eroberungen, bis Rolle irgendwann zu fett wurde, um die Leiter noch hochklettern zu können.

Das Haus war womöglich noch düsterer als der Kastanienbaum. Der Bärenklau und das Unkraut, die es in einer feuchten Umarmung umschlossen, ließen den alten Kasten aussehen, als würde er jeden Moment im Boden versinken. Der graue Putz war rissig, und die rote Farbe der Dachbalken hatte sich wie versprengte Blutstropfen entlang der Fassade verteilt. Aus dem Schornstein pufften stoßweise kleine weiße Rauchwolken. Der gequälte Husten eines Lungenkranken. Die Elster, die auf dem Dachfirst hockte, schien ihre Bemühungen, den Rauchabzug mit Zweigen zu verstopfen, nur für einen kurzen Augenblick unterbrochen zu haben.

Eine hohe Steintreppe, die eines Palastes würdig gewesen wäre, führte hinauf zur Haustür. Mike drückte den Türgriff hinunter. Die Tür war nicht verschlossen. Vorsichtig öffnete er sie und horchte.

Musik.

Weihnachtsmusik.

Irgendjemand spielte dort drinnen Weihnachtslieder, obwohl es noch mehr als zwei Monate hin waren, bis der Weihnachtsmann kommen und seine Geschenke bringen würde und die Menschen daran erinnerte, dass Gottes Sohn in einer Krippe im Stall eines Esels in Bethlehem geboren worden war oder wie es sich nun damit verhielt.

«Weihnacht … Weihnacht … herrliche Weihnacht …», klang es durchs Haus.

Mike wurde warm ums Herz. Er hatte überraschend das Gefühl, endlich nach Hause gekommen zu sein. Er ließ seine Tasche auf den Boden fallen und rief:

«Hallo? Jemand daheim?»

Er tat dies keineswegs wie ein entlassener Knastbruder, sondern eher wie ein Mann, der noch am selben Morgen in der Küche des Hauses ein nahrhaftes Frühstück zu sich genommen, die Zeitung gelesen und dann seine Frau liebevoll auf die Wange geküsst hatte. Um schließlich den Kindern mit der Hand durch die Haare zu wuscheln, bevor er zu seinem arbeitsamen Job in einen ausgefüllten Tag aufgebrochen und nun gerade wieder in den Schoß der Familie zurückgekehrt war.

Bubbleking befand sich im Wohnzimmer, intensiv damit beschäftigt, den Weihnachtsbaum zu schmücken, und offensichtlich völlig versunken in die Weihnachtsmusik. Er summte das Lied mit einem verträumten Gesichtsausdruck mit. Hin und wieder machte er einen kleinen Tanzschritt. Neben ihm auf dem Fußboden stand ein riesiger Umzugskarton, der mit kleinen durchsichtigen Plastikkugeln gefüllt war. In seinen Händen hielt er eine Schere und eine Rolle rotes Seidenband. Ohne Eile nahm der beleibte Mann, der in dem großen Raum wie in einer Art Traumreich umherschwebte, eine Kugel nach der anderen heraus und musterte kritisch ihren Inhalt, bevor er sich entschied, an welchen Zweig des Baumes er sie hängen sollte.

«Hallo Rolle!», brüllte Mike.

Innerhalb eines Augenblicks war der Zauber gebrochen. Der Riese zuckte zusammen, als hätte er einen elektrischen Schlag bekommen. Seine gesamte Leibesfülle geriet ins Wanken, und die Plastikkugel, die er gerade an einem der höchsten Zweige der Fichte aufhängen wollte, sauste zu Boden, wo sie mit einem traurigen Knacken in zwei Hälften zersprang. Ein kleines rotes Herz fiel heraus und landete auf dem Parkett.

Zwei hellblaue Augen, die vor kindlicher Begeisterung überzulaufen drohten, starrten Mike an.

«Verdammt, hast du mich erschreckt, du Arsch!»

Mike grinste belustigt, breitete seine muskulösen Arme zu einer gewaltigen Umarmung aus, duckte sich dann jedoch in die Haltung eines Boxers und feuerte einige Jabs in Richtung seines Kinderfreundes ab.

«Der König der Bubblekings! Du bist verdammt nochmal wahrhaftig immer noch der Alte!»

Ein wohlbekannter Geruch, den er während der weichen Umarmung wahrnahm, vermittelte ihm das Gefühl von Geborgenheit. Ein Geruch nach Schweiß, der irgendwie angenehm, nicht bedrohlich war. Mike atmete tief ein, bevor er sich aus der Achselhöhle des Freundes befreite. Er nickte in Richtung des Umzugskartons.

«Hast du etwa schon wieder 'n Ding gedreht?»

Bubbleking war aufgrund genau dieser Sorte Plastikkugeln zu seinem Spitznamen gekommen. In einer lange zurückliegenden Phase seines Lebens war es für ihn wie eine Manie gewesen. Er selber behauptete allerdings, dass es das einzige Verbrechen sei, das er jemals begangen hätte. Drei Mal war er wegen nahezu identischer Smash-and-Grab-Coups vom Amtsgericht Ystad zu einer Bewährungsstrafe verurteilt worden. Mit einem Hammer ausgerüstet, brach Rolle in ein Lebensmittelgeschäft ein, zertrümmerte einen Automaten und riss die durchsichtigen Kugeln mit dem glitzernden Inhalt an sich: Kunststoffschmuck, Schlüsselringe und sonderbare kleine Figuren in allen Regenbogenfarben. Er machte sich gar nicht erst die Mühe, alle Fünfkronenstücke herauszupfriemeln; das war ihm zu beschwerlich. Dennoch hatte die Polizei ihn in sämtlichen drei Fällen so ziemlich auf frischer Tat ertappt. Roland Andersson war eine Person, die Aufmerksamkeit erregte. Und in dem alten Volvo, den er zum Zeitpunkt der Verbrechen besaß, fand man massenweise leere Plastikkugelhälften.

«Nein, zum Teufel. Die sind alle bezahlt.»

Als Bubbleking Mikes zweifelnden Blick sah, setzte er erst eine beleidigte Miene auf, doch dann öffnete sich sein blasses Gesicht zu einem Lächeln, wobei sich die fleischigen Wangen in Falten legten.

«Du hättest dabei sein sollen, Mike.» Er lachte. «Der Typ im Konsum. Was für ein Blödmann!»

«Wieso?»

Mike konnte nicht umhin, sich von der Aufgekratztheit des anderen mitreißen zu lassen. Ein wohlbekanntes Kribbeln breitete sich in seiner Magengegend aus.

«Also, ich hab an der Kasse 'ne Menge Fünfkronenstücke gewechselt, wie ich es immer tue, seitdem ich ein ehrlicher Mensch bin. Doch der Automat war fast leer. Also bin ich zum Filialleiter gegangen und hab ihn gebeten, ihn wieder aufzufüllen. Und weißt du, was dieser Idiot geantwortet hat?»

«Nein?»

«Geben Sie mir einen Fünfhunderter und nehmen Sie den ganzen Karton, dann muss ich sie nicht erst in den Automaten füllen. Es sind genau hundert Kugeln drin. Das sagte er.»

Aus Rolles Kehle drang ein amüsiertes Glucksen. Sein Bauch hüpfte unter dem Flanellhemd auf und ab.

«Kapierst du nicht?»

Mike schüttelte belustigt den Kopf.

«Nicht so ganz …»

«Er hat den Sinn der Sache überhaupt nicht begriffen. Es geht doch um die Spannung. Dass man nicht weiß, welche Kugel aus dem Automaten herauskommt.»

Das Haus war Rolles Rückzugsort auf Erden, ein Königreich, über das er als Alleinherrscher regierte und das er nur ungern verließ. Doch genauso selbstverständlich, wie er niemals losgefahren wäre, um Mike im Gefängnis zu besuchen, war es jetzt für ihn, den Freund auf unbestimmte Zeit bei sich einziehen zu lassen.

Roland Andersson litt aus guten Gründen unter einer panischen Angst vor medizinischen Einrichtungen, doch er besaß ein großes Herz.

Und sie waren immerhin Blutsbrüder. Leider war es Mike einmal nicht gelungen, seinem Freund zur Rettung zu kommen. Damals, vor fast dreißig Jahren, hatte Rolles Vater beschlossen, seinen Sohn ins Irrenhaus einweisen zu lassen. Seitdem war zwar schon eine Menge Wasser den Bach hinuntergeflossen, doch für beide hatte dieses Ereignis einen Wendepunkt im Leben bedeutet. Mike konnte noch immer nicht an diesen Tag zurückdenken, ohne eine gewisse Hitze an den Schläfen zu verspüren, während seine Augen eine schwarze Färbung annahmen, die die Leute, die ihn nicht kannten, ohne zu zögern als mörderisch bezeichnen würden.

Und er hatte weiß Gott alles Mögliche versucht …

Über Mikes Eltern gab es nicht viel zu berichten. Zumindest nicht, wenn man ihn selber fragte. Sein Vater hatte nach dem, was er aus Erzählungen hörte, offenbar für längere Zeit im Schlachthof gearbeitet. Die Älteren behaupteten, er wäre in der vierten Klasse ein gefürchteter Innenverteidiger beim Fußball und berüchtigter Draufgänger in der Diskothek Gislövs Stjärna gewesen.

Mikes eigene Erinnerungen waren eher diffus. Er sah vor sich eine mürrische Gestalt am Küchentisch sitzen, die sich darüber beschwerte, dass es so verdammt lange dauern würde, bis das Essen auf den Tisch käme. Er hatte ein breites Kreuz, einen stark behaarten Nacken und riesige Hände, vor denen man sich in Acht nehmen musste. Diese Pranken waren lebensgefährlich. Sie hatten vom Hantieren mit der Fleischeraxt und Aufhängen der Schweine auf Schlachterhaken im Kühlraum enorme gelbliche Schwielen bekommen. Es war besser, ihnen nicht zu nahe zu kommen. Denn sie schossen oft ohne Vorwarnung durch die Luft und verpassten einem schallende Ohrfeigen. Als Mike fünf Jahre alt war, verließ der entlassene Schlachtereiarbeiter Oskar Larsson Haus und Hof und ließ nie wieder etwas von sich hören. Sein Sohn hatte ihn nie vermisst.

Ob seine Ehefrau Dagmar Larsson Sehnsucht nach ihrem

entschwundenen Ehemann hatte, war weniger klar. Sie war eine diplomatische Person. Feingliedrig und nahezu durchsichtig. So schmal, dass Mike als Erwachsener immer wieder von der Vorstellung beschlichen wurde, dass sie ihren einzigen Sohn damals unter entsetzlichen Schmerzen geboren haben musste. Er war nämlich bereits ein kräftiges Bürschchen, als er zur Welt kam.

Dagmar versorgte sich und ihren Sohn, indem sie putzen ging, und einer ihrer Kunden war der Fabrikant Malcolm B. Andersson, dessen stattliches Haus unter den hohen Kastanien am hinteren Ende von Adelsberg eines der größten im Ort war. Mike begegnete Rolle zum ersten Mal, als er seine Mutter kurz vor der Einschulung einmal zur Arbeit begleitete.

Ein nervöses Dickerchen, war sein erster Eindruck.

Doch als Mike die riesige Carrerabahn erblickte, die sich wie eine schwarze Boa zwischen Stuhlbeinen und Bettpfosten hindurchwand, durch bewaldete Tunnel aus Pappmaché und über steile Anhöhen verlief und dank einer genialen schwingbaren Luke sogar eine Runde auf dem Balkon vor Rolands Zimmer drehte, da war es um ihn geschehen.

Welch ein Glück!

Rolles Vater Malcolm B. Andersson hatte mit seiner Fabrik ein ansehnliches Vermögen verdient, in der er mit Hilfe von vierzig äußerst schlecht entlohnten Arbeitern Teelichter sowohl für den Export als auch den einheimischen Markt produzierte. Zu Hause war er ein Tyrann. Selten verging ein Tag, ohne dass er seinen Sohn schikanierte, weil der sich andauernd in seinem Zimmer verbarrikadierte und mit seiner verdammten Rennbahn herumspielte oder sich mit Hilfe von Stapeln von Büchern wegträumte, die er beharrlich aus der Bücherei heimschleppte. Malcolm B. Andersson hatte sich erhofft, seinen Sohn nach seinem eigenen Abbild zu erziehen: zu einem Sportler, der später einmal Reserveoffizier beim Panzerregiment in Ystad werden und irgendwann das Andersson'sche Teelichtimperium übernehmen würde. Als er feststellte, dass sich aus seinen Genen jedoch eher ein verschüchterter Bücherwurm mit Neigung zur Fettleibigkeit entwickelt hatte, war er tief enttäuscht.

Der Fabrikant ging davon aus, dass der Sohn seine Erbanlagen von der Mutter hatte. Dass die Hochzeit mit Lisbet, von allen nur «Lillan» genannt, ein Fehler war, war ihm früh klar geworden. Sicher, während ihrer Jugend war sie eine blonde Schönheit und begehrte Beute auf den Tanzflächen im Umkreis gewesen. Doch die Frau besaß ein schwaches Nervenkostüm, und Malcolm B. regte sich immer wieder darüber auf, dass sie jedes Mal, wenn er etwas lauter wurde, wie ein verängstigter Cockerspaniel dreinblickte, der befürchtete, jeden Moment eins übergezogen zu bekommen. Das Problem bestand aber darin, dass, wie er schnell feststellte, ihn eine Scheidung sein halbes Vermögen kosten würde. Und darauf verzichtete er nur ungern. Folglich löste er sein Dilemma, indem er immer öfter hinunter nach Ystad fuhr und in Begleitung liederlicher Damen im Hotel Continental übernachtete. Deprimiert angesichts der Unzufriedenheit ihres Mannes, griff Lillan zur Flasche. Als Roland fünfzehn Jahre alt wurde, hatte der Alkohol sie bereits zum Wrack gemacht.

Darüber, dass der Sohn nicht ganz normal war, herrschte kein Zweifel. Je älter er wurde, desto offensichtlicher war es für den Vater, dass der Junge nicht ganz bei Trost war. Im einen Augenblick war er manisch wie eine Ratte im Käfig, im nächsten apathisch bis stumpfsinnig. Dass der letztgenannte Zustand oft eintrat, wenn sich der Fabrikant selber in der Nähe befand, fiel Malcolm B. Andersson allerdings nicht auf.

Er unternahm diverse Versuche, den Jungen zu aktivieren, wobei einer sadistischer war als der andere. Er verordnete

Rolle Hungerkuren und zwang ihn zu eiskalten Bädern. Als diese nichts halfen, zog er eines Tages seine gröbsten Jagdstiefel an. Mit kräftigen Schritten marschierte er dann im Zimmer des Jungen umher, lauthals das Horst-Wessel-Lied grölend, bis von der geliebten Rennbahn seines Sohnes lediglich schwarze Plastikscherben übrig waren. Nur, um «dem verdammten Jungen irgendeine Reaktion zu entlocken», wie Malcolm B. es selber ausdrückte.

Schließlich beschloss der Fabrikant, professionelle Hilfe hinzuzuziehen.

Eines Nachmittags, als Mike und Roland oben im Zimmer saßen und bei weit geöffnetem Fenster in Gedanken versunken jeder an seiner John Silver zogen, kam der Vater völlig unerwartet in seinem moosgrünen Mercedes angefahren. Die Jungen hatten kaum ihre halb gerauchten Kippen aus dem Fenster geworfen, als die Zimmertür aufgerissen wurde.

«Los jetzt, Rolle! Wir fahren nach Lund.»

«Was?»

«Hörst du schlecht? Wir fahren nach Lund. Zu einem Arzt, der dich untersuchen soll.»

Roland zuckte nervös mit den Augenlidern und kam in der Sofaecke, in die er sich gelümmelt hatte, langsam zum Sitzen hoch.

«Ich … ich will nicht zu einem A… Arzt», stammelte er.

«Es geht nicht darum, was du willst oder nicht. Sieh zu, dass du endlich deinen fetten Arsch bewegst, damit wir loskommen.»

Das breite Kreuz des Fabrikanten füllte den gesamten Türrahmen aus. Er sah aus wie ein ergrauter Donnergott mit eiskalten Augen aus Nickelstahl. Mike betrachtete ihn mit Schaudern. Schon mehr als einmal hatte er mit ansehen müssen, wie sein Freund aus unerklärlichen Gründen Prügel bezog. Ihm war klar, dass es jetzt ernst wurde.

Widerwillig erhob sich Rolle vom Sofa. Er knöpfte sein Hemd zu und zog seine Jeans hoch, die so weit heruntergerutscht waren, dass man den oberen Teil der Spalte zwischen seinen fleischigen Pobacken sehen konnte. Der Vater fixierte ihn mit angeekelter Miene.

«Ich will nicht ...», murmelte Roland und starrte hinunter auf den gestreiften Flickenteppich.

Es knallte wie von einem Peitschenhieb, als die Handfläche des Fabrikanten gegen die Wange seines Sohnes klatschte. Der Junge wurde nach hinten geschleudert. Vier rote Striemen offenbarten, wo ihn die strafende Hand des Vaters getroffen hatte.

«Los jetzt, auf der Stelle!»

Malcolm B. zeigte unmissverständlich in Richtung Tür.

«Und warum müssen wir nach Lund ...?», schniefte Rolle.

«Wenn du es unbedingt wissen willst, befindet sich dort eine psychiatrische Klinik. Sankt Lars. Eine Nervenheilanstalt. Dort können sie solche wie dich heilen.»

Über Rolands rot gestreifte Wangen rollten große runde Tränen. Seine Nase begann zu laufen, woraufhin er sich sein Gesicht mit dem Hemdsärmel trocken wischte. Unförmig und hilflos stand er in der Mitte seines Zimmers, außerstande, eine Entscheidung zu treffen. Ein Riesenbaby, das man lieben, aber ebenso gut auch verachten konnte. In dem Moment sah Mike ein, dass er eingreifen musste.

Während der acht Jahre, in denen sich die Jungen inzwischen kannten, hatte sich zwischen ihnen nicht nur eine enge, wenn auch etwas eigenartige Freundschaft entwickelt. Beide waren auch gewachsen. Während Rolle ein Kilo Fett nach dem anderen angesetzt hatte, war Mike mit Hilfe einer alten rostigen Langhantel, die er auf dem Flohmarkt des Sportvereins erstanden hatte, um einiges muskulöser geworden.

Langsam und mit einem beklommenen Gefühl in der

Brust stand er vom Sofa auf, legte beschützend seinen Arm um den Freund und warf dem Fabrikanten einen feindseligen Blick zu. Showdown!

«Geh nicht mit, Rolle. Sankt Lars ist ein Irrenhaus. Wenn du noch kein Idiot bist, wenn du dort hinkommst, dann werden sie ganz sicher dafür sorgen, dass du dort einer wirst.»

Seinen Worten folgte absolute Stille. Eine Stille, in der das Geräusch einer zu Boden fallenden Stecknadel wie das Schlagen einer Eisenstange gegen Beton geklungen hätte.

Dann reagierte Malcolm B. Andersson ein weiteres Mal mit gewaltiger Explosivität. Blitzschnell schoss sein rechter Arm wie ein Kolben vor. Seine Faust traf Mike mit voller Wucht mitten im Gesicht. Ohne auch nur eine Sekunde zu zögern, schob der Teelichtfabrikant einen linken Haken hinterher, den er mit all jener Kraft versah, die einen erwachsenen Mann von einem durchtrainierten Fünfzehnjährigen unterscheidet. Noch bevor Mike zu Boden ging, war er bereits bewusstlos.

Erst viel später sollte Mike erfahren, was damals in Lund geschehen war: Als Malcolm B. Andersson mit seinem Sohn im Schlepptau die Aufnahme in einem der alten Hospitalgebäude von Sankt Lars betrat, das im ergrünenden Parkgelände an der Ausfahrt nach Malmö lag, besaß er ziemlich genaue Vorstellungen davon, was zu tun sei.

«Lobotomie!», hatte er gebrummt. «Mein Sohn soll einer Lobotomie unterzogen werden.»

Der diensthabende Psychiater hatte nach einer eingehenden Untersuchung Rolands bestätigt, dass der Junge Hilfe benötigte. Aber eine Lobotomie erschien ihm dann doch etwas zu heftig. Die Methode würde praktisch nicht mehr angewendet, hatte er dem missmutig grummelnden Fabrikanten erklärt. Hingegen müsse der Sohn zur Beobachtung und im Hinblick auf eine sich anschließende Behandlung unbedingt eingewiesen werden.

Worunter genau der junge Roland Andersson litt, wurde wohl nie vollständig geklärt. Das Einzige, worüber kein Zweifel bestand, war, dass er nicht gesund war. Folglich musste sich das Personal von Sankt Lars vorantasten.

In den darauffolgenden Jahren wurde Roland gezwungen, kiloweise bunte Pillen zu schlucken; er wurde in eine Zwangsjacke gesteckt und mit Elektroschocks behandelt, bis ihm der Schaum vor dem Mund stand. Des Weiteren durchlitt er Tausende Stunden Gesprächstherapie, die ihm selber allesamt sinnlos erschienen.

Der Fabrikant Malcolm B. Andersson sollte seine Strafe jedoch ziemlich umgehend erhalten. Nur ein paar Monate nachdem er die Missgeburt von seinem Sohn in die Nervenheilanstalt hatte einweisen lassen, erlitt er in einem Zimmer des Hotels Continental einen Herzanfall und starb auf der Stelle. Seinen letzten Atemzug tat er völlig entblößt und mit Händen und Füßen an die Bettpfosten gefesselt von einer polnischen Prostituierten, die am selben Nachmittag mit der Fähre aus Swinemünde gekommen war.

Lillan Andersson war, wie sich herausstellte, aus härterem Holz geschnitzt. Obwohl der beschämende Tod ihres Ehemannes sie eher dazu verleitete, ihren Konsum von Cognac und süßen Likören zu erhöhen, gelang es ihr, ihren zunehmend ausgemergelten Körper noch ein weiteres Jahrzehnt am Leben zu erhalten, bevor ihr Herz aufhörte zu schlagen. Roland ließ sie auf dem Friedhof unter einem kostbaren Grabstein aus schwarzem Marmor begraben und sorgte dafür, dass sie in gehörigem Abstand zu dem protzigen Grab lag, in dem der Fabrikant seinem Letzten Willen zufolge zur letzten Ruhe gebettet worden war. Zumindest im Tod sollte sie den verdammten Kerl los sein.

Der Verkauf der Fabrik brachte nicht viel ein. Die Hersteller von Teelichtern hatten zu diesem Zeitpunkt bereits heftige Konkurrenz von Firmen aus China und dem Baltikum erhalten, und das Geschäft trug sich nicht mehr.

Doch der eigensinnige Roland Andersson, oder Bubbleking, für die wenigen, die ihn liebten, hatte sein Königreich erhalten: das düstere Steinhaus unter den alten Kastanien, deren Blätter viele Jahre später von kränklichen Flecken befallen werden sollten.

KAPITEL 7

Roine Lind tauchte pünktlich auf. Im selben Augenblick, in dem der letzte von neun unheilverkündend dröhnenden Schlägen der Mahagonistanduhr im Wohnzimmer verklungen war, klopfte es verhalten an der Tür.

Mike schielte hinüber zu Rolle, der gerade auf das verschlissene Sofa neben dem Weihnachtsbaum gesunken war. Der Freund nickte aufmunternd und lächelte.

«A man's got to do what a man's got to do. Mach auf, verdammt!»

Rolle sah ziemlich schmuck aus. Er hatte seinen massigen Oberkörper in ein frisch gewaschenes rotes Flanellhemd gezwängt und seine Haare mit Wasser gekämmt, sodass sie mit einem gerade gezogenen Mittelscheitel flach am Kopf anlagen. Sein Brustkorb hob und senkte sich immer noch sichtbar nach der morgendlichen Anstrengung.

Mike hatte sein Handy auf eine frühe Weckzeit gestellt. Großreinemachen bei Bubbleking bedeutete, von Grund auf anzufangen. Seit Sonnenaufgang hatten sie geschuftet wie die Verrückten. Es hatte allein schon eine ganze Weile gedauert, alle leeren Flaschen, Pizzakartons, massenweise Konservendosen, alte Zeitungen und anderen Müll einzusammeln und den ganzen Mist unter eine Plane im Garten hinterm Haus zu befördern. Rolles beachtliches Repertoire an amerikanischen Pornos auf VHS-Kassetten, wovon er die meisten auch in der deutsch synchronisierten Fassung besaß, versteckten sie in einem riesigen Koffer im Keller. Danach hatten sie sich jeder mit einem Spachtel ausgerüstet und gut und gerne eine Stunde damit verbracht, Schimmel, eingetrocknete Essensreste und sonstigen eingefressenen Dreck von Möbeln, Wänden und Fußböden zu kratzen, für dessen Identifizierung Mikes Phantasie nicht ausreichte. Schließlich hatte Rolle einen Staubsauger, der jahrelang ungenutzt herumgestanden hatte, zu neuem Leben erweckt und war damit wie ein Tornado im Haus herumgewirbelt, während Mike ihm mit Putzeimer und Wischmopp folgte. Er hatte rasch einen Blick in die Toilette im Erdgeschoss geworfen und kurzerhand beschlossen, sie einfach abzuschließen. Sie konnten nur hoffen, dass der Mann vom Sozialamt nicht pinkeln musste.

Ein erneutes diskretes Klopfen, gefolgt vom Klingeln der Türglocke, bewirkte, dass Mike sich aufraffte und aus dem Sessel hochstemmte. Er rieb sich die Augen und versuchte den zerknitterten Kragen seines Hemdes glatt zu streichen, das er tief unten in seiner Tasche gefunden hatte. Auf dem Weg zur Haustür warf er einen Blick auf Rolles Weihnachtsdekoration. Sie wirkte eindrucksvoll, jetzt, wo das Wohnzimmer geputzt war. Doch Mike konnte sich den Gedanken nicht verkneifen, wie wohl eine Person reagieren würde, die dem Eigentümer des Hauses noch nie zuvor begegnet war.

Der Mann auf der Außentreppe sah aus, als hätte er Todesangst, tat jedoch sein Äußerstes, um es zu verbergen. Mitten in dem rundlichen Kindergesicht, das sich zu Mike emporrichtete, saßen eine kleine spitze Nase, ein nahezu unsichtbarer Mund und zwei hellgraue Augen. Obwohl Roine Lind bereits über dreißig sein musste, schien er keinerlei Bartwuchs zu haben. Der Sozialarbeiter trug ein beigefarbenes Cordjackett und eine Aktentasche mit Stahlkanten in derselben Art, wie sie die Strafverteidiger trugen, die bereits diverse Male die undankbare Aufgabe übernommen hatten, Mike im Amtsgericht zu vertreten.

«Roine vom Sozialamt», begrüßte ihn der Mann mit piepsiger Stimme. «Und Sie müssen Mike sein, oder? Darf ich reinkommen?»

Mike lächelte freundlich und trat mit einer undefinierbaren Geste einen Schritt zur Seite.

Roine Lind entknotete sorgfältig die Schnürbänder seiner hellbraunen Ecco-Schuhe und stellte sie mit millimetergenauer Präzision neben die Tür. Er wackelte in seinen schneeweißen Tennissocken mit den Zehen und streckte eine blasse Hand vor. In der Überzeugung, dass ein fester Handschlag Vertrauen einflößt, ergriff Mike sie, spürte jedoch nur flüchtig etwas Kaltes und Feuchtes, bevor der Sozialarbeiter seinem Griff entschlüpfte.

«Können wir uns irgendwo setzen?»

«Ja, kommen Sie doch rein.»

Rolle hatte sich offenbar selbst übertroffen. Als Mike mit seinem Gast im Schlepptau ins Wohnzimmer kam, stand der Freund bereits in der rosafarbenen Rüschenschürze seiner verstorbenen Mutter mit einem Tablett neben dem Baum, auf dem zwei Becher schwarzer Kaffee, ein Daim-Törtchen und eine einsame Tulpe in einer Vase standen.

«Willkommen in meinem bescheidenen Heim. Unserem bescheidenen Heim, muss ich wohl inzwischen sagen. Wir werden dafür sorgen, dass der kleine Robin es hier gut hat, das kann ich Ihnen versichern», sagte er mit einem strahlenden Lächeln, während er das Tablett auf den Tisch stellte. «Aber ich will nicht weiter stören.»

Die letzten Worte sprach Rolle in einem Tonfall aus, der offenbar vertraulich wirken sollte. Er zwinkerte mit einem Auge und wankte aus dem Zimmer. Mike schüttelte verwundert den Kopf.

«Tja … hrm», begann Roine unsicher und räusperte sich.

Er öffnete seine Aktentasche, die er neben sich aufs Sofa

gestellt hatte. Aus ihr drang ein süßlicher Geruch. Neben der Dokumentenmappe aus Kunststoff lagen ein Apfel und eine Banane, deren Schale bereits leicht bräunlich verfärbt war.

«Wenn ich es richtig verstanden habe, wollen Sie sich in Zukunft wieder selber um Ihren Sohn kümmern. Robin also. Wir vom Sozialamt finden das sehr gut. Die Gesetzgebung geht ja davon aus, dass die biologischen Eltern im Normalfall am besten dafür geeignet sind. Und wenn ich es recht verstehe, ist die Mutter wohl nicht erreichbar, oder?»

Mike zuckte mit den Achseln.

«Das war 'ne kurzfristige Sache, kann man sagen. Sie ist ziemlich bald abgehauen.»

Roine Lind warf Mike einen unsicheren Blick zu, bevor er seine schmalen Lippen befeuchtete und in seinen Papieren blätterte.

«Und Sie selbst haben im Laufe der Jahre so einige ... Probleme gehabt.»

«Äh, na ja, was heißt Probleme. Ich hab 'n paar Dummheiten angestellt. Im Suff. Sobald ich auch nur 'nen winzigen Schluck Schnaps trinke, passieren bei mir im Kopf die merkwürdigsten Sachen. Aber damit ist jetzt Schluss. Ich trink nichts mehr. Hör auf zu saufen und fang an zu laufen, wie schon der alte Bedrup sagte.» Mike grinste. «Aber Sie sind wohl noch zu jung, um sich an ihn zu erinnern. Damals waren Sie ja wahrscheinlich noch nicht mal geboren, oder?»

Im Gesicht des Sozialarbeiters breitete sich Verwirrung aus.

«Wir gehen am besten zuerst die Formalitäten durch», sagte er und schaute in seine Mappe. «Mike Lorne Larsson, 1963 in Tomelilla geboren ...»

Er hielt inne und kratzte sich mit dem Stift an der Nasenspitze.

«Ein ungewöhnlicher Name. Na ja, nichts für ungut. Er ist schön, aber ... ungewöhnlich.»

Roine Linds Adamsapfel hüpfte am Hals auf und ab, als seine Neugier für einen kurzen Moment die Angst besiegte.

«Darf man fragen, woher er kommt?»

«Cartwright.»

Mike blickte ihn mit ausdrucksloser Miene an. Ein leichtes Pulsieren oberhalb seiner Ohren warnte ihn. Er spürte, dass sein Gesicht langsam eine andere Farbe annahm.

«Äh, ja?»

Mike lächelte angestrengt.

«Kennen Sie die etwa auch nicht?»

«Doch, doch», beeilte sich der Sozialarbeiter zu versichern. «Ich habe die Filme als Kind gesehen.»

«Aha.» Mike nickte. «Vater ... mein Vater also, er war 'n ziemlicher Miesepeter, aber er mochte Western. Vor allem die Gebrüder Cartwright. Als ich geboren wurde, dachte er, dass das passen würde. Ja, und auf das, was meine Mutter fand, pfiff er, nebenbei bemerkt, völlig.»

«Ich verstehe immer noch nicht recht ...»

«Little Joe war ja jedermanns Liebling. Mike alias Michael Landon. Und mein Vater fand, dass Papa Cartwright 'n flotter Typ war. Lorne Greene hieß der Schauspieler. Tja, und dann taufte er mich eben auf den Namen Mike Lorne ...»

Roine Lind musterte ihn mit ernstem Blick.

«Faszinierend.»

Eine ganze Weile lang saßen beide schweigend da. Mike schaute aus dem Fenster, wo der nasskalte Herbstwind an den Blättern der kranken Kastanie zerrte. Regentropfen glitten an der Scheibe herunter. Der Sozialarbeiter schien völlig den Faden verloren zu haben. Sein Blick verlor sich irgendwo zwischen den glitzernden Kunststoffkugeln im Weihnachtsbaum, den wahrzunehmen er bislang erfolgreich vermieden hatte. Dann zuckte er zusammen, als erwache er aus einem Traum.

«Ja, also, wir machen diese Hausbesuche, damit die Verwaltung sichergehen kann, dass das Kind es gut hat. Robins schulische Situation ist ja nicht ganz unproblematisch. Aber seine Unterbringung bei Sune und Gunborg Olsson hat bisher gut funktioniert. Sune genießt einiges Vertrauen im Ort. Wäre ja auch eigenartig, wenn es anders wäre. Sie wissen doch wohl, dass er Vorsitzender der Zentrumspartei hier draußen ist? Außerdem haben er und Gunborg im Laufe der Jahre schon viele Pflegekinder bei sich aufgenommen. Sie mögen Kinder sehr gerne.»

Roine Lind nippte an seinem Kaffee. Flüchtig tauchte eine schmale Zungenspitze in seinem Mundwinkel auf.

«Was ich damit sagen wollte, ist, dass wir es langsam angehen sollten. Robin einen Plan unterbreiten, ihm Zeit für die Umgewöhnung geben sollten. Er befindet sich immerhin in einem kritischen Alter.»

«Wie meinen Sie das?»

Mikes aufgebrachte Stimme ließ den Sozialarbeiter blass werden.

«Also, juristisch betrachtet sind Sie natürlich nach wie vor der Erziehungsberechtigte, Sie haben also das volle Recht … Aber man sollte es vielleicht doch eher etappenweise angehen. Sich vorantasten. Dem Kind zuliebe.»

In Mikes Magen breitete sich eine betäubende Leere aus. Es war genau das, was er befürchtet hatte. Die Enttäuschung war ihm so vertraut. Jetzt, da er endlich mal Pläne geschmiedet hatte, mussten sie natürlich gleich wieder zunichtegemacht werden. Diese hinterhältige Arglosigkeit verursachte ihm ein Kribbeln am ganzen Körper. Warum konnten sie ihm nicht einfach mal glauben? Darauf vertrauen, dass er es mit seinem Neuanfang ernst meinte? Sicher hatte Mike Larsson im Leben Fehler gemacht. Und, um ehrlich zu sein, nicht gerade wenige. Aber jeder Mensch hat doch wohl das Recht auf eine zweite Chance, oder? Sie meinten es ja bestimmt gut, aber das half ihm auch nichts. In Gegenwart von Sozialarbeitern wie Roine Lind kam sich Mike immer wie ein frisch geschlüpfter Schmetterling vor, der sich gerade aus seiner Puppe gekämpft hatte, nur um kurz darauf geradewegs in ein klebriges Spinnennetz zu fliegen. Nur mit großer Mühe gelang es ihm, den Impuls zu unterdrücken, mit den Armen zu fuchteln und loszubrüllen, um sich zu befreien.

«In meinen Papieren steht, dass Sie ... dass Sie schon ein paar Mal zuvor zusammengewohnt haben, Sie und Robin. Mehrfach in Malmö. Und für kurze Zeit hier in Tomelilla. Es klappte offenbar nicht so gut.»

Mike betrachtete resigniert den fünfzehn Jahre jüngeren Sozialarbeiter, der mit verschwitzten Handflächen und einer aufgesetzten verständnisvollen Miene auf dem Sofa saß. Scheißkerl, dachte er. Was weiß einer wie du denn schon vom Leben?

Dann versuchte er, sich dennoch zu erinnern. Das letzte Mal lag schon ein paar Jahre zurück. Robin war damals vielleicht elf. In der Wohnung in Lindängen war es nicht viel mehr als ein halbes Jahr zusammen gut gegangen. Der Junge machte von Beginn an Ärger in der Schule und legte sich mit allen an. Mike erinnerte sich mit Grausen an die Gespräche mit den Lehrern. Robin benahm sich in der Zeit ziemlich aufmüpfig. Und als Mike dann in der Reifenfirma im Hafen entlassen wurde, ging alles den Bach runter. Wo hatte Robin sich eigentlich aufgehalten, während er sich selber volllaufen ließ? Diesbezüglich flossen alle Erinnerungen in seinem Kopf lediglich zu einem einzigen Brei zusammen. Vor Selbstvorwürfen schüttelte es ihn am ganzen Körper. Dieses Mal würde es definitiv anders werden.

Er schaute mit einer neuen Entschlossenheit auf.

«Okay, was haben Sie nochmal gesagt?»

«Nur, dass Sie es langsam angehen lassen sollten. Sie können Robin ja treffen und gemeinsam mit ihm etwas unternehmen, als Vater und Sohn, sodass er die Chance bekommt, sich daran zu gewöhnen, bis seine Zeit bei den Pflegeeltern um ist.»

Roine Lind schloss seine Aktentasche wieder und stand auf. Er lächelte freundlich. Aus der Küche hörte man Geschirrklappern und ein fröhliches Pfeifen. Rolle hatte offensichtlich Gefallen an der Hausarbeit gefunden.

«Eine Sache noch …», brachte der Sozialarbeiter zögernd hervor.

Er blickte unruhig in Richtung Flur, als befürchte er, jemand könne heimlich mithören, und flüsterte dann geheimnisvoll: «Eine Frage hätte ich noch. Roland Andersson und Sie, sind Sie eigentlich … sind Sie zusammen?»

Mike sah ihn verständnislos an.

«Na ja, es würde natürlich in keiner Weise Einfluss auf die Entscheidung über Robins weiteren Verbleib haben, aber man möchte doch gerne wissen, wie die Dinge liegen, der Vollständigkeit halber …», versuchte es Roine Lind.

«Wovon reden Sie eigentlich?»

«Ich meine, Sie und Roland … Sind Sie ein Paar?»

Eine ganze Weile lang regte sich in Mikes Kopf überhaupt nichts. Dann begann er langsam wieder klar zu denken. Während der Sekunden, die es dauerte, bis der Groschen endlich fiel, schien es, als frage sich sein Hirn unbewusst selber, wie die explosive Muskelmasse, mit der es vernetzt war, auf dieses Missverständnis reagieren würde.

Mit einem Wutausbruch oder eher mit einem Lachanfall?

Der Sozialarbeiter hatte den verblüffenden Schluss gezogen, dass Mike Larsson schwul war!

Als Roine Lind kurz darauf die Außentreppe zu seinem Nissan Micra hinuntertrippelte, der am Straßenrand stand, dröhnten ihm Mikes Lachsalven noch immer in den peinlich berührten Ohren.

KAPITEL 8

Der Trawler war nicht viel mehr als ein weißer Punkt am Horizont, als sie ihn zuerst erblickten. Das Meer lag blank wie ein Spiegel da, und das Schreien der Möwen, die um den Mast herumkreisten, war deutlich bis hin zum Pier zu hören, auf dem Vater und Sohn standen und aufs Wasser hinausspähten.

Robin füllte seine Lungen mit einem tiefen Atemzug. Frische Luft, die nach Tang und Brackwasser roch. Er schielte zu Mike hinauf und schnüffelte unauffällig an der ihm vertrauten, leicht nach saurem Schweiß riechenden Lederjacke. Für einen kurzen Augenblick trafen sich ihre Blicke, bevor sie sich jeder wieder dem tiefen Blau vor ihnen zuwandten. Es war wie eine stillschweigende Übereinkunft.

Ohne etwas zu sagen, standen sie dort und folgten der Einfahrt des Trawlers in den Hafen mit ihren Blicken. Das Tuckern des Dieselmotors wurde immer lauter. Um den Bug herum spritzte es auf, und am Heck des Schiffes bildeten sich seichte Wellen, die in perfekten Dreiecken in Richtung Unendlichkeit rollten. An der Reling stand ein Mann im Ölanzug und nahm Dorsche aus. In regelmäßigen Abständen schmiss er eine Handvoll Eingeweide über Bord, die kaum die Wasseroberfläche erreichten, bevor die hungrigen Möwen sich darauf stürzten.

Erst als der Trawler den Pier erreicht hatte und im Hafenbecken so nahe an ihnen vorbeiglitt, dass ihnen die Dieselschwaden in die Nase stachen, brach Mike das Schweigen.

«Was für eine Freiheit!»

«Was für ein Gesülze ...»

Robin blinzelte angesichts der Herbstsonne, die extrem warm vom Himmel schien, und tat so, als nähme er die missbilligende Falte zwischen Mikes Augenbrauen nicht wahr.

Die Worte waren ihm einfach so über die Lippen gekommen, wie eine Kröte auf Abwegen. Warum, das wusste er selbst nicht so genau. Eigentlich hatte Robin nämlich auch diesen Zauber gespürt, wenn auch nur für ein paar Minuten. Die Verlockung des Horizonts. Die Weite des Meeres. Die Sehnsucht danach, einfach loszufahren, frei von allen Zwängen, ohne dass sich irgendwer in sein zukünftiges Leben einmischen konnte.

«Man hätte doch eigentlich Fischer werden sollen», fuhr Mike fort. «Das wäre doch was, oder, Robin?»

Er boxte seinen Sohn aufmunternd gegen die Schulter.

«Allein gegen die Naturgewalten», philosophierte er, während er den verträumten Blick erneut auf die unendliche Weite des Wassers richtete.

Robin zuckte irritiert mit den Schultern.

«Wie denn? Statt zu saufen?»

Aus dem Augenwinkel sah er, wie sich Mikes Gesichtszüge verdunkelten. Wie die Wangenmuskeln gewissermaßen anschwollen, als sein Vater die Kieferknochen aufeinanderpresste. Robin wusste, was das zu bedeuten hatte. Welches Risiko es in sich barg, das Schicksal herauszufordern. Und dennoch gelang es ihm einfach nicht, aufzuhören.

«Heringskiller», grummelte er. «Scheißjob. Herumlaufen und wie 'n Scheißhaus stinken.»

Er kickte mit dem Fuß einen Zementbrocken weg, der sich aus einer Spalte im Belag des Piers gelöst hatte und nun mit einem Plumpsen ins Wasser fiel.

«Und außerdem ist der Dorsch vom Aussterben bedroht.

Die Männer dürfen nur ein paar Tage im Jahr fischen. Danach bleibt ihnen nur der Gang zum Sozialamt. Fucking loser!»

Mike atmete schwer. Doch Robin ließ nicht locker. Er kickte noch einen Zementklumpen weg, diesmal etwas fester. Eine Silbermöwe, die, auf einem Pfahl stehend, vor sich hin gedöst hatte, schrie erschrocken auf und flatterte davon.

«Aber das wär ja genau das Richtige für 'ne Niete wie dich ...»

Als Mike Robins Arm ergriff und ihn verdrehte, fühlte es sich an, als würde er von einer Baggerschaufel umschlossen, sodass der Junge abrupt herumfuhr.

«Jetzt hör mir mal gut zu, du kleiner Scheißer! Was glaubst du eigentlich, wer du bist?»

Der Speichel spritzte nur so aus Mikes Mund, während sich sein finsteres Gesicht wie eine Gewitterwolke über Robin auftürmte.

«Halt dich verdammt nochmal zurück ...!»

Obwohl Robin wusste, dass er mit dem Feuer gespielt hatte, löste der plötzliche Sinneswandel seines Vaters eine heftige innere Reaktion bei ihm aus. Erst erschrak er. Doch dann öffnete sich eine Art Schleusentor und ließ eine Sturzflut aus Wut und Trotz in seinem Inneren losbrechen: Explodier doch, du nutzloser Suffkopp!, dachte er. Sauf dich doch zugrunde! Verschwinde, wie du es schon immer getan hast, Knacki! Verdammter Drückeberger!

Dann schloss sich das Schleusentor wieder. Robin schluckte einen dicken Kloß im Hals herunter und hielt die Luft an. Kein Wort war über seine Lippen gekommen. Doch in seiner Miene konnte man lesen wie in einem offenen Buch.

Mikes Augäpfel sahen aus, als würden sie jeden Moment aus ihren Höhlen herausspringen. Die Adern an seinen Schläfen schwollen an. Aus seinen behaarten Nasenlöchern drangen zischende Laute.

Verdammt, warum hab ich nicht einfach die Klappe gehalten, dachte Robin.

Dann löste sich der Griff um seinen Arm.

«Wenn du mal Rentner bist, werd ich dich fertigmachen, du alter Mistkerl», hörte er sich selber murmeln.

Ein blauer Schimmer, der vermutlich vom Meer reflektiert wurde, blitzte in Mikes Augen auf. Er schnaubte laut hörbar. Aus seiner Kehle drang ein dumpfes Gluckern. Er kratzte sich am Bartansatz und schaute zu Boden. Als er das Gesicht wieder nach oben richtete, zuckte es ein wenig in seinen Mundwinkeln.

Die Gefahr schien vorüber zu sein. Robin rieb sich den schmerzenden Oberarm und spuckte ins Hafenbecken.

«Und wo liegt dieses verdammte Boot jetzt?»

Der Besitzer des Schleppers sah aus, als hätte er ein halbes Jahr lang in denselben Klamotten geschlafen. Sie fanden ihn dösend auf einer Bank neben einem Stapel leerer Fischpaletten liegen, die an der Kante des Kais neben einem der inneren Hafenbecken aufgeschichtet waren. Zu seinen Füßen lag ein grauschnäuziger Labrador, der mindestens genauso mitgenommen aussah wie sein Herrchen. Erst als sie ganz nahe gekommen waren und Mike diskret hüstelte, nahm der Hund Witterung auf, hob den Kopf und gab ein müdes Kläffen von sich. Der alte Mann auf der Bank fuhr zusammen.

«Ach, da sind Sie ja …»

Er hielt schützend eine Hand vor die Augen, um die Sonne abzuschirmen.

«Sie sind doch bestimmt der, der wegen der Anzeige angerufen hat, was?»

«Ja, genau. Und Sie sind … Greger Kling?»

«Höchstpersönlich. Und die Schönheit, die dort vor Anker

liegt und auf Sie wartet, ist M/S Ewigkeit. Die Bezwingerin der Sieben Meere. Stark wie ein Blauwal und schnell wie ein Thunfisch. Ein makelloses Schiff!»

Der Mann lächelte breit und schwang seinen Arm in einer einladenden Geste in Richtung des Bootes, das eingezwängt zwischen einigen großen Heringstrawlern am Kai lag.

Zu verkaufen: Das Schnäppchen des Jahrhunderts! stand auf einem handgeschriebenen Schild an der Reling.

Mike schob seine Hand in die Innentasche und nahm das Portemonnaie zur Hand. Das Foto in der inzwischen fast völlig zerknitterten Zeitungsannonce war relativ klein und verschwommen. Doch es herrschte kein Zweifel. Es war genau das Schiff, von dem er in den vielen einsamen Stunden in seiner Zelle in Kirseberg geträumt hatte.

Der Schlepper dümpelte schwerfällig im Wasser. Oberhalb des schwarz gestrichenen Stahlrumpfes erhoben sich ein kurzer Mast und ein Führerhaus, dessen Tür offen stand. An der Außenseite der Reling hingen ein halbes Dutzend alte Autoreifen an Ketten herab, die offensichtlich als Fender dienten. Durch das still daliegende Wasser hindurch, an dessen Oberfläche Ölreste schimmerten, konnte man zwei kräftige Schiffsschrauben erkennen.

«Na dann, willkommen an Bord.»

Kling machte einen unerwartet geschmeidigen Satz über die Reling, verschwand im Ruderhaus und stieg von dort eine halbe Treppe hinab unter Deck. Mike und Robin folgten ihm. Ein Geruch nach Feuchtigkeit und abgestandenem Kaffeesatz schlug ihnen entgegen. In der Kajüte befand sich eine vollständig eingerichtete kleine Wohnung. Ein an die Wand geschraubter Tisch mit Bänken, eine Küchenzeile mit Kochplatte, und hinter einer Trennwand konnte man vier geräumige Kojen erkennen. An einer Wand war ein kurzes Schwert mit einigen Nägeln und Stahldraht befestigt.

«Sie ist ein altes Seeräuberfrachtschiff», erklärte Kling und zwinkerte Robin zu.

«Machen Sie Witze?»

Ohne zu fragen, schenkte der Alte Kaffee aus einer rostigen Thermoskanne aus.

«Nein, zum Teufel. Lange Jahre gehörte sie einem Piraten in der Karibik. Gudriksen hieß er. Ich glaube, er war Norweger oder vielleicht auch Holländer. Jedenfalls hatte er im Hafen von Curaçao seinen Liegeplatz. Von dort aus verbreitete er mit der M/S Ewigkeit Schrecken bis hin zu den Bahamas. Seine Besatzung bestand lediglich aus drei Mann, und dennoch gelang es ihm, riesige Öltanker aus Venezuela zu kapern und Lösegeld von ihnen zu fordern. Millionen von Dollar. Kriegsschiffe aus den USA, Großbritannien und einer ganzen Reihe südamerikanischer Bananenrepubliken stellten ihm nach. Doch Gudriksen kannte die karibischen Gewässer besser als seine Westentasche. Sie kriegten ihn nie zu fassen. Wussten nicht mal, wo er sich befand. Schließlich war er so vermögend, dass er die Seeräuberei an den Nagel hängen und eine der größten Likörfabriken auf Curaçao kaufen konnte, wo er dann saß und sich das süße Zeug hinter die Binde kippte, bis er alt und schwach wurde und ihm die Zähne im Mund vergammelten.»

Robin musste grinsen.

«Na klar ...»

«Doch», beteuerte Kling und fuhr fort: «Aber das ist schon einige Jahre her. In der letzten Zeit ist sie kreuz und quer über die Ostsee getuckert. Ihr letzter Eigner ist regelmäßig mit ihr nach Polen gefahren und hat sie mit Wodka beladen. Wyborowa und Żubrówka. Hochwertige Marken. Er verdiente ’ne Menge dran. Doch eines Tages konnte er sich nicht zurückhalten. Er öffnete eine Kiste und kippte sich auf dem Weg durch die Meerenge von Bornholm ordentlich was hinter die Binde. Das hat sich gerächt, denn er befand sich in trügerischen Gewässern. Dummerweise kam er vom Kurs ab und lief unterhalb von Hammershus auf Grund. Es tat einen ungeheuren Knall. Aber Sie haben ja selbst gesehen, mit welch einem robusten Rumpf das Schiff ausgestattet ist. Er bekam nicht mal 'ne Delle, obwohl die Klippe, die es gerammt hatte, in der Mitte gespalten wurde. Wie dem auch sei, der dänische Zoll erwischte ihn natürlich. Sie beschlagnahmten die Fracht, und wäre er nicht schon so alt gewesen, hätte er wohl den Rest seines Lebens hinter Gittern verbringen müssen. In dem Fall begnügte sich das Amtsgericht Ystad mit einer Freiheitsstrafe im offenen Vollzug. Die Behörden warfen gewissermaßen ein Auge auf ihn …»

Er nahm bedächtig eine Flasche und drei Gläser aus einem Fach im Unterschrank des Tisches. Dann musterte er Robin eine ganze Weile, als versuche er sein Alter zu bestimmen, bevor er eines der Gläser wieder zurückstellte. Der Wodka gluckerte heimelig. Mike grinste verschmitzt.

«Und was machen Sie selber so?»

«Ich … äh. Na ja, ich bin nur 'n alter kranker Frührentner. Repariere hier hinten im Schuppen alte Schiffsmotoren, wenn ich Zeit hab.»

Mit einer Kopfbewegung nach hinten kippte Kling den Schnaps hinunter, knallte dann das Glas auf den Tisch und gab ein zufriedenes Schnaufen von sich.

«Dieser Schlepper ist ein Vermögen wert. Und nur, weil Sie 'n feiner Kerl zu sein scheinen, mach ich Ihnen 'nen Superpreis. 'ne halbe Mille! Was sagen Sie? Schlagen Sie ein?»

Als Kling seine derbe Hand vorstreckte und Mike die Gelegenheit gab, einzuschlagen, sah Robin etwas Phantastisches vor sich, eine Art Filmsequenz in Slow Motion, die ihn mit Bewunderung erfüllte: Mit eiskaltem Blick zieht Mike ein Päckchen aus seiner weiten Lederjacke. Es ist in zerknittertes braunes Packpapier eingeschlagen und mit einer Schnur versehen. Er schneidet sie zügig mit dem Stilett auf, das plötzlich in seiner Hand aufgetaucht ist. Auf dem Tisch liegen fein säuberlich ausgebreitet zwei Bündel mit Fünfhundertern. «No big deal, old man. The money is yours.» Mike lehnt sich mit finsterer Miene gegen die Wand. Der Alte strahlt vor Freude. Entzückt reißt er die Gummibänder von den Bündeln und taucht seine große rote Nase tief in den Geruch der Scheine. Dann wendet Mike sich Robin zu, legt ihm eine schwere Hand auf die Schulter und sagt mit tiefer Stimme: «We are sailing at dawn, son.»

Doch Mike reagierte ganz und gar nicht, wie Robin es sich erhofft hatte. Stattdessen schien es, als würde jegliche Luft aus seinen Lungen entweichen. Zur großen Enttäuschung seines Sohnes schaute er Kling lediglich an und schüttelte resigniert den Kopf. Kippte seinen Wodka runter, rülpste vernehmlich und gab einen bleischweren Seufzer von sich.

«Das ist 'ne ziemliche Stange Geld …»

«Wir können uns doch was leihen, Papa!», brachte Robin hervor. «Oder die Kohle klauen oder was auch immer. Das Schiff ist doch total cool!»

Greger Kling lachte freundlich und schraubte den Korken wieder auf die Flasche.

«Na, Mike, hören Sie auf Ihren Sohn?»

In der Kajüte wurde es mucksmäuschenstill. Eine nahezu unerträgliche Stille. Mit einem Gefühl, dass etwas in seinem Inneren sich langsam aufzulösen begann, betrachtete Robin seinen Vater. Ihm gefiel nicht, was er sah. Ganz und gar nicht. Aus irgendeinem Grund musste er an die verwaschene Tätowierung der Meerjungfrau denken, die sich unter Mikes Flanellhemd auf seiner Schulter befand. Als Robin klein war, hatte er, obwohl er immer wieder nachfragte, nie eine vernünftige Erklärung dafür erhalten, warum die Tante mit den großen Brüsten eine Fischflosse besaß. Jetzt erfüllte ihn der Gedanke an das verblichene Bild mit einem gewissen Unbehagen, das er nicht in Worte fassen konnte. Wenn er nur irgendwie Geld auftreiben könnte!

«Komm schon, Papa!»

«Sie bekommen vierhundert Lachse», hörte er Mike murmeln.

Robins Magen zog sich zusammen. Irgendetwas an seinem Blick hatte sich verändert. Der Blick seines Vaters. Er gefiel ihm nicht. Wenn er nur den Mut gehabt hätte, hätte er seinen Vater gepackt und ihn geschüttelt, so fest er nur konnte. Mike, der Unbezwingbare. Der Frauenheld. Der Mann, dem keiner etwas anhaben konnte. Doch jetzt sah er nur müde aus.

«Komm schon, Papa», wiederholte Robin.

Greger Kling lächelte unerbittlich.

«Eine halbe Mille, Mike. Das ist ein fairer Preis. Nehmen Sie sich die Zeit, die Sie brauchen, um darüber nachzudenken. Ich habe keine Eile. Aber eine halbe Million will ich haben. Das dürfte reichen, bis man …»

Er schielte etwas unruhig zu Robin rüber, bevor er fortfuhr: «… bis man irgendwann den Löffel abgibt.»

Der Wagen, den Mike von Boris geliehen bekam, hatte vermutlich noch mehr Jahre auf dem Buckel als der Sierra, den er nach seinem ersten feuchtfröhlichen Abend in Freiheit am Möllevångstorg geklaut hatte. Es war ein grüner Opel Rekord mit durchgesessenen Sitzen, zwei hinteren Scheiben, die man nicht vollständig hochkurbeln konnte, und einem Schaltknüppel, der krachende Geräusche von sich gab. Der Schrotthändler versicherte jedoch, dass er voll verkehrstüchtig sei.

«Der Motor ist in der Tat gut in Schuss», erklärte Mike seinem Sohn. «Boris hatte eigentlich vor, die Karre zu verkaufen, doch als er merkte, dass ich Interesse daran hatte, gab er sie mir. Als Dienstwagen sozusagen. Boris ist 'n feiner Kerl.»

Ohne Vorwarnung drehte er das Radio auf, sodass die Lautsprecher aus Kunststoff zu vibrieren begannen. Er erhob seine raue Stimme und fing an, den Text zur Musik mitzubrüllen: «Everybody has a hungry heart ... oh, oh ... everybody has a hungry heart ...»

Robin erschauderte und schluckte widerwillig einen sarkastischen Kommentar herunter, der ihm auf der Zunge lag. Zugleich war er erleichtert darüber, dass Mike sich von seiner zeitweiligen, ökonomisch bedingten Depression so schnell wieder erholte, die ihn während des Feilschens im Hafen befallen hatte. Robin rutschte tiefer in seinen Sitz hinein und blickte hinaus über die braun gepflügten Äcker. Er schniefte.

«Hast du dich erkältet?», schrie Mike durch den Lärm hindurch.

Robin schüttelte, ohne zu antworten, den Kopf. Stattdessen betrachtete er die kraftvollen Hände seines Vaters, die auf dem mit Leder bezogenen Steuer lagen und hin und wieder in spastischen Bewegungen nur leidlich im Takt mit Springsteen zuckten. Schon als Robin klein gewesen war, waren ihm Mikes Hände riesig vorgekommen. Sie waren es noch immer. Breit und mit Fingern versehen, die an behaarte Würstchen erinnerten. Nur sehniger. Und noch kräftiger.

Während Robin gedankenverloren im Auto saß und auf die Pranken seines Vaters starrte, kam ihm eine Erinnerung an früher. Sie musste vor vielen Jahren in seinen Hirnwindungen hängen geblieben sein und sich dort eingenistet haben. Es handelte sich lediglich um ein kurzes Fragment, das allerdings glasklar war und genau in diesem Moment auftauchte: Mikes Fingerknöchel, die blutig und bis auf den Knochen abgeschürft sind. Seine Finger sind gekrümmt, und die Hände, die auf dem Küchentisch liegen, zittern leicht. Mike hebt eine an und leckt sich die Wunden. Dann zieht er eine Grimasse, die Robin nicht deuten kann und die ihm Angst macht. Wessen Blut ist das?, denkt er noch. Doch die Antwort darauf hat er vergessen. Im Zusammenhang mit dem Bild tauchen allerdings auch Geräusche und Gerüche auf. Irgendein Kerl schreit im Hintergrund wie ein abgestochenes Schwein. Irgendwer rülpst, und im Raum stinkt es nach Schnaps.

«Willst du ’ne Halstablette?»

Robin fuhr auf seinem Sitz zusammen. Er murmelte etwas, wühlte dann mit einem Finger in der Schachtel und steckte sich einige Halspastillen in den Mund. Aus dem Augenwinkel sah er eine verletzte Hand die Lautstärke des Radios leiser drehen.

«Ich hab aufgehört zu rauchen», erklärte Mike. «Hab heute Morgen den letzten Zug genommen.»

«Aha …»

«Ist nicht gut für die Kondition. Und außerdem teuer. Mit dem Saufen werd ich übrigens auch aufhören. Schritt für Schritt, hab ich mir gedacht.»

Als Mike lediglich ein verachtendes Schnauben zur Antwort erhielt, verstummte er, zog eine missmutige Grimasse und begann erneut den Takt auf dem Lenkrad mitzutrommeln.

Nachdem sie sich von Greger Kling verabschiedet und Simrishamn hinter sich gelassen hatten, schwiegen sie beide eine ganze Weile. Nicht, dass sie sich nichts zu sagen gehabt hätten. In Robins Innerem wimmelte es nur so von Fragen. Es war bloß so verdammt schwer, sie zu formulieren. Und obwohl er nichts lieber wollte, als Antworten auf sie zu erhalten, konnte er sich nicht überwinden, seinen Mund weiter zu öffnen, als um ein paar abgehackte Wortfetzen vor sich hin zu murmeln. Die Gedanken kreisten in seinem Kopf. Wann würde er Sune und Gunborg endlich los sein? Wenn Mike nur wüsste, wie sehr er dieses Schwein hasste! Doch alles, was sein Vater gesagt hatte, war, dass irgendein Idiot vom Sozialamt meinte, sie sollten es langsam angehen lassen. Wieso langsam? Robin hatte keine Lust, es langsam angehen zu lassen. Er wollte keine einzige Nacht länger in Sunes Haus schlafen. Er wollte sofort bei Bubbleking einziehen. Oder dem ganzen Scheiß am allerliebsten mit diesem Schlepper entfliehen, den sein Vater, der Versager, sich nicht leisten konnte. Es fiel ihm schwer, Mike in die Augen zu schauen.

«Hab ich dir eigentlich erzählt, dass ich in meiner Jugend zur See gefahren bin? Ich war nicht viel älter als du, als ich zum ersten Mal angeheuert hab. War eigentlich gar nicht so übel.»

Mike lächelte wehmütig.

«Schule war irgendwie nie mein Ding gewesen. Ich hab die technische Oberstufe in Ystad absolviert. Hat mich nicht gerade vom Hocker gerissen. Und eines Morgens hat sich bei mir im Kopf einfach 'n Schalter umgelegt und ich hab beschlossen, auf den Schulbus zu pfeifen und per Anhalter nach Malmö zu fahren. War ganz easy. Hab 'nen Job als Küchenjunge auf 'nem Containerschiff bekommen. Kartoffeln schälen, Zwiebeln hacken und jede Menge Geschirr schleppen. Wir sind nach Rotterdam, London und New York gegondelt. Klar, es war 'ne ziemliche Schufterei. Und man hatte nicht gerade oft Landgang. Eigentlich fast nie. Aber es hat einen gewissermaßen … abgehärtet.»

Mike hielt inne und betrachtete seinen Sohn, als sei ihm plötzlich ein Gedanke gekommen.

«Wie läuft 's eigentlich in der Schule, Robin?»

«Geht so …»

«Hast du Freunde dort?»

«’n paar.»

«Ich meine, richtige Freunde? Auf die du dich verlassen kannst?»

«’nen Typen, der Kenny heißt. Er ist ganz okay.»

Das Ziehen in der Magengegend machte sich wieder bemerkbar. Das gleiche unangenehme Rumoren, wie er es in der Nacht verspürte, in der sie Rauchbomben abgefeuert und beim Araber die Schaufenster eingeschmissen hatten. Er berührte vorsichtig die Wunde neben seinem Daumen. Kenny und sein verdammtes Stilett. Ich hätte es ihm heimzahlen sollen, dachte Robin. Ihm ’ne leere Flasche in den Nacken rammen sollen, als er nicht damit rechnete. In der Hütte lagen ja mehrere. Ich hätte nur einer von ihnen den Hals abschlagen und ihm damit eins verpassen müssen, als er mir den Rücken kehrte. Es wär echt cool gewesen, ihn wie ’nen verprügelten Ochsen zusammensacken zu sehen. Oder mit dem Stilett. Ich hatte es ja immerhin in meiner Hand.

Er schüttelte das Gefühl ab und linste zu Mike rüber.

«Hast du übrigens das über die Nazis auf dem Marktplatz in der Zeitung gelesen?»

«Was denn?»

«Das mit den Nazis. In der Ystads Allehanda stand was darüber. Sie haben mitten in der Nacht Rauchbomben auf dem Platz gezündet. Und alle Scheiben von der Pizzeria des Arabers eingeschlagen. Übel, oder?»

«Und warum?»

«Tja, was weiß ich … Sie wollten wohl jemandem Angst einjagen.»

«Und wem?»

Mike sah ihn verständnislos an. Robin spürte, wie die Nervosität in seinem Körper zunahm.

«Woher zum Teufel soll ich denn das wissen? Wahrscheinlich den Ausländern.»

«Und warum?»

«Weil sie …»

«Verdammt!»

Plötzlich trat Mike mit dem rechten Fuß heftig auf die Bremse und riss das Steuer herum, sodass der Wagen ins Schlingern geriet und Robin nach vorn geschleudert wurde und mit der Stirn gegen das Armaturenbrett knallte.

«Aua, verflucht nochmal!»

«Verdammter Bauerntölpel!», brüllte Mike und drehte sich mit einem drohend erhobenen Stinkefinger um, den er in die Luft reckte.

«Hast du das gesehen!? Der Traktor ist geradewegs auf die Hauptstraße eingebogen!»

Erst dann sah er, dass Robin das Gesicht verzog und sich den Schädel rieb.

«Hast du dir wehgetan?», fragte er, immer noch hochrot im Gesicht, aber nun in einem sanfteren Tonfall.

«Scheiß drauf.»

«Ich werd mich drum kümmern und den Sicherheitsgurt reparieren», versprach Mike und schaltete wieder in den fünften Gang hoch.

Robin spürte, wie es hinter seinem Stirnbein pochte. Er klappte die Sonnenblende herunter und betrachtete sich im Spiegel. Unmittelbar unterhalb seines stoppeligen Haaransatzes war ein kleiner roter Fleck zu sehen, umgeben von einer graublauen Schwellung, die an den Rändern gelblich schimmerte. Mit den Fingerspitzen konnte er eine Beule ertasten.

«Was hattest du nochmal über die Nazis gesagt?»

«Ach, nichts.»

Eine ganze Weile saßen sie beide stumm da und starrten

auf den grauen Asphalt, der ihnen unter den Reifen entgegensauste. Im Radio war Springsteen von Thorleifs abgelöst worden. Doch Mike hatte die Lautstärke heruntergedreht, sodass die nasale Stimme des Sängers das Dröhnen der kaputten Fensterscheiben kaum zu übertönen vermochte.

«Dieser Schlepper …», sagte Mike unvermittelt. «Mal sehen, was aus diesem Plan wird.»

KAPITEL 9

Als Amela klar wurde, dass sie im Begriff war, einen Mord zu planen, erschrak sie. Es war, als würde diese Einsicht ein Loch in ihre Seele reißen. Sie sank auf dem Sofa in sich zusammen.

Schlaftrunken blickte sie auf die Uhr über der Kommode im Flur. Viertel nach zehn. Sie legte das Buch auf den Tisch. Wie lange hatte sie wohl schon davor gesessen und hineingestarrt, ohne umzublättern? Minutenlang. Stundenlang. Für Amela hätte die Zeit genauso gut für immer stehen bleiben können.

Ein hysterisches Lachen ließ sie aufblicken und in den Fernseher schauen. Sie ließ den Apparat abends immer laufen, um ein wenig Gesellschaft zu haben. Sie sah einen Komiker mit Halbglatze, der einen Hahn nachzumachen versuchte, wie er ein Huhn vergewaltigt. Er wirkte aggressiv. Das Publikum applaudierte. Amela schaltete den Fernseher aus.

Sie hörte, wie der Wind draußen vor dem Fenster an der Parabolantenne des Nachbarn riss. Es klang beinahe wie ein Sturm. Ein lautes metallisches Zischen.

Sie stand auf und öffnete die Tür zum Balkon. Die Tür klemmte, und Amela musste sich regelrecht mit der Schulter dagegenstemmen, um sie aufzudrücken. Der Wind schlug ihr unmittelbar entgegen, sie geriet aus dem Gleichgewicht und musste sich am Geländer festhalten. Es fühlte sich kalt, aber angenehm an. Sie fröstelte, genoss jedoch die Herbstluft.

Durch die Dunkelheit wirbelten trockene Blätter umher, die der Wind von den Bäumen im Park neben dem Altersheim gerissen haben musste. Amela schaltete die bunte Lichterkette an, die sie im vergangenen Herbst draußen angebracht hatte. Sie leuchtete rot, grün und gelb und verbreitete eine heimelige Stimmung.

Im Nachbarhaus waren die meisten Wohnungen dunkel. Die wenigen Menschen, die noch wach waren, zogen sich hinter vorgezogenen Gardinen zurück. Auf einem Balkon hüpften mehrere Kleidungsstücke an einer Wäscheleine wie wilde Gespenster auf und ab. Durch ein Fenster mit einer defekten Jalousie, die in schiefem Winkel kümmerlich herabhing, konnte sie einen Mann und eine Frau erkennen. Sie standen eng umschlungen mitten im abgedunkelten Zimmer und wiegten sich sacht im Takt irgendeiner Musik, die sie nicht hören konnte. Es versetzte Amela einen neidvollen Stich in die Brust.

Mord.

Ihre Lippen bewegten sich lautlos, als sie das Wort im Stillen formulierte, wie um es auszuprobieren.

Rache.

Sie zog die Strickjacke fester um ihren Oberkörper und spähte in die Nacht hinaus. Dieser Mann im Systembolag. Seit sie ihm begegnet war, hatte er ihre Gedanken völlig absorbiert. Erst hatte sie daran gezweifelt, tatsächlich richtig gesehen zu haben. Doch je mehr sie darüber nachdachte, desto überzeugter war sie. Es war keine Einbildung. Er war es, daran gab es keinen Zweifel. Dreizehn Jahre lang hatte sie nicht einmal seinen Namen gewusst, obwohl er ihr Leben zerstört hatte. Manchmal hatte sie ihn als Personifizierung des Teufels betrachtet. Aber jetzt wusste sie, wie er hieß: Boris Nicolic. Zumindest nannte er sich hier in Schweden so.

Hatte er sie wiedererkannt? In dem kurzen Augenblick, in

dem sie ihm direkt in die dicht beieinanderstehenden Augen starrte, hatte er keine Anzeichen erkennen lassen, dass er sich an sie erinnerte. Aber sicher war sich Amela nicht. Vielleicht stand er ja jetzt dort draußen in der Dunkelheit? Sie hielt die Luft an und horchte. In der Wohnung unter ihr schrie ein Säugling. Ansonsten hörte sie nur das Heulen des Windes. Sie kniff die Augen zusammen und suchte die blassen Lichtkegel um die Straßenlaternen herum ab. Die asphaltierten Wege und Rasenflächen lagen verlassen da. Nicht einmal eine Katze schlich in den Schatten umher.

Den Namen herauszufinden war leichter gewesen, als sie gedacht hatte. Am Tag nach der Begegnung im Systembolag fand sie einen Zettel in ihrer Jackentasche. Ein Autokennzeichen, hastig auf die Rückseite eines Kassenbons gekritzelt. Sie erinnerte sich schemenhaft daran, dass sie dem Mann wie in Trance bis zum Marktplatz gefolgt war und gesehen hatte, wie er in seinen lehmbespritzten Jeep stieg. Sie musste sich das Kennzeichen notiert haben, ohne es mitzubekommen. Man konnte mit seiner Hilfe doch bestimmt den Besitzer ermitteln, dachte sie.

Am selben Abend traf sie bei den Mülltonnen zufällig auf Wanja. Die redselige Friseurin wohnte zwei Eingänge entfernt von ihr und war einer der wenigen Menschen, mit denen Amela Kontakt unterhielt. Hin und wieder machten sie einen gemeinsamen Spaziergang oder tranken zusammen Kaffee, um sich die Zeit zu vertreiben. Während sie gerade eine Tüte mit alten Zeitungen in die Plastiktonne beförderte, nutzte sie die Gelegenheit, zu fragen.

«Es gibt doch eine Zulassungsstelle, bei der man anrufen kann», antwortete Wanja und musterte sie neugierig. «Hast du etwa 'n Auge auf 'nen feschen Typen geworfen?»

Amela hatte gelacht und sich beeilt, wieder ins Haus zu kommen.

Sie musste lediglich zwei Telefonate führen; zuerst mit der Auskunft und dann mit der Zulassungsstelle. Nach einer halben Minute Wartezeit hörte sie die Frau am anderen Ende der Leitung mit unerwartet kühler Stimme sagen, als ginge es um irgendeinen x-beliebigen Namen: «Boris Nicolic. Möchten Sie seine Personennummer ebenfalls haben?» Amela hatte, ohne zu antworten, aufgelegt.

Es war ein merkwürdiges Gefühl, dachte sie, als sie dort auf dem Balkon stand. Es erschien ihr so unwirklich, plötzlich den Namen des Täters zu kennen.

Amela suchte mit ihrem Blick die Dunkelheit ab. Sie spitzte die Ohren, um durch den Sturm hindurch alle Geräusche wahrzunehmen. Der Wind heulte wie ein Rudel hungriger Wölfe. Vielleicht versteckte er sich unter den windumtosten Blutbuchen im Park auf der anderen Straßenseite, oder er saß in seinem Wagen und wartete darauf, dass auch in ihrer Wohnung das Licht ausgehen würde. Konnte er sie jetzt sehen? Mit einem Mal hatte sie das Gefühl, auf einer Bühne zu stehen, mitten im Scheinwerferlicht und einem unsichtbaren Publikum ausgeliefert. Sie schaltete die Lichterkette wieder aus. Dem tanzenden Paar hinter der kaputten Jalousie schien die Gefahr nicht bewusst zu sein; von ihnen konnte sie keine Hilfe erwarten. War die Haustür unten auch wirklich abgeschlossen?

Aber eigentlich, dachte Amela, war nicht sie diejenige, die Angst haben musste, sondern er. Sie hoffte innerlich, dass ihn im Laufe der Jahre Gewissensbisse befallen hatten. Nicht, dass er irgendeine Form der Vergebung zu erwarten hätte. Niemals. Gewisse Taten verdienen keine Gnade.

Adnan war gerade mal zehn Jahre alt, aber für sein Alter ziemlich groß. Wenn er kleiner gewesen wäre, würde er heute vielleicht noch leben.

Als Amela die Balkontür hinter sich schloss, war sie durchgefroren. Sie ging hinaus ins Bad, drehte den Wasserhahn auf und ließ sich das heiße Wasser über die Handgelenke laufen. Wie schmal sie sind, dachte sie. «Du hast Handgelenke wie eine Prinzessin», hatte ihre Großmutter zu Hause in Srebrenica immer gesagt. Doch das war lange her. Eine ganze Weile stand sie vollkommen reglos da und betrachtete ihre graublauen Venen, während sich die Wärme in ihrem Körper ausbreitete.

Der Computer rauschte verdächtig laut. Hoffentlich gibt er nicht den Geist auf, dachte Amela. Der Apparat hatte sie einen halben Monatslohn gekostet. Sie verwarf den Gedanken und setzte sich auf den Schreibtischstuhl, erfüllt von einer neuen kühlen Entschlossenheit. Der Kaffee hatte ihre Sinne geschärft. Es war, als hätte der Gedanke an Rache ihre Trauer verdrängt.

Sie dachte kurz nach. Dann tippte sie das Wort Waffe bei Google ein. Sie erzielte drei Millionen Treffer, die ersten führten sie zu diversen Jagdgeschäften in Norrland. Sie schüttelte irritiert den Kopf und versuchte es noch einmal. *Waffe Tomelilla* ergab nur wenige Treffer. Es schien jedenfalls keinen Waffenhandel im Ort zu geben. Ihre Finger wirbelten über die Tastatur. Nach diversen weiteren Eingaben hatte sie herausgefunden, dass das nächstliegende Geschäft, in dem man Schusswaffen kaufen konnte, Kjells Sport & Waffen in Sjöbo war.

Eine Schrotflinte, dachte Amela. Die dürfte am geeignetsten sein. Als sie klein war, hatte sie die Flinte ihres Vaters einmal ausprobieren dürfen. Er hatte einen großen Kürbis auf einem Baumstumpf platziert und dann den Kolben auf ihrer Schulter ausgerichtet. Schieß schon, Amela! Es ist nicht gefährlich. Sie erinnerte sich immer noch an den Knall und den starken Rückstoß, der einen großen blauen Fleck auf ihrer Haut hinterließ. Aber am eindrucksvollsten war, wie der Kürbis in Stücke gerissen wurde und das Fruchtfleisch in alle Richtungen spritzte.

Eine Schrotflinte, die sollte sie sich wirklich zulegen. Aber konnte man einfach so in ein Geschäft gehen und das Geld auf den Tresen legen? Oder musste man einen Waffenschein erwerben, woraufhin man in allen möglichen Registern geführt wurde? Ganz bestimmt würde es verdächtig wirken, wenn eine Frau und noch dazu eine Flüchtlingsfrau aus Bosnien behauptete, sie hätte vor, wieder jagen zu gehen, was ja im Grunde der Wahrheit entsprach. Dieser Kjell würde sicher nachfragen. Und das Risiko wollte sie nicht eingehen.

Amela seufzte irritiert und rollte mit dem Stuhl vom Computer weg. Sie lehnte sich zurück gegen die gefederte Rückenlehne und starrte ungeduldig ins Leere. Vielleicht sollte sie eher in anderen Bahnen denken. Während die eine Hälfte ihres Herzens angesichts der Kaltblütigkeit der anderen entsetzt war, ging sie die Alternativen durch.

Auf der Website blocket.se wurde so ziemlich alles zum Kauf angeboten. Aber man konnte doch wohl nicht einfach nach einem gebrauchten Revolver suchen, oder?

Ein arrangierter Autounfall? Vielleicht. Aber wie beeinflusste man die Bremsfunktion bei einem Jeep? Sie verwarf den Gedanken wieder und ersann einen neuen. Einen Autocrash kann man schließlich auch überleben.

Ein Brand? Seine Adresse hatte sie bereits herausgefunden. Es würde ein Leichtes sein, sie auf der Karte auszumachen, in einer dunklen Nacht hinzufahren, einen Kanister Benzin über sein Haus zu gießen und schließlich ein Streichholz dranzuhalten. Ein Bild des Teufels, verkohlt in seinem eigenen Fegefeuer, flimmerte in ihrem Kopf vorbei.

Oder wäre es besser, ihn zu vergiften? So zu tun, als würde sie ihn zufällig treffen, und ihn mit ihrem weiblichen Charme zu bezirzen. Ihn zu einem guten Essen einzuladen, diverse bosnische Spezialitäten, und dann gerade so viel Rattengift ins Essen zu mischen, wie nötig war, um seine inneren Organe zu zerfressen und ihn so langsam und schmerzvoll wie möglich verbluten zu lassen.

Der Gedanke daran stimmte sie regelrecht beschwingt, geradezu berauscht. Wie viel Kaffee hatte sie eigentlich getrunken? Sie legte sich eine Hand auf die Brust und spürte, wie ihr Herz heftig gegen die Rippen hämmerte. In ihrem Kopf rauschte es leicht. Ihr Puls raste.

Amela schaute erneut auf die Uhr über der Kommode im Flur. Es war kurz nach Mitternacht.

Dann schmeckte sie etwas Salziges auf ihrer Oberlippe. Langsam führte sie die Hand zum Gesicht und wischte sich über die feuchte Wange.

KAPITEL 10

Nach sechs Tagen auf dem Schrottplatz in Spjutstorp erhielt Mike seinen ersten vertraulichen Auftrag. Sein Chef hatte sich genauso ausgedrückt und damit den gewünschten Effekt erzielt. Mike kam sich auserwählt vor.

«Ich möchte, dass Sie mir einen Dienst erweisen», sagte Boris mit feierlicher Stimme, als Mike das kleine Büro betrat und sich die ölverschmierten Hände an den Hosenbeinen abwischte. «Es geht um Schulden. Sie und ich sind ja aus demselben Holz. Wir sind doch beide der Meinung, dass man seiner Pflicht nachkommen muss, oder? Seine Schulden begleichen muss. Es geht schließlich ums Prinzip.»

Dann zwinkerte er Mike zu und boxte ihn leicht mit der Faust in den Oberarm. «Ich weiß, dass ich mich auf Sie verlassen kann.»

Anfänglich nahm Mike an, dass es sich um einen leichten Job handeln würde. Ein bisschen Abwechslung konnte ihm durchaus nicht schaden. Die ganze Woche lang hatte er alte Autos auseinandergenommen, Schrott sortiert und Ersatzteile an die wenigen Kunden verkauft, die auftauchten. Jetzt freute er sich darauf, mal etwas anderes zu machen. Und, wie gesagt: Man musste eben seiner Pflicht nachkommen.

Die von Hand geschriebene Rechnung, die Boris ihm in einem gebrauchten braunen Kuvert überreicht hatte, lag zusammengefaltet neben ihm auf dem Beifahrersitz. Mike hatte sie sorgfältig studiert, bevor er sich in den Opel setzte, um in Ruhe darüber nachzudenken, wie er vorgehen sollte:

Scania Magic Movies in Lövestad. Raymond Nygren.

Service und Reparatur. 25 000 *Kronen.*

Auf Anforderung zu bezahlen an Boris' Autoverwertung. Spjutstorp.

Die ganze Sache schien klar wie Kloßbrühe. Solange Papiere für die Anforderung existierten, dürfte alles in bester Ordnung sein. Doch Boris hatte etwas erwähnt, was Mike ein wenig beunruhigte.

«Raymond ist 'n gerissener Bursche. Eigentlich 'n alter Kumpel. Aber er hat mich schon mal beschissen. Es kommt vor, dass er lügt. Dass er behauptet, er sei mir gar kein Geld schuldig. Und dann müssen Sie ... tja, ein bisschen nachhelfen. Dafür bezahle ich Sie ja auch. Sie verstehen schon, was ich meine, oder?»

Mike hatte verstanden. Im Grunde hatte er auch gar nichts dagegen, seinem Arbeitgeber zu helfen. Und wenn es sein musste, auch mit härteren Bandagen. Sicher, Mike selber hatte in seinem Leben nie ein moralisches Vorbild abgegeben. Nicht zuletzt auch bedingt durch den Alkohol. Doch er hielt das Prinzip hoch, dass man seine Schulden begleichen musste, erst recht zwischen alten Kumpels. Außerdem rechnete er damit, dass es ausreichen würde, ein wenig herumzupoltern und die Muskeln spielen zu lassen, bis der Schuldner ihm zu Willen wäre.

Folglich war Mike guter Dinge, als er den Wagen in Richtung Norden nach Lövestad lenkte. Auf der Landstraße herrschte überhaupt kein Verkehr, aber die Sicht war schlecht. Über den Feldern lag dichter Nebel, der die einsamen Höfe in eine Dunstschicht hüllte. An manchen Stellen sah es aus, als hätten die Weidenbäume keine Wurzeln. Wenn er es nicht besser gewusst hätte, hätte er wahrscheinlich geglaubt, dass ein noch so geringer Windhauch ausreichen würde, um sie hinwegzupusten. Hin und wieder erblickte er riesige Berge von Zuckerrüben. Der Geruch nach Feuchtigkeit und Erde drang in den Wagen, wo er sich mit dem süßlichen Duft des Wunderbaums vermischte, der am Rückspiegel hing.

Scania Magic Movies befand sich in einem großen Eternithaus, dessen Fassade beträchtliche Schimmelflecken aufwies. Genau wie Boris gesagt hatte, lag es ungefähr einen Kilometer außerhalb des Ortes, unmittelbar angrenzend an ein dunkles Waldstück mit Fichten. Auf dem Hof standen ein ziemlich heruntergekommener Pick-up einer Marke, die Mike unbekannt war, ein alter Volvo sowie ein kleiner Skoda, der möglicherweise ein Mietwagen war. Irgendwelche Plakate des Unternehmens oder andere Hinweise darauf, dass gerade Filmaufnahmen liefen, konnte er nicht entdecken. Aber er hatte sich auch nicht eingebildet, dass Raymond Nygrens Firma irgendeine wie auch immer geartete Ähnlichkeit mit Hollywood aufweisen würde.

Mike stieg aus dem Wagen und blickte zu den Fenstern hinüber. Kein Mensch zu sehen. Das einzige Geräusch, das er hörte, kam von einer einsamen Elster, die neben einer Mülltonne auf dem Boden herumhüpfte und zufrieden krächzte, weil es ihr gelungen war, einige stinkende Plastiktüten aufzuhacken. Aus dem Schornstein des Hauses stiegen dünne Rauchschwaden auf und vermischten sich mit dem Nebel.

«Hallo! Jemand zu Hause?»

Mike hatte die Hände zu einem Trichter vor dem Mund geformt, als befände er sich auf hoher See und riefe etwas in Richtung eines namenlosen Geisterschiffes.

Im Haus blieb es still.

«Raymond Nygren!»

Mikes dröhnende Stimme verhallte abermals im Nebel, ohne dass sich irgendeine menschliche Reaktion zeigte.

Unschlüssig drehte er eine Runde ums Haus herum. Seine Schuhe knirschten im Kies. Ein schwacher Geruch nach

Rauch stach ihm in die Nase. Doch aus dem Inneren des Hauses waren keinerlei Geräusche zu vernehmen.

Er klopfte diskret an die Haustür. Keine Reaktion. Als er vorsichtig die Klinke hinunterdrückte, glitt sie mit einem Quietschen auf, das einem Katzengeschrei glich. Er stieg über die Schwelle und schaute sich um.

Direkt vor ihm auf der anderen Seite des Flurs lag ein Wohnzimmer, eingerichtet mit durchgesessenen und verschrammten Möbeln, die genauso alt zu sein schienen wie das Haus selbst. Zu seiner Linken befand sich eine Küche. Das Lämpchen der Kaffeemaschine leuchtete rot, und auf dem Herd stand eine Pfanne mit angebrannten Fleischwurstresten. Rechts von Mike befanden sich zwei verschlossene Türen, die wahrscheinlich zu einer Kleiderkammer und einem Schlafzimmer führten. Doch die Stimmen, die er nun hörte, kamen nicht von dort, sondern aus dem Kellergeschoss. Und es handelte sich nicht gerade um eine gewöhnliche Unterhaltung, die da aus der Unterwelt heraufdrang, das war Mike sofort klar. Man konnte die Stimmen zweier Personen unterscheiden. Eine gedämpfte Männerstimme, die ein eintöniges Grunzen und Stöhnen von sich gab, sowie eine weibliche Stimme, die in regelmäßigen Abständen «Oh, my God! … Oh, my God!» ausstieß.

Aus irgendeinem Grund, der vermutlich mit Mikes Taktgefühl zusammenhing, verzichtete er auf ein erneutes Rufen. Stattdessen schlich er, so leise er konnte, die mit billigem Teppichboden ausgelegte Kiefernholztreppe hinunter. Nach ein paar Stufen konnte er um die Ecke linsen, wenn er in die Hocke ging. Vor ihm lag ein großer Raum, der das ganze Kellergeschoss einzunehmen schien. Der hintere Teil des Raumes badete regelrecht in einem gleißenden Licht. Um ein riesiges, auf einem Podest stehendes Bett herum, das mit knallroter Seide drapiert war, war ein ganzes Arsenal von

Scheinwerfern und Mikrophonstativen aufgebaut. Eine Figur, die zugleich Kameramann und Regisseur zu sein schien, kroch zwischen den Kabeln auf dem Fußboden umher, wahrscheinlich mit dem Ziel, das, was sich auf dem Bett abspielte, in besonders kunstvollen Aufnahmen einzufangen. Doch es waren natürlich die Akteure zwischen den roten Seidenlaken, die Mikes Interesse erregten.

In dem starken Scheinwerferlicht erstrahlte die kreideweiße Haut der Frau regelrecht. Sie stand auf allen vieren, den Kopf in einer sündigen Pose in den Nacken gelegt und das ausladende Hinterteil willig einem tätowierten Muskelpaket zugewandt. Der Muskelmann hatte eine kniende Position eingenommen und hielt ihre nackten Brüste umfasst, während er wie verrückt seinen Unterleib vorstieß und dabei die primitiven Laute ausstieß, die Mike so deutlich vom Flur im Erdgeschoss aus vernommen hatte.

Bei diesem Anblick blieb Mike die Luft weg. Ohne auch nur einen Mucks von sich zu geben, ließ er sich auf die Treppenstufe sinken und starrte wie verhext auf das Geschehen. Er spürte eine vertraute aufrührerische Bewegung in der Hose.

«Oh, my God!», wimmerte die Frau erneut. Offensichtlich war der Film für ein ausländisches Publikum vorgesehen.

Als sich Mikes Augen an die scharfen Kontraste im Keller gewöhnt hatten, sah er, dass sich noch mehr Personen dort unten befanden. Auf einem Ledersofa im dunkleren Teil des Raums entdeckte er eine Frau halb liegend in eine Decke gehüllt. Neben ihr saß ein nackter Mann mittleren Alters mit schulterlangem grauem Haar, der frenetisch seinen schlaffen Schwanz massierte, während sein Blick zwischen dem kopulierenden Paar auf dem Bett und dem Pornoheft in seiner linken Hand hin- und herflackerte. Auf einem Beistelltisch lagen diverse Utensilien ausgebreitet: Dildos in bunten Farben, eine Art Lendenschurz aus Leder sowie weiteres Equipment, über dessen Anwendungsbereich Mike sich nicht ganz im Klaren war.

«Gut, Leffe! Nur weiter so. Das wird verdammt sexy!», rief der Kameramann aufmunternd.

Doch der tätowierte Hauptdarsteller schien Probleme zu haben. Sein verbissener Gesichtsausdruck wirkte zunehmend gequält. Und plötzlich schien ihn jegliche Kraft zu verlassen.

«Verdammte Scheiße! Ich kann nicht mehr», brachte er hervor und erhob sich mit kläglich zwischen den Beinen herabhängender Männlichkeit aus dem Liebesnest. Er schnappte sich ein Päckchen Zigaretten und fingerte an einem Feuerzeug herum.

Für den Regisseur schien diese Situation jedoch nicht ganz neu zu sein, denn er wusste umgehend einen Ausweg.

«Okay, wir tauschen. Wie steht's mit dir, Kent?», fragte er, an den Mann auf dem Ledersofa gewandt.

«Tut mir leid, Raymond», seufzte der Grauhaarige und gab sein ausdauerndes Masturbieren auf. Er schüttelte seine lockige Mähne und wirkte bekümmert. «Er muss sich wohl erst noch 'n bisschen ausruhen …»

«Dann machen wir eben die lesbische Nummer. Lina, auf geht's!»

Die in die Decke gehüllte Frau gähnte, stand mit ihren Stilettoabsätzen auf wackeligen Beinen auf und machte einen Ansatz, auf das Podest zu steigen. Doch jetzt hatte die ihr zugewiesene Partnerin Einwände.

«Nee, zum Teufel, Raymond. Du hast nur was von 'nem gewöhnlichen Fick gesagt. Fürs Fotzelecken nehm ich die doppelte Gage.»

Die Frau auf dem Bett, die sich eben noch so überzeugend ihrer Lust hingegeben hatte, setzte sich auf und verschränkte mit einem entschlossenen Ausdruck in ihrem stark geschminkten Gesicht die Arme vor der Brust. Raymond

Nygren seufzte bekümmert und betrachtete sein Ensemble wie ein Lehrer seine ungehorsame Schulklasse.

«Ja, ja. Wir machen 'ne Viertelstunde Pause. In der Küche gibt es belegte Brote und Kaffee.»

In dem Moment erblickte er Mike auf der Treppe.

«Und wer zum Teufel sind Sie?»

Mike spürte, wie er bis über beide Ohren errötete, genau wie damals, als er zum ersten Mal dabei ertappt worden war, im Konsum Süßigkeiten zu klauen. Fünf Augenpaare starrten ihn verwirrt an. Die vier nackten Pornodarsteller verharrten in jeweils unterschiedlichen Bewegungen, als wären sie auf einem bizarren Foto festgehalten worden. Der Direktor des Filmstudios selbst war ein hagerer Mann um die fünfzig. Sein stark geöltes Haar klebte ihm am Kopf und kräuselte sich dann bis weit über den Hemdkragen hinunter. Im einen Ohr trug er einen fetten Ohrring, der gut zu seinem Eckzahn aus Gold passte. Es blitzte auf, als er den Mund öffnete und den ungebetenen Gast beäugte.

«Mike Larsson ist mein Name. Ich komme von Boris ...»

Mike winkte ihm freundlich lächelnd zu. Diese Sexakrobaten dort sahen wirklich ziemlich komisch aus, dachte er.

Dann stand er langsam auf und zog das Kuvert von Boris aus seiner Innentasche, während die Schauspieler langsam die Treppe hinaufstiegen. Raymond Nygren nahm es entgegen, faltete die Rechnung auseinander und ging die Positionen durch, woraufhin er ein Schnauben ausstieß.

«Fünfundzwanzig Riesen», sagte Mike streng. «Boris hat gesagt, ich soll nur Cash nehmen. Er will die Knete sofort.»

Der Filmdirektor sah ihn unter schweren Augenlidern an. Vor langer Zeit hatte dieser düstere Blick bestimmt mal etwas richtig Verführerisches gehabt. Doch nun wirkte er eher müde. Mike befiel der Gedanke, dass er möglicherweise gar keinen geheimen Tresor besaß, der hinter einem Bild versteckt war und in dem die Bündel mit Geldscheinen lagen und auf ihn warteten.

«Wissen Sie eigentlich, was es kostet, die gesamte Ausrüstung hier auszuleihen?», fragte Nygren gequält und wies mit einer Kopfbewegung in Richtung des Podests.

Mike zuckte mit den Achseln.

«Nee», antwortete er wahrheitsgemäß.

«'ne ordentliche Stange Geld. Und wissen Sie, was diese pathetischen Schlappschwänze, die da oben sitzen und meine Leberpastete in sich reinstopfen, in der Stunde verlangen? Von den Bräuten ganz zu schweigen. Wissen Sie das?»

Offenbar deutete Raymond Nygren Mikes Schweigen so, dass dieser die Stundenlöhne für Pornodarsteller ebenso wenig kannte.

«Zweihundert Mäuse in der Stunde! Da können Sie sich ja denken, wie wenig einträglich diese Branche ist. Fett wird man dabei jedenfalls nicht», klagte er und riss demonstrativ sein Hemd auf und entblößte seine Hühnerbrust.

«Sehen Sie! Nur Haut und Knochen!»

«Ja, aber …»

«Verdammt, das bereitet einem richtig Kopfschmerzen», brachte Nygren hervor und hielt sich die Stirn. «Sie haben nicht zufällig 'ne Alvedon dabei?»

«Nee!»

«Lassen Sie mich wenigstens kurz nachdenken …»

Mike verstummte und wartete darauf, dass der andere fertiggedacht hatte. Irgendetwas suggerierte ihm, dass er gerade dabei war, die Oberhand zu verlieren, und die Aktion ihm aus den Händen zu gleiten drohte.

«Und Sie nehmen auch keinen Scheck?»

In seinem Tonfall lag nun etwas Flehendes. Als Nygren sah, dass Mike den Kopf schüttelte, tat er dasselbe. «Nein, natürlich nicht …», murmelte er kaum hörbar.

In diesem Moment sah Mike ein, dass er von nun an wohl härter durchgreifen musste. Ein bisschen nachhelfen, wie Boris es ausgedrückt hatte. Mike wusste schon, was sein Arbeitgeber von ihm erwartete. Er musste natürlich seine Muskeln spielen lassen und Raymond Nygren einen ordentlichen Schrecken einjagen, indem er ihn eine Weile anbrüllte und, wenn das nicht half, ihn eine Runde im Keller herumjagte, ein paar Scheinwerferstative über seinem schmächtigen Kreuz zerbrach und ihm möglicherweise diesen Zigeunerzahn ausschlug, den er in der Fresse hatte.

Doch Mike Lorne Larsson konnte sein Temperament nicht willentlich beeinflussen. Die Wut kam manchmal blitzschnell über ihn und verwandelte ihn in einen rasenden Stier, einen Tornado oder ein explodierendes Atomkraftwerk. Wenn sie kam, dann kam sie. Tat sie es nicht, konnte er nicht allzu viel unternehmen. Einen Zorn auf Bestellung konnte man Mike nicht abringen. Und als er dort im Kellerraum stand, in dem das Filmstudio von Scania Magic Movies untergebracht war, und den resignierten hageren Filmproduzenten betrachtete, verspürte er nicht die geringste Lust, sich in einen Berserker zu verwandeln. Raymond Nygren tat Mike ganz einfach leid.

«Wir machen es folgendermaßen», schlug Nygren plötzlich vor. «Mir bereitet es immer fürchterlichen Stress, wenn das Geld einem einfach so durch die Finger rinnt. Während wir hier unten die letzten Szenen drehen, könnten Sie sich doch so lange oben bei den belegten Broten bedienen. Im Kühlschrank gibt es auch Bier. Wir sind in einer Stunde fertig für heute. Danach können wir in Ruhe darüber reden. Was sagen Sie dazu …?»

«Machen Sie weiter», hörte Mike sich selber murmeln. «Eine Stunde, dann reden wir Klartext.»

Auf der Treppe hinauf ins Erdgeschoss begegnete er den Akteuren, die inzwischen jeder mit einem Morgenrock bekleidet waren und nun mit Kaffee und belegten Broten für weitere Aufnahmen gestärkt zu sein schienen. Mike nickte ihnen bedächtig zu. Irgendwelche Lust darauf, Schauspieler zu sein, verspürte er nicht länger. Hingegen hatte er ziemlichen Appetit bekommen.

Auf dem Küchentisch standen eine Schüssel mit Nudelsalat und eine Glasplatte mit einem einsamen Wurstbrot darauf. Im Kühlschrank fand er, genau wie versprochen, ein mit Norrlands Guld gefülltes Regal. Mike öffnete eine Dose mit einem Zischen, nahm das belegte Brot in die andere Hand und begann, planlos im Haus umherzuschlendern. Das Wohnzimmer war ziemlich gemütlich, wie er fand. Auf dem Couchtisch neben dem riesigen Flachbildfernseher sah er diverse Wettscheine für Trabrennen und einige Ausgaben einer Frauenzeitschrift herumliegen. Zwei leere Kaffeebecher. Einen Aschenbecher voller Kippen. Einige Wollmäuse an den Fußleisten. Gerahmte Fotografien im Bücherregal. Alles roch jedoch leicht abgestanden und feucht. Durch eine halb geöffnete Badezimmertür hörte er ein Rauschen, das darauf hindeutete, dass die Toilettenspülung klemmte. Der Schwimmer, dachte Mike.

Er stellte die Bierdose auf dem Waschbecken ab und steckte sich den letzten Bissen des belegten Brotes in den Mund. «Man kann sich ja auch ein wenig nützlich machen, während man wartet», murmelte er vor sich hin. Er schraubte mit den Fingern die Mutter am Spülknopf ab und schob den Keramikdeckel des Toilettenkastens zur Seite. Genau wie befürchtet war der Hebelarm des Schwimmers festgerostet, was ein ständiges Wasserlaufen zur Folge hatte. Ohne zu zögern, krempelte er den rechten Hemdsärmel, so weit es ging, hoch und schob seine Hand in das schimmelige Loch hinein.

Wenn es einem gelingt, den Hebelarm erst einmal zu lösen und den Gummistopfen hinunterzudrücken, kann man den

Wasserfluss zumindest fürs Erste stoppen, dachte Mike. Und dann muss Raymond irgendwann Ersatzteile besorgen und die Spülung fachgerecht reparieren, wenn er mit seinem Film fertig ist.

Plötzlich hörte er eine Stimme hinter sich.

«Aha, nun ist also endlich ein Klempner gekommen ...»

Mike riss blitzschnell seine Hand zurück, als wäre er von einem Piranha gebissen worden. Doch in der Eile stieß er unten im Kasten gegen eine scharfe Metallkante und riss sich die Haut am Handgelenk auf.

«Aua, verdammt!»

Der Anblick der Frau, die mit einem spöttischen Lächeln auf den Lippen an den Türrahmen gelehnt stand, bewirkte, dass ihm die Kinnlade herunterfiel. Sie war das Schönste, was er je gesehen hatte, jedenfalls seit H&M vor ungefähr zehn Jahren halb Schweden mit Plakaten von Anna Nicole Smith in einem roten Spitzentanga zugepflastert hatte. Genauso blond, genauso üppig, ebenso aufgeworfene Lippen. Der einzige Unterschied bestand darin, dass dieses Supermodel hier noch größer und, abgesehen von einem Paar goldener Sandaletten mit messerscharfen Absätzen, vollkommen nackt war.

«Haben Sie sich verletzt?», fragte sie mit teilnahmsloser Stimme.

Mike sah rasch auf das Blut hinunter, das von seiner Hand tropfte.

«Was? Nein, kein Problem. Ich hab nur gehört, dass das Wasser im Klo lief. Und dann hab ich gedacht, ich könnte es schnell reparieren. Wenn ich sowieso warte, meine ich. Das Loch da unten ist ziemlich zugerostet, aber wenn man den Hebelarm etwas lockert und den Pfropfen fest hineindrückt, bekommt der Schwimmer wieder Auftrieb ...»

Er hielt mitten im Satz inne. Irgendetwas im Blick der Blondine ließ ihn begreifen, dass sie kein gesteigertes Interesse an der Konstruktion von Toilettenspülkästen zu haben schien.

«Interessant», entgegnete sie dennoch und machte einen Schritt auf ihn zu. Ein Hauch süßlichen Parfüms und weiblicher Wärme schwebte Mike entgegen. Er verspürte eine gewisse Benommenheit.

«Lassen Sie mich einen Blick auf Ihre arme Hand werfen.»

Völlig überrumpelt, ließ Mike sie noch etwas näher herankommen. Absolut willenlos starrte er auf die hypnotisierenden dichten Wimpern der Frau, während er ihre Fingernägel an seinem Handgelenk spürte.

«Sie sind aber kein Klempner, oder?», fragte sie in diesem gleichgültigen Tonfall.

«Nicht wirklich», antwortete Mike, ohne auch nur einen Gedanken daran zu verschwenden, zu lügen. «Es ist eher so, dass ich hier bin, um gewisse Schulden einzutreiben.»

«Ich verstehe …»

Sie betrachtete ohne Eile erneut seine Verletzung. Halb von Sinnen registrierte Mike, der aufgrund des Schocks auf den Toilettensitz hinuntergesunken war, dass sich in seinem Körper etwas zu regen begann. Zuerst nur langsam, doch je mehr seine Verwunderung nachließ, desto schneller begannen seine Hormone zu zirkulieren. Unmittelbar neben Mike stand eine Frau, deren Brüste direkt vor seinen Augen schwebten. Eine langbeinige Amazone, die schöner war, als er während seiner verzweifelten Onanierstunden in der Zelle in Kirseberg je zu träumen gewagt hatte. Im Unterschied zu den Pornoheften duftete sie und strahlte außerdem eine Hitze aus, die ihn ganz schwindelig machte. Es musste sich ganz einfach um einen Traum handeln.

Doch als die geklonte Anna Nicole schließlich ihren Blick von seinem verletzten Handgelenk aufrichtete, begriff er, dass sie tatsächlich aus Fleisch und Blut war.

«Ich glaube, mein kleiner Klempner braucht ein wenig Trost», flüsterte sie und drückte Mikes Gesicht ohne Erbarmen an ihren weichen Bauch.

In diesem Augenblick schien es, als würde ein riesiger Meteorit in die Erdkugel einschlagen. Mike sah nur noch Sterne. Während des Bruchteils einer Sekunde entlud sich seine gesamte Gefängnisgeilheit, die sich in all den Monaten hinter Gittern in seinem Körper angestaut hatte, und verwandelte ihn in ein wildes Raubtier.

Vierzig Minuten später saß er, glücklich vor sich hin pfeifend, wenn auch mit einem ziemlich leeren und matten Gefühl im Körper, wieder im Auto. Er war etwas im Unklaren darüber, was genau sich eigentlich während der intensiven halben Stunde im Badezimmer von Scania Magic Movies abgespielt hatte, fühlte sich jedoch entspannt und in gewisser Weise … wie neugeboren.

Dass es sich nicht um Anna Nicole handelte, die aus dem Nichts aufgetaucht war und ihn verführt hatte, sondern um Raymond Nygrens Ehefrau Bettan, hatte er begriffen, als sie nach dem Liebesakt ermattet wie nach einem Zwölfrundenmatch im Schwergewichtsboxen jeder mit einer Zigarette im Mundwinkel gemeinsam auf den Fußboden neben der Badewanne hinuntersanken. Mike wäre nie auf die Idee gekommen, zu protestieren, als sie zwei Marlboros zwischen ihren Lippen anzündete und ihm eine davon reichte.

«Du geiler Bock!», hatte sie mit einem schwer zu ergründenden Blick gemurmelt.

«Mm …», hatte er zufrieden gebrummt und dabei gegrinst.

Dann war sie aufgestanden, hatte sich ein nahezu durchsichtiges Negligé mit rosafarbenen Bommeln über ihre prachtvolle Körperfülle geworfen und mit den Wimpern geklimpert.

«Diese Schulden, die Raymond bezahlen soll. Damit hat es doch wohl noch etwas Zeit, oder?»

Mike hatte lediglich ein dümmliches Lächeln zustande gebracht.

Aus diesem Grund saß er nun hinter dem Steuer seines Opels und sah das nicht gerade glamouröse Studio von Scania Magic Movies im Rückspiegel verschwinden, während er darüber nachdachte, wie er Boris erklären sollte, dass er Raymond Nygren Aufschub gewährt hatte.

KAPITEL 11

Rolle hatte durchaus seine lichten Augenblicke. Stunden, in denen sein komplexes Hirn all die theoretischen Kenntnisse, die sich in seinen Windungen befanden, mobilisierte, sie mit den emotionalen Erlebnissen eines halben Lebens verschmolz und schließlich eine Synthese aus tiefster Weisheit daraus formulierte. Wie zum Beispiel, als sein Freund ihn in einem Anflug von Ratlosigkeit fragte, was ein Vater gemeinsam mit seinem Sohn unternehmen könnte.

Als Mike in der Zelle in Malmö saß und zum Mond hinaufschaute, der höhnisch auf den öde daliegenden Fußballplatz hinterm Stacheldraht herabschien, hatte er nur ein Ziel gehabt. Frei zu sein. Dann würde sich schon alles regeln. Doch jetzt, wo ihn keine Mauern mehr einzwängten, türmten sich die Schwierigkeiten regelrecht vor ihm auf.

Obwohl bisher eigentlich alles gutgegangen war. Mike hatte Robin mehrere Male getroffen. Sicher, der Junge war etwas phlegmatisch. Mit großer Sicherheit erblich bedingt. Aber eigentlich war es auch nicht weiter verwunderlich. Mike empfand ebenfalls eine instinktive Abneigung gegen diesen schleimigen Kerl von der Zentrumspartei, bei dem sein Sohn untergebracht war. Sein Pflegevater Sune. Aber er hatte sich selber auferlegt, Roine Linds Rat zu folgen und nichts zu überstürzen. Als er das letzte Mal mit dem Sozialarbeiter gesprochen hatte, klang dieser recht optimistisch. Robin würde nun bald zu seinem biologischen Vater gebracht werden, falls sich der Junge nicht selbst dagegen auflehnte.

So weit lief alles gut. Was Mike jedoch bekümmerte, war der Alltag. In seiner Phantasie hatte er sich vorgestellt, dass sich alles von selber lösen würde. Es wäre zwar übertrieben gewesen, zu behaupten, dass Mike grüblerisch veranlagt sei. Doch je näher der Zeitpunkt rückte, an dem er die volle Verantwortung für seinen Sprössling würde übernehmen müssen, desto mehr begann er zu grübeln. Was sollte er nur mit all seiner freien Zeit anfangen? Was sollten sie abends nach der Schule unternehmen? Am Wochenende? Er war ja immerhin kein kleines Kind mehr, das bei Rolle und ihm einziehen und ein Teil der … tja, Familie werden würde, sondern ein außerordentlich willensstarker Vierzehnjähriger, der in nicht allzu ferner Zukunft ein Mann sein würde.

«Denk doch mal an deinen eigenen Vater», empfahl ihm Rolle.

«Wieso?»

«Was hat er denn mit dir unternommen?»

In Mikes Kopf tauchte das diffuse Bild eines mürrischen Menschen auf, vor dessen Fäusten man sich tunlichst in Acht nehmen musste.

«Eigentlich nix. Er hat mir höchstens eine runtergehauen, wenn er sauer war.»

«Okay, und dann denk daran, was mein Vater mit mir unternommen hat.»

Der Teelichtfabrikant Malcolm B. Andersson rief bei Mike lediglich düstere Erinnerungen hervor.

«Dich gequält?»

«Genau. Und nun versuchst du an das zu denken, was diese beiden Schweine alles nicht mit uns unternommen haben. Denn darum geht's doch, verstehst du? Es genau andersherum zu machen. Also?»

Mike schlug mit den Armen aus und sah seinen Freund hilflos an.

«Man schnappt sich seinen Sohn und seinen besten Freund und fährt zum Angeln, ist doch klar!», juchzte Rolle.

An einem windstillen Morgen machten sie sich auf den Weg. Robin wartete bereits auf dem Bürgersteig vor Sunes und Gunborgs Haus, wie sie es verabredet hatten. Rolle hatte eine alte Reisetasche mit Proviant gefüllt und sie zusammen mit drei neu erstandenen Angelruten und einem Kescher sorgfältig in den Kofferraum des Opels verfrachtet.

Das Boot, das sie nehmen würden, lag hochgezogen am Strand von Juleboda. Es gehörte Roine Linds Vater. Als Mike ihm von seinen Angelplänen berichtet hatte, fand der Sozialarbeiter die Idee ausgezeichnet. «Super, Mike! Genau das Richtige, um die familiären Bande zu stärken», rief er und reichte ihm, ohne mit der Wimper zu zucken, den Schlüssel zum Bootshaus, in dem der Motor verwahrt wurde. Vertrauen war eine Art Schlüsselwort im Hinblick auf den Kontakt zum Klienten, das hatte er bereits auf der Fachhochschule für Sozialpädagogik in Lund gelernt.

Es war noch früh am Morgen, als sie losfuhren, und keiner der drei war schon zu Gesprächen aufgelegt. Robin saß auf dem Rücksitz und rieb sich den Schlaf aus den Augen. Rolle hatte unter seinen Seestiefeln, die er im Keller gefunden hatte, vier lange Unterhosen übereinandergezogen und konnte sich eingezwängt unter seinem Sicherheitsgurt kaum bewegen. Mike verspürte vor lauter Vorfreude ein Kribbeln im ganzen Körper.

Nördlich von Brösarp bog er von der Landstraße ab und fuhr auf einer Schotterstraße in Richtung Küste. Um sie herum erhob sich lichter Laubwald. Während die Blätter der Buchen und der knorrigen Eichen bereits zu fallen begannen, leuchtete der Ahorn noch rotgolden. Hin und wieder öffnete sich der Wald, und sie fuhren an Lichtungen vorbei, deren hohes, vom Tau schweres Gras durch die tief stehende Oktobersonne einen regelrecht magischen Schimmer gewann.

Bald wurde der Boden sandiger, und der Bewuchs von Kiefern nahm zu. Und plötzlich lag es vor ihnen, das große weite Meer. Am Ende der kleinen Straße hielt Mike an. Sie stiegen aus dem Wagen und streckten ihre steifen Gelenke. Unterhalb der Sanddünen breitete sich ein langer Strandstreifen aus. Die kleinen Boote der Sommergäste waren nach der Saison längst auf den Sand hochgezogen, wo man sie außer Reichweite für die Herbststürme mit dem Kiel nach oben auf alte Autoreifen aufgebockt hatte. Einige Möwen kreisten schreiend um etwas Essbares herum, das sich in den getrockneten Tangresten direkt oberhalb des Wellenkamms verfangen hatte. Neben den Aalreusen, die ins Wasser hinausreichten, warteten hungrige Kormorane.

Der Motor, ein Evinrude mit zehn PS, befand sich in dem rot gestrichenen Bootshaus, genau wie Roine versprochen hatte. Gut geölt und mit vollem Benzintank. Das Boot wirkte bis ins kleinste Detail gepflegt. Bereits nach wenigen Minuten waren sie startklar.

Als sie das Boot gerade zum Wasser hinunterschleppen wollten, erblickte Mike einen Zettel, den jemand an einer Kiefer befestigt hatte. Es handelte sich um eine gewöhnliche A4-Kopie mit einem Schwarzweißfoto einer Frau darauf. Sie sah recht gewöhnlich aus. Vielleicht so um die vierzig. Mit Brille und leicht gekräuseltem Haar. Doch irgendetwas an diesem alltäglichen Aussehen erregte Mikes Aufmerksamkeit. Er ging näher heran und las.

Hat jemand Lena gesehen?

Unter dem Foto stand eine Telefonnummer. Sonst nichts weiter. Mike betrachtete das Gesicht genauer. Das Bild schien bei irgendeinem festlichen Anlass aufgenommen worden zu sein. Die Frau trug eine Perlenkette. Sie lächelte den Fotografen an.

«Zehn Tage. Dann werden sie sie finden.»

Die Stimme ließ ihn aufschrecken. Er fuhr herum und erblickte einen Mann mit einem wettergegerbten Gesicht, das ähnlich furchig war wie die Rinde der Kiefer. Sein Haar war grau und stoppelig, die Augen standen auf unnatürliche Weise hervor. In seinem Mundwinkel hing ein verkrumpelter Zigarettenstummel, als wäre er zwischen seinen Lippen festgetrocknet.

Der Mann richtete seinen Blick vielsagend auf den Zettel am Baum.

«Es dauert zehn Tage. Dann wird sie bei Stenshuvud an die Oberfläche treiben.»

«Und woher wissen Sie das?»

«Was meinen Sie?»

«Dass sie gerade bei Stenshuvud auftauchen wird.»

Der Mann rieb sich den Stoppelbart und zog eine Grimasse.

«Die Strömung. Sie werden dorthin getrieben. Jedes Mal. Die Leute sehen furchtbar aus, wenn sie wieder auftauchen. Aufgequollen wie ’n alter Schwamm. Ihre Körperteile hängen kaum noch zusammen. Und manchmal waren schon die Aale dran.»

Er nahm die Kippe aus dem Mundwinkel und spuckte einen unsichtbaren Tabakkrümel aus.

«Natürlich nur, wenn sie unterwegs nicht in ’nem Netz hängen bleiben. Das passiert jedes Jahr wieder.»

Mike wusste nicht, was er entgegnen sollte. Er warf einen Blick in Richtung Rolle und Robin, die ungeduldig am Boot warteten.

«Gestern hab ich geglaubt, ich hätte sie im Netz. Es war schwer wie Blei. Ich musste dermaßen daran ziehen, um das Zeug hochzukriegen, dass ich Angst hatte, mir würde die

Milz reißen. Und als ich dann etwas Behaartes gesehen hab, dachte ich: Verdammt, jetzt hat sie sich verfangen …»

Der Alte verstummte und betrachtete Mike verschmitzt, als wolle er ihn auf die Folter spannen.

«Und?»

«Es war ’n Seehund. Ein richtig draller Kerl. Mausetot. Es war die Hölle, ihn da wieder rauszukriegen.»

Mike seufzte, erleichtert darüber, sich nicht noch weitere Details über verwesende Frauenleichen anhören zu müssen. Doch er konnte mit seiner Neugier nicht hinterm Berg halten. Er nickte in Richtung des Anschlags auf der Kiefer.

«Kennen Sie sie?»

Der Alte legte vielsagend den Kopf schräg.

«Nein … Oder doch, ich weiß jedenfalls, wer sie ist. Verheiratet mit ’nem Autohändler in Malmö. Sie haben ein Haus hier in Juleboda. Er war es, der die Zettel aufgehängt hat. Kam gestern hier vorbei. Sah selber aus wie ’ne Leiche, der Ärmste. Sie haben bestimmt auch Kinder. Und er muss natürlich längst kapiert haben, dass …»

«Was kapiert haben?»

Der alte Mann steckte ohne Eile einen Zeigefinger in den Mund und hielt ihn daraufhin in die Luft. Er blinzelte in den wolkenfreien Himmel.

«Es ging ja die ganze Woche lang kein Wind. Unfälle passieren nur, wenn der Wind vom Meer reinkommt. Dann haben wir hohe Wellen hier. Und auf dem Grund ’ne gehörige Strömung. Wenn man zu weit rausschwimmt, wird man mitgerissen. Aber das hier war kein Unfall.»

«Sie meinen also …?»

«Sie muss sich ertränkt haben.»

Mike verabschiedete sich mit einem knappen Nicken und ging hinunter zum Boot. Als er ein paar Meter zurückgelegt hatte, hörte er erneut die Stimme des Alten.

«Wollen Sie nicht 'nen Aal kaufen? Ich hatte heute Morgen sieben Kilo im Netz, alles feste, glatte Burschen.»

Der Evinrude startete sofort beim ersten Anlassen. Er schnurrte wie eine Katze. Offensichtlich warteten Roine Lind oder sein Vater ihre Ausrüstung gewissenhaft. Nachdem er Robin im Bug und Rolle in der Mitte des Bootes platziert hatte, um das Gewicht gleichmäßig zu verteilen, steuerte Mike dem Horizont entgegen. Auf ihrem Weg folgte ihnen eine Seeschwalbe. Die Fischerhütten am Strand wurden schnell kleiner und sahen aus der Ferne bald wie Nistkästen aus. Nach einer Viertelstunde stellte er den Motor aus und ließ das Boot in der Windstille zur Ruhe kommen.

«Okay, Robin. Derjenige, der als Letzter 'nen Dorsch fängt, hat verloren!»

Mit einem Platschen landete Mikes Blinker im Wasser.

«Du lässt ihn runter, bis du spürst, dass er den Grund erreicht. Dann holst du ihn ungefähr 'nen Meter wieder hoch. Und dann ziehst du wie verrückt. Mit voller Kraft», erklärte Mike.

Robin tat, wie ihm geheißen, ließ sich dabei jedoch Zeit. In seinem Inneren herrschte ein Widerstreit der Gefühle. Auf der einen Seite wollte er nichts lieber, als sich aufs Fischen zu konzentrieren. Sich darüber totlachen, wie dumm Mike und Rolle sich anstellten, und mit dem Finger auf ihre langen Gesichter zeigen, wenn er den größten Dorsch von allen aus dem Meer zog. Er hatte noch nie zuvor richtig geangelt, abgesehen von einem Ausflug zu einem schlammigen Weiher außerhalb von Sjöbo, zu dem Sune ihn mitgeschleppt hatte, um Forellen für zehn Kröten das Stück zu angeln. Aber das hier war etwas anderes. Das war 'ne richtige Angelpartie. Doch irgendetwas hielt Robin zurück. Irgendwas sorgte dafür, dass es ihm unmöglich war, sich seiner Lust hinzugeben.

Es war wie ein innerer Krampf. Eine Narbe in der Seele, die ihn an all die Male erinnerte, als er enttäuscht wurde, und die ihn davor warnte, das Gleiche wieder zu erleben, wenn er sich traute, sich richtig fallenzulassen.

Also lehnte Robin sich mit dem Rücken an die Reling, gähnte und ließ etwas zerstreut die Nylonschnur hinunter, bis sie in der Tiefe verschwand. Gegen seinen Willen spürte er jedes Mal ein Ziehen im Magen, wenn er das Gewicht dort unten in Bewegung setzte. In seiner Phantasie sah er Raubfische in der Größe von Walen in der Dunkelheit herangleiten. Jede Sekunde konnte ein Monster sich in seinen Blinker verbeißen. Zur Sicherheit wickelte er die Schnur noch zusätzlich ums Handgelenk. Doch nichts geschah.

Mike war derjenige, der zuerst die Lust verlor.

«Nee, verdammt, hier ist ja nix los. Ist ja fast wie im Swimmingpool. Holt die Blinker wieder hoch. Wir suchen uns 'ne andere Stelle.»

Der Motor schnurrte genauso flott los wie beim ersten Mal, und während Rolle aus voller Kehle «Ein Seemann liebt das Meer» anstimmte, sodass sich nicht mal Robin ein Lächeln verkneifen konnte, nahm Mike Kurs nach Osten auf. Als die Küste zu einem schmalen Schatten geschrumpft war, hielt er erneut an.

Aufs Neue plumpsten drei schwere glitzernde Blinker ins Wasser. Ebenso viele erwartungsvolle Augenpaare folgten ihnen mit dem Blick, bis sie vom Meer verschlungen wurden. Danach zu urteilen, wie viel Schnur von der Spule lief, bis sie den Grund erreichte, war es hier tiefer. Ungefähr dreißig Meter, schätzte Mike. Vielleicht hatten sie eine Senke erwischt. Es erschien vielversprechend. Er begann immer kräftiger zu ziehen. Doch aus dem Augenwinkel sah er mit zunehmender Irritation, dass Robin schon wieder aufgegeben zu haben schien. Er lümmelte sich auf den Boden und schlürfte eine

Pepsi, die Rolle aus seiner Reisetasche gezaubert hatte, blinzelte verschlafen in die Sonne und ruckte nur hin und wieder lustlos mit dem Handgelenk an der Schnur.

«Du musst ’n bisschen mehr ziehen, Robin! Sonst beißt keiner an.»

Mikes Gesicht hatte eine rötliche Farbe angenommen, die zum einen von seiner eigenen Anstrengung herrührte, zum anderen jedoch mit der Lustlosigkeit seines Sohnes zusammenhing. Robin antwortete mit einem Schnauben.

«Wie viele hast du denn selber schon gefangen?»

Mike schwieg. Um ihm zu signalisieren, wer recht hatte, erhöhte er einfach die Frequenz und Kraft seiner Bewegungen. Er spürte bald, wie die Schnur ihm in den Zeigefinger schnitt, ließ sich jedoch nichts anmerken. Er riss und zog, und mit jedem Ziehen gab er ein vernehmliches Ächzen von sich, überzeugt davon, dass die meisten Misserfolge im Leben in Erfolge umgemünzt werden konnten, wenn man nur etwas mehr Kraft und Energie investierte. Es müsste doch mit dem Teufel zugehen, wenn kein Fisch anbeißen würde.

«Verdammte Scheiße!», platzte es schließlich aus ihm heraus, woraufhin er auf der hinteren Sitzbank zusammensank. Er wischte sich den Schweiß aus der Stirn und starrte auf seinen blutenden Finger.

«Hier, nimm ’n Bier», tröstete ihn Rolle.

Mike nahm die Bierdose entgegen und leerte sie in einem Zug, während Robin imponiert auf Mikes Adamsapfel starrte, der in seinem Hals auf und ab wippte. Als er seinen Durst gelöscht hatte, brachte er einen lauten Rülpser hervor.

«Eine Stelle probieren wir noch aus, und dann scheißen wir aufs Angeln.»

Ein weiteres Mal schnurrte der Evinrude los und führte sie noch ein Stück weiter hinaus aufs graue, glatt daliegende

Meer. Als Mike den Motor abgestellt hatte und sie gerade ihre Blinker auswerfen wollten, hielt Rolle sie zurück.

«Ich würde gerne eine Theorie testen», sagte er feierlich.

Er öffnete die Reisetasche erneut und zog diesmal einen Kassettenrekorder und eine Flasche Klaren hervor. Mit einer triumphierenden Miene drückte er auf einen Knopf, und aus dem uralten Musikgerät ertönte eine samtweiche Baritonstimme, die, gefolgt von schmachtender Tanzmusik, über die Wasseroberfläche hallte.

«Oh, ich muss kotzen!», gurgelte Robin und erbrach seine Pepsi über die Reling.

«Das, meine Freunde, sind Christer Sjögren und die Wikinger. Das Stück ist aus dem Album ‹Songs zum Kuscheln 7›. Ende der Siebzigerjahre, wenn ich mich recht erinnere. Doch über die Musik kann man denken, was man will. Das ist nicht der Punkt.»

«Nee …?»

«Lass uns erst ’nen Schnaps trinken», entschied Rolle. Er machte eine kurze Pause, führte die Flasche zum Mund und genehmigte sich einen Schluck. «Gestattet mir nun, euch von dem Wunder auf Bornholm zu erzählen.»

Während Mike die Flasche entgegennahm, machte Bubbleking es sich auf dem unter seiner Last durchgebogenen Sitzbalken bequem. Dann räusperte er sich. Stellte die Lautstärke des Kassettenrekorders etwas leiser und wies mit dem Daumen in Richtung Südosten.

«In den Achtzigerjahren glaubten alle, dass der Dorsch in der Ostsee ausgerottet war. Während Christer Sjögren auf Bornholm eine absolute Legende war. Ihr wollt wissen, was das nun miteinander zu tun hat?»

Rolle zwinkerte vielsagend, bevor er fortfuhr.

«Zu der Zeit war seine Tanzkapelle in Schweden vollkommen out. Aber in Dänemark waren sie richtig angesagt, und auf unserer dänischen Nachbarinsel wurden die Wikinger geradezu vergöttert. Sie waren weitaus populärer als die Beatles, die Stones und Abba zusammen. Die Fischerfrauen liefen rum und schmachteten, während die Männer wie verrückt darüber fluchten, dass sie kein Geld hatten, um die Kredite für ihre Boote abzubezahlen. Eines Tages kamen dann die Wikinger, die auf Tournee waren. Die Frauen drehten regelrecht durch. Die Leute ließen alles stehen und liegen, um Christer Sjögren zu hören. Und wisst ihr, was? Noch in derselben Woche kam auch der Dorsch. Jeder noch so winzige Fisch im ganzen Meer nahm Kurs auf Bornholm, angelockt von der Musik. Plötzlich wendete sich das Blatt. Die Fischer in Rönne und Allinge holten Trawler ein, die sich angesichts der Massen an Dorsch bogen. Viele wurden innerhalb weniger Monate steinreich. Sie kauften sich Autos und bauten schicke Villen. Es war der reinste Goldrausch.»

Er hielt inne und blinzelte sehnsüchtig in die Sonne, bevor er seine Geschichte fortsetzte.

«Tja, und schließlich verschwand der Dorsch wieder. Die Luft war sozusagen raus. Doch das kann man Christer Sjögren natürlich nicht vorwerfen. Für einige Familien endete es ziemlich tragisch. Es hieß, dass manche nach Madagaskar auswanderten, um dort Thunfisch zu fangen, aber die madagassischen Fische erwiesen sich als zu schnell für die Trawler aus Bornholm. Also gingen sie in Konkurs. Aber das ist wieder eine andere Geschichte …»

Als der Freund zu Ende erzählt hatte, spuckte Mike ins Wasser. Er hielt die Hand vor die Stirn und spähte nach Südosten in Richtung der Insel, die knapp hinter dem Horizont liegen musste.

«Du meinst also, dass wir auf diesen Scheiß hören und darauf hoffen sollten …?», fragte er skeptisch.

Rolle nickte und stellte die Musik wieder lauter. Robin

zuckte mit den Achseln. Und dann warfen alle drei wie auf ein Signal ihre Blinker ins Meer und ließen sie in die Tiefe hinuntersinken.

Es dauerte exakt zehn Sekunden, bis Mike einen deutlichen Ruck und danach einen ziemlichen Widerstand verspürte, woraufhin ihm die Nylonschnur tief in die Hand schnitt.

«Zum Teufel!»

Er umfasste die Schnur mit beiden Händen und begann sie Meter für Meter einzuholen. Es kam ihm vor, als hätte er eine Leiche am Haken hängen. Mike schwitzte und zog, und in dem Moment, als er etwas großes Weißes unter der Wasseroberfläche erkennen konnte, hörte er, wie erst Robin und dann Rolle aufschrien.

«Es hat einer angebissen!»

«Mein Gott, es funktioniert!»

Drei kräftige Züge, und dann war Mikes Untier an der Oberfläche. Es war ein riesiger Dorsch mit strahlend weißem Bauch und einem grünlich graugefleckten Rücken, der im Sonnenlicht glänzte.

«Den Kescher, schnell!»

Mit der freien Hand gelang es Mike, das Netz über den Fisch zu ziehen. Doch der Schaft war zu dünn und brach unmittelbar ab. Außerdem hing der Haken lose im Maul. Für eine Sekunde bekam der Dorsch die Chance, mittels einer kräftigen Bewegung seiner Schwanzflosse die Freiheit wiederzuerlangen. Doch bevor er reagieren konnte, warf sich Mike über die Reling, ergriff den schleimigen Fischkörper in seinem Netz und rang mit ihm, bis er ihn schließlich ins Boot hochhieven konnte, indem er sich rücklings auf den Boden warf. Dann, über dem Monster hockend, setzte er der Attacke ein tödliches Ende, indem er sein Jagdmesser in den Nacken des Dorsches rammte, sodass das Blut nur so spritzte.

«Got you, punk!», prustete er über seinem besiegten Feind.

Jetzt galt es, keine Zeit zu verlieren. Mit klopfendem Herzen beobachtete Mike, wie Robin einen weiteren gigantischen Dorsch an Bord hievte, während Rolle an seiner Angel riss und zog, als hätte sich der Haken entweder im Meeresboden verfangen oder steckte im Körper einer Meerjungfrau. Es herrschte kein Zweifel, hier waren Dorsche in rauen Mengen, und es waren nicht gerade kleine Tiere, die unter dem Kiel herumschwammen.

«Es ist 'n ganzer Schwarm!», brüllte Mike. «Macht hin, bevor sie wieder verschwinden!»

Mit einem Mal strotzte die ganze Besatzung nur so vor Energie. Robin schien seine Abneigung gegen Fisch offensichtlich völlig vergessen zu haben. Der Junge sprühte vor Begeisterung. Kaum hatte er einen Dorsch vom Haken genommen und den Blinker wieder ins Wasser geworfen, da biss schon der nächste an. «Guck mal, Papa, was für 'n Brummer!» Bei Rolle lief es nicht anders. Er schnaufte und keuchte, sodass das ganze Boot auf dem glatten Wasser zu schwanken begann, während er einen Dorsch nach dem anderen aus der Tiefe wuchtete. «Halleluja! Ich werd noch religiös, zum Teufel nochmal!»

Nach einer Viertelstunde war es plötzlich vorbei. Drei ermattete Angler sanken auf den Boden des Boots, völlig durchnässt und mit Fischblut beschmiert, und starrten auf ihren Fang: dreißig gewaltige Dorsche, von denen der größte gut und gerne fünfzehn Kilo wog. Eine andächtige Stille breitete sich im Boot aus. Schließlich brach Rolle das Schweigen: «Es herrschte eine dermaßen steife Brise, dass der geile Seemann seinen Schwanz rausholte und sich einen blasen ließ. Zeit fürs Mittagessen, Jungs.»

Im Inneren der Reisetasche offenbarten sich jetzt drei

enorme Pakete mit belegten Broten sowie weitere zwei Norrlands Guld und eine Pepsi. Mike und Robin machten sich ausgehungert über den Proviant her. Rolle biss in ein Wurstbrot und schmatzte zufrieden, weil sich seine Theorie in der Praxis so glänzend bewährt hatte.

Während sie dort saßen und kauten, spürte Robin, wie sich eine angenehme Wärme in seinem Körper ausbreitete. Dass seine Finger nach Blut und Fischschleim stanken, machte ihm nicht das Geringste aus. Über ihren Köpfen kreiste ein Schwarm schreiender Möwen, die wie aus dem Nichts aufgetaucht waren und ein Auge auf den Fang geworfen hatten. Die Sonne schien wohlig warm auf seine Augenlider. Ohne dass Robin sich dessen bewusst war, zuckte es in seinen Mundwinkeln. Es hatte wirklich ziemlich lustig ausgesehen, als Mike mit dem riesigen Dorsch kämpfte. Er betrachtete das vernarbte Gesicht seines Vaters und fragte sich, woher wohl all die anderen Schrammen stammten. Mike war schon ein richtig tougher Kerl. Aber irgendwie auch smart. Als er sah, dass Mike ihm fröhlich zugrinste, lächelte Robin zurück.

«Wisst ihr eigentlich, dass man Fischaugen essen kann?», fragte Rolle plötzlich. «Die Eskimos kauen sie wie Kaugummi. Die Japaner glauben, dass sie sowohl geil als auch intelligent machen. Die reinste Sexdroge.»

«Ach hör doch auf …»

«Es stimmt aber», beharrte Rolle. «Und die Chinesen betrachten sie als Delikatesse.»

Der größte Dorsch lag zu seinen Füßen. Robin betrachtete die kalten Augen. Mit einer Mischung aus Erwartung und Abscheu sah er, wie Rolle seinen Daumen und Zeigefinger in den Fischkopf bohrte. Mit einem schmatzenden Geräusch löste er das Auge aus dem Fleisch.

«Gadus Morhua», dozierte Rolle und hielt ihnen den blutverschmierten Augapfel hin. «Das ist der lateinische Name.

Ich hab gelesen, dass seine Augen nicht so funktionieren wie unsere. Die Linse verändert ihre Form nicht, wenn sie etwas fokussiert. Sie bewegt sich stattdessen vor und zurück.»

Einen kurzen Augenblick starrte Robin direkt in das Auge des Dorsches. Eine schwarze Pupille, umgeben von einem glänzenden Silbergrau und einem blutunterlaufenen Weiß. Dann verschwand es in Rolles Mund. Fassungslos verfolgten Vater und Sohn, wie er kaute. Das Zeug schien in der Tat zäh zu sein. Als Rolle es schließlich hinunterschluckte, tränten seine Augen ein wenig.

«Es schmeckt gut. Ihr müsst es unbedingt auch probieren.»

Mike und Robin schüttelten gleichzeitig die Köpfe.

«Na dann, selber schuld.»

Ob Rolle sich irgendetwas beweisen wollte oder ob sein massiger Körper tatsächlich ein Verlangen nach Dorschproteinen und japanischen Aphrodisiaka verspürte, blieb unklar. Auf jeden Fall riss er rasch ein paar Dutzend Augen aus den Fischköpfen, öffnete mit einem Zischen ein weiteres Starkbier und schlang sie hinunter, während er in regelmäßigen Abständen genussvolle Schmatzgeräusche von sich gab.

Mike und Robin starrten ihn fasziniert an, ohne auch nur einen Mucks von sich zu geben. Nach einer Weile jedoch gingen die Geräusche zunehmend in ein immer stärker werdendes Stöhnen über. Dann hörte Rolle schließlich auf zu kauen; er war grünlich weiß in seinem aufgequollenen Gesicht, oder besser gesagt, seine Haut nahezu durchsichtig.

«Verdammt, ich werd seekrank.»

Mike warf einen skeptischen Blick auf die spiegelglatte Wasseroberfläche.

«Es geht doch überhaupt kein Wind …»

Rolle schluckte wieder und wieder. Dann rann ihm der kalte Schweiß die Schläfen herab. Bis er sich nicht mehr halten konnte.

«Achtung, verdammt!», rief er und warf sich gegen die Reling, während eine Kaskade von Bier, Wurst, Brot und zerkauten Fischaugen aus seinem Mund schoss.

Die abrupte Bewegung setzte enorme Kräfte frei. Als Rolles Bauch gegen die Planken des Boots prallte, geriet das Schiff heftig ins Schwanken. Für einen kurzen Augenblick balancierte sein gewaltiger Leib auf der Reling. Dann kippte er vornüber. Starr vor Entsetzen beobachteten Mike und Robin, wie ihr Freund über die Kante des Bootes glitt und mit einem schmachvollen Gluckern vom Meer verschluckt wurde.

«Rolle!», schrie Robin erschrocken, während Mike eine Sekunde zu spät losstürzte, um den Kameraden festzuhalten.

Fassungslos starrten beide in die Tiefe hinunter. Nur dunkles Grün. Kein Rolle. Doch genau in dem Moment, als Mike sich die Jacke vom Leib reißen und hinterherspringen wollte, erblickte er eine unförmige Masse um den Kiel herumtreiben.

«Halt meine Füße fest, Robin!»

Ohne zu zögern, glitt Mike mit seinem Körper über die Reling und tauchte mit Kopf und Armen, so tief er konnte, in das eiskalte Wasser. Anfänglich fischte er nur im Trüben, während Robin seine Unterschenkel gegen das Sitzbrett presste. Doch dann bekam er ihn zu fassen. Mit einem festen Griff um einen seegrasähnlichen Schopf holte er seinen größten Fang an diesem Tag ein.

Rolle schnaubte wie ein Pottwal, als er mit dem Kopf wieder an die Wasseroberfläche kam.

«Ich kann nicht schwimmen!», schrie er und fuchtelte wild mit den Armen um sich.

«Halt still, sonst krieg ich dich nie hoch!», brüllte Mike.

Mit vereinten Kräften zogen Vater und Sohn an ihm. Doch Bubbleking ins Boot hinaufzuzerren erwies sich als unlösbare Aufgabe. Seine Seestiefel und all die durchnässten langen

Unterhosen verstärkten den Sog in die Tiefe nur noch. Allerdings sorgten allein Rolles eigene Fettmassen für eine Tragfähigkeit, die als Ballast für einen kleineren Öltanker ausgereicht hätte. Jedes Mal, wenn es ihnen gelang, ihn ein kleines Stück hochzuziehen, kippte das Boot und war kurz davor, zu kentern. Schließlich mussten sie aufgeben.

«Wir haben keine andere Wahl. Wir müssen dich anseilen», erklärte Mike streng.

Rolle schaute unglücklich zu ihnen auf, während er sich am Boot festklammerte und nur mit Kopf und Armen über der Wasseroberfläche hing. Um ihn herum flossen die letzten Reste seines Erbrochenen, die bei der Rettungsaktion nicht weggetrieben worden waren.

Während Robin als Gegengewicht auf der Backbordseite der Reling Position bezog, schlang Mike das Haltetau einige Male um Rolles Oberkörper und befestigte es mit einigen raffinierten Altweiberknoten auf der Steuerbordseite.

«Und, wie ist es?»

«Arschkalt!», stammelte Rolle, dessen Gesichtsfarbe jetzt ins Bläuliche überging.

Zumindest befanden sich sowohl sein Kopf als auch ein Teil des Oberkörpers über der Wasseroberfläche. Der Evinrude startete auch diesmal zum Glück wieder beim ersten Anlassen. Und nachdem sein bester Freund am Boot vertäut war wie der Schwertfisch in *Der alte Mann und das Meer*, steuerte Mike aufs Land zu, während Rolle, wahrscheinlich um sich warm zu halten, erneut seine mächtige Stimme über die Hanöbucht erklingen ließ: *«Ein Seemann liebt das Meeeer ...»*

Auf dem Rückweg nach Tomelilla tauchten weder Fischaugen noch Riesendorsche in Mikes Kopf auf. Sondern die Frau auf dem Anschlag, den jemand an der Kiefer neben dem Bootshaus befestigt hatte.

Er hatte Rolle in trockene Decken gehüllt, die Heizung im Opel bis zum Anschlag aufgedreht und es wider Erwarten geschafft, die kaputten hinteren Scheiben hochzukurbeln. Jetzt schnarchten seine beiden Crewmitglieder erschöpft auf der Rückbank. Im Wagen roch es nach Fisch.

Was hatte der Aalfischer mit den vorstehenden Augen nochmal gesagt: «Sie muss sich ertränkt haben.»

Wie war so etwas nur möglich?

Mike versuchte es sich vorzustellen: ein stilles Sommerhaus. Ein Schatten, der in Richtung Tür schleicht. Der Holzboden knarrt. Vielleicht horcht sie eine Weile nach den Atemzügen der restlichen Familie, vielleicht schaut sie ein letztes Mal zu den Kindern hinein und drückt jedem von ihnen einen flüchtigen Kuss auf die Stirn. Dann legt sie den kurzen Weg durch den Wald zurück. Am Strand zündet sie sich eine Zigarette an. Sie zögert. Vielleicht erwägt sie, ihre Kleider auszuziehen. Oder ist ihr Kopf völlig leer? Als sie ins Meer hinausgeht, ist der Entschluss bereits gefasst. Sie spürt das Wasser steigen, erst bis zu den Knien, dann über den Schoß und die Brust. Als es ihr bis zum Hals reicht, wird ihr Körper leicht und hebt vom Sandboden ab.

Mike zwinkerte rasch ein paar Mal, um sich nicht in seinem Traum zu verlieren. Er ließ seine rauen Finger über das Steuer gleiten.

Er fragte sich, was diese Frau in dem Augenblick gedacht haben mochte, als sich ihre Lungen mit Wasser füllten.

KAPITEL 12

Die Regenwolken hingen wie eine feuchte Decke über dem Ort. Den ganzen Tag lang schon fiel ein leichter Nieselregen, der Mike ziemlich auf die Stimmung schlug. Da war ihm ein ordentlicher Schauer lieber, oder auch ein Orkan, aber dieser pieselige Regen, der stundenlang anhielt, war einfach nur furchtbar.

Gelangweilt blickte er durch die dreckige Fensterscheibe nach draußen. Der Hof lag öde da, und im Wohnhaus gegenüber brannte kein Licht. Auf dem Dach hockte eine einsame Krähe mit struppigem Gefieder, während die Pfützen langsam größer wurden. Sie machte nicht gerade einen zufriedenen Eindruck. Vielleicht träumte sie davon, ein bunter Papagei im Dschungel zu sein. Armes Vieh, dachte Mike und sehnte sich nach einem doppelten Whisky.

Es gab Situationen, in denen ihn die Schwermut regelrecht überfiel. Besonders oft kam es nicht vor, aber wenn es geschah, dann nicht selten bei diesem ewig andauernden Regen.

Nichts versetzte Mike leichter in diese einsame Stimmung als eine schwere, dichte graue Wolkendecke, die die Sonne nicht hindurchließ und so viel Feuchtigkeit absonderte, dass man sich nur einen kurzen Augenblick draußen aufzuhalten brauchte, um bis auf die Haut durchnässt zu sein.

Zum Glück bin ich allein und kann es ruhig angehen lassen, dachte er. Boris war sauer gewesen, als er vom Schuldeneintreiben bei Scania Magic Movies mit leeren Händen zurückkehrte, hatte sich jedoch von Mikes Zusicherung überzeugen lassen, dass Raymond Nygren ganz bestimmt bald bezahlen würde. Der Film hatte immerhin beste Voraussetzungen, ein Kassenschlager zu werden. Heute hatte Mike den Auftrag bekommen, das gesamte verkäufliche Innenleben eines alten Volvos auszubauen, der vor kurzem zum Verschrotten gebracht worden war. Aber er hatte keine Lust. Um den Wagen in die Werkstatt fahren zu können, würde er gezwungen sein, einen Stapel Autoreifen beiseitezuräumen, den irgendein Idiot vor dem Tor deponiert hatte. Er würde völlig durchnässt sein, noch bevor er den Volvo unters Dach manövriert hätte. Also musste es warten. Solange es regnete, hatte Mike nicht vor, auch nur einen Deut mehr zu machen, als im Lager zu sitzen, Däumchen zu drehen und Kaffee zu schlürfen.

Mit einem müden Seufzer ließ er sich rücklings auf einen Stuhl fallen und legte die Füße auf den Tresen. Die Krähe da draußen hatte inzwischen zumindest schon Gesellschaft bekommen. Wie zwei alte Weiber mit Kopftüchern hockten die beiden dunklen Vögel dicht nebeneinander und warteten. Aber worauf? Vielleicht darauf, dass der Regen einen fetten Wurm dazu verleiten würde, zwischen dem welken Unkraut im Beet aus der Erde zu lugen. Er nahm *Europas Vögel in Farbe* zur Hand und blätterte die Seite mit Corvus corone cornix auf: *Allesfresser mit variationsreicher Kost. Aas, Schnecken, Insekten, Obst, Gemüse, Samen, kleine Vögel, kleinere Säugetiere, Fisch und Vogeleier.*

So was dürfte ja wohl nicht so schwer zu finden sein, dachte er. Aber vielleicht sind sie auch satt. Er legte das Buch zur Seite. Vielleicht sitzen sie auch nur einfach da und warten darauf, dass der verdammte Nieselregen aufhört.

Mike warf voller Unlust erneut einen Blick aus dem Fenster. Es war genau dieses Wetter, das oftmals diese unangenehme Schwermut in seinem Kopf auslöste. Solange der Himmel klar war, solange ein frischer Wind durch die Baumkronen fuhr und die Wolken wie Segelschiffe übers Meer gleiten ließ, hatte er überwiegend gute Laune. Doch wenn sich die Bewölkung wie eine schwere Decke über ihn legte, setzten sich die dunklen Gedanken in ihm fest und stimmten ihn missmutig.

Da hockte er dann in seinem Frust. Aber was passierte um ihn herum?

So lange er denken konnte, hatte Mike bereits geahnt, dass dort draußen eine Welt existierte, die sich zu schnell für ihn drehte, als dass er sie verstehen konnte. Ganz gleich, ob er nun hinter Gittern saß oder frei war, befiel ihn das unangenehme Gefühl, dass die Weltgeschichte ohne ihn voranschritt und dass sie es immer schneller tat. Im Laufe der Jahre begann Mike zu glauben, dass er dazu verurteilt war, für immer und ewig auf einem leeren Bahnsteig zu stehen und auf einen Zug in die Zukunft zu warten, der bereits vor langer Zeit abgefahren war.

Meistens war er mit sich selber beschäftigt gewesen. Auf dem Balkan, in Afghanistan und im Irak tobte Krieg, ohne dass er mehr als einen flüchtigen Gedanken daran verschwendet hätte. Klar, er hatte registriert, dass Jugos und in der letzten Zeit immer mehr Araber und Afrikaner ins Land kamen. Aber das tangierte ihn nicht. Mike wusste natürlich auch, dass die Leute sowohl das Briefeschreiben als auch ihre Bankgeschäfte per Computer erledigten und im Internet sogar Sex hatten. Doch als Robin ihn nach einem iPod fragte, hatte Mike keine Ahnung, wovon sein Sohn redete. Das konnte einen schon gewaltig irritieren.

Solange Mike im Gefängnis saß, konnte er ohnehin nicht gerade viel dagegen unternehmen, außer zu versuchen, die Unruhe zu unterdrücken, wenn sie sich bemerkbar machte. Die Zeit verging irgendwie. Er stemmte Gewichte. Lernte schweißen. Guckte sich abends idiotische Fernsehsendungen an und schlief ein, während sein Zellennachbar beim Wichsen stöhnte.

Jetzt hatte er ein für alle Mal das Gefängnisleben hinter sich gelassen. Jetzt war er ein freier Mann. Doch wenn diese grauen Wolken wie eine alte feuchte Wolldecke über seinem Kopf hingen und diesen nicht enden wollenden Nieselregen absonderten, kam er sich mehr denn je wie gefangen vor.

Als Mike vom Motorengeräusch eines Autos aus seinem Nickerchen geweckt wurde, befand er sich im Traum mitten in einem weiteren Schäferstündchen mit Bettan Nygren. Nur widerwillig wand er sich aus ihrer feuchtheißen Umarmung.

Boris!, fuhr es ihm durchs verschlafene Hirn, während er hastig die Füße vom Tresen nahm und dabei einen Becher mit Kaffee umkippte, der sich über eine zerknitterte Autozeitschrift ergoss.

Er fasste sich ans Kreuz, wo die Stuhllehne ihm ins Fleisch geschnitten hatte, rieb sich die Augen und fluchte, als sie von seinen ölverschmierten Fingern zu brennen begannen. Dann schaute er blinzelnd hinaus. Als er sah, dass es nicht der große Mitsubishi war, der auf den Hof rollte, sondern ein kleiner Toyota, atmete er erleichtert aus. Gut, dass der Chef und sein sabbernder Dobermann noch nicht im Anmarsch waren. Er warf einen flüchtigen Blick auf die Uhr oberhalb des Wandkalenders, der im Monat Oktober ein barbusiges Pin-up-Girl zeigte, das sich verführerisch auf der Motorhaube eines roten Ferrari rekelte. Viertel vor vier. Wenn er den Kunden schnell abfertigte, konnte er das Lager schon bald abschließen und heimfahren.

Durch die Fensterscheibe sah er, wie die Autotür geöffnet wurde. Die Frau, die ausstieg, schien zu zögern, als sei sie sich nicht ganz sicher, ob sie hier richtig war. Sie blieb neben dem Wagen stehen und schaute sich völlig unbeeindruckt vom

Regen um. Bevor sie die Tür schloss, beugte sie sich erneut ins Wageninnere, als hätte sie etwas vergessen, tauchte dann jedoch mit leeren Händen wieder auf.

Mike öffnete die Tür des Lagers und rief von der Schwelle aus: «Hallo! Kommen Sie rein, Sie werden ja ganz nass!»

Die Frau fuhr mit einem ängstlichen Blick zusammen. Einen Augenblick lang dachte Mike, dass sie zurück in ihren Wagen stürzen würde. Sie hatte ein blasses, etwas eckiges Gesicht und dunkle Schatten unter den Augen. Während sie wie ein fluchtbereites Tier dastand, lief ihr der Regen übers Gesicht und ließ ihr die Haare an den Wangen festkleben. Er sah, wie sie sich mit der Zunge über die Lippen fuhr und zum dunklen Wohnhaus hinüberschielte. Dann nahm sie ihren Mut zusammen und kam auf ihn zu. Es platschte, als sie mit ihren rosafarbenen Joggingschuhen in eine Pfütze trat.

«Ich brauche einen Schalldämpfer», sagte sie, ohne ihn anzusehen. «Er klingt, als wäre der Auspuff kaputt. Es knattert irgendwie. Ich glaube, er hat ein Loch.»

«Kommen Sie erst mal rein», wiederholte Mike und trat zur Seite, sodass die Frau an ihm vorbeikam.

Plötzlich war ihm nach Gesellschaft zumute.

«Möchten Sie einen Kaffee?»

Sie musterte prüfend die Kaffeemaschine mit den eingebrannten Flecken, die in einem Regal zwischen einer Dose mit Schmierfett und einigen benutzten Bechern stand.

«Nein danke … oder vielleicht doch.»

Die Frau lächelte gehemmt, und Mike wertete ihre Antwort als ein Ja. Er nahm einen der ungespülten Becher, murmelte etwas Unverständliches und verschwand in der winzigen Toilette, wo er unter dem Kaltwasserhahn rasch den gröbsten Dreck mit den Fingern herauswischte. Nach einem kurzen Blick auf das Handtuch entschied er, dass die Kundin wahrscheinlich eher einen nassen Becher bevorzugte.

«Was kann ich nun für Sie tun, meine Liebe?», fragte er freundlich und goss ihr Kaffee ein.

Sie nahm den Becher vorsichtig entgegen, als befürchte sie, dass jemand Rattengift hineingeschüttet haben könnte, und setzte sich auf die äußerste Kante des Besucherstuhls.

«Sind Sie allein?»

Ihr umherirrender Blick überraschte ihn ebenso wie die Frage. Er zuckte mit den Achseln. Die Frau war irgendwie seltsam. Sie schien überhaupt nicht zur Ruhe zu kommen. Ihre Augenlider flatterten wie die Flügel eines Vogels, und irgendwo darunter konnte er flüchtig das Aufblitzen eines Paares dunkler Pupillen erkennen, die unruhig erst die eine und dann die andere Seite absuchten, jedoch nicht geradeaus blickten. Ihr Körper wirkte angespannt, als befände sich unter ihrer hellen Haut eine Art Sprungfeder, die jemand fest zusammengepresst hatte. Ihr äußeres Erscheinungsbild war eher gewöhnlich. Sie war weder groß noch klein, weder dünn noch dick. Ihr Gesicht war ungeschminkt, und das Einzige, was ihm auffiel, war eine schmale weiße Narbe, die von ihrer Schläfe in Richtung Stirn verlief und unter einer nassen dunklen Haarsträhne verschwand. Mike verspürte plötzlich den Impuls, sie zu berühren.

«Was? Ja, das bin ich allerdings ... Reicht Ihnen das etwa nicht?» Er grinste dümmlich. «Sie haben etwas von einem Schalldämpfer gesagt ... Welches Kaliber hat denn Ihre Knarre?»

Die Frau fuhr auf dem Stuhl zusammen. Dann schien ihr aufzugehen, dass Mike nur einen Witz gemacht hatte. Sie lachte hastig.

«Es ist ein Toyota. Schon ziemlich alt, glaube ich.» Für einen Augenblick hörte das Flattern ihrer Augenlider auf. «Können Sie mir weiterhelfen?», fragte sie und blickte ihn aus klaren dunkelbraunen Augen an.

Für Mike gab es so manche Situationen im Leben, in denen er nicht widerstehen konnte. Doch nichts war so unwiderstehlich wie eine Frau, die um Hilfe bat. Leider hatten bisher noch nicht viele Frauen den in ihm schlummernden Gentleman entdeckt. Er lächelte und streckte eine ölverschmierte Hand über den Tresen.

«Mike Larsson. Zu Ihren Diensten!»

Die Hand der Frau war verkrampft und kalt.

«Amela Su…» Sie brach ab. «Ich heiße Amela.»

«Warten Sie, ich werde nachschauen.»

Er brauchte nur ein paar Minuten, um ins Lager zu laufen und die Regale abzusuchen, bis er einen hinteren Schalldämpfer eines Toyota Corolla von fünfundneunzig in gutem Zustand fand. Er würde bestimmt taugen.

«Fünfhundert Kröten will Boris dafür haben», erklärte Mike und ließ das Metallrohr scheppernd auf den Tresen fallen.

Erneut fuhr die Frau zusammen, als hätte unmittelbar vor dem Fenster der Blitz eingeschlagen. Sie hielt die Autoschlüssel fest mit der Hand umschlossen.

«Boris …?»

«Er ist der Boss hier», klärte Mike sie auf.

Als er merkte, dass die Frau zögerte, ging ihm auf, dass sie offensichtlich keine Ahnung davon hatte, wie man einen Schalldämpfer in ein Auto einbaut. Er schaute erneut auf die Wanduhr und registrierte aus dem Augenwinkel, dass sie seinem Blick über die nackte Versuchung auf dem roten Ferrari hinweg folgte. Ihm wurde heiß im Nacken.

«Wenn Sie wollen, kann ich ihn Ihnen einbauen. Das ist im Preis inbegriffen», log er.

Kurze Zeit später hatte Mike dem Regen getrotzt, die Autoreifen vor dem Tor zur Werkstatt beiseitegeräumt und den weißen Corolla über die Fahrzeuggrube gefahren. Die

Frau war ihm nach draußen gefolgt, obwohl er ihr angeboten hatte, in der Werkstatt zu warten. Er nickte ihr aufmunternd zu und kletterte unter den Wagen.

«Sind Sie der Einzige, der hier arbeitet?», hörte er sie fragen. Alles, was er sah, waren die Joggingschuhe und ein Paar weiße Socken.

«Nein, manchmal ist noch 'n Kollege hier. Aber der hat heute frei.»

Mike richtete die Taschenlampe auf den Auspuff und griff nach einem Schraubenschlüssel.

«Dieser Boris ... Kennen Sie ihn schon länger?», fragten die rosafarbenen Schuhe.

«Was? Nein, nicht besonders lange. Ich hab erst vor 'n paar Wochen angefangen.»

Er hörte ein undefinierbares Geräusch und sah, wie ihre Füße unruhig ein paar Schritte auf das Tor zu und wieder zurück machten.

«Wissen Sie, woher er kommt?»

«Er ist wohl Jugo oder so, glaub ich. Warum fragen Sie?»

«Ach nichts. Ich bin nur neugierig.»

Von oben erklang ein nervöses Lachen. Sie stand wieder an dem offenen Tor. Ein paar Schritte hinaus in den Regen und wieder herein. Dann blieb sie mit den Fersen zu ihm gewandt stehen, als hielte sie nach etwas da draußen Ausschau. Mike richtete erneut die Lampe auf den Auspuff und musterte ihn eingehend bis hin zum hinteren Schalldämpfer. Merkwürdig. Nirgends ein Rostfleck. Er beklopfte ihn prüfend mit einem Hammer. Das Blech gab einen klingenden Ton von sich, ohne dass es auch nur das geringste Anzeichen eines Risses oder einer Materialschwäche aufwies.

«Haben Sie wirklich gehört, dass es knatterte, während Sie fuhren?»

Sie schabte mit dem Fuß über den Zementboden.

«Ja, es klang irgendwie komisch. Können Sie nichts finden?»

Mike kletterte aus der Grube nach oben und warf den Hammer auf die Werkbank. Er betrachtete sie mit ernster Miene.

«Sind Sie sich sicher, dass Sie einen Schalldämpfer brauchen? Denn der, den Sie jetzt haben, ist fast neu.»

«Ist wirklich alles in Ordnung?»

«Das Auspuffrohr, der Katalysator, der Dämpfer. Alles. Wenn Sie mich fragen, sollten Sie das Geld besser sparen.»

Die Frau nickte nachdenklich. Sie musterte Mike, als versuche sie anhand seiner Gesichtszüge herauszufinden, ob er ihr böse war, weil sie seine Zeit unnötig in Anspruch genommen hatte. Das unruhige Flattern ihrer Augenlider hatte aufgehört.

«Ja, dann entschuldigen Sie bitte, dass ich Ihnen die Mühe gemacht habe.»

«Soll ich Ihnen den Wagen wieder rausfahren?»

Sie schüttelte den Kopf und setzte sich hinters Steuer. Bevor sie die Tür zuziehen konnte, hielt Mike sie zurück, indem er eine Hand auf die obere Kante legte.

«Eins würd ich gern noch wissen ... Kennen Sie Boris denn irgendwoher?»

Nur für einen kurzen Moment, aber lange genug, dass Mike es mitbekam, starrte sie mit leerem Blick geradewegs durch die Windschutzscheibe ins Dunkel der Werkstatt.

«Nein, in keinster Weise.»

Als Mike seine Hand anhob, zog sie die Tür mit einem Knall zu und fuhr zügig rückwärts aus der Werkstatt hinaus. Er sah, wie sie mit dem Schaltknüppel kämpfte, bis sie endlich den ersten Gang drin hatte. Als der Wagen durch eine Pfütze hüpfte, spritzte eine matschige Brühe auf. Mike winkte ihr zögerlich nach. Sie reagierte nicht.

Bevor Amela vom Gelände des Schrotthandels abbog, suchte sie ihn mit dem Blick im Rückspiegel. Der merkwürdige Typ hatte ein paar Schritte hinaus auf den Hof gemacht und stand nun mit unergründlicher Miene mitten im Regen. Und er winkte. Es war offensichtlich, dass er Verdacht geschöpft hatte. Für kurze Zeit hatte sie höllische Angst gehabt, dass er versuchen würde, sie aufzuhalten. Amela spürte, wie ihre Hände zitterten. Sie hielt krampfhaft das Steuer fest.

Obwohl sie das Gaspedal am liebsten voll durchgetreten und diese merkwürdige Festung von einem Schrottplatz inmitten der lehmigen Äcker so schnell wie irgend möglich hinter sich gelassen hätte, zwang sie sich dazu, langsam zu fahren.

Die Scheibenwischer quietschten und hinterließen bogenförmige Ränder, während sie über die Scheibe schleiften. Amela fluchte laut und schlug mit der Handfläche aufs Steuer. «Dumme Kuh!» Sie hätte ihn eher darum bitten sollen, die Scheibenwischer auszuwechseln, anstatt in Panik auszubrechen und ihm die Sache mit dem Schalldämpfer aufzutischen, den sie vor weniger als einem Jahr neu gekauft hatte.

Ich hätte meine Nerven im Zaum halten müssen. Cool bleiben sollen.

Der Hammer lag noch immer hinter dem Fahrersitz. Zum Glück hatte sie nicht versucht, ihn mit sich ins Lager zu schmuggeln. Was hatte sie sich eigentlich dabei gedacht? Dass der Blödmann brav dort stehen und auf sie warten würde, bis sie die Mordwaffe gezückt und ihm den Schädel eingeschlagen hätte? Sie schnaubte angesichts ihrer eigenen Dummheit. Cool bleiben, dachte sie. Wenn du ihm das Leben nehmen willst, musst du deine Nerven im Zaum halten.

Sie schaltete das Radio an, um auf andere Gedanken zu kommen. Ein Nachrichtensprecher berichtete über die Finanzkrise, die gerade ausgebrochen war. Die Leute würden reihenweise arbeitslos werden, verkündete er. Die ganze Welt würde betroffen sein. Wie wird es dann nur zu Hause sein?, fragte sie sich. Für einen Augenblick sah Amela den gepflasterten Marktplatz vor sich, die Minarette, die über den Häusern mit den roten Ziegeldächern aufragten, und den Wald, der sich die Berge hinaufzog. Dann verdrängte sie irritiert die Bilder. Ihr Zuhause existierte nicht mehr. Zumindest nicht dort unten. Alle, die ihr etwas bedeutet hatten, waren ja inzwischen weg.

Auf einem anderen Sender brachten sie klassische Musik. Sie ließ die Klänge ins Wageninnere strömen und versuchte sich daran zu erinnern, wer der Komponist war. Beschwingte Melodien. Mozart vielleicht? Besonders musikalisch war sie nie gewesen.

Langsam wanderten ihre Gedanken wieder zu dem Mann zurück, dem sie auf dem Schrottplatz begegnet war. Sie sah ihn vor sich. Das kurze stoppelige Haar, seinen leicht untersetzten muskulösen Körperbau und das Tattoo auf seinem Unterarm. Das kräftige unrasierte Kinn, auf dem sie im Bartansatz eine Narbe erblickt hatte. Seine etwas ruckartigen Bewegungen. Zweifellos war er ein Raubein. Aber da war noch etwas anderes. Ein Blitzen in seinen Augen, dass sie misstrauisch werden ließ.

Vielleicht war er nur hilfsbereit gewesen, um herauszufinden, warum sie auf dem Gelände herumschnüffelte? Er hatte bestimmt begriffen, dass sie log. Über Boris Nicolic hatte sie allerdings nichts erfahren. Jedenfalls nicht mehr, als dass seine Bewunderung für Tito dermaßen groß war, dass er eine Granitbüste aus seinem Heimatland mit hierhergeschleppt hatte. Wie absurd!

Als sie den Wagen vor den grauen zweistöckigen Häusern neben dem Altersheim und dem Park anhielt, blieb sie noch lange sitzen. Kein Mensch war auf dem Parkplatz oder auf der

Straße zu sehen, die an der Schule vorbei ins Zentrum führte. Sie betrachtete die Regentropfen, die auf die Windschutzscheibe fielen und in kleinen Rinnsalen auf die Motorhaube hinabliefen. Die Musik verursachte ihr ein angenehmes Kribbeln in den Ohren. Amela versuchte, die Instrumente zu unterscheiden. Streicher, Orgel und wahrscheinlich eine Art Flöte. Es würde mir gut tun, etwas Neues zu lernen, dachte sie. Plötzlich spürte sie, wie sich eine Welle der Wärme in ihrem Körper ausbreitete und sie mit einer überwältigenden Lust erfüllte, einfach den Sitz zurückzuklappen und mit der Musik in den Ohren einzuschlafen.

KAPITEL 13

Erst hielt Robin es für einen Zufall, dass sich ihr Lenker in seinem verhakte, und die Fahrradklingeln schepperten, als sie die Fahrräder aus dem Ständer vor der Schule nehmen wollten. Dann registrierte er, dass sie lächelte. In dem Moment begann der verdammte iPod in seiner Hosentasche regelrecht zu brennen. Er bereute, dass er ihn geklaut hatte.

«Pass doch auf!», zischte er.

Sie riss ihr Fahrrad an sich. Es war ein handbemaltes Skeppshult, blau mit kleinen rosafarbenen Blumen und einem schwarzen Drahtkorb über dem Vorderlicht. Mit beleidigter Miene kehrte sie ihm den Rücken und sprang auf den Sattel.

Robin schloss sein eigenes Damenfahrrad auf, dessen Farbe bereits abgeblättert war. Er warf einen unruhigen Blick über die Schulter. Keiner schien die beiden bemerkt zu haben, also rollte er in angemessenem Abstand hinter ihr die Straße hinunter.

Lindas Familie war im vergangenen Sommer in eines der größten Häuser draußen in Lindesborg gezogen. Als die Neunte im August begann, saß sie in der ersten Reihe und wirkte kein bisschen schüchtern, obwohl Lennart Lundkvist, der alte Gemeinschaftskundelehrer, brüllen musste, als er sie vorstellen wollte, um das spöttische Getuschel zu übertönen, das sich im Klassenzimmer ausbreitete.

Sie radelte langsam, ohne sich umzusehen. Und dennoch hatte Robin das Gefühl, als ahne sie, dass er ihr heimlich folgte. Wo sie wohnte, wusste er genau. Es war eine protzige

Villa aus weißem Kalksandstein mit schwarzem Dach und niedrigen Laternenpfählen im Garten. Eines Abends hatte er sich im Birkenwäldchen außerhalb der Mauer versteckt, in der Hoffnung, durch ihr Zimmerfenster einen Blick auf sie zu erhaschen.

Lindas Rücken war vollkommen gerade, als sie auf dem Sattel saß. Robin gefiel ihr Anblick. Ihr wuscheliges krauses Haar, das sich im Wind kaum bewegte. Er würde nur zu gerne einmal die Nase in ihren Lockenkopf stecken und daran schnuppern. Aber das war eher peinlich. Noch einmal schielte er über die Schulter nach hinten, um sicherzugehen, dass niemand sie beobachtete.

Als die Straße in Richtung des Altersheims Byavången anzusteigen begann, trat Robin kraftvoller in die Pedale, sodass er sie fast einholte.

«Beschattest du mich etwa?», fragte sie lächelnd, ohne den Kopf zu drehen.

«Nein, ich muss auch in diese Richtung.»

«Wohnst du nicht in Rosendal?»

«Ja, aber ich nehm immer diesen Weg.»

«Das ist doch die verkehrte Richtung.»

«Ich kann ja wohl da langfahren, wo ich will!»

Daraufhin trat sie zügig in die Pedale, und Robin ließ sie davonfahren, als wäre sie ihm egal. Ihre Reifen zischten auf dem feuchten Asphalt. Kleine Regenspritzer trafen ihn im Gesicht.

Sie passierten das Altersheim, den Stadtpark und die verlassen daliegende Direktorenvilla, und als Robin gerade beschlossen hatte, den Fahrradweg über die Eisenbahnschienen zu nehmen, drehte sie sich um. «Wenn du willst, kannst du mit zu mir kommen und Tee trinken. Es ist sonst niemand da», sagte sie in verlockend gleichgültigem Tonfall.

Robin spürte, wie sein Herz einen Sprung machte. Es war,

als hätte eine frische Brise die grauschwarzen Wolken vom Himmel gefegt und dafür gesorgt, dass die Sonne zu den Klängen eines gewaltigen Streichorchesters hervorkam und ein Schwarm zwitschernder Vögel sich in Form einer Wolke flatternd über ihre Köpfe herabsenkte, wie in einem Disneyfilm. Robin jubelte innerlich. Doch als er antworten wollte, war seine Kehle wie zugeschnürt. Alles, was er durch seine Stimmbänder hervorpressen konnte, war ein schwacher Luftstrom, der lediglich zu einem heiseren «Ja» reichte.

Tee, wie albern!, fuhr es ihm durch den Kopf. Er wurde rot. Das Einzige, was er jetzt tun konnte, um sich keine Blöße zu geben, war, mit voller Wucht in die Pedale zu treten und auf dem letzten Stück bis hin zur weißen Villa einen blitzartigen Endspurt hinzulegen.

Lindas Zimmer war ein Traum in Rosa, in dem es nach Maiglöckchen duftete. Ein breites Bett mit einem blumigen Überwurf und massenweise Kissen, Teddys und Stofftieren in Form von Schweinchen, Elefanten und Seehunden. Ein weißer Frisiertisch mit Spiegel, der mit Parfümfläschchen und Döschen übersät war. Ein Flachbildschirm, der zwischen Fotos, Accessoires und Büchern im Regal stand. Auf dem kleinen Tischchen vor dem Sofa stand ein funkelnagelneuer Laptop. Robin kam sich vor wie ein Elefant in einem Porzellanladen. Er wagte es kaum, sich zu bewegen.

«Ich komm gleich wieder», zwitscherte Linda. Sie warf ihren Rucksack auf den Boden und verschwand aus dem Zimmer.

Robin sah sich um. In seinem Bauch grummelte es. Verdammt, hoffentlich muss ich nicht gleich scheißen, dachte er. Allein schon der Gedanke daran, nach der Toilette fragen zu müssen, brachte ihn zum Schwitzen.

Durch die halb offene Tür hörte er Linda in der Küche

hantieren. Vor dem Fenster konnte er das Birkenwäldchen sehen, in dem er sich neulich versteckt hatte. Inzwischen hatten die Bäume ihre Blätter verloren. Und wenn sie ihn doch gesehen hatte?

Er schaute zerstreut ihre CDs durch. Dann fiel sein Blick auf die Fotos im Regal. Linda posierte darauf mit Freundinnen, die er nicht kannte. Meistens lachte sie. Auf einem Bild war sie mit ihren Eltern zu sehen. Robin wusste, dass ihre Mutter Mathematiklehrerin war, während ihr Vater sich in eine private Zahnarztpraxis am Marktplatz eingekauft hatte. Auf dem Foto saßen alle drei in einem Café in Paris. Im Hintergrund erhob sich der Eiffelturm.

Doch es war ein anderes Foto, das Robins Aufmerksamkeit erregte. Es stand ganz hinten in einem schmalen silberfarbenen Rahmen. Er nahm es vorsichtig in die Hand. Linda saß auf einer Bank neben einer dunkelhäutigen Frau, die wehmütig lächelte. Das Bild schien in einem armen Land aufgenommen zu sein. Hinter Linda und der traurigen Frau waren Häuser zu erkennen, die eher an Blechschuppen erinnerten, sowie schwarze Kleinkinder, die auf dem sandigen Boden spielten.

Das muss ihre richtige Mutter sein, dachte Robin.

«Das ist meine biologische Mutter.»

Linda stand in der Türöffnung und sah ihn prüfend an. Sie stellte das Tablett auf dem Couchtisch ab, nahm ihm die Fotografie aus der Hand und stellte sie zurück ins Regal.

«Sie heißt Grace. Meine Eltern, also Elisabet und Sven, sind letztes Jahr mit mir nach Kampala gefahren. Sie haben mich adoptiert, als ich noch ein Baby war.»

Robin räusperte sich geniert.

«Und warum?»

«Warum sie mich adoptiert haben, oder warum sie mich mit nach Uganda genommen haben?»

Er zuckte mit den Achseln.

«Sie haben mich adoptiert, weil sie selber keine Kinder kriegen konnten. Grace war extrem arm. Ich glaube, sie hat Geld bekommen. Und als ich größer wurde, meinten sie, ich sollte sie besuchen. Es wäre gut für die Entwicklung eines Kindes, seine Wurzeln zu kennen.»

«Und wie war das?»

Sie schaute ihn mit weit geöffneten Augen an.

«Ich hab sie ja vorher nicht gekannt. Obwohl es natürlich auch super war, das Land zu sehen. Ich weiß nicht so genau. Vielleicht besuche ich sie irgendwann nochmal. Ich glaube, Mama und Papa schicken ihr immer noch Geld.»

Sie goss Tee aus der Keramikkanne ein und riss eine Packung mit Ballerinakeksen auf. Dann suchte sie rasch eine CD heraus und legte sie in den CD-Spieler. Aus den Lautsprechern ertönte rhythmische Musik mit dumpfen Bässen und Trommeln: *«Two Thousand years of history, black history, could not be wiped out so easily …»*

Sie schloss die Augenlider und wiegte sich eine Weile im Takt.

«Bob Marley», sagte sie schließlich. «Mama mag nicht, dass ich das höre. Sie findet, es ist Kiffermusik. Also hör ich sie, wenn sie nicht da ist. Sie ist so verdammt gut. Wir Schwarzen dürfen nicht vergessen, woher wir kommen.»

Plötzlich kicherte sie und öffnete ihren Schrank. Auf der Innenseite der Tür klebte ein Poster von einem Schwarzen mit Rastazöpfen. Robin erkannte ihn vage wieder. Sie kniete eine ganze Weile davor und durchwühlte den hinteren Teil der untersten Schublade. Schließlich drehte sie sich mit einer triumphierenden Miene zu ihm um. Sie wedelte mit einem kleinen verknitterten Plastiktütchen in der Hand.

«Ganja», erklärte sie mit mystischer Stimme.

Ohne eine Antwort abzuwarten, warf sie sich rücklings

neben Robin aufs Sofa. Dann holte sie eine verschrumpelte, von Hand gedrehte Zigarette aus dem Tütchen und zündete sie an. Während sie ein paar tiefe Züge nahm, breitete sich im Zimmer ein süßlicher Geruch aus.

«Willst du auch?», fragte sie und reichte ihm den Joint.

Robin nahm ihn entgegen und tat sein Bestes, um zu verbergen, dass es sein erstes Mal war. Nicht, dass er nicht wüsste, worum es ging. Kenny hatte ihm schließlich so einiges erzählt. Als wäre es die natürlichste Sache der Welt, nahm Robin einen tiefen Lungenzug und blinzelte, als er den Rauch aus dem Mundwinkel heraussickern ließ.

«Was hörst du eigentlich so?», fragte sie.

«Hä?»

«Musik. Welche Art von Musik magst du gerne?»

Robin spürte, dass Ultima Thule und Vikingrock nicht gerade die Antwort waren, die sie hören wollte.

«Heavy Metal. Iron Maiden und so was», antwortete er vage.

Sie betrachtete ihn mit unergründlicher Miene, während er weiter an der Tüte sog, bis er sich fast die Finger verbrannte. Sobald er die Kippe ausgedrückt hatte, zündete sie eine neue an.

«Und was machen deine Eltern so?»

Robins Wangen fühlten sich heiß an. Er schaute planlos zwischen den rosafarbenen Baumwollgardinen hindurch nach draußen zu den weißen kahlen Birkenstämmen auf der anderen Seite der Gartenmauer.

«Mein Vater, er ... arbeitet bei einer Schrottfirma. Er hat ’n absolutes Händchen, was die Reparatur von Autos betrifft. Ich werd bald zu ihm und Bubbleking nach Hause ziehen.»

«Bubbleking?»

«Ja, ein etwas verrückter Typ. Aber ’n feiner Kerl. Mein

Vater und er sind schon seit Ewigkeiten Freunde. Eigentlich heißt er Rolle.»

Linda nickte nachdenklich.

«Und deine Mutter?»

«Die hab ich schon lange vergessen.»

«Vergessen?»

«Ja, vergessen ...»

Sie saßen eine Weile schweigend mit ihren warmen Bechern in den Händen nebeneinander auf dem Sofa. Rauchten noch ein wenig. Der Tee schmeckte bitter, fand Robin.

«Was hast du eigentlich mit deiner Hand gemacht?»

Ohne Vorwarnung hatte sie ihre Finger auf den dicken Wundschorf zwischen Robins Daumen und Zeigefinger gelegt.

«Tut es weh?»

Er schüttelte den Kopf. Lindas Fingerspitzen waren weich. Es pochte nach dem Stich immer noch leicht, aber nicht schlimm. In der ersten Nacht hatte es so stark geblutet, dass er befürchtete, ins Krankenhaus fahren zu müssen, um die Wunde nähen zu lassen. Er hatte zwei von Gunborgs Handtüchern im Badezimmer mit Blut durchtränkt. Doch dann hörte es schließlich auf, und Sune hatte am nächsten Morgen nichts gesagt. Hatte ihn lediglich angestarrt wie immer. Vor einem Jahr noch hätte er sich damit nicht zufriedengegeben. Da hätte er Robin in den Keller hinuntergeschleift. Ihm wurde innerlich plötzlich eiskalt. Robin musste an all die Male denken, wo der Alte diesen bösartigen Blick bekommen und ihn in den Raum neben der Ölheizung hinuntergezogen hatte. Dieser verdammte Sadist. Doch neuerdings sah man ihm an, wie groß seine Angst davor war, dass Robin es jemandem erzählen könnte. Irgendwann würde er es auch tun. Aber wem? Wenn Mike erfuhr, was Sune getan hatte, würde er ihn ohne Weiteres totschlagen.

«Ich hab mir Kennys Stilett ausgeliehen. Wollte den anderen ’nen Trick zeigen. Es war eher ’ne Art Unfall.»

Sie ließ seine Hand los und legte ihre Füße neben der Teekanne auf den Tisch.

«Kenny is ’n Idiot. Bist du etwa mit ihm befreundet?»

Robin starrte beschämt auf ihre roten Socken und spürte, dass er dabei war, die Kontrolle zu verlieren.

«Nee, nicht richtig. Aber er ist eigentlich ganz okay …»

«Aha! Weißt du, was er mir neulich vorm Konsum nachgerufen hat? Negerpüppchen! Seine Freunde haben gelacht und fanden es total witzig. Findest du das etwa auch?»

«Nee …»

Er nahm einen Keks und kaute ihn schweigend. Linda war aufgestanden und ging aufgebracht vor dem Fenster auf und ab. Dann beschloss sie, es weit zu öffnen.

«Ich muss lüften, bevor Mama heimkommt.»

Sie blieb eine ganze Weile stehen und fixierte ihn mit ihren glänzenden Augen anklagend.

«Ich wette drauf, dass er und seine Kumpels es waren, die dieses Naziding auf dem Marktplatz gedreht haben.»

Das Grummeln in seinem Bauch machte sich wieder bemerkbar. Eine Art ziehende Leere, während der Drang, zu scheißen, stärker wurde. Robin hustete laut, um das Gluckern in seinen Gedärmen zu übertönen. Ihm fiel es angesichts seines Unwohlseins schwer, nachzudenken. Er streckte sich auf dem Sofa aus und tat, als gähne er.

«Was für ’n Ding denn?»

«Hast du es etwa nicht in der Zeitung gelesen? Es war mit Bild und allem. Irgendwelche Idioten hatten sich als Nazis verkleidet und mitten in der Nacht Rauchbomben auf dem Platz hochgehen lassen. Außerdem haben sie die Schaufenster der Pizzeria eingeschlagen. Es stand sogar auf der Titelseite von Ystads Allehanda. Hast du es denn nicht gelesen?»

Robin grinste nervös. Lindas Augen sahen aus wie tiefe Brunnen. Er öffnete den Mund, um irgendetwas Einlenkendes zu sagen, doch ihm fiel nichts ein. Also schwieg er.

«Mein Gott, siehst du dämlich aus, wie du so daliegst!», platzte es plötzlich aus ihr heraus. «Wie 'n Fisch, der nach Luft schnappt.»

Bevor er reagieren konnte, hatte sie sich einen Teddy vom Bett geschnappt und ihm an den Kopf geworfen.

«Mach den Mund zu!»

«Hör auf», fauchte er, wünschte sich jedoch nichts sehnlicher, als dass sie weitermachen würde.

Ein weißer Seehund traf ihn an der Nase und fiel dann hinunter auf das Teegeschirr, sodass das Porzellan klirrte. Dann kam eine Giraffe angeflogen, gefolgt von einem Affen und einem knallgelben Kissen. Er beugte sich hinunter, hob die Tiere auf und warf sie lässig zurück. Kurz darauf kamen ein weiteres Kissen und ein weicher Stoffelefant durch die Luft gesaust. Robin gelang es, das Kissen zu fangen; er warf es jetzt mit mehr Kraft in ihre Richtung zurück. Er landete einen Volltreffer; das Kissen traf sie mitten im Gesicht, sodass sie aus dem Gleichgewicht geriet. Dann sah er, dass sie lachte und ihre großen Augen strahlten, und im nächsten Moment warf sie sich auf dem Sofa über ihn und bombardierte ihn mit einem Plüschkissen in jeder Hand.

«Hilfe! Rette mich!», rief er glücklich, als sie rittlings über ihm saß und ihn mit ihren weichen Kissen traktierte.

Schließlich mobilisierte er neue Kräfte, stützte sich mit Linda im Arm hoch und warf sie mit voller Wucht auf das Bett, sodass sie von der Matratze wieder hochhüpfte. Mit dem Elefanten und dem Seehund als Waffe ging er zum Angriff über. Linda kauerte sich zu einem Ball zusammen und lachte glucksend, bis ihr die Tränen hinunterliefen. Berauscht vom Marihuana und dem Geruch nach Schweiß und Maiglöckchen warf Robin sich über sie und vergrub sein Gesicht in ihrer krausen Haarpracht, in der er am liebsten versinken wollte. Doch kurz darauf war sie wieder über ihm. Und mit einem seligen Lächeln lag er flach auf dem Rücken auf ihrem Bett und ließ sich von ihr mit allen möglichen Stofftieren bewerfen.

Plötzlich hörten sie eine Stimme in der Türöffnung.

«Was in aller Welt macht ihr denn da!»

Die Frau musterte sie abschätzig. Sie hatte ihren Trenchcoat immer noch an, der mit einem Gürtel fest um die Taille gebunden war, und hielt eine lederne Aktentasche in der Hand. Die Mathematiklehrerin Elisabet Aronsson bot einen Respekt einflößenden Anblick. Sie war groß und stattlich. Ihr Gesicht hatte reine Züge und wurde von einer Art blondem Heiligenschein umgeben. Ihre gesamte Erscheinung strotzte nur so vor Gesundheit.

Von bösen Vorahnungen erfüllt, folgte Robin ihrem Blick, der wie festgenagelt auf seiner eigenen Hand ruhte. Als er sah, in welchem Zustand sie sich befand, erschrak er. Der Schorf an seinem Daumen war aufgerissen, und seine Finger blutverschmiert. Schlimmer war allerdings noch, dass das Bett aussah, als wäre darauf ein Axtmörder zu Werke geschritten. Der gesamte blumige Überwurf war mit Blut verschmiert, ebenso wie die Kissen und all die bunten Tiere. Der weiße Seehund, den er noch immer in der Hand hielt, hatte beide Augen verloren, während sein Fell rot leuchtete wie das eines frisch erschlagenen Robbenbabys auf Grönland. Einige Daunen aus einem aufgeplatzten Kissen segelten noch immer durch die Luft.

«Nichts weiter, Mama. Das ist nur Robin ...», erklärte Linda und wischte sich über die Wange.

Vorsichtig legte Robin den blutbefleckten Seehund aufs Bett und stand auf. Er blickte sich verwirrt um.

«Ich muss gehen», murmelte er und schob sich an der aufgebrachten Mutter vorbei.

Bevor Robin sich wegschlich, sah er Linda noch einmal aus dem Augenwinkel. Sie hielt sich eine Hand vor den Mund, aber hinter ihren sanften Fingern erblickte er einen Gesichtsausdruck, der ihm signalisierte, dass sie kicherte.

Als er abends unter seinem von der Decke herabhängenden Modellflugzeug im Bett lag, hatte er Schwierigkeiten einzuschlafen. Die letzte Nacht in diesem verdammten Haus bei diesen verdammten Leuten, die er so verabscheute.

Lindas iPod steckte noch immer in der Tasche seiner Jeans, die er über den Stuhl geworfen hatte. Warum um alles in der Welt hatte er ihn nur gestohlen? Es war geradezu so, als wäre der Teufel in ihn gefahren. Ihr Rucksack, in dem er lag und verführerisch glänzte, hatte offen neben ihrem Stuhl gestanden. Es war gerade Pause und das Klassenzimmer leer. Bevor er es selber begriff, hatte er ihn sich geschnappt.

Dann hatte er vor Kenny damit angegeben und geprahlt. Das war das Allerschlimmste. «Guck mal, was ich dem Negerpüppchen geklaut hab!» Kenny hatte laut gelacht und ihm anerkennend auf den Rücken geklopft.

Robin spürte, wie ihm kalter Schweiß ausbrach. Das Bettzeug klebte ihm bereits am Körper, und er schämte sich zu Tode. Er zog die Knie zum Bauch heran, drehte sich zur Wand und versuchte ausschließlich an Linda zu denken.

An das erste Mal, als er sie gesehen hatte.

Es war ein warmer Abend im August, kurz bevor die Schule wieder losging. Das Fenster stand offen, und Robin konnte nicht schlafen. Genau wie heute Nacht. Also stand er aus dem Bett auf, zog sich Hosen und einen Pulli an und schlich nach draußen.

Ohne weiter darüber nachzudenken, wohin er unterwegs war, nahm er sein Fahrrad und fuhr zum alten Steinbruch.

Es war nicht besonders dunkel, weil ein blasser Mond über der felsigen, mit Birken bewachsenen Anhöhe hing. Er stellte das Fahrrad ab, folgte dem Pfad über eine Weide und kletterte über eine Steinmauer. Ein Raubvogel, der mit messerscharfem Blick auf der nächtlichen Jagd unterwegs war, flog dicht über seinen Kopf hinweg. Der Pfad verlief ansteigend und schlängelte sich durch lichte Waldstücke.

Der Felsen endete abrupt, und ein steiler Abhang tat sich auf. Er hielt an und horchte. Hockte sich hin und kroch vorsichtig auf die Kante zu.

Sie sah wie eine Tote aus. Ein nackter Körper, der dort unten im Mondschein mit schlaff ausgebreiteten Armen herumtrieb.

Eine Leiche, schön wie im Film.

Robin hielt die Luft an. Hatte sie sich etwa das Leben genommen? War sie ermordet worden? Oder war sie möglicherweise noch zu retten?

Als er sich gerade über die Kante stürzen und ins Wasser springen wollte, um sie an Land zu ziehen, sah er, dass sie unmittelbar unter der Oberfläche langsam die Arme ausstreckte, eine weiche Bewegung, um den Körper im Gleichgewicht zu halten.

Summte sie nicht auch leise eine Melodie vor sich hin? Ja, jetzt hörte er es ganz schwach, als sei es ihr selbst nicht bewusst.

Er musste dort oben auf der Klippe im Stillen lächeln. Das Mädchen war keineswegs tot. Sie war ebenso schwarz wie das Wasser, aber ganz und gar nicht tot. Wer war sie nur?

Robin dachte, dass er das Gelände besser verlassen sollte, weil er kein Spanner war, aber er konnte sich einfach nicht losreißen. Also kroch er hinter das Buschwerk einer Birke.

Sie war so schön. Das krause dunkle Haar trieb wie Seegras um ihr Gesicht herum. Und ihr Körper wirkte so geschmeidig, so weich und betörend, als sie sich sachte in dem tiefen Gewässer bewegte.

Plötzlich sah er, dass sie erstarrte. Sie horcht, dachte er. Dann schwamm sie mit raschen Zügen ans Ufer.

Hatte sie ihn entdeckt?

Robin drückte sich flach gegen den Felsen. Er hielt erneut die Luft an und schämte sich dermaßen, dass er errötete. Dann dachte er, was für ein verdammtes Glück er doch hatte, dass keiner seine roten Wangen sehen konnte.

Er beobachtete sie durch die Zweige hindurch, während sie sich mit einem Handtuch abtrocknete und anzog, und folgte ihr mit dem Blick, bis sie auf dem Pfad verschwand.

Irgendwann, dachte Robin in seinem verschwitzten Bettzeug liegend. Irgendwann muss ich sie fragen, warum sie sich mitten in der Nacht von zu Hause wegschlich und badete.

KAPITEL 14

Der alte Mann sah ängstlich aus. Über seinen Rollator gebeugt, stolperte er voran wie eine verrottete ausgehöhlte Eiche, die jemand notdürftig aufgerichtet hatte, damit sie nicht umfiele. Der Alte kam nur langsam voran. Argwöhnisch blickte er zu der Gang hinüber, die vor Bertils Würstchenbude herumhing. Vielleicht wünschte er sich im Stillen die frischen Beine der Jungs, sodass er schneller nach Hause käme, bevor die Straßen dunkel und leer wurden.

«Es ist 'ne Remington», erklärte Kenny. «Mit doppeltem Lauf. Hat verdammt viel Power. Ich hab sie gestern Abend ausprobiert. Zwei Zuckerrüben auf einer Steinmauer. Paff! Paff! Da blieben nur noch Fetzen übrig.»

Robin folgte den mühsamen Bewegungen des Alten. Unter seinem Mantel war er hager wie ein Skelett. Sah aus, als würde er schon bei dem kleinsten Huster zusammensacken.

«Wahnsinn», rief Bullen und ließ sich neben den anderen auf der Steintreppe nieder. Er biss genussvoll in seinen Hamburger. Hinter der Luke für den Straßenverkauf begann es zu zischen, als die Wurstverkäuferin einen Korb mit tiefgefrorenen Pommes ins Frittierfett senkte. Ihr straßenköterblondes Haar war strähnig. Robin schnupperte am Bratfett. Ihm war der Hunger vergangen.

«Wir treffen uns am Freitag in der Jagdhütte. Um Punkt sechs halten wir unser erstes Training ab. Alle müssen kommen.»

Kenny fixierte sie mit dem Blick, einen nach dem anderen.

Alle nickten. Doch Robin wandte sich ab. Ihm wurde regelrecht übel vom Frittengeruch. Der alte Mann war an der ehemaligen Tankstelle vorbeigeschlichen und inzwischen aus seinem Blickfeld verschwunden.

«Können wir nicht lieber ’n paar Tiere abknallen?» Jocke japste aufgeregt. «Mein Alter hat erzählt, dass er neulich mit ’nem Kumpel Wild gejagt hat. Mitten in der Nacht. Man bleibt einfach im Wagen sitzen und richtet das Fernlicht genau auf die Augen von so ’nem Bambi. Die werden total blind. Kapieren nicht, dass sie fliehen müssen. Jedenfalls nicht, bevor sie ’ne Kugel in die Stirn geballert bekommen. Bullen, du kannst doch bestimmt wieder den Pick-up ausleihen, oder?»

«Klar», brummte Bullen, ohne von seinem Hamburger abzulassen. Er wischte sich mit der freien Hand das Fett aus dem Mundwinkel. «Klar, verdammt.»

Kenny lächelte nachsichtig. Er zerquetschte seine Coladose mit der Hand und schleuderte sie schräg über die Schulter in Richtung Papierkorb. Die Frau aus der Würstchenbude warf ihm einen anklagenden Blick zu.

«Wir müssen mit fest stehenden Zielen anfangen.»

In Kennys Augen blitzte es kalt und metallisch auf. Er stand auf und setzte sich rittlings auf sein Motorrad.

«Bald ist es sowieso an der Zeit, sowohl auf das eine als auch auf das andere zu schießen.»

«Kanaken?» Jockes Augen begannen erwartungsvoll zu leuchten.

Kenny zwinkerte ihm zu, und Bullen lachte schnaubend, sodass ihm Speichel und kleine Essensbröckchen aus dem Mund spritzten. Die anderen grinsten nervös.

«Ich weiß nicht, ob ich am Freitag kann», murmelte Robin.

Er schaute weg in Richtung Bahnübergang und wünschte sich nichts sehnlicher als ein Feuerwehrauto, das mit heulenden Sirenen vorbeiraste, oder einen Zirkuswagen voller Löwen oder was auch immer die Kumpels auf andere Gedanken bringen würde. Aus dem Augenwinkel sah er, dass Kenny mitten in einer Bewegung innehielt. Die Jungs auf der Treppe waren plötzlich mucksmäuschenstill. Robin musste an das Stilett denken und bereute, dass er nicht die Klappe gehalten hatte.

Als er sich umdrehte, warf Kenny ihm einen verächtlichen Blick zu.

«Das hier ist kein Spiel, Robin. Entweder bist du auf unserer Seite, oder du bist gegen uns. Keiner springt ab. Dafür ist es zu spät.»

Robin hielt die Luft an und zählte die Sekunden, bis Kenny endlich aufhörte, ihn anzustarren, und seinen Helm aufsetzte. Er kickte sein Motorrad in Gang und gab Gas.

«Kapiert? Keiner!», schrie er durch den Motorenlärm hindurch und zeigte auf Robin, bevor er mit einem Kavalierstart davonrauschte.

Genau in dem Moment vibrierte sein Handy in der Hosentasche. Robin erschrak, als hätte er Ameisen in der Unterhose. Linda! Schon seit dem Tag, an dem er so schmählich gezwungen worden war, die große weiße Villa in Lindesborg fluchtartig zu verlassen, hatte er darauf gehofft, dass sie anrufen würde. Er hatte es sich mehr als alles andere gewünscht. Er sah ihre lachenden Augen vor sich, und für einen kurzen Augenblick verdrängte der Duft nach Maiglöckchen den Grillmief aus der Würstchenbude. Aber was sollte er ihr sagen? Er konnte sich vor den anderen ja nicht wie 'ne liebeskranke Memme benehmen.

Er entfernte sich ein Stück von den anderen und ging dran.

«Ja?»

Es war nicht Linda. Die Stimme am anderen Ende war schrill, fast so, als verstelle sich jemand.

«Bist du Robin Larsson?»

«Ja, um was geht's?»

«Ich glaube, dass du und ich ein bisschen was zu bereden haben …»

«Und wer sind Sie?»

Es wurde still, als wäge der andere seine Worte genau ab.

«Diese Nazidemonstration auf dem Marktplatz vorige Woche. Du warst doch dabei, nicht wahr? Hast die Scheiben von der Pizzeria des Arabers eingeschlagen, oder?»

Robin spürte, wie seine Übelkeit zunahm. Er schluckte.

«Wovon reden Sie da eigentlich?»

«Davon, dass du einer dieser Nazis bist, Robin. Ich habe Beweisfotos.»

«Wie bitte?»

«Spiel jetzt bloß nicht den Dummen. Du weißt ganz genau, wovon ich rede. Du warst dort, und ich habe ein Foto davon, wie du dir die Sturmhaube vom Kopf reißt.»

Die Ereignisse der Nacht kamen ihm unmittelbar wieder in Erinnerung. Die Rauchbomben. Sie waren viel stärker, als er erwartet hatte, und er bekam den dicken, ekligen Rauch geradewegs ins Gesicht. Es brannte, seine Augen tränten, und ihm lief die Nase. Er war kurz davor, in Panik auszubrechen. Ohne nachzudenken, riss er sich die Sturmhaube herunter und wischte sich das Gesicht trocken. Aber das waren nur ein paar Sekunden gewesen. War es denn überhaupt möglich, dass jemand ihn erkannt hatte?

«Du fragst dich vielleicht, wie ich dich gefunden habe?»

Die Stimme lachte selbstgefällig.

«Es war ganz einfach. Ich brauchte nur die Klassenlisten durchzugehen. Die Schulleitung hat sie mir selbstverständlich zur Verfügung gestellt. Ich hab der Verwaltung weisgemacht, dass ich vorhätte, eine nette kleine Schulreportage zu verfassen. Und dann hat es nur fünf Minuten gedauert, bis ich deine hässliche Visage gefunden habe.»

Langsam ging Robin auf, mit wem er sprach. Es war der Journalist, den Kenny angerufen und eingeweiht hatte. Er linste unruhig zu Bullen und den anderen rüber, die an der Würstchenbude herumalberten, als sei nichts geschehen. Er war kurz davor, sich zu übergeben.

«Was wollen Sie eigentlich von mir?», fragte er leise.

«Vielleicht sollte ich mich zuerst vorstellen. Ich heiße Nils Ek und bin Reporter bei Ystads Allehanda. Und ich hab dir einen Vorschlag zu machen.»

«Einen Vorschlag?»

«Wie du dir unschwer vorstellen kannst, könnte ich meine Fotos der Polizei übergeben. Auf einem von ihnen sieht man dein Gesicht ziemlich deutlich. Du stehst mitten im Rauch und hustest. Ich glaube, es wäre für deine Zukunft nicht gerade vorteilhaft, wenn die Polizei an das Foto käme, verstehst du?»

«Ich weiß nicht, wovon Sie reden ...», murmelte Robin unsicher.

Plötzlich wurde die Stimme am anderen Ende der Leitung aggressiv und bedrohlich, sodass es im Handy zu scheppern begann.

«Hör auf, dich rauszuwinden, du kleines Stückchen Scheiße! Jetzt wirst du genau das tun, was ich dir sage!»

Robin drückte das Gespräch rasch weg. Ohne sich von den anderen zu verabschieden, nahm er sein Fahrrad, trat in die Pedale und fuhr geradewegs zu seinem neuen Zuhause.

Als Mike seine kleine Familie um den Küchentisch versammelt sah, wurde er von einem inneren Frieden erfüllt, von einem tiefen Glück, ja, einer Einsicht, dass die Welt im Grunde doch gut war.

Natürlich begriff er, dass dem nicht immer so war. Gewiss waren seiner Seele im Laufe der Jahre so viele Narben zugefügt worden, dass ihm mehr als irgendjemand anderem klar war, dass ihm innerhalb eines Augenblicks alles wieder genommen werden konnte. Doch im Moment saßen die beiden Personen, die er im gesamten Universum am meisten liebte, an seiner Seite. Vielleicht sogar die beiden einzigen, die ihm überhaupt etwas bedeuteten. Robin, endlich wieder zu Hause, und Rolle, majestätisch und strahlend wie eine Supernova.

Robins Auszug aus dem Haus seiner Pflegeeltern war undramatisch verlaufen. Roine Lind war mit von der Partie gewesen. Der Sozialarbeiter war mit einem nervösen, gekünstelten Lächeln auf den Lippen um sie herumscharwenzelt und hatte allen versichert, das alles gut werden würde. Sune und Gunborg wirkten anfänglich enttäuscht, als wäre es ihr leiblicher Junge, der abgeholt wurde. Für einen kurzen Moment verspürte Mike jedoch diese heimtückische Wut hochkommen, die bewirkte, dass sich ihm die Nackenhaare aufstellten. Nicht, dass das Ehepaar Olsson schuld an der Entwicklung Robins gewesen wäre. Aber in Sunes Lächeln hatte doch verdammt nochmal ein Anflug von Böswilligkeit gelegen, als er ihnen Glück wünschte, oder? Als hoffte er insgeheim, dass es wieder einmal den Bach runtergehen würde, und als wäre er sich sicher, dass er recht hatte. Als Sune die Hand ausstreckte, um Robin zum Abschied einen Klaps auf seinen Strubbelkopf zu geben, entzog sich der Junge blitzschnell. Mike war es nicht entgangen, und das kurze Aufflackern von Angst in Robins Augen bewirkte, dass es hinter seinen Schläfen zu brennen begann. Doch dann hatte Roine Lind Vater und Sohn aufmunternd auf den Rücken geklopft und sein künstliches Lächeln aufgesetzt. «Tja, das war's dann wohl. Auf in Richtung Sherwood Forest!» Die drei Umzugskartons standen bereits im Wagen.

Auf dem Küchentisch in Rolles großem Steinhaus thronte jetzt Octopus Magnificus. Kurz vor dem Abendessen hatte der Künstler selbst sein Meisterwerk enthüllt.

«Dem verlorenen Sohn zur Ehre. Es lebe die Heimkehr!», verkündete er feierlich und befreite das Kunstwerk von einem alten Laken.

Der achtarmige Kerzenleuchter war aus mindestens hundert Plastikkugeln zusammengesetzt, die Mike nur allzu gut wiedererkannte. Rolle hatte sie auf Fäden gezogen und zusammengeklebt, sodass sie ein Mittelding zwischen Tintenfisch und Qualle bildeten. In jeder Kugel hing an einem dünnen Faden ein kleiner Gegenstand. Ein Herz, ein Engel oder eine Blume. Es musste eine halbe Ewigkeit gedauert haben, den Leuchter zu errichten. In exakt welcher Weise die Installation nun Robins Heimkehr symbolisierte, blieb allerdings unklar. Doch die drei am Küchentisch einigten sich darauf, dass die Reflexionen des Kerzenlichts in den durchsichtigen Kugeln dem Raum ein gemütliches Licht verliehen, das in der herbstlichen Dunkelheit Wärme ausstrahlte.

«Superschön!», rief Robin aus.

«Schick», meinte Mike und musste innerlich lächeln, als er den Stolz in den Augen seines alten Freundes aufleuchten sah.

«Ich hab mir Folgendes dabei gedacht», erklärte Rolle und zeigte mit dem Finger auf eine Plastikkugel, die einen kleinen blauen Vogel enthielt. «Jede einzelne von diesen Kugeln hier ist wie eine eigene Welt. Was, glaubt ihr, denkt dieser Piepmatz gerade? Kann er hinausschauen? Oder wird das Licht so reflektiert, dass er dort drinnen sitzt und sich einbildet, er wäre allein im gesamten Universum?»

Er betrachtete sie lange mit gespanntem Blick.

«Es gibt keine freieren Kreaturen als Vögel», entgegnete Mike schließlich in philosophischem Tonfall. «Ich meine echte lebende Vögel. Es gibt massenweise seltene Arten in der Gegend. Im Fyledal leben zum Beispiel Adler. Und am Verkeån Eisvögel. Alcedo atthis heißen sie auf Lateinisch. Ein bläulich schimmernder phantastischer kleiner Vogel. Er steht rüttelnd über dem Wasser, bevor er abtaucht und kleinere Fische fängt. Legt drei Mal im Jahr fünf bis sieben kleine blanke Eier.»

«Hast du etwa ein Buch gelesen?», fragte Rolle misstrauisch.

«Japp! *Europas Vögel in Farbe*. Ich bin inzwischen Ornithologe. Hab mir im Gefängnis 'ne Menge angelesen. Wir müssen irgendwann mal gemeinsam rausfahren und Vögel beobachten. Wenn ich bei Boris meinen Lohn bekomme, werd ich mir 'n vernünftiges Fernglas kaufen. Was meinst du, Robin?»

Mike strahlte vor Enthusiasmus. Doch die säuerliche Reaktion seines Sohnes verfinsterte seine Miene leicht.

«Hast du jetzt etwa auch angefangen, Briefmarken zu sammeln?», grummelte Robin.

Rolle schüttelte verwirrt den Kopf, sodass ihm die fettigen Haarsträhnen um die Ohren tanzten.

«Übrigens, das Essen ist fertig!»

Da Rolle mit Bestimmtheit behauptete, dass sein plötzliches Erbrechen während des Fischfangs in der Hanöbucht durch eine akute Dorschallergie verursacht worden war, hatten sie den ganzen Fang in unausgenommenem Zustand in eine Gefriertruhe im Keller verfrachtet. Auf dem Tisch stand stattdessen eine im Ofen gebackene Fleischwurst, die an den Rändern etwas angebrannt, aber durchaus essbar war. Mike lief das Wasser im Mund zusammen.

«Was haben wir doch für ein Glück!», rief er in einem erneuten Versuch aus, die Stimmung aufzuheitern, und schaufelte sich einen Berg Kartoffelpüree auf den Teller.

Rolle und Robin sahen ihn verständnislos an.

«Denkt doch nur an alle Menschen, die hungern müssen. In Afrika und so. Wir haben zumindest was zu essen, ein Dach über dem Kopf und einen vernünftigen Job.»

Er warf seinem Jugendfreund einen raschen Blick zu.

«Na ja, du hast keinen Job, Rolle. Aber du besitzt immerhin einen Palast. Und du bist verdammt nochmal ein Genie. Die Welt wartet nur darauf, dich zu entdecken.»

Es gluckerte undefinierbar in den Eingeweiden des neu ernannten Schöpfergenies. Mike goss mit väterlicher Miene Milch zuerst in Robins und dann in sein eigenes Glas, während es Rolle im letzten Moment gelang, die Handfläche über seines zu legen. Dann nahm Mike einen großen Schluck und prustete mit einem weißen Bart über der Oberlippe.

«Ah, Milch! Das stärkt die Knochen, das weißt du doch, Robin, nicht wahr? Ricky Bruch hat in seinen besten Zeiten acht Liter pro Tag in sich hineingekippt. Er hat darüber übrigens ein Buch geschrieben. *Der Kampf des Gladiators* heißt es. Ein phantastisches Buch. Eines der besten, die ich je gelesen habe. Hab ich eigentlich schon erzählt, dass ich Ricky mal persönlich getroffen hab? Er hat mir 'n Autogramm gegeben. Netter Typ, unglaublich klug. Mike, hat er zu mir gesagt, ich hab der Milch alles zu verdanken. Ohne Milch hätte ich keinen Weltrekord geworfen. Dann hat er mir tief in die Augen geschaut. Denk immer daran, Robin!»

«Von wem redest du da eigentlich?»

Mike rollte mit den Augen.

«Lernt ihr eigentlich gar nichts in der Schule? Ricky Bruch war der weltbeste Diskuswerfer aller Zeiten. Achtundsechzig vierzig. Damals ein unfassbarer Rekord. Im Training hat er die Scheibe sogar über siebzig Meter weit geschleudert.»

Robin streckte sich nach der Plastikflasche und spritzte Ketchup über seine Fleischwurst.

«Wie läuft's denn eigentlich in der Schule, Robin?»

«Geht so …»

«Jetzt, wo ich wieder da bin, hab ich übrigens vor, mal bei den Lehrern reinzuschauen und mich 'n bisschen mit ihnen zu unterhalten. Ihnen gewissermaßen den Puls zu fühlen.»

Mikes Vorhaben weckte bei Robin sowohl eine gewisse Unruhe als auch Hoffnungen. Er konnte sich lebhaft vorstellen, was für ein Chaos ausbrechen würde, wenn Mike ins Lehrerzimmer der Kastanienschule stiefelte und mit seiner direkten Art verkündete, wie die Dinge zu laufen hätten. Robin schauderte bei dem Gedanken, während er dasaß und in seinem Kartoffelpüree herumstocherte. Aber eigentlich konnte es gar nicht schaden, wenn Mike sich mit seiner respekteinflößenden Statur dort einmal zeigte. Vielleicht würde dann der eine oder andere mal begreifen, dass es keinen Sinn machte, sich mit Robin Larsson anzulegen.

«Mia, meine Klassenlehrerin hat demnächst vor, Einzelgespräche mit den Schülern zu führen», murmelte er.

«Gut! Sie hat bestimmt so einigen Gesprächsbedarf», konterte Mike. Er leerte sein Milchglas und verzog das Gesicht, als hätte er gerade eine Urinprobe heruntergeschluckt.

«Und wie sehen deine Noten so aus?»

«Man kriegt erst nach der Neunten Noten.»

«Ach, genau, stimmt ja.»

«Ich bin gerade erst in die Neunte gekommen.»

«Richtig …»

Mike überschlug im Kopf rasch die Jahre und kam zu dem Ergebnis, dass es wohl stimmen musste.

«Aber dann werden wir dafür sorgen, dass du Topnoten bekommst, Robin. Man muss im Leben kämpfen, verstehst du?»

«Mm …»

Vor seinem inneren Auge hatte Mike rasch ein Bild von

Vater und Sohn entworfen, die gemeinsam in Schulbücher versunken waren. Das Abhören der Hausaufgaben zu den Flüssen Russlands. Was englische Vokabeln betraf, konnte er ihm ganz sicher weiterhelfen. Oder er würde ihm diverse Geheimnisse der Mathematik erklären, während Robin aufmerksam zuhörte und sich Notizen in seinem Rechenheft machte. So verdammt kompliziert konnte Mathe in der Oberstufe doch wohl nicht sein.

Doch der zweifelnde Gesichtsausdruck seines Sohnes war nicht zu übersehen. Die Unlust in seinem Blick irritierte Mike.

«Du begreifst doch wohl, dass du dich anstrengen musst, Robin? Das ganze Leben ist ein einziger Kampf. Von der Wiege bis zur Bahre. Kapiert?»

Er boxte Robin etwas härter gegen die Schulter als beabsichtigt und zog die Mundwinkel zu einem grotesken Lächeln hoch.

«Sieh doch mich an! Glaubst du, ich hätte es so weit im Leben gebracht, wenn ich nicht gekämpft hätte?»

Ein diskretes Husten von Rolle ließ Mike den Faden verlieren.

«Möchte jemand Kaffee nach dem Essen?», fragte der Hauseigentümer unschuldig.

Ohne zu antworten, schaufelte Mike die letzten Stücke Wurst von seinem Teller und rülpste vernehmlich. Robin rieb sich die Schulter und musterte seinen Vater schweigend. Diese Selbstgefälligkeit trieb ihn fast zum Wahnsinn. Er wollte am liebsten aufstehen und Mike geradewegs ins Gesicht schreien. Glaubst du etwa, dass man 'nem aufgeblasenen Idioten, der einem nie zuhört, irgendetwas erzählt? Doch stattdessen schwieg er und mischte einen Klecks Senf unter den Ketchup, sodass ein knallorangener Brei entstand.

Mike klopfte sich auf den gut gefüllten Magen.

«Verdammt lecker, Rolle. Du hast gut gekocht.»

Robin spürte, dass er Kopfschmerzen bekam. In seinem Gehirn türmte sich so viel auf. Die Gedanken surrten wie Insekten darin herum. Lindas Schreckschraube von Mutter hatte sich gebärdet, als wäre sie völlig durchgedreht. Robin beschlich das unangenehme Gefühl, dass es bestimmt nicht das letzte Mal war, dass er von ihr gehört hatte. Und der Journalist, der ihn angerufen hatte. Was wollte der eigentlich? Ich hätte bei Kennys Naziaktion gar nicht erst mitmachen dürfen, dachte Robin. Aber es ist ja geradezu unmöglich, nein zu sagen, wenn er von seinen Kanaken und Negern faselt. All dieses Gesülze konnte einem regelrecht das Hirn aushöhlen. Dann kam ihm der Gedanke, dass er möglicherweise gar keine andere Wahl hatte. Scheiß drauf, dass Kenny größer und älter ist als ich, dachte er. Vielleicht muss ich ihm mal eine verpassen, um ihm zu entkommen.

«Was würdest du machen, Papa, wenn jemand hinter dir her ist?»

Mike starrte seinen Sohn verständnislos an, als wäre er in Gedanken längst ganz woanders.

«Wie meinst du das?»

«Du weißt doch immer so viel. Was macht man, wenn jemand einen die ganze Zeit schikaniert?»

Mike fuhr sich hastig mit der Hand durch die Stoppelhaare.

«Ärgert dich jemand?»

«Ich frag nur. Was würdest du machen? Antworte einfach!»

In Mikes Augen blitzte es streitlustig auf. Dann sagte er ohne Umschweife: «Man bleibt hart. Lässt sich nicht unterkriegen.»

«Und wenn der andere viel größer als man selber ist?»

«Dann ändert man eben die Voraussetzungen. Knöpf ihn

dir vor, wenn er nicht darauf vorbereitet ist. Das Wichtigste ist, dass man nicht klein beigibt. Niemals, was auch immer geschieht!»

Mike fixierte ihn mit dem Blick, als würden seine Augen jeden Moment aus ihren Höhlen hervortreten.

«Wer ist es denn?», fragte er.

Robin warf die Gabel auf den Teller.

«Ach keiner, ich wollt's nur wissen …»

Eine ganze Weile saßen sie schweigend da. Mike suchte den Blick seines Sohnes, während Robins Gesicht im Schatten lag. Schließlich stand Rolle unvermittelt auf, sodass sein Stuhl nach hinten umkippte.

«Es gibt noch eine andere Möglichkeit», erklärte er mit geheimnisvoller Miene.

Mike und Robin betrachteten ihn beide mit trägem Blick. In diesem Moment bemerkte Rolle, wie ähnlich sie sich doch oft waren.

«Voodoo!», verkündete er.

«Was?»

«Folgt mir hinunter in die Unterwelt.»

Ohne zu warten, machte er auf dem Absatz kehrt, riss die Tür zum Keller auf und verschwand hinab in die Dunkelheit.

Das Dunkel dort unten ließ sie kaum etwas erkennen. In einem Kerzenständer aus Messing brannte eine schwache Flamme und warf gespenstische Schatten über Rolles blasses Gesicht. Ein kleiner flackernder Lichtschein umgab ihn. Der Rest des großen Kellerraumes war schwarz. Er lachte dumpf. Die feuchte Luft roch nach halb vergammelten Äpfeln.

Instinktiv streckte Mike die Hand aus, um Licht zu machen. Doch Rolle hielt ihn zurück.

«Stopp! Die Geister fühlen sich in der Dunkelheit wohl», erklärte er mit einer Stimme, die irgendwie fremd klang.

Mike grinste nervös. Robin holte tief Luft und suchte nach irgendeinem geistreichen Konter, doch ihm fiel keiner ein. Gegen seinen Willen spürte er, wie es ihm kalt den Rücken hinunterlief.

«Voodoo also», fuhr Rolle mit seiner neuen grabestiefen Stimme fort. «Vor langer Zeit hab ich mir mal ein Buch darüber im Antiquariat gekauft. Man erfuhr daraus eine ganze Menge. Die Afrikaner praktizieren Voodoo im Hinblick auf ihre Feinde schon seit Tausenden von Jahren. Die Sklaven haben es nach Haiti gebracht. Das Geheimnis daran ist, sich die Toten zu Hilfe zu holen. Die Geister stellen die Verbindung zur anderen Seite her. Wenn du jemandem etwas Böses willst, musst du die Geister um Hilfe bitten.»

«Und das funktioniert?», fragte Robin skeptisch.

«Man muss allerdings daran glauben», entgegnete Rolle. «Wenn du an die Kraft der Geister glaubst, dann werden sie dir auch helfen.»

Mike und Robin sanken auf ein altes Sofa, das jemand vor langer Zeit mit einem Bettlaken abgedeckt hatte.

«Hör doch auf, Rolle. Was versuchst du dem Jungen denn für einen Blödsinn einzureden?»

«Hast du es denn selber mal ausprobiert?»

Ohne zu antworten, drehte sich der große Hexenmeister um und verschwand in der Dunkelheit. Sie hörten ihn mit irgendwelchen Gegenständen hantieren. Dann trat er wieder in den Schein der Kerze. Unter dem Arm hielt er ein gerahmtes Ölgemälde, das einen grobschlächtigen Mann mit finsterer Miene darstellte.

«Ein einziges Mal habe ich die Geister zu Hilfe gerufen. Und das ist inzwischen fast dreißig Jahre her. Ich war noch ein Junge. Ungefähr in deinem Alter, Robin. Etwas älter vielleicht. Sie hatten mich kurz zuvor ins Irrenhaus in Lund gesteckt. Eines Nachts habe ich aus dem Stoff und der Füllung eines Kissens eine Puppe genäht. Es war eine ziemlich hässliche Puppe, aber sie sollte auch jemand Hässliches darstellen. Ich habe in meinem Buch gelesen, wie man vorgehen sollte. Kurz nach Mitternacht habe ich der Puppe eine dicke Stopfnadel in die Brust gerammt, und, ob ihr es glaubt oder nicht, am nächsten Tag erfuhr ich, dass das Herz des Betreffenden zu genau dem Zeitpunkt kollabierte, an dem ich mein Voodoo ausgeführt habe. Das Letzte, was er im Leben sah, waren die Titten einer polnischen Hure in Ystad.»

Über den Keller legte sich ein ehrfürchtiges Schweigen.

«Davon hast du noch nie erzählt», sagte Mike schließlich.

«Und wer war es?», fragte Robin. «Ich meine, der Mann, den du getötet hast?»

Plötzlich klang Rolle wieder ganz normal. Er knipste die Deckenlampe an und hielt das Ölgemälde hoch.

«Malcolm B. Andersson. Das größte Schwein, das auf dieser Erde herumgetrampelt ist. Mein Vater.»

Mike und Robin kniffen, vom starken Schein der Lampe geblendet, die Augen zusammen. Dann schauten sie verwundert auf den fahlen Mann auf dem Bild. Da erst sahen sie, dass die Leinwand mit massenweise kleinen Löchern durchbohrt war.

«Dein Vater ...», murmelte Robin leise.

«Er war ’n richtiges Arschloch», bestätigte Mike.

Rolle atmete tief durch.

«Nein, ich hab es nie jemandem erzählt», erklärte er feierlich. «Man kann ja nie wissen. Rein juristisch betrachtet habe ich immerhin einen Mord begangen. Oder zumindest war es Anstiftung zum Mord oder so was Ähnliches. Also habe ich es lieber für mich behalten. Weiß der Teufel, warum ich es jetzt erzähle.»

«Aber die Löcher ...?» Robin zeigte auf das Ölgemälde, das Rolle auf der großen Gefriertruhe abgestellt hatte.

Bubblekings Augen begannen zu leuchten. Erst sah es aus, als kämen ihm die Tränen, doch dann brach er stattdessen in dröhnendes Gelächter aus.

«Äh, die hab ich erst hinterher reingebohrt. Manchmal, wenn man das Bedürfnis hat, sich abzureagieren, macht es einfach Spaß, so einen fiesen, dämlichen Kerl mit Pfeilen zu bombardieren. Probiert es selbst aus, ihr werdet sehen.»

Er warf eilig einige Pfeile auf den Boden vor sich, die er aus der Hosentasche gezaubert hatte. Dann fuhr er herum und verschwand für eine Weile zwischen den Möbeln, die im hinteren Ende des Kellers gelagert waren, woraufhin er mit einem ganzen Stapel gerahmter Bilder, Poster und Fotos zurückkam, die er auf der Gefriertruhe und in dem großen Bücherregal daneben aufreihte. Darunter befanden sich Politiker aus dem rechten und linken Lager, der König, ein alter amerikanischer Präsident, Hitler, ein Mullah aus dem Iran, eine vollbusige Blondine und ein vergrößertes Klassenfoto. Schließlich stellte Rolle zögerlich ein Foto von Mike zwischen die Zielscheiben. Auch das war bereits von mehreren Pfeilen mitten im Gesicht getroffen worden.

«Tja, es tut mir leid», sagte er geniert. «Aber es kam durchaus vor, dass auch ich von dir genervt war. Du kannst einem nämlich manchmal ziemlich auf den Geist gehen.»

«Da pfeif ich drauf», sagte Mike lachend und sammelte die Pfeile vom Boden auf. Mit viel Kraft schleuderte er ein Projektil los, das Hitler mitten in die Stirn traf, danach eins, das das Auge eines Vorsitzenden der Zentrumspartei nur um Haaresbreite verfehlte, und schließlich ein drittes, das sich ins Schlüsselbein des schwarzäugigen Ayatollahs bohrte.

«Jetzt bin ich dran!», rief Robin.

Zügig riss er die Pfeile aus den Bildern heraus, sprang aufs Sofa und feuerte eine tödliche Ladung ab. Sie traf zuerst den König, dann die Blondine und landete schließlich auf dem verblichenen Klassenfoto mitten auf Mikes Nase einen Volltreffer.

«Was zum Teufel machst du denn da, du kleiner Mistkerl!»

Mit seinen gewaltigen Pranken griff sich Mike seinen Sohn, rang ihn auf dem Sofa nieder und begann ihn durchzukitzeln, bis er erst vor Schreck und dann vor Ekstase laut schrie. Am Ende landeten sie gemeinsam als ermattetes Bündel auf dem Fußboden.

Rolle betrachtete sie liebevoll. Er seufzte tief, und als Vater und Sohn wieder Luft bekamen, kündigte er an, dass in der Küche Kaffee mit Eistorte gereicht würde.

Als Robin den beiden gerade die Treppe hinauf nach oben folgen wollte, erblickte er einen Gegenstand auf dem Sofa. Ein Portemonnaie. Er zögerte. Eine verschlissene Geldbörse aus Leder, die aufgeklappt war. Sie musste Mike während ihrer Kabbelei aus der Hosentasche gerutscht sein. Einige Scheine, eine Plastikkarte und ein kleines Foto waren aus den Fächern geglitten. Robin erkannte sich selbst sofort wieder.

Langsam nahm er das Foto in die Hand und betrachtete es. Es musste aufgenommen worden sein, als er in die Fünfte oder Sechste ging. Er erinnerte es nicht mehr genau.

Vorsichtig schob er das kleine Foto in den Rahmen der alten Fotografie von Mike. Dann machte er sechs Schritte nach hinten und zückte einen der roten Pfeile. Er studierte die beiden Gesichter lange und intensiv. Spürte den Rhythmus seines Herzens. Zielte sorgfältig. Dann schleuderte er den Pfeil mit voller Kraft los.

KAPITEL 15

Das Heulen des Windes weckte ihn. Der Sturm ließ den Dachstuhl des alten Steinhauses knarren. Robin öffnete die Augen und horchte. Das Erste, was er sah, war das Modellflugzeug an der Decke. Es bewegte sich im Zug von irgendeiner Fensterritze. Er hatte es gleich am ersten Abend aufgehängt.

«Spitfire», hatte Rolles sachkundiger Kommentar gelautet. «Aus dem Zweiten Weltkrieg. Die Focke-Wulf der Deutschen war dagegen chancenlos.» Eine wilde Salve wie aus einem Maschinengewehr kam bedrohlich knatternd über seine Lippen, während er mit seinen Handflächen ein Luftduell simulierte. Dann hielt er inne und blies unverkennbar seine Wangen auf. «Never was so much owed by so many to so few.» Rolle klang haargenau wie dieser Churchill mit seiner Melone. «We shall never surrender.» Und dann war er verschwunden.

Robin musste im Stillen lächeln, als er in seinem Bett lag und an die Decke schaute. Dann bewegte er sich ein wenig und merkte sofort, dass irgendetwas nicht in Ordnung war. Seine Gelenke taten ihm weh. Es war, als hätte ihn während der Nacht jemand zusammengeschlagen. Das Tageslicht, das durchs Fenster fiel, stach ihm in die Augen. Als er tief Luft holte, spürte er, dass sein Hals rau und geschwollen war.

Der graue Himmel gab keinen Aufschluss über die Tageszeit. Robin wühlte auf dem Fußboden zwischen Unterhosen und Strümpfen nach seinem Handy. Viertel nach zehn. Er hatte total verschlafen. Konnte ebenso gut ganz darauf pfeifen, in die Schule zu gehen.

Er blieb noch eine Weile liegen, schloss die Augen und versuchte wieder einzuschlafen. Doch seine Blase war kurz vorm Platzen, er musste dringend pinkeln. Vorsichtig stellte er die Füße auf den kalten Boden und stand auf. In seinem Kopf drehte sich alles, die Spitfire machte einen schwindelerregenden Looping, bis sie schließlich wieder gerade an ihrem Faden von der Decke herabhing. Robin spürte, wie er eine Gänsehaut bekam. Fieber, dachte er.

Er zog rasch seine Jeans und die Kapuzenjacke an, die er über einen Stuhl geworfen hatte. Nach einigen Schritten merkte er, dass ihm die Beine zitterten, als wären seine Gelenke aus Gummi. Er schluckte mehrmals, um den unangenehmen Geschmack im Mund loszuwerden.

Im Flur hörte er ein unbekanntes Geräusch. Erst dachte er, es sei der Sturm. Ein dumpfes rhythmisches Brummen, das an eine Basstuba erinnerte. Es kam aus der offenen Tür hinter dem Bad. Ein feuerspeiender Drache? Seine Neugier siegte über den Druck in der Blase. Er tastete sich voran und warf einen Blick in das dunkle Zimmer.

Das Bett stand wie ein Altar mitten in dem kahlen Raum, begrenzt von zwei Marmorsockeln, auf denen ein paar dralle weiße Cherubim thronten. Der gewaltige Körper lag vollkommen nackt auf dem Laken und wirkte wie ein riesiges Stück Fleisch, das locker gereicht hätte, um mehrere Götter zu sättigen. War er etwa tot?

Robin starrte Rolle fassungslos an. Abgesehen vom Wind war nun kein Laut mehr zu hören. Über seinem Gesicht lag ein friedvoller Ausdruck. Seine Augenlider waren geschlossen, und die Lippen standen offen. Sein Bauch wölbte sich vollkommen unbeweglich wie ein riesiger Berg zur Decke.

Dann fiel Robins Blick auf den Pappkarton, der halb unter

das Bett geschoben war. Eine braune Bananenkiste gefüllt mit Medizinfläschchen, Pillendöschen und lose verstreuten Tabletten. Rolles schlaffe Hand hing über die Bettkante, als wäre ihm, kurz bevor sein Atem aussetzte, eines dieser Döschen aus den Fingern geglitten und in die Kiste gefallen.

Nun atme doch, verdammt!

Robin spürte, wie ihn die Panik erfasste. Doch als er gerade losstürzen und das riesige Opferlamm wachrütteln wollte, zuckte es zusammen. Ein Zittern in der Form eines Erdbebens pflanzte sich von seinen fleischigen Zehen über die Beine und den Rumpf bis hinauf ins Gesicht fort, in dem sich das friedliche Lächeln in eine krampfartige Grimasse verwandelte: Aus Rolles Mund drang ein lang gezogenes Brüllen, das dem Klang einer verstimmten Basstuba oder dem eines alten Dampfschiffes glich, das sich auf dem Weg in den Hafen ankündigte.

Robin atmete erleichtert aus. Zur Sicherheit blieb er noch eine Weile in der Türöffnung stehen und verfolgte Rolles Schnarchgeräusche. Die Luft im Zimmer war abgestanden. Aber er hatte seinen Rhythmus wiedergefunden. Über dem Anblick ruhte jetzt eine gewisse Anmut.

Als er gepinkelt hatte, kam der Durst. Mühsam stieg er die breite Treppe hinunter. Der Inhalt des Kühlschranks war in jämmerlichem Zustand. Er entschied sich gegen die Milch, die sauer geworden war, und gegen das dänische Bier. Hielt schließlich seinen Kopf unter den Wasserhahn und kühlte seine Kehle mit eiskaltem Wasser.

In dem Moment klingelte es an der Tür.

Ein schicksalsträchtiges Ding-dong hallte, gefolgt von zwei ungeduldigeren Klingeltönen, durchs Haus.

Robins erster Impuls war, auf das Klingeln zu pfeifen, wieder hinauf in sein Zimmer zu schleichen und sich die Decke über den Kopf zu ziehen. Doch dann kam ihm der Gedanke, dass es etwas Wichtiges sein könnte. Vielleicht wollte der Idiot vom Sozialamt die Lage peilen. Mike war bestimmt schon vor ein paar Stunden zur Schrottfirma gefahren. Und Rolle machte ja mehr einen toten als lebendigen Eindruck.

Ding-dong, ding-dong!

«Verdammt nochmal, immer locker bleiben!», zischte Robin, während sich ein unangenehmer Blutgeschmack in seinem Mund breitmachte.

Das Erste, was er sah, als er die schwere Eichentür aufschob, waren ein Paar verzierte Cowboystiefel auf der Steintreppe. Als er seinen Blick nach oben wandern ließ, blickte er in zwei Augen, die ihn missmutig anstarrten. Nils Ek war klein gewachsen. Die hohen Absätze und die wattierte Lederjacke, die er über einem grünkarierten Baumwollhemd trug, ließen ihn auch nicht größer erscheinen, sondern verstärkten eher noch den Eindruck, dass er eine zierliche Person war. Obwohl seine Gesichtszüge verrieten, dass er auf die vierzig zuging, trug er eine Baseballkappe über den vom Haargel steifen Haarsträhnen, die ihm von den Ohren abstanden.

«At last we meet ...»

Der kleine Mann auf der Treppe lehnte sich gegen das Eisengeländer und grinste höhnisch. Seine Worte waren halbwegs vom Wind weggetragen worden, doch Robin hatte genug verstanden, um die schrille Stimme wiederzuerkennen.

«Ich hab doch gesagt, dass ich nicht mit Ihnen reden will», fauchte er.

Ohne eine Erklärung abzuwarten, zog er die Tür zu. Doch bevor sie zuschlagen konnte, war etwas im Weg. Nils Ek hatte sich mit einem stabilen Baseballschläger gewappnet, den er rasch in den Türspalt schob. Widerwillig öffnete Robin die Tür.

«Ich bin krank. Lassen Sie mich in Ruhe.»

«Aha, du schwänzt also die Schule? Allein zu Hause, hä? Deinen Vater hab ich schon vor 'ner Weile wegfahren sehen. Richtig tougher Typ …»

Robin spürte, wie der Wind am Türblatt riss.

«Weiß er eigentlich, was du nachts so treibst? Mike heißt er doch, oder?»

Nils Ek sah aus, als wolle er den Genuss noch ein wenig auskosten. Er bleckte die Zähne. Seine bizarre Miene erinnerte an eine Katze, die ihre Krallen ein wenig ausfährt, um sich daran zu ergötzen, wie die Maus zwischen Hoffnung und Verzweiflung hin- und hergerissen ist.

«Das geht Sie gar nichts an!»

Der Reporter schob die Tür mit dem Baseballschläger ein wenig weiter auf, ohne dass Robin dagegenhielt.

«Wie ich schon am Telefon sagte, hast du keine Wahl, Kleiner. Ich weiß, dass du dabei warst, als ihr die Scheiben von Aladdins Pizzeria eingeschlagen habt. Ich hab sogar Fotos von dir in dieser lächerlichen Naziuniform. Es steht also ziemlich schlecht um dich.»

Das Leitungswasser gluckerte in Robins Magen. Er schluckte einen Anflug von Übelkeit hinunter und spürte, wie die Türschwelle unter ihm schwankte. Es sah aus, als schwankte der Mann vor ihm ebenfalls. Der Wind heulte, und die aufdringliche Stimme des Journalisten dröhnte ihm in den Ohren. Es tat so weh!

«Was wollen Sie eigentlich?»

«Lass mich rein, dann werd ich es dir erklären.»

«Nein, verdammt! Sie wecken ja Bubbleking auf.»

Im Gesicht des anderen breitete sich eine vorübergehende Unsicherheit aus. Dann trat er noch einen Schritt vor.

«Roland Andersson? Der Hauseigentümer persönlich? Do you think, I give a fucking damn?»

Robin zuckte unentschlossen mit den Achseln.

«Let's skip the crap», gellte Nils Ek.

Er beugte sich vor und wirkte mit einem Mal bedrohlich.

«Die Sache ist folgende. Du gibst mir ein exklusives Interview. Ein Nazi gesteht. Du wirst mir sagen, wer deine Kumpels sind, und mir von euren Plänen erzählen, wie ihr gedenkt, die Macht an euch zu reißen. Du wirst mir verraten, wer euer Anführer ist und wo eure Waffenverstecke liegen. Bomben, Maschinengewehre, die ihr beim Militär geklaut habt. Alles! Kapierst du, was für ein Scoop das ist?»

Nils Eks Falsettstimme verursachte Robin ein zunehmendes Schwindelgefühl. Er konnte überhaupt nicht mehr klar denken. Was faselte der Idiot da eigentlich? Was für Bomben und Waffen?

«Ich hab keine Ahnung, was Sie wollen.»

«Du fragst dich natürlich, was du davon hast», schrie der Journalist durch den Wind hindurch. «Nicht wahr?»

Er hielt inne, als eine kräftige Windbö unter den Schirm seiner Kappe fuhr. Mit einer raschen Bewegung rückte er sie wieder an ihren Platz.

«Das kann ich dir sagen. Du bleibst anonym. Wir lassen stattdessen deine Kumpels auffliegen. Die Anführer der Naziliga. Und wenn du mir kein Waffenlager nennen kannst, musst du dir eben was einfallen lassen. Sag einfach, dass ihr den Scheiß im Meer versenkt habt, oder so. Mir ist es völlig egal. Kapiert? Ich bin nur an der Story interessiert. Auf dich jämmerlichen Pimpf scheiß ich total. Ich weiß ganz genau, dass du ältere und toughere Freunde hast, die sich den ganzen Mist ausgedacht haben. Sie werden wahrscheinlich 'n bisschen sauer auf dich sein, aber das ist eben der Preis, den du für deine Dummheit bezahlen musst. Ich kann dir nur Anonymität garantieren. Deep Throat, sozusagen. Wenn du Glück hast, kommst du da mit heiler Haut raus. Das ist dein Nutzen an meinem Vorschlag.»

Robin starrte den Journalisten fassungslos an, der nun schnaufend dastand und auf eine Antwort wartete.

«Und?»

«Sie sind doch nicht ganz dicht ...»

Erneut zog Robin die Tür zu. Doch dieses Mal begnügte sich Nils Ek nicht damit, sie mit dem Baseballschläger aufzuhalten. Blitzschnell zog er Robin mit dem Schläger eins über die Finger, sodass sich die Tür weit öffnete, woraufhin er eine vollautomatische Nikon hervorzauberte und mehrere Fotos schoss.

«Selber schuld!», rief er. «Jetzt wirst du eben zum Naziboss von ganz Schweden!»

Plötzlich war es, als würde Robins fieberkrankes Hirn regelrecht zu brennen beginnen. In seinem Körper entflammte eine irrsinnige Wut, und in einer einzigen gewaltigen Entladung stieß er mit seinen Handflächen gegen Nils Eks Brust, sodass dieser rückwärts ins Schwanken geriet und ihm sowohl Kamera als auch Baseballschläger aus den Händen glitten. Für den Bruchteil einer Sekunde balancierte der Reporter mit seinen Stiefelabsätzen auf der obersten Treppenstufe und fuchtelte verzweifelt mit den Armen, um das Geländer zu erreichen. Wie im Traum sah Robin, wie er verzweifelt nach Halt suchte. Doch hinter ihm war nichts als Luft. Und im nächsten Augenblick fiel der selbst ernannte Nazijäger haltlos die Steintreppe hinunter. Es tat einen hässlichen dumpfen Knall, als er mit dem Nacken auf der untersten Stufe aufprallte. Dann war nur noch der Wind zu hören, der am Blattwerk der kranken Kastanie riss.

Eine halbe Ewigkeit stand Robin wie gelähmt da und schaute auf den Mann hinunter, der mit ausgestreckten Armen und Beinen halb auf der steilen Treppe lag, als wolle er über dem weißen Kies wie ein Engel schweben.

Nun beweg dich endlich!, fuhr es zum zweiten Mal an diesem Morgen durch Robins Hirn. Bitte, atme doch!

Doch nichts geschah, außer dass unter dem Kopf des Mannes eine rötlich schwarze Flüssigkeit in den Kies sickerte.

«Ach du verdammte Oberscheiße!»

Die Stimme hinter Robin dröhnte mit einer Kraft, die sich nahezu mit dem Sturm messen konnte. Eine schwere Hand legte sich auf seine Schulter. Dann spürte er, wie ihn jemand zur Seite schob und sich an ihm vorbei auf die Treppe zwängte. Es war Rolle. Er hatte sich einen alten vergilbten Judoanzug übergezogen, der aus so umfangreichen Stoffbahnen genäht zu sein schien, dass er für die Hälfte der spanischen Armada als Segel ausgereicht hätte. Mühsam stieg er die acht Treppenstufen zu Nils Eks leblosem Körper hinab.

«Ist er tot?»

Rolle ging in die Hocke und legte seine Finger erst an den Hals des Journalisten und dann um sein Handgelenk. Er nickte.

«Mausetot.»

Robins Herz wurde von einer eiskalten Klammer umschlossen. Der Schüttelfrost, den er für eine Weile vergessen hatte, machte sich in seinem Körper wieder bemerkbar, und mit einem Mal fror er so stark, dass er schlotterte. Als er den Mund öffnete, begannen seine Zähne zu klappern. Das Einzige, was er hervorzubringen imstande war, war ein leises Wimmern.

«Das habe ich nicht gewollt …»

«Du brauchst nichts zu erklären, Robin. Ich hab fast alles mitgehört.»

Bubbleking kam wieder auf die Füße und sah sich um. Die grauen Wolken rasten in einer wahnsinnigen Geschwindigkeit über den Himmel hinweg, während sich die Kastanie geplagt hin und her bog. Hinter der buschigen Fliederhecke lag die Straße einsam und verlassen da. In den wenigen Häusern, die in Sichtweite lagen, waren die Fenster dunkel.

«Wir müssen das Aas hier wegschaffen, bevor jemand ihn sieht», brummte er vor sich hin.

Ohne zu zögern, umfasste er mit stabilem Griff den Gürtel des Toten, schleifte ihn die Treppe hinauf und legte den schlaffen Körper auf dem Boden vor der Türschwelle ab. Dann atmete er ein paar Mal tief durch und stieg erneut die Steintreppe hinunter, um den Baseballschläger, die kaputte Kamera und die Kappe einzusammeln. Bevor er wieder hinaufstieg, verteilte er mit den Zehen etwas Kies über dem dunkelroten feuchten Fleck am Boden.

Robin betrachtete den leblosen kleinen Mann, unfähig, etwas anderes zu empfinden als Kälte. Er fror wie ein Hund. Die Augen der Leiche waren geöffnet, und es sah aus, als grinse sie spöttisch. Aus irgendeinem Grund dachte Robin, wie merkwürdig es doch war, dass er bis eben nicht wahrgenommen hatte, dass die schwere Messingschnalle des Gürtels vom Journalisten wie ein Büffelkopf geformt war.

«Es wird nicht lange dauern, bis er anfängt zu stinken», sagte Rolle nachdenklich.

Er schaute Robin an.

«Du siehst aber gar nicht gesund aus.»

«Ich glaub … ich hab Fieber.»

Rolle zog eine undefinierbare Grimasse und wirkte dann umso entschlossener.

«Ich kümmere mich um das hier.»

Dann ergriff er die Gürtelschnalle mit dem Büffel und hob den Toten erneut an.

«Voodoo?», fragte Robin so leise, dass man seine Stimme kaum hörte.

Bubbleking sah ihn mit ernster Miene an und hob und

senkte dann langsam den Kopf, sodass seine vollen Wangen auf und ab zu schwingen begannen.

«Dieser Kerl hat bereits die Medizin bekommen, die er verdient hat.»

Die Tür zum Keller stand offen. Von dort war ein gespenstisches Heulen zu hören, als wäre der Wind die Treppe hinuntergefegt und wirbele nun in einer unseligen Jagd nach einem Platz in der Dunkelheit umher, an dem er sich zur Ruhe legen konnte. Rolle ächzte und stöhnte, als er seine Last in die Unterwelt beförderte.

Robin schlotterte vor Schüttelfrost. Ohne zu wissen, warum, stolperte er mit einem krampfhaften Griff ums Geländer hinter Rolle die Kellertreppe hinunter, bis ihn auch die letzten Kräfte verließen. Er setzte sich mitten auf die Treppe.

Die Neonröhre an der Decke ließ den Keller in Licht baden. Rolle hatte sie offenbar auf dem Weg nach unten angeschaltet. Vor Robins Augen flimmerte es, und er blinzelte, um den stechenden Schmerz zu lindern. Durch einen Nebel aus Tränen hindurch sah er, wie Rolle einige Gemälde zur Seite räumte und die große Gefriertruhe öffnete. Drei tiefgefrorene Dorsche knallten auf den Zement und rutschten ein Stück weit über den Boden. Mit einem Ruck am Gürtel hievte Rolle den willenlosen Körper über die Kante der Truhe und rückte ihn dort, wo die Fische gelegen hatten, zurecht. Als er den Deckel wieder zuschlug, war ein dumpfer Knall zu hören.

Als Rolle aufschaute und Robin erblickte, fuhr er erschrocken zusammen, als hätte er ihn total vergessen.

«Wir werden uns etwas ausdenken müssen ...», sagte er vage.

Dann legte er den Kopf schräg und musterte Robin prüfend.

«Du siehst gar nicht gesund aus. Ganz und gar nicht.»

Eine Stufe nach der anderen bewältigend, näherte er sich Robin keuchend und blieb vor ihm stehen. Er wirkte etwas unschlüssig. Für einen Augenblick sah es aus, als überlege er, den Jungen auf den Arm zu nehmen. Doch dann schien er einzusehen, dass er zu schwer war. Er seufzte. Dann legte er sich Robins Arm um die Schultern, umfasste seine Taille und begann, ihn die Treppe hinaufzuschleppen, wie ein Soldat einen verletzten Kameraden von der Front nach Hause bringt.

Als er Robin behutsam ins Bett gelegt und zugedeckt hatte, blieb er unter der Spitfire stehen und betrachtete sie. In seinen Augen lag ein Kummer, der nicht einmal Robin entging.

«Papa darf es nicht erfahren», sagte Robin tonlos.

Rolle nickte, ohne zu antworten.

«Er wird …»

Robin hustete, sodass es fürchterlich in seinem Hals brannte.

«Er wird die gesamte Schuld auf sich nehmen.»

«Ich weiß.»

«Der Blödmann wird sagen, dass er es getan hat. Nur um mich zu schützen. Sie werden ihn lebenslänglich verknacken. Und wir werden ihn nie wieder sehen.»

KAPITEL 16

Drei Tage und drei Nächte lang wütete die Krankheit in Robins Körper. Danach hätte er niemals sagen können, was genau in diesen fürchterlichen drei Tagen eigentlich geschehen war.

Das Fieber war bereits am ersten Tag enorm gestiegen.

Nach einer Weile erwacht er, weil er so stark friert, dass er am ganzen Körper schlottert, obwohl ihn jemand mit zwei Decken zugedeckt hat.

Seine Muskeln schmerzen. Er versucht sich aufzurichten, doch sein Körper ist steif wie der eines gebrechlichen Greises. In seinem Kopf dreht sich alles. Sein Magen zieht sich krampfhaft zusammen. Er sieht alles verschwommen und kann unmöglich seinen Blick fixieren. Die Spitfire saust im Zimmer herum wie eine wild gewordene Hornisse. Sie prallt gegen die Fensterscheibe, stürzt hinab in Richtung Boden, fängt sich wieder, um daraufhin mit einer Hundertachtziggraddrehung geradewegs in Richtung Decke zu jagen. Ein stechender Schmerz hinter seinen Schläfen lässt seine Gedanken zu Brei zusammenfließen.

Irgendwer ächzt dort, stöhnt und wimmert. Es klingt jämmerlich, doch Robin begreift nicht, dass er selber es ist.

Die Rauchbomben stechen ihm in der Nase, es brennt in seinen Augen, und ihm ist furchtbar übel. Er hustet und versucht sich in einen Eimer zu übergeben, den jemand neben sein Bett gestellt hat, doch es kommt nur ein wenig saure Galle. Verdammter Kenny, warum musste er den ganzen

Scheiß auch direkt in ihrer Mitte abbrennen? Robin rennt mit einem Ziegelstein in der Hand über den Platz. Er hört die anderen grölen. Er ist wütend, hat Lust, etwas niederzureißen, zu zerstören. Will töten. Das Geräusch des zersplitternden Fensterglases, das in tausend Stücke zerspringt, ist herrlich; er schreit und johlt, doch der verdammte Druck auf seiner Brust lässt einfach nicht nach.

Jemand hilft ihm, den Kopf vom Kissen anzuheben. Führt ihm ein Glas an die Lippen. Er spürt eine Hand in seinem Nacken. Robin trinkt gehorsam. Kaltes Wasser rinnt ihm durch die wunde Kehle. Dann fällt er ins Kissen zurück und verschwindet wieder in der Dämmerung. Doch er schläft nicht. Er befindet sich in einem Zustand rastloser Qual. Auf einer Reise ins Grenzland der Verurteilten.

Sune, das fette Arschloch. Er grinst hämisch und umfasst seinen Nacken so fest, dass es wehtut. Dreht ihm den Arm um, dass es im Schultergelenk brennt. Schleift ihn in den Keller hinunter. Robin kennt die Situation, er weiß, was ihn dort unten erwartet, und er weiß auch, dass er sich schon bald aus seinem Griff herauswinden und weit, weit weglaufen und nicht zurückkommen wird, bis der Alte gestorben ist. So lange muss er es noch aushalten.

Robin quält sich. Er versucht, aus dem Grenzland zu fliehen, in dem es kein normaler Mensch aushalten kann, aber er ist mit starken Seilen gefesselt, die ihn zurückhalten. Rauf und runter. Rein und raus. Immer aufs Neue. Er wacht schweißgebadet auf.

Das Gesicht des ekelhaften Reporters befindet sich jetzt direkt über ihm, er stinkt aus dem Mund nach Knoblauch, und während er seine Drohungen hervorzischt, steht ihm regelrecht der Schaum vorm Mund. Robin schreit laut, er will ihn endlich loswerden. Er richtet sich im Bett auf. Plötzlich sind seine Kräfte wieder zurückgekehrt, er ist stark wie ein

Ochse und stößt den kleingewachsenen Mann mit all seiner angestauten Wut von sich. Er sieht das Erstaunen und die Hilflosigkeit in den Augen des anderen, während er wegfliegt, willenlos wie ein Blatt im Herbststurm. Dann der Knall, als sein Nacken auf dem Stein aufschlägt. Du verdammtes Miststück!, schreit Robin. Du sollst doch nicht sterben!

Ich muss kotzen, verdammt, ich muss kotzen, ich kotz gleich geradewegs ins Bett.

Das Laken hat sich unter ihm zu einem ekligen feuchten Strang zusammengerollt. Er gleitet wieder in den Dämmerzustand hinüber. Die Zeit spielt verrückt, sie weigert sich, gleichmäßig voranzuschreiten, springt stattdessen wie toll vor und zurück. Der Schüttelfrost lässt ihn schlottern.

Dann kommt Mike.

Er weckt ihn mitten in der Nacht. Rüttelt fest an seinen Arm. Robin reibt sich den Schlaf aus den Augen. Riecht selber, dass sein Pyjama mit den Teddybären nach saurem Schweiß stinkt. Mike klingt aufgeregt.

«Wach auf, Robin! Du musst mir helfen.»

Robin will nicht aufwachen. Er will schlafen. Will alles um sich herum vergessen. Er weiß, dass er hungrig zu Bett gegangen ist, und wenn er nicht gleich wieder einschläft, macht sich sein knurrender Magen wieder bemerkbar. Er tastet nach seinem Teddy, der immer hinter dem Kopfkissen liegt. Versucht sich in seinem Bett einfach wieder umzudrehen, doch draußen aus der Küche dringt ein schrecklicher Lärm. Jemand schreit, ein anderer grölt, und Mike lässt ihn einfach nicht in Ruhe. Er hört Geschirrklappern.

«Steh auf jetzt, verdammt nochmal!»

Als Robin die Augen öffnet, sieht er, dass Mike wieder diesen speziellen Blick hat. Der ihn in einen anderen verwandelt, in jemanden, den Robin ganz und gar nicht zum Vater haben will, jemanden, den er nicht einmal kennen möchte.

«Du muscht für die Jungs schingen.»

Mike lallt, und seine Augen, die an manchen Tagen blaugrün schimmern, sind vollkommen grau und sein Blick verschwommen. Seine Lippen sind spröde, und in seinem Mundwinkel hängt etwas ekliges Gelbes. Als er versucht zu lächeln, zieht er die Oberlippe hoch und bleckt die Zähne wie ein Raubtier. Hau ab, denkt Robin. Lass mich schlafen.

Doch Mike gibt keine Ruhe. Er zieht erneut an Robins dünnem Arm, sodass es fast wehtut.

«Jetzt komm schon! Ich hab um 'ne Pulle Schnaps gewettet. Die Jungs glauben mir nicht, dass du den Text auswendig kannst.»

Auf dem Fußboden im Flur liegt jemand halb in einen Teppich eingerollt. Robin wendet seinen Blick ab, als er vorbeigeht. Zwei Männer und eine hagere Frau mit strähnigem Haar starren ihn ausdruckslos an, als er in die Küche kommt. Sie stinken nach billigem Fusel, Rauch und alten Kippen. Der Tisch ist übersät mit Flaschen und Dosen, und mittendrin stehen ein Topf und mehrere Teller mit Essensresten. Als die hexenartige Frau ihre krallenartige Hand ausstreckt, um ihn zu tätscheln, weicht er zurück. Sie riecht nach Pisse. Sie sagt irgendetwas Undeutliches, und Robin sieht, dass ihre Schneidezähne braun und verstümmelt sind.

«Er ist doch erst sieben Jahre alt, Mike», krächzt sie. «Du hättest ihn schlafen lassen sollen.»

«Halt die Klappe! Er kann die Nationalhymne.»

Robin sieht zu dem muskulösen Kerl auf, der dort am Türpfosten steht und schwankt. Der behauptet, sein Vater zu sein. Er lügt. Gewiss, er hat dieselben Tätowierungen, denselben kahlrasierten Schädel, trägt sogar dasselbe gestreifte Hemd, das ihm schlabberig über die dreckigen Hosen hängt. Aber er ist nicht Robins Vater. Nie im Leben!

Die beiden anderen Männer starren ihn lediglich böse an.

Einer von ihnen hat aus irgendeinem Grund nur Unterhosen an. Vorn, wo sein Pimmel getropft hat, sind sie gelb verfärbt. Von ihm geht ein beißender Geruch aus. Der andere rülpst lauthals. In seiner Hand hält er zwei zerknitterte Hunderter.

«Wir haben fünf Minuten ausgemacht, Mike. Ansonsten war's das wohl mit der Pulle.»

Robin spürt einen Knuff im Rücken. Er hört den Mann, der behauptet, sein Vater zu sein, wütend brüllen: «Sching jetzt, du verdammter Idiot!» Er erkennt seine Stimme nicht wieder. Ebenso wenig das rote aufgedunsene Gesicht und die eiskalten Augen. Oder vielleicht erkennt er sie doch von einer anderen Nacht?

Robin schließt fest die Augen und singt klar und deutlich:

«Du gamla du fria, du fjällhöga nord.
Du tysta, du glädjerika sköna …»

Es dauert eine halbe Ewigkeit, bis er zumindest den ersten Vers hinter sich gebracht hat. Doch die Suffköppe in der Küche halten wenigstens mal für eine Weile den Mund. Robin konzentriert sich auf jedes einzelne Wort und versucht so, all das Schmutzige um sich herum auszublenden.

«Du tronar på minnen från fornstora dar,
då ärat ditt namn flög över jorden …»

Sobald er fertig ist, rennt er aus der Küche. Er hört, wie Mike dort drinnen jubelt und grölt und die hagere Hexe schrill kreischt. Rasch kriecht er wieder ins Bett und zieht sich das Kissen über den Kopf.

Bevor er einschläft, denkt er, dass er nie wieder aufwachen will. Nie wieder will er diesen großen widerlichen Kerl sehen, der ihn dazu gezwungen hat, die Nationalhymne zu singen, und ihn danach, armselig und stinkend auf dem Boden liegend, um Verzeihung bittet.

Dann sinkt Robin tief hinab in eine Dunkelheit, an die keine Erinnerungen heranreichen.

KAPITEL 17

Über Wanja konnte man sagen, was man wollte, aber manchmal gelang es ihr auf erfrischende Weise, den Nagel auf den Kopf zu treffen: «Du brauchst einen Mann», stellte sie fest und betrachtete Amela eingehend. «Das ist alles.»

Sie goss noch mehr Rotwein aus der Box nach. Zuerst in ihr eigenes Glas und dann in Amelas, das noch halb voll war.

«Wie lange ist es her, wenn du mal ehrlich bist?», fragte sie.

Amela zuckte mit den Schultern und rechnete lieber nicht nach. Wanja lächelte.

«Zu lange, nicht wahr?»

«Ja …»

«Sieh es doch mal so», fuhr Wanja fort und fluffte ihre roten dauergewellten Locken auf, sodass das Armband an ihrem Handgelenk rasselte. «Was hast du denn schon zu verlieren? Und was kannst du alles gewinnen? Ich stell mir immer eine Waage vor. In die linke Waagschale legt man all das, was schiefgehen kann. In die rechte alles Tolle, von dem man träumt. Und dann guckst du, welche schwerer wiegt. Für mich ist es immer die rechte. Man muss ein gewisses Risiko eingehen, wenn man den Hauptgewinn einstreichen will.»

«Und fühlt es sich am Tag danach immer noch so an?», fragte Amela lachend.

Wanja schnaubte und trank einen Schluck Wein, woraufhin sie sich wieder auf dem Sofa zurücklehnte und die Füße auf den Tisch legte.

«Easy come, easy go. Was bringt es denn, es zu bereuen?»

«Nicht viel …»

«Na also! Ist es in Ordnung, wenn ich mir 'ne Zigarette anzünde? Um 'n bisschen in Partystimmung zu kommen …»

«Klar, ich kann die Balkontür ja einen Spalt aufmachen.»

Nachdem sie eine Weile in ihrer Handtasche herumgewühlt hatte, fand Wanja ein Feuerzeug und steckte sich die Mentholzigarette an. Sie nahm einen tiefen Zug und blies Rauchringe in Richtung Decke aus, bevor sie merkte, dass sie immer noch das Nikotinkaugummi im Mund hatte. Sie lächelte entschuldigend, nahm es heraus und rollte es zwischen ihren Fingern zu einer kleinen Kugel. Sah sich unschlüssig um und legte es dann auf die Tischkante.

«Aber manchmal sind Typen auch scheiße», fuhr sie fort. «Ziemlich oft sogar. Ich glaube, statistisch gesehen sind acht von zehn Männern Scheißkerle. Und einer ist schwul. Also gilt es, den zehnten zu finden.»

Amela wusste nicht recht, was sie antworten sollte, also nahm sie einen kleinen Schluck von ihrem Wein. Wanja hatte sie überrascht, plötzlich stand sie mit ihrer Gato-Negro-Box in der einen und einem Packen CDs in der anderen Hand vor der Wohnungstür. Fix und fertig geschminkt mit Glitter im Rouge, Schuhen mit Leopardenmuster und umgeben von einer Wolke süßlichen Parfüms. «Thorleifs spielen heute Abend im Tingvalla», erklärte sie und steuerte geradewegs auf die Küche zu, um zwei Gläser aus dem Schrank zu holen. «Du kommst doch mit, Amela?»

Es war mehr eine Feststellung als eine Frage. Amela hatte sie umarmt. Vermutlich hatte Wanja recht. Vielleicht brauchte sie tatsächlich jemanden, dem es gelang, sie aus ihren Grübeleien herauszuholen. Früher liebte Amela es, wenn irgendwo eine Party stattfand. Religiös war sie nie gewesen, nicht einmal während der verrückten Jahre, in denen man zu

Hause die Leute danach einteilte, ob sie an Gott oder Allah glaubten. Amela hatte früh geahnt, wohin das führen würde, und weigerte sich mitzumachen. Wenn die Nachbarn eine Hetzjagd anzetteln wollten, war es ihre Sache. Ihr erster Freund fand sie attraktiv, weil er vom Wein berauscht war. Es ergab sich einfach so. «Er gehört zum anderen Lager», brummte Großvater missmutig, doch das kümmerte sie nicht.

«Einmal war ich mir sicher, dass ich ihn gefunden habe», sagte Wanja. «Also den zehnten. Ein absoluter Traumprinz. Tanzte wie ein junger Gott. Trug immer schicke Armanihemden. Wenn man die Hand zwischen die Knöpfe steckte, spürte man seinen Waschbrettbauch. Und außerdem hat er mir die ganze Zeit schöne Dinge ins Ohr geflüstert. Es kitzelte so, dass einem ein Schauer nach dem anderen über den Rücken lief. Er fuhr einen nagelneuen Benz und behauptete, in der IT-Branche zu arbeiten, aber ich weiß es nicht genau.»

Sie betrachtete den Aschestummel an ihrer Zigarette, sah sich suchend um und aschte dann in ihren Kaffeebecher.

«Er sagte, dass er mich heiraten wollte. Aber leider hat er vergessen, mir zu sagen, dass er bereits verheiratet war. Hatte zwei Kinder und 'n Reihenhaus in Helsingborg. Eines Tages rief seine Frau an und hat es mir erzählt. Sie war völlig down. Kein Wunder. Aber er ließ nie wieder was von sich hören, der Blödmann.»

Sie saßen eine Weile schweigend da und lauschten Leonard Cohen, dessen Songs sich auf der CD langsam voranschleppten. Die Kerzen auf dem Tisch flackerten ein wenig im Luftzug der Balkontür. Draußen in der Dunkelheit nieselte es. Doch Amelas bunte Lichterkette vor dem Fenster verbreitete eine gewisse Wärme.

«Aber bereut habe ich es noch nie», sagte Wanja nachdenklich.

Dann schaute sie Amela mit großen Augen an.

«Du hast mir nie erzählt, was damals in Bosnien eigentlich passiert ist», stellte sie fest. «Jedenfalls nicht genauer.»

Amela verspürte ein Brennen in der Brust, als hätte ihr jemand mit einem Messer ins Herz gestochen. Dann rang sie sich zögerlich ein Lächeln ab, doch es erreichte ihre Augen nicht.

«Ich hatte einen Sohn. Er starb. Aber das ist schon lange her. Ich will nicht mehr daran denken.»

«Und der Vater …?»

«Er ist schon lange vorher verschwunden. Aber ich will nicht darüber reden. Jetzt betrinken wir uns.»

Die ersten Male, als Wanja sie nach Bosnien gefragt hatte, fühlte Amela sich verletzt, als wolle die Freundin sie quälen, obwohl sie natürlich wusste, dass das nicht der Fall war. Amela war das Weinen so satt. Wollte nicht mehr schwach sein. Sie antwortete ausweichend und wechselte das Gesprächsthema, sobald es irgend möglich war. Sie wollte all die alten Erinnerungen hinter sich lassen und vergessen.

Eine Zeit lang war es ihr ganz gut gelungen. Ihre Gedanken irrten nicht mehr stundenlang in den Tälern und auf den bewaldeten Hügeln ihrer Heimat herum. Mehr und mehr richteten sie sich auf das neue Land. Schweden. Im Großen und Ganzen fand sie die Menschen hier freundlich. Wie sollten sie auch verstehen können, was in ihrem Land geschehen war, wenn sie es nicht einmal selber verstand?

Und dann war sie diesem Mann begegnet. Der Mann, der in ihren Albträumen lange Zeit keinen Namen besessen hatte, sodass er in die Rolle des Teufels schlüpfen musste. Seit dem Tag, an dem sie ihn im Systembolag gesehen hatte, fühlte sie sich keine Sekunde lang mehr frei.

Doch tief in ihrem Inneren wusste Amela, dass Wanja recht hatte, auch wenn die Freundin trotz Amelas plötzlichem Schluckauf keine Ahnung davon hatte, was in ihrem Kopf vorging. Es war so krank, so dermaßen wahnsinnig, vom Hass verzehrt in seiner Einsamkeit zu Hause zu sitzen und einen Mord zu planen. Nein, keinen Mord. Eine Hinrichtung. Etwas anderes verdiente er nicht. Oft hatte Amela gedacht, dass es besser wäre, zur Polizei zu gehen. Aber wozu sollte das gut sein? Sie hatte ja keinerlei Beweise. Die Polizei in Schweden konnte doch wohl nicht wegen eines Kriegsverbrechens in Bosnien ermitteln, oder? Sie hätten sie wahrscheinlich ausgelacht. Und was würde der Mann unternehmen, wenn er erführe, dass sie ihm auf der Spur war?

Sie sollte wirklich versuchen zu vergessen. Und wenn es nur ihr selber zuliebe war. Sie sollte auf Wanja hören. Vielleicht brauchte sie wirklich einen Mann.

Sie nahmen ein Taxi zum Tanzlokal. Wanja plapperte munter drauflos, und Amela spürte nach all dem Wein, dass es sich in ihrem Kopf zu drehen begann. Sie bezahlten den Eintritt und holten sich zwei Gläser Weißwein an der Bar. Im Lokal war es voll, doch sie fanden noch einen Tisch. Es dauerte nicht lange, bis sie aufgefordert wurden, zuerst Wanja, die lachend auf die Tanzfläche abschwirrte, dann Amela, die wieder einen Schluckauf bekam. Die Musik klang entsetzlich, doch ihr Kavalier tanzte gut. Er duftete nach Rasierwasser und schwebte geradezu über den Boden. Sein Rücken war etwas verschwitzt. Amela musste sich anstrengen, um seinen Tanzschritten folgen zu können. Als er sie mit einer angedeuteten Verbeugung wieder zurück an ihren Tisch brachte, hatte er kein Wort mit ihr gesprochen.

Amela folgte seiner Rückenansicht mit ihrem Blick, bis er im Gedränge verschwand. Ein Gentleman. Aber schüchtern und ziemlich langweilig. Ganz bestimmt nicht der zehnte. Sie lachte die Freundin an, die ihr aus dem Gewimmel heraus zuwinkte. Amela warf ihr einen Handkuss zu. Die Band spielte jetzt einen langsameren Song. Sie sah, wie Wanjas Finger leidenschaftlich den Nacken ihres gelockten Partners kraulten. Amela trank den letzten Schluck aus ihrem Weinglas und beschloss, sich noch ein Getränk zu genehmigen.

Sie bahnte sich mit ihren Ellenbogen einen Weg zur Bar und bestellte Wein und Wasser. Als sie gerade das Portemonnaie aus ihrer Handtasche nehmen wollte, spürte sie eine Hand auf ihrer Schulter.

«Lassen Sie mich das übernehmen.»

Da war er wieder. Er schaute sie mit treuherzigen Augen an. Erst jetzt sah sie, dass er einen kleinen Schnurrbart trug. Er beugte sich zu ihr vor und rief durch die Musik hindurch.

«Ich heiße übrigens Kent.»

«Amela.»

Sie schloss ihre Handtasche.

«Sind Sie oft hier?», fragte er und nippte an seinem Whisky.

Amela schüttelte den Kopf. «Eigentlich nie.»

«Ich bin jede Woche hier. Ich mag die Musik. Und ich tanze gerne.»

«Sie sind auch richtig gut darin.»

Sie sah, wie er errötete, und öffnete den Mund, um etwas zu sagen, schloss ihn jedoch wieder. Sie tranken schweigend.

«Vielleicht sollten wir noch einmal zusammen tanzen», schlug sie vor.

Er schwenkte sein Glas, sodass die Eiswürfel klirrten, und trank den letzten Schluck Whisky. «Gern.»

Auf dem Weg hinauf zur Tanzfläche blieb sie mit dem Fuß an einer Stufe hängen und stolperte, sodass er sie auffangen musste. Sie fluchte und lächelte ihn dümmlich an. Es war ein langsames Stück. Der Sänger hatte den Kopf schräg gelegt und setzte eine schmachtende Stimme auf. Er sang von einer langen Reise und seiner Sehnsucht nach einer Frau, die zu Hause auf ihn wartet. Der Schlagzeuger sah aus, als würde er jeden Moment einschlafen. Kents Schnurrbart kitzelte Amelas Wange. Es war ein schönes Gefühl. Sie drückte die Handfläche vorsichtig an seinen feuchten Rücken und versuchte sich vorzustellen, wie es wäre, wenn er ihr richtig nahe kommen würde.

«Ich verkaufe Autos», sagte er, als er mit einem neuen Whisky in der Hand und einem weiteren Glas Wein für sie ihr gegenüber Platz nahm. «Auto-Bengtsson in Sjöbo. Wir verkaufen Volvo und Renault. Im Moment laufen Öko-Autos ziemlich gut. Flexifuel.»

Amela nickte und leerte schlürfend ihr Glas.

«Ich putze hauptsächlich bei alten Leuten.»

Er warf ihr einen nichtssagenden Blick zu. Wenn ich mich nicht gerade betrinke und nach einem Mann suche, mit dem ich Sex haben kann, wollte sie hinzufügen, biss sich jedoch im letzten Moment auf die Lippe. Vermutlich war er nicht der Typ für vulgäre Anspielungen.

«Früher war ich allerdings Lehrerin.» Sie lallte bereits ein bisschen.

«Oh, klingt interessant.»

«Sind Sie verheiratet?»

Er ließ seinen Blick über die Tanzfläche schweifen und trommelte den Takt mit den Fingerkuppen auf der Tischplatte.

«Nein, geschieden.»

«Gut», sagte Amela. «Ja, ich meine natürlich, schade, dass Sie geschieden sind. Aber gut, dass Sie … ach, Sie wissen schon.»

Sie boxte ihn liebevoll in die Schulter, aber Kent wirkte keineswegs so, als verstünde er.

«Öko-Autos, sagten Sie? Wie interessant … Was kostet so eins?»

In den treuherzigen Augen leuchtete es auf, als er sich zu

Amela vorbeugte. Man merkte ihm an, dass er sich nun auf sicherem Terrain bewegte.

«Es ist nicht teurer als ein gewöhnliches Auto. Man bekommt eine Sonderprämie vom Staat. Zehntausend Kronen. Das Gute ist, dass man sowohl normales Benzin als auch Biokraftstoff tanken kann. Man kann sogar beides mischen. Stellen Sie sich vor, Ihr Tank ist halb mit Biokraftstoff gefüllt, und Sie sind irgendwo auf dem Land und kommen an eine Tankstelle. Dort gibt es aber nur Benzin. Was machen Sie also? Füllen ihn mit Benzin auf! Kein Problem.»

Amela lächelte und täuschte Interesse vor. Er nahm einen Schluck Whisky und fuhr eifrig fort.

«Der neuste Trend, der jetzt auf den Markt kommt, sind Elektroautos. Es ist unfassbar, wie schnell das geht. Erst waren es Hybridautos. Aber in zehn Jahren werden alle Elektroautos fahren. Lange Zeit waren die Batterien das Problem. Sie haben sich zu schnell entleert, und dann musste man den Wagen vierundzwanzig Stunden aufladen. So lange kann ja keiner warten. Aber jetzt haben Sie ...»

Amela spürte, wie es in ihren Augenlidern zuckte. Kents plötzlicher Redeschwall hatte etwas Einschläferndes. Sie betrachtete seinen Schnurrbart, der nun eifrig auf und ab wippte, nachdem sich seine Zunge schließlich gelöst hatte. Es sah ziemlich lächerlich aus. Wo war eigentlich Wanja geblieben? Sie spähte unauffällig über seine Schulter, doch die Freundin war verschwunden. Hoffentlich hat sie Nummer zehn gefunden, dachte Amela. Die Band hatte in der Zwischenzeit offensichtlich die Lautstärke der Anlage erhöht, sodass sie kein einziges der Worte, die aus Kents Mund strömten, mehr verstand. Es sah aus, als träte er im Fernsehen auf und jemand hätte den Ton abgestellt. Eigentlich spielte es auch keine Rolle.

«Hören Sie mir eigentlich zu?»

Sie zuckte zusammen. «Ja, Sie haben über Hybridautos gesprochen …»

Über sein Gesicht huschte ein Anflug von Irritation.

«Ja, obwohl die Technik schon fast wieder überholt ist. Im Moment arbeiten sie an der Entwicklung von …»

Warum sehe ich die Leute nur alle so verschwommen?, dachte Amela. Um mich herum haben sich alle so herausgeputzt und so wohlriechendes Parfüm aufgelegt, und die Band spielt inzwischen richtig gut. Sie war kurz davor, in Tränen auszubrechen.

Genau in dem Moment erblickte sie ihn. Auf der anderen Seite der Tanzfläche stand er und starrte sie mit seinen dicht nebeneinanderliegenden Augen an. Wie die Mündung einer Schrotflinte. Es war, als würde Amela das Herz stehen bleiben.

«Das ist er!», rief sie und fuhr hoch, sodass ihr Stuhl nach hinten umkippte.

Kent blickte sie verständnislos an und drehte dann verwirrt den Kopf.

«Wer denn?»

«Der Teufel. Ich hab ihn dort hinten zwischen all den Menschen gesehen … aber jetzt ist er weg.»

Amela suchte mit dem Blick verzweifelt den Raum ab. Ihr Herz war allerdings nicht stehen geblieben, im Gegenteil, es hämmerte wie wild. Plötzlich wurde ihr übel. Doch die Band spielte weiter, als sei nichts geschehen. Die Leute um sie herum juchzten und lachten, irgendwer kreischte vor Wut oder Glück, und auf der Tanzfläche schwebten die Paare in einem einzigen großen Wirbel herum.

«Er hat dort hinten gestanden», erklärte sie und wies vage auf die Stelle.

«Ich glaube nicht …», begann Kent und wirkte etwas hilflos.

«Ich muss gehen.»

Ohne sich umzudrehen, riss sie ihre Handtasche an sich und rannte los.

«Warten Sie! Sollten wir nicht …?», hörte sie jemanden hinter sich rufen.

Sie saß reglos und schweigend im Taxi. Im Radio spielten sie Abba. Die ganze Fahrt über hatte sie die Augen geschlossen.

Als der Wecker klingelte, war ihr erster Impuls, das blöde Ding einfach auf den Boden zu knallen und zum Verstummen zu bringen. Weiterzuschlafen. Doch sie hatte entsetzliche Kopfschmerzen und musste nicht zuletzt an das Geld denken. Sie benötigte jede einzelne Öre. Außerdem war es ihr noch nie gut bekommen, im Bett liegen zu bleiben und über ihren Kater zu jammern.

Sie schob die Decke zur Seite und kam auf wackligen Beinen zum Stehen. Warf einen Blick auf ihre Kleider, die auf dem Boden lagen. Beschloss, das Frühstück ausfallen zu lassen. Im Bad vermied sie es, in den Spiegel zu schauen, putzte sich jedoch lange und ausgiebig die Zähne, um den unangenehmen Geschmack im Mund loszuwerden. Nach einer Viertelstunde verließ sie die Wohnung.

Ragnhild saß wie immer in ihrer Wohnung und wartete auf sie. Manchmal, wenn Amela bewusst wurde, dass ihr Putztermin für die alte Frau sozusagen der Höhepunkt der ganzen Woche war, bekam sie ein schlechtes Gewissen. Als sei ihre Einsamkeit allein Amelas Schuld. Doch heute ging es ihr viel zu schlecht, um einen Gedanken daran zu verschwenden.

Erstaunlicherweise hatte sie in der vergangenen Nacht keine schlechten Träume gehabt. Zumindest nicht die Albträume, die sie sonst quälten. Vielleicht war ihr Gehirn zu benebelt gewesen, um den Schrecken zu erfassen. Denn ganz sicher strich er irgendwo dort draußen auf der Suche nach ihr in der Dunkelheit umher.

Hundertprozentig sicher, dass sie den Übeltäter wirklich auf der Tanzfläche gesehen hatte, war sich Amela allerdings nicht. Alles war so schnell gegangen. Sie hatte ihn nur kurz aus dem Augenwinkel erblickt, und dann war er im Gewimmel verschwunden. Doch sein Blick hatte wie ein Laserstrahl auf ihren Wangen gebrannt. Konnte es denn wirklich sein, dass sie es sich nur eingebildet hatte?

«Sie waren gestern tanzen?», fragte Ragnhild, als der Staubsauger verstummte. Sie saß in dem geblümten Sessel am Fenster zum Hof und lächelte schelmisch. Vor kurzem hatte sie noch laut geschnarcht. Eine blasse Herbstsonne fiel durchs Fenster und färbte das Haar der Alten silbern. «Das ist gut, Amela. Man muss sich vergnügen, solange man jung ist. Bevor es zu spät ist.»

Amela wischte sich den Schweiß aus der Stirn und trat mit dem Fuß auf eine Taste des Staubsaugers, woraufhin sich das Kabel wie eine verschreckte Schlange ins Gehäuse zurückzog. Und sie war wie eine Verrückte herumgewirbelt, um ihren Kater zu verbergen. Oder war es eher, um sich selbst zu bestrafen? Sie ließ sich schwer auf die Armlehne des Sofas fallen.

«Sie merken aber auch alles, Ragnhild.»

«Ja … Aber man muss auch kein Hellseher sein, um festzustellen, dass Sie gestern ordentlich tief ins Glas geschaut haben.»

«Wanja, Sie kennen sie doch …», begann Amela, als würde das alles erklären.

«Ach die, ja», nickte Ragnhild. «Sie war schon als Kind wild. Ich hatte sie drei Jahre lang in meiner Klasse. Ein aufgewecktes Mädchen. Interesse an Büchern hatte sie allerdings nicht. Ich erinnere mich daran, dass sie einen Lastwagenfahrer geheiratet hat. Man sagt, dass er sie betrogen hat, aber was weiß ich denn schon davon. Kinder haben sie nicht bekommen, glaube ich.»

«Sie wissen aber eine ganze Menge über die Leute hier im Ort.»

«Ja, ja. Im Laufe der Jahre hat man wohl so um die hundert Kinder gehabt», gluckste Ragnhild. «Wenn man bedenkt, wie viel Zeit und Kraft man investiert hat, um ihnen ein wenig Bildung zu vermitteln. Ist doch klar, dass man neugierig darauf ist, was schließlich mal aus ihnen wird.» Sie blickte sich unschlüssig um. «Wie spät ist es eigentlich?»

«Das fragen Sie immer, wenn Sie aufwachen», antwortete Amela und musste lachen, bereute es jedoch sofort, als sie einen stechenden Kopfschmerz verspürte. «Ich werde Ihnen beim nächsten Mal eine Uhr mitbringen.» Sie sah auf ihre Armbanduhr. «Halb zwölf.»

«Dann ist es Zeit für eine Tasse Kaffee», entschied Ragnhild. Sie stand mit steifen Gelenken auf und griff nach ihrem Stock. «Aber eine Uhr will ich nicht haben. Ein bisschen Spannung muss das Leben ja schließlich bereithalten.»

Während Ragnhild die Kaffeedose und die Filtertüten aus dem Schrank holte, fiel Amelas Blick auf die Fotos im Bücherregal. Die Alte hatte ihr bereits zu einigen von ihnen etwas erzählt. Zum Beispiel zu dem Hochzeitsfoto mit ihrem Ehemann, der Albin hieß und viel zu früh starb. Oder über ihre einzige Tochter, die nach Malmö gezogen war. Die Enkelkinder, die frisch gekämmt und erwartungsvoll vor dem Weihnachtsbaum standen. In der Sammlung befanden sich auch ältere Schwarzweißfotos von längst verstorbenen Verwandten. Und einige Klassenfotos, auf denen Ragnhild während der Blüte ihres Lebens streng über ihre Schüler wachte.

«Sie wissen doch so ziemlich alles über den Ort, nicht

wahr?», fragte Amela intuitiv. «Kennen Sie einen Boris Nicolic?»

Ragnhild hielt inne und blickte nachdenklich auf das gefüllte Kaffeemaß in ihrer Hand. Sie schüttelte unschlüssig den Kopf.

«Es gibt da einen Jugoslawen, der bei Spjutstorp einen Schrotthandel eröffnet hat. Ich bin mir nicht sicher, aber ich glaube, dass er Boris' Autoverwertung heißt. Könnte er das sein?» Sie gab das Kaffeepulver in den Filter und drückte auf den roten Knopf. «Warum fragen Sie?»

«Ach, nur so. Sie wissen also nichts weiter über ihn?»

«Nein, nicht mehr, als dass er Immigrant ist. Aber das hört man ja schon am Namen.» Sie wirkte etwas irritiert. «Würden Sie bitte die Tassen holen, Amela, dann setze ich mich in den Sessel und ruhe meine Beine aus.»

Ragnhild ging mit langsamen Schritten zu ihrem Ausguck am Fenster zurück, ließ sich schwer in den Sessel fallen und legte sich eine karierte Wolldecke über die Knie. Für eine Weile sah es aus, als schliefe sie jeden Moment wieder ein. Doch als Amela das Tablett mit dem Kaffee und einem Teller mit Cantuccini auf dem Tisch abstellte, öffnete sie die Augen und blinzelte neugierig.

«Ist es jemand, den Sie aus Ihrem Heimatland kennen?»

Eine plötzliche Kälte ließ Amela erstarren.

«Nein», antwortete sie kurz angebunden und schenkte Kaffee ein. Als sie Ragnhilds verwunderten Blick bemerkte, sah sie sich gezwungen, sich zu erklären. «Ich war neulich mit dem Wagen da draußen. Am Auspuff war irgendwas kaputt. Deshalb frage ich.»

Amela reichte ihr die Zuckerschale. Ragnhild nahm zwei Stück und rührte dann energisch um, sodass der Löffel einen Wirbel im Kaffee hinterließ. Als sie die Tasse anhob, hielt sie den kleinen Finger abgespreizt. Sie schlürfte geräuschvoll.

«Dort arbeitet allerdings auch noch ein anderer Mann», sagte Amela nachdenklich. «Er benahm sich recht merkwürdig. Und er hatte einen ungewöhnlichen Namen. Für einen Schweden jedenfalls. Mike Larsson hieß er, glaube ich.»

Das Porzellan klapperte, als Ragnhild rasch ihre Tasse abstellte. «Ist er wieder zurück?»

«Kennen Sie ihn?»

Über das gelblich blasse Gesicht der alten Frau zog ein unruhiger Schatten. Eine ganze Weile betrachtete sie die Venen auf ihren rauen rötlich verfärbten Händen, als gehörten sie jemand anderem.

«Ja», antwortete sie und sah mit wässrigen Augen zu Amela auf. «Natürlich kenne ich Mike Larsson. Den Unseligen! Obwohl es lange her ist, dass ich etwas von ihm gehört habe. Ich wusste nicht mal, dass er noch unter uns weilt, bei seinem Lebenswandel.»

«Erzählen Sie!»

Ragnhild kniff die Augen zusammen und schaute Amela misstrauisch an, die neugierig auf dem Sofa näher herangerutscht war. Dann öffnete sich ihr Gesicht zu einem faltigen Lächeln.

«Sie scheinen ja sehr interessiert zu sein …»

Amela lachte künstlich und tat so, als sei es ihr peinlich. Ragnhild kratzte sich nachdenklich am Kinn.

«Ich weiß gar nicht so genau, wo ich anfangen soll», seufzte sie. Dann nahm ihr Blick einen herben Zug an. «Vielleicht damit, Sie vor ihm zu warnen. Wenn Sie irgendwelche Pläne hegen, was ihn betrifft, dann geben Sie sie auf. Mike Larsson ist unter keinem glücklichen Stern geboren. Er hat noch niemandem Glück gebracht.»

Sie stand mit unsicheren Beinen auf, schob die Geranie zur Seite und öffnete das Fenster einen Spaltbreit. Zusammen mit der frischen Luft drang das Geschrei von Kindern zu ihnen herein, die im Hof spielten. Sie wandte sich erneut an Amela. «Wie eigenartig! Mir ist plötzlich so heiß geworden.»

Ragnhild sank wieder in den Sessel und schloss die Augen. Ein schwacher Windhauch spielte mit ihrem dünnen Haar.

«Tja, Mike. Es war schade um ihn. Sehr schade. Er war intelligent. Aber er hatte alle und jeden gegen sich. Die meisten dachten vermutlich, er sei ein wahrer Teufel.»

«Er war also einer Ihrer Schüler?»

«Ja, in der Mittelstufe. Bereits da fing es an schiefzulaufen. Sein Vater war ein richtiger Mistkerl. Er arbeitete in der Schlachterei und wurde arbeitslos, als Scan zumachte. Misshandelte seine Frau und auch den Sohn, alle beide. Als der Kerl die Familie verließ, war das Jugendamt, glaube ich, kurz davor, einzugreifen. Es wäre wohl auch das Beste gewesen. Denn Mikes Mutter … tja, sie war wohl, was man heute als ressourcenschwach bezeichnen würde. Also musste der Junge mehr oder weniger allein zurechtkommen.»

Ragnhild verstummte und zog sich in sich selber zurück. Amela wartete, doch sie wurde langsam ungeduldig. Eigentlich wusste sie nicht genau, warum es ihr so wichtig war, mehr über dieses Raubein von Automechaniker zu erfahren, der erst Witze gemacht hatte und dann, als er merkte, dass sie bei ihm herumspionierte, plötzlich misstrauisch geworden war. Aber er arbeitete schließlich bei Boris. Nein, berichtigte sie sich selber in Gedanken. Er steht im Dienst des Teufels. Und will man an den Übeltäter herankommen, könnte es durchaus nicht schaden, mehr über seinen Handlanger zu erfahren.

«Mike arbeitet also jetzt bei diesem Schrotthändler?», fragte Ragnhild verschlafen, als hätte sie, in Gedanken versunken, eine Weile vor sich hin gedöst.

«Es scheint so.»

«Mit der Zeit hat er sich zu einem richtigen Rowdy entwickelt. Er prügelte sich andauernd. Zu meiner Schande muss ich gestehen, dass einige meiner Kollegen die Meinung vertraten, dass es wohl das Beste für den Jungen sei, ihn mehr zu züchtigen. Ich schäme mich immer noch, wenn ich daran denke. Ich glaube nicht, dass Mike viele Freunde hatte. Er verbrachte allerdings viel Zeit mit dem Sohn des Teelichtfabrikanten, bis sie den Ärmsten nach Sankt Lars schickten. Malcolm B. Andersson. Tja, er hat jedenfalls bekommen, was er verdient hat. Um diese Familie rankt sich auch eine elendige Geschichte.»

Sie schüttelte betrübt den Kopf und murmelte leise etwas vor sich hin, womöglich eine Art Beschwörung.

«Sie müssen wissen, dass Mike bei mir Schutz gesucht hat», brachte sie dann aufgeregt hervor. «Ich war die Einzige, die sich um ihn kümmerte. Das sagte er selber. Als er in die Oberstufe kam, half ich ihm manchmal mit den Hausaufgaben, aber es war ziemlich aussichtslos. Nicht etwa, weil er begriffsstutzig gewesen wäre. Aber er hatte das Elend sozusagen im Blut. Als würde ihn jegliches Unglück regelrecht anziehen. Er zettelte Schlägereien an, und je mehr er trank, desto schlimmer wurde es. Sie beschuldigten ihn diverser Einbrüche und Raubüberfälle. Ich weiß aber nicht, ob da etwas Wahres dran war. Er wurde von einem Heim für schwererziehbare Kinder ins nächste gesteckt, und manchmal war er für längere Zeit verschwunden.»

Vom Hof her hörte man das Schreien eines Kindes, gefolgt von hellem Gelächter. Ragnhild stand langsam auf und schloss das Fenster. Es klemmte, und sie musste einige Kraft aufwenden, sodass die Adern an ihrer Hand anschwollen. Dann drehte sie sich zu Amela um und fixierte sie mit ihrem Blick.

«Ich werde Ihnen etwas zeigen, was noch kein anderer gesehen hat», erklärte sie mit ernster Stimme.

Vorsichtig steckte sie ihre Finger in eine Urne im Bücherregal und fischte einen Schlüssel heraus. Mühsam kniete sie sich auf den Fußboden. Das Schloss in der untersten Schranktür des Regals klickte.

«Mike hat mich ein letztes Mal besucht», sagte Ragnhild, den krummen Rücken zu Amela gewandt. «Davor hatte ich ihn mehrere Jahre nicht gesehen. Er war fröhlich und erzählte mir, dass er gerade einen Sohn bekommen hatte. Er würde ein neues Leben anfangen, behauptete er. Wir unterhielten uns und tranken Kaffee, und er wirkte so glücklich. Ich habe mich natürlich für ihn gefreut. Bis zu dem Moment, als er sagte, er wolle mir ein Geschenk überreichen.»

Die alte Frau zog ein Bündel aus dem Schrank. Sie stöhnte auf, als sie ihren Rücken wieder aufrichtete.

«Ich weiß nicht, warum ich Ihnen das hier zeige, Amela. Vielleicht, damit Sie begreifen, dass es besser ist, sich von ihm fernzuhalten.»

Sie zuckte mit ihren mageren Schultern und streckte das Bündel vor. Es war in ein Tuch mit Fettflecken gewickelt.

«Wie auch immer. Mike hat mir das hier gegeben. Behauptete, er würde es als rechtschaffener Mann nicht länger benötigen. Eine einsame Frau wie ich, fand er hingegen, könne durchaus etwas gebrauchen, um sich zu verteidigen.»

Amela zögerte. Das Bündel verströmte einen leicht beißenden Geruch. Vorsichtig nahm sie es entgegen. Spürte das Gewicht. Dann streifte sie langsam das Tuch ab. Darin lag ein schwarzglänzender Revolver.

KAPITEL 18

Mike starrte den im Ofen gebackenen Dorsch, den Rolle gerade auf den Tisch gestellt hatte, missmutig an. Der Fisch glotzte mit offenem Maul und leeren Augenhöhlen stumm zurück.

Es lag eine gewisse Anklage in der Luft.

«Fisch ist sehr nahrhaft. Genau das, was Robin jetzt braucht, wo er auf dem Weg ist, wieder gesund zu werden», erklärte Rolle. «Außerdem soll man Lebensmittel nicht verderben lassen. Irgendwann müssen wir ja unsere Vorräte mal aufessen.»

«Zum vierten Mal hintereinander …»

Mike fuhr resigniert mit seinem Messer im Rachen des mit Butter getränkten Monsters aus der Tiefe herum.

«Hast du nicht gesagt, dass sie vom Aussterben bedroht sind?»

«Sie stehen auf der Roten Liste», antwortete Rolle eifrig. «Aber das gilt nicht für einheimische Fische. Hör jetzt auf zu meckern.»

«Ich hab jedenfalls Hunger», sagte Robin tapfer, säbelte ein großes Stück von dem Fisch ab und bugsierte es neben das Kartoffelpüree auf seinem Teller. Während das Fieber in seinem Körper wütete, hatte er keinen Bissen heruntergebracht. Jetzt war er hungrig wie ein Wolf. Er schob sich eine Gabel voll in den Mund und versuchte nicht an die Gefriertruhe im Keller zu denken. Es schmeckte eigentlich gar nicht so übel.

Doch Mike seufzte betrübt.

«Morgen will ich aber ein Steak haben.»

Schon eigenartig, dachte er, wie Rolle sich verändert hatte. Natürlich hatte er gemerkt, dass sein Freund mit Freude die Rolle des Hausmannes einnahm, sobald Robin in sein Haus gezogen war. Daran war auch nichts verkehrt. Der Junge brauchte alle Fürsorge, die er bekommen konnte. Doch seit Robin krank geworden war, übertrieb Rolle wirklich. Er hatte nicht nur den Flur sauber gemacht und den Fußboden gebohnert, sodass es im ganzen Haus nach Schmierseife stank, als Mike von der Schrottfirma nach Hause kam. Selbst der Kies auf dem Weg von der Gartenpforte zur Treppe war wie auf einem Herrenhof in perfekten Linien geharkt. In der Küche stand Rolle über das alte Kochbuch seiner Mutter gebeugt und bereitete den Dorsch zu. Und so war es in einem fort weitergegangen. Jeden Abend hatte ein neuer Dorsch aus dem Ofen auf dem Küchentisch gestanden und Mike hohläugig angeglotzt. Zum Glück hatte Rolle angekündigt, dass dieses Abendessen, das er im Hinblick auf Robins Genesung mit besonderer Sorgfalt zubereitete, das letzte in der Dorschwoche des Hauses sein würde. Dem Tag zur Ehre gab es nicht nur im Ofen gegarten Dorsch als Hauptgericht, sondern auch Dorschsorbet zum Dessert.

«Das Rezept ist ganz einfach», verkündete Rolle stolz. «Man braucht eigentlich nur einen Mixer. Man nimmt etwas Dorsch und etwas Eis und lässt dann die Maschine auf höchster Stufe laufen. Und dann gibt man einen Klecks Himbeermarmelade obendrauf.»

Er stellte drei Kristallschälchen, gefüllt mit einer rötlich schimmernden Eismasse, auf den Tisch und steckte gierig den Löffel in seines.

«Erfrischend …», rief er mit vollem Mund. Er kaute und schluckte mit gewissen Schwierigkeiten und schüttelte sich schaudernd. Dann schnalzte er nachdenklich mit seiner Zunge am Gaumen. «Obwohl es im Sommer vielleicht besser schmeckt. Ich meine, als Erfrischung.»

Mike und Robin schoben ihre Schälchen von sich.

«Oh, bin ich satt!», murmelten sie fast gleichzeitig.

«Eklig, oder?», fragte Rolle.

Da die Frage keine Antwort erforderte, entschied Mike, dass es an der Zeit war, die Stimmung mit einem Geschenk etwas aufzuheitern. Er hatte im Hinblick auf Weihnachts- und Geburtstagsgeschenke immer ein leicht schlechtes Gewissen. Im Laufe der Jahre hatte er nämlich eine Tendenz entwickelt, diese Feiertage zu vergessen. Als Robin Mike einmal im Gefängnis besucht hatte und Mike mit einer seiner wirren Ausreden gekommen war, schaute der Junge ihm tief in die Augen: «Das macht nichts, Papa. Du musst ja an so viele andere wichtige Sachen denken.» Das hatte ihm einen Stich ins Herz versetzt. Mike wusste nie genau, ob der Junge es ironisch gemeint hatte. Doch beim nächsten Ausgang kaufte er einen Bausatz für eine Spitfire, die sie dann gemeinsam zusammenbastelten.

Diesmal hatte Mike sich Gedanken gemacht und das Geschenk mit Liebe selbst hergestellt, was ihn besonders stolz und zufrieden machte.

«Ich hab etwas für dich, Robin», sagte er mit einem erwartungsfrohen Lächeln auf den Lippen.

Der Junge schaute hastig auf.

«Für mich …?»

Mike schob den Küchenstuhl zurück und stand auf. Er ging in den Flur hinaus und holte das Päckchen aus der Jackentasche. Es war in Zeitungspapier eingewickelt, aber er hatte in Boris' Büro rotes Geschenkband gefunden und eine schöne Schleife gebunden. Als Mike das Leuchten in Robins Augen sah, war er gerührt.

«Ich glaub, es kann dir von Nutzen sein», sagte er mit einem Augenzwinkern.

Während Robin das Papier mit eifrigen Fingern aufriss, schauten Mike und Rolle sich an. Sie nickten übereinstimmend. Eine Sehnsucht nach etwas längst Verlorengegangenem erfasste Mike, bevor es Robin gelang, das Band abzureißen und er den Gegenstand mit erstaunter Miene hochhielt.

Ein verdrehtes Stück Eisen.

«Und was ist das?»

«Ein Schlagring, das sieht man doch. Ich hab ihn selber zusammengeschweißt.»

«Oh …»

Der Junge drehte und wendete das Eisenstück. Besonders froh schien er nicht zu sein. Mike spürte, wie es in seinem Nacken zu kribbeln begann. Er nahm das Geschenk wieder an sich.

«Du schiebst die Finger so hinein», erklärte er. «Dann machst du eine Faust und schlägst, was das Zeug hält, los.»

Mit einigen kraftvollen Schwüngen durch die Luft demonstrierte er, wie man den Schlagring handhaben musste.

«Selbstverteidigung», sagte er und warf die Waffe wieder zurück, sodass sie hart auf dem Küchentisch aufschlug. «Du hast doch selbst gefragt, was man tun soll, wenn einen jemand ständig ärgert, oder?»

Robin schwieg.

«Und kannst du dich daran erinnern, was dein Vater darauf geantwortet hat? Ja, wenn es sich um einen großen starken Typen handelt, muss man zusehen, dass man die Voraussetzungen ändert. Man gibt auf keinen Fall klein bei. Niemals im Leben zieht man den Schwanz ein. Dann wird alles nur noch schlimmer.»

Mike betrachtete seinen Sohn und fragte sich, was in seinem Kopf vorging. Er wirkte so lustlos. Nahezu resigniert.

Das musste ein Zug sein, den er von seiner Mutter geerbt hatte. Seine blaugrauen Augen müssten doch eigentlich vor Freude leuchten. Doch es schien vielmehr, als wäre etwas in ihnen erloschen. Im Augenwinkel sah er, wie Rolle lautlos vor sich hin pfiff und seinen Blick aus dem Küchenfenster richtete. Schleichend machte sich das Gefühl bemerkbar, irgendwie nicht zu Robin durchgedrungen zu sein.

«Ein wenig Dankbarkeit könntest du aber zumindest zeigen», brummte Mike verstimmt.

Er bereute es sofort. Vielleicht war der Junge nach seiner Grippe noch nicht wieder richtig gesund. Heute Abend war seine Stirn ja noch ganz heiß gewesen. Und sein Blick war noch immer glasig.

Robin schniefte kläglich und murmelte etwas vor sich hin.

«Ich meine, äh … auch egal», schob Mike hinterher.

Er hob seine Fäuste vors Gesicht und boxte vor Robin ein wenig in die Luft.

«Oh, oh! Was für eine Faust! Komm schon, Kleiner», spornte er ihn an. «Traust du dich, einen Fight mit Papa Baloo auszufechten?»

Für einen kurzen Augenblick sah es so aus, als würde Robin die Herausforderung annehmen. Es zuckte ein wenig in seinen Mundwinkeln, doch dann schienen seine Gesichtszüge wieder zu erschlaffen. Er schnaubte verächtlich.

«Hör doch auf, das ist nicht witzig.»

Mit einem vernehmlichen Seufzer gab Mike seine Anstrengungen auf. Er stand mit einem Ruck auf, sodass die Stuhllehne gegen die Tür der Speisekammer knallte.

«Es ist doch nicht zu fassen, wie verwöhnt die Jugend von heute ist!», klagte er und marschierte aus der Küche.

Es klingelte unheilverkündend. Robin schreckte auf und sah zu Rolle hinüber, der in einen Song von Deep Purple versunken war, während er den Küchentisch abräumte. Er ließ sich nicht stören.

«Smoooke on the waaater …, fire in the sky …», grölte er unbekümmert, während er die Reste des Kartoffelpürees in den Mülleimer beförderte.

Robin saß vollkommen reglos da und hoffte, sich verhört zu haben. Doch dann klingelte es erneut. Ding-dong! Nach einer Weile hörte man ein aufgebrachtes Rufen vom Obergeschoss her.

«Seid ihr etwa taub? Mach doch einer mal die Tür auf!»

Es polterte auf der Treppe, und dann hallten schwere Schritte durch den Flur, bevor die Tür mit einem Ruck geöffnet wurde.

«Müssen Sie denn unbedingt Sturm klingeln?», rief Mike mit dröhnender Stimme.

Es trat eine kurze Stille ein, und dann folgte ein diskretes Murmeln von draußen.

«Ach, Sie sind es, Roine. Kommen Sie rein!», hörte man Mikes Stimme erneut.

Robin schaute Rolle unruhig an. Doch der zuckte nur mit den Achseln, während er das Dorschskelett in der Mitte entzweibrach und es ebenfalls in den Mülleimer beförderte. Was wollte dieser Idiot vom Sozialamt denn nun schon wieder?

Plötzlich stand Mike in der Türöffnung zur Küche. Sein Blick war finster.

«Sie wollen mit uns reden.»

Robin erfasste eine Welle der Übelkeit. Igitt, wie alles nach Fisch roch! Als er vom Tisch aufstand, wurde ihm schwarz vor Augen. Seine Beine fühlten sich an wie aus Pudding. Mikes Hand ruhte schwer auf seiner Schulter.

Die Frau, die neben dem Weihnachtsbaum stand und mit Erstaunen die schimmernden Plastikkugeln betrachtete, sah wie eine Chinesin aus. Oder Japanerin. Robin wusste es nicht so genau. Jedenfalls hatte sie schräg stehende Augen. Und sie war groß und kräftig, ohne fett zu sein. Sie trug Jeans und eine schwarze Lederjacke.

«Das ist Eva Ström», stellte Roine Lind die Frau vor. In seinem rundlichen Kindergesicht spiegelte sich eine bekümmerte Miene wider. «Sie ist Polizistin. Kriminalinspektorin. Und sie möchte Ihnen ein paar Fragen stellen.»

Mike, der sie offensichtlich bereits begrüßt hatte, sank mit einem Krachen in Malcolm B.s alten Lesesessel. Die Frau wandte sich rasch Robin zu. Ihr Handschlag war übertrieben fest.

«Du bist also Robin?»

Er nickte und zog seine Hand wieder zurück. Die Polizistin roch schwach nach Schweiß und Leder. Würde mich nicht wundern, wenn sie eine Pistole unter der Jacke trägt, dachte er. Im Achselhalfter. Es kam ihm vor, als würde sie mit ihrem stählernen Blick geradewegs durch ihn hindurchsehen. Er zwang sich, ihm standzuhalten.

«Setz dich!»

Die Order kam wie ein Peitschenhieb.

«Wir haben besondere Regeln, wenn Kinder betroffen sind», sagte sie, an Mike gewandt. «Deshalb habe ich Roine mitgebracht.»

Der Sozialarbeiter lächelte unterwürfig und öffnete seine Aktentasche. Dieses Mal lagen zwei Bananen neben seinen Dokumenten. Er nahm einen linierten Notizblock und einen frisch angespitzten Bleistift heraus.

«Wieso betroffen?», fragte Mike misstrauisch.

Die Polizistin ignorierte ihn vollständig. Stattdessen nahm sie sich ausgiebig Zeit, um den großen Raum zu inspizieren. Außer dem Weihnachtsbaum standen darin zwei Sessel, ein Sofa, ein Fernseher und mitten auf dem verschlissenen Orientteppich, der nur einen Teil des abgenutzten Parketts bedeckte, ein Tisch. In der Ecke stand ein Kachelofen. Die Wände waren bis auf das ausladende Bücherregal aus dunklem Holz an der einen Schmalseite kahl. Auf der Tapete waren noch die rechteckigen Formen der Gemälde zu erkennen, die Rolle entfernt hatte, weil er den Eindruck bekam, die Personen darauf belauerten ihn.

«Und du bist vor kurzem bei deinem Papa eingezogen, Robin?»

«Ja.»

«Und gefällt es dir hier?»

Robin wand sich unsicher. «Ist ganz okay.»

«Nach meinen Angaben wohnen Sie beide und der Hauseigentümer Roland Andersson hier?»

Als Antwort auf ihre Frage begann Rolle draußen in der Küche spontan einen neuen Song seines improvisierten Deep-Purple-Konzerts anzustimmen. *«My woman from Tokyoooo»*, dröhnte es, gefolgt von einem kreischenden Luftgitarrensolo, durch den Flur.

«Das ist nur Rolle», erklärte Mike und machte eine Kopfbewegung in Richtung Küche. Dann wurde sein Blick ernst. «Aber könnten Sie möglicherweise so freundlich sein und mir sagen, worauf Sie hinauswollen, anstatt hier zu sitzen und den toughen Bullen zu spielen und meinen Sohn zu schikanieren?»

«Wir wollen uns doch nicht aufregen», wandte Roine ein und wand sich unruhig auf dem Sofa. «Ich glaube, das Beste ist …»

«Halten Sie mal für einen Moment die Klappe, Roine», unterbrach ihn Mike. «Lassen Sie die Dame von der Polizei sagen, worum es geht.» Er beugte sich im Sessel vor, richtete sein Gesicht nach oben, sodass sich in seinem Nacken dicke Falten bildeten, und warf der Kriminalinspektorin einen bösen Blick zu. «Nun rücken Sie schon damit raus.»

Eva Ström betrachte ihn mit kühlem Blick, ohne das geringste Zeichen von Angst.

«Ich hab mir mal Ihr Strafregister angesehen, bevor ich hierhergefahren bin, Mike», entgegnete sie mit einer Stimme, die vor Verachtung nur so triefte. «Ziemlich beeindruckend. Wer hätte gedacht, dass zwischen Ihren Ohren ein derart geniales Meisterhirn sitzt?»

Robin hatte den Eindruck, als grinse sie hämisch.

«Wenn Sie Ihrem Sohn einen Gefallen tun wollen, wäre es das Beste, Sie hielten selber mal Ihre Klappe», konterte sie und kräuselte die Lippen.

Sie hat definitiv einen Revolver in der Achselhöhle, dachte Robin. Ansonsten würde sie es nie wagen, Mike auf diese Art und Weise anzuschnauzen. Plötzlich stand ihm der Schlagring vor Augen, der noch auf dem Küchentisch lag. Immer mit der Ruhe, Papa!, dachte er. Sie ist immerhin ein Bulle. Offenbar beurteilte Mike die Situation ebenso. Er starrte sie mit wildem Blick an, schwieg jedoch.

«Also», sagte Eva Ström und widmete Robin ihre Aufmerksamkeit. Mike war offenbar Luft für sie. «Ich möchte, dass du mir eine Frage beantwortest, Robin. Was hast du am Nachmittag und Abend am Donnerstag, den zwanzigsten Oktober gemacht?»

Eine Sturzflut fiebriger Erinnerungen strömte durch Robins Hirn, ohne dass er sie hätte aufhalten und in eine wie auch immer geartete Ordnung bringen können. Was für ein Datum haben wir heute nochmal? Keine Ahnung. Ein weiteres Mal sah er vor sich, wie der schmächtige Journalist die Treppe hinunterflog und mit dem Nacken auf dem Stein aufschlug und daraufhin wie das Abbild eines Engels im Kies liegen blieb. Die Schmerzen in seinem Magen nahmen zu. Natürlich hatte er irgendwelche Spuren hinterlassen. Irgendeinen Chef über seine Absicht unterrichtet, Robin aufzusuchen. Oder die Polizei hatte die Fotos gefunden, von denen er faselte. Die belegten, dass er die Fenster des Arabers eingeschlagen hatte.

«Ich weiß nicht … ich war krank», murmelte Robin.

«Der Junge hatte mehrere Tage lang die Grippe», bestätigte Mike. «Er war durch das Fieber vollkommen weggetreten.»

Eva Ström ignorierte ihn ein weiteres Mal.

«Es ist genau eine Woche her …», sagte sie. «Denk nach.»

Mike verstummte. Eine Woche. So lange war Robin doch nicht krank gewesen. Das unangenehme Gefühl, keine Kontrolle über die Situation zu haben, wurde immer stärker. Er dachte angestrengt nach, in der Hoffnung, dass ihm ein Alibi für den Jungen einfiele. Donnerstag vor einer Woche. War es bevor oder nachdem Robin bei Rolle eingezogen war? Was zum Teufel hatte er da nur gemacht? In seinem Kopf regte sich rein gar nichts.

Robin zählte verzweifelt die Tage. Eine ganze Woche. So lange war es auf keinen Fall her, dass Rolle den Journalisten in die Gefriertruhe verfrachtet hatte. Doch in seinem Kopf befand sich nur ein einziger Brei. Vielleicht drehte es sich ja auch gar nicht um diese Sache, dachte er. Den Unfall. Vielleicht waren es ja die Rauchbomben und die eingeschlagenen Fenster, zu denen die Polizistin Fragen stellen wollte. Aber das war doch schon viel länger als eine Woche her, oder? Kenny und seine bescheuerten Ideen!

«Du warst bei Linda Aronsson zu Hause, nicht wahr?»

Robin sah die Kriminalinspektorin verständnislos an. Linda? Für einen Augenblick flackerte die Erinnerung an einen Glücksrausch vorbei: wie er hilflos auf dem Rücken lag, auf einem Bett mit blumigem Überzug. Ihre lachenden Augen über sich. Und weiche Kissen und Daunen, die durch die Luft flogen.

«Ja, genau.» Er lächelte dümmlich, und in seinem Körper breitete sich ein Gefühl der Erleichterung aus. «Das kann letzten Donnerstag gewesen sein.»

«Wer ist denn Linda?», fragte Mike.

Eva Ström verriet mit keiner Miene, was sie dachte.

«Ja, Robin. Wer ist Linda eigentlich?»

Was meinte sie? Robin kapierte gar nichts. Warum stellte sie nur so merkwürdige Fragen? Er zuckte irritiert mit den Schultern.

«Eine Klassenkameradin. Ihre Mutter ist 'ne Negerin in Afrika. Eine Schwarze also. Ja, und sie selber auch. Obwohl sie adoptiert wurde.»

Eine ganze Weile war es absolut still im Raum. Aus der Küche hörte man Rolle immer noch grölen. Roine Lind räusperte sich diskret und malte kleine Kringel in seinen Notizblock. Doch Eva Ström fixierte Robin weiterhin mit ihren schräg stehenden Augen, und mit jeder Sekunde wurde es unangenehmer. Mike blickte eher verwirrt drein. Sein Mund stand offen.

«Ihre Adoptivmutter Elisabet Aronsson hat Kontakt zu uns aufgenommen», erklärte Eva Ström schließlich. «Sie behauptet, du hättest ihre Tochter vergewaltigt. Als sie nach Hause kam, war Lindas Schlafzimmer blutverschmiert.»

Mit einem Mal wurde es schwarz in Mikes Kopf. Es war wie eine Sonnenfinsternis. Trotz des irritierenden Kribbelns an seinen Schläfen und einem zunehmenden Druck im Zwerchfell hatte er sich bis eben zusammengerissen. Doch als er hörte, wie die Kriminalinspektorin die schlimmste aller Anklagen gegen seinen Sohn ausspuckte, konnte er sich nicht länger halten. Noch bevor Robin den Mund öffnen konnte, um zu protestieren, explodierte Mike wie ein gewaltiger Vulkan. Er stürzte mit einem Blick, der an glühende Lava erinnerte, aus seinem Sessel.

«Was für eine verdammte Scheiße!», brüllte er. «Was behaupten Sie da, Sie verflixtes Bullenschwein? Dass mein Sohn ein Vergewaltiger ist? Ein perverses Ekel? Glauben Sie nicht, dass ich genau solche Typen im Knast gesehen hab? Und wissen Sie auch, was man mit denen macht? Man verprügelt sie, bis ihnen der Schwanz abfällt! Mein Sohn! Sie sind ja wohl nicht ganz dicht. Sind Sie etwa 'ne Lesbe? Ansonsten müssten Sie ja wohl kapieren, dass das unmöglich ist. Sehen Sie sich Robin doch an! Männer wie er und ich bekommen doch so viele Bräute, wie wir wollen! Sie laufen uns ja geradezu nach. Und dann kommen Sie und behaupten, dass er ein Vergewaltiger ist. Wie zum Teufel konnte so eine dumme Kuh wie Sie nur Polizistin werden?»

Mike verstummte hauptsächlich aus dem Grund, dass ihm die Puste ausging. Er blieb, knallrot im Gesicht und keuchend, stehen, plötzlich unschlüssig, wie er weiter vorgehen sollte. Sein Ausbruch hatte Roine Lind dazu gebracht, sich erschrocken die Ohren zuzuhalten, seine in weißen Frotteesocken steckenden Füße aufs Sofa hochzuziehen und sich so klein wie möglich zusammenzukauern. Robins Mund stand offen. Und Rolle, der das Gebrüll selbst in der Küche nicht überhören konnte, stand nun mit amüsierter Miene in der Türöffnung.

Die Einzige, die völlig unberührt schien, war Eva Ström. Ohne die geringste Andeutung eines Zitterns in der Stimme lehnte sie sich langsam in ihrem Sessel zurück, sodass ihre Lederjacke etwas aufglitt und die Pistole im Achselhalfter sichtbar werden ließ.

«Nicht, dass es Sie irgendetwas anginge, Mike», sagte sie ruhig. «Aber ja doch, ich bin homosexuell. 'ne Lesbe, wie Sie es ausdrücken. Und ganz sicher könnte ich Sie aufgrund ihres kleinen homophoben Vortrags sowohl wegen Beamtenbeleidigung als auch Bedrohung verurteilen lassen. Wenn es nicht absolut sinnlos wäre, meine Zeit mit einer armseligen Null wie Ihnen zu verplempern.»

Sie nickte dem verschreckten Sozialarbeiter zu, der mit errötenden Wangen seine Füße inzwischen wieder auf den Fußboden gestellt und eine würdigere Haltung auf dem Sofa eingenommen hatte.

«Ich kann mir auch kaum vorstellen, dass Sie irgendwelche Pluspunkte in Roines Protokoll erhalten werden. Was ja durchaus von Bedeutung sein könnte, wenn das Sozialamt Stellung dazu bezieht, ob Sie in der Lage sind, das Sorgerecht für Ihren Sohn auszuüben. Aber auf all das scheiße ich jetzt. Das Einzige, woran ich interessiert bin, ist zu hören, was Robin über das zu sagen hat, was vor einer Woche in Lindas Schlafzimmer vorgefallen ist.»

Mike ließ sich schwer in den Sessel zurückfallen. Seine Wut war wie weggeblasen. Plötzlich fühlte er sich genauso machtlos wie damals in Kirseberg, als sie jeden Abend um acht Uhr die Zellentür hinter ihm zuschlugen. Er versuchte seinem Sohn aufmunternd zuzulächeln, doch es geriet eher zu einer schiefen Grimasse.

«Sie lügt», murmelte Robin leise. «Die Alte lügt.»

«Du meinst Elisabet Aronsson?»

Er nickte und sah auf den verschlissenen Orientteppich hinunter.

«Es war das Stilett. Kenny und sein verdammtes Stilett.»

Zum ersten Mal offenbarte Eva Ströms Gesichtsausdruck, dass sie ihm nicht ganz folgen konnte. Sie zog eine Augenbraue hoch und beugte sich zu Robin vor.

«Das musst du mir erklären …»

Während Robin mit hängendem Kopf dasaß, rauschten die Fragen nur so durch sein Hirn. Worauf wollte die Polizistin eigentlich hinaus? Konnte es denn stimmen, dass Linda und ihre Mutter ihn der Vergewaltigung beschuldigt hatten? Die Mutter vielleicht. Aber Linda? Sie war doch diejenige, die rauchen wollte und die ihn zu einer Kissenschlacht verführt hatte. Und vor Lachen kreischte, als er mitmachte.

Die Polizistin ist bestimmt auf etwas anderes aus, dachte Robin. Die Rauchbomben. Das Schaufenster des Arabers. Sie suchen bestimmt nach dem Journalisten. All das Gerede über Linda ist doch nichts als dummes Geschwätz. Sie wollen, dass ich anfange zu reden und mich verplappere.

«Und wer ist Kenny?», fragte Eva Ström.

Robin sah sie direkt an, ohne ihrem Blick auszuweichen.

«Ach, das ist 'n Typ, den ich kenne. Letztens, also ein paar Tage bevor ich bei Linda war, haben wir zusammen gequatscht, und er hat mir sein Stilett geliehen. Und dabei hab ich mir aus Versehen in den Daumen geschnitten ...»

Robin streckte die Hand aus und zeigte die Wunde, die inzwischen mit einem schwarzen Schorf bedeckt war. Die Kriminalinspektorin sah sie sich kurz an und fixierte ihn dann wieder mit ihrem Blick.

«Linda hat mich zum Tee eingeladen», fuhr er fort. «Und dann haben wir, tja, 'ne kleine Kissenschlacht angefangen. Und während wir rumalberten, hab ich mir die Wunde aufgerissen. Obwohl ich es nicht gemerkt hab, bis die Alte ... Lindas Mutter auftauchte.»

«Du meinst also, dass es dein Blut war, das im ganzen Zimmer verschmiert war?»

«Ja.»

Robin bemühte sich, nicht zu blinzeln. Er spürte, wie es in seinen Augenwinkeln leicht feucht wurde. Mike seufzte erleichtert, während Rolle in der Türöffnung leise pfiff. Roine Lind sah Eva Ström fragend an und tippte nervös mit seinem Stift auf den Notizblock.

«Das können wir ja ganz leicht überprüfen», sagte die Kriminalinspektorin. Sie warf Robin einen Blick zu, der wohl unvoreingenommen sein sollte, und wandte sich dann an die anderen. «Um ehrlich zu sein, bin ich etwas im Zweifel, was diese Anzeige betrifft. Sie kam erst einige Tage später. Wir haben natürlich auch mit Linda gesprochen, aber sie hat nicht viel gesagt. Irgendwelche äußeren Verletzungen an ihrem Körper haben wir nicht gesehen. Ihre Mutter wollte nicht, dass das Mädchen von einem Arzt untersucht wird.»

«Wusste ich's doch!», platzte es aus Mike heraus.

«Tja, dann ist die Sache wohl aus der Welt, oder?», ließ Rolle mit jovialer Stimme verlauten.

Die beiden Beamten sahen einander an. Dann nickte Eva Ström und stand auf.

«Ganz so einfach ist es nicht. Wir müssen in der Sache vollständig ermitteln. Aber für heute reicht es erst mal.»

Dann verließ sie den Raum mit Roine Lind auf Socken im Schlepptau.

Während Mike und Rolle die Besucher zur Tür begleiteten, blieb Robin mit klopfendem Herzen auf dem Sofa sitzen. Er musste an Linda denken. Und an eine tiefgefrorene Leiche in der großen Gefriertruhe im Keller.

KAPITEL 19

Du wirkst irgendwie bedrückt», sagte Boris und legte seine fleischige Hand um Mikes Nacken. Er drückte mit den Fingern etwas fester zu, bevor er wieder losließ. «Ist was mit dem Jungen?», fragte er freundlich.

Mike warf den Schraubenschlüssel von sich und wischte sich die Hände mit einem Lappen ab, der an seinem Gürtel hing. Die verdammte Batterie im alten Skoda war festgerostet. Ich muss sie wohl losschweißen, dachte er.

«Nee, alles in Ordnung. Robin hatte nur die Grippe. Er ist aber schon wieder auf dem Damm.»

«Er wohnt jetzt bei dir, dein Sohn, oder?»

«Ja, genau. Mit eigenem Zimmer und allem. In Rolles Haus ist genügend Platz.»

Boris sah aus, als dächte er kurz über das nach, was er gehört hatte. «Gut, gut», sagte er und klopfte Mike väterlich auf die Wange. Seit Mike bei der Schrottfirma angefangen hatte, war es nicht gerade oft vorgekommen, dass die beiden sich länger miteinander unterhielten. Meistens hatte Boris ihm Aufträge erteilt, bei denen es darum ging, welche Autos auseinandergenommen und welche repariert werden sollten. Doch nun schien er aufrichtiges Interesse zu zeigen.

«Hat er schon eine Freundin, dein Junge?», fragte Boris und zwinkerte ihm vertraulich zu.

«Na ja …» Mike wand sich etwas. «Beziehungsweise doch, er trifft sich jedenfalls mit einem Mädel. Aber er ist ja noch nicht mal fünfzehn Lenze alt.»

«Ha, ha! Fünfzehn! Dann ist er bereits ein erwachsener Mann. Und dann ist er auch heiß auf 'nen richtigen Fick.» Boris knuffte Mike mit dem Ellenbogen und formte seine linke Hand zu einem Loch, in das er seinen rechten Zeigefinger hineinschob. «'nen richtigen Fick!», sagte er grinsend und zwinkerte erneut.

Dann glätteten sich seine Gesichtszüge wieder, und er wurde ernst. Er legte Mike einen Arm um die Schultern und führte ihn ein paar Schritte zur Seite.

«Ich möchte, dass du etwas für mich erledigst, Mike. Eigentlich hatte ich vorgehabt, Jokso zu schicken.» Er warf einen raschen Blick auf den hoch aufgeschossenen Mann im ölverschmierten Overall, der etwas weiter hinten in der Werkstatt unter der Motorhaube eines Volvo herumwerkelte. «Aber er hat gerade Probleme mit seiner Frau. Du weißt ja, wie das ist ... Also musste ich dich fragen. Du bist in ein paar Tagen wieder zu Hause.»

«Um was geht's denn überhaupt?»

«Um 'nen LKW. Ich hab 'nen Lastwagen gekauft. Einen Scania. Gebraucht, aber zu 'nem guten Preis. Ich möchte, dass du ihn für mich abholst.»

«Und wo?»

«In Klaipeda.»

Mike ging im Geiste rasch die versprengten Fragmente seines geographischen Wissens durch, die im Laufe der Jahre in seinem Kopf hängen geblieben waren. Gab es nicht eine Geschlechtskrankheit, die so hieß? Als er keinen Ort mit diesem Namen auf seiner inneren Landkarte lokalisieren konnte, versuchte er dennoch so zu tun, als wüsste er, wo die Stadt lag.

«Ich soll also nach Chlamydia und von dort aus den Lastwagen nach Hause fahren?»

In Boris' Augen blitzte es amüsiert auf. Er lachte kurz.

«Klaipeda», korrigierte er ihn. «Das liegt in Litauen. Auf der anderen Seite der Ostsee. Jokso fährt dich heute Abend nach Karlshamn. Dort legt die Fähre ab.»

Er wachte früh auf, und seine innere Unruhe trieb ihn aufs Deck. In der Morgendämmerung wirkte das Meer grau und feindselig. Der Himmel war immer noch mit dichten Wolken verhangen. Während der Nacht hatte es heftigen Seegang gegeben.

Mike fröstelte, klappte den Kragen seiner Lederjacke hoch und zog die Mütze weit über die Ohren. Allmählich wurde der Küstensaum am Horizont größer. Die stählerne Reling war kalt. Er steckte die Hände in die Taschen.

Während die Fähre ihren Bug durch die unruhige See in die Hafeneinfahrt hineinschob und durch das schwarze Wasser der Fahrrinne glitt, verschaffte sich Mike einen ersten Überblick über die Stadt. Ölige Bugwellen rollten gegen den Kai. Vor großen heruntergekommenen Lagerhallen lagen rostige Lastkähne vor Anker. Skelettartige Hebekräne senkten ihre Hälse herab. Um die Masten der Fischerboote herum kreischten hungrige Möwenschwärme.

Dann hörte er jemanden rufen. Ein durchgefrorener Seemann mit rotem Gesicht warf vom untersten Deck aus eine Kippe ins Wasser. Der Stahlboden begann zu vibrieren, als die Dieselmotoren den Rückwärtsgang einlegten und die Propeller das Wasser unterm Kiel zu schäumenden Strudeln aufpeitschten. Schwarzer Rauch drang aus dem Schornstein. Eine Ankertrosse wurde geworfen. Es knirschte, als die Fähre am Anleger andockte, der mit Ketten an der Kaikante befestigt war.

Sergej hieß der Mann, den er treffen sollte. Boris hatte ihm den Namen und die Adresse eingeschärft. Mike fand, dass der Name russisch klang, doch er hatte nicht weiter nachgefragt.

Sein Kopf fühlte sich etwas schwer an. Am Vorabend war er länger in der Bar geblieben, als er vorgehabt hatte. Einzige Gesellschaft waren Lastwagenfahrer und ein Barkeeper, der das Bier auf den Tresen stellte, ohne seinen Blick auch nur für einen Moment vom Fernseher zu lösen. Der Rauch hing in dicken Schwaden unter der Decke. Als Mike einen Versuch unternahm, jemanden anzusprechen, begegnete man ihm überwiegend mit Kopfschütteln und Schweigen. Doch in seiner Kabine war die Luft noch schlechter, ziemlich abgestanden und stickig. Mike war schließlich in einen ruhelosen Schlaf gefallen.

Er ging im schneidigen Wind eine breite, menschenleere Straße entlang, die von Lagerhallen und kleineren Fabriken gesäumt war. Es sei nicht weiter als einen Kilometer entfernt, hatte Boris ihm versichert. Doch den Lastwagen brauchte er nicht vor dem Nachmittag abzuholen, kurz bevor die Abendfähre nach Karlshamn ablegte. Wie stellt man es nur an, sich einen ganzen Tag in einem so gottverlassenen Kaff um die Ohren zu schlagen?, fragte sich Mike.

Nach einer Weile erblickte er eine Frau, die allein mit einer räudigen Katze auf dem Schoß auf einer Treppe saß. Er hielt an, um sie nach dem Weg zu fragen. Aus dem zahnlosen Mund der Frau klangen Töne eines Kinderliedes. Sachte wiegte sie ihren Oberkörper vor und zurück, während sie die Katze mit ihren krummen Fingern hinter den Ohren kraulte. Das eine Bein der Frau, das unter ihrem Rock hervorlugte, war verstümmelt und mit einem schmutzigen Stoff umwickelt. Ihre Augen schienen nach innen gerichtet zu sein. Man konnte nur das Weiße erkennen.

Plötzlich schien sie wahrzunehmen, dass Mike vor ihr stand. Vielleicht hörte sie es an seinem Atem. Sie verstummte und blickte ihn mit ihren blinden weißen Augen an. Dann legte sich ihr Gesicht in Falten, und sie lächelte, während sie etwas Unverständliches vor sich hin brabbelte. Mike legte rasch ein paar Münzen in ihre Bettlerschale und beeilte sich weiterzukommen.

Als er sich der Altstadt näherte, begann sein Magen zu knurren. Er tastete mit der Hand nach den Scheinen, die Boris ihm mitgegeben hatte. «Betrachte es wie einen kleinen Urlaub. Schau dir die Stadt an und genehmige dir ein ordentliches Mittagessen, während du wartest», hatte er gesagt. Der Lastwagen, den Mike abholen sollte, war offenbar schon auf andere Art und Weise bezahlt worden.

Eine halbe Treppe unter Straßenniveau lag ein Café, das geöffnet zu haben schien. Als Mike den Türgriff hinunterdrückte, ertönte ein Glöckchen. Der Inhaber wirkte offenbar wenig erfreut über seinen ersten Gast. Zumindest zeigte er keinerlei Enthusiasmus, sondern warf Mike lediglich einen feindlichen Blick zu, während er weiter Gläser abtrocknete. Er war groß und beleibt, und sein rotes aufgedunsenes Gesicht war von einem zotteligen Vollbart eingerahmt.

Mike lächelte freundlich. «Coffee?»

Der Bärtige brummte etwas vor sich hin, warf schließlich das Geschirrtuch auf den Tresen und goss ihm einen Becher ein. Es duftete herrlich.

«Do you have bacon and eggs?»

Der Caféinhaber blickte Mike an, als hätte er ihm eine Beleidigung ins Gesicht geschleudert.

«Yes. Sit!», beorderte er ihn und wies mit der Hand auf einen Tisch am Fenster.

Mike nahm seinen Kaffee und setzte sich. Im Lokal war es dunkel, und es roch säuerlich nach ausgelaufenem Bier. Die Fensterscheiben waren dreckig und ließen lediglich ein diffuses Licht über die dunklen Möbel und den ausgetretenen Dielenboden fallen. Die hölzerne Lampe an der Decke verbreitete einen gelblichen Schein, der kaum bis zur Dartscheibe in der hinteren Ecke reichte.

Nach ein paar Minuten öffnete sich die Tür erneut, und ein kalter herbstlicher Windhauch zog herein. Der neue Gast sah sich rasch im Lokal um. Kaum merklich blieb sein gehetzter Blick an Mike haften, bevor er zur Bar weiterschweifte. Der Mann war groß gewachsen und hager, nahezu ausgemergelt. Sein schwarzes Haar war geölt. Ein schwaches Gemurmel war zu hören, als er ein paar Worte mit dem Wirt wechselte. Dann bekam er einen Becher Kaffee und einen Teller mit einem belegten Brötchen und setzte sich an den Tisch unter der Dartscheibe. Es raschelte leise, als er eine Zeitung ausbreitete.

Merkwürdiger Typ, dachte Mike, ohne weiter über ihn nachzudenken.

Als er seine Eier und den Bacon in sich hineingeschaufelt und den Rest Eigelb und Fett mit einem Stück Brot aufgesaugt hatte, machte sich seine Rastlosigkeit wieder bemerkbar. Er musste an Robin denken. Der Junge war so still und in sich gekehrt. Es war, als liefe er herum und brütete so einige Geheimnisse aus. Mike wünschte, er hätte einen Blick in den Kopf seines Sohnes werfen können. Mit Robins Mutter war es ähnlich gewesen. Maria. Nichts hatte Mike so hilflos gemacht, wie wenn sie sich von ihm abwendete und in sich selbst zurückzog.

Es gab eine Zeit, in der Mike daran geglaubt hatte, dass sie eine richtige Familie werden würden. Es war, als Robin geboren wurde. Sie hatten vor, einen Wohnwagen zu kaufen und Campingurlaub zu machen. Wollten nach Gränna und Kolmården fahren und vielleicht einen Abstecher nach Öland machen. Mike hielt sich damals nüchtern und arbeitete im Hafen. Maria hatte vor, Kurse in der Erwachsenenbildung zu belegen, sobald sie zu Ende gestillt hätte. So war es abgemacht. Doch nach einigen Monaten merkte Mike, dass sie ihm gar nicht zuhörte, wenn er von der Zukunft sprach. Und bald musste er einsehen, dass sie gar nicht an eine gemeinsame Zukunft glaubte. Eines Tages war sie einfach verschwunden, und Mike machte sich nicht die Mühe, sie zu suchen. Als er von der Arbeit nach Hause kam, lag Robin in seinem Gitterbett und schrie. Im Nachttisch neben ihrem Bett fand er eine Kanüle und ein Tütchen mit weißem Pulver, das sie offensichtlich vergessen hatte.

Viele Jahre später sah er Maria ein letztes Mal. Es war in der Istedgade in Kopenhagen. Erst meinte er, einer alten Frau gegenüberzustehen. Einer zahnlosen Bettlerin. Er tat so, als sähe er sie nicht, und überquerte schnell die Straße. Wenn er jetzt daran dachte, errötete er vor Scham.

Mike schniefte leicht angesichts seiner Einsamkeit. Für Robin war es wohl das Beste, dass sie verschwand, redete er sich ein. Aber der Junge musste seine Mutter doch vermisst haben, oder? Als Mike an seinen Sohn dachte und an all die Kinder- und Pflegeheime, in denen er untergebracht war, schämte er sich noch mehr. Der arme Junge, kein Wunder, dass er so griesgrämig war. Ein weiteres Mal gelobte Mike hoch und heilig, für all die Jahre, in denen er ihn vernachlässigt hatte, Buße zu tun.

Mit einem Seufzer schob er seinen Stuhl zurück, sodass die Beine über den Fußboden schabten, um sich Kaffee aus der Maschine auf dem Tresen nachzuschenken. In dem Moment merkte er, dass der ausgemergelte Mann am Tisch unter der Dartscheibe ihn beobachtete. Sobald Mike in seine Richtung guckte, schaute er wieder in seine Zeitung. Doch kurz darauf spürte er seinen Blick erneut im Rücken, aufdringlich und hinterhältig. Die Erscheinung des Mannes hatte etwas Ausgehungertes. Eine Hyäne, die in der Dunkelheit lauerte.

Vielleicht bilde ich mir alles auch nur ein, dachte Mike.

Der Besuch der Polizistin hatte ihn irgendwie aufgewühlt. Schon aus diesem kriecherischen Roine Lind wurde er nicht so recht schlau, aber die Kriminalinspektorin war ein wirklich hinterhältiges Weib, Lesbe hin oder her. Mike hatte bereits mit genügend Polizisten ihres Kalibers zu tun gehabt, um sie wiederzuerkennen. Bullen, die einen auf tough machen und arme Schweine wie ihn voreilig verurteilen. So ganz überzeugt davon, dass er sie auf den Pott gesetzt hatte, war er jedoch nicht. Ganz und gar nicht. Doch als Robin von dem Stilett und der Wunde an seinem Daumen berichtete, schien sie dem Jungen zumindest zu glauben.

Das Stilett, ja. Robin wirkte regelrecht verängstigt, als er von seinem Missgeschick erzählte. Mike war in keiner Weise davon überzeugt, dass er die Wahrheit sagte. Meinte Robin etwa diesen Kenny, als er andeutete, dass ihn jemand schikanierte? Der Gedanke daran ließ Mikes Wangen erneut erglühen. Diesmal jedoch nicht aus Scham. Er trank den letzten Schluck Kaffee und verließ das Lokal mit einem kurzen Nicken in Richtung des bärtigen Wirts.

In den darauffolgenden Stunden folgte Mike dem Rat, den er von Boris bekommen hatte, und versuchte so zu tun, als sei er im Urlaub. Er kaufte sich einen billigen Touristenstadtplan und wanderte in den Gassen der Stadt von einer Kirche zur anderen. Nachmittags war er ziemlich erledigt, obwohl er sich ein ausgiebiges Mittagessen und einige Gläser Starkbier gegönnt hatte. Langsam begann er wieder in Richtung Hafen zu laufen. Es war an der Zeit, Sergej aufzusuchen.

Anfänglich dachte Mike, er hätte sich geirrt. Unter der angegebenen Adresse stand ein abrissreifes altes Haus, umgeben von weiteren ebenso verfallenen Wohnhäusern und Lagergebäuden. Als er an der Fassade hinaufschaute, sah er, dass mehrere Fensterscheiben zerbrochen waren. In einigen

Wohnungen hingen jedoch Gardinen. Offenbar wohnten wirklich Leute im Haus.

Er ging durch die Haustür hinein, wo ihm ein Gestank nach Pisse und altem Müll entgegenschlug. Im dritten Stock blieb er eine Weile stehen, um Luft zu holen. *Babakov*, stand auf einem kleinen Pappschild an der Tür, genau wie Boris gesagt hatte. Mike klopfte vorsichtig.

Es dauerte eine ganze Weile, bis er im Flur auf der anderen Seite schlurfende Schritte hörte und schließlich jemand mit einer Sicherheitskette rasselte. Die Frau, die in der Türöffnung stand, sah aus wie ein Gespenst. Sie hatte langes, kreideweißes Haar und eine dünne, nahezu durchscheinende Haut. Ihr Alter war unmöglich zu schätzen. Sie starrte ihn ausdruckslos an und machte nicht im Geringsten Anstalten, zur Seite zu treten.

Dann hörte er ein brüskes Rufen aus dem Inneren der Wohnung. Es klang russisch. Die Frau zuckte zusammen und schlich sich weg wie ein Hund, der Angst hat, verprügelt zu werden. Weiter hinten im schwach beleuchteten Flur stand ein groß gewachsener Mann. Zu Mikes Verwunderung sprach er schwedisch, wenn auch mit starkem Akzent.

«Mike, kommen Sie rein! Schließen Sie die Tür hinter sich. Wir haben bereits gewartet.»

In der Küche saß eine dritte Person auf einem Hocker, an die Wand gelehnt. Mike erkannte den Mann sofort wieder. Die Hyäne aus dem Café. Hatte er ihn etwa den ganzen Tag lang beschattet? In seinem Magen breitete sich das unangenehme Gefühl aus, dass hier nicht alles mit rechten Dingen zuging. Auf dem Tisch vor dem hageren Mann lag ein Revolver. Mit gleichgültiger Miene nahm er die Waffe und steckte sie in seine Jackentasche. Dann winkte er Mike zu und offenbarte mit einem schiefen Lächeln eine Reihe brauner Zahnstummel.

«Er kommt aus Tschetschenien», sagte Sergej, als würde das alles erklären. «Sie brauchen sich nicht um ihn zu kümmern.»

«Ich komme von Boris. Ich soll einen Lastwagen abholen», erläuterte Mike. Ein gewisses Gefühl sagte ihm, dass es wohl das Beste sei, den Auftrag so schnell wie möglich hinter sich zu bringen.

Doch Sergej schien ihm nicht zugehört zu haben. Er stand reglos da und musterte Mike ganz ungeniert von Kopf bis Fuß, als wolle er herausfinden, ob man dem Mann, den er vor sich hatte, vertrauen konnte. Beim Ausatmen drang jedes Mal ein Zischen aus seinen großen Nasenlöchern.

Plötzlich rief er ein weiteres Mal laut in den Flur, und die gespenstische Frau erschien erneut, genauso lautlos, wie sie verschwunden war. Ohne ein Wort zu sagen, öffnete sie einen Schrank und nahm erst einen Teller mit Wurst, Brot und Salzgurken heraus, den sie auf den Tisch stellte, und schließlich eine Flasche Wodka. Dann war sie wieder verschwunden.

Im Gesicht des Tschetschenen breitete sich ein lüsternes Grinsen aus.

«Setzen Sie sich!», ermahnte ihn Sergej.

«Ich weiß nicht …», entgegnete Mike. «Die Fähre geht ja schon bald, und ich dachte …»

«Setzen!»

Der Tschetschene grinste freundlich. Er schnitt mit einem langen Messer etwas Wurst und Brot auf, zerteilte die Gurke und machte eine einladende Geste in Mikes Richtung. Dann goss er Wodka in drei Trinkgläser.

Mike schluckte hart. Verdammt auch! Doch es schien gar nicht so einfach zu sein, sich aus der Situation herauszuwinden, ohne bei diesen Menschen Anstoß zu erregen. Boris hatte außerdem betont, dass Sergej ein guter Freund und

Geschäftspartner von ihm sei. Es war wohl das Beste, sich zu fügen. Er setzte sich und lächelte.

«Gut!», lobte ihn Sergej. «Sie müssen wissen, in meinem Land ist es eine Tradition, denjenigen näher kennenzulernen, mit dem man Geschäfte macht.»

Mike berechnete im Kopf rasch die Entfernung zum Hafen. Es war bestimmt nicht mehr als einen Kilometer zum Fährterminal. Eine breite Straße, auf der kaum Verkehr herrschte. Wenn er den Lastwagen nur heil an Bord brächte, würde er immer noch die ganze Strecke bis nach Karlshamn schlafen können. Er hob sein Glas und prostete dem Russen zu.

«In meinem Land auch. Skål!»

Mike legte den Kopf in den Nacken, leerte sein Glas zur Hälfte und ließ den Alkohol die Kehle hinunterrinnen. Es brannte angenehm.

«Na zdorovje!»

Sergej leerte sein Glas. «Die Schweden trinken wirklich wie die Waschweiber», brummte er und goss erst sich selber und dann Mike nach. Der Tschetschene, der ebenfalls sein Glas geleert hatte, blickte enttäuscht drein.

Sie aßen unter betretenem Schweigen. In der Küche war es kalt. Sowohl der Russe als auch der Tschetschene hatten ihre Jacken anbehalten. Doch der Alkohol wärmte. Jedes Mal, wenn sie ausatmeten, bildeten sich kleine Dunstwölkchen vor ihren Mündern.

Sechs Mal füllte Sergej die Gläser bis zum Rand auf. Jedes Mal war sein eigenes leer, während Mikes noch halb voll war. Der Tschetschene, der zunehmend grimmiger wirkte, bekam keinen einzigen Tropfen. Immer wieder griff er zu dem langen Messer und schnitt sich Wurst ab, befühlte prüfend mit dem Daumen die Schneide und brummte mürrisch etwas vor sich hin. Schließlich raunzte Sergej ihn verärgert an. In den Augen des Tschetschenen blitzte es auf, woraufhin er das Messer mit einem kraftvollen Hieb in die Tischplatte rammte, wo es hin- und herschwankend stecken blieb.

Zu diesem Zeitpunkt befand Mike, dass es an der Zeit sei aufzubrechen. Er hustete und richtete sich mit wackeligen Beinen auf.

«Also jetzt muss ich aber wirklich los, Jungs … War nett bei euch.»

Der Russe glotzte ihn verächtlich mit rot unterlaufenen vorstehenden Augen an. Dann schob er seine Hand in die Tasche und knallte ein Schlüsselbund auf den Tisch.

«Er steht auf der Straße, um die Ecke. Fertig beladen.»

Mike nahm die Schlüssel an sich. Schon halbwegs an der Tür fiel ihm ein nachzufragen.

«Beladen mit was?»

«Mit Reifen.»

Mike starrte Sergej an, wobei ihm auffiel, wie sehr der einem Ochsen ähnelte.

«Reifen sind billig hier», erklärte der Russe und schenkte sich Wodka nach. «'n gutes Geschäft.»

Mike nickte und verließ die Wohnung.

«Ach übrigens, grüß Boris von mir», rief ihm jemand nach. Als er auf die Straße hinunterkam, spürte er, dass er ziemlich betrunken war. Er richtete das Gesicht gen Himmel und atmete so tief, wie er konnte, die feuchte Herbstluft ein, um wieder klar denken zu können. Um ihn herum war kein Mensch zu sehen. Lediglich ein zotteliger Köter, der schwanzwedelnd um die Ecke strich. Das war zumindest mal ein gutes Zeichen.

Der Lastwagen stand wie angekündigt an seinem Platz. Es war ein Scania, genau wie Boris gesagt hatte. Ziemlich groß, nicht mehr ganz neu, aber in ordentlichem Zustand. Merkwürdig, dass die Nummernschilder schwedisch waren, dachte Mike. Eine Eingebung ließ ihn die Plane öffnen und einen Blick ins Wageninnere werfen. Ja, dort lagen tatsächlich Stapel mit Reifen, die fachgerecht aufgeschichtet waren. Er schloss das Führerhaus auf und stieg ein.

Der Motor startete ohne Probleme. Er legte den ersten Gang ein und rollte sachte los. Vor ihm schwankte die Straße ein wenig, aber er umfasste das Steuer fester und hoffte innerlich, dass die litauische Polizei nicht gerade für heute eine Alkoholkontrolle anberaumt hatte.

Nach ein paar Häuserblöcken erblickte er die blinde Bettlerin wieder. Sie saß mit ihrem verstümmelten Bein ausgestreckt auf der Treppe, genau wie am Morgen. Doch die Katze war verschwunden. Mike konnte seinen Blick nicht von ihr losreißen, während er den LKW mit Kriechgeschwindigkeit an ihr vorbeigleiten ließ. Der Anblick der Frau erfüllte ihn erneut mit Unbehagen. Gab es denn niemanden, der sich um sie kümmerte? Saß sie etwa die ganze Nacht dort und sang ihre Kinderlieder? Wie ernährte sie sich eigentlich? Sie musste doch entsetzlich frieren, fuhr es Mike durch den Kopf.

Als sie im Rückspiegel wieder auftauchte, hielt er kurzerhand am Straßenrand an. Er stieg aus und kramte in seiner Hosentasche, während er das kurze Stück zurück auf die Frau zuging. Als er seine letzten litauischen Scheine in die Bettlerschale gelegt hatte, sah er, dass ihr Mund klebrig und blutverschmiert war. Sie kaute irgendetwas. In der Hand hielt sie einen rohen Hering. Dann schluckte sie und begann ohne Vorwarnung, laut und schrill etwas zu krächzen, als wäre sie böse. Mit dem Gefühl, dass sie einen Fluch über ihn verhängt hatte, lief er schnell zu seinem Wagen zurück.

Im Fährterminal verlief alles ohne Komplikationen. Mike fand den Zettel mit der Buchungsnummer, den er von Boris bekommen hatte, und es gelang ihm ohne irgendwelche Missgeschicke, den Lastwagen auf das grüngestrichene Fahrzeugdeck zu steuern. Er atmete aus und knallte die Fahrertür hinter sich zu. Als er seine Kabine aufsuchen wollte, um seinen Rausch auszuschlafen, fiel ihm ein, dass es sinnvoll wäre, zu kontrollieren, ob die Reifen auch ordentlich festgezurrt waren. Es hatte immerhin den ganzen Tag lang ziemlich geweht. Draußen auf dem Meer herrschte bestimmt ein ordentlicher Wellengang.

Er suchte nach einer Taschenlampe und löste einige Verschlüsse an der Plane, schob sie zur Seite und kroch auf die Ladefläche. Dort roch es streng nach Gummi. Er rüttelte leicht an einem Stapel mit Reifen. Die Riemen schienen fest zu sitzen. Mike überprüfte schließlich diverse andere Stapel, bis er einen fand, der etwas locker saß. Er beugte sich hinunter, um den Riemen fester zu zurren. Da erblickte er ein Stück weiter hinten auf der Ladefläche etwas Weißes. Er beleuchtete es mit der Taschenlampe, schob einige Stapel zur Seite und zwängte sich hindurch. Direkt hinter dem Führerhaus waren Mengen von weißen Pappkartons dicht an dicht gestapelt. Es mussten über hundert Stück sein. Voller böser Vorahnungen öffnete er denjenigen, der am nächsten stand. Er war gefüllt mit klirrenden Flaschen russischen Wodkas.

«Verdammte Scheiße!», brachte Mike hervor und spürte, wie ihn die Panik übermannte.

Der erste Gedanke in seinem benebelten Hirn war, ins Führerhaus zu stürzen, den Rückwärtsgang einzulegen und unmittelbar wieder von der Fähre hinunterzufahren. Doch hinter ihm drängten sich bereits weitere Fahrzeuge. Und wie zum Teufel sollte er dem litauischen Zoll erklären, dass er gerade einen Lastwagen voller Schmuggelware an Bord gefahren hatte?

Für einen Augenblick fühlte es sich an, als träfen ihn alle Missgeschicke, die ihm im Leben widerfahren waren, erneut mit voller Wucht. Er wollte einfach nur losheulen. Es war regelrecht, als hinge ein Fluch über ihm. Ein gottgegebenes Naturgesetz, dass bei Mike Lorne Larsson immer alles schiefging.

Er sackte, mit dem Rücken an einen Reifenstapel gelehnt, in sich zusammen und musste an Robin denken. Dort drinnen in der Dunkelheit verwünschte er Boris und schwor sich, diesem falschen Aas die Scheiße aus dem Leib zu prügeln, sobald er heimkäme.

KAPITEL 20

Die Mathematiklehrerin Elisabet Aronsson kam wie eine Gewitterwolke über den Schulhof gebraust. Sie brachte eine kalte, unheilverkündende Windbö mit sich, während ihre Absätze knallend auf das Pflaster stießen, wo sie Blitze hinterließen.

Robin hielt erschrocken inne. Unbewusst duckte er sich hinter den Fahnenmast, an dem die Leinen in einem rasselnden Tanz herumwirbelten, und versuchte sich so klein wie möglich zu machen. Er wagte kaum zu atmen. Für einen Augenblick schien es, als würde das Unwetter vorbeiziehen. Doch dann änderte Elisabet Aronsson die Richtung und kam geradewegs auf ihn zu.

Zwei Meter von ihm entfernt blieb sie stehen und fixierte ihn mit ihrem Funken sprühenden Blick.

«Aha, du bist also wieder in der Schule …», sagte sie und verzog vor Abscheu die rotgeschminkten Lippen.

Die großgewachsene Frau stand vollkommen reglos da und sah aus, als beabsichtige sie, Robin mit reiner Willenskraft zu einer kleinen, stinkenden Pfütze zerfließen zu lassen, die im nächsten Gully verschwand. Sie wirkte in ihrer Übermacht geradezu elektrisch aufgeladen. Brachte ihn mit ihrer Arroganz zum Verstummen. Robin brachte kein Wort heraus. Aus dem Augenwinkel sah er einige Schüler und Lehrer auf dem Weg zum Eingang ihre Schritte verlangsamen und neugierig herüberschauen, als hofften sie auf ein lautes Wortgefecht. Doch das Einzige, was er hörte, war das Grummeln in seinen eigenen Gedärmen. Wenn er nicht wie gelähmt dagestanden hätte, wäre er in die Toilette gestürmt und hätte seine Angst ausgeschissen.

Dann sprach sie weiter. «Eins sage ich dir. Du sprichst meine Tochter nie wieder an. Und du näherst dich ihr auch nicht mehr. Schaust sie nicht mal mehr an. Von jetzt an existiert sie für dich nicht mehr. Ist das klar?»

Ohne eine Antwort abzuwarten, machte sie auf dem Absatz kehrt und entschwand in Richtung Parkplatz. Robin atmete aus. Doch die Luft roch immer noch wie von Schwefel erfüllt, und dicht über dem Dach der Schule hingen bleifarbene Unwetterwolken.

Der Sturm blies schwere Regentropfen durch die Luft, die Robin ins Gesicht peitschten, ihm in die Augenwinkel drangen und seinen Blick verschleierten. Er riss am Lenker und trat stehend in die Pedale. Seine Wut verlieh ihm ungeahnte Kräfte.

Vor ihm schlängelte sich die Landstraße wie eine nasse schwarze Riesenschlange über die Ebene. Die feucht glänzenden Äcker verschwanden etwas entfernt in einem grauen Nebel. Der Sturm dröhnte in seinen Ohren. Doch es machte Robin nichts aus. Alles, was er wollte, war, von hier wegzukommen, um allein zu sein.

Als er sich der weißgekalkten Kirche von Benestad näherte, war die Nässe bereits durch seine Hosenbeine gedrungen. Unter seiner Jacke schwitzte er heftig, und in seinem Kopf hörte er das Hämmern seines jagenden Pulses. Er nahm den Ystadväg in Richtung Süden, sodass er den Wind jetzt von der Seite spürte und mit etwas weniger Anstrengung den Berg hinunterrollen konnte. Kurz darauf bog er ins Fyledal ab, strampelte über die alte Steinbrücke, die sich über den

Fluss wölbte, und fuhr auf dem Schotterweg weiter entlang an Weideflächen, auf denen sich Kühe mit durchnässtem Fell unter den Haselnussbüschen zusammenkauerten.

Die Jagdhütte lag am Ende eines schmalen Waldwegs am Rande eines kleinen Abhangs und war von drei Seiten mit dunklen Fichten, struppigen Birken und dornigem Brombeergestrüpp umgeben. Sie schien schon seit vielen Jahren nicht mehr genutzt zu werden. Die morschen Wände waren bis unters Dach mit Unkraut und Efeu überwuchert.

Sobald Robin dort ankam, warf er sein Fahrrad zur Seite und riss die Tür auf, um Schutz vor dem strömenden Regen zu suchen, der inzwischen vom Himmel herabprasselte. Der Geruch nach Schimmel schlug ihm entgegen. Während er nach Streichhölzern suchte, um die Öllampe anzuzünden, hörte er das Rascheln fliehender Nagetiere in den Ecken. Er wischte hastig etwas Rattenscheiße von der schmuddeligen Matratze und warf sich erschöpft darauf. Eine Weile blieb er vollkommen still liegen und lauschte seinen eigenen Atemzügen.

Sie glauben mir nicht, dachte er. Keiner glaubt mir.

«Der Rektor will mit dir reden, Robin», hatte Mia gesagt, sobald er das Klassenzimmer betrat. «Er wartet im Lehrerzimmer.» Sie wirkte bedrückt, als schicke sie ihn zu seiner eigenen Hinrichtung. Aber sie hatte ihm einen freundlichen Klaps auf den Rücken gegeben, als er von dannen trottete.

Ingvar Melander saß hinter seinem Schreibtisch und schaute verbissen drein.

«Ja, das ist eine ziemlich unangenehme Geschichte», brummte er und strich sich mit Daumen und Zeigefinger über den seidenweichen Bart. Der Rektor roch streng nach Rasierwasser. Über seinem Piqué-Polohemd trug er einen braunen Blazer mit einer Rotary-Nadel im Aufschlag. Robin ließ sich auf den Besucherstuhl fallen und starrte seinen Feind an, ohne etwas zu sagen. Was auch immer ihn erwartete, es verhieß nichts Gutes.

«Elisabet Aronsson hat mich über den Vorfall unterrichtet. Sie ist sehr aufgebracht.»

Scheißtante!, dachte Robin und schwieg.

«Ich habe ebenfalls mit Roine Lind vom Sozialamt gesprochen.» Der Rektor zögerte die Worte hinaus, als wisse er nicht genau, wie er sie formulieren sollte. «Er … Wie soll ich sagen … Er schilderte mir die Dinge etwas anders als Elisabet. Er war der Meinung, dass wir von der Schulleitung erst die polizeilichen Ermittlungen abwarten sollten, bevor wir etwas unternehmen.»

Robin starrte ihn weiterhin an, fest entschlossen, nicht loszuheulen.

«Also werden wir erst einmal abwarten.»

Melander wippte leicht mit seiner ergonomischen Rückenlehne und betrachtete Robin mit einer Miene, die nicht den geringsten Spielraum für irgendwelche Zweifel daran ließ, an welche Version des «Vorfalls» er selber glaubte. Er verschränkte seine Hände in einer selbstgefälligen Geste vor dem Bauch.

«Gibt es etwas, was du dazu sagen möchtest?»

«Nee.»

Der Rektor wirkte pikiert.

«Eins möchte ich noch betonen. In dieser Schule tolerieren wir keine sexuellen Übergriffe. Schon gar nicht auf ein Mädchen mit einer anderen Hautfarbe.»

«Kann ich jetzt gehen?»

«Ja, sicher …»

Ingvar Melander seufzte gekünstelt. Mit dem Gefühl, dass die ganze Welt gegen ihn war, stürzte Robin aus dem Lehrerzimmer und knallte die Tür hinter sich zu.

Als Robin in Gedanken so weit gekommen war, merkte

er, dass er vor Kälte zitterte. Er stand mit steifen Gelenken auf, fröstelte in den nassen Klamotten, die an seinem Körper klebten, und sah sich im gelblich blassen Schein der Öllampe um. Die Blutflecken auf der Tischplatte waren inzwischen braun geworden. Eine Sekunde lang spürte er erneut Kennys Griff um sein Handgelenk. Den Wahnsinn in seinen Augen. Er warf den Kopf hin und her, um die Erinnerung abzuschütteln.

Der Holzstapel in der Ecke sah trocken aus. Er zerknüllte etwas Zeitungspapier, steckte es zusammen mit ein paar Scheiten Holz in den Kaminofen und zündete es an. Zuerst stieg feuchter stickiger Rauch auf, doch dann drang ein Luftzug ins Ofenrohr und ließ das Feuer aufflackern. Robin legte Holz nach, und bald darauf breitete sich eine wohlige Wärme in der Hütte aus. Er zog seine Kleider bis auf die Unterhose aus und hängte sie zum Trocknen auf. Dann schleifte er die Matratze vor den Ofen und hüllte sich in ein paar der muffig riechenden Decken.

Kein Arsch glaubt mir, dachte er.

Und Mike, der Drückeberger, fährt einfach weg. *Hol für Boris 'nen LKW aus Klaipeda*, hatte er in der SMS geschrieben. *Bin in ein paar Tagen wieder zu Hause.* Das kam ihm so bekannt vor.

In ein paar Tagen. Ein paar Wochen. Ein paar Jahre.

Und Rolle, der die Leiche einfach in die Gefriertruhe befördert und dann dagestanden und gegrinst hatte, als wäre es das Normalste auf der Welt. Was für ein Alien! Verdammt auch, dass dieser kleine Scheißkerl mit dem Kopf auf die Steintreppe knallen und sterben musste! Es war ja keine Absicht gewesen. Es war ein Unfall. Aber das würde ihm keiner glauben.

Robin presste die Kiefer aufeinander, sodass es knackte.

Wenn es ihnen schon gelingt, sich einzubilden, dass ich

Linda vergewaltigt habe, werden sie ganz bestimmt auch davon ausgehen, dass ich den Journalisten absichtlich getötet habe, dachte er.

Er erwachte mit einem Ruck. Irgendetwas regte sich draußen vor der Hütte. Der Wind riss immer noch an den Baumkronen, doch der Regen schien aufgehört zu haben. Er horchte noch einmal. Was genau er hörte, konnte er nicht ausmachen. Aber irgendwer oder irgendetwas schlich da draußen umher.

Robin blieb ganz still liegen. Vielleicht war es ein Pilzsammler. Oder ein Wildschwein. War er etwa eingeschlafen? Oder nur in Gedanken abgeschweift? Besonders lange konnte es nicht gewesen sein.

Ja, da war es wieder. Ein Kratzen an der Außenwand. Dann wurde die Klinke langsam hinuntergedrückt. Die Tür öffnete sich leicht knarrend.

«Ich bin's nur.»

Sie schlich sich rasch herein und schloss die Tür hinter sich, als befürchte sie, verfolgt zu werden. Dann blieb sie stehen und schaute ihn an. Es zuckte ein wenig in ihren Mundwinkeln, doch dann war sie wieder ernst. Robin zog sich die Decke über die Schultern und kam sich blöd vor.

«Was willst du denn hier?»

«Ich bin dir gefolgt ...»

Sie ließ ihren Blick rasch durch die Hütte gleiten. Über die Klamotten neben dem Ofen. Die Öllampe. Die dreckverschmierten Fenster, eines an der Rückseite und eins neben der Tür. Die hölzerne Tischplatte mit den dunklen Flecken. Die leeren Flaschen und Dosen. Und zurück zu Robin auf dem schmuddeligen Matratzenlager. Sie schnupperte ein wenig und rümpfte die Nase, und er spürte, dass es nach Moder und feuchten Klamotten roch.

«Ich hab ’ne Weile draußen gewartet», sagte sie. «Um sicherzugehen, dass du allein bist.»

«Jetzt weißt du es ja und kannst wieder abhauen.»

Linda tat so, als höre sie ihn nicht. Sie setzte sich vorsichtig auf die Kante eines umgedrehten Bierkastens und wickelte sich das lange feuchte Halstuch ab.

«Bist du schwer von Begriff?»

«Ich friere …»

Sie schob den Kasten näher zum Ofen heran, kauerte sich zusammen und rieb sich die Außenseite ihrer Arme.

«Kann ich auch ’ne Decke haben?»

Als er nicht antwortete, griff sie sich einen schmutzigen Überwurf aus dem Stapel.

«Kannst du nicht noch etwas mehr Holz drauflegen?»

Widerwillig setzte er sich, immer noch in die Decken gehüllt, auf und schob ein paar Holzscheite in den Kaminofen, bevor er wieder auf die Matratze hinuntersank. Sie musste kichern, und er spürte ein spöttisches Aufleuchten in ihren Augen.

«Du siehst aus wie ’n Mönch.»

«Ist mir doch egal!»

Er schielte zu seinen Hosen rüber, die er zum Trocknen aufgehängt hatte, und überlegte, wie schnell es ihm gelingen würde, sich aus den Decken zu schälen und sie überzustreifen, ohne sich lächerlich zu machen. Aus der Decke, in die Linda sich gehüllt hatte, ragten nur ihre Augen und die Nase heraus. Sie lehnte sich an den Ofen und sah plötzlich total ernst aus.

«Ich wollte dir etwas erklären», sagte sie.

Robin antwortete nicht.

«Meine Mutter ist völlig durchgedreht, als sie all das Blut sah. Sie schrie herum und faselte etwas davon, dass ich vergewaltigt worden bin. Und dass du mir ’n Kind gemacht hast. Ich hab überhaupt nichts kapiert. Und sobald ich versucht hab, was zu sagen, schrie sie noch lauter. Sie war völlig wahnsinnig, und ich wusste nicht mehr, was ich denken sollte.»

Er schnaubte. «Muss man denn nicht ficken, um schwanger zu werden?»

«Ich hab versucht, ihr zu sagen, dass wir nichts gemacht haben. Dass wir uns nur mit Kissen beworfen haben. Aber sie hat ja nicht zugehört. Tja, und dann hat sie 'n bisschen von dem Gras in der Kommode gefunden. Du hättest sie sehen sollen. Sie hat sich wie 'n Monster gebärdet. Als ich zurückschrie, wurde es nur noch schlimmer. Schließlich hat sie mir eine Ohrfeige gegeben und mich eingeschlossen. Ich war total baff.»

Robin steckte ein weiteres Holzscheit in den Ofen und schob es mit einem kleinen Holzstab weiter hinein. Aus dem Augenwinkel sah er, dass Linda ihn beobachtete. Er genoss gewissermaßen ihre Unruhe.

«Und dann bin ich krank geworden», sagte sie. «Ich bin eingeschlafen, und als ich wieder aufwachte, hatte ich extrem hohes Fieber. Alles um mich herum drehte sich. Ich musste mich übergeben, und meine Mutter schrie, dass ich drogenabhängig und schwanger sei. Mir war so schwindelig. Es war total furchtbar. Als die Bullen mich vernehmen wollten, war ich völlig weggetreten. Kapierte überhaupt nicht, wovon sie redeten, während meine Mutter die ganze Zeit blöd rumquatschte. Ich weiß gar nicht mehr, was ich den Bullen gesagt hab. Ich wollte einfach nur, dass sie wieder gingen.»

Er warf den Rest des angebrannten Holzstabs ins Feuer und schaute sie an. In den schmuddeligen Überwurf gehüllt, sah Linda keineswegs so selbstsicher aus wie sonst. Auf ihrer Wange glitzerte es feucht. Vielleicht waren es Regentropfen, die sie nicht weggewischt hatte.

«Sie wird mich bestimmt zwingen, ’nen Schwangerschaftstest zu machen. Sie ist nämlich immer noch stinksauer.»

«Auf dich? Wenn, dann muss sie doch eher sauer auf mich sein. Ich meine, wenn sie glaubt, dass ich dich vergewaltigt habe.»

«Ich weiß, es ist ziemlich merkwürdig. Und so verdammt ungerecht.»

Linda schniefte und wischte sich mit der Handfläche das Feuchte von den Wangen.

«Gestern waren die Bullen schon wieder bei uns. Die Frau, die aussieht wie ’ne Chinesin, meinte, dass sie mit mir reden wollte, jetzt, wo ich die Grippe hinter mir hätte. Ich hab ihr alles genau so gesagt, wie es war. Dann hab ich gehört, wie sie in einem anderen Zimmer mit meiner Mutter geschimpft haben. Die Bullen waren offenbar ziemlich sauer auf sie. Als sie weg waren, sah sie total fertig aus. Verdammte Hexe!»

Linda seufzte tief. Eine ganze Weile saßen sie beide schweigend da und lauschten dem Sturm, der in den Bäumen vor der Hütte wütete und von Zeit zu Zeit Luft in den Schornstein blies, sodass es im Ofen aufflammte. Es war dunkel geworden. Der Regen hatte wieder zugenommen und trommelte nun laut gegen das Fenster. An der einen Giebelseite fielen schwere Tropfen von der Decke und landeten mit einem trostlosen Platschen in einem Blecheimer, der bereits mehr als halb voll war.

«Ich überlege, ob ich zurück nach Afrika ziehen soll», sagte Linda. «Zu meiner leiblichen Mutter nach Hause. Grace. Ich kann bestimmt bei ihr wohnen.»

«Ist es dort nicht ganz ärmlich? Mit Hungersnot und so?»

Sie zuckte trotzig mit den Achseln.

«Man kann dort auf jeden Fall billig leben. Es ist jedenfalls tausendmal besser als das Irrenhaus, in dem ich jetzt wohne. Und warm ist es auch. In Afrika, meine ich.»

Robin stellte sich Afrika vor seinem inneren Auge vor. Er sah wilde Krieger mit Federschmuck, Speeren und Schilden, die rot und grün bemalt waren. Löwen in der Savanne. Fernsehbilder von aufgebrachten schwarzen Männern, die zusammengedrängt auf der Ladefläche von Kleinlastern auf staubigen Straßen hockten, herumbrüllten und mit ihren Maschinengewehren in die Luft schossen. Kinder mit Hungerbäuchen. Er nahm einen neuen Holzstab und stocherte damit im Ofen herum. Aus dem Augenwinkel sah er, dass sie auf seine Hand schaute.

«Es war Kenny», gestand er mit finsterer Miene. «Er ist 'n Schwein. Wollte vor den anderen mit seinem verdammten Stilett angeben. Und hat es mir dann in den Daumen gerammt.»

Sie folgte seinem Blick zur hölzernen Tischplatte.

«Dort?»

Er nickte. «Deshalb hab ich alles in deinem Zimmer mit Blut beschmiert. Ohne es zu merken.»

Plötzlich stand sie von ihrem Bierkasten auf und setzte sich zu ihm auf den Rand der Matratze. Sie ergriff seine Hand und betrachtete den Schorf, genau wie sie es zuvor schon einmal getan hatte. Ihre Fingerspitzen fühlten sich leicht wie Schmetterlinge an. Ihre Fingernägel waren rosafarben und kurz, als würde sie regelmäßig auf ihnen herumkauen. Robin betrachtete seine eigene Hand. Sie war so plump und unförmig. Von dreckigen Rissen durchzogen. Und mit schwarzen Rändern unter den Fingernägeln. Eine Kriegerhand, dachte er. Eine Hand, die lediglich zerstören und Schmerzen zufügen kann.

Langsam drückte sie ihre Lippen darauf. Eine warme Welle erfasste Robins Körper.

Dann nahm sie seine Hand, lockerte ein wenig die Decke um ihren Körper und führte seine verletzten Finger in die

Wärme. Ihre Brüste waren klein und weich wie schlafende Kaninchenjunge. Sie schaute ihm tief in die Augen, und Robin spürte, wie die Welt um ihn herum sich zu drehen begann.

Das Geräusch eines knatternden Motorrads ließ sie beide erstarren. Robin zog seine Hand zurück, als hätte er sich an ihr verbrannt.

Sie sahen einander erschrocken an.

Dann hörten sie weitere Mopeds und Stimmen, die sich etwas zuriefen. Kurz darauf schienen die Lichter von Scheinwerfern durch das Fenster neben der Tür herein. Robin sah, wie es in Lindas weit aufgerissenen Augen aufblitzte. Sie waren bereits dicht vor der Hütte.

Kenny!, fuhr es Robin durch den Kopf. Kenny und sein Schießtraining. Es war ja Freitag und bestimmt schon nach sechs Uhr. Draußen näherten sich heulende Motoren und über den lehmigen Boden schlingernde Reifen.

Sie fuhren beide hoch und warfen die Decken zur Seite. In Sekundenschnelle hatte Robin seine dampfenden Klamotten an sich gerissen und Jeans und Pulli angezogen. Es brannte am Rücken und an den Oberschenkeln.

«Wer ist das?», flüsterte Linda.

Noch bevor Robin antworten konnte, waren die Stimmen wieder zu hören, jetzt schon etwas näher. Er hielt den Finger vor den Mund.

«In der Hütte ist wer!», schrie jemand.

«Das ist Robin. Da steht doch sein Drahtesel.»

«Aber da ist noch jemand.»

Die Stimmen verstummten wieder. Die Motoren wurden einer nach dem anderen abgeschaltet. Doch der Sturm wütete bedrohlicher als zuvor und peitschte den Regen wütend gegen die kleine Hütte auf der Lichtung.

«Ich weiß, wer es ist. Ich kenne dieses affige Fahrrad.»

Das war Jocke, der gehässige kleine Scheißer. Er klang erwartungsvoll, schrill und blutrünstig wie immer.

«Es ist die Negerpuppe. Die geht in Robins Klasse. Ich hab sie in der Schule miteinander quatschen sehen.»

«Schnell!», zischte Robin. Er nickte in Richtung des Fensters auf der Rückseite und spürte, wie er in Panik geriet. «Wir müssen raus!»

Linda starrte ihn mit offenem Mund an.

«Kapierst du denn nicht?! Die schlagen uns tot. Wir müssen raus!»

Er schaute sich verzweifelt um. Das Fenster war klein und saß ein Stück weiter oben an der Wand. Hoffentlich klemmt es nicht, dachte er, griff sich die blutbeschmierte Holzplanke und stellte zwei Bierkästen hochkant. Dann zog er Linda am Handgelenk.

«Hoch jetzt!»

Er musste sich fest gegen das Fenster stemmen, um es aufzubekommen, und es gelang ihm im letzten Moment, es festzuhalten, bevor der Wind es erfassen und gegen die Außenwand knallen konnte.

«Ich heb dich an den Beinen hoch.»

Ohne zu zögern, griff er Lindas Oberschenkel und hievte sie nach oben, während sie Kopf und Oberkörper hinausschob. Schließlich spürte er ihre Gummisohlen auf seinen Schultern, dann einen letzten Abdruck mit dem Fuß, der an seiner Wange vorbeischrammte, und dann war sie draußen.

«Robin, du Verräter!», brüllte jemand draußen vor der Tür.

Mit einer extremen Kraftanstrengung zog er sich zum Fensterbrett hoch und schob Kopf und Schultern durch die kleine Öffnung. Ich bleib hängen!, dachte er. Für einen Augenblick hing er hilflos halb draußen in der Dunkelheit, während seine Beine drinnen nach einem Halt suchten, an dem er sich abstoßen konnte. Dann gelang es ihm, sich hinauszumanövrieren, woraufhin er haltlos zu Boden fiel. Als er landete, fühlte es sich an, als verpasse ihm jemand einen gewaltsamen Tritt zwischen die Schulterblätter, sodass ihm die Luft aus den Lungen gepresst wurde.

Es war vollkommen dunkel um ihn herum. Er tastete sich mit den Händen im hohen feuchten Gras vor. Morsches Holz. Ein Baumstumpf. Ich muss mit dem Rücken draufgeknallt sein, als ich auf den Boden gefallen bin, dachte er. Hoffentlich hab ich mir nichts gebrochen. Er blinzelte und hörte, wie es in seiner Luftröhre pfiff, als er versuchte, wieder auf die Füße zu kommen. Dann spürte er ihre Hand um seinen Arm.

«Komm!»

In diesem Moment erfolgte eine ohrenbetäubende Explosion und kurz darauf eine weitere. Ein Blitz, war sein erster Gedanke. Dann begriff er. Die Schrotflinte! Der Idiot hatte in der Hütte mit der Schrotflinte geschossen.

«Sie sind durchs Fenster abgehauen!», rief jemand.

«Ihnen nach! Los, beeilt euch!»

Sie hörten Schritte, die sich auf dem feuchten Waldboden näherten. Das Schnaufen junger Männer, die Blut witterten. Hitzige Rufe, die durch die Nacht schallten.

«Lauf weg!»

Mit klopfendem Herzen stürzten sich Robin und Linda in die Dunkelheit. Sie rannten wie blind durch den Wald, nicht nur von Kenny und seiner Bande gejagt, sondern ebenso von allen möglichen Dämonen, die ihre Klauen nach ihnen ausstreckten, um sie zu fangen. Der Sturm heulte schlimmer als tausend Wölfe über ihre Köpfe hinweg. Hinterhältiges Gestrüpp peitschte ihnen ins Gesicht. Sie sprangen über böswillige Schlingpflanzen, die nach ihren Füßen griffen, und spitze

Zweige, die sie aufzuspießen drohten. Sie kämpften sich gegen alle finsteren Mächte weiter durch die Nacht, durch stachelige Dornenhecken und tiefen Morast hindurch, glitschige Hänge hinauf und an scharfen Felskanten entlang, bis sie ermattet in das dunkle Loch eines entwurzelten Baumes hinabrutschten, dessen gekapptes Wurzelwerk in alle Richtungen abstand wie die Beine einer Riesenspinne, die gerade ein paar Insekten in ihrem Netz gefangen hatte.

Sie blieben still in der Dunkelheit liegen und horchten.

Keuchend. Mit Lehm bespritzt. Und mit laut pochenden Herzen, die ihnen vor Angst schmerzten.

Weit entfernt hörten sie jemanden wie einen brünstigen Stier durch den Sturm hindurch brüllen.

«Robin, du verdammter Negerficker! Verräter! Ich werd dich bis in die Hölle verfolgen. Du wirst sterben!»

Dann dröhnten zwei weitere Schüsse wie Donner aus dem schwarzen Himmel durch die Nacht.

Die Müdigkeit schlich sich langsam an wie ein trügerischer Schmeichler, der einem ins Ohr flüstert: Ihr seid erschöpft. Schlaft nur. Morgen wird alles gut werden.

Sie lagen eine halbe Ewigkeit in dem lehmigen Loch unter dem entwurzelten Baum zusammengekauert. Froren, bis sie schlotterten und spürten, wie ihre Finger und Zehen taub wurden. Hatten gehört, wie sich die Jäger näherten. Und wieder im Wald verschwanden. Um daraufhin, als sie gerade aufatmen wollten, erneut Stimmen zu hören, die durch Sturm und Regen drangen. Zweige, die knackend unter Stiefeln zerbrachen. Flüche. Aufgebrachte Rufe.

Als sie sich schließlich irgendwann trauten, zwischen den erdverkrusteten Wurzeln hindurchzuspähen, sahen sie die Lichtkegel von Taschenlampen vorbeiflackern und Schatten durch die Nacht jagen.

Die Müdigkeit kam wie eine Warnung. Die trügerische Wärme kurz vor der Bewusstlosigkeit.

«Wenn wir jetzt einschlafen, sterben wir», murmelte Linda wie eine Beschwörung. Sie schüttelte Robin am Arm. Er blinzelte und gähnte und war sich nicht im Klaren darüber, wo er sich befand. Als er sich bewegte, stach es in seinem Körper wie von tausend Nadeln.

Sie sahen einander in der Dunkelheit an. Dann krabbelten sie wieder aus dem Schlund der Riesenspinne und streckten vorsichtig ihre schmerzenden Glieder. Sie verschwendeten keinen Gedanken daran, ihre Fahrräder zu holen. Stattdessen machten sie sich zu Fuß auf den Weg durch den Wald. Zweige und Tannennadeln stachen Robin in die nackten Füße. Mehrfach stolperten sie über Baumstümpfe und Wurzelwerk.

Nach einer Weile kamen sie auf einen Schotterweg. Doch sie beschlossen, dem Weg ein Stück entfernt zwischen den Baumstämmen zu folgen. Bald hörten sie knatternde Motorengeräusche. Sie warfen sich im Gebüsch zu Boden und sahen die Scheinwerfer der Motorräder vorbeiziehen.

Die Brücke wagten sie nicht zu überqueren. Als keine Verfolger mehr in Sicht waren, krochen sie unter dem Stacheldraht hindurch und schlichen über die Weideflächen. Sie stiegen im Schutz einiger Pappeln ins Schilf und wateten durch den Fluss. Das Wasser reichte ihnen bis zum Bauch, doch sie waren bereits so durchnässt, dass es keinen Unterschied mehr machte.

Schließlich erklommen sie die bewaldeten Hügel und gelangten auf die Ackerflächen, wo die schwarze Erde an ihren Füßen hängen blieb und jeden Schritt erschwerte. Doch die Landstraße zu nehmen war zu riskant. Es fühlte sich an, als irrten sie stundenlang umher, ohne irgendwelche Orientierungspunkte zu finden. Als endlich die ersten Häuser auftauchten, waren sie todmüde.

Sie trennten sich vor der Villa in Lindesborg, ohne ein Wort zu wechseln. Robin wartete im Birkenwäldchen, bis er sah, wie das Licht in Lindas Zimmer angeschaltet wurde und kurz darauf, nachdem sie ihm vom Fenster aus zugewinkt hatte, wieder erlosch. Dann nahm er das letzte gefährliche Stück bis zu Bubblekings Haus in Angriff.

KAPITEL 21

Das Küchenfenster war hell erleuchtet, während der Morgen bereits dämmerte. Robin hielt völlig durchnässt und mit eiskalten nackten Füßen hinter der Mauer der verlassenen Schmiede inne. Er schlotterte vor Kälte.

Auf der anderen Straßenseite lag das Haus wie eine schemenhafte Burg unter der Kastanie, die lautstark im Wind ächzte. Der Regen hatte nachgelassen, doch der Sturm ließ das Herbstlaub wie Fledermäuse über den Asphalt wirbeln.

Robin spähte erst unruhig zum Nachbarhaus hinüber, dessen Giebel zur Hälfte von einer einsamen Straßenlaterne beleuchtet wurde. Dann die Straße entlang in Richtung Ortsmitte. Keinerlei Lebenszeichen. Es musste inzwischen über eine Stunde her sein, dass er in der Ferne das Rauschen durch die Nacht jagender Motorräder gehört hatte. Vielleicht hatten Kenny und die anderen die Lust verloren und endlich aufgegeben. Oder hatten sie sich etwa ganz in der Nähe versteckt, bereit, sich auf ihn zu werfen, sobald er sich zeigte? Wenn Robin die Ohren spitzte, meinte er jemanden durch die Windböen hindurch rufen zu hören. Jedoch keine Worte; es klang mehr wie eine Art Gesang, dessen Inhalt er nicht deuten konnte.

Er wischte sich mit dem Pulliärmel den Rotz und die Lehmspritzer aus dem Gesicht und blickte erneut zum Haus auf der anderen Straßenseite hinüber. In der Küche bewegte sich ein Schatten. Was machte Rolle nur mitten in der Nacht dort?

Auf kraftlosen Beinen, die vor Müdigkeit schmerzten, rannte er über die Straße, schob die Gartenpforte auf und tapste über den scharfkantigen Kies. Übersprang die unterste Stufe der Steintreppe mit einem großen Satz, bevor er die Tür aufriss. Dann war er drinnen. Er schloss rasch hinter sich ab.

Rolle stand im Flur und starrte ihn mit offenem Mund an, als hätte er gerade einen Toten erblickt, der aus seinem eigenen Grab herausgekrochen kam.

«Danke, guter Gott!», murmelte er erleichtert.

Dann breitete er seine fleischigen Arme aus und umfing Robin in einer warmherzigen innigen Umarmung, die irgendwie nach Mehl roch.

Eine ganze Weile stand Robin so da, nicht in der Lage, sich zu bewegen. Als er spürte, dass die Luft in seinen Lungen langsam knapp wurde, wand er sich vorsichtig aus Rolles Griff. Ein Kitzeln in seinen Nasenlöchern brachte ihn zum Niesen. Rolles rotkariertes Flanellhemd war mit einem weißen Schleier bedeckt. Bei der geringsten Bewegung rieselte etwas Mehlstaub von seinem Bauch herab und legte sich in kleinen Flocken auf den Flurteppich. Seine Augen leuchteten vor Glück, oder vielleicht war es auch nur der Alkoholrausch. In der einen Hand hielt er etwas, was wie ein Teigklumpen aussah. Mit einer mechanischen Bewegung führte er ihn zum Mund, biss ein Stück ab, kaute und schluckte es hinunter.

«Ich habe mir solche Sorgen gemacht», brachte er rührselig hervor. «Und als du nicht kamst, musste ich anfangen zu backen.»

«Backen?»

«Ja, Pfefferkuchen. Es ist doch bald Weihnachten. Jedenfalls in ein paar Monaten.»

In dem Moment drang ein anderer Geruch durch den Duft nach Mehl und Rolles Körperausdünstungen hindurch. Sie nahmen ihn beide gleichzeitig wahr und schnupperten. Es roch irgendwie angebrannt. Aus der Küche schlängelte sich ein dünner grauer Rauchschleier in den Flur heraus.

«Nicht schon wieder!», rief Rolle verzweifelt.

In einem Schweinsgalopp, der den Dielenboden im Flur erbeben ließ, stürzte er in die Küche, riss den Backofen auf, aus dem ein gräulich schwarzer Rauch herausströmte, und warf dann das Blech mitsamt den verbrannten Keksen auf den Boden, wo bereits ein ganzer Haufen verkohlter Plätzchenreste lag. Dann stand er mit hängenden Armen da und sah aus, als wisse er nicht recht, ob er lachen oder weinen sollte. Am Ende tat er weder das eine noch das andere. Stattdessen sank er auf einen Küchenstuhl hinunter, zog den Korken aus einer Flasche Explorer, die auf dem Backbrett stand, und kippte den letzten Schluck hinunter.

Nach einer Weile rülpste er und wischte sich den Mund mit dem Handrücken ab.

«Ich mach mir ziemlich viele Gedanken, Robin, verstehst du?», fragte er müde. «Ich denk verdammt viel nach. Und manchmal komm ich dabei natürlich auch auf die verrücktesten Ideen.»

Er kniff seine Lider mehrfach fest zusammen, als hätte er etwas im Auge, und zog dann eine merkwürdige Grimasse.

Robin wusste nicht, was er antworten sollte, also setzte er sich auf einen Stuhl neben dem Ofen, griff sich einen Pfefferkuchen vom Boden und steckte ihn in den Mund. Er schmeckte wie ein Stück Grillkohle. Er stieß ein würgendes Geräusch aus und spuckte einen schwarzen Brei in seine Handfläche. Sah sich um und ließ die Pampe neben einem aufgerissenen Paket Weizenmehl auf den Tisch gleiten.

Rolle betrachtete zuerst Robins lehmverschmierte Füße, bevor er hastig aus dem Fenster schaute und schließlich sein schmutziges verschrammtes Gesicht in Augenschein nahm.

«Was ist eigentlich passiert?»

«Ach, da waren nur 'n paar Typen, die mich verfolgt haben.»

«Und wer?»

Robin zog geräuschvoll die Nase hoch.

«Niemand, den ich kenne ...»

«Und wieso haben sie dich verfolgt?»

«Keine Ahnung ...»

«Natürlich weißt du das.»

«Die waren wohl sauer auf mich. Was weiß ich.»

Er rutschte mit dem Stuhl etwas näher an den offenen Backofen heran. Er wärmte angenehm den Rücken. Rolle stellte die leere Schnapsflasche ab und fischte ein Stanniolkärtchen mit grünen Tabletten aus seiner Brusttasche. Er drückte zwei Pillen heraus und warf sie sich mit einer raschen Handbewegung in den Rachen.

«Für die Nerven. Nichts Besonderes», beruhigte er Robin.

Beide hockten unschlüssig auf ihren Küchenstühlen und schauten aneinander vorbei. Robin betrachtete den einsamen Kaktus auf der Fensterbank. Er war grau und vertrocknet, sah beinahe aus wie versteinert. Doch ganz hinten an einem seiner dornigen Zweige leuchtete eine kleine rote Blüte wie ein Blutstropfen. Vor dem Fenster hatte die Dämmerung inzwischen einen helleren Grauton angenommen, und irgendwo in der Ferne meinte Robin erneut das Brummen eines Motorrads zu hören. Als er gerade nach oben ins Bett gehen wollte, legte Rolle ihm schwer die Hand auf die Schulter.

«Es waren diese Nazis, oder?»

Robin zuckte zusammen und fühlte sich ertappt. Rolle fixierte ihn durch seinen Rausch hindurch mit erstaunlicher Schonungslosigkeit.

«Welche Nazis?»

«Du weißt genau, wen ich meine ...»

«Nee.»

«Du warst neulich Nacht dabei, nicht wahr?»

«In welcher Nacht denn?», fauchte Robin.

Rolle verzog erneut das Gesicht und griff sich unvermittelt an den Bauch. Erst jetzt sah Robin, dass sein Gesicht hinter den Mehlflecken aschfahl war. Die Tränensäcke unter seinen Augen waren schweißnass. Was waren das eigentlich für Tabletten, die er andauernd schluckte? Er sah ja schon fast wie 'n Junkie aus.

«Glaubst du etwa, dass ich dich nicht durchschaue?», fragte Rolle. «Mike kannst du vielleicht täuschen. Er denkt nicht so genau nach. Jedenfalls nicht mit dem, was er zwischen den Ohren sitzen hat. Aber ich mach mir 'ne Menge Gedanken. Nicht so wie andere. Manchmal liege ich auch daneben, ich weiß. So geht es eben im Leben. Aber manchmal sind meine Schlussfolgerungen messerscharf. Ich versuche, logisch zu denken. Höre genau zu. Beobachte. Zähle eins und eins zusammen. Und plötzlich begreift man so manches. Zum Beispiel, dass es diese Rassistenschweine waren, zu denen du Kontakt hast, die dich heute Nacht verfolgt haben.»

Robin schnaubte verächtlich.

«Bild dir ja nicht ein, dass du mein Vater wärst», brummte er.

«Ich hätte dich schon warnen sollen, als ich diesen Journalisten hier auf der Treppe stehen und dir drohen sah», sagte Rolle. «Halt dich bloß fern von diesen Idioten. Das rate ich dir jedenfalls.»

Der nasse Pulli kratzte an seinem Hals. Seine Hosen klebten an den Oberschenkeln. Robin wand sich. Die Müdigkeit verursachte ihm ein Kribbeln im ganzen Körper. Am liebsten wäre er sofort nach oben in sein Zimmer gestürmt, hätte sich die Kleider vom Leib gerissen, die Decke über den

Kopf gezogen und nur noch geschlafen. Doch irgendetwas an Rolles Blick hielt ihn zurück. An seiner Art, sich gewissermaßen an seinen Augen festzusaugen und direkt bis ins Gehirn vorzudringen. Robin spürte, wie ihn so langsam die letzten Kräfte verließen.

«Es war Kenny», murmelte er. «Er … Wir wollten den Kanaken ’n bisschen Angst einjagen. Den Arabern und Jugos. Was haben die denn auch hier zu suchen? Sie nehmen uns nur die Jobs weg und machen mit allen möglichen Bräuten rum. Mike hasst sie genauso.»

«Wie kommst du denn darauf?»

Mit einem Mal war Rolles Stimme messerscharf. In seinem für gewöhnlich heiter dreinblickenden Froschgesicht tauchte ein Ausdruck auf, den Robin nicht wiedererkannte.

«Er hat es selber gesagt!»

«Hat er das?»

«Ich glaube schon …»

«Du glaubst?»

«Einmal hat er jedenfalls ’nen Araber im Knast verprügelt.»

Robin bemühte sich, eine trotzige Miene aufzusetzen, doch es gelang ihm nicht recht. Er sah an Rolles Blick, dass der nicht überzeugt war. Warum glotzte er nur wie ’n verdammter Fernsehpsychologe? Herr Doktor Oberschlau. Sein Doppelkinn wippte auf und ab, als er den Kopf bewegte.

«Man kann so einiges über deinen Vater sagen. Aber ein Rassist ist er nicht. Entweder mag Mike die Leute. Oder er mag sie nicht. Und dann spielt es keine Rolle, ob der Betreffende aus Somalia oder aus Sjöbo kommt. Dieser Araber, dem er damals die Fresse poliert hat, muss also irgendwelchen Mist verbockt haben.»

«Und woher weißt du das?»

«Weil ich Mike schon ein ganzes Leben lang kenne, verdammt!» Rolle fuhr plötzlich so heftig von seinem Stuhl hoch, dass der zu Boden fiel.

Von neuer Energie erfüllt, begann er zwischen Küchentür und Fenster hin- und herzuschreiten, während er mit den Armen wild gestikulierte.

«Mike hasst Tyrannen. Schweine, die versuchen, die Leute zu schikanieren. Rassisten, Faschisten. Nazis. Fein säuberlich geschniegelte Oberklassesnobs, die meinen, dass ihnen die Welt gehört. Klar, oft bringen ihn schon Kleinigkeiten auf die Palme. Er rastet oft aus. Diese Launenhaftigkeit hast du übrigens von ihm geerbt. Manchmal kommt es zu einer Art Kurzschluss in seinem Hirn. Aber du kannst hundert Prozent sicher sein, dass Mike total darauf pfeift, ob jemand braun, gelb oder 'n Bleichgesicht mit rotgeränderten Augen aus Tomelilla ist.»

Dann hielt er inne, als wäre ihm plötzlich etwas eingefallen.

«Dein Vater war übrigens mein Schutzengel.»

Robin sah ihn verständnislos an.

«Engel, Mike? Wovon redest du eigentlich?»

Mit einem Stöhnen beugte sich Rolle zum Fußboden hinunter und hob den Stuhl wieder auf. Er ließ sich schwer auf die Sitzfläche fallen. Kratzte sich eine Weile an der Kopfhaut unter seinen spärlichen fettigen Haarsträhnen und schlug sich dann mit der Handfläche ein paar Mal fest gegen die Stirn, als wolle er seine Hirnzellen etwas ankurbeln.

«Was glaubst du?», begann er und verschränkte die Arme vor der Brust. «Wie war es wohl für einen dummen Esel wie mich, in einem Kaff wie diesem aufzuwachsen? Einen nervösen, nach Schweiß stinkenden Fettklops? Da war mein sadistisch veranlagter Vater weiß Gott nicht der Einzige, der mich fertigmachen wollte, das kann ich dir versichern.»

Rolles Blick verdunkelte sich, und er wirkte leicht abwesend, als suche er nach einer Erinnerung aus der Vergangenheit.

«Für zwei fiese Idioten in der Schule war es regelrecht ein Hobby, mich zu quälen. Ich hatte entsetzliche Angst vor ihnen. Und ich hab immer den Schwanz eingezogen, wie Mike es ausdrücken würde. Das Schlimmste war, dass ich nie wusste, wann ich nur ’ne Ohrfeige bekommen oder gar auf dem Klo eingeschlossen werden würde. Oder feststellen musste, dass jemand in meine Schultasche gepisst hatte. Immer wenn die Jungs nichts anderes zu tun hatten, konnten sie mich nach Belieben schikanieren. Ich wurde so ’ne Art Zeitvertreib für sie. Statt Fliegen die Flügel auszureißen, sozusagen. Die anderen in der Klasse lachten jedes Mal. Beim Sport war es am schlimmsten. Was habe ich Böcke und Barren gehasst. Und danach haben die lieben braven Jungs immer ihre Handtücher in der Dusche nass gemacht und zu Peitschen zusammengerollt. Es hat auf der Haut wie verrückt gebrannt. Und der Sportlehrer wusste davon. Er war ein ehemaliger Offizier aus dem Regiment in Ystad. Nathanson hieß er, obwohl ihn die meisten Satanson nannten, wenn er es nicht hörte. Donnerklops rief er mich, wenn er gute Laune hatte. Hopp, über den Bock! Obwohl er wusste, dass es unmöglich war. Jede Stunde beendete er damit, dass er alle Schüler in die Dusche kommandierte. Dann grinste er hämisch und sagte: ‹Und seht zu, Jungs, dass Roland sich nicht drückt!›»

Rolle lächelte wehmütig.

«Mike war derjenige, der dafür gesorgt hat, dass es aufhörte.»

«Wie denn das?»

Als Robin sah, wie Rolle die Stirn runzelte und in seiner Erinnerung kramte, erfasste ihn eine kribbelnde Neugier.

«Irgendwann lag ich ein paar Tage zu Hause im Bett und gab vor, krank zu sein. Mike und ich gingen damals noch nicht in dieselbe Klasse, aber in einem Anflug von Schwäche hab ich ihm von meinen Plagegeistern erzählt. Als ich danach wieder in die Schule kam, waren diese beiden Schweine die Ersten, denen ich begegnete. Was hab ich gelacht! Der eine hatte ein dickes Pflaster über der Nase. Der andere ein zugeschwollenes Auge, das vollkommen grün und blau war. Sie glotzten mich an, sagten aber kein Wort. Nach diesem Zwischenfall war Nathanson übrigens fromm wie ein Lamm.»

«Was ist denn mit ihm passiert?»

Rolles Blick wurde etwas unsicher. Er stockte eine Sekunde. Dann befeuchtete er sich mit der Zunge die Lippen.

«Mike hat es mir erzählt», sagte er zögerlich. «Aber ich weiß nicht recht, ob es stimmt. Du musst wissen, dass er einen Lieblingsfilm hatte. Der Pate. Wir hatten ihn bestimmt tausendmal gesehen. Mike hat sich immer mit diesen Mafiatypen identifiziert. Familie Corleone, du weißt schon. Und Nathanson besaß einen Hund, den er liebte. Einen alten Labrador. Als ich Mike fragte, was denn mit dem Kerl passiert sei, tat er irgendwie geheimnisvoll. *I gave him an offer he couldn't refuse*, sagte er nur. Er konnte ziemlich viele markige Filmdialoge auswendig. Ich erinnere mich noch daran, wie er grinste. Und dann sagte er: Satanson hat diesmal nicht bei seinen Fischen geschlafen. Er hat mit seinem Hund geschlafen. Mike hat behauptet, er hätte dem Retriever den Kopf abgetrennt und ihn dem gehässigen Kerl unter die Bettdecke gesteckt.»

Robin lief ein Schauer über den Rücken.

«Ist das wahr?»

Er drehte sich rasch um und schloss die Backofentür. Rolle blickte ihn unruhig an.

«Ich wurde, ehrlich gesagt, nicht ganz schlau daraus», antwortete er nachdenklich. «Mike hatte eigentlich gar nichts für Messer übrig. Aber bei ihm weiß man nie. Als ich ihn eine

Woche später noch einmal fragte, hat er 'ne andere Story erzählt. Da meinte er, dass er Nathanson an dem besagten Abend lediglich aufgesucht, gegen eine Hauswand gepresst und ihm gedroht hätte, ihm die Nase plattzumachen, wenn er nicht aufhören würde, mich zu schikanieren. Wie auch immer, Nathanson verließ kurz darauf die Schule. Er bekam wohl 'ne Stelle in Ystad. Und was mich betrifft, tja, all das passierte, kurz bevor mich mein Vater ins Irrenhaus gesteckt hat.»

«Ins Irrenhaus? Ich wusste gar nicht ...»

Robin wurde immer verwirrter. Er musste an das Voodoo denken. Stimmte es etwa, was Rolle erzählt hatte? Oder verarschte er ihn nur? Jedenfalls verzog er keine Miene.

«Nach Sankt Lars in Lund. Mein Vater hat gehofft, dass mit Hilfe von Elektroschocks und Medikamenten ein richtiger Kerl aus seinem Sohn würde. Möge er in seinem Grab verrotten. Aber das ist eine andere Geschichte.»

Irgendetwas prallte gegen die Fensterscheibe und ließ die beiden zusammenfahren. Es musste ein Zweig gewesen sein, den der Wind von der Kastanie gerissen hatte. Die Äste da draußen schwankten bedenklich, während ein neuer Morgen anbrach.

«Wir haben uns danach immer wieder längere Zeit nicht gesehen», sagte Rolle. «Mike ist erst in diversen Heimen gewesen. Und dann wohnte er in Malmö. Wo er unter anderem diese Frau traf, die ... deine Mutter wurde.»

Robin verspürte einen Stich in seiner Brust.

«Bist du ihr mal begegnet?»

Rolle schüttelte den Kopf.

«Mike war hier und hat mir erzählt, dass er Vater werden würde. Er war stolz wie Oskar. Aber ich hab auch damals schon nicht gern mein Haus verlassen. Und sie ... deine Mutter kam nie hierher.»

Plötzlich war es, als sähe Robin sie vor sich. Ein Gesicht, das wie eine helle freundliche Wolke über ihm schwebt. Ihre Augen lächeln, und er erahnt ein paar winzige Falten um ihren Mund herum. Ihr Gesicht ist von goldfarbenem Haar eingerahmt, das in der Sonne glitzert. Er liegt in ihren Armen. Hört sie atmen. Spürt ihr Herz schlagen, ganz nah. Ihre Körperwärme lässt ihn schläfrig werden. Ihre Haut duftet.

Aber das ist doch unmöglich, dachte er. Ich war ja erst ein paar Monate alt, als sie verschwand. Er schüttelte seine Sehnsucht ab.

«Hat er denn irgendwas von ihr erzählt?»

«Nie.»

«Ach Scheiße nochmal ...»

«Denkst du oft an sie?», fragte Rolle mild.

«Nein, sie ist mir ziemlich egal. Ich war ihr ja auch egal. Eigentlich gut, dass sie abgehauen ist.»

Er schnappte sich die Rolle Haushaltspapier vom Tisch, riss ein Blatt ab und schnäuzte sich.

«Mike ist auch so 'n Drückeberger ...»

Er reichte Rolle die Papierrolle, der ebenfalls ein Blatt abriss und geräuschvoll hineinschnaubte, während er mit feuchten Augen blinzelte.

«Die Sache ist folgende, Robin. Es gibt schlechte Väter. Vielleicht gar nicht mal so viele. Aber immerhin einige. Mein Vater war definitiv einer. Vielleicht Mikes auch, ich weiß es nicht genau. Und dann gibt es all die anderen. Diejenigen, die versuchen, so gut wie möglich zu sein. Und so ein Vater ist Mike.»

Es wurde still. Das Tropfen des Wasserhahns kam ihm plötzlich extrem laut vor. In der bräunlichen Brühe, die bis zum Rand in der Spüle stand, schwammen ein paar aufgedunsene Pfefferkuchen. Rolle stand mit einem Ächzen auf und drehte den Hahn zu.

«Es geschah übrigens noch öfter. Später im Leben. Dass Leute versuchten, mir das Leben schwer zu machen. Und Mike hat es früher oder später immer mitgekriegt. Ich glaube, er hat so manchen sadistischen Typen übel mitgespielt. Und irgendwann hatte es sich wohl herumgesprochen. Keiner traute sich mehr, mich zu schikanieren. Nicht einmal, wenn Mike nicht in der Nähe war. Die Leute wussten, dass er ihnen früher oder später nachstellen würde.»

In Robins Magen breitete sich ein merkwürdiges Gefühl aus. Vor seinem inneren Auge sah er Mike auf sich zukommen. Herzlich lachend. Er spürte zwei starke Arme, die ihn umfassten und in die Luft hochwarfen. Dann schwebte er, schwerelos, bevor er wieder herunterfiel und ihn jemand nach einem Purzelbaum auffing, der ihm ein Kribbeln im Magen verursachte. Und dann landete er auf dem Boden, ohne zu wissen, wie es zugegangen war. Mike boxte ihn liebevoll in die Schulter. Plötzlich schob sich etwas Schwarzes vor sein Gesicht und verdeckte seinen Blick. Und da war diese stahlharte große Faust, mit abgeschrammten, rissigen Knöcheln. Mit einem Mal war Mike weit, weit weg.

«Es gibt Leute, die behaupten, dass dein Vater geradewegs aus der Hölle kommt», sagte Rolle. «Aber für mich war er immer ein Engel.»

Dann schaute er aus dem Fenster, als suche er nach etwas. Als er sich wieder umdrehte, erblickte Robin eine tiefe Sorgenfalte zwischen seinen Augen.

«Irgendwann möchte ich das alles zurückgeben. Ein einziges Mal nur möchte ich Mikes Schutzengel sein.»

KAPITEL 22

In der schwarzen unendlichen Nacht riss die Dünung am Schiff, und allmählich schaukelte ihn das Meer in einen Dämmerzustand. Mike kauerte sich wie ein Embryo im Bauch seiner Mutter in der Koje zusammen und fiel, von allen Grausamkeiten des Lebens gejagt, in den Schlaf.

Nach nur einer Stunde wachte er wieder auf. Der Sauerstoff in der Kabine war verbraucht. Schweißgebadet rang er nach Luft. Das Bettzeug klebte an seinem Körper wie Algen, die ihn in die Tiefe hinabzogen. Mit dem Gefühl, in der Dunkelheit zu ertrinken, begann er wild um sich zu treten.

Endlich frei!

Vorsichtig stellte er die Füße auf den Boden. Doch im selben Augenblick wurde der Rumpf der Fähre von einer neuen Welle erfasst, sodass Mike die Balance verlor und gegen die Wand taumelte. Es brannte heftig in der Schulter, als er aufprallte.

«Au, verdammt nochmal!», jaulte er in seiner Einsamkeit laut auf.

Er suchte mit den Händen nach Halt. Wo zum Teufel geht denn nur das Licht an?, fuhr es ihm durch den Kopf. Der Gestank nach Diesel drehte ihm den Magen um. Dann fand er die Tür. Vollkommen nackt wankte Mike in den Korridor hinaus und riss verzweifelt an allen Türklinken, bis er eine Toilette fand. Im letzten Augenblick gelang es ihm, den Deckel über dem gelblich braunen Loch zu öffnen, bevor er alles erbrach, was sich in seinem Magen befand.

Eine ganze Weile blieb er völlig erschöpft, mit dem Rücken an den Toilettenstuhl gelehnt, auf dem Boden sitzen. Seine Bauchmuskeln krampften sich immer noch zusammen. Dann spürte er, dass es feucht und kalt unter seinem Hintern war. Er schnupperte vorsichtig. Der Geruch nach Pisse ließ seine Gedärme erneut rumoren. Wie ein gequälter Wurm drehte er sich um und spuckte auch noch das letzte bisschen Galle aus.

Er sank auf dem versifften Stahlfußboden wieder in sich zusammen. In seinem Kopf dröhnte es lauter als im Maschinenraum des Schiffes unter ihm. Die Gedanken rauschten hilflos in seinem Hirn umher. Kurze Bildsequenzen vom vergangenen Abend und der Nacht leuchteten flackernd wie aus einem alten Projektor vor ihm auf: die Wodkakisten ganz hinten auf der Ladefläche des Scania. Er reißt sie in wilder Verzweiflung auf. Schließt sich in seiner Kabine ein und kippt ihren Inhalt gierig herunter. Dann irrt er in den engen Korridoren schwankend umher. Grölend und laut brüllend. Völlig unerwartet befindet sich in seiner Kabine eine Frau. Sie ist groß und dick. Riecht nach gebratenem Fisch. Und sie lacht ihn in einer Sprache an, die er nicht versteht. Dann hat sie plötzlich keine Kleider mehr an. Sie lächelt falsch wie eine Katze und reißt am Gürtel seiner Hose. Dann ist der Film zu Ende, auf der weißen Leinwand knistert es, und der letzte Rest des Filmstreifens saust peitschend auf der Spule des Projektors im Kreis herum.

«Scheiße!», stöhnte Mike und kam auf die Füße hoch.

Die Neonröhren im Korridor verbreiteten ein kaltes graues Licht. Halb blind tastete er sich zurück zu seiner Kabine.

Sein Portemonnaie lag auf dem Fußboden. Es grinste ihn höhnisch an. Er beugte sich mühevoll hinunter und hob es auf. Das Foto von Robin war noch da. Er atmete tief durch. Die Zeitungsanzeige, sein Führerschein und die einzige

Plastikkarte, die er besaß, waren auch noch an ihrem Platz. Doch das Geld war weg. Mit voller Kraft rammte er seine Faust gegen die Kabinenwand und fluchte dann laut über den Schmerz. Unschlüssig sah er sich um. Das Bettzeug lag zerknüllt in seiner Koje. Er griff danach und wischte sich damit den gröbsten Schmutz vom Körper. Zog dann Jeans und Pulli an und nahm die Lederjacke in die Hand. Frische Luft. Ich muss atmen. Muss nachdenken.

Draußen auf dem Deck schlug ihm ein beißend kalter Wind entgegen, die unbändige Stärke des Sturms hatte jedoch nachgelassen. Mike zog sich Jacke und Mütze an.

Ich werd dich umbringen, Boris!, fuhr es ihm durch den Kopf, während er in Richtung Horizont stierte.

Das erste Licht der Dämmerung hatte das Meer grau gefärbt. Der Wind erfasste die Wellenkronen und warf Kaskaden von weißem zischendem Schaum vor sich her. Doch die Fähre teilte die Wassermassen unter sich, ohne zu schwanken, und kämpfte sich langsam durch die Dünung in Richtung Nordwesten. Am Horizont erblickte Mike einen schmalen Küstenstreifen, nicht breiter als ein dunkler Strich. Es würde noch eine ganze Weile dauern, bis sie den Hafen erreichten. Er fröstelte. Zwang sich dazu, tief und gleichmäßig durchzuatmen, in der Hoffnung, dass die Meeresluft seinen aufgewühlten Magen beruhigen würde.

Während er dort stand, kämpfte sich eine Silbermöwe im Gegenwind heran. Lange Zeit flog sie mit flatternden Flügeln parallel zum Schiff, drehte dabei ab und zu den Kopf und kreischte, als frage sie sich, was dort für eine einsame Figur an Deck stand. Dann hockte sie sich direkt neben Mike auf die Reling. Er schaute geradewegs in die kleinen boshaft stierenden Augen des Vogels. Es war, als wollte er ihm etwas mitteilen. Der gelbe Schnabel öffnete sich, doch es kam nicht mehr als ein jämmerliches Piepsen.

«Was willst du, verfluchtes Möwenvieh?», zischte Mike.

Dann blickte er sich verwirrt um. Bin ich etwa kurz davor, verrückt zu werden?, fragte er sich. Ich steh da und spreche mit einem Vogel. Zum Glück bin ich allein. Er spähte wieder in Richtung Küste. Irgendwie muss ich den Alkohol aus dem Körper herausbekommen.

Mit der Silbermöwe als einzigem Zuschauer begann Mike langsam auf der Stelle zu laufen, um seinen Kreislauf in Schwung zu bringen. Nach einer Weile ging er über zu Schattenboxen. Im Knast hatte er mal einige Zeit ziemlich intensiv mit einem Sandsack trainiert. Er ging in Deckung, lancierte einige linke Jabs und setzte dann einen schnellen rechten Haken. Die Bewegungen bewirkten, dass es in seinem Magen wieder zu rumpeln begann, doch er zwang sich dazu, die Übelkeit runterzuschlucken. Langsam fand er in seinen Rhythmus.

Als er merkte, dass die Muskelarbeit den Nebel in seinem Hirn etwas lichtete, erhöhte er das Tempo. Links, links und dann ein Uppercut mit der Rechten. Er ging erneut in Deckung und tänzelte rückwärts. Ließ die Arme demonstrativ etwas herabhängen und öffnete bewusst seine Deckung, wie Muhammad Ali. *Dance like a butterfly, and sting like a bee!* Er grinste seinen Feind giftig an. Spürte ein Rinnsal an Schweißtropfen am Rücken herunterlaufen.

«Boris, du kriecherische falsche Schlange», brummte er zwischen ein paar Boxhieben. «Von wegen seiner Pflicht nachkommen. Sich auf die Leute verlassen können. Ich werd dir, verdammt nochmal, 'ne ganze Pulle von deinem eigenen Wodka in den Arsch rammen!»

Von den eigenen Gedanken angestachelt, sprang er schnaufend in seinem imaginären Boxring herum, während er im Gesicht immer röter wurde. Er ging in Deckung, holte etwas aus und attackierte dann mit einer schnellen Serie linker und rechter Haken. Schließlich versetzte er seinem unsichtbaren Gegner mit der Rechten den tödlichen Stoß.

Die Silbermöwe plierte ihn mit ihrem durchdringenden Blick an.

«Was glotzt du denn so?», keuchte Mike.

Er tänzelte planlos umher und starrte den Vogel an, der dort ohne das geringste Anzeichen von Angst wie ein Offizier auf der Reling hockte.

«Suchst du etwa Streit?»

Ohne Vorwarnung flammte eine neue Welle der Wut in ihm auf, die sich diesmal gegen den Seevogel richtete. Mike ging mit den Fäusten vor dem Gesicht in Deckung. Dann duckte er sich, wich einem unsichtbaren Schlag aus und stürzte auf die Reling zu, während er gegen alle Regeln der Boxkunst mit den Armen wie eine Windmühle im Sturm herumfuchtelte. Die Möwe erkannte die Gefahr in letzter Sekunde. Sie flatterte mit einem herzzerreißenden Schrei auf. Und als sie sich mit ihren Schwingen gerade außerhalb seiner Reichweite in Sicherheit gebracht hatte, sonderte sie aus purem Schrecken einen schwarz-weißen Klecks aus ihrem After ab. Mit einem Klatschen landete er direkt auf Mikes Stirn und glitt von dort aus schmählich in sein Auge hinunter.

Besiegt und erniedrigt gab Mike ein lang gezogenes abgrundtiefes Brüllen von sich, das übers Meer tönte, während die Silbermöwe floh und in der Ferne nur noch als weißer Punkt am Horizont zu sehen war.

Jeglicher Kräfte beraubt, sackte er, mit dem Rücken an die Reling gelehnt, in sich zusammen. Er wischte sich mit dem Ärmel die Vogelscheiße aus dem Gesicht und gab voller Selbstmitleid ein resigniertes Schniefen von sich. Schaute zum Himmel hinauf. Es brannte in seinem Auge, und er blinzelte unter Tränen.

«Warum müssen nur alle und jeder auf dieser verdammten

Erde gegen mich sein?», murmelte er und war kurz davor, loszuheulen.

In dem Moment, wo sein Blick wieder klar wurde, nahm er ein Stück entfernt in einem der Bullaugen in Richtung Achtern einen Schatten wahr. Ein Gesicht. Es war nur ein kurzer Moment. Aber ganz sicher hatte da drinnen jemand gesessen und ihn beobachtet. Mike meinte, die schmale Visage von irgendwoher zu kennen. Es war Jokso, den er gesehen hatte.

Es dröhnte, als die Maschinen unter dem Autodeck den Rückwärtsgang einlegten und die Fähre sich an den Kai heranmanövrierte. Mike umfasste das Lenkrad und spähte durch die Windschutzscheibe in Richtung der Schnauze der Fähre, die sich wie das Maul eines Riesenwals weit geöffnet hatte. Um den Scania herum hustete es auf, als die Motoren angelassen wurden und rote Rücklichter ansprangen. Er drehte den Zündschlüssel im Schloss und wartete. Rüttelte ungeduldig am Schalthebel. Kurbelte die Seitenscheibe herunter. Formte dann seine Hände vor dem Mund zu einem Trichter und atmete den Geruch nach Menthol und altem Suff aus. Von seinem letzten Geld, das er in der Hosentasche fand, hatte er sich eine Tüte Wick Blau gekauft. Aber wenn die Polizei ihn anhielt, würde sie sich kaum täuschen lassen. Im Stillen verfluchte er, dass er alles noch schlimmer gemacht hatte, indem er versuchte, seine Verzweiflung im Alkohol zu ertränken.

Am Morgen war Mike der Gedanke gekommen, den Lastwagen mit Boris' Schmuggelwodka einfach auf dem Schiff stehen zu lassen und zu Fuß an Land zu gehen. Dem Elend zu entfliehen. Doch dann fiel ihm ein, dass er in Klaipeda unter eigenem Namen eingecheckt hatte. Die Polizei würde bestimmt nicht lange brauchen, um den Fahrer des verlassenen Scania ausfindig zu machen.

Jokso hatte er nicht wiedergesehen, obwohl er jeden Winkel der Fähre abgesucht hatte. Vielleicht hatte er sich doch getäuscht. Aber merkwürdig war es schon.

Dann begann der Sattelschlepper vor ihm, sich in Bewegung zu setzen. Mit zitternder Hand schaltete Mike in den ersten Gang und rollte auf die Gangway zu. Ein Einweiser in neongelber Weste winkte ihn ungeduldig weiter. Blickte er nicht ziemlich misstrauisch drein? Mike streckte den Rücken durch und versuchte seinen Blick aufmerksam geradeaus zu richten. Einige Männer in Uniform, die wie Zollbeamte aussahen, standen vor dem Terminal und unterhielten sich. Als Mike sie gerade passiert hatte, brachen sie in lautes Gelächter aus, das ihn erstarren ließ. Aber offensichtlich amüsierten sie sich über etwas anderes. Er schluckte, starrte stur geradeaus und schaffte es ohne irgendwelche Missgeschicke, den Lastwagen aus dem Hafenbereich und auf die E22 hinauszumanövrieren. Erleichtert fuhr er in Richtung Skåne.

Wäre Mike Larsson ein Mann gewesen, der sich durch seine Vernunft hätte leiten lassen, dann hätte er den LKW am Straßenrand geparkt und die ganze Situation noch einmal überdacht. Hätte das Risiko abgewogen, möglicherweise in einer Polizeikontrolle zu landen. Hätte sich in einer Raststätte einen Kaffee gekauft und seinem Körper einige Stunden Zeit gegeben, um den Alkohol aus dem Blut zu spülen. Vielleicht hätte er sogar einen Spaziergang im Herbstwetter gemacht, um seine Lungen durchzupusten.

Hätte Mike kein so hitziges Gemüt gehabt, hätte er schließlich begonnen, mögliche Alternativen abzuwägen. Dass es ihm zu keinem Zeitpunkt in den Sinn kam, zur Polizei zu gehen und Boris anzuzeigen, war im Hinblick auf seine eigenen Erfahrungen mit den Ordnungshütern nicht weiter verwunderlich. Aber warum entledigte er sich des Wodkas nicht einfach in einem Waldstück? An den Lastwagen konnte die Polizei ihn binden. Aber an die Kisten mit Wodka nicht.

Wenn Mike vor lauter Raserei nicht so blind gewesen wäre oder sich nur dieses eine Mal etwas Zeit gelassen hätte, um nachzudenken, hätte er wahrscheinlich einen Blick in den Rückspiegel geworfen und gemerkt, dass ihm bereits die ganze Strecke von Karlshamn aus ein roter Ford Scorpio folgte.

Doch Mike Larsson war nun einmal so, wie er war. Unfähig, das eine gegen das andere abzuwägen. Ein Mann, der von Adrenalin und Testosteron gesteuert wurde. Zwar mit einem großen, weiten Herzen ausgestattet, aber mit einem Hirn, das viel zu übereilt Impulse an den Rest seines Körpers sandte. Nicht, dass er die grundsätzliche Fähigkeit nicht besessen hätte, zu erkennen, wie die Dinge zusammenhingen. Mike war ja nicht dumm. Aber nur allzu oft geschah es, dass die Elektronen in seinen Nervenbahnen unkontrolliert in seinem Rückenmark umherirrten, und wenn sie schließlich doch einmal in seinem Kopf landeten, prallten sie gewissermaßen unmittelbar wieder zurück, bevor es den Hirnzellen gelungen wäre, sie zu einem vernünftigen Gedanken zu formen.

Deshalb trat Mike nun das Gaspedal durch, von einem einzigen sehnlichen Wunsch erfüllt: Boris windelweich zu schlagen, sobald er bei der Schrottfirma in Spjutstorp ankäme. So ein Aas! Hatte Mike ihm nicht extra versichert, wie sehr er sich nach Robin sehnte? Hatte er ihm nicht sein Herz geöffnet und ihm erzählt, wie er jede Nacht im Knast von dem Augenblick geträumt hatte, an dem er endlich frei sein und sich um seinen Sohn kümmern würde? Und dann überredete dieser Idiot ihn, einen LKW, vollgepackt mit Wodka, über die Grenze zu schmuggeln. Mein Gott! Allein die Einsicht, dass er Jahre hinter Gittern verbringen würde, wenn er mit dieser Ladung erwischt würde, machte ihn rasend. Während der graue Asphalt unter dem LKW hindurchrauschte, sah er vor seinem inneren Auge Robin zum Abschied winken, bleich und mit Tränen in den Augen, bevor das schwere Gefängnistor mit einem lauten Knall hinter ihm ins Schloss fiel.

Als Mike durchs Tor der Schrottfirma gebogen kam, stand Boris bereits im Hof und wartete. Er hatte seinen Pelzkragen im Nacken hochgeklappt und die Hände tief in die Taschen geschoben. Unmittelbar hinter ihm scharwenzelte der Dobermann um eine Mülltonne herum. Ansonsten war es still.

Als er Boris erblickte, war Mikes erster Impuls, das Gaspedal durchzutreten und ihn mitsamt seinem Hund einfach umzufahren. Doch im letzten Augenblick besann er sich und stellte sich mit dem Fuß auf die Bremse, sodass der Lastwagen ins Schlingern geriet und die Reifen tiefe Furchen in den Boden gruben. Als er das Fahrzeug zum Stehen brachte, war der Kühlergrill weniger als einen Meter von Boris entfernt. Doch der hatte nicht einmal mit den Wimpern gezuckt.

Mit lautem Gebrüll riss Mike die Tür des Führerhauses auf.

«Boris! Du verdammter Arsch!»

Im Gesicht des anderen zeichnete sich ein Ausdruck von Verwunderung ab. Er breitete die Arme aus, als wolle er einen verlorenen Sohn, der nach Hause zurückgekehrt ist, begrüßen.

«Mike! Alles gut gegangen?»

«Gut gegangen!? Was glaubst du eigentlich? Die gesamte Brigade vom Zoll hätte mir verdammt nochmal mit Blaulicht auf den Fersen sein können!»

Mit ein paar raschen Schritten stapfte Mike durch eine Pfütze, griff sich den Kragenaufschlag von Boris' Lederjacke und drückte ihm seine abgeschrammten Fingerknöchel gegen das Kinn. Mit blutunterlaufenen Stieraugen starrte er seinen Chef an, bereit, ihn jeden Moment zu erschlagen. Der Dobermann knurrte bedrohlich und fletschte die Zähne, hielt sich jedoch zurück, als wäre er sich nicht sicher, was da gerade geschah, und wartete auf eine Order.

Genau in dem Moment, als Mike merkte, wie sich Boris' Blick veränderte, als das irritierende Grinsen in seinem fleischigen Gesicht von einem anderen, viel härteren Zug abgelöst zu werden schien, hörte man ein Auto hupen. Auf den Hof fuhr ein rostiger alter roter Ford, und noch bevor der Wagen zum Stehen gekommen war, hatte der Fahrer die Tür aufgerissen. In der Hand hielt er eine Pistole.

Es war Jokso.

Mike starrte geradewegs in den Lauf hinein. Ein kleines schwarzes Loch. Dann auf den hageren Mann, der da breitbeinig und mit beiden Händen den Kolben umfassend im Matsch stand. Langsam löste Mike den Griff um Boris' Jacke und nahm die Hände hoch. Joksos Augen leuchteten. Er leckte sich aufgeregt die Lippen. Es war offensichtlich, dass er sich nichts sehnlicher wünschte, als den Abzug durchzuziehen und Mike ein paar Kugeln in die Brust zu jagen.

Dann brüllte Boris etwas Unverständliches. Joksos Gesicht verfinsterte sich enttäuscht. Er steckte die Pistole wieder ein.

«Es ist wohl das Beste, wenn wir die Karten auf den Tisch legen», sagte Boris mit unerschütterlicher Ruhe. Er richtete seinen Pelzkragen, schüttelte leicht seine Schultern und betrachtete Mike wie ein kleines Kind.

«Du bist sauer, Mike?»

«Da kannst du aber Gift drauf nehmen! Verdammt nochmal! Du hast mir nie was von irgendwelchem Wodka gesagt. Kapierst du denn nicht? Ich hätte für Jahre in den Knast wandern können!»

Mike ballte die Finger zu Fäusten, sodass ihm die Daumennägel ins Fleisch schnitten, doch es schien, als hätte sich die Wut in ihm derart aufgestaut, dass er plötzlich nicht mehr wusste, wie er sich Luft machen sollte. Unschlüssig wippte er auf den Zehenspitzen vor und zurück, durch Boris' Selbstsicherheit aus der Fassung gebracht.

«Du musst verstehen, Mike ...», begann Boris und legte ihm väterlich die Hand auf die Schulter. «Für mich zu arbeiten ist kein gewöhnlicher Job. Ich geb dir Geld. Gutes Geld, oder? Jedenfalls viel mehr, als du vom Sozialamt bekommen hättest. Was glaubst du eigentlich, warum ich das tue, Mike? Weil ich ein netter Mensch bin? Ja? Weil du für mich mitdenken sollst?»

Er stieß ein dumpfes Glucksen aus und schüttelte den Kopf, als hätte er einen Witz gemacht, bevor er fortfuhr.

«Du sollst nicht für mich mitdenken, Mike. In meiner Firma bin ich derjenige, der denkt.» Boris tippte sich mit dem Finger an die Stirn. «Leute wie du und Jokso, ihr seid meine Hände, meine Arme, meine Beine. Meine Muskeln, kapiert?»

Er ließ die Finger von Mikes Schultern hinauf in seinen Nacken gleiten und drückte zu; etwas zu hart für eine freundliche Geste.

«Natürlich kann ich auch nett sein. Nicht wahr, Jokso?» Er warf ihm einen raschen Seitenblick zu, ohne die Aufmerksamkeit von Mike abzuwenden. «Solange die Leute tun, was ich will, bin ich sogar sehr nett. Aber wenn sie nicht tun, was ich sage ... tja, dann haben sie 'n Problem.»

Jokso grinste unterwürfig und zeigte dabei ein paar verfaulte Schneidezähne. Er hatte sich gegen seinen Wagen gelehnt und sich eine verkrumpelte Zigarette angezündet, die er zwischen Daumen und Zeigefinger in der hohlen Hand hielt. Eine Ausbuchtung in seiner Jackentasche verriet, wo er die Pistole versteckt hatte.

Der Zorn, den Mike eben noch verspürt hatte, war mit

einem Mal wie weggeblasen. Stattdessen empfand er etwas anderes. Es war weder Schrecken noch Angst. Sondern eine tiefe Abneigung gegen die beiden Männer. Nicht, weil sie sich, soweit er das beurteilen konnte, nicht in entscheidender Weise von ihm selber unterschieden. Im Gegenteil. Boris und Jokso schienen aus genau demselben Schrot und Korn zu sein wie so viele andere Kriminelle, denen er in seinem Leben begegnet war. Doch in gewisser Weise stellten sie nun das Sinnbild alles Schmutzigen und Boshaften, Falschen und Gefährlichen dar, das er ein für alle Mal beschlossen hatte, hinter sich zu lassen. Alles, was Mike verspürte, war eine tiefe Abneigung und der intensive Wunsch, sie nie im Leben wieder zu sehen.

«Ach, scheiß drauf», murmelte er und schielte über den Hof zu seinem Opel rüber. «Ich werd nicht länger für dich arbeiten. Ich kündige.»

Als er sich umdrehte, um zu seinem Wagen zu schlendern, schnalzte Boris' Stimme wie ein Peitschenhieb durch die Luft.

«Mike!»

Er blieb direkt neben dem Lastwagen stehen und sah Boris an.

«Zeig's ihm, Jokso!», befahl der Schrotthändler. Plötzlich triefte sein Blick regelrecht vor Verachtung.

Es klickte, als die Schneide des Stiletts aus Joksos Hand fuhr. Wieder war dieses diabolische Lächeln da, der unbändige Wunsch, zu töten. Langsam wie ein sich anschleichendes Raubtier näherte er sich ihm. Mike spürte, wie es ihn innerlich schüttelte. Bereit zum Kampf, spannte er seine Muskeln an. Er spürte, wie der Geruch des anderen an ihm vorbeizog und ihn dann so etwas wie ein elektrischer Schock durchfuhr, als ihre Arme sich streiften. Doch im selben Augenblick, als Mike zur Verteidigung ansetzen wollte, wandte sich Jokso ab.

Eine Sekunde lang starrte er aggressiv auf den Reservereifen des Scania. Dann rammte er mit einer raschen Bewegung das Messer in das schwarze Gummi. Es dauerte eine Weile, bis es ihm gelang, ein Loch hineinzuschneiden, das groß genug war. Schließlich steckte er seinen Arm hinein und zog ein weißes, in Plastikfolie gehülltes Päckchen heraus.

«Amphetamine», zischte er.

Der Anblick des sorgfältig zugeklebten Päckchens ließ Mike schwindelig werden. Die Kopfschmerzen und die Übelkeit, die er während der Rückfahrt von Karlshamn erfolgreich hatte unterdrücken können, überfielen ihn unmittelbar aufs Neue. Unbewusst griff er sich an die Brust.

Die Bedeutung dessen, was dort in Joksos ausgestreckter Hand lag, stand ihm glasklar vor Augen. Wodka war eine Sache. Aber Drogen waren eine völlig andere. Wenn Mike mit einem Reserverad, vollgestopft mit Amphetaminen, festgenommen worden wäre, würde er jetzt im Gefängnis verrotten. Und wenn er je wieder freikäme, würde Robin bereits seit langem ein erwachsener Mann und er selber ein gebrochener alter Greis sein.

Drei Mal musste er etwas Saures, Schleimiges herunterschlucken, dann ballte Mike die Faust und schlug sie Jokso mit voller Kraft geradewegs ins Gesicht.

Der hagere Serbe wurde haltlos zu Boden geschleudert, während ihm das Stilett und das weiße Päckchen aus der Hand flogen. Für kurze Zeit blieb er verdattert in einer Pfütze sitzen, während ihm das Blut aus der Nase strömte. Er blickte verständnislos auf seine verschmierte Hand. Dann steckte er seine Finger in die Jackentasche.

«Stopp!»

Sowohl Mike als auch Jokso hielten unverzüglich inne. Sie schauten zu Boris rüber. Er wirkte vollkommen unberührt.

«Geh und steck dir ’n bisschen zusammengerolltes Klopapier in die Nase, Jokso.» Er machte eine Kopfbewegung in Richtung Lager. «Du blutest wie ein Schwein.»

Dann wandte er sich bedächtig Mike zu. Musterte ihn eine ganze Weile, ohne etwas zu sagen. Lächelte er etwa? Sein einer Mundwinkel kräuselte sich leicht. Plötzlich fühlte Mike sich völlig wehrlos. Nackt und besiegt. Vollkommen erledigt. Kraftlos erwartete er sein Urteil.

«Lass mich dir eins erklären», sagte Boris mit sanfter Stimme. «Du hast eine ansehnliche Menge Amphetamine ins Land geschmuggelt. Was für eine Strafe erhältst du dafür? Sagen wir mal … zwölf Jahre. Das ist nicht gut. Gar nicht gut. Damit also die Polizei nichts davon erfährt, ist es wohl das Beste, wenn du in Zukunft tust, was ich dir sage.»

Mike sah ihn mit leerem Blick an.

Ohne Eile schlenderte Boris die Stufen zum Haus hinauf. Dort blieb er stehen, als fiele ihm plötzlich noch etwas ein. Er sah Mike mit einem Blick an, der an Mitleid erinnerte.

«Ach übrigens», sagte er. «Falls du auf die Idee kommen solltest, dass ich es nicht wagen würde, die Bullen zu informieren, vergiss es. Loser wie dich kriegen sie immer. Ich sehe dir doch an, dass du denkst, es gäbe keine Beweise. Oder dass sie mich selber schnappen würden, wenn ich dich bei der Polizei verpfeife.»

Boris machte den Anschein, als dächte er tatsächlich über diese Alternative nach.

«Tja, vielleicht. Aber würdest du es wirklich wagen, das Risiko einzugehen? Ich meine, im Hinblick auf deinen Sohn. Es wäre ja schade, wenn er wieder allein wäre.»

Er kehrte Mike den Rücken, schien es sich jedoch noch einmal anders zu überlegen.

«Und außerdem muss ich die Polizei ja nicht unbedingt selber informieren», fügte er lächelnd hinzu. «Da gibt es genügend andere. Zum Beispiel die russische Nutte, die du letzte Nacht auf der Fähre gefickt hast. Sie würde der Polizei bestimmt gerne erzählen, dass du ihr Speed angeboten hast, bevor du sie geritten hast. Sie heißt übrigens Svetlana.»

Bevor Boris im Haus verschwand, seufzte er laut und gekünstelt: «Wie gesagt, Mike. Loser wie dich kriegen sie immer.»

KAPITEL 23

Der Gedanke an den Revolver in Ragnhilds Schrank ließ Amela keine Ruhe. Sie sehnte sich intensiv nach diesem Gefühl der Schwere in ihrer Hand zurück. In ihrer Phantasie faltete sie erneut den fleckigen Lappen auseinander und spürte den beißenden Geruch in ihrer Nase. Sie ließ die Fingerspitzen über den blanken Stahl gleiten. Strich über den Lauf und berührte schließlich ganz vorsichtig den Abzug.

Dann streckte sie entschlossen den Arm aus und zielte geradewegs auf sein erschrockenes Gesicht. Eine halbe Ewigkeit würde sie ganz still stehen bleiben und sich an der Todesangst in seinen Augen weiden. Sich an ihrer Macht berauschen. Ihn quälen. Dann würde sie ruhig und beherrscht den Abzug drücken und auf den Knall warten, der sie ein für alle Mal von ihren Albträumen befreite.

Als Amela merkte, dass sie lächelte, versuchte sie sofort, ihre Gesichtszüge wieder zu entspannen.

Es war so krank, hier am Küchentisch zu sitzen und über einen Mord zu phantasieren, dachte sie. Ragnhild hatte ihr bestimmt angesehen, dass sie neulich Nachmittag in Gedanken abgedriftet war. Sie war ja nicht dumm, die Alte. Hatte ihr die Waffe schnell wieder abgenommen, sie eingewickelt und im Schrank des Bücherregals versteckt. Ihn sorgfältig abgeschlossen und den Schlüssel an sich genommen. Danach hatte sie nicht mehr reden wollen, weder über den Revolver, noch über …

Mike.

Ragnhild hatte sie vor ihm gewarnt. Warum nur? «Der Junge bringt Unglück», hatte sie gemurmelt. Amela war von ihrer Fürsorge gerührt. Glück oder Unglück, es war schon lange her, dass sie in der Lage gewesen war, das eine oder andere zu empfinden.

Ich werde irgendwann noch verrückt, dachte sie und stocherte zerstreut mit dem Finger im Blumentopf auf der Fensterbank herum. Die Geranie brauchte Wasser. Sie gab ihr ein wenig aus der Gießkanne und sah zu, wie es in die ausgetrocknete Blumenerde sickerte.

Ich muss raus und Luft schnappen, dachte sie. Und zwar schnell, bevor ich noch den Verstand verliere.

Als sie das Tor zum Parkplatz öffnete, schien ihr die Herbstsonne in die Augen. Der Wind hatte nachgelassen. Amela warf einen Blick hinauf zu Wanjas Fenster. Dunkel. Die Freundin hatte nach dem feuchtfröhlichen Abend im Tingvalla, an dem sie einfach verschwunden war, nichts mehr von sich hören lassen. Ich sollte mich öfter mit ihr unterhalten, dachte Amela. Es tut mir nicht gut, ausschließlich bei alten Leuten Staub zu saugen und Toiletten zu schrubben und danach allein zu Hause zu sitzen und in Gedanken zu versinken. Wanja erlebt wenigstens etwas. Und was mache ich? Denke mehr über den Tod nach als über das Leben.

Sie warf rasch einen Blick über die Schulter zurück und ging dann mit schnellen Schritten am Stadtpark vorbei, hinunter zur Grundschule. Gut, dass heute Sonntag und auf dem Schulhof nichts los war. Der Anblick von Kindern, die in den Pausen herumtobten und lärmten, erfüllte sie mit Unruhe. Oder war es eher Sehnsucht? Sie musste an die alte Schule neben der Moschee in ihrer Heimat denken. Vielleicht hatte Ragnhild recht damit, dass sie ihren alten Beruf wieder aufnehmen sollte.

Als Amela den Bahnübergang am Gemeindehaus überquerte, wurde ihr langsam warm. Es war ein gutes Gefühl, sich ein wenig zu bewegen. Die Angst aus dem Körper zu vertreiben.

Als sie gerade auf den schmalen Weg eingebogen war, der an der Kirche vorbei hinauf zum Skogsbacken und zum Sportplatz führte, klingelte ihr Handy. Sie nahm es aus der Tasche und betrachtete die Nummer. Keine, die sie kannte. Eine Sekunde lang schwebte ihr Daumen zwischen dem grünen und dem roten Knopf in der Luft. Dann entschied sie sich abzuheben.

«Hej, hier ist Kent.»

«Wer?»

«Kent. Wir sind uns letzten Mittwoch im Tingvalla begegnet.»

«Ach ja … Hej Kent.»

Während sie darauf wartete, dass er weiterreden würde, überlegte Amela, wie er an ihre Telefonnummer gekommen war. Sie hatte sie ihm doch wohl nicht gegeben? Er räusperte sich unsicher.

«Ja, ich dachte … Wir haben uns ja noch gar nicht richtig kennengelernt. Sie sind so schnell verschwunden.»

«Mir war schlecht geworden. Nicht vom Alkohol. Nur eine kleine Magenverstimmung.»

Sie biss sich auf die Lippe und versuchte sich sein Bild vor Augen zu führen. Es war ziemlich verschwommen. Feuchte Hundeaugen. Ein Schnurrbart, der sie an der Wange kitzelte. Leicht verschwitzter Rücken. Aber er roch ziemlich gut, oder?

«Das tut mir leid.»

«Was?»

«Dass es Ihnen nicht gut ging, meine ich. Ich hatte den Eindruck, als ob wir …»

Er verstummte. Amela versuchte sich daran zu erinnern, wie es sich an dem Abend auf der Tanzfläche angefühlt hatte. Bevor sie den anderen erblickte. Sie drückte das Handy ans Ohr und sah sich unruhig um.

Ohne es zu merken, war sie durchs Tor auf den Friedhof geschlendert. Wahrscheinlich hatte der Küster vergessen, es nach dem Gottesdienst zu schließen. Vor ein paar Jahren war Amela einmal in der Kirche gewesen, um zu sehen, ob sie dort Trost finden konnte. Es war im Winter, und sie konnte sich lediglich an die Kälte und den Geruch von Teelichtern erinnern. Und die Leere. Die Lieder, die sie sangen, drangen nicht zu ihr vor, obwohl sie ihre Bedeutung durchaus verstand. Die Worte des Pastors hallten von den steinernen Wänden wider, ohne sie in irgendeiner Weise zu berühren. Es war genau wie in der Moschee zu Hause, wo es ihr nie gelungen war, den Tiraden des Imams zuzuhören, und ihre Gedanken immer nach draußen ins Freie abgedriftet waren, hinaus zum Gewimmel auf dem belebten Marktplatz, zu den Geschäften oder über die bewaldeten Hügel hinauf zu den höchsten Bergspitzen. Jetzt betrachtete sie die Grabsteine, die im Sonnenschein glänzten. Die fein säuberlich gestutzten mattgrünen Buchsbaumhecken und das Herbstlaub, das der Friedhofsgärtner zu leuchtenden Haufen zusammengeharkt hatte. Die einsame traurige Elster, die im Gras umherstolzierte. Und sie roch die leicht modrige Luft.

«Sind Sie noch dran?»

«Wie bitte? Ja, ich bin hier …»

«Wo befinden Sie sich denn gerade?»

«Auf einem Friedhof.»

«Aha …»

«Nein, also … Es ist nicht so, wie Sie glauben. Ich bin nur draußen und gehe ein wenig spazieren.»

«Auf dem Friedhof …?»

Amela zuckte mit den Schultern, ohne daran zu denken, dass er sie nicht sehen konnte. Was ging es ihn denn an, wo sie spazieren ging? Sie wollte gerade etwas Unfreundliches erwidern, als sie plötzlich von einem gewaltigen Gefühl der Einsamkeit überwältigt wurde. Sie stolperte leicht und stützte sich mit der Hand auf einem Grabstein ab. Spürte die Kälte des schwarzen Granits an den Fingern. *Linnea Johansson* 1932–2006, las sie verwirrt. Das Leben ist so verdammt kurz. Es ist wie ein kurzer Augenblick, ein flüchtiger Moment in der Unendlichkeit. Mit einem Mal verspürte sie unbändige Lust, die Wärme eines Menschen dicht neben sich zu spüren. Voller Angst, dass er möglicherweise nicht mehr am Apparat sein würde, japste sie: «Können wir uns nicht sehen!?»

Kent wirkte erstaunt.

«Ja, genau deswegen habe ich ja angerufen.»

Amela lauschte ihrem eigenen Keuchen.

«Ich habe Karten für den Motocross auf der Svampabahn», sagte er. «Für heute Nachmittag. Es wäre schön, wenn Sie Lust hätten mitzukommen.»

Das Knattern der Motorräder ließ Robins Miene endlich aufleuchten. Mike linste zu ihm rüber und spürte, wie der Krampf in seinem Magen etwas nachließ. Er legte vorsichtig seinen Arm auf die Schulter des Jungen.

Ein paar Stunden, dachte er. Die haben wir wirklich nötig. Ein paar Stunden nur für uns, Vater und Sohn. Er dachte voller Dankbarkeit an Bubbleking. Am Vormittag hatten sie sich einander genähert wie zwei Gewitterwolken. Mike, geladen mit einer explosiven Mischung aus Erniedrigung, unterdrücktem Zorn und Schuldgefühlen. Robin, mit finsterer Miene und tief enttäuscht. Das Risiko einer Entladung war groß, und Rolle hatte gespürt, dass etwas in der Luft lag.

«Warum fahrt ihr beiden nicht raus zur Svampabahn?»,

bemerkte er wie beiläufig, als sie jeder an ihrer Seite des Küchentisches saßen und sich anglotzten. «Dort ist doch heute Motocross.»

Nachdem Mike sich den Geruch nach Pisse abgeduscht hatte, waren sie ohne übertriebenen Enthusiasmus zum Auto geschlendert. Es dauerte weniger als zehn Minuten, durch den Ort hindurch zur Bahn bei Svampakorset hinauszufahren. Den Ersten, den sie auf dem Parkplatz trafen, war Roine Lind. Er trug eine karierte Schirmmütze und eilte mit einer Thermoskanne in der einen und einer Bockwurst in der anderen Hand zum Eingang. Als er die beiden erblickte, begann er zu strahlen.

«Mike! Robin!» Er musterte sie von oben bis unten und nickte dann zufrieden. «Ihr nehmt euch bewusst Zeit für die Vater-Sohn-Beziehung. Wunderbar», sagte er und bewegte den Daumen der Hand mit der Thermoskanne nach oben, bevor er weitertrippelte.

Auf der Tribüne saßen bereits eine Menge Leute. Mike und Robin fanden ganz oben bei den Werbeplakaten an der Autobahn nach Malmö einen guten Platz. In dem Moment, als sie sich hinsetzten, begannen die Fahrer ihre Motoren am Start aufzudrehen. Eine knisternde Lautsprecherstimme ertönte. Die Motorräder röhrten wie wilde Tiere. Die Fahrer in leuchtend blauen und roten Lederanzügen beugten sich über ihre Lenker. Der Lärm war ohrenbetäubend. Und dann ging es los.

«Wow!», rief Robin aus.

Als Mike vorsichtig seine Schulter drückte und ihn zu sich heranzog, protestierte er nicht. Dicht aneinandergelehnt, ließen sie sich von dem Schauspiel einnehmen. Die Luft war durchdrungen von Abgasen, Lärm und den Anfeuerungsrufen der Zuschauer. Die Motorräder surrten wie ein aufgeregter Wespenschwarm die Hügel rauf und runter, und der Lehm, der von den Reifen spritzte, hatte die Fahrzeuge bald mit einer braunen Schicht bedeckt. Die Fahrer flogen mit ihren Maschinen über Abhänge, kämpften sich durch die Kurven, schlingerten, sodass sie beinahe im Graben landeten, fluchten und schwitzten unter ihren Helmen und gaben Gas, sobald sie für die nächste Steigung Anlauf nahmen, dass die Motoren nur so aufheulten.

«Nummer sechzehn ist mein Favorit», schrie Mike und hielt Robin seine Handfläche hin. «Zwanzig Kröten. Hältst du dagegen?»

«Die Acht. Fünfzig Kröten!» Er schlug ein.

Die Fahrer, für die sie sich entschieden hatten, fochten einen harten Kampf an der Spitze des Feldes aus. Die Acht in Rot war ganz vorn, aber Nummer sechzehn in Blau war nicht weit dahinter. Mike schielte in das Programmheft.

«Linus Linblad heißt dein Fahrer», schrie er Robin ins Ohr. «Er ist offenbar der Favorit. Was für ein tuntiger Name.»

«Und deiner?»

«Der Wolf», sagte Mike und grinste. «Hier steht, dass sie ihn so nennen. Er ist Pole.»

Die Wette erhöhte die Spannung. Eine ganze Weile saßen sie schweigend da und folgten dem surrenden Schwarm, der über die Bahn flog. Die Tendenz war klar. Auf den geraden Strecken holte Linus Linblad einen Vorsprung heraus, wahrscheinlich, weil er den stärkeren Motor hatte. Aber in den Kurven schien der Pole seine Maschine besser durch den Matsch manövrieren zu können. Bald hatten die beiden einen ordentlichen Vorsprung vor ihren Mitstreitern herausgefahren. Das Ganze schien auf eine Entscheidung zwischen Linus und dem Wolf hinauszulaufen. Doch nach Aussage des Stadionsprechers waren noch einige Runden zu absolvieren.

Als eine Weile nichts Besonderes geschah, schweifte Mike

in Gedanken langsam ab. Der Kater und seine Wut, die er gezwungen gewesen war herunterzuschlucken, hatten einen stechenden Schmerz in seiner Magengegend hinterlassen. Für kurze Zeit war es ihm gelungen, sein Unbehagen zu verdrängen, doch jetzt machte es sich wieder bemerkbar. Ihm war ganz kribbelig vor Rastlosigkeit. Verdammter Boris, dachte er, während sein Blick planlos zwischen den Leuten im Publikum umherwanderte. Der Jugo hatte ihn regelrecht an den Eiern gepackt. Wie Mike die Situation auch drehte und wendete, ihm fiel einfach nicht ein, wie er sich aus seinen Klauen befreien könnte. Boris hatte sein Schicksal in der Hand. Und noch dazu alle Macht der Welt, ihn dazu zu zwingen, weitere Aufträge auszuführen, die sowohl die Reise nach Litauen als auch die Schuldeneintreibung bei dem Pornofilmproduzenten Raymond Nygren wie einen Sonntagsausflug würden aussehen lassen.

Gerade als Mike spürte, dass die Wut erneut in ihm aufstieg, entdeckte er ein bekanntes Gesicht. Das war doch sie! Sie reckte sich etwas, um über die anderen Köpfe hinweg sehen zu können. Blinzelte gegen die fahle Herbstsonne. Ja, natürlich war das die merkwürdige Frau, die auf dem Schrottplatz aufgetaucht war und den Schalldämpfer ihres Toyotas ausgewechselt haben wollte, obwohl er noch wie neu war. Ihr Gesicht wirkte angespannt, genau wie damals, und die Schatten unter ihren Augen sahen auf der hellen Haut dunkel aus. Sie hatte neulich im Nieselregen so hilflos gewirkt. Jetzt sah er, wie sie sich langsam eine Haarsträhne aus der Stirn strich, während sie die heranrauschenden Motorräder beobachtete. Zugleich wirkte sie irgendwie ziemlich abwesend. Diese schmale weiße Narbe oberhalb ihrer Augenbraue. Es war, als könnte Mike sie regelrecht unter seinen Fingerspitzen spüren. Aber er hatte sie doch gar nicht berührt, oder? Denn unmittelbar nachdem er ihr versichert hatte, dass der

Schalldämpfer nagelneu war, war sie ja geflohen wie ein aufgeschrecktes Reh.

Während Mike stumm dasaß, sah er, dass sie ihr Gesicht zur Seite wandte, als hätte jemand sie angesprochen. Sie lächelte dem Mann an ihrer Seite flüchtig zu. Er hatte offensichtlich etwas Witziges gesagt, denn nun lachte sie. In dem Augenblick, als Mike dachte, dass der Typ einen merkwürdigen Schnurrbart hatte, drehte sie plötzlich den Kopf und erblickte ihn. Sie zuckte erstaunt zusammen. Eine ganze Weile starrte sie wie hypnotisiert durch das Menschengetümmel geradewegs zu Mike rüber. Ohne zu lächeln, ohne das geringste Anzeichen dafür, dass sie ihn wiedererkannte, lediglich mit leerem Blick und ohne jegliche Andeutung, was in ihrem Hirn vor sich ging. Er spürte, wie ein einziger kalter Schweißtropfen an seiner Schläfe hinunterlief. Langsam hob er die Hand und winkte. In dem Moment wandte sie sich ab.

Als Robin Mikes Hand auf seiner Schulter spürte, breitete sich eine angenehme Wärme in seinem oberen Rücken aus. Es war, als besäße die schwere Hand seines Vaters, die von diversen Schlägereien und widerspenstigen Autowracks so einige Narben davongetragen hatte, geradezu magische Kräfte. Die ganze Energie, die sich unter Mikes muskulöser Körperhülle verbarg, strömte durch seinen Arm zu seinem Sohn hinüber, und endlich einmal fühlte Robin sich geborgen.

Wie sehr hatte er sich danach gesehnt!

Als Mike am Vormittag aufgetaucht war, hatte er wie ein angestochener Stier ausgesehen, den man auf keinen Fall reizen durfte. Er hatte die Wagentür mit einem lauten Knall hinter sich zufallen lassen und dabei irgendetwas Unverständliches vor sich hin gebrummt, woraufhin er geradewegs die Treppe hinaufstapfte und sich platt auf sein Bett fallen ließ.

Robin hatte unmittelbar eingesehen, dass es keine gute Idee war, ihn zu fragen, warum um alles in der Welt er das gesamte Wochenende über nichts von sich hatte hören lassen.

Auch egal, dachte er, während er seinen Blick auf den rotgekleideten Crossfahrer nagelte, der an der Spitze des Feldes inmitten einer Staubwolke dahinspritzte. Es war so verdammt anstrengend, sauer und misstrauisch zu sein. In diesem Augenblick, als er wie ein Gorillajunges unter Mikes muskulösem Arm eingeklemmt saß, brauchte er sich vor nichts zu fürchten. Vor rein gar nichts.

Nicht einmal, als er Kenny erblickte, bekam er Angst. Die Gang saß auf einer kleinen Anhöhe ein Stück von der Tribüne entfernt und verfolgte das Rennen. Bullen hatte sich mit einer Bierdose in der Hand ins Gras gelümmelt, während Jocke und Sammy johlten und schrien. Doch dann schien Kenny zu spüren, dass er beobachtet wurde. Er drehte den Kopf und fixierte Robin quer über die Zuschauermassen hinweg mit dem Blick. Eine ganze Weile starrte er ihn wütend an. Dann führte er seine Handfläche zum Hals und zog sie wie ein Messer quer über die Kehle. Robin zeigte ihm den Stinkefinger.

Genau in dem Moment klopfte ihm Mike auf den Rücken.

«Jetzt rückt die Entscheidung näher! Nur noch zwei Runden.»

«Heja, Tunten-Linus!», schrie Robin, so laut er konnte.

Die rote Nummer acht hatte inzwischen gut und gerne zwanzig Meter Vorsprung und flog regelrecht über die Bahn. Der blaue Wolf führte das hinterherjagende Feld an. Doch der Abstand wurde eher größer als kleiner. Robin spürte, wie sich ein angenehmes Kribbeln in seinem Körper ausbreitete. Jetzt zeig ich's dir aber, Papa!

Er schielte zu Mike hoch, dessen Gesicht sich verfinstert hatte.

«Komm schon, Wolf! Gib Gas!»

Als Linus Linblad in die letzte Runde ging, hatte er seinen Vorsprung auf dreißig Meter ausgebaut, während er wie ein leuchtend roter Tornado voranstürmte. Sein Motorrad schien im Matsch einen besseren Griff zu haben als die der anderen; er erklomm mühelos die steilen Anstiege und segelte wie ein Drachen über die Kuppen. Es sah aus, als müsse geradezu ein Wunder geschehen, damit die anderen ihn noch einholten. Doch in dem Augenblick, in dem er über die letzte steile Kuppe schwebte, ließ er mit der linken Hand den Lenker los und winkte dem Publikum siegesgewiss zu.

Das war ein Fehler.

Dieser Augenblick des Übermuts ließ ihn vor der letzten scharfen Kurve die Konzentration verlieren. Kaum hatte Linblad wieder beide Hände am Lenker, setzte seine Maschine mit dem Hinterrad viel zu weit innen auf, wo sich bereits eine tiefe Furche in die Bahn gefressen hatte. Anstatt den Heat mit einem letzten Schlenker auf den festen Untergrund abzuschließen, um wieder Gas geben zu können, fuhr sich der rotgekleidete Fahrer im immer tiefer werdenden Matschloch fest und kam zum Stehen. Verzweifelt riss er am Lenker, gab Gas und versuchte irgendwo einen Halt zu finden, doch seine Räder gruben sich nur noch tiefer in den lehmigen Boden.

Die Verfolger erkannten unmittelbar ihre Chance. Innerhalb weniger Sekunden waren ein Dutzend Motorräder über die Kuppe geflogen und dem heimtückischen Loch mit einer abrupten Bewegung des Lenkers ausgewichen und jagten der Zielgeraden entgegen. Der polnische Wolf lag vorn. Mit einer letzten Kraftanstrengung bückte er sich über seinen Lenker und raste als Sieger über die Ziellinie.

«Jaaaaaaaaa!», grölte Mike in Richtung Himmel und klopfte seinem Sohn erneut auf den Rücken.

Während das Publikum applaudierte und der blau gekleidete Fahrer unter tosendem Gebrüll eine Pirouette auf dem Hinterrad seines Motorrads absolvierte, begann Robin enttäuscht in seiner Hosentasche nach Geld zu kramen.

«Ich hab's gewusst!», schrie Mike. «Der Wolf hat nur darauf gewartet, dass dieser Idiot sich lächerlich macht. Mein Gott, was für ein Kerl!»

«Waren es zwanzig Kröten?», murmelte Robin fragend.

«Nee, du hast auf fünfzig erhöht!», rief Mike, während er begeistert die Show des polnischen Crossmeisters auf der Zielgeraden verfolgte.

Robin schaute finster drein. Eigentlich hätte er ja gewinnen müssen. Nur ein einziges Mal wollte er sich wie ein Sieger fühlen.

Doch dann nahm Mikes Gesicht einen anderen Ausdruck an. Er strahlte nicht länger hemmungslos wie ein glückliches Kind. Er lächelte jetzt einfach.

«Scheiß drauf, jetzt lad ich dich auf 'ne Wurst ein», hörte Robin seinen Vater sagen, woraufhin erneut ein schwerer Arm auf seiner Schulter landete.

Es muss ein Zeichen gewesen sein, dachte Amela. Obwohl sie eigentlich ganz und gar nicht abergläubisch war. Aber wie auch immer, es war schon merkwürdig, dass sie ausgerechnet diesen Mann hier treffen musste.

Mike.

Sie richtete sich vorsichtig im Bett auf. Kent schlief immer noch. Wie er so auf dem Bauch dalag, sah er trotz seines kleinen Bärtchens aus wie ein Kind. Irgendwie unschuldig.

Draußen vor dem Fenster war es schwarz. So leise sie konnte, stand sie auf und sammelte ihre Kleider vom Fußboden auf. Bevor sie das Schlafzimmer verließ, drehte sie sich ein letztes Mal um.

Es war in keiner Weise unangenehm gewesen. Das Essen, zu dem er sie eingeladen hatte. Krabben und Weißwein. Die Musik, zu der sie gemeinsam auf dem Parkett vor der Stereoanlage getanzt hatten. Und dann schien es, als hätte er sie nahezu um Verzeihung gebeten. Als hätte er geglaubt, dass sie noch nie zuvor einen Liebhaber gehabt hatte.

Sie lächelte im Stillen. Für ein paar Stunden hatte er sie alles vergessen lassen. Dafür war sie dankbar. Aber jetzt ... Sie schaute auf seinen still daliegenden Körper. Ein bedeutungsloser Fremder. Noch bevor sie die Tür zu seiner Wohnung hinter sich geschlossen hatte, kam es ihr vor, als wäre es nie geschehen.

Es muss ein Zeichen gewesen sein, dachte Amela, als sie die lange, öde daliegende Straße hinaufging. Dieser Mann hatte sie angestarrt, als könne er geradewegs in ihre Seele hineinschauen. Ahnte er etwas? Sie schüttelte den Kopf. Das war unmöglich.

Aber Ragnhild hatte sie immerhin vor ihm gewarnt.

Eine kaputte Straßenlaterne surrte. In keinem einzigen Fenster brannte Licht. Die Dunkelheit umschloss sie, doch Amela dachte überhaupt nicht daran, sich umzuschauen.

Alles, woran sie dachte, war der Revolver.

KAPITEL 24

Mike hatte sich gerade ein letztes Mal durch die Kanäle gezappt, als ihm einfiel, dass er einen Super-Sparpack Magnum im Wagen vergessen hatte. Er gähnte und schaltete den Fernseher aus.

Im Haus breitete sich eine schicksalsträchtige Stille aus. Er spitzte die Ohren und hielt die Luft an. Kein Laut zu hören. Sowohl Rolle als auch Robin waren bereits zeitig ins Obergeschoss verschwunden. Wahrscheinlich schliefen sie schon. Er warf einen Blick auf Malcolm B.s alte Wanduhr. Es war kurz vor Mitternacht.

Zeit, langsam auch ins Bett zu gehen, dachte Mike.

Doch obwohl er nach den Herausforderungen des Wochenendes total erledigt, ausgelaugt und hundemüde war, kribbelte es in seinem Körper, als würde sich eine ganze Armee von Ameisen an seinen Armen und Beinen zu schaffen machen. Er furzte laut und reckte sich auf dem Sofa, dass es in seinen Gelenken nur so krachte.

Standen nicht noch ein paar Norrlands Guld im Kühlschrank? Er zwang sich dazu, den Gedanken zu verwerfen. Reiß dich zusammen, verdammt!

Ach ja, das Eis. Es wäre schade, wenn es verderben würde, wo er doch gerade so ein Schnäppchen beim Lidl erstanden hatte. Fünfzig Stück zum halben Preis. Und wo Robin Magnum doch so liebte. Widerwillig kam Mike auf die Beine.

Draußen vor der Haustür schlug ihm die Kälte entgegen. Der Kies knirschte unter seinen Clogs, während er schnellen Schrittes zum Wagen lief, den er vor dem Tor auf der Straße geparkt hatte. Er musste ein wenig mit dem Schlüssel im Schloss ruckeln, bevor der Kofferraum aufsprang. Der Karton mit Eis war immer noch kalt. Er nahm ihn unter den Arm und beeilte sich, wieder ins Warme zu kommen, streifte die Clogs im Flur ab und öffnete dann die Tür zur Unterwelt.

Die Kellertreppe knarrte gespenstisch, und Mike tastete mit den Fingern an der rauen Wand nach dem Lichtschalter. Kaputt, wie so oft. Ihm fiel ein, dass Rolle immer einen Kerzenleuchter und ein Päckchen Streichhölzer auf der obersten Stufe stehen hatte. Er stand tatsächlich da. Mike machte Feuer und zündete die Kerze an. Im Keller breitete sich ein unruhig hin und her flackernder Schein aus. Vorsichtig, als hätte sein Unterbewusstsein bereits eine Art Warnsignal empfangen, schlich er die Treppe hinunter.

Als Mike den Deckel der Gefriertruhe öffnete, sah er sofort, dass für seinen gerade erstandenen Super-Sparpack kein Platz mehr war. Die Dorsche. All die verdammten Dorsche, die sie in der Hanöbucht geangelt hatten. Die hatte er völlig vergessen. Unschlüssig starrte Mike auf die eingefrorenen Monster, die darin mit offenen Mäulern und fehlenden Augen und wie in einer antarktischen Schlangengrube wild durcheinanderlagen.

Er musste daran denken, wie Rolle regelrecht darauf bestanden hatte, jedes einzelne Auge in sich hineinzustopfen, obwohl er schon völlig grün im Gesicht war.

«Von wegen, die reinste Sexdroge!», schnaubte er vor sich hin.

Merkwürdig, dass die Truhe immer noch randvoll war, schoss es ihm dann durch den Kopf. Rolle hatte ihnen doch fast eine ganze Woche lang Dorsch zum Abendessen aufgetischt. Während Mike mit der einen Hand am Griff der Gefriertruhe und dem Eiskarton unter dem anderen Arm dastand, versuchte er im Geiste abzuschätzen, was von beidem verschwenderischer war: das Magnum-Eis oder den Dorsch verderben zu lassen. Als seine mathematische Kalkulation keine eindeutige Antwort ergab, beschloss er, dass er Rolles Fischdiät inzwischen satthatte. Er stellte den Karton mit dem Eis ab und begann die steifgefrorenen Dorsche herauszuhieven.

Als er gerade ein besonders hässliches Exemplar aus der Truhe gehoben hatte und dachte, dass nun genügend Platz für das Eis sein müsste, erblickte er in der Tiefe etwas Eigenartiges. An der mit einer Eisschicht überzogenen Schmalseite der Gefriertruhe ragten ein paar steife, struppige Haarsträhnen empor. Zuerst dachte Mike, dass es Fischflossen oder möglicherweise der Kinnbart eines besonders borstigen Dorsches wären, die er dort sah. Dann glitt ihm der Fisch aus den Händen und fiel mit einem hohlen Knall auf den Zementboden. Mit zitternden Fingern schob er einige weitere Dorschköpfe zur Seite. In dem Moment sah er, dass sich unter den Haarsträhnen eine Stirn und ein Paar weit aufgerissene Augen, eine spitze Nase sowie ein offenstehender Mund befanden. Das Gesicht des toten Mannes war mit einer dünnen Frostschicht überzogen. Mike brüllte vor Schreck laut los.

In der Tiefe seines Inneren erzeugte er einen abgrundtiefen verzweifelten Aufschrei, der die Äderchen in seiner Luftröhre reißen ließ und dafür sorgte, dass sich ein blutiger Geschmack in seinem Mund ausbreitete.

Er gab nur einen einzigen lang gezogenen Schrei von sich, doch der war offenbar sehr ausdauernd, denn als ihm schließlich die Luft ausging, standen sowohl Rolle als auch Robin auf dem obersten Absatz der Kellertreppe und starrten ihn mit Augen an, die genauso groß waren wie die leuchtenden Plastikkugeln am Weihnachtsbaum.

«Was zum Teufel habt ihr denn gemacht?», krächzte Mike.

Einen kurzen Augenblick flackerte sein Blick zwischen dem Toten in der Gefriertruhe und den einzigen beiden Menschen auf der ganzen Welt hin und her, die er liebte. Dem unglaublichen Bubbleking und dem dickköpfigen Jungen, der das Abbild seiner selbst war, sein eigen Fleisch und Blut. Dann begann Mike in rasender Geschwindigkeit die Gefriertruhe zu leeren, indem er die gefrorenen Fischleiber über die Schulter nach hinten warf, sodass sie auf den Fußboden knallten und wie Eishockeypucks über den Zement glitten.

Als Rolle und Robin die Treppe heruntergekommen waren und zitternd an seiner Seite standen, saß Nils Ek, mit erstauntem Gesichtsausdruck gegen eine der Schmalseiten gelehnt, allein in der Gefriertruhe, als frage er sich, warum man ihn nicht in Ruhe in seinem Grab liegen ließ. Der Thermostat gab ein Klicken von sich. Eine rote Lampe signalisierte, dass die Gefriertruhe geschlossen werden musste.

«Wer zum Teufel ist denn das?», zischte Mike.

Rolle murmelte irgendetwas Unverständliches, woraufhin er ein Plastikdöschen aus der Hosentasche nahm und sich ein paar Pillen einwarf. Er schluckte schwer, während ihm der kalte Schweiß auf der aschfahlen Stirn stand und seine Augen rastlos im Dunkel umherirrten.

«Es war keine Absicht», beteuerte Robin leise.

«Aber wer …?»

Mike verstummte, außerstande, irgendetwas zu begreifen.

«Er hat lediglich das bekommen, was er verdient hat», sagte Rolle. «Ich hab alles mitgehört. Ich hab es sogar mit eigenen Augen gesehen.»

«Was mitgehört? Und was gesehen?»

«Es war nicht Robins Schuld. Es war ein Unfall. Und wenn sich der Kerl den Schädel nicht ausgerechnet an der Treppe eingeschlagen hätte, wäre er trotzdem gestorben.»

«Wovon redest du eigentlich?»

«Von tötenden Pfeilen. Voodoo. Wir sahen uns gezwungen, sein Foto hier im Keller an die Wand zu hängen.»

«Aber …?»

Mike schaute erst seinen Jugendfreund an, der unglücklich zurücklächelte. Dann seinen Sohn, der sich nervös auf die Lippe biss.

«Wir müssen die Polizei rufen», entschied Mike. «Wir können doch, verdammt nochmal, keine Leiche in der Gefriertruhe aufbewahren.»

«Nein!», rief Robin und starrte ihn erbittert an.

«Das geht nicht», sagte Rolle und legte Mike einen Arm, der schwer war wie ein geschlachtetes Spanferkel, auf den muskulösen Rücken. «Denk doch mal nach, wenigstens einmal. Ein toter Journalist wird in einem verfallenen Haus angetroffen, das bewohnt wird von einem tablettenabhängigen Psychopathen, einem alkoholabhängigen Ganoven und einem …» Er schielte unruhig zu Robin hinüber. «… einem kleinen Jungen, der gerade erst bei seinen Adoptiveltern ausgezogen ist und sich nichts sehnlicher wünscht, als mit seinem idiotischen Vater und dessen verrücktem Freund zusammenzuwohnen. Glaubst du, dass das Sozialamt ihn gewähren lässt? Nie im Leben!»

«Aber wie …?»

«Scheiß drauf, wie. Scheiß drauf, wer. So lautet jedenfalls mein Rat», entgegnete Rolle in einem vagen Tonfall, der ihn wie ein Orakel klingen ließ.

Mike starrte ihn verwirrt an. Die Gedanken in seinem Kopf wirbelten wie Herbstlaub im Kreis herum, ohne dass es ihm gelang, auch nur einen einzigen von ihnen einzufangen. Wer zum Teufel war dieser steifgefrorene Typ, der mit offenem Mund vor ihnen saß? Und wie war er in die Gefriertruhe gekommen? Mike schüttelte so heftig den Kopf, dass es in seinen Ohren zu rauschen begann. Wie war es nur möglich, dass alles, aber auch alles in seinem hoffnungslosen Leben so verdammt schiefgehen konnte? Vor einer Weile noch hatte er vor dem Fernseher gehockt und sich den Kopf darüber zerbrochen, wie es ihm gelingen könnte, sich aus Boris' hinterhältiger Drogenfalle wieder herauszuwinden. Allein das war schon schwer genug. Aber jetzt hatte er zusätzlich noch eine Leiche am Hals. Und Robin …

«Warst du es, der ihn getötet hat?»

Als Mike sah, wie sein Sohn den Blick zu Boden richtete, spürte er ein panisches Kribbeln an den Schläfen. Rolle gab einen tiefen traurigen Seufzer von sich.

«Ich hab doch gesagt, dass es keine Absicht war», murmelte Robin so leise, dass es kaum zu hören war.

In diesem Moment sah Mike ein, dass jetzt keine Zeit für weitere Fragen war. Scheiß drauf, wer es war, der da mit der Fresse voll gefrorenem Fischschleim in der Truhe hockte. Er musste verschwinden, und es war eilig.

«Wir müssen den verdammten Kerl irgendwie loswerden», sagte er entschlossen.

Rolle nickte zustimmend.

«Ich hatte vorgehabt, es zu tun, wenn ihr schlaft. Aber ich bin noch nicht dazu gekommen.»

Er richtete seinen Blick nachdenklich in die dunklen Ecken, in die der Schein der Kerze nicht hineinreichte.

«Ich glaube, ich hab was Passendes hier», sagte er, schlurfte in eine Ecke des Kellers und begann unter einer raschelnden Plane zu wühlen. Nach einer Weile kam er mit einer schweren Rolle zurück, die er auf dem Boden hinter sich herzog. Es war eine Rolle alter Maschendraht, der steif und rostig geworden war.

«Ich dachte, wenn man …»

Er hielt inne und schielte unruhig zu Robin hinüber, der

auf der untersten Treppenstufe zusammengesunken war. Danach warf er einen Blick auf die Leiche in der Gefriertruhe. Dann beugte er sich vor und griff nach ihr, zog etwas, um sie von der Frostschicht um sich herum zu lösen, und nahm den Toten schließlich wie ein kleines Kind auf den Arm, bevor er ihn auf dem Fußboden absetzte. Nils Ek blieb jedoch mit geradem Rücken und demselben erstaunten Gesichtsausdruck sitzen wie zuvor. Einige Schneeflocken fielen von seinem steifgefrorenen Haar herab.

«Ich glaube, wir müssen ihn ausstrecken», meinte Rolle.

Ohne eine Antwort abzuwarten, setzte er sich mit einem schweren Plumpsen auf die ausgestreckten Beine des Toten, wie ein groteskes Riesenbaby sich auf den Schoß seines schmächtigen Vaters setzt. «Tut mir leid, Nisse», entschuldigte er sich und klopfte der Leiche rasch auf die Wange, bevor er sein Gesicht nach oben zu Mike wandte.

«Versuch mal, seinen Oberkörper auszustrecken.»

Widerwillig ergriff Mike den Hals des Toten und zog vorsichtig an dessen Kopf. Nils Ek weigerte sich nachzugeben. Er blieb im Winkel von neunzig Grad sitzen, steif und festgefroren.

«Du musst stärker ziehen», ermahnte ihn Rolle. «Wir können nicht warten, bis er aufgetaut ist.»

Mike warf ihm einen irritierten Blick zu. Er ging in die Hocke und griff erneut nach der Leiche, diesmal von vorn mit beiden Armen um den Rumpf herum, und drückte sich mit aller Kraft nach vorn, wie ein Ringer, der versucht, seinen Gegner anzuheben. Mike presste so stark, dass er ganz rot im Gesicht wurde. Doch das Einzige, was passierte, war, dass Nils Eks scharfe Nasenspitze ihn am Ohr schrammte. Schließlich gab er mit einem Stöhnen auf.

«Wir versuchen es andersherum», schlug Rolle vor.

«Wie denn?»

«Setz dich hierher und versuch dich von meinem Rücken abzudrücken», erklärte er und drehte seinen massigen Körper um, sodass er, mit dem Rücken zu ihm gewandt, auf den Schienbeinen des Toten zu sitzen kam. «Man hat ja mehr Kraft in den Beinen als in den Armen. Stütz dich mit den Füßen in seiner Visage ab und stemm dich dann gegen mich, was das Zeug hält.»

Mike tat, wie ihm geheißen. Er zwängte sich in den Zwischenraum zwischen Rolles fleischigem Rücken und dem mageren Oberkörper der Leiche. Die Schulterblätter gegen seinen Freund gepresst, beugte er die Knie und platzierte die Fußsohlen auf den Schultern des tiefgefrorenen Journalisten. Mike stemmte mit aller Kraft. Er spürte, wie er mehr und mehr in Rolles weichen warmen Rücken hineinsank, während es unter seinen Fußsohlen immer eisiger wurde. Nils Eks Mund stand wie in einem stummen Protestschrei immer noch weit offen. Aus seinem Inneren drang ein schwaches Zischen herauf. Doch er weigerte sich, sich niederringen zu lassen.

«Verdammt!», brachte Mike hervor und rollte sich von der Leiche herunter. «Wir müssen ihn zusammengeklappt in den Wagen befördern.»

«Nein, irgendwie wird es schon gehen», entgegnete Rolle und stand mühsam auf. Er kratzte sich nachdenklich am Haaransatz. «Nisse, Nisse, du bist mir vielleicht ein sturer Bock», brummte er vor sich hin.

In seinen Augen begann es zu leuchten. Er blinzelte Robin listig zu, der ein paar Treppenstufen nach oben gekrochen war und dem Kampf auf dem Kellerfußboden mit abwesendem Gesichtsausdruck folgte. Dann ergriff Rolle die sitzende Leiche an den Schultern und schob sie wie einen alten Sessel vor sich her zur Treppe, wo er Nils Eks Cowboystiefel unter die erste Stufe zwängte. «Tut mir leid, Nisse», brummelte er und machte einen großen Schritt über die Leiche, bevor er ihr sein gewaltiges Hinterteil vors Gesicht schob und sich setzte. Anfänglich passierte nichts. Doch dann krachte es irgendwo im Hüftgelenk, und das Oberteil der Leiche sank mit einem jämmerlichen Kreischen wie eine Zugbrücke zu Boden.

«Na endlich!», rief Rolle triumphierend aus und stand wieder auf. «Jetzt müssen wir ihn nur noch einrollen.»

Mit etwas Mühe gelang es ihnen, den verrosteten Maschendraht auszurollen, den ausgestreckten Nils Ek ans eine Ende der Drahtrolle zu befördern und danach alles zu einem ordentlichen Paket zusammenzurollen. Als sie fertig waren, sah Mike Rolle an.

«Steinbruch?»

«Steinbruch!» Der Freund nickte.

Im selben Augenblick wandten sich beide zu Robin um.

«Du bleibst hier», sagte Mike.

Eine Weile später saßen sie alle drei im Auto.

Die Raben krächzten heiser, als würden sie dahocken und auf den Tod warten, aber sie zeigten sich nicht. Die Nacht war still. Millionen von Sternen leuchteten am Firmament, das schwarz wie Samt war.

Eine ganze Weile blieben sie am Wagen stehen und blickten in die Unendlichkeit des Universums.

«Es heißt, dass sie genauso alt werden können wie ein Mensch», sagte Rolle nachdenklich. «Ich weiß aber nicht, ob es stimmt.»

Mike und Robin hörten ihm zu.

«Die alten Leute hier aus der Gegend nennen sie immer noch Röiven. Sie sollen sehr klug sein.»

Er wandte sich ihnen zu und lächelte.

«Hugin und Munin, Ihr wisst schon. Saßen auf Odins

Schulter. Der eine klug und mutig, der andere mit einem Erinnerungsvermögen, das ihn nie im Stich ließ. Einige Indianerstämme in Nordamerika glauben, dass der Rabe die Welt erschaffen hat.»

«Corvus corax. Wird maximal vierzig Lenze alt. – Los jetzt», sagte Mike und öffnete mit finsterer Miene den Kofferraum.

Robin leuchtete ihnen mit der Taschenlampe. Unter mehreren Schichten schweren rostigen Drahts erkannte er ein Auge. Die Stiefel des Toten ragten am einen Ende der Eisenrolle heraus. Ansonsten war er gut verpackt.

Mike und Rolle mussten ziemlich viel Kraft aufwenden, um die makabere Last aus dem Kofferraum zu hieven. Der Wagen stand so nahe am alten Steinbruch geparkt, wie man auf dem Schotterweg heranfahren konnte. Doch sie würden ihre Bürde noch einige hundert Meter durch einen Hain mit Birken und Buschwerk schleppen müssen, um den Felsvorsprung zu erreichen, der oberhalb des tiefsten Teils des Wasserlochs herausragte.

Das bodenlose Loch.

«Wie zum Teufel sollen wir ihn nur da hochbekommen? Dieses Paket wiegt ja mindestens hundert Kilo», seufzte Mike missmutig.

«Wir schleifen ihn einfach hinter uns her», schlug Rolle vor. «Robin, du musst uns mit der Taschenlampe leuchten, damit wir sehen, wo wir hintreten.»

Er warf einen Blick auf die blasse Mondsichel, die über der felsigen Anhöhe stand und sie verschmitzt anlächelte. Dann packte er das Eisengitter an.

«Hilf doch mit!»

Das Gras, das ihnen bis weit über die Knie reichte, triefte nur so vom Tau. Bald spürte Robin, wie ihm die Feuchtigkeit durch die Schuhe drang. Seine Hosen klebten nasskalt an den Oberschenkeln. Er ließ den Lichtkegel den schmalen

Pfad entlanghuschen, der sich kaum erkennbar zwischen den Baumstämmen hindurchschlängelte. Mike und Rolle stöhnten lautstark. Es quatschte unter ihren Füßen, als sie mit den Schuhen im weichen Untergrund einsanken. Langsam aber stetig schleppten und zogen sie ihre Bürde immer weiter die Anhöhe hinauf. Über ihren Köpfen krächzten die Raben unheilverkündend.

Plötzlich war es Robin, als würde er selber in einen Vogel verwandelt, als flöge er aus seinem eigenen Körper bis über die Baumwipfel hinauf und glitte da oben mit seinen Schwingen umher. Ihm wurde schwindelig im Kopf. Es kribbelte ein wenig in den Achselhöhlen, und es rauschte in seinen Ohren. Ansonsten war es still. Er sah sich nach den Raben um. Hugin und Munin, hießen sie so? Er wollte mit ihnen reden. Wenn sie tatsächlich die Welt erschaffen hatten und wenn sie wirklich so mutig und klug waren, dann müssten sie ihnen doch helfen können, oder? Aber das war mal wieder typisch. Jetzt, wo er endlich fliegen gelernt hatte, verzogen sie sich, Scheißfeiglinge.

Unten am Boden erblickte er den umherirrenden Schein einer Taschenlampe. Ein weißer Birkenstamm leuchtete auf und wurde wieder schwarz. Rolles verzerrtes und schweißtriefendes Gesicht flackerte blitzartig auf. Mikes grimmiger Blick. Und im Dunkeln, die ganze Zeit im Dunkeln, eine kleine Schattenfigur. Allein.

Die Strahlen der Sterne stachen ihm regelrecht in den Rücken.

Wo war nur der Mond geblieben? Robin flatterte mit seinen Schwingen und glitt auf die Spitze des Felsenhügels hinauf. Ja, dort war er. Der Mann im Mond. Anfänglich schien es, als lache er über Robins Flugkünste, doch dann runzelte er die Stirn und schob sein spitzes Kinn vor, sodass er plötzlich wütend aussah. Robin fuhr erschrocken zusammen und spürte, wie ihm ein kalter Windstoß durchs Gefieder fuhr. Verdammter Mistkerl!

Er wandte den Blick erneut nach unten. Die Wasseroberfläche leuchtete, das gesamte Himmelsgewölbe spiegelte sich in ihr. Genau an der Stelle hatte Linda doch gelegen und sich im Mondschein treiben lassen. Als wäre sie tot. Robin lächelte angesichts seiner Erinnerung. Plötzlich wurde er von dem Wunsch erfüllt, dicht neben ihr in der Nacht herumzutreiben, auf dem Rücken liegend seinen Körper vom dunklen Wasser umschließen zu lassen, einen Arm auszustrecken und ihre Fingerspitzen zu berühren, um zu spüren, dass sie lebte. Entschlossen klappte er seine Flügel wieder ein und stürzte sich in die Tiefe. In rasender Fahrt sauste er auf die Wasseroberfläche zu. Linda lag mit ausgebreiteten Armen absolut still da. Genau in dem Moment, als er seine Flügel wieder ausbreitete, um sicher zu landen, stellte er fest, dass irgendetwas an ihr seltsam war. Sie war ja völlig aufgedunsen. Ihr Köper war ganz und gar nicht so samtweich wie sonst, sondern halb aufgelöst und schwammig. Ihre Lippen waren hochgezogen, sodass sie in einer grotesken Grimasse die Zähne fletschte. Und ihre Augen! Sie waren weg. Dort, wo sie eigentlich hätten sitzen müssen, klafften lediglich zwei leere Löcher.

Die Raben!

Mit einem wahnsinnigen Schrei legte Robin eine 180-Grad-Drehung hin und stieg von der Wasseroberfläche direkt wieder in den Himmel auf. Ihm war fast das Herz stehen geblieben. Er wandte sein Gesicht den Sternen zu und spürte eiskalte Tropfen auf seinen Wangen. Und dann fielen seine Tränen wie ein leiser Regen in der Nacht auf die kleine Gesellschaft, die sich da unten durch das Buschwerk der Birken voran kämpfte.

Sie hatten ihre bleischwere Bürde gerade über einige halb verrottete Baumstämme auf den Felsvorsprung hinausgeschleift, als Mike ein paar Regentropfen auf der Stirn spürte. Erstaunt schaute er zum Himmel hoch. Keine Wolke zu sehen.

Er wischte sich die Feuchtigkeit mit dem Ärmel ab und sah hinüber zu Robin.

Der Junge weinte ja.

Mikes Magen krampfte sich heftig zusammen. Er schluckte einen zähen Kloß hinunter. Ich hab ihn noch nie weinen sehen, fuhr es ihm durch den Kopf. Mit dieser Einsicht überfiel ihn eine so starke lähmende Trauer, dass er nichts anderes tun konnte, als mit hängenden Armen stehen zu bleiben.

Ich hab ihn, verflucht nochmal, nie weinen sehen!

Meinen eigenen Jungen.

Robin schniefte und wischte sich den Rotz unter der Nase weg. Er starrte mit leerem Blick in die Dunkelheit. Die Taschenlampe hing schlaff in seiner Hand herunter.

In dem Moment hörten sie Rolles Stimme.

«Adieu, du altes Aas!»

Dann setzte er seinen Fuß auf den Eisendraht und trat dagegen, sodass das gesamte Bündel über die Felskante rutschte. Man hörte ein dumpfes Platschen, als es schwer im Wasser landete.

Ohne ein Wort nahm Rolle Robin die Taschenlampe aus der Hand und leuchtete in die Dunkelheit hinab. Das Paket schaukelte gemächlich auf der Oberfläche, während die kleinen Wellen Kreise zogen, die sich langsam aufs felsige Ufer zubewegten. Für einen kurzen Augenblick sah es aus, als würde es schwimmen. Dann hörte man ein Zischen und ein Blubbern. Langsam, aber sicher verschwand Nils Ek in der Tiefe.

KAPITEL 25

Er hielt gerade eine Fleischwurst in der Hand, als er seine Verfolger bemerkte. Lediglich eine dunkle Ahnung, dass jemand ihn beobachtete, ließ Mike aufschauen. Die Frau an der Kühltheke begegnete träge seinem Blick. Sie hatte ein Paket tiefgefrorene Erbsen in der Hand. Es raschelte, als sie es in ihren Einkaufswagen fallen ließ. Die Kühlanlage gab ein schwaches Surren von sich. Ohne Eile trottete sie zwischen den Regalen weiter.

Waren es noch mehr?

Mike blickte sich verwirrt um. Der Supermarkt war zwar nicht gerade leer, wirkte aber dennoch ziemlich öde. Die Kunden schoben ihre Einkaufswagen planlos voran, als wären sie nicht zum Einkaufen, sondern zum Zeitvertreib hier. Ihre Gesichter waren gräulich blass. Vielleicht litten sie unter Blutarmut. Oder kam es vom Licht der Neonröhren an der Decke? Sie schauten trübe und gleichgültig drein.

Dennoch hatte Mike das Gefühl, dass sie über ihn wachten.

Jedes Mal, wenn jemand kurz davor war, aus seinem Gesichtsfeld zu verschwinden, meinte er, einen arglistigen Blick wahrzunehmen. Es ging jedoch so schnell, dass er sich nicht ganz sicher war. Der hagere Mann an der Fleischtheke. Die gelangweilte Verkäuferin, deren Kiefer unaufhörlich ein Kaugummi traktierten, während sie zerstreut die Orangen an der Obsttheke sortierte. Die Frau im rosafarbenen Trainingsanzug, die gerade ein riesiges Paket Toilettenpapier in ihren Einkaufswagen verfrachtet hatte. Was waren das eigentlich für Leute? Plötzlich wurde Mike klar, dass er, ohne es zu merken, geradewegs in einen Film hineingestiefelt und von lauter Statisten umgeben war. Das Unangenehme daran war allerdings, dass man ihm selber die Hauptrolle zugeteilt hatte.

In der Hoffnung, sie zu verwirren, drehte er sich ein paar Mal um die eigene Achse. Doch die Schatten waren zu schnell.

Dann ließ ihn ein Impuls nach oben schauen. Ganz oben an der Kante eines Regals war ein runder Spiegel angebracht, in dem er die Frau mit dem Erbsenpaket wieder erblickte. Sie starrte ihn unvermittelt an, diesmal allerdings keineswegs träge, sondern ziemlich vorwurfsvoll.

Mike griff sich rasch ein paar Liter Milch, ein Brot und ein Sixpack Bier und lief zur Kasse. Die Kassiererin lächelte freundlich, als erkenne sie ihn wieder. Doch unter ihren bleischweren blauen Augenlidern lag noch ein anderer Ausdruck. Ihr Mascara war ein Stück weit die Wange hinuntergelaufen, als hätte sie geweint.

Als er aus dem Supermarkt kam, hörte er jemanden seinen Namen rufen. «Mike!»

Eva Ström stand auf der anderen Straßenseite vor der Lokalredaktion von Ystads Allehanda gegen einen Polizeiwagen gelehnt. Sie winkte ihm zu. Es schien, als hätte sie geradezu auf ihn gewartet.

«Können Sie mal kurz rüberkommen?»

Es klang wie ein Befehl. Voller böser Vorahnungen ging Mike mit der Konsumtüte in der Hand auf sie zu.

Gerade als er auf den Bürgersteig trat und den Mund öffnen wollte, um etwas zu sagen, kam ein kleingewachsener glatzköpfiger Mann aus der Zeitungsredaktion heraus. Er blieb abrupt stehen und sah Mike an, ohne eine Miene zu verziehen. Lediglich seine Nasenlöcher zitterten ein wenig. Dann schob er seine spitze Zunge aus dem Mund und leckte sich die Mundwinkel.

Eine Eidechse, dachte Mike.

Möglicherweise war es auch der kahle bucklige Schädel, der ihn an ein Reptil erinnerte. Es sah aus, als würde der Mann jeden Moment seinen kleinen Kopf unter dem hochgeschlagenen Mantelkragen einziehen, gerade so wie eine Schildkröte, die sich in ihrem Panzer versteckt.

«Das ist Mike, von dem ich dir erzählt habe», stellte Eva Ström ihn vor.

Der andere starrte ihn, ohne etwas zu sagen, feindlich an und wandte seinen Blick dann zum Himmel, als wolle er signalisieren, dass er bereits gesehen hatte, was es zu sehen gab, und sein Urteil längst feststand. Unter dem Mantel konnte man einen weißen Hemdkragen und eine limegrüne Krawatte erkennen. Die Haut unter seinem Kinn hing in schlaffen Falten herab.

«Gut, dass wir Sie getroffen haben, Mike. Wir hatten sowieso vor, Kontakt zu Ihnen aufzunehmen», sagte Ström.

«Was ist denn passiert?»

Mike verlagerte das Gewicht etwas zur Seite, um an ihr vorbei ins Dunkel hinter der Tür zur Redaktion hineinsehen zu können. Da drinnen bewegte sich jemand. Die Bullen, mutmaßte er. Klar, dass man sich dort früher oder später fragte, wo der Zeitungsfritze wohl abgeblieben war. Mike spürte, wie es in seinem Magen zu rumoren begann. Er räusperte sich und spuckte in den Rinnstein aus, doch die Ladung landete näher an den blanken Schuhen des Mannes, als er beabsichtigt hatte.

Die kleinen Füße zuckten zusammen, während auf den Wangen des Polizeibeamten rote Flecken aufflammten. Er warf Mike einen bösen Blick zu, öffnete jedoch immer noch nicht den Mund.

«Sie haben keine Ahnung?», fragte Eva Ström und sah Mike misstrauisch an.

«Nein, was ist denn los?»

«Lesen Sie denn keine Zeitung?»

«Nicht so oft.»

Während sich Mike nach außen hin entspannt und unwissend gab, rauschten die Gedanken nur so durch seinen Kopf. Natürlich hatte Robin ihm schließlich erzählt, was geschehen war. Als sie auf dem Felsvorsprung am Steinbruch standen und den steifgefrorenen Journalisten in der Tiefe verschwinden sahen, hatte sich die Zunge des Jungen plötzlich gelöst. Die Worte strömten nur so aus ihm heraus. Der idiotische Nazistreich. Das Einwerfen der Fensterscheiben des Arabers. Und der Reporter, der bei ihm aufgekreuzt war und ihn erpressen wollte.

Warum hatte Robin nicht schon früher etwas gesagt?

Nicht, dass es irgendeinen Unterschied gemacht hätte. Einen Toten auf der Treppe zu Rolles Haus hätten sie nie und nimmer erklären können, davon war Mike absolut überzeugt. Für Leute wie sie war der Ausgang des Geschehens bereits programmiert. Lebenslang für ihn selbst, Irrenanstalt für Rolle und Erziehungsheim für Robin.

Aber das würde Mike niemals zulassen!

An der Felskante des Steinbruchs hatte er den Jungen in seine gewaltigen Arme geschlossen und ihn ganz fest an seine Brust gedrückt. Zu den leuchtenden Sternen am schwarzen Himmel hinaufgestarrt. Und verzweifelt nach tröstenden Worten gesucht, die ein guter Vater seinem Sohn mitgeben konnte.

Doch weder der Gott, an den Mike in seinem ganzen bisherigen Leben nicht geglaubt hatte, noch irgendwer anders hatte ihm die Gabe gegeben, die passenden Worte zu finden. Deshalb hatte er geschwiegen. Den Jungen einfach nur festgehalten. Und innerlich gehofft, dass seine eigene Kraft aus seinen Armen in den schmächtigen Körper übergehen würde.

Mit einer Willensanstrengung verdrängte Mike die Ereignisse der Nacht und kehrte wieder ins Hier und Jetzt zurück. Ein dreckverschmierter Volvo glitt an ihnen vorbei und wirbelte etwas Laub am Straßenrand auf. Er betrachtete die untersetzte Polizeibeamtin, die breitbeinig und anklagend vor ihm stand. Der Gedanke an alle Schimpfwörter, die er ihr bei ihrem letzten Besuch an den Kopf geworfen hatte, ließ ihn erschaudern. In seinem Inneren verdammte er sein hitziges Temperament. Jetzt würde er wohl dafür büßen müssen.

«Er ist verschwunden», sagte Eva Ström. «Schon eine ganze Woche lang hat ihn keiner gesehen.»

«Und wer?», fragte Mike zögerlich.

«Nils Ek. Er ist Lokalreporter bei Ystads Allehanda. Oder war, muss man vielleicht sagen. Wir wissen nicht, was ihm zugestoßen ist. Eines Tages ist er einfach nicht mehr bei der Arbeit aufgetaucht.»

«Merkwürdig. Aber was soll das mit mir zu tun haben?»

Eva Ström blickte fragend zu dem hageren Mann im Trenchcoat rüber. Er schien es nicht zu merken. Stattdessen nahm er eine dünne Blechschachtel aus der Innentasche seines Mantels und entnahm ihr einen Zigarillo, den er mit einem silbernen Feuerzeug anzündete. Die Eidechse war offenbar ihr Chef.

Als der Polizeibeamte sich zum ersten Mal äußerte, war seine Stimme erstaunlich hell, fast so, als wäre er nie in den Stimmbruch gekommen.

«Jetzt hören Sie mal gut zu, Mike Larsson, denn jetzt werde ich Ihnen sagen, was sein Verschwinden mit Ihnen zu tun hat.»

Er machte eine Kunstpause und fixierte Mike mit seinem Blick.

«Vielleicht hat es sogar eine ganze Menge mit Ihnen zu tun. Vielleicht aber auch keinen Deut. Genau das werden wir herausfinden. Wie Sie wissen, reagieren wir Polizisten intuitiv, wenn der Verdacht auf ein Verbrechen vorliegt. Instinktiv, aber professionell. Wir knöpfen uns das gewöhnliche Pack vor. Und Sie gehören nun mal dazu. Wir stellen Fragen. Schnüffeln etwas herum. Gescheiterte Existenzen wie Sie liegen hinter neunzig Prozent aller Delikte im Ort. Reine Erfahrungswerte. Und die meisten von ihnen sind so dämlich, dass sie sich verplappern, sobald sie nervös werden.»

Der Polizeibeamte formte seine Lippen zu einem kleinen Ring, blies eine dicke Rauchwolke aus und blinzelte.

«Habe ich mich deutlich genug ausgedrückt?»

Seine Kollegin hüstelte diskret. Mike spürte, wie es in seinen Schläfen zu kribbeln begann. Er zwang sich zu lächeln, als er sich an Eva Ström wandte.

«Da haben Sie aber heute 'nen toughen Knirps bei sich», sagte er mit aalglatter Stimme.

Er sah, wie es in ihrem Mundwinkel zuckte.

«Ich wusste gar nicht, dass die Polizei in Ystad auch Praktikanten annimmt ...»

Über ihr Gesicht zog ein amüsiertes Lächeln. Mit einer gemurmelten Entschuldigung nahm sie ihr Handy zur Hand und wandte sich ab, als wäre ihr plötzlich die Idee gekommen, nachzugucken, ob sie eine SMS erhalten hatte. Doch als Mike das Schwarze in den Augen des kleingewachsenen Polizeibeamten sah, bereute er seine Worte sofort. Er fluchte innerlich.

«Das ist Björn Bernhardsson», sagte Eva Ström und schaute auf, jetzt mit völlig neutralem Gesichtsausdruck. «Er ist Kommissar und leitet die Voruntersuchungen im Zusammenhang mit Nils Eks Verschwinden.»

«Cool», rutschte es Mike heraus.

«Kommen Sie rein», befahl sie ihm und wies mit dem Daumen in Richtung Türöffnung.

Das Erste, was Mike entgegenschlug, als er über die Schwelle trat, war der Geruch nach Rauch und eingebranntem Kaffeesatz. Die Kaffeemaschine stand am Rand des Schreibtisches mit schwarzem eingebranntem Bodensatz in der Kanne. Das Kabel hing wie ein schlaffer Schwanz auf den Fußboden hinunter, als hätte man den Stecker eilig aus der Steckdose gezogen. Der Zeitungsmann musste vergessen haben, sie abzuschalten, als er sich auf den Weg gemacht hatte, um Robin aufzusuchen, ging es Mike durch den Kopf. Es hätte auch anfangen können zu brennen. Der Schreibtisch war übersät mit alten Zeitungen und Papieren. Was für ein Pech, dass es nicht angefangen hatte zu brennen!

«Zum Glück hat sie nicht Feuer gefangen», sagte Eva Ström und schnupperte ein wenig in der Luft. «Die Maschine war offenbar mehrere Tage lang eingeschaltet gewesen.»

Zwei Polizisten in Zivil waren dabei, einen Dokumentenschrank aus Metall zu durchwühlen. Ein kleiner, an einen Terrier erinnernden Mann mit breitem Unterkiefer sowie sein großgewachsener, schlaksiger jüngerer Kollege mit vollem blondem Haar und etwas verschlafenem Gesichtsausdruck. Sie schauten beide auf und nickten kurz. Sie schienen gerade dabei zu sein, die Untersuchung des Arbeitsplatzes abzuschließen. Mit einem Knall schob der Schlaksige die letzte Schublade wieder zu.

«Ich denke, wir sind so weit fertig», verkündete er und warf sich einen schwarzen Müllsack mit beschlagnahmten Papieren über die Schulter. «Den Computer nehmen wir mit, damit wir die Hardware auf der Wache in Ruhe durchgehen können.»

Während die beiden Polizisten nacheinander mit ihrer Beute die Redaktion verließen, sah Bernhardsson sich um, als überlege er, wo er anfangen sollte. Mike folgte mit zunehmender Nervosität seinem Suchen, bis sein Blick in der letzten Reihe der Titelseiten, die an die Wand geheftet waren, an einer Schlagzeile hängen blieb.

Rassisten randalieren auf dem Marktplatz in Tomelilla.

Plötzlich schnellte Bernhardsson auf dem Absatz herum, als wolle er ihn überrumpeln, und bohrte seinen Blick in Mikes.

«Wissen Sie, worauf sich diese Schlagzeile bezieht?»

Mike tat so, als dächte er lange und gründlich nach.

«Tut mir leid, keine Ahnung.»

Ein irritiertes Schnauben hinter seinem Rücken signalisierte, dass Eva Ström sich nicht täuschen ließ.

«Dieser Mann, Nils Ek, hat letzte Woche einen Scoop gelandet.»

Bernhardsson kräuselte verächtlich die Lippen, um gewissermaßen anzudeuten, dass in seinen Augen ein Lokalreporter bei einem Käseblatt wie diesem in seiner Existenzberechtigung nur unbedeutend über kriminellen Parasiten wie Mike stand.

«Eine Gang junger Burschen, die sich als Nazis verkleidet haben, hat ein kleines Spektakel auf dem Marktplatz veranstaltet. Unter anderem die Fensterscheiben der Pizzeria des Arabers eingeschlagen.» Erneut hielt er inne, wohl in der Absicht, Mike seine deutliche Abneigung zu signalisieren. «Jungenstreiche, könnte man vermuten. Wenn Nils Ek nicht zufällig ein paar Tage später verschwunden wäre. Meiner Meinung kann man nicht umhin, sich zu fragen, ob nicht zwischen beiden Ereignissen ein Zusammenhang besteht.»

Ohne ein Wort zu sagen, nahm Eva Ström ein Exemplar von Ystads Allehanda vom Schreibtisch. Auf der ersten Seite war ein schmächtiger Mann mit spitzen Gesichtszügen und struppigem Haar abgebildet. Er lächelte. *Verschwunden*, lautete die Bildunterschrift in fetten schwarzen Lettern. Sein Anblick ließ ein anderes Bild in Mikes Kopf wie von einem

Kamerablitz aufleuchten. Dasselbe Gesicht, nur steifgefroren und mit hellweißem Frost überzogen.

«Erkennen Sie diesen Mann wieder?», fragte Ström.

«Nee.»

Mike gelang es, ein gelangweiltes Gähnen hervorzubringen.

«Ehrlich gesagt, kapier ich nicht ganz, worauf Sie aus sind.»

«Ehrlich gesagt, Mike, bin ich mehr und mehr davon überzeugt, dass Sie lügen!», zischte der Kriminalkommissar mit einer Stimme, die immer lauter wurde und am Ende des Satzes in ein spitzes Falsett überging.

Er senkte seine Tonlage um eine Oktave. «Wissen Sie, was ich glaube?», fragte er leise.

Mike schüttelte den Kopf.

«Ich glaube, Sie haben diesen Mann erschlagen. Ich glaube, Sie wissen, wo er sich befindet.»

Obwohl Mike natürlich die ganze Zeit wusste, worauf der Kommissar hinauswollte, fühlte es sich an, als hätte er eine Faust in den Magen gerammt bekommen. Man hatte ihm schon vieles im Leben vorgeworfen, zu Recht oder Unrecht, aber noch nie einen Mord. Ihm wurde übel.

Nur mit großer Mühe gelang es ihm, seinen Zorn zu unterdrücken und sich Eva Ström mit einem wölfischen Grinsen zuzuwenden.

«Hören Sie, Frau Ström, nun müssen Sie Ihren Knirps aber an den Ohren ziehen, damit er nicht übers Ziel hinausschießt.»

Kaum hatte er den Satz zu Ende gesprochen, als Bernhardsson seine Handfläche so fest auf den Tisch knallte, dass ein ausgetrunkener Kaffeebecher umkippte und einige herumliegende Dokumente zu Boden segelten.

«Mord!», schrie er mit rabenschwarzem Blick. «Mord,

Mike Larsson! Und Sie können sich darauf verlassen, dass ich Sie drankriege!»

Dann zog er ein Foto aus der Innentasche seines Mantels und ließ es vor Mike auf den Tisch fallen.

«Wir haben das hier gerade in einer seiner Schubladen gefunden.»

Mike brauchte das Bild nicht lange in Augenschein zu nehmen, um zu verstehen, was es darstellte. Einige maskierte Figuren mit Ziegelsteinen in den Händen. Rauch in der Nacht. Es war beinahe so, dass er das Geräusch von zerberstendem Glas hören konnte. Das Foto war verschwommen. Aber nicht so stark, dass man nicht deutlich erkennen konnte, wer der Junge ganz vorn war. Derjenige, der die Sturmhaube in die Stirn hochgeschoben hatte und mit aufgerissenen Augen direkt in die Kamera schaute. Es war Robin.

Mit einem Mal war Mike zum Heulen zumute. Ihn überfiel eine lähmende Müdigkeit. Er biss sich auf die Zunge, um sich nicht zu verraten. Im Hintergrund hörte er Björn Bernhardssons helle Jungenstimme.

«Wie Sie verstehen werden, haben wir natürlich vor, den Jungen zu vernehmen.»

«Aber er ist doch zum Teufel noch minderjährig ...»

Vergebens suchte Mike in Eva Ströms Gesicht nach Mitleid. Doch sie blickte gleichgültig aus dem Fenster.

«Ich bin immer noch sein Vater. Ich habe das Recht, dabei zu sein ...»

«Halten Sie die Klappe, Mike!»

Bernhardssons Reptilzunge glitt über die Lippen, und tief in seinen Augen wurde ein Glühen sichtbar.

«Sie haben überhaupt keine Rechte. Glauben Sie, wir sind so dumm und lassen Sie dabei sein und den Jungen beeinflussen? Ja? Im Moment gibt es zwei Alternativen für Sie. Entweder Sie bleiben ein paar Stunden brav hier sitzen, während wir uns mit Robin unterhalten. Meine Jungs leisten Ihnen derweil Gesellschaft. Oder ich nehme Sie auf der Stelle fest und sehe zu, dass Sie wegen Mordes in Untersuchungshaft kommen.»

Ohne eine Antwort abzuwarten, machte der Kommissar auf dem Absatz kehrt und verließ die Redaktion.

KAPITEL 26

Als Robin den schwarzen Volvo auf den Parkplatz der Schule fahren sah, überfiel ihn erneut das Gefühl, verfolgt zu werden.

Sein nächtlicher Albtraum kam ihm wieder in Erinnerung. Die Hunde hatten geheult wie Wölfe. Von ihnen verfolgt, war er über einen Platz gerannt. Sie hatten hechelnd ihre gelben Schneidezähne gefletscht. Verzweifelt hatte er um Hilfe gerufen, doch alle Leute wandten sich ab, als wäre er durchsichtig. Den Blutgeschmack hatte er noch auf der Zunge, als er schweißgebadet erwachte. Er hatte mit laut klopfendem Herzen in seinem Bett gesessen und in die graue Dämmerung draußen vor dem Fenster hinausgespäht.

Robins Befürchtungen bewahrheiteten sich, sobald sich die Autotür öffnete. Es war die Bullenfrau, die wie ein Eskimo aussah. Ihr Anblick ließ ihn erstarren.

Er sah sich auf dem Schulhof um. Die Bank, auf der er saß, stand etwas abseits unter einer halbnackten Kastanie. Ein Stück entfernt drückten sich einige Mädels fröstelnd mit Zigaretten zwischen den blaugefrorenen Fingern an die Ziegelwand. Ein schneidender Wind zog über den Schulhof.

Morgens hatte Robin eigentlich vorgehabt, zu Hause zu bleiben. Doch dann zwang er sich, zur Schule zu gehen, um keinen Verdacht zu erregen. An die ersten Stunden erinnerte er sich schon nicht mehr. Lediglich ein diffuser Geräuschpegel und ein abgestandener Geruch waren hängen geblieben. Seine Klassenlehrerin Mia hatte ihn natürlich gefragt, wie es ihm ging. Doch er hatte kaum geantwortet. Er war so entsetzlich müde. Als der schwarze Wagen auftauchte, dachte er gerade darüber nach, ob er mit dem Fahrrad zu Bubblekings Haus fahren und sich ganz hinten im dunklen Keller ein Versteck bauen sollte. Dann müsste er sich der Welt nie mehr zeigen.

Die Polizistin reckte sich und spähte über den Schulhof. Sie entdeckte ihn auf Anhieb. Sie beugte sich rasch in den Wagen hinein, woraufhin sich die Beifahrertür öffnete. Ein kleingewachsener kahlköpfiger Mann in langem Mantel stieg aus und fixierte Robin mit seinem Blick.

Ich muss fliehen, fuhr es ihm durch den Kopf.

Dann verwarf er den Gedanken wieder. Sein Körper war schwer wie Blei. Robin konnte sich nicht vom Fleck rühren.

Während sich die beiden Polizisten langsam näherten, sah er aus dem Augenwinkel, wie die Mädchen an der Ziegelwand ihre Kippen ausdrückten und zum Eingang liefen. Ihr Lachen wurde von einer Windbö fortgetragen. In der Türöffnung stoben sie unvermittelt auseinander wie ein aufgeschreckter Fischschwarm. Kurz darauf segelte Elisabet Aronsson heraus und nahm zielgerichtet Kurs auf die große Treppe hinunter zur Straße. Sie schien es eilig zu haben. Als sie den Schulhof zur Hälfte überquert hatte, erblickte sie Robin und die Polizisten. Die Mathematiklehrerin blieb stehen und schaute zu ihnen herüber.

«Hej», sagte die kräftig gebaute Polizistin zu Robin und musterte ihn mit grimmigem Blick.

Er öffnete den Mund, doch aus seiner Kehle drang lediglich ein Röcheln.

«Du erinnerst dich doch an mich, nicht wahr? Eva Ström, Kriminalinspektorin. Wir waren letzte Woche bei euch zu Hause.»

Er gab ein irritiertes Schnaufen von sich und richtete sein

Gesicht zu Boden. Kleine blankgeputzte Schuhe. Widerwillig hob er seinen Blick und sah den kahlköpfigen Bullen an. Irgendwie erinnerte ihn der Kerl an eine Schlange. Es kam ihm vor, als könne er mit seinen giftigen Augen geradewegs durch Robin hindurchsehen.

«Das ist mein Chef. Björn Bernhardsson. Wir würden uns gerne nochmal mit dir unterhalten», sagte Eva Ström.

«Und worum geht's jetzt schon wieder?»

Die beiden Polizisten betrachteten ihn schweigend, als hofften sie darauf, dass er etwas preisgeben würde. «Wir dachten eigentlich, dass du es bereits wüsstest», meinte Eva Ström.

Der Schlangenbulle starrte ihn immer noch an. Das ist doch irgendwie krank; was für ein widerlicher Typ!, dachte Robin. Ganz gemächlich, als würde er in einem Film mitwirken, nahm der Polizist eine schmale Zigarre aus einer Blechschachtel und zündete sie an. Er blinzelte durch den Rauch hindurch, ohne etwas zu sagen. Diesmal waren sie allerdings nicht gekommen, um ihn zu fragen, was bei Linda zu Hause geschehen war, das war sicher.

«Du kannst 'ne Runde im Wagen mitfahren», schlug Eva Ström vor. «Dann können wir in aller Ruhe reden.»

«Ich hab doch beim letzten Mal schon alles gesagt. Es war mein verdammter Daumen, der ihr Bett mit Blut verschmiert hat.»

Mit einer lahmen Geste hob er seine Hand und hielt ihnen den Schorf in der Daumenfalte hin.

Im selben Augenblick mischte sich Elisabet Aronsson ins Gespräch ein. Sie hatte sich unbemerkt angeschlichen, sodass alle drei zusammenfuhren, als sie mit ihren schulmeisterlichen Ausführungen begann.

«Aha, die Polizei ist also endlich zur Vernunft gekommen. Es ist ja auch höchste Zeit, dass Sie diesen Jungen hier mit etwas härteren Bandagen anfassen. Meiner kleinen Linda ging es nach dem Übergriff nämlich ziemlich schlecht. Einem solchen Trauma sollte wirklich niemand ausgesetzt werden …»

«Ruhe jetzt!»

Plötzlich war es, als würden aus Eva Ströms schräg stehenden Augen regelrecht Blitze schießen. Sie machte zwei große Schritte, stellte sich auf die Zehenspitzen und tippte der erschrockenen Mathematiklehrerin mit dem Zeigefinger auf die Brust.

«Diese Sache hier hat überhaupt nichts mit Ihnen zu tun!»

«Aber …»

«Ich werde Ihnen jetzt nicht sagen, was ich von neureichen Tanten wie Ihnen halte. Aber mischen Sie sich hier bitte nicht ein. Noch ein Wort von Ihnen, und ich werde dafür sorgen, dass Sie wegen falscher Anschuldigungen angeklagt werden. Verstanden?»

Die großgewachsene Lehrerin stand völlig steif und stumm da. Die Farbe ihrer zitternden Lippen hatte von Rot zu Grau gewechselt, als wäre jegliches Blut aus ihnen gewichen. Sie blickte Robin voller Abscheu an und wandte sich dann wieder Eva Ström zu. Das breite Gesicht der Kriminalinspektorin war nur ein paar Handbreit von ihrem entfernt.

«Verstanden?»

Gedemütigt und bezwungen kehrte Elisabet Aronsson ihnen den Rücken und schwebte über den Schulhof von dannen.

Bernhardsson wirkte ausnahmsweise einmal amüsiert. Er ließ seinen Zigarillo zu Boden fallen und trat die Glut mit dem Schuh aus.

«Also dann», sagte Eva Ström und wandte sich an Robin. «Sollen wir eine Runde drehen?»

Der größere Polizist schien ganz in Ordnung zu sein. Seine hellblauen Augen strahlten völlige Arglosigkeit aus. Dieser Pitbullterrier war in Mikes Augen bedeutend schlimmer. Es schien, als wäre er eher der zähe Typ, der sich einem an der Achillessehne festbeißen und nicht wieder loslassen würde, egal wie sehr man um sich trat.

Obwohl es natürlich idiotisch wäre, es zu versuchen. Eine Flucht aus dem provisorischen Gewahrsam würden Bernhardsson und Ström ganz klar als Schuldeingeständnis werten. Damit wäre Robin kaum geholfen. Konnte er nicht möglicherweise den Jungen anrufen und ihn warnen? Er nahm das Handy aus der Hosentasche.

«Vergessen Sie's, Mike», sagte der Pitbull und grinste.

Mike warf ihm einen säuerlichen Blick zu und schob das Handy wieder in die Jeanstasche zurück. Als er seine Hände wieder auf die Oberschenkel legte, merkte er, dass sie zitterten. Es war doch zum Verrücktwerden. Sein ganzer Körper fühlte sich an wie ein Dampfkochtopf, der jeden Moment explodieren konnte. Er hörte seinen dumpf rauschenden Puls in den Ohren. Ich muss etwas unternehmen, dachte er. Ich kann es nicht zulassen, dass die Bullen ihn wie eine Zitrone auspressen. Und wenn sie die Wahrheit erfahren, werde ich ihn nie wiedersehen.

Er sah sich in der Redaktion um. Die beiden Polizisten hatten sich jeder auf einem Stuhl neben der Tür niedergelassen. Der größere gähnte gelangweilt. Der Pitbull saß mit geradem Rücken und halb geschlossenen Augenlidern da, als versuche er sich die Zeit mit Meditieren zu vertreiben, komme jedoch nicht richtig zur Ruhe.

Ohne es selber zu realisieren, begann Mike nach Hinweisen zu suchen. Wer war Nils Ek eigentlich? Am Eingang standen ein Paar Gummistiefel, die mit eingetrocknetem Matsch verschmiert waren. Zwei zusammengeknäulte Wollsocken lagen daneben. An der Wand gegenüber den Titelseiten mit den Schlagzeilen hing das Poster einer Countryband, von der Mike noch nie etwas gehört hatte. Eine Baseballkappe lag auf dem Schrank. Der Kaktus am Fenster war grau wie eine Mumie. Irgendwelche Fotografien oder etwas anderes Persönliches konnte er nicht entdecken.

Plötzlich kam ihm ein Gedanke. Hatte Nils Ek vielleicht auch ein kleines Foto in seinem Portemonnaie dort unten in der Tiefe stecken, wo er jetzt lag?

Mike verwarf den Gedanken rasch. Der Kerl war ein Schwein. Er hatte sich aufgedrängt und Robin bedroht. Hatte versucht, ihn zu erpressen. Außerdem war es ja ein Unfall gewesen, als er die Treppe runterfiel und sich das Genick brach.

Hoffentlich hielt Robin einfach die Klappe.

Der Schlangenbulle setzte sich auf den Rücksitz. Der Kerl hatte immer noch kein Wort gesagt, ihn lediglich die ganze Zeit über finster angestarrt, und Robin begriff, dass er auf den richtigen Moment wartete, in dem er ihm seine Giftzähne in den Hals rammen konnte.

Einen kurzen Augenblick meinte er Bernhardssons Atem in seinem Nacken zu spüren. Oder war es der Luftzug, der durch den schmalen Spalt des Seitenfensters hereinwehte, das Ström heruntergekurbelt hatte?

Sie lächelte ihn freundlich an. Eine Hand am Steuer, die andere auf dem Schaltknüppel. Ein Geruch nach Leder umgab sie. Sie spielen «good cop and bad cop», ging es Robin durch den Kopf.

«Hafen?», fragte Eva Ström und warf einen Blick in den Rückspiegel.

«Warum nicht», antwortete eine helle Stimme vom Rücksitz her.

Gestapo, dachte Robin.

Die Stille sollte ihm Angst einjagen. So dumm war er nicht, dass er das nicht einsah. Ihn zum Schwitzen zu bringen, genau wie im Fernsehen. Das Schlimme war nur, dass es ihnen ziemlich gut gelang. Das Piepen des Polizeifunks, das Rauschen der Klimaanlage, das dumpfe Motorengeräusch und Ströms schwere Atmung. Alles in allem machte es ihn verdammt nervös. In seinem Darm rumorte es wie ein Donnergrollen. Als sie die Kirche von Benestad passierten, überlegte er, ob er sie bitten sollte anzuhalten, damit er hineinlaufen und die Toilette benutzen könne, doch dann entschied er sich, es einzuhalten. Mikes Worte klangen ihm noch in den Ohren: «Zieh niemals den Schwanz ein. Zeig ihnen niemals, dass du Angst hast.»

Erst als Eva Ström auf die Zufahrtsstraße nach Ystad eingebogen war und den Wagen hinunter in Richtung Hafenterminal rollen ließ, traute Robin sich zu fragen.

«Wohin fahren wir eigentlich?»

Er erhielt keine Antwort.

Einige hohe Ölzisternen türmten sich am Straßenrand auf. Dann fuhren sie an langen Reihen von Containern, wartenden Sattelschleppern und Eisenbahnwaggons vorbei, bis sie schließlich einen großen Holzspeicher umrundeten, bevor Eva Ström zu einem Kai abbog und unmittelbar an dessen Kante zum Stehen kam. Sie stellte den Motor ab. In einiger Entfernung sah Robin eine weiße Fähre aus der Hafeneinfahrt stampfen.

«Swinemünde», sagte Ström.

«Was?»

«Die Fähre», verdeutlichte sie und nickte. «Sie fährt nach Polen.»

Robin schwieg. Er folgte dem Schiff mit dem Blick, bis es nicht mehr zu sehen war.

«Hier ist man ziemlich ungestört», sagte die helle Stimme hinter ihm. «Man sieht selten jemanden. Ich nehme oft Leute mit hierher, wenn ich in aller Ruhe mit ihnen reden will.»

Robin beschloss, nicht zu antworten.

«Eine Sache ist mir übrigens durch den Kopf gegangen», fuhr der Mann auf dem Rücksitz fort. «Gesetzt den Fall, man hat eine Leiche am Hals. Wo wird man sie am besten los? Hast du darüber schon mal nachgedacht, Robin?»

«Nee.»

Er schüttelte unsicher den Kopf.

«Komm schon, Robin. Da hat sich doch jeder schon mal Gedanken drüber gemacht. Ich meine, rein hypothetisch. Angenommen, man hat jemanden umgebracht. Wo bleibt man dann mit der Leiche? Damit sie keiner finden kann. Was meinst du?»

Auf dem Rücksitz knarrte es, und plötzlich fixierte ihn der Kommissar im Rückspiegel. Er war ihm ganz nahe gekommen. Sein Gesicht befand sich jetzt unmittelbar hinter der Nackenstütze. Sein Atem roch nach Rauch.

«Ich weiß nicht, wovon Sie reden.»

«Wer waren die anderen Jungen?»

«Welche anderen Jungen?»

«Du weißt genau, wovon ich rede, Robin. Die anderen Jungs, die sich als Nazis verkleidet und beim Araber die Scheiben eingeschlagen haben. Wer waren sie?»

Robin hielt die Luft an. Woher wussten sie es nur? Hatte Kenny oder einer der anderen ihn etwa verpfiffen? Dieser aufgeblasene Idiot! Er hat sich bestimmt in die Hosen geschissen, sobald ihm ein Bulle auch nur 'n bisschen Druck machte.

«Welche Scheiben denn eingeschlagen?», fauchte er.

«Du kannst es ebenso gut gleich eingestehen», sagte Eva Ström mütterlich und legte eine Hand auf seinen Arm.

Er schüttelte sie wütend ab.

Dann streckte Bernhardsson seinen Arm vor und ließ ihm ein vergrößertes Foto in den Schoß segeln.

«Erkennst du diesen Jungen?»

Mit einem Mal wurde es ganz schwarz in Robins Kopf. Er befand sich wieder in der betreffenden Nacht. Die Rauchbomben, Ultima Thule aus dem Ghettoblaster, Kenny und die anderen, die schrien und herumgrölten, die schweren Ziegelsteine und das berauschende Klirren von zersplitterndem Glas. Er spürte plötzlich, wie es in seinen Augen brannte und er sich, ohne nachzudenken, mit dem Handrücken übers Gesicht wischte. Dann fiel ihm der gehetzte Blick auf dem Foto auf. Seine eigenen Augen. Der Reporter hatte also nicht geblufft, als er ihm damit drohte, Bilder von der Aktion zu besitzen.

«Wir finden es etwas merkwürdig, dass Nils Ek dieses Foto nicht veröffentlicht hat.»

Der Kommissar flüsterte nahezu in Robins Ohr.

«Findest du nicht auch?»

Robin kam sich vor wie die Beute einer Schlange. Er war wie gelähmt. Versuchte so lautlos zu atmen, wie er nur konnte.

«Also haben wir uns gedacht, dass er mit diesem Bild vielleicht etwas anderes vorhatte», zischte Bernhardsson, dessen Gesicht sich immer noch dicht hinter seinem Nacken befand.

Er wartete eine ganze Weile, bis er weitersprach.

«Das Interessante an dem Foto ist ja, dass man ausschließlich ein Gesicht darauf erkennt. Du bist der Einzige, den man identifizieren kann.»

Ohne die Lippen zu bewegen, murmelte Robin immer wieder sein Mantra lautlos vor sich hin: Niemals den Schwanz einziehen.

«Natürlich besteht die Möglichkeit, dass Herr Ek in dieser Nacht noch mehr Bilder aufgenommen hat. Fotos, auf denen man erkennen kann, wer deine Freunde sind. Aber bisher haben wir keine gefunden. Weder als Kopien auf Papier noch irgendwo zwischen seinen Notizen. Die Kamera ist natürlich verschwunden, man kann also nicht ausschließen, dass sich darin noch welche befinden. Doch es ist nicht sehr wahrscheinlich.»

Björn Bernhardsson hielt in seinen Überlegungen kurz inne, als wolle er Robin eine Chance geben, zu reagieren.

«Lass uns einfach davon ausgehen, dass es nur dieses eine Bild mit deinem Gesicht gibt», fuhr der Kommissar fort. «Dann sind wir wieder bei der Frage, was er damit vorhatte.»

«Wie soll ich das wissen?», antwortete Robin gereizt, bereute es jedoch sofort. Es war besser, die Klappe zu halten.

Hinter seinem Rücken hörte er, wie Bernhardsson die Position wechselte. Der Geruch nach Tabak verriet, dass er sich einen Zigarillo angezündet hatte. Ein dünner Rauchkringel schlängelte sich zum Wagendach hinauf.

«Er hat dich aufgesucht, oder? Er ist bei dir gewesen und hat Geld oder etwas anderes gefordert. Nicht dass ich wüsste, was genau er von dir gewollt haben könnte. Aber ich bin mir ziemlich sicher, dass dieser gierige kleine Reporter Kontakt zu dir aufgenommen hat, um mit dir über das Foto zu reden. Und dann ist irgendetwas passiert. Die Sache ist aus dem Ruder gelaufen. Und plötzlich war Nils Ek spurlos verschwunden.»

Robin traute sich nicht mal mehr zu atmen. Wenn ich den Mund öffne, verplappere ich mich, dachte er. Zieh nicht den Schwanz ein. Dieser Teufel blufft nur. Er versucht nur, etwas rauszukriegen. Aber eigentlich weiß er rein gar nichts.

Plötzlich schlug Bernhardsson mit seiner Handfläche mit voller Kraft gegen die Rückseite der Nackenstütze, sodass Robins Kopf nach vorn geschleudert wurde.

«So antworte doch endlich, verdammt nochmal!»

«Björn!», rief Eva aus.

Sie drehte sich um und sah ihren Chef eindringlich an.

«Immer mit der Ruhe, Björn. Er ist noch nicht mal strafmündig.»

Mit einem irritierten Brummen riss der Kommissar die Wagentür auf und stieg auf den Kai hinaus. Mit dem Wind wehte eine salzige Brise herein, die nach verrottetem Tang roch. Eine ganze Weile stand er unbeweglich da und schaute auf die Brandung vor dem Pier. Dann schnellte er herum und winkte Robin mit der Hand zu sich.

«Komm her!»

Eva Ström nickte Robin zu und wies mit dem Daumen in Bernhardssons Richtung. Widerwillig stieg er aus dem Wagen. Vom Meer her wehte ein kalter Wind. Einige Möwen kreischten über der grauen Wasseroberfläche des Hafenbeckens.

«Du musst verstehen, Robin», begann der Kommissar mit einer freundlicheren Stimme. «Manchmal kann es eine Befreiung sein, sein Herz zu erleichtern. Dieses Spektakel dort auf dem Marktplatz ist ja nicht die Welt. Es war natürlich eine blöde Sache. Aber nichts, worüber man lange reden müsste. Jedenfalls nichts, worüber du dir Sorgen machen müsstest. Aber wenn du weißt, wo sich Nils Ek befindet, und es uns nicht erzählst, dann ist das eine ganz andere Sache. Dann kann es tatsächlich sein, dass du die Mitschuld an einem Mord trägst. Und das willst du doch nicht, oder?»

Vertraulich legte Bernhardsson den Arm um Robin und zog ihn mit sich auf die Kaikante hinaus. Robin ließ sich widerwillig mitführen. Trotz seines schmächtigen Körperbaus schien der Polizist ziemlich viel Kraft zu besitzen.

«Dein Papa Mike ist dafür bekannt, dass er ganz schön launenhaft ist. Er hat ein ziemlich hitziges Temperament. Eckt oft an. Wir wissen ja, dass du nicht derjenige warst, der es getan hat. Aber wenn du uns genau erzählst, was passiert ist, hilft es dir nicht nur selber weiter. Sondern du hilfst damit auch Mike.»

Robin biss die Zähne zusammen. Kämpfte verzweifelt, um all die Gefühle, die in ihm brodelten, nicht preiszugeben. Er war nämlich kein Verräter.

Dann spürte er Bernhardssons Hand um seinen Nacken. Ein sehniger Daumen und vier weiche Finger. Sie streichelten ihn vorsichtig. Aus dem Augenwinkel sah er den Kommissar ins Wasser hinunterschauen.

«Weißt du eigentlich, wie lange es dauert, bis ein menschlicher Körper sich im Wasser auflöst? Hast du eine Ahnung, Robin? Es dauert Jahre. Versenkt man eine Leiche, dann bläht sie sich zunächst auf wie ein Ballon. Ich habe schon viele von ihnen aus dem Wasser gezogen. Sie stinken entsetzlich. Dann beginnt das Fleisch zu verrotten und abzufallen. Natürlich nur, wenn die Fische es nicht fressen. Oder Krabben. Aber das Skelett fressen sie nicht. Die Knochen. Es dauert verdammt lange, bis sie sich auflösen.»

Der Griff um Robins Nacken verstärkte sich. Anfänglich nur leicht, kaum merklich. Dann jedoch immer mehr. Der Daumen bohrte sich unmittelbar unter seinem Ohr ins Fleisch. Zeige- und Mittelfinger legten sich wie Klauen um seinen Hals. Robin wand sich, doch es tat nur noch mehr weh.

«Wenn man eine Leiche vergräbt, setzt ein anderer Prozess ein. Die Würmer kriechen hinein und wieder heraus. Es sieht richtig eklig aus, wenn man sie ausgräbt.»

«Ich krieg keine Luft mehr», keuchte Robin.

Doch anstatt seinen Griff zu lockern, drückte Bernhardsson noch fester zu. Robin spürte, wie ihm schwindelig wurde. Dann wurde sein Kopf nach unten in Richtung Kaikante gebogen, sodass er gezwungen war, direkt ins Wasser hinunterzuschauen.

«Habt ihr es so gemacht?», zischte der Kommissar. «Du und dein Vater! Den Reporter im Meer versenkt, nachdem ihr ihn erschlagen habt? Oder habt ihr ihn vergraben und den Würmern überlassen? Antworte, verflucht nochmal, du verdammter Bengel!»

«Jetzt reicht es aber, Björn!»

Eva Ström stand breitbeinig vor dem Wagen und sah aus, als wäre sie kurz davor, ihre Dienstwaffe zu ziehen. Mit einem wütenden Fluch drückte Bernhardsson ein letztes Mal zu, löste dann die Finger um Robins Hals und stieß ihn von sich, sodass er vornüber im öligen Schotter landete.

Robin spürte, wie seine Handflächen brannten. Blind vor Tränen presste er die Stirn fest gegen den Boden. Nicht den Schwanz einziehen. Jetzt bloß nicht die Fassung verlieren, wo er es doch fast geschafft hatte.

«Geh und setz dich ins Auto, Robin», hörte er Eva Ström mit kühler Stimme sagen.

Langsam kam er wieder auf die Füße. Wischte sich etwas Schmutz von den Knien. Im Wagen lehnte er den Kopf zurück und schloss die Augen.

Vor der offenen Wagentür hörte er die beiden leise murmeln.

«Er weiß etwas. Ich bin mir sicher, dass er etwas weiß.»

«Auf diese Weise kriegst du aber ganz bestimmt nichts aus ihm heraus.»

«Er weiß etwas … Er und sein Vater.»

«Wir haben nichts Konkretes. Lediglich das Foto, und das wird als Beweis nicht gerade viel taugen.»

Nachdem sie eine Weile geschwiegen hatten, fuhr der Kommissar fort.

«Wir müssen eine Hausdurchsuchung bei diesem Idioten veranlassen, bei dem sie wohnen.»

KAPITEL 27

Es war mehr ein Instinkt als irgendein vernünftiger Gedankengang, der Mike fliehen ließ. Als die Gelegenheit dazu auftauchte, reagierte er intuitiv.

Er hatte eine ganze Weile am Schreibtisch des toten Journalisten gesessen und die beiden gähnenden Polizisten beobachtet, die ihn bewachten. Der Druck in seinem Kopf erhöhte sich sukzessive mit den Minuten, die verrannen. Schließlich wurde er unerträglich. Es fühlte sich an, als verliefe eine surrende Hochspannungsleitung zwischen seinen Ohren. Je mehr er sich mit den Fingerknöcheln die Schläfen rieb, desto nervöser wurde er. Und die ganze Zeit über rief ihm eine aufgebrachte Stimme in seinem Inneren zu: Ich muss Robin irgendwie erreichen, bevor die Polizei ihn fertigmacht!

Er sah regelrecht vor sich, wie Björn Bernhardsson die Daumenschrauben bei dem Jungen anzog. Das unbarmherzige Licht der Lampe im Vernehmungsraum direkt auf sein Gesicht gerichtet. Die Tür zur Zelle, die zuschlug. Seine Einsamkeit in der Dunkelheit. Das wird er nie durchstehen, dachte Mike verzweifelt. Er ist ja schließlich noch ein Kind.

Als das Handy in der Hosentasche des Pitbullpolizisten klingelte, bot sich die Gelegenheit. Der Polizist warf Mike einen bösen Blick zu, bevor er aufstand und sich mit einem Grunzen meldete. Dann änderte sich etwas an seiner Körperhaltung. Seine Schultern sanken herab. Die Wachsamkeit verschwand und wich einer gewissen Unruhe. Er drehte sich zum metallenen Aktenschrank um und murmelte mit sanfter Stimme etwas Unhörbares. Das ist seine Frau, dachte Mike.

Der großgewachsene Polizist, der mit dem Rücken an den Türrahmen gelehnt saß, schien kurz davor zu sein, einzuschlafen. Der Stuhl unter ihm balancierte gefährlich auf zwei Beinen. Unter seiner spärlich behaarten Oberlippe zeichnete sich ein Stück Kautabak ab. Er wippte leicht und schmatzte mit geschlossenen Augen. Befeuchtete sich mit der Zunge die Mundwinkel und vertrieb mit der Hand eine Fliege, die auf wundersame Weise die herbstliche Kälte überlebt hatte.

Vielleicht war es der Anblick der trägen Fliege, der Mikes Reflex auslöste. Innerhalb eines Sekundenbruchteils leiteten die Synapsen in seinem Rückenmark Impulse in einer Art und Weise weiter, die typisch für seinen Charakter war.

Mit einem Gebrüll wie von einem brünstigen Stier warf er sich nach vorn und rammte den schmachtenden Pitbullpolizisten von hinten, sodass dieser haltlos in den Metallschrank katapultiert wurde. In einer Pirouette, die Bruce Lee zur Ehre gereicht hätte, fuhr Mike herum und versetzte dem Stuhl des anderen im Flug einen Karatetritt, sodass zwei Stuhlbeine wegrutschten und der glücklich vor sich hin träumende Polizist mit einem erschrockenen Gesichtsausdruck zu Boden fiel.

Mike verlor keine Zeit. Er machte einen Satz über die beiden am Boden liegenden Polizisten und stürzte aus der Redaktion. Ihre Flüche klangen ihm noch in den Ohren, während er blindlings losraste. Ohne sich um die Leute auf dem Marktplatz zu kümmern, die ihn anstarrten, flog er wie ein Gespenst übers Pflaster, an der Würstchenbude und dem einsamen Gemüsehändler vorbei bis zum Bahnübergang. Dort angekommen, duckte er sich im letzten Moment unter den Schranken hindurch, die, von einem Klingeln begleitet, gerade heruntergelassen wurden. Der Zug aus Ystad hatte Einfahrt. Auf der anderen Seite der Schienen gelang es Mike in letzter Sekunde, einer Mutter mit Kinderwagen auszuweichen, woraufhin er die Buchhandlung an der Ecke im Sprint umrundete und mit einem Stechen in der Herzgegend weiter zum Bahnhof rannte. Erst als er am Bahnhofsgebäude vorbeigespurtet war und vor Bo Ohlssons Billigkaufhaus anhielt, stellte Mike fest, dass er keine Ahnung hatte, wohin er überhaupt unterwegs war.

Verdammt, ich bin in die falsche Richtung gelaufen, dachte er, als er, die Hände auf die Oberschenkel gestützt, dastand und so laut keuchte, dass es ihm in den Lungen pfiff.

Denk nach, Mike!, zischte eine verzweifelte Stimme in seinem Inneren. Versuch wenigstens einmal in deinem Leben nachzudenken! Wenn Robin in die Schule gegangen war, hatte die Polizei ihn bereits ausfindig gemacht. Die einzige Chance bestand darin, dass der Junge schwänzte. Dafür, den Wagen zu holen, den Mike vorm Konsum abgestellt hatte, war es bereits zu spät. Mit zitternden Händen fummelte er sein Handy aus der Hosentasche.

Absolut tot. Die Batterie war leer. Wutschnaubend knallte er das Handy auf den Asphalt, sodass die Plastikhülle zersplitterte und tausend kleine Kunststoffscherben und Elektronikteile über den Bürgersteig flogen.

In dem Moment hörte er eine Stimme hinter seinem Rücken rufen.

«Mike!»

Er fuhr herum, bereit zum Kampf.

«Wanja!»

Erst regte sich in seinem Kopf rein gar nichts. Er starrte die beiden Frauen an, ohne sie zusammenbringen zu können. Seine alte wilde Wanja. Gemeinsam mit dieser merkwürdigen Frau, die auf dem Gelände von Boris' Schrottfirma herumgeschnüffelt hatte. Sie, deren Gesicht ihn durch das Gewimmel auf der Motocrossbahn hindurch verhext hatte.

«Wütend wie immer», stellte Wanja fest und lächelte spitz.

Mike blieb stumm. Sein Blick flackerte unschlüssig zwischen seiner alten Flamme und der eigenartigen Frau hin und her. Genau wie beim letzten Mal sah er, wie sie sich gedankenverloren eine Haarsträhne aus der weißen Stirn strich. Ein Zucken der kleinen dünnen Fältchen um ihren Mund herum. Lächelte sie? Vielleicht hatte sie auch Angst. Oder wollte sie ihm etwas sagen?

Robin.

Ich muss nach Hause und ihn warnen.

Ohne ein Wort machte Mike auf dem Absatz kehrt und rannte los.

Sie standen lange da und schauten der kräftig gebauten Gestalt nach, die die Straße entlang von ihnen weglief.

Er wirkt irgendwie hilflos, dachte Amela.

Beim ersten Mal hatte er ihr Angst eingejagt. Sie erinnerte sich noch genau. Wie er sie mit seinen großen blaugrauen Augen regelrecht durchbohrt hatte, als er merkte, dass sie log und der Schalldämpfer am Auspuff überhaupt nicht kaputt war. Ihre zitternden Hände, als sie vom Gelände der Schrottfirma wegfuhr. Sein Blick, der ihr regelrecht im Nacken brannte. Ragnhild hatte ihr ja auch so einiges über ihn erzählt. «Halt dich fern von ihm, Amela», hatte die Alte gesagt. «Er bringt Unglück mit sich.»

Doch in diesen Augen lag noch ein anderer Ausdruck. Eine gewisse Hilflosigkeit, als wäre er nie so recht Herr über sein Schicksal.

Mike.

Sie bewegte unmerklich die Lippen, als sie ihn hinter dem gelben Klinkergebäude des Altersheims verschwinden sah.

«Merkwürdig!», rief Wanja aus. «Erst sieht man ihn 'ne halbe Ewigkeit nicht. Und dann wird man auf der Straße fast von ihm umgerannt. Er machte ja 'nen völlig durchgeknallten Eindruck.»

«Kennst du ihn etwa?»

«Ja, das kann man wohl sagen.»

Amela sah die Freundin forschend an, die Mike auf der Straße immer noch hinterherschaute. In ihrer Stimme lag ein Anflug von Bitterkeit.

«Und wer ist er?»

«Der größte verdammte Idiot auf dieser Welt», antwortete Wanja. Sie lachte auf und lächelte dann. «Aber ein ziemlich charmanter Idiot.»

«Wie …?»

«Wir waren mal zusammen», unterbrach Wanja sie brüsk. «Eine Zeit lang hab ich geglaubt, es könnte was Ernstes werden.»

«Du und er?»

«Findest du das komisch?»

Amela antwortete nicht und hob stattdessen die rot-weiße Plastiktüte mit Teelichtern auf, die sie vor lauter Schreck hatte fallen lassen, als sie Mike erblickte. Langsam spazierten sie weiter in Richtung Innenstadt. Vor dem Bahnhof standen zwei ältere Männer mit Kappen und roten Ohren und warteten auf den Bus. Sie sahen aus, als frören sie. Ihr Atem formte sich zu kleinen Wölkchen. Der Wind hatte nachgelassen, doch die Luft war feucht und nasskalt. Amela bereute, dass sie nicht das Auto genommen hatten.

Fand sie es komisch? Sie dachte darüber nach, was es bedeutete. Wanja und … Mike. Vielleicht war es ja gar nicht so abwegig.

«Kannst du mir nicht ein bisschen von ihm erzählen?», fragte sie, als sie vor Eckerlunds Damenmoden stehen blieben. Sie betrachtete die Freundin im matten Spiegel des Schaufensters. Wanja schien sich der neuen Herbstmode zuzuwenden, als hätte sie die Begegnung mit Mike bereits vergessen. Eine Welle der Irritation erfasste Amela. Konnte sie denn nicht einmal länger als fünf Sekunden bei einem Gedanken bleiben? Dann schaute Wanja auf.

«Komm! Wir trinken im Kringlan 'nen Kaffee, dann erzähl ich dir mehr.»

Als sie sich an einen der runden Tische gesetzt hatten, kam es Amela vor, als wolle Wanja ihre Neugier auf die Probe stellen.

Aus ihren Bechern dampfte es. Amela hielt die Hände um ihren Latte macchiato, um sich die Finger zu wärmen. Wanja rührte energisch den Zucker um, sodass der Löffel gegen das Porzellan schabte.

«Und?»

Wanja lächelte spöttisch.

«Du bist aber ganz schön neugierig …»

«Klar, dass ich neugierig bin, wenn wir 'nen alten Freund von dir treffen, der sich wie ein Idiot benimmt. Was erwartest du?»

«Er hat dich angeschaut. Ziemlich lange sogar. Hast du das nicht gesehen? Er schien dich zu kennen.»

«Meinst du? Hab ich nicht gemerkt.» Amela lachte gekünstelt. «Du weiß doch, ich bin es schließlich gewohnt, dass sich 'ne Menge Kerle nach mir umdrehen.»

Wanja ließ ihren Blick auf ihr ruhen, als wäre sie nicht besonders überzeugt. Dann drehte sie sich zum Fenster und schaute auf die menschenleere Straße hinaus. Gedankenverloren malte sie ein Herz auf die beschlagene Scheibe. Schnaubte dann verächtlich über sich selbst und wischte es rasch mit dem Ellenbogen wieder weg. Sie sah Amela an.

«Wir waren um die zwanzig, und man kann wohl sagen, dass wir ein Paar waren. Eine Zeit lang jedenfalls. Ich hab in 'nem Friseursalon am Folkets park gearbeitet. Den gibt's aber schon 'ne ganze Weile nicht mehr. Mike hat als Aushilfe bei einem Landmaschinenverleih außerhalb von Köpingebro gejobbt. Allerdings nicht gerade mit großem Engagement. Er behauptete, größere Pläne zu hegen.»

Sie lachte in sich hinein.

«Damals glaubte ich ihm noch. Er war 'n wilder Typ. Wir haben ziemlich einen draufgemacht, und ich erinnere mich noch an seine Wahnsinnsenergie. Er war rastlos, nahezu besessen. Lebe intensiv, denn das Leben ist kurz, das war sein Motto. Manche verachteten ihn. Ich aber fand ihn unwiderstehlich. Mit ihm war alles möglich. Einmal kam er und holte mich mit einem großen glänzenden Chevy ab. Steig ein, wir fahren nach Paris! Wir sind Bonnie and Clyde, rief er. Es war die totale Freiheit. Einfach dem ganzen Scheiß zu entfliehen und sich den Wind um die Nase wehen zu lassen. Genau wie im Film. Ich wusste ja nicht, dass er den Wagen von 'nem Ami-Schlitten-Freak in Ystad geklaut hatte. Wir hatten 'ne ganze Woche lang Spaß in Paris. Er hat mich in schicke Restaurants eingeladen, und wir haben Champagner getrunken. Dann ging uns das Geld aus, und wir mussten per Anhalter nach Hause fahren. Ich glaub, er hat den Chevy an 'nen Franzosen verkauft. Jedenfalls hatte er 'ne Weile ziemlich Muffensausen vor dieser Ami-Schlitten-Gang in Ystad.»

Nachdenklich führte sie ihren Becher an die Lippen.

«Aber er hatte auch eine dunkle Seite.»

«Eine dunkle Seite?»

Wanja zog den Pelzkragen ihres Mantels enger um den Hals, als friere sie.

«Ja, er war eigentlich ziemlich einsam. Keine Eltern, keine

Verwandtschaft. Er hatte bloß diesen Trottel, bei dem er wohnte, wenn er in Tomelilla war.»

«Trottel?»

«Ein seltsamer Kerl. Rolle hieß er, glaube ich. Oder heißt, er wohnt immer noch in dem großen Haus, das er von seinen Eltern geerbt hat. Sein Vater besaß eine Teelichtfabrik und war ziemlich vermögend. Sie nannten ihn alle nur den Haustyrann. Vielleicht wurde der Sohn deswegen verrückt. Rolle war ein richtiger Eigenbrötler. Ich hab ihn nur einmal getroffen. Aber er und Mike, die beiden waren wie Brüder. Ich glaube, Mike hat sich aus irgendeinem Grund verantwortlich für ihn gefühlt. Ich erinnere mich noch daran, wie ich mich einmal über Rolle lustig machen wollte. Ihn Psychopath oder so genannt hab. Mike ist fast ausgerastet. Seine Augen glühten vor Zorn. Ich hab geglaubt, er würde mich schlagen.»

Sie verstummte und schien in Gedanken abzuschweifen. Amela zögerte. In ihrem Kopf tauchte für einen kurzen Moment eine Frage auf. Warum will ich eigentlich unbedingt wissen, wer dieser Mann ist? Sie verdrängte sie schnell.

«War er denn gewalttätig?»

Die Frage ließ Wanja zusammenzucken, als hätte sie eine Ohrfeige bekommen.

«Warum fragst du das?»

Amela spürte, wie sie rot wurde, obwohl sie gar keinen Grund dazu hatte. Es irritierte sie. Wanja hatte wieder dieses höhnische Lächeln auf den Lippen. Sie fingerte zerstreut an ihrem Ohrschmuck herum.

«Gib zu, dass du ihn schon mal getroffen hast, Amela. Oder? Du bist ihm irgendwo schon mal begegnet. Nicht wahr? Hast dich von seinem Charme verleiten lassen. Sonst wärst du nicht so an ihm interessiert. Sag nicht, dass du bei ihm geputzt und dich in ihn verliebt hast!»

«Nein, nein. So ist es nicht.» Amela schüttelte heftig den

Kopf. «Okay, ich hab ihn getroffen. Einmal. Ich wollte den Schalldämpfer in meinem Wagen auswechseln lassen und bin zur Schrottfirma in Spjutstorp gefahren. Er arbeitete dort. Aber er hat sich ziemlich … merkwürdig benommen.»

«Und du bist auf seine schönen Augen reingefallen?»

Mit einem Mal war Wanjas Tonfall ziemlich bitter, nahezu feindlich. Mit einer irritierten Miene kramte sie in ihrer Handtasche, drückte ein Nikotinkaugummi aus der Folie und steckte es sich in den Mund. Sie kaute eine ganze Weile intensiv und mechanisch, während sie Amela anschaute. Dann war es, als täte ihr die Freundin leid. Sie legte vertraulich ihre Hände auf Amelas und senkte die Stimme.

«Mike war ein unruhiger Geist. Du musst wissen, dass viele Angst vor ihm hatten. Er hatte ein hitziges Temperament. Rastete schnell aus und konnte extrem gewalttätig werden. Mich hat er allerdings nie geschlagen. Er ist kein Frauenmisshandler, das muss man ihm zugutehalten. Aber er geriet immer mit irgendwem in Streit, wohin er auch kam. Ich wusste ja, dass er so einige krumme Dinger drehte. Am Anfang hat es mich nicht gekratzt. Aber irgendwann wurde es ziemlich anstrengend.»

Sie zögerte. Seufzte, als dächte sie an etwas Tieftrauriges, dass sie einerseits vergessen und andererseits in Erinnerung behalten wollte.

«Ich hab es mit der Angst zu tun bekommen. Er war so selbstzerstörerisch. Langsam, aber sicher sah ich ein, dass er sich selber ruinieren würde. Und mich auch, wenn ich nicht Schluss machte. Mike hatte ja große Pläne. Er prahlte ständig damit, obwohl er nie sagen wollte, was genau er vorhatte. Aber einmal kam er mitten in der Nacht zu mir. Erst dachte ich, er wäre besoffen, aber das war er nicht. Er schien eher von etwas anderem berauscht zu sein. Er war total aufgekratzt. Wanja, sagte er. Jetzt bin ich unbesiegbar. Er wählte genau dieses Wort. Zuerst hab ich ihn ausgelacht. Aber er blieb dabei. Jetzt kann mir keiner mehr was anhaben, meinte er trotzig. Jetzt geht es steil bergauf.»

Wanja seufzte leise.

«Er wollte mir etwas zeigen. Sodass ich begriff, dass er es ernst meinte. Es war ein Revolver. Ein schwarzer Revolver. Jetzt wirst du nicht mehr über mich lachen, sagte er. Ich weiß noch, dass ich tierische Angst hatte, als er ihn mir hinhielt und mich fragte, ob ich ihn mal anfassen wolle. Als ich schrie, dass ich ihn nie mehr wiedersehen wollte, war es, als fiele eine Maske von seinem Gesicht. Er wirkte völlig nackt. Hilflos, als verstünde er die Welt nicht mehr.»

Amela nickte langsam. Sie drückte Wanjas Hände. Vor ihrem inneren Auge sah sie diesen eigenartigen Mann. Muskulös und gefährlich. Und dennoch so hilflos. Und sie musste an das Bündel denken, das Ragnhild aus dem verschlossenen Schrank in ihrem Bücherregal hervorgeholt hatte. Der Revolver in dem nach Fett stinkenden Lappen.

«Das war das letzte Mal, dass ich ihn getroffen habe», sagte Wanja und stand vom Tisch auf. «Er soll dann nach Malmö abgehauen sein.»

Das Schwimmbecken war wie ein offenes Grab. Wenn die Totengräber es erst einmal zugeschaufelt hätten, würde ihn niemand mehr finden können.

Das Herbstlaub, das von den Bäumen im Folkets park heruntergeweht worden war, lag in hohen Haufen auf dem Grund. Blätter in Gelb- und Rottönen, die dabei waren, sich braun und schwarz zu verfärben, und langsam vermoderten. Um ihn herum roch es nach Feuchtigkeit und Tod.

Er schob sich mehr Laub über die Beine und den Bauch und lehnte seinen Kopf gegen die harte Kachelwand. Es wärmte tatsächlich. Dann noch etwas mehr unter den Nacken, sodass er weich lag. An seiner Wange wurde es feucht. Er hörte, wie sich neben seinem Ohr etwas bewegte. Würmer vielleicht. Käfer oder irgendein anderes Getier. Robin war es egal. Er schaute hinauf zum Sprungturm mit seiner abblätternden weißen Farbe.

Er wusste, dass sie kommen würde. Spürte es regelrecht. Die Polizisten hatten ihn vor dem Schulgebäude abgesetzt. Sie hatten nicht mehr viel gesagt. Wir lassen von uns hören. Ruf an, wenn dir irgendetwas einfällt, was du uns sagen möchtest. Ström hatte ihm eine Visitenkarte mit ihrer Telefonnummer gegeben.

Sie waren letztlich auf Mike aus. Robin hatte versucht, ihn anzurufen, doch sein Handy war abgeschaltet. Typisch Papa.

Eigentlich müsste ich nach Hause fahren, hatte er gedacht. Um zu sehen, ob er dort ist. Und mit Rolle reden. Doch dann überlegte er es sich anders. Die Polizei hatte das Haus möglicherweise unter Beobachtung gestellt. Sie würden, was Mike betraf, nur noch misstrauischer werden. Stattdessen hatte er sein Fahrrad aus dem Ständer unterhalb der Schultreppe genommen. In dem Moment hatte er Linda aus dem Laden kommen sehen.

Robin schloss die Augen und versuchte sich vorzustellen, wie er oben vom Beckenrand aus aussah. Ein weißes Gesicht in einem Meer aus halb vermodertem Laub. Ertrinkend. Er zählte im Kopf die Sekunden. Wie lange würde sie wohl brauchen, um durch das Loch im Zaun zu kriechen und herauszufinden, wo er sich versteckt hatte? Der ausgekühlte Umkleideraum. In den sie wahrscheinlich zuerst hineinschleichen würde. Das Büro des Bademeisters, das aber bestimmt abgeschlossen war. Der verrammelte Kiosk. Schon bald würde sie über den Rand des Beckens spähen und sehen, dass er dabei war, zu ertrinken.

Er öffnete die Augen.

«Bist du tot?»

Sie war bereits die Leiter hinuntergeklettert und stand nun am Rand der Neigung zum tiefen Bereich und schaute ihn an. Normalerweise würde ihr jetzt das Wasser bis zur Brust reichen, dachte Robin in seinem Grab in der Tiefe. Dann setzte sie sich auf den Po und rutschte auf den Kacheln hinunter.

«Du wolltest, dass ich dir folge, oder?»

«Mm.»

«Jagen sie dich immer noch?»

Robin horchte nach dem Geräusch von Motorrädern. Es raschelte und rauschte im Blättermeer.

«Keine Ahnung.»

Kenny und seine Kumpels. Hätte er der Polizei von ihnen erzählen sollen? Und konnte er mit Linda über all das andere reden? Den Druck in seinem Inneren verringern, um die Kopfschmerzen loszuwerden. Da drinnen ging alles wild durcheinander. Sobald er die Augen schloss, wurde er regelrecht überfallen von all den Bildern. Der kleine Mann, der ausgestreckt und mit ausgebreiteten Armen am Fuß der Steintreppe auf dem Kies lag, als wolle er wie ein Engel fliegen. Die blutige Pfütze unter seinem Nacken. Und dann das schwarze Wasser im alten Steinbruch, das ihn gierig verschlang. Robin sah zu Linda rüber. Wie es sich wohl anfühlen würde, wenn ein plötzlich aufkommender Orkan sämtliches Herbstlaub der Umgebung ins Becken hinunterwirbeln und sie gemeinsam begraben würde? Er setzte sich abrupt auf.

«Die Bullen haben mich in der Schule aufgegriffen», sagte er.

«Ich hab's gehört.»

«Hast du?»

«Es wird 'ne Menge über dich geredet. Fast alle wissen, dass du dabei warst und beim Araber die Scheiben eingeschlagen hast. Mit Kenny und den anderen.»

«Was für eine beschissene Idee! Ich weiß selbst nicht mehr …»

Robin verstummte mitten im Satz.

«Wie lief's mit deiner Mutter, als du nach Hause gekommen bist?», fragte er dann mit ernster Miene.

Linda lächelte bitter und begann in ihrer Schultertasche zu kramen. Dann hielt sie ein kleines Plastiktütchen mit einem zerknitterten Stück Papier und einigen braunen Krümeln darin in der Hand. Sie rollte es zu einer verkrumpelten Zigarette zusammen und zündete sie an. Nahm einen tiefen Zug und schaute hinauf in die Wolken. Unter den Geruch des Laubs mischte sich ein süßlicher, leicht muffiger Duft.

«Sie hat mir 'ne Ohrfeige verpasst. Und dann hat sie das ganze Wochenende nicht mehr mit mir geredet. – Willst du auch?»

Ohne zu antworten, sank er wieder auf den Rücken hinunter. Linda stützte sich auf den Ellenbogen. Ihre Augen begannen zu glänzen.

«Man müsste einfach abhauen», sagte sie. «Wie Thelma und Louise. Hast du den Film gesehen? Die beiden scheißen auf alles. Ihre Männer schlagen sie. Also hauen sie ab und rauben Banken aus. Total cool. Am Ende, als die Bullen sie jagen, ist ihnen alles egal, und sie rasen mit dem Auto auf 'nen steilen Abhang zu.»

«Sterben sie?»

«Der Film endet dort. Der Wagen schwebt in der Luft. Man kann es selber entscheiden. Ich hab ihn schon total oft gesehen. Manchmal stell ich mir vor, dass sie auf einem weichen Abhang mit grünem Gras landen und einfach nur weiterrutschen. Obwohl man eigentlich weiß, dass es dort nur harte Felsen gibt.»

«Ich wär garantiert geradewegs in einen fetten Telefonmast reingerauscht», murmelte Robin.

Sie lachte auf und legte ihren Kopf auf seinen Arm.

«Warum liegst du eigentlich hier?»

«Weil es gut riecht.»

«Mm.»

«Und, ich weiß nicht, aber es ist 'n Ort, an dem man nachdenken kann. Wo man in Ruhe gelassen wird. Ich bin damals öfter hierhergefahren, wenn Sune ...» Er verstummte.

«Was denn?»

«Ach nichts.»

Er versuchte krampfhaft, den Schmerz zu verdrängen. Die Erniedrigung dort unten im Keller. Muss diesen alten Scheiß endlich abschütteln.

«Wer ist denn Sune?»

«Das Arschloch, bei dem ich vorher gewohnt hab. Bevor Mike zurückgekommen ist.»

Er nahm ihr den Joint aus den Fingern und füllte seine bebenden Lungen mit Rauch. Eine ganze Weile lagen sie vollkommen ruhig da und horchten in die Stille hinein.

«Und, funktioniert es?»

«Was meinst du?»

«Hier unten nachzudenken?»

Er blies eine Wolke aus, die sich wie ein schwerer süßlicher Nebel über ihre Köpfe legte.

«Es in Worte zu fassen ist eigentlich das Schwerste.»

«Wie meinst du das?»

«Es ist so merkwürdig. Meistens ist alles in meinem Kopf nur ein einziger verdammter Brei. Aber dann gibt es manchmal Momente, da bekomme ich es da drinnen irgendwie zusammen. Als würde sich alles ordnen. In bestimmten Augenblicken kapier ich genau, was in mir vorgeht. Und dann, wenn ich es erklären will ... wenn ich es aussprechen will, hör ich selbst, wie lückenhaft es ist. Manche Worte sind einfach weg. Ich kapier manchmal selbst nicht, was ich sage.»

Er schielte unruhig zu Linda rüber.

«Und dann stellt man fest, dass diejenigen, mit denen man redet, auch keinen Deut kapieren. Sie glotzen einen nur an, als wär man 'n verdammter Idiot.»

Sie lag vollkommen still da, als wolle sie das, was er gesagt hatte, in Ruhe sacken lassen. Es zischelte und raschelte in den Laubhaufen um sie herum. Dann hörte man weit oberhalb des Sprungturms ein Krächzen. Jetzt waren sie zu zweit. Schwarze Schatten in einem grauen Himmelsmeer.

Hugin und Munin. Rolle sagte, dass sie so hießen. Der eine war klug und der andere mutig.

«Ich verstehe genau, was du meinst», sagte Linda leise.

Die kahlen knorrigen Äste der kranken Kastanie ragten in den Himmel wie die Hand einer alten Hexe, die nach den Wolken griff. Der matschige Rasen war mit braunem Laub bedeckt. An der Hauswand, deren Farbe bereits abblätterte, stand der Bärenklau wie nebeneinander aufgereihte Gerippe.

Das Haus lag dunkel und verlassen da.

Mike horchte. Gerade eben war ein Polizeiwagen vorbeigerollt und hatte ihn gezwungen, sich hinter der Mauer der alten Schmiede zu verstecken. Sie jagten ihn bereits wie ein Tier. Hatten sie Robin etwa schon erwischt?

Als die Luft wieder rein war, überquerte er die Straße, nahm die Steintreppe in ein paar Sätzen und riss die Tür auf. Im Haus war es still.

«Hallo! Jemand zu Hause?»

Kein Laut war zu hören. Wartete dort etwa jemand im Dunkeln auf ihn? Er hielt die Luft an.

Dann hörte er ein lang gezogenes gequältes Schnarchen, das in ein stotterndes Röcheln überging, nicht unähnlich einem Traktor, dem das Benzin ausging. Dann soff der Motor abrupt ab.

Rolle lag mit geschlossenen Augen und einer Wolldecke über den Beinen auf dem Sofa im Wohnzimmer. Ein graues Licht sickerte durch die Jalousien herein, sodass die Plastikkugeln am Weihnachtsbaum einen traurigen matten Schimmer verbreiteten. Auf dem Tisch lagen einige aufgerissene Medikamentenschachteln, verstreute Tabletten und eine leere Bierdose. Den gewaltigen Mann umgab ein abgestandener Geruch. Er war gelblich blass im Gesicht, und an seinen Schläfen klebten einige Haarsträhnen, die vom Schweiß feucht waren.

«Rolle! Wach auf, zum Teufel!»

Mike schüttelte ihn unsanft.

Rolles Wangen begannen zu zittern, dann schlug er die Augen auf. Über seinen Pupillen lag ein milchiger Glanz.

«Mike?», murmelte er, als sei er sich nicht ganz sicher, ob er träumte oder wach war.

«Hast du Robin gesehen? Ich muss so schnell wie möglich mit ihm sprechen.»

Mit großer Mühe setzte Rolle sich auf dem Sofa auf und sah sich um.

«Was ist denn passiert?»

«Die Bullen sind hinter mir her. Und sie wollen mit Robin reden. Sie haben spitzgekriegt, dass der Journalist hier war.»

«Aber wie ...?» Rolle kratzte sich verwirrt am Kopf und machte hilflos ein paar Schmatzbewegungen. «Verdammt, was hab ich einen Durst!», stöhnte er.

«Scheiß drauf, wie!», rief Mike verzweifelt. «Ich muss Robin irgendwie zu fassen kriegen und ihn warnen.» Sein Blick irrte im Raum umher, als wäre er zum ersten Mal zu Besuch dort. «Wo steht eigentlich das Telefon in diesem Haus?»

Rolle blinzelte unbeholfen.

«Es gibt keins. Sie haben den Anschluss vor ein paar Jahren gekappt.»

«Und dein Handy?»

Er erhielt lediglich ein Achselzucken zur Antwort.

«Hab keins. Wer sollte mich auch anrufen?»

«Scheiße! Scheiße! Scheiße!» Mike knallte seine Faust fest auf die Tischplatte und warf sich dann rücklings in den Sessel.

Als Rolle aufstand, knarrte das Sofa. Er warf ein Auge auf Mike und wankte hinaus in die Küche. Als er zurückkehrte, hielt er eine Blumenvase in der Hand, die bis zum Rand mit Wasser gefüllt war.

«Wir haben kein sauberes Geschirr mehr», murmelte er entschuldigend.

«Was hast du da eigentlich für ’nen Scheiß in dich reingestopft?», fragte Mike und wies mit dem Schuh auf die leeren Schachteln.

«Äh, nur ’n bisschen Medizin. Für die Nerven.»

Er zog eine Grimasse und trank das Wasser in großen Schlucken, sodass sein Adamsapfel auf und ab wippte. Als die Vase leer war, schnaufte er wie ein Walross und wischte sich den Mund mit dem Ärmel ab. Mit einem Mal war sein Blick etwas klarer.

«Lass uns in Ruhe nachdenken. Woher weiß die Polizei denn, dass der Reporter hier war?»

«Der Idiot hat ’n Foto von Robin gemacht. Die Polizei hat es in der Redaktion gefunden. Es war ’ne ganze Gang, die beim Araber die Fensterscheiben eingeschlagen hat. Du weißt schon, der, dem die Pizzeria am Marktplatz gehört. Mitten in der Nacht. Verkleidet als Nazis …»

Mike seufzte resigniert.

«Nicht gut», sagte Rolle nachdenklich.

«Die Bullen wissen es vielleicht nicht genau. Aber sie nehmen an, dass der Reporter versucht hat, Robin zu erpressen. Und dass ich ihn daraufhin erschlagen hab. Oder Robin.»

Mike schaute rasch zu seinem Freund rüber. «Oder du.»

Eine unergründliche Stille erfüllte den Raum. Die beiden Freunde starrten mit leerem Blick Löcher in die Luft. Draußen vor dem Fenster begann es bereits zu dämmern. Es sah kalt aus.

Dann nahm Rolle eine Plastikkugel vom Baum und hielt sie vor sich ins Licht, als wäre es eine Wahrsagerkugel. Plötzlich war seine Stimme erfüllt von Weisheit.

«Das Einzige, was wir tun können, ist, alles zu leugnen. Die Polizei weiß gar nichts. Sie haben einen Verdacht und hoffen, dass wir uns verplappern. Robin ist hart im Nehmen. Er weiß schon, was er sagen muss.»

Mike sah den Freund unglücklich an.

«Da ist noch etwas ...» Er räusperte sich verlegen. «Ich hab mir 'nen Schnitzer geleistet. Die Bullen wollten mich in der Redaktion festhalten. Ich hab gewissermaßen Panik bekommen, als ich an Robin denken musste. Also hab ich meine beiden Bewacher umgerempelt und bin geflohen.»

«Geflohen?»

«Ja, so ungefähr ...»

«Das war nicht gut. Überhaupt nicht gut.»

Vorsichtig hängte Rolle die Kugel zurück an den Baum. Einige trockene Nadeln fielen lautlos zu Boden.

«Dann wird die Polizei wohl demnächst hier aufkreuzen», sagte er ernst. «Und du kannst nicht länger im Haus bleiben.»

Das Programm sollte gerade beginnen, als sie ihn von unten aus dem Hobbyraum rufen hörte: «Gunborg!»

Jetzt schon, dachte sie. Er klang wie immer schlecht gelaunt.

Vorsichtig nahm sie eine Praline aus der Schale und steckte sie sich in den Mund. Wenn ich mich ganz still verhalte, fällt ihm vielleicht etwas anderes ein. Sie nahm den Becher und trank einen Schluck Kaffee. Lecker mit der schmelzenden Schokolade im Mund. Dennoch nagte die Unruhe in ihrem Magen.

«Gunborg!»

Sie kaute leise, schluckte und hielt dann den Atem an. Saß vollkommen still auf dem geblümten Fernsehsofa. Der Moderator trug ein neues Jackett. Er gefiel ihr besonders. War irgendwie so gut gelaunt und fröhlich. Obwohl er eigentlich darunter ein ordentliches Hemd hätte tragen sollen, nicht einfach nur einen bunten Pulli.

«Jetzt spielen wir, wer weiß am meisten», triumphierte er. Die Kamera schwenkte über die Gesichter der Kandidaten. Musik. Die Lampen im Studio blinkten.

Sie hörte gespannt zu.

«Mats! Wie heißt der Fluss, der durch London fließt?»

«Die Themse», murmelte sie leise vor sich hin.

«Die Themse», antwortete der rothaarige Mann, der Mats hieß. Ein Pling! ertönte im Fernseher.

Ein Anflug von Freude durchströmte ihren Körper. Obwohl die Frage natürlich ziemlich leicht gewesen war. Sie warf einen raschen Blick aus dem Fenster. Es war schon vor einiger Zeit dunkel geworden. Draußen sah es diesig und kalt aus. Sie fröstelte. Beim Nachbarn in der Küche brannte Licht. Hinter der Gardine bewegte sich jemand. Ob sie mich bis dorthin hören, wenn ich die Schreie nicht mehr zurückhalten kann?, fragte sie sich. Wahrscheinlich nicht.

«Maria! Was ist die Hauptzutat im russischen Borschtsch?»

Rote Bete, dachte sie.

«Rote Bete», antwortete die Frau, die Maria hieß und Lehrerin in Säffle war. Pling!

Die nächste Frage hörte sie nicht, denn jetzt brüllte er von der Treppe her: «Gunborg! Wo zum Teufel bleibst du nur?!»

Sie zuckte zusammen und spürte, wie sie der Schrecken übermannte. Jetzt konnte sie ihn nicht länger von sich fernhalten. Er war bereits auf dem Weg zu ihr. Seine Schritte waren verbittert und schwer. Sie lauschte ihrem eigenen Herzklopfen. Eine Welle der Übelkeit überkam sie. Wie schon so oft zuvor musste sie an den Jungen denken. Sie schloss fest die Augen. Sie hatte ein ziemlich schlechtes Gewissen wegen ihm. Die Erinnerung an ihn quälte sie. Sie hatte ja jedes Mal die Schläge mitgehört. Obwohl er fast nie geschrien hatte, der Junge. Und was hätte sie denn auch tun können? Seit er aus ihrem Haus verschwunden war, war es für sie selber schlimmer geworden. Jetzt war nämlich nur noch sie da. Jetzt hatte Sune nur noch einen einzigen Menschen, an dem er seine Wut abreagieren konnte.

Dann stand er in der Türöffnung. Mit hängenden behaarten Armen. Sein Unterhemd roch nach Schweiß.

Ein kurzer Gedanke bahnte sich durch ihre Angst hindurch: Habe ich diesen Mann wirklich jemals geliebt?

«Aha, da sitzt du also und stopfst Schokolade in dich hinein. Du Sau!»

Sie blickte ihn an. Zitterte am ganzen Körper. Bereitete sich darauf vor, absolut gar nichts zu empfinden.

KAPITEL 28

Der Nebel kommt mit der Dämmerung. Noch lässt er sich nur erahnen. Dünne Schleier hängen zwischen den Grabsteinen. Gottes kalter Atem legt sich wie eine Dunstschicht über den Granit. Die Maulwürfe lauern unter der Erde, bereit, neue Hügel aufzuwerfen, sobald die Nacht hereinbricht.

Das Gras ist bereits nass. Die Feuchtigkeit dringt ihm in die Schuhe, aber Mike merkt es nicht. Er ist müde. So entsetzlich müde davon, wie ein unseliger Geist umherzuirren.

Auf dem Friedhof ist es leer. Er kann weder trauernde noch vom Weg abgekommene Seelen ausmachen. Ich muss mich ausruhen, denkt Mike. Muss irgendwo in Ruhe nachdenken.

Vorsichtig drückt er die Klinke der Kirchentür hinunter. Sie gleitet auf, ohne zu knarren. Er hält inne und wirft unruhig einen Blick über die Schulter. Der Küster muss vergessen haben abzuschließen. Oder ist etwa jemand da drinnen? Er sieht, dass die Tür zur Sakristei angelehnt ist. Ein schwaches Licht fällt durch den Türspalt. Vielleicht sitzt ja der verdammte Pastor da drinnen und kippt sich den Abendmahlswein hinter die Binde. Dann muss er wohl eingeschlafen sein. Denn in der Kirche ist es still wie in einem Grab. Mike zieht die Kirchentür hinter sich zu.

Die Konfirmation. Hier war es, wo sie damals gesessen und ihre Psalme gesungen hatten. Die Scheinheiligen und die Gottlosen. Er schnuppert im Dunkeln. Der Geruch ist immer noch derselbe. Es riecht nach Mörtel und Stearin. Die Müdigkeit, die sie jedes Mal überfiel, der Gottesdienst, der niemals enden wollte, die Augenlider schwer wie Blei. Es kommt ihm vor, als sei es schon Ewigkeiten her. Mike streicht mit den Fingerspitzen über die Kirchenbänke. Die dritte oder vierte Reihe von hinten. Dort hatte er seinen Totenkopf reingeritzt, als er sich unbeobachtet fühlte. Der Pastor war ausgerastet. Hatte ihn an den Haaren zur Tür gezogen und hinausgeworfen. Aber am Ende hatte er genau wie alle anderen auch sein Abendmahl erhalten. Christi Blut und Leib. Mike sieht sie dort in ihren weißen Umhängen vor der Chorschranke kniend vor sich. Muss daran denken, dass das wohl das einzige Mal war, wo er seiner Mutter eine Freude bereitet hatte.

Die Sakristei ist leer. Eine Schreibtischlampe leuchtet über der aufgeschlagenen Bibel. Ein Notizblock mit irgendwelchem Gekrakel drauf. Der Pastor muss es eilig gehabt haben. Vielleicht lag jemand im Sterben.

Seine Beine fühlen sich so schwer an. Den ganzen Tag lang hat er keine Gelegenheit gehabt, sich auszuruhen. Wie ein aufgescheuchtes Reh ist er umhergeirrt, hat gesucht, sich versteckt, versucht, sich unsichtbar zu machen. Mike streckt sich der Länge nach auf der harten Kirchenbank aus. Schielt hinauf zur Christusgestalt am Kreuz über dem Altar.

«Kannst du einer armen Seele vielleicht weiterhelfen?», murmelt er vor sich hin. «Kannst du mir vielleicht sagen, wie ich meinen Sohn retten kann? Nein, hab ich mir doch gleich gedacht.» Er seufzt tief. «Dann bleib doch meinetwegen da hängen und glotz weiter vor dich hin!»

In seinen Augenlidern beginnt es zu zucken. Sämtliche Kraft scheint seinen Körper verlassen zu haben. Ich darf nicht einschlafen, denkt er. Kann ich mir nicht leisten. Nur für ein paar Sekunden die Augen schließen, den Kopf ausruhen. Dann werd ich den ganzen Scheiß da draußen wieder in Angriff nehmen.

Sie schläft jetzt. Amela betrachtet die alte Frau, die unbeweglich wie eine Mumie in ihrem Bett liegt. Liebevoll. Das schlechte Gewissen plagt sie schon jetzt. Es kommt ihr wie ein unausweichlicher Vertrauensbruch vor.

Die verschlissene Wolldecke bewegt sich kaum merklich über Ragnhilds Brustkorb. Ihr Gesicht sieht glatt und friedlich aus. Nicht so faltig, wie wenn sie lacht. Ihre trockenen Lippen sind leicht geöffnet. Amela hat ihr ein Glas Wasser auf den Nachttisch gestellt. Das Fenster ist gekippt. Die Herbstluft lässt die Gardine leicht flattern.

Hin und wieder zuckt es in den Augenwinkeln der Alten, als hätte sie Schwierigkeiten, in den Tiefschlaf zu fallen. Vielleicht träumt sie von dem, was Amela ihr erzählt hat.

Sie hatte es eigentlich gar nicht vorgehabt. Doch als Amela mit dem Staubsaugen fertig war, die Toilette im Bad geputzt hatte und sie sich an den Küchentisch gesetzt hatten, um Kaffee zu trinken, kamen ihr die Worte einfach über die Lippen. Natürlich hatte sie Ragnhild auch vorher schon von all dem Schrecklichen erzählt, was zu Hause geschehen war. Nein, nicht zu Hause, eher weit, weit weg in einem fremden Land. Doch noch nie zuvor hatte sie so viel von sich preisgegeben. So viele Details im Hinblick auf das Grauen und Blutvergießen.

Am schlimmsten aber war, dass sie angedeutet hatte, Rache zu nehmen.

Daraufhin sah die Alte sie mit einem finsteren Blick an, den Amela an ihr noch nie gesehen hatte. «Wovon redest du da, Mädchen?», fragte sie mit einer gewissen Schärfe in der Stimme. Amela fing sich schnell wieder, lachte, als hätte es sich nur um belanglose Phantasien gehandelt, und wechselte dann das Thema. Doch Ragnhild fixierte sie noch eine ganze Weile mit dem Blick.

Vielleicht ist es diese Unruhe, die die Haut unter ihren

Augen im Schlaf zittern lässt, denkt Amela, während sie vor ihr steht.

Langsam schließt sie die Tür zu ihrem Schlafzimmer. Schleicht lautlos über das Parkett. Sie weiß, wo sich das Versteck befindet. Der Schlüssel liegt in der Keramikurne. Vorsichtig steckt sie ihn ins Schloss. Es klickt leise, als sie ihn herumdreht. Sie horcht, hört jedoch lediglich ihren eigenen Puls. Öffnet dann den Schrank und nimmt das Bündel heraus.

Sie erkennt den beißenden Geruch wieder. Sie wickelt den Lappen auf. Der schwarze Revolver. Sie wiegt ihn in der Hand. Zögert einen Augenblick. Steckt ihn dann entschlossen in ihre Handtasche.

Jemand beobachtet ihn. Mike spürt es bis tief in den Schlaf hinein. Der Blick brennt ihm gewissermaßen auf der Wange, und lange bevor er die Augen aufschlägt, weiß er, dass es nicht der des ewig leidenden Jesus am Kreuz ist.

Er setzt sich langsam auf. Der Pastor steht nur ein paar Meter von der Kirchenbank entfernt. Er ist dunkelrot im Gesicht. Sein ganzer Körper wirkt, als wäre er angefüllt mit Blut und nur von einer dünnen durchsichtigen Schicht Haut zusammengehalten. Seine schlohweißen Haare stehen ab wie Wunderkerzen. Seine knochige Hand zeigt strafend auf Mike, während seine Lippen ein einziges Wort formen.

«Du!»

Mike fährt hastig auf. Er ist völlig steif im Rücken und spürt einen stechenden Schmerz zwischen den Lendenwirbeln.

«Aua!»

Der Pastor richtet seinen Finger noch immer wie eine Pistole auf ihn. Ist er es etwa? Derselbe alte Verfechter des Jüngsten Gerichts, der sie konfirmiert hat? Dann muss er inzwischen ja über hundert Jahre alt sein. Seine sehnigen Fäuste haben ihm schon damals Schmerzen zugefügt. Der

Alte scheint ihn wiederzuerkennen. Aber eigentlich kann es doch nicht sein. Vielleicht ist er nur aus dem gleichen Holz geschnitzt.

«Was machst du hier?»

Seine Donnerstimme hallt von den Steinwänden wider.

«Die Kirchentür stand offen. Ich wollte mich nur ein wenig ausruhen ...»

Der Pastor schweigt, starrt ihn jedoch an, als hätte er nichts dagegen, den Eindringling an ein weiteres Kreuz über dem Altar zu nageln. In seinen grauen Augen blitzt es kalt auf. Mike sucht in ihnen vergebens nach Barmherzigkeit. Er macht ein paar skeptische Schritte zur Seite, dreht sich dann entschlossen um und geht auf die Tür zu.

«Bist du etwa hier, um etwas zu stehlen?», hört er den Pfarrer hinter seinem Rücken fragen.

«Ich bin auf der Flucht. Aber das ist Ihnen ja wohl scheißegal, Sie Schwarzrock!»

Das Letzte, was er hört, bevor er aus der Kirchentür ins Freie schlüpft, ist die Drohung des Pastors.

«Wenn du was gestohlen hast, hetze ich dir die Polizei auf den Hals!»

Draußen schlägt ihm die feuchte Kälte entgegen. Es ist dunkel. Der Nebel ist dichter geworden. Wie spät mag es wohl sein? Mike hat keine Ahnung. Die Zeit ist in seinem Kopf zu einem Brei zusammengeflossen. Wie viele Stunden oder Tage ist es inzwischen eigentlich her, dass sie den Reporter im Steinbruch versenkt haben? Dass er den Polizisten entwischt ist? Und wie viel Zeit ist vergangen, seit er zuletzt mit Robin gesprochen hat? Ein Schmerz erfasst seinen Körper, aber diesmal kommt er nicht von der harten Kirchenbank.

Er lässt seinen Blick über den Friedhof schweifen. Die Grabsteine schweben wie Gespenster im Nebel. Eine einzige dichte Suppe, die einen irreleiten, aber auch schützen kann. Mike sieht ein, dass sie ihm eine Hilfe sein könnte. Er horcht in Richtung Straße. Hört hinten am Bahnübergang ein Auto vorbeirasen.

Als er unschlüssig dasteht, ahnt er, dass er irgendetwas Besonderes geträumt hatte, kurz bevor der Pastor ihn weckte. Er hatte im Schlaf jemanden getroffen. Er war durch eine Landschaft dahingerauscht, in der dicht über dem Boden eine Dunstschicht lag; auf der anderen Seite musste also auch Nebel geherrscht haben. Doch er war unerschrocken durch das Niemandsland vorangestürzt, denn er hatte ein bestimmtes Ziel. Es gab jemanden, der ihm helfen konnte. Nur wer? Das wusste er nicht, aber das machte auch nichts, denn er war sich sicher, dass sich alles klären würde, wenn er nur schnell genug wäre. Obwohl er eine halbe Ewigkeit durch den Nebel flog, wurde er nicht müde. Hatte nicht einmal einen Schweißtropfen auf der Stirn. Lediglich eine Höllenangst davor, nicht rechtzeitig anzukommen.

Ragnhild.

Lebt sie noch? Mike hat keine Ahnung. Plötzlich ist sie einfach in seinem Kopf aufgetaucht. Wohnt sie noch in dem gelben Ziegelhaus am Marktplatz? Es war unglaublich lange her. Doch im Moment fällt Mike kein anderer Mensch auf der ganzen Welt ein, der ihm seine Tür öffnen würde. Langsam macht er sich auf den Weg in Richtung Innenstadt, während er unruhig nach seinen Verfolgern lauscht.

Er begegnet keinem Menschen. Der Schein der Straßenlaternen verschwimmt zu matten Irrlichtern. Es kommt ihm vor, als wandere er in einem Kriegsgebiet umher. Niemand ist zu sehen. Niemand zu hören. Doch der Feind kann überall lauern.

Auf dem Parkplatz vor dem Konsum erahnt er den Schatten eines einsamen Autos. Das muss der Opel sein, den Boris ihm geliehen hatte. Die Schlüssel hat er in der Tasche. Aber er nähert sich ihm nicht. Es könnte eine Falle sein. Stattdessen schleicht er sich an der Hauswand der Redaktion von Ystads Allehanda vorbei und am leeren Brunnen auf dem Marktplatz. Dann steht er vor dem Ziegelhaus.

Er schaut an der Fassade entlang hinauf. Es ist fast überall dunkel, doch im ersten Stock ist ein Fenster gekippt. Stimmen dringen gefolgt von hysterischem Lachen nach draußen. Irgendjemand guckt fern. Ganz oben, da wohnte sie doch, oder? Er ahnt einen schwachen flatternden Lichtschein wie von einer Kerze. Die Haustür ist unverschlossen. Auf dem grauen Schild neben der Tür findet er sofort ihren Namen. *Ragnhild Norén.* Sie muss inzwischen schon steinalt sein. Mit einem beschämten Gefühl drückt er die Türklingel.

Es dauert eine ganze Weile, bis er schlurfende Schritte hört. Im Guckloch flimmert ein Schatten vorbei. Mike macht instinktiv einen Schritt zurück. Dann dreht sich der Schlüssel, und die Tür öffnet sich einen Spaltbreit. Zwei Augen starren ihn an. Als Mike gerade den Mund öffnen will, wird die Tür wieder geschlossen, und einen Augenblick lang glaubt er, dass es zu spät ist. Doch dann hört er, wie sie mit der Sicherheitskette hantiert. Die Tür gleitet mit einem leisen Quietschen auf. Und dann hört er zum zweiten Mal das Wort, das wie eine Anklage klingt.

«Du!»

Sie steht wie versteinert da und schaut ihn an, als hätte sich der Erzengel Gabriel oder der Teufel persönlich auf ihrer Türschwelle offenbart. Der Mund in ihrem länglichen Gesicht steht vor Erstaunen offen. Ihr Morgenrock hängt wie ein Samtvorhang über ihrem Körper. Dünne silberne Locken fallen über die durchsichtige Haut an Ragnhilds Schläfen.

«Kann ich reinkommen?»

Sie tritt einen Schritt zurück.

«Vierzehn Jahre und zehn Monate. Ich hatte schon geglaubt, du wärst tot. Bis ich gehört habe, dass du zurück bist.»

Ihre Stimme ist dumpf und zugleich schnarrend. Mike wagt eine flüchtige Umarmung. Ihre Schulterblätter fühlen sich unter dem weichen Stoff spitz und zerbrechlich an. Sie klopft ihm matt auf den Rücken.

«Ich brauch Hilfe, Ragnhild.»

Sie befreit sich aus seinem Griff.

«Aha …»

«Es ist nicht so, wie du denkst.»

«Woher weißt du denn, was ich denke?»

Das Motorengeräusch eines Autos, das draußen auf der Straße einen Kavalierstart hinlegt, unterbricht sie. Mike eilt zum Fenster und schiebt die Gardine zur Seite. Auf dem Platz ist es leer, soweit er es im Nebel und in der Dunkelheit sehen kann.

«Sie jagen dich also wieder», seufzt die Alte. «Und was hast du diesmal angestellt?»

Mike lässt sich schwer auf einen Küchenstuhl fallen. Weiß nicht, wo er anfangen soll. Da ist so viel, was in ihm gärt, dass es sich anfühlt, als würde er gleich in tausend Stücke gesprengt. Plötzlich ist er kurz davor, loszuheulen.

«Sie dürfen mir Robin nicht wieder wegnehmen», schnieft er.

Ragnhild steht an der Türschwelle und schaut ihn an. Ihre Augen flackern nervös hin und her. Wie alt sie geworden ist! Mike ahnt, dass die Erinnerungen und widerstreitenden Gedanken an ihr zerren, und kommt sich wie ein Jammerlappen vor. Wie soll sie ihm auch helfen?

«Robin. Das ist dein Junge, oder? Wo ist er im Augenblick?»

«Ich weiß nicht. Ich kann ihn nicht finden.»

«Ruf ihn an.»

«Mein Handy ist kaputtgegangen, und ich … Hast du ein Telefon?»

«Was glaubst du denn?»

Ragnhild nickt in Richtung des roten Apparats, der an der Wand über der Kaffeemaschine hängt. Mike reißt den Hörer an sich und tippt die Nummer ein. Seine Finger zittern, und er rutscht ab, sodass er noch einmal von neuem beginnen muss. Mit klopfendem Herzen horcht er, bis das Freizeichen ertönt. Nach dem sechsten Klingeln meldet er sich endlich.

«Ja.»

«Robin! Wo bist du?»

«Zu Hause. Und wo zum Teufel steckst du?»

Er klingt sauer und weit weg. Mike blickt Ragnhild unsicher an und wendet ihr dann den Rücken zu.

«Ich … Verdammt, hier ist ’n bisschen was schiefgelaufen. Hat die Polizei dich gesucht?»

«Mm, sie haben mich an der Schule aufgegabelt.»

«Und was wollten sie?»

«Es war diese Tante mit den Schlitzaugen. Sie hatte ’nen Typen dabei, der wohl ihr Chef war. Sah aus wie ’ne Schlange.»

Mikes Kiefermuskeln spannen sich an.

«Hast du was gesagt?»

Robin schnaubt verächtlich.

«Nicht die Bohne. Sie haben mich runter zum Hafen in Ystad geschleppt. Der Schlangenbulle hat einen auf tough gemacht. Hat versucht, mir Angst einzujagen. Aber ich hab die Klappe gehalten.»

«Sie haben bei dem Typen ’n Foto gefunden …» Mike wirft rasch einen Blick über die Schulter und begegnet Ragnhilds neugierigem Blinzeln. «Sie wissen, dass du bei diesem idiotischen Coup dabei warst.»

«Ich weiß.»

In der Leitung wird es still. Unschlüssig lauscht Mike den Atemzügen seines Sohnes. Dann klingt Robins Stimme plötzlich ziemlich leise und dünn.

«Warum kommst du nicht nach Hause?»

«Es geht nicht. Die Bullen sind hinter mir her. Sie … ich bin ausgerastet und abgehauen.»

«Ach, hör doch auf!»

«Es stimmt aber.»

Er hört so etwas wie ein Schniefen. Ein krampfartiger Schmerz erfasst Mikes Magen. Seine Beine fühlen sich schwer an. Er stützt sich mit der einen Hand gegen den Türpfosten und presst die Stirn gegen die Tapete.

«Ist Rolle zu Hause?», fragt er leise.

«Mm, aber er ist irgendwie so komisch. Als wär er total weggetreten.»

Mike flucht im Stillen. Typisch Rolle, ausgerechnet dann, wenn man ihn dringend braucht! Er räuspert sich und bemüht sich, gefasst zu klingen.

«Hör zu, Robin. Es wird sich alles wieder einrenken. Es muss sich einrenken. Aber ich muss erst mal halblang machen, bis ich 'nen Plan hab. Kapierst du?»

«Ja.»

In der Leitung rauscht es. Ein schwaches Sausen in den Ohren. Kann das vom Nebel kommen?

«Und wenn sie nun mein Handy abhören?», fragt Robin leise.

Der Schreck rammt sich wie ein Messer in Mikes Brust. Er atmet schwer und blickt Ragnhild hilfesuchend an, die immer noch unbeweglich wie eine Statue dasteht.

«Wir legen lieber auf.»

Er hört ein Klicken in der Leitung. Wartet einen Augenblick. Hängt dann den Hörer zurück an die Wand.

«Ich muss mich irgendwo verstecken», erklärt er, während er sich umdreht. «Nur heute Nacht.»

Die Alte nickt.

«Dann kann ich ebenso gut gleich eine Kanne Kaffee kochen.»

Die Fotos im Bücherregal kommen ihm auf seltsame Weise bekannt vor. Mike betrachtet sie im gelblichen Schein der Kerzen. Das schwarz-weiße Hochzeitsfoto. Sie hält einen Blumenstrauß gegen die Brust gepresst und strahlt in ihrer Jugendlichkeit vor Glück. Ihr Ehemann lächelt nahezu verlegen. Die gesamte Verwandtschaft ist fein säuberlich eingerahmt. Es kommt ihm in gewisser Weise vor, als wäre er ihnen schon einmal begegnet. Er hört Ragnhild draußen in der Küche hantieren. Selbst das kommt ihm bekannt vor. Auch die Klassenfotos, er nimmt sie hoch und betrachtet eins nach dem anderen. Im dritten Regal findet er sich selber. Er steht in der hintersten Reihe, schiebt sein Gesicht zwischen die Köpfe zweier Mädchen, deren Namen er nicht mehr in Erinnerung hat, und zieht eine hässliche Grimasse. Ragnhild scheint es nicht bemerkt zu haben. Sie steht links von ihrer Klasse und schaut streng in die Kamera.

Der Einzige, den er auf dem Foto vermisst, ist Rolle.

Er muss geschwänzt haben oder krank gewesen sein, wie immer. Das Bild ist ja aufgenommen worden, lange bevor er in die Psychiatrie kam.

«Ich sitze oft am Küchenfenster und schaue über den Marktplatz. Man sieht besser, wenn nur ein paar Kerzen brennen. Außerdem mag ich ihren Duft.»

Ragnhild stellt ein Tablett auf den Wohnzimmertisch. Zwei Becher und ein Teller mit Käsebroten.

«Ich dachte, du hast vielleicht Hunger.»

Mike stellt das Foto wieder ins Regal.

«Er muss doch bald fünfzehn werden, oder? Dein Sohn.»

Eine tiefe Falte zeichnet sich auf Ragnhilds Stirn ab, und zum ersten Mal wird ihm klar, dass sie sich Sorgen um ihn macht.

«Ja, im Dezember. Er ist an Heiligabend geboren.»

Tief in Mikes Innerem flackern kurz einige Erinnerungsfetzen an die ersten Glücksmomente auf. Das Erstaunen angesichts des neuen Lebens. Der Stolz. Und dann die bodenlose Verzweiflung, als er feststellte, dass alles den Bach runtergehen würde.

«Ist er seinem Vater ähnlich?»

«Die reinste Kopie.»

Er setzt sich neben sie aufs Sofa und holt eifrig sein Portemonnaie hervor. Das Foto ist an den Rändern schon ganz ausgefranst. Sie nimmt es in die Hand und versucht den richtigen Abstand vor ihren Brillengläsern zu finden. Sie betrachtet das Bild eingehend, bevor sie es ihm zurückgibt.

«Es ist schon ein paar Jahre alt. Inzwischen ist er größer geworden. Aber immer noch recht schmächtig. Hat nicht so 'nen Stiernacken wie sein Vater.»

Mike versucht zu lachen, doch es klingt ziemlich hohl.

«Er hat meinen Charakter geerbt. Ist launenhaft und stur wie 'n Esel», fährt er fort und steckt das Foto wieder zurück.

Als er Kaffee geschlürft und zwei Käsebrote verdrückt hat, legt Ragnhild ihre kühlen Finger auf seine Hand.

«Jetzt musst du mir aber genau erzählen, was passiert ist, Mike», verlangt sie mit ernster Stimme.

Er stößt einen deprimierten Seufzer aus und sinkt zurück ins Kissen. Schließt die Augen und sucht nach einem Anfang. Nach den richtigen Worten. Es war noch nie seine Stärke, sie zu finden. Sie so zu ordnen, dass sie einen Sinn ergeben. Sein ganzes Leben schon hatten sie sich zu einem Kloß in seinem Hals gestaut, wenn es darauf ankam. Es war nicht meine Schuld. Es ist aus Versehen passiert. Ich wollte nicht …

Bestimmt tausend Mal hatte Mike sich selber schon Erklärungen und Entschuldigungen hervorstottern hören, die kein Mensch begriff. Sobald er von irgendwem beschuldigt wurde, egal, ob zu Recht oder zu Unrecht, war er in die Defensive gegangen. War stumm geblieben oder hatte im besten Fall angefangen zu stottern. Und tausend Mal hatte es einen Zorn in ihm entflammt, den er nicht zurückhalten konnte.

Doch genau wie damals beruhigt ihn auch jetzt wieder Ragnhilds Geduld. Sie wartet. Schaut ihm in die Augen, ohne ihn zu hetzen. Gibt ihm Zeit, nach den richtigen Worten zu suchen und sie zu Sätzen zu formen.

Dann beginnt Mike zu erzählen. Er liegt mit dem Kopf auf einem Kissen auf Ragnhilds geblümtem Sofa, umgeben vom Schein der Kerzen und dem Lavendelduft der alten Frau, und lässt die Worte kommen, während die Zeit stillzustehen scheint. Angefangen mit den Monaten, nachdem Maria verschwunden war und er allein mit Robin zurückblieb. Dann sein Versagen, der Alkohol und die Gewalt. Das erste Mal, als sie ihm den Jungen wegnahmen. All seine Aufenthalte im Knast. Seine Sehnsucht und Verzweiflung und die lähmende Machtlosigkeit. Und schließlich der unwiderrufliche Entschluss, den er eines Nachts fasste, als er in seiner Zelle in Kirseberg saß und durch das Gitter vor dem Fenster zu einem kreideweißen Mond hinaufschaute: Ich werde Robin zurückholen und ihn mir nie, nie wieder von irgendeinem Idioten wegnehmen lassen.

Als er schließlich verstummt, ist es, als erwache er aus einem Traum.

«Wie spät ist es eigentlich?», fragt er schlaftrunken.

«Ich weiß nicht», antwortet die Alte ruhig. «Es ist Nacht.»

«Hast du keine Uhr?»

Ragnhild schüttelt den Kopf und lächelt im Dunkeln.

«Nein, ich finde das Leben spannender, wenn man die Uhrzeit nicht immer vor Augen hat. Der Morgen kommt sozusagen wie eine Überraschung. Und der Abend auch.»

Mike nickt nachdenklich. Dann stellt er fest, dass sie darauf wartet, ihm weiter zuzuhören. Also erzählt er ihr auch noch den Rest. All das, was seit seiner Rückkehr nach Tomelilla geschehen ist.

Danach wirkt die Alte irgendwie bekümmert. Blasser im Gesicht als zuvor. Sie presst nachdenklich die blutleeren Lippen zusammen.

«Eins würde ich gerne wissen», sagt sie. «Wo hat Robin eigentlich zuletzt gewohnt, während du im Gefängnis warst?»

Er windet sich auf dem Sofa.

«Bei Pflegeeltern. Diesmal haben sie ihn in Tomelilla untergebracht. Bei Sune und Gunborg Olsson.»

Ihre verächtliche Miene verursacht ihm ein Ziehen in der Magengegend. Es ist offensichtlich, dass sie weiß, wer die beiden sind.

«Aha, bei ihm also», entgegnet sie bedächtig. «Ich hab den Kerl noch nie gemocht. Über seine Frau weiß ich nicht viel. Aber er ist Mitglied der Zentrumspartei, glaube ich. Nicht, dass es irgendetwas mit der Sache zu tun hätte.»

Als sie nicht weiterredet, steht Mike, von seiner Rastlosigkeit getrieben, abrupt auf. Ich muss etwas unternehmen. Mir einen Plan zurechtlegen. Er geht zum Fenster und blickt erneut auf den leeren Platz hinunter. Das Licht in der Würstchenbude ist inzwischen erloschen, und der Nebel ist so dicht geworden, dass man die Statue, den Brunnen und das Gebäude der Sparbank auf der anderen Seite nicht mehr erkennen kann.

«Als du mich das letzte Mal hier besucht hast, warst du

gerade Vater geworden», sagt Ragnhild, an seinen Rücken gewandt. «Erinnerst du dich noch?»

«Mm.»

Plötzlich klingt ihre Stimme dünner, als trüge sie an irgendeiner Schuld.

«Vor gar nicht so langer Zeit habe ich übrigens eine Person vor dir gewarnt. Ich schäme mich allerdings ein bisschen dafür.»

«Gewarnt? Wen denn?»

«Ein Mädchen, das mir sehr am Herzen liegt. Oder besser gesagt, eine Frau. Sie ist dir schon einmal begegnet. Ich hatte irgendwie das Gefühl, dass sie Interesse an dir hat. Also dachte ich, ich müsse sie davor warnen, dass … es nicht gut für sie endet, wenn sie sich mit dir einlässt. Es tut mir leid. Das war dumm von mir.»

Mike starrt sie verständnislos an.

«Und wer ist sie? Ich hab keine Frau getroffen.»

Ragnhild schaut ihn unglücklich an. Kramt dann ein Taschentuch aus ihrem Morgenmantel und schnäuzt sich geräuschvoll.

«Sie heißt Amela», sagt sie und zwirbelt ein Stück Stoff zwischen ihren Fingern. «Sie hat mir eine Menge Fragen gestellt, erst zu diesem Boris, dem die Schrottfirma draußen in Spjutstorp gehört, und dann zu dir. Sie ist dir da draußen begegnet. Sie schien irgendwie an dir interessiert zu sein.»

«Amela», murmelt Mike.

Die merkwürdige Frau schaut ihn nun erneut an, geradewegs durch die grölende Zuschauermenge und das Dröhnen der Motorräder hindurch. Ihr Gesicht ist blass und weit weg. Mike will sich zu ihr hindurchkämpfen und sie fragen, warum sie ihn verfolgt. Aber er weiß, dass er es nicht schaffen wird, bevor sie verschwunden ist. Die Narbe an ihrem Haaransatz; er fragt sich, woher sie sie hat.

«Ich hätte es wirklich nicht tun sollen», sagt Ragnhild und kommt bemerkenswert schnell auf die Beine. «Aber mir ist eingefallen, was du bei dir hattest, als du das letzte Mal hier warst, und da hab ich große Angst um sie bekommen.»

Sie steckt ihre Hand in die Keramikurne im Bücherregal und fischt einen Schlüssel heraus. Mike schaut sie an, ohne zu verstehen, wovon sie redet. Amela. Plötzlich war sie gemeinsam mit Wanja einfach so aufgetaucht.

«Erinnerst du dich noch daran?», fragt Ragnhild und steckt den Schlüssel ins Schloss.

Es klickt, und die Tür springt auf. Sie fingert mit der Hand im Schrank herum. Ganz langsam breitet sich in ihrem Gesicht ein Ausdruck des Erstaunens aus.

«Er ist weg!», stellt sie fest und sieht Mike entsetzt an.

«Wer denn?»

«Der Revolver. Ich habe ihn hier eingeschlossen, als du ihn mir gabst. Erinnerst du dich nicht mehr? Du hast gesagt, dass ich ihn gebrauchen könnte, um mich zu schützen. Er hat vierzehn Jahre lang hier im Schrank gelegen. Aber jetzt ist er weg.»

Mike versteht rein gar nichts. Er hatte seit dem Tag, an dem er beschloss, sie nie wieder in die Hand zu nehmen, keinen Gedanken mehr an die Waffe verloren. Langsam kommt die Erinnerung zurück. Und er sieht an Ragnhilds Gesichtsausdruck, dass eine böse Ahnung sie befällt.

«Amela», jammert sie. «Armes dummes Mädchen. Was hast du dir denn dabei gedacht?»

Dann hält sie mit verzerrtem Gesicht inne und starrt Mike mit einer entschlossenen Glut in den Augen an.

«Sie hat von Rache gesprochen. Ich hab es ihr angesehen, aber ich wollte es nicht glauben. Es muss sich um diesen Boris handeln. Er kommt offenbar aus Jugoslawien, nicht wahr? Sie hat vor, ihn zu töten!»

Ragnhilds Hand legt sich wie eine Klaue um seinen Arm.

«Amela hat vor, Boris zu töten. Du musst sie aufhalten, Mike!»

KAPITEL 29

Die Feuchtigkeit hat bereits eine graue Schicht über die Windschutzscheibe gelegt, und bald wird sich Amela wie eine Schmetterlingslarve in ihrer Puppe vorkommen. Sie schüttelt sich. Es wird allmählich kalt.

Ihre Hand zittert ein wenig, als sie den Rückspiegel in einem letzten Versuch, Erbarmen zu finden, etwas nach unten abwinkelt. Doch alles, was sie sieht, sind zwei Augen, die im Dunkeln schweben, als hätte sich ihr Körper aufgelöst und sie in einen Geist verwandelt. Einen Rachegeist.

Sie schaltet die kleine Lampe am Wagendach aus. Zögert sie?

Amela weiß es selbst nicht. Ihr Kopf fühlt sich vollkommen leer an. Tausend Mal hat sie sich schon ermahnt, endlich zu vergessen. Doch die Erinnerungen kehren immer wieder zurück. Und seit sie dem Blick des Mannes im Systembolag begegnete und begriff, dass er bereits vor langer Zeit seine Sünden vergessen hatte, noch öfter. Es ist so ungerecht. Warum sollte er, der Teufel persönlich, davonkommen, während sie sich Tag und Nacht quält? Die Bilder ihrer Erinnerung drängen sich erneut auf. Sie spürt es und will es verhindern, aber es funktioniert nicht. Sie ist zu schwach. Amela lehnt ihren Kopf gegen die Nackenstütze, schließt die Augen und lässt die Erinnerung Besitz von ihr ergreifen.

Sie wähnten sich in Sicherheit.

Im UN-Flüchtlingslager in Potocari. Tausende und Abertausende von Flüchtlingen drängen sich um die alte Batteriefabrik herum. Panik liegt in der Luft. Amela hält Adnans Hand, so fest sie kann, um ihn im Menschengewirr nicht zu verlieren. Soldaten mit blauen Helmen sollen sie schützen, doch als der Feind kommt, tun sie es nicht. Vom Sieg berauschte Burschen, die nach Dreck und Blut riechen, trennen die Männer von den Frauen und Kindern. Jungen. Auch Jungen nehmen sie. Die Menschen schreien und flehen um ihr Leben. Plötzlich steht er vor ihnen. Der Mann mit den dicht beieinanderliegenden Augen. Er hält eine Maschinenpistole in der Hand und trägt ein großes Messer im Gürtel. Einen kurzen Augenblick hält er inne und mustert erst Amela und dann Adnan, als zögere er angesichts des Alters des Jungen. «Bitte nicht! Er ist doch noch ein Kind!» In Amelas Erinnerung hallt ihr Rufen noch ewig lange durch den Lärm hindurch. Dann packt er den Jungen am Nacken und reißt ihn mit einem einzigen Ruck los. Adnan kratzt und beißt um sich, doch sein Gesicht ist kreidebleich. Amela ruft und ruft, sie liegt auf der Erde und klammert sich ans Bein des Soldaten, doch er befreit sich mit einem Tritt; ein grober Stiefel trifft sie am Kopf, und ihr wird für eine Sekunde schwarz vor Augen. Sie spürt nicht, wie ihr das Blut an den Schläfen hinunterrinnt. In dem Moment verstummen alle Geräusche. Um sich herum sieht sie Menschen mit verzerrten Gesichtern. Sie weinen und betteln, fluchen und verdammen, ohne dass die Geräusche bis in Amelas Kopf dringen. Starke Arme halten sie fest. Adnan und der Mann verschwinden immer weiter in Richtung Wald. Der Junge zappelt wie ein Kaninchen. Das ist das Letzte, was sie sieht. Dann versinkt sie in der Dunkelheit.

Später, im Flüchtlingsbus nach Tuzla, denkt Amela, dass sie sich das Leben nehmen wird, sobald sie genügend Kraft dazu hat.

Sie öffnet die Augen. Lässt die Scheibenwischer ein Loch

in die feuchte Schmetterlingspuppe reißen. Der Nebel ist dicht. Nicht einmal als sie die Scheinwerfer auf dem Weg hierher angeschaltet hatte, konnte sie mehr als ein paar Meter weit auf dem Schotterweg sehen, bevor er im schwarzgrauen Nebel verschwand. Amela weiß, dass seine Festung irgendwo da vorn liegt. Ohne einen Gedanken daran zu verschwenden, es sich noch einmal zu überlegen, greift sie nach ihrer Handtasche. Der Revolver. Sie wiegt den schweren schwarzen Gegenstand in der Hand. Weiß, dass er geladen ist. Dann holt sie tief Luft und öffnet die Wagentür.

Mike stürmt die Treppe hinunter und stürzt in den Nebel hinaus. Der Wagen. Scheiß drauf, ob die Polizei ihn bewacht. Ragnhilds Worte dröhnen ihm in den Ohren: «Amela hat vor, Boris zu töten.»

Nein, Amela darf nicht töten!

Innerhalb von einer Minute hat die Alte genug gesagt, damit er begreift. In sechzig Sekunden hat sie ihm genügend erklärt, um ihn in höchste Anspannung zu versetzen. «Du musst sie aufhalten!»

Die Worte hämmern in seinem Kopf, alles andere ist plötzlich wie weggeblasen, seine Verzweiflung und die lähmende Machtlosigkeit. Jetzt schreit ihm sein Herz zu: Endlich kannst du einmal etwas Gutes tun!

Amela darf nicht töten. Keiner darf töten. Keiner darf mehr sterben.

Er reißt die Wagentür auf und steckt den Schlüssel ins Zündschloss. Der Opel hustet wie ein altersschwacher Greis. Nun komm schon! Er dreht den Schlüssel noch einmal herum und tritt das Gaspedal durch, doch der Funke wird immer matter, bis der Anlasser schließlich mit einem jämmerlichen Wimmern aufgibt.

«Scheiße!»

Er knallt die Faust mit voller Kraft auf das Armaturenbrett.

Das Erste, was er sieht, als er die Wagentür aufstößt, ist ein Fahrrad. Ein Damenfahrrad. Es steht mitten auf dem leeren Parkplatz vom Konsum an einen Laternenpfahl gelehnt. Verlassen. Das Schloss ist bereits aufgebrochen. Es kommt ihm fast vor wie ein Zeichen. Er reißt den Lenker an sich und schwingt sich entschlossen in den Sattel.

Am Bretterzaun der Schrottfirma brennt eine Lampe in der Dunkelheit. Amela hält inne und horcht. Hat er etwa eine Kamera installiert? Sie guckt sich rasch um. Vorsichtig drückt sie mit der Handfläche gegen das Tor. Es gleitet auf. Merkwürdig, gerade er, der so viel Dreck am Stecken hat. Ein Geruch nach ausgelaufenem Öl und Gummi umgibt die alten Autowracks, die sich im Nebel verbergen.

Erst jetzt kommt ihr der Gedanke, dass er möglicherweise nicht allein da drinnen ist. Doch sie kann es nicht ändern. Sie schaut auf die Uhr. Mitternacht. Jetzt ist es zu spät, um wieder umzukehren.

Die Lampe an der Treppe zum Wohnhaus verbreitet einen gelblich weißen Schein, der auf die Statue fällt. Amela kennt das strenge Profil nur allzu gut. Marschall Tito in kaltem Granit.

Der Jeep steht direkt daneben. Er ist mit Lehm bespritzt, genau wie beim letzten Mal. Sie berührt mit den Fingerkuppen das Metall. Und sie erahnt das kleine golden gerahmte Bild, das zwischen die Windschutzscheibe und das Armaturenbrett geklemmt ist. Der heilige Sava. Der Blick des Heiligen verfolgt sie im Dunkeln. Das Kreuz auf dem Mantel, die Bibel im Arm. Amelas Atem bildet eine Wolke vor ihrem Mund.

Dieses Mal kann kein Heiliger ihn schützen, denkt sie. Weder ein Heiliger noch der Teufel.

Plötzlich hört sie ein dumpfes Knurren hinter sich. Der Hund steht als kaum erkennbarer grauer Schatten unmittelbar neben dem Tor. Aus seiner Kehle dringen unheilvolle Geräusche, doch er kommt nicht näher. Es ist, als warte er darauf, dass sie flieht. Amela weicht einen Schritt zurück und spürt instinktiv, dass sie sich langsam bewegen muss. Sie tastet in ihrer Handtasche nach dem Revolver. Umschließt den Kolben mit den Fingern. Eigentlich müsste ich vor Schreck erstarren, denkt sie. Doch ihr Körper gehorcht, und ihre Gedanken sind glasklar. Sie schaut sich über die Schulter um und schätzt den Abstand bis zur Treppe. Zwanzig Schritte allerhöchstens. Wenn es mir gelingt, noch ein wenig näher heranzukommen, bevor der Hund zum Angriff ansetzt, habe ich eine Chance, es zu schaffen.

Hoffentlich ist die Tür nicht abgeschlossen!

Sie macht einen weiteren Schritt und sieht, dass sich der Hund bewegt. Er ist immer noch nur als Schatten, aber inzwischen schon deutlicher zu erkennen. Sie hört ihn schnaufen, ahnt, dass er die Ohren anlegt. Wahrscheinlich fletscht er schon die Zähne. Dann knurrt der Hund erneut, leise und drohend. Es ist, als könne sie seine Gedanken hören: Versuch es erst gar nicht. Glaubst du, ich weiß nicht, was du vorhast? Amela zieht sich noch ein Stück weiter zurück und flüstert: «Bitte fang nicht an zu bellen. Jetzt noch nicht.» Sie hätte ihm gerne in die Augen geschaut.

Noch fünfzehn Schritte bis zur Treppe, immer noch zu weit.

Der Schattenhund nähert sich langsam. Sein grauer Pelz hat inzwischen eine gelblichere Farbe angenommen, und jetzt sieht sie auch seine Augen aufleuchten.

Er geht zum Angriff über, denkt sie und weicht noch ein Stück zurück. Sie spannt die Beinmuskeln an. Er wird sich auf mich stürzen. Ich muss jetzt losrennen.

Im selben Augenblick, in dem sie sich umdreht und auf die Treppe zustürzt, hört sie den Hund mit fürchterlichem Gebell losspringen. Seine Pfoten lassen den Lehm aufspritzen, von seinen Lefzen tropft Speichel, er ist bereit, ihr die Zähne ins Fleisch zu rammen. Gleich wird er zum entscheidenden Sprung durch die Luft ansetzen. Aber Amelas Joggingschuhe finden Halt. Sie ist stark. Sie ist schneller, als sie je in ihrem Leben gewesen ist, und fliegt geradezu die Steintreppe hinauf. Mit ihrem freien Arm drückt sie die Klinke hinunter, die Tür öffnet sich, welch Wunder, doch sie hat keine Zeit, darüber nachzudenken. Sie wirft sich hinein, und genau in dem Moment, in dem die Tür hinter ihr zuschlägt, erblickt sie einen dunklen Schatten, der dagegen springt. Ein dumpfer Knall ertönt, das Türblatt erzittert, und dann hört sie ein jaulendes Winseln auf der Außenseite. Mit einer Abgeklärtheit, die sie selber erstaunt, schließt sie hinter sich ab und beginnt, nach ihrer Beute zu suchen.

Jetzt hat sie keine Zeit mehr herumzuschleichen.

Mit gezogenem Revolver läuft sie von Zimmer zu Zimmer. Im Flur leuchtet eine schwache Lampe, auf dem Couchtisch stehen zwei Whiskygläser, sie stolpert über eine Teppichkante, fängt sich jedoch wieder. In der Küche stehen Töpfe und dreckiges Geschirr, im rechten Zimmer ist es dunkel, sie irrt mit dem Blick umher, bis sie ganz hinten im Haus einen Lichtschein durch den Türspalt fallen sieht.

Das Schlafzimmer, denkt sie und tritt die Tür mit dem Fuß auf.

Er sitzt auf dem Bett. Schaut sie verwundert an und blinzelt, als sei er aus dem Schlaf gerissen worden und hätte es gerade noch geschafft, die Nachttischlampe anzuknipsen. Am Oberkörper trägt er ein schmuddeliges Unterhemd. Die Beine, die aus seinen Unterhosen ragen, sind weiß. Ihn umgibt ein säuerlicher Geruch.

Wie alt er aussieht, denkt Amela. Die dicht beieinanderliegenden Augen, die neulich noch wie die Mündung einer Schrotflinte aussahen, jagen ihr keine Angst mehr ein. Er sieht so müde aus. Es ist offensichtlich, dass er sie nicht wiedererkennt. Er blinzelt verdutzt.

«Was wollen Sie hier?»

«Keine Bewegung!»

Mit einem Mal weiß Amela nicht mehr, was sie tun soll. Ihn auf der Stelle erschießen? Nein, er soll ja schließlich erfahren, warum. Der Revolver in ihrer Hand fühlt sich plötzlich schwer an. Sie entsichert ihn.

«Sie wissen nicht, wer ich bin, oder?»

Er schüttelt langsam den Kopf.

Es ist so demütigend. Für ihn scheint alles vergessen zu sein. Adnans Leben hat ihm absolut nichts bedeutet.

Sie blickt sich unsicher im Zimmer um. Knipst das Deckenlicht an, um besser sehen zu können. Das Bettzeug ist fleckig. Eine Frau scheint er nicht zu haben. Auf dem Fußboden liegen diverse Motorzeitschriften verstreut. Ein Haufen Kleider auf einem Stuhl. Dunkle vorgezogene Gardinen. Und ein Heiligenbild an der Wand.

«Der heilige Sava kann Sie auch nicht retten», sagt sie in ihrer Muttersprache. Die Worte fühlen sich in ihrem Mund ungewohnt an. Sie hört selbst, dass sie wie eine Beschwörung klingen.

Der Mann im Bett schnaubt verächtlich in Richtung des Bildes.

«Es ist lange her, dass ich gläubig war», entgegnet er in derselben Sprache.

«Srebrenica», sagt Amela und fixiert ihn mit ihrem Blick. Die kühle Abgeklärtheit, die sie eben noch verspürt hat, ist verschwunden. Ihre Brust bebt vor Hitze. «Sie erinnern sich nicht mehr?»

Erneut schüttelt er den Kopf. Er macht den Eindruck, als suche er in seiner Erinnerung. Seine Augen. Das anfängliche Erstaunen in seinem Blick ist etwas anderem gewichen. Angst. Amela sieht es jetzt deutlich, und es macht sie unsicher. Er atmet schwer und mühsam. Es wäre alles weitaus einfacher, wenn er nicht so ängstlich und alt aussehen würde.

«Sie waren dort, oder?»

«Vielleicht.»

Sie schiebt seine Kleider vom Stuhl und setzt sich.

«Die Batteriefabrik bei Potocari.» Die Worte bleiben ihr fast im Halse stecken. «Ein kleiner Junge. Ein Kind. Sie haben ihn mir aus den Armen gerissen. Erinnern Sie sich? Was haben Sie danach mit ihm gemacht?»

Amela spürt, wie ihr eine feuchtkalte Träne die Wange hinunterrinnt. Sie wischt sie irritiert weg. Sie will die Augen schließen, traut sich jedoch nicht. Ich muss stark sein. Darf jetzt nicht klein beigeben. Doch von irgendwoher kommt ihr der Gedanke: Und wenn ich mich nun getäuscht habe? Wenn er es gar nicht ist?

«Jetzt antworten Sie doch, zum Teufel!», schreit sie wütend.

Er fährt in seinem Bett zusammen. Dann geschieht etwas mit seinem Blick. Eine geringfügige Veränderung, die sie kaum registriert. Langsam nimmt er seine leeren Hände hoch und steht auf.

«Ich möchte Ihnen etwas zeigen.»

In seiner Stimme liegt etwas Flehendes. Ohne die Worte auszusprechen, fleht er um Erbarmen. Darum, dass sie nachdenkt und versucht, ihn zu verstehen. Von ihrer Vernunft her sieht Amela ein, dass sie ihn aufhalten muss, dass er nur vorhat, sie zu täuschen, doch sie hört nicht auf ihre Vernunft, sie ist plötzlich unsicher und bereut zum ersten Mal in dieser Nacht, dass sie nicht zu Hause geblieben ist.

«Kommen Sie», sagt er freundlich.

Amela macht ihm Platz und lässt ihn an ihr vorbeigehen. Sie umklammert krampfhaft den Kolben, sodass ihre Fingerknöchel weiß werden. Stellt dann fest, dass der Lauf nach unten zeigt, und richtet ihn schnell auf seinen Rücken. Voller böser Ahnungen folgt sie ihm. Sein Körper ist groß und schwer, doch seine Unterhosen, die unterhalb seiner Pobacken sackartig herunterhängen, wirken irgendwie lächerlich. Aus irgendeinem Grund fällt ihr auf, dass seine Zehen schmutzig sind.

Als er das Licht anmacht, sieht sie, dass er sie in ein kleines Büro geführt hat. Darin steht ein Schreibtisch mit einem alten Computer. Die oberste Schublade ist zur Hälfte herausgezogen. Er registriert es mit einem kaum merklichen Hochziehen der Augenbraue. Auf dem Tisch liegen einige mit Öl befleckte Rechnungen und ein Schlüsselbund. In der Ecke steht ein massiver Geldschrank.

«Wie heißen Sie?»

«Amela», antwortet sie, bereut es jedoch sofort.

Er nickt bestätigend. «Ich heiße Boris, aber das wissen Sie wahrscheinlich bereits.»

Ohne Eile streckt er sich nach einem Fotoalbum im Bücherregal und legt es auf den Schreibtisch.

«Wie Sie wissen, Amela», sagt er und betrachtet sie mit einem traurigen Lächeln, «ist in der Zeit so viel Schreckliches passiert. So viel Schreckliches. Ich habe ebenfalls versucht, es zu vergessen.»

«Dann komme ich also wie eine Spukgestalt aus der Vergangenheit?» Amela versucht, mit fester Stimme zu sprechen. «Wie eine Erinnerung. Ja? Sie verstehen aber schon, dass ich vorhabe, Sie zu töten?»

Er betrachtet sie geduldig, nahezu wie ein Vater sein ungehorsames Kind.

«Glauben Sie, dass ich Angst davor habe, zu sterben?»

Ihre Müdigkeit lähmt sie plötzlich. Amela weiß weder ein noch aus. Der Hass, der eben noch in ihr loderte, ist mit einem Mal wie erloschen, als würde der Brennstoff, den er verzehrt hat, aus ihr heraussickern wie Benzin aus einem verrosteten Tank.

Draußen auf dem Hof schlägt der Hund erneut an.

«Lassen Sie mich Ihnen etwas zeigen», sagt Boris und öffnet das Album.

Es ist voll mit Bildern von früher. Mit verblassten Fotografien. Er blättert vorsichtig, sichtbar vertieft. Dann schlägt er eine Seite mit einem stark vergrößerten Bild auf und zeigt darauf. Auf dem Foto sind eine Frau und ein junger Mann zu sehen. Sie stehen vor einem Haus mit rotem Ziegeldach und Weinranken, die im Garten wachsen. Die Frau lächelt stolz und schielt zu dem jungen Mann hinauf, der seinen Arm beschützend um ihre Schultern gelegt hat.

«Das ist vor dem Krieg aufgenommen», hört sie Boris sagen.

Amela begegnet dem Blick des jungen Mannes. Wenn Adnan noch leben würde, wäre er jetzt älter als er, denkt sie.

«Die Moslems haben das Haus abgebrannt. Ihre Leichen … sie waren völlig verkohlt, als ich nach Hause kam.»

Im Zimmer ist es entsetzlich warm. Der Sauerstoff geht zur Neige, und sie kann kaum noch atmen. Sie ringt nach Luft. Die Frau auf dem Foto lächelt nicht mehr, jetzt schaut sie Amela anklagend an, als wäre alles ihre Schuld. Es verwirrt sie. Bin ich ihr möglicherweise vor langer Zeit einmal begegnet? Das Gesicht kommt ihr bekannt vor. Nein, ich bilde es mir nur ein. Ich bin kurz davor, die Fassung zu verlieren. Die Kontrolle. Muss die Kontrolle wiedererlangen.

Zu spät spürt Amela, wie sich seine kräftigen Finger um ihr Handgelenk legen.

Bevor sie reagieren kann, hat er ihr mit einem Ruck den Revolver aus der Hand geschlagen. Er landet mit einem heftigen Knall auf dem Boden.

Dann hebt er den Arm, und es brennt wie Feuer, als er ihr eine Ohrfeige verpasst, die so stark ist, dass sie gegen die Wand geschleudert wird. Sie schreit nicht einmal. Ihr wird schwarz vor Augen. Mit dem Rücken gleitet sie an der Tapete hinab zu Boden. Noch bevor sie unten ankommt, weiß sie, dass sie besiegt ist.

Mike fliegt wie ein Engel durch die Nacht. Dichte Wolken tragen ihn vorwärts, er tritt wie ein Besessener in die Pedale, halb blind angesichts der Dunkelheit und des Nebels, aber es macht ihm nichts aus, denn er kennt den Weg.

Du musst sie aufhalten!

Ragnhilds Ermahnung hallt in seinem Kopf, als er auf den Schotterweg einbiegt, der zur Schrottfirma hinaufführt. Instinktiv weiß er, dass es um Sekunden geht. Der Schweiß rinnt ihm salzig und kalt an den Schläfen hinunter. Sein Herz pumpt und presst das Blut durch die Adern vorwärts. Er würde am liebsten die Zeit anhalten. Seine Gelenke schmerzen, doch Mike reißt sich zusammen und treibt das Fahrrad voran, dass der Lehm nur so von den Reifen spritzt. Auf dem letzten Stück stellt er sich auf die Pedale, senkt den Kopf und gibt Gas, sodass ihm die Milchsäure in die Oberschenkel schießt.

Plötzlich taucht aus dem Nichts ein Schatten auf. Der Aufprall ist heftig. Mike fliegt geradewegs nach vorn über den Lenker. Es gelingt ihm gerade noch, den Kopf einzuziehen, aber er schlägt heftig mit der Schulter auf Metall auf und rollt dann weiter über das Hindernis, bis er auf dem Rücken im Graben landet.

Erst begreift er gar nichts. Er schüttelt den Kopf und

flucht. Wischt sich die Erde von der Wange. Dann sieht er, dass es sich um ein Auto handelt. Einen weißen Toyota, der mitten auf dem schmalen Weg zwischen den Äckern geparkt steht. Er muss Amela gehören.

Dann hatte Ragnhild recht. Sie hat tatsächlich vor, Boris zu erschießen.

Als er langsam wieder auf die Füße kommt, spürt er einen stechenden Schmerz in der Schulter. Mike beißt sich auf die Lippe, um nicht laut aufzuschreien. Sein eines Bein fühlt sich taub an. Das Fahrrad ist nur noch ein Wrack, das Vorderrad völlig verzogen und verbeult. Wie weit mag es bis zum Schrottplatz noch sein? Nicht weiter als hundert Meter. Wenn ich laufe, schaff ich es, denkt er und humpelt durch den Nebel weiter.

Das Tor steht offen, und das Erste, was er hinter dem Zaun erblickt, ist der Hund, der sich aus dem Schatten löst. Boris' Dobermann. Er wedelt mit seinem Schwanzstummel und bellt freudig.

«Ja, ist ja gut …», flüstert Mike. Er geht in die Hocke und lässt den Hund mit seiner feuchten Zunge seine Hand lecken. Der kläfft und winselt unterwürfig. Legt sich platt auf den Boden und wartet auf eine Order.

«Platz.»

Der Hund gehorcht. Rührt sich nicht vom Fleck, als Mike aufsteht und in Richtung Treppe schleicht.

Vorsichtig versucht er die Türklinke hinunterzudrücken. Abgeschlossen. Lautlos gleitet er an der Hausfassade entlang. Formt die Hände vor den Augen zu einem Trichter und guckt in ein Fenster hinein. Leer. Dann hört er etwas entfernt ein dumpfes Murmeln. Kurz darauf einen Knall, einen unterdrückten Schrei und schließlich einen Aufprall. Er eilt weiter. Im nächsten Zimmer erblickt er sie. Boris steht mit dem Rücken zum Fenster, seine Schultern sind breit, und in seinem kurz geschorenen Nacken bilden sich Falten. An der hinteren Wand sitzt Amela zusammengekauert auf dem Boden. Aus ihrer Nase rinnt Blut. Ihre Augen sind glasig, und ihr Blick ist resigniert, als warte sie nur noch auf den Gnadenschuss.

Dann sieht er, dass Boris sich zum Fußboden hinunterbeugt. Der Revolver! Er liegt vor ihm auf dem Teppich. Schwarz glänzend.

Mike sieht ebenfalls, wie Boris' Finger sich um den Griff aus Walnussholz legen, und er den Rücken streckt. Dem Winkel seines Kopfes nach zu urteilen, fixiert er Amela auf dem Fußboden mit dem Blick. Eine undeutliche Stimme dringt durch die Fensterscheibe. Die Worte sind nicht zu verstehen. Doch Mike spürt, dass genau in diesem Augenblick über ihr Schicksal entschieden wird, dass sich in diesem Moment herausstellt, ob sie leben oder sterben soll, und es gibt nur einen einzigen Menschen auf der Welt, der den Mann stoppen kann, der sich zu Amelas Scharfrichter erhebt.

Er sieht sich verzweifelt um. Tito! Der Marschall steht neben der Treppe und blickt wie immer siegesgewiss auf die schrottreifen Autos. Der feuchte Granit glänzt. Mit einem Mal sind die Schmerzen in Mikes Körper wie weggeblasen. Mit der Kraft eines Stiers ergreift er den Nacken des großen Führers und zieht ruckartig daran, sodass sich der Kopf von der übrigen Statue löst. Dann hält er den schweren Steinkoloss in den Händen, hebt ihn hoch in die Luft und schwankt unter seinem Gewicht, schafft es aber, damit Kurs aufs Fenster zu nehmen. Er nimmt Anlauf, kneift die Augen fest zusammen und stößt einen Wahnsinnsschrei aus, als er den Marschall Tito mit all seiner Kraft durch die Fensterscheibe schleudert und dabei selber wie ein menschlicher Torpedo in einer Kaskade von Splittern in den Raum hineinfliegt.

Als er die Augen wieder öffnet, sieht er, dass er richtig

gezielt hatte. Das Steinhaupt hat Boris offenbar am Rücken verletzt. Der Schrotthändler liegt am Boden und sieht aus, als hätte ihn ein Kugelblitz getroffen.

Der Revolver!

Eine rote Flüssigkeit rinnt ihm in die Augen und erschwert ihm die Sicht. Mike wischt sich mit dem Ärmel übers Gesicht. Boris beginnt sich zu bewegen. Wo zum Teufel ist nur der Revolver geblieben? Dann entdeckt er ihn. Er ist unter den Schreibtisch gerutscht und liegt im Staub an der Fußbodenleiste. Mike tastet sich rasch in den Glassplittern vorwärts. Doch Boris dreht sich auf dem Boden herum und hechtet ebenfalls nach dem Revolver. Sie treten mit den Füßen um sich, um Halt zu finden, doch keiner von ihnen erreicht die Waffe. Plötzlich sind sie einander ganz nahe. So nahe, dass Mike Boris' sauren Atem und die Hitze in seinem verzerrten Gesicht spürt. Wutentbrannte Blicke treffen aufeinander. Im nächsten Augenblick erreichen Boris' Finger das blankgeschliffene Walnussholz und umklammern es, woraufhin die blutunterlaufenen Augen des Serben voller Triumph leuchten. In dem Moment setzt Mike alles auf eine Karte. Er spannt seine Nackenmuskeln an, wirft seinen Kopf wie eine Kobra nach vorne und verpasst seinem Gegner eine Kopfnuss. Das Geräusch eines zerbrechenden Nasenbeins lässt ihn innerlich frohlocken. Auf dem Boden liegend, rammt er ihm schließlich erst ein Knie in die Magengegend und dann eins in den Schritt. Boris stöhnt auf und verstummt. Dann reißt Mike den Revolver an sich und kriecht auf allen vieren zu Amela, die sich erschrocken an die Wand gedrückt hat.

«Bist du am Leben?», fragt er keuchend.

Sie ist kreidebleich im Gesicht.

Mike legt die Waffe ab und ergreift Amelas Hände. Er berührt leicht ihre Finger und kann den Impuls, ihr flüchtig über die Wange zu streichen, nicht unterdrücken. Seine Finger hinterlassen dunkelrote Flecken auf ihrer Haut. Woher kommt nur das Blut? Er schüttelt sie vorsichtig.

«Amela, beruhig dich jetzt! Ich bin's, Mike. Ragnhild hat mich hergeschickt.»

Sie dreht langsam den Kopf.

«Jetzt ist alles vorbei», versucht er es noch einmal.

Doch in den dunkelbraunen Augen spiegelt sich immer noch der Schrecken wider, und plötzlich begreift Mike, dass sie nicht ihn anschaut, sondern über seine Schulter hinweg etwas anderes hinter ihm fixiert.

«Nein ...»

Dann ertönt im Zimmer ein Schuss. Ein einziger scharfer Pistolenschuss, der sein Trommelfell erschüttern lässt. Ist er tot? Ist sie tot? Blitzschnell dreht Mike sich um und starrt in Joksos grinsende Visage.

Er steht draußen vor dem zerborstenen Fenster. Der Lauf seiner Pistole ist direkt auf Mike gerichtet. Seine Nase ist immer noch abgeschürft und geschwollen. In seiner Kehle gurgelt es ein wenig, als er leise auflacht.

«Verdammter Sklaventreiber», sagt er. «Ich hab ihn schon lange sattgehabt.»

Mike blickt sich verwirrt um. Amela scheint nicht getroffen worden zu sein. Er selbst spürt auch nichts. Dann bleibt sein Blick an Boris hängen. Der Serbe lehnt immer noch halb liegend an einem Bein des Schreibtisches. Ein kleines schwarzes Loch klafft mitten auf seiner Stirn. Über seine weit geöffneten Augen hat sich ein trüber Schimmer gelegt.

Als Mike sich umdreht, hat Jokso bereits seinen Arm durch die Öffnung hereingestreckt, das kaputte Fenster geöffnet und ist ins Zimmer geklettert. Er schließt es sorgfältig hinter sich. Aus dem Holzrahmen ragen spitze messerscharfe Glasscherben. Dann steht er breitbeinig vor Mike und Amela und fixiert die beiden mit seinem Blick. Leckt sich die Lippen und wippt auf den Zehenspitzen, als setze er zum Sprung an.

Plötzlich schlägt er Mike mit voller Kraft den Pistolenkolben ins Gesicht. In Mikes Jochbein knackt es, und er verspürt einen stechenden Schmerz. Ihm wird schwarz vor Augen.

«Jetzt sind wir quitt», hört Mike ihn wie von weit entfernt sagen.

Wie in einem Nebel sieht er Jokso den Schreibtisch umrunden. Ohne sie aus den Augen zu lassen, geht er vor dem Geldschrank in die Hocke. Das Schloss klickt, als er die Ziffernkombination eingibt. Danach reißt er die Tür auf, rafft einige Bündel mit Geldscheinen zusammen und schiebt sie in eine Plastiktüte. Er steht auf und lacht vergnügt.

«Schwarzgeld. Auf Boris ist Verlass. Keiner wird es vermissen.»

Dann senkt sich ein unheilverkündender Schatten über sein schmales Gesicht. Er zielt mit der Pistole in ihre Richtung, als wäre er ihnen noch eine Erklärung schuldig.

«Ich wollte eigentlich, dass es wie Selbstmord aussieht. Boris, erschossen mit seiner eigenen Pistole. Nicht schlecht, was? Ich hab sie ihm heute Morgen aus der Schreibtischschublade geklaut. Aber ihr habt alles vermasselt ... und nun muss ich mir was anderes ausdenken.»

Eine ganze Weile steht Jokso mit schräg gelegtem Kopf vollkommen still da und sieht aus, als denke er nach. Mike schielt zu Amela rüber. Der Schock hat sich offenbar etwas gelegt. Sie atmet schwer und flackert mit dem Blick. Sucht verzweifelt nach einem Ausweg. Der Revolver? Er liegt außerhalb ihrer Reichweite.

Dann stößt Jokso einen bekümmerten Seufzer aus. Er zeigt vielsagend mit dem Pistolenlauf auf seine geschwollene Nase.

«Man muss seine Schulden begleichen», sagt er freundlich. «Das hat Boris immer gesagt. Ziemlich klug. Deswegen hab ich dir auch eben eins über die Rübe gezogen, Mike. Jetzt sind wir quitt. Und gleich werd ich euch beide abknallen, weil ich einfach Lust dazu hab.»

Langsam senkt er die Waffe und fletscht in einer lüsternen Grimasse die Zähne.

Aus dem Augenwinkel sieht Mike, wie Amela die Augen schließt. Sie bereitet sich auf den Tod vor, denkt er flüchtig. Dann macht er sich klar, dass es auf keinen Fall zum Schlimmsten kommen darf und nur er es verhindern kann. Er spannt seine Muskeln an, um sich ein weiteres Mal zu opfern.

Als Mike sich gerade nach vorn werfen und die unausweichliche Kugel abfangen will, hört er den Hund anschlagen. Der Dobermann. Er steht unmittelbar draußen vor dem Fenster, und sein Bellen klingt blutrünstig. In einer plötzlichen Verwirrung verliert Jokso die Konzentration und schaut aus dem Fenster.

In dem Moment stürzt Mike über die Glassplitter auf dem Boden nach vorn und verpasst ihm einen Rempler. Er trifft Jokso unter anderem am Fußknöchel, sodass der Serbe die Balance verliert, mit den Armen wild um sich rudert und schließlich haltlos in den Fensterrahmen fällt. Man hört ein Zischen, als sich die scharfen Glasscherben einen Weg zwischen den Knöpfen seines lilafarbenen Hemdes und seinen Rippen hindurchbahnen und seine Lungen durchbohren. Er strampelt mit den Beinen. Schließlich bleibt er mit rosafarbenen Luftblasen im Mundwinkel hängen. Boris' Pistole in der einen und die Plastiktüte voller Geldscheine in der anderen Hand.

«Verdammt!», keucht Mike.

Eine ganze Weile starren die beiden wie verhext auf die toten Männer.

«Sie haben bekommen, was sie verdienten», sagt Mike und versucht überzeugend zu klingen.

Amela antwortet nicht. Sie schüttelt stumm den Kopf. Leistet keinen Widerstand, als er ihr auf die Füße hilft.

«Wir müssen abhauen, bevor jemand kommt», beschließt er.

«Der Revolver», flüstert sie. «Vergiss nicht deinen Revolver.»

Er beugt sich hinunter und hebt ihn vom Boden auf. Betrachtet dann die Toten erneut. Erst Boris. Dann Jokso.

Das Geld, denkt Mike. Er zuckt in einer entschuldigenden Geste mit den Achseln.

«Du hast es selber gesagt», murmelt er und windet die Plastiktüte aus Joksos erkaltender Hand. «Keiner wird die Scheine vermissen.»

Draußen auf dem Hof wartet der Hund. Er wedelt mit dem Schwanz und winselt wie ein Welpe. Mike geht in die Hocke und krault ihn hinter den Ohren. Der Hund schnaubt hingebungsvoll und leckt ihm die Hand.

«Tut mir leid, mein Freund, aber ich kann dich nicht mitnehmen.»

Amela schaut ihn entgeistert an. Ihr kommt alles wie ein Traum vor. Zu unwirklich, um wahr zu sein. Es ist beinahe so, als wäre sie tot. Doch Amela will nicht sterben, sie will leben.

«Weißt du schon, wo du heute übernachtest?», fragt sie leise.

Eine Lampe in der bunten Lichterkette auf Amelas Balkon flackert, als wäre sie kurz davor, kaputtzugehen. Rotes, grünes und gelbes Licht dringt mit der Feuchtigkeit des Nebels ins Schlafzimmer.

Der Luftzug am Fensterrahmen lässt die Flamme der Kerze aufflackern.

Mike lauscht ihrer Atmung. Schläft sie? Er presst seinen

Brustkorb an ihr Rückgrat und atmet den Duft ihrer warmen Haut ein. Eine feuchte Haarsträhne klebt in ihrem weißen Nacken. Ihr Kopf ruht schwer auf seinem Arm. Doch er ahnt, dass sie noch wach ist.

Die Dämmerung naht. Die Stunde der Wölfe. Bestimmt kann sie nicht einschlafen, weil sie wie verrückt heulen.

Während der gesamten Rückfahrt saßen sie schweigend im Wagen. Mike hatte die Rückbank umgeklappt, das Fahrradwrack hineingeworfen und ihre Autoschlüssel ohne ein Wort an sich genommen. Amela starrte wie hypnotisiert durch die Windschutzscheibe auf die Äcker. Sie schlotterte vor Kälte. Als sie ankamen, schloss sie die Wohnungstür auf, ging geradewegs ins Schlafzimmer und schlug die Bettdecke zurück.

«Halt mich fest, Mike», befahl sie und kauerte sich wie ein Embryo zusammen. «Halt mich fest, bis mir wieder warm wird.»

Wie viel Zeit war vergangen? Eine Stunde? Zwei oder drei? Inzwischen ist es lange her, dass sie aufgehört hat zu zittern. Mike hebt den Kopf vorsichtig vom Kissen und blickt auf den Radiowecker. Ihm blinken digitale Nullen im Takt mit der Lichterkette auf dem Balkon entgegen. Ist ihr die Zeit etwa egal?

Wenn sie es möchte, könnte ich hier bis in alle Ewigkeit liegen bleiben, denkt Mike. Vorsichtig schlingt er seine Arme um sie.

«Es ist, als wäre ich zwei Personen gleichzeitig gewesen», murmelt sie plötzlich.

Mike entgegnet nichts.

«Seitdem ich diesen Mann erblickt habe, ist es, als hätte jemand meinen Körper in Besitz genommen. Die eine Hälfte von mir war die gewöhnliche Amela. Und die andere ... sie war wie besessen von einem Fremden. Von jemandem, der einen Auftrag ausführen musste. Ich konnte ihn nicht aus dem

Kopf bekommen. Und ich war sicher, dass ich es genießen würde, ihn zu töten.»

«Aber du hast es dir anders überlegt?»

Sie dreht sich unter der Decke um und sieht Mike mit weit geöffneten Augen an. Ihr Atem ist warm.

«Ja», antwortet sie. «Plötzlich bin ich aufgewacht. Es war, als hätte ich die Kontrolle über mein Gehirn wiedererlangt. Er hat mir Fotos von seinem Sohn gezeigt. Das hat mich verwirrt. Aber als er mir den Revolver abnahm, wusste ich bereits, dass ich niemals schießen würde. Das Schreckliche war jedoch, dass er es mir angesehen hat.»

«Du bist wohl ganz einfach keine Mörderin», sagt Mike.

«Und du?»

Die Frage lässt ihn zusammenfahren, als hätte sie ihn geschlagen.

«Entschuldigung», sagt sie sofort und legt ihre heißen Finger auf seine Wange. «Ich weiß, dass ich dir eigentlich danken müsste.»

«Ach, das war …» Er verstummt, als ihm die passenden Worte nicht einfallen wollen.

«Ragnhild hat mich vor dir gewarnt. Sie hat mir den Revolver gezeigt.»

«Ja, ich hab ihn ihr vor langer Zeit gegeben.»

Er sieht, wie es in ihrem Gesicht unruhig zuckt, als hätte sie Angst vor der Antwort, die sie erhalten wird, wenn sie flüsternd fragt: «Hast du jemals jemanden damit getötet? Hast du jemanden getötet, Mike … vor heute Nacht?»

Er bemüht sich, mit fester Stimme zu antworten.

«Nein.»

Eine ganze Weile liegt sie, mit dem Gesicht nur wenige Zentimeter von seinem entfernt, im Bett und erforscht Mikes blaugrüne Augen.

«Gut», sagt sie dann.

Als Mike das Vertrauen in ihrem Blick sieht, überkommt ihn ein Gefühl der Wärme, das er noch nie zuvor in seinem Leben empfunden hat. Die Ruhe. Die Kerze, deren Flamme leicht flackert. Der matte Schein der bunten Lichter auf dem Balkon. Und Amela, die ihm so nahe ist.

«Ragnhild hat mir von dem erzählt, was du durchgemacht hast», sagt Mike leise. «Mit deinem Jungen … Ich hab auch einen Jungen.»

KAPITEL 30

Er hinterlässt Amela eine Nachricht auf dem Küchentisch. Ein paar hastig hingekritzelte Worte auf der Rückseite eines Werbeprospekts: *Muss Robin finden. Mike.* Ein paar Sekunden lang überlegt er, ob er noch mehr schreiben soll, doch ihm fallen nicht die richtigen Worte ein. Und er ahnt, dass die Zeit knapp wird.

Vor der Haustür schlägt ihm unmittelbar der Nebel entgegen. Er knöpft seine Jacke zu und schaut zu den bunten Lichtern auf dem Balkon hinauf. Amela hat tief und fest geschlafen, als er sich aus dem Bett schlich. Ihren Duft hat er immer noch in der Nase. Er schaut sich um. Das nächste Haus ist nur als bedrohlicher grauer Schatten zu erkennen, auch wenn es bereits heller geworden ist. Auf der Straße schwebt ein Auto mit blassen Scheinwerfern vorbei.

Er passiert in raschem Tempo den Bahnübergang und die Kirche und beginnt dann joggend in Richtung Osten hinauszulaufen. Der Revolver liegt schwer in seiner Jackentasche. Ich muss ihn entsorgen, denkt er. Später, das kläre ich später. Aber jetzt muss ich erst mal nach Hause zu Robin.

Es kommt ihm vor, als sei es schon sehr lange her, dass er das letzte Mal hinter der Mauer der alten Schmiede gestanden und rübergespäht hat, obwohl es erst gestern war. Auf dem ganzen Weg begegnet er keinem einzigen Menschen. Im Küchenfenster brennt eine Lampe wie ein mattes Leuchtfeuer im Dunst über dem Meer. Kein Polizeiwagen in Sicht. Wie ein Gespenst schleicht sich Mike über die Straße, öffnet das

Gartentor und huscht über den Kies. Robins Fahrrad liegt hinterm Zaun. Dann ist er zumindest zu Hause. Um sicherzugehen, dass nicht noch andere Leute im Haus sind, hält Mike inne und horcht. Alles, was er hört, ist das Tropfen der Feuchtigkeit von der dahinsiechenden Kastanie.

Die beiden sitzen am Küchentisch, als hätten sie nichts anderes vor, als zu warten.

«Mike!», ruft Rolle aus. «Verdammt, ich hab schon geglaubt …»

Ihm steht der kalte Schweiß auf der Stirn, und seine Haut ist leicht gelblich verfärbt. Sein Blick scheint irgendwie verändert, er wirkt nervöser als sonst.

«Ist die Luft rein?», flüstert Mike.

«Bis jetzt noch. Aber die Bullen waren gestern Abend hier und haben nach dir gesucht. Sie können jeden Moment wieder auftauchen.»

Robin schaut ihn mit großen Augen an. Auf dem Tisch vor ihm stehen ein Becher und ein Teller mit einem halb gegessenen Käsebrot.

«Wir wussten nicht so recht, was wir tun sollten», sagt Rolle. «Also haben wir angefangen zu frühstücken. Hast du Hunger?»

Mike nickt. «Wie ein Wolf.»

«Was ist eigentlich mit deinem Gesicht los? Du siehst ja ganz schön übel zugerichtet aus.»

«Ach, das ist ’ne lange Geschichte», antwortet er und betastet mit dem Finger die Schwellung am Jochbein.

Dann schaut er Robin an. Der Junge hat sich nicht vom Fleck gerührt, seit Mike an der Küchentür aufgetaucht ist. Hat lediglich den Kopf gedreht und die Augen aufgerissen, als hätte er ein Gespenst gesehen. Er kämpft, denkt Mike. Verdammt, wie sehr er kämpft!

Plötzlich stürzt Robin vom Tisch hoch und wirft sich Mike

in die Arme, presst sein Gesicht gegen seine Brust und klammert sich krampfhaft an ihn.

«Robin ...»

Es fühlt sich an, als hätte jemand ein großes Loch in Mikes Magen gerissen. Er legt seine Arme um den Jungen und hört ihn an seiner Brust schniefen. Klein und doch so zäh. Mike umarmt ihn fest, sodass seine Füße vom Boden abheben. Vergräbt die Nase in Robins stoppeligem Haar, atmet seinen Geruch ein, als wolle er ihn für immer und ewig einfangen.

Während sie so dastehen, flackert Amelas Erzählung aus der vergangenen Nacht in seinen Gedanken auf. Die Vorstellung, seinen Sohn nie mehr umarmen zu können. Mike drückt Robin fest an sich, als sei es das letzte Mal, und er lässt nicht los, bevor er ihn nach Luft ringen hört.

«Aua, ich ersticke.»

«Waren die Bullen böse zu dir?», fragt Mike, ohne ihn ganz loszulassen.

Robin reibt sich mit der Hand etwas aus dem Augenwinkel. Er antwortet stockend. «Ach, war nicht so schlimm. Ich hatte eigentlich vor, ihnen die Scheiße aus dem Leib zu prügeln, aber als sie mich dann nach Hause fuhren, hab ich drauf geschissen.»

Robin zieht die Nase hoch. Mike lächelt breit. Dann sieht er, wie die Miene des Jungen plötzlich erstarrt. Und er spürt eine Hand in seiner Jackentasche herumnesteln.

«Was ist das denn?»

Bevor Mike ihn davon abhalten kann, hat er den Revolver herausgefischt und starrt ihn nun mit einem Gesichtsausdruck an, der eine gefährliche Mischung aus Erstaunen, Schrecken und Bewunderung offenbart.

«Verdammt, Mike! Läufst du mit 'ner Knarre in der Tasche herum!», platzt es aus Rolle heraus, der sich mit der Hand an die Stirn fasst. «Du Idiot!»

«Vorsichtig!», zischt Mike und nimmt Robin die Waffe aus der Hand.

Sie schauen ihn beide in einer Art und Weise an, die ihm keine Möglichkeit lässt, sich einer Erklärung zu entziehen. Mike steht buchstäblich mit dem Rücken zur Wand. Er öffnet den Mund und bleibt stumm wie ein Fisch stehen. Wo zum Teufel soll er nur anfangen?

«Es ist ganz bestimmt nicht so, wie ihr denkt … Ich besitze sie schon lange.»

«Kapierst du denn nicht, was passiert, wenn die Polizei dich mit einem Revolver in der Tasche aufgreift?», zischt Rolle zurück. «Dann hast du keine Chance.»

«Hast du etwa jemanden erschossen?», fragt Robin mit zitternder Stimme. Er ist einen Schritt zurückgewichen und blickt Mike an, als wüsste er nicht, was er glauben soll.

«Nein, zum Teufel …»

Mike fährt sich mit der Hand über den Schädel und schaut mit Beklemmungen auf die Waffe. Dann legt er sie auf der Spüle ab, als wäre sie ein Stück stinkender Müll. Er zieht sich einen Küchenstuhl heran, setzt sich verkehrt herum drauf und stützt seine Ellenbogen auf die Rückenlehne.

«Setzt euch!»

Robin schielt zu Rolle rüber, der bereits sitzt, und tut, wie ihm geheißen. Mike hüstelt.

«Ihr müsst wissen, dass ich die Knarre eigentlich längst vergessen hatte», beginnt er. «Als die Bullen gestern Abend hinter mir her waren und ich nicht wusste, wohin, bin ich zu Ragnhild und hab bei ihr geklingelt. Sie war es, die mir erzählte, dass Amela den Revolver geklaut hat.»

Es ist offensichtlich, dass es ihm nicht gelingt, sich verständlich zu machen.

«Wer ist denn Ragnhild?», fragt Robin.

«Und wer ist Amela?», fragt Rolle.

Mike stößt einen gequälten Seufzer aus. Dann versucht er, die Worte und Sätze in seinem Kopf zu einem begreiflichen Gebilde zusammenzufügen. Natürlich weiß er, dass er alles von Anfang an erzählen muss, wenn er will, dass sie ihn verstehen. Doch die Worte hüpfen ständig umher, mal hierhin, mal dorthin. Mike kommt das Gefühl bekannt vor, das den Druck in seinem Kopf jedes Mal steigen lässt.

Als er gerade einen Versuch unternehmen will, klingelt ein Handy. Mit Indiana-Jones-Melodie. Es ist Robins. Er zieht es aus der Hosentasche.

«Ja?»

Über das Gesicht des Jungen zieht eine Wolke, die einen dunklen Schatten auf seiner Stirn hinterlässt. Sein Körper spannt sich wie ein Katapult an.

«Und warum?», brummt er.

Aus dem Handy dringt eine laute scheppernde Frauenstimme. Robin hält es ein Stück vom Ohr weg. Schließlich reicht er es mit unheilvoller Miene an Mike weiter.

«Es ist Gunborg. Sie sagt, sie muss mit dir reden.»

«Gunborg?»

Mike nimmt das Handy entgegen und räuspert sich. Im selben Augenblick wird ihm etwas klar. Was genau es ist, das den Schleier plötzlich lüftet, weiß er nicht. Höchstwahrscheinlich etwas in Robins Blick. Die Art und Weise, wie er den Namen der Frau ausspricht. Gunborg. Genau in dem Moment begreift Mike, was er die ganze Zeit geahnt, aber ganz hinten in die schamhafteste Ecke seines Bewusstseins gedrängt und dort eingeschlossen hat, woraufhin er den Schlüssel weggeworfen und sich gezwungen hat, nie mehr daran zu denken. Noch bevor er ihre Stimme hört, weiß er, dass sie ihm etwas Schreckliches mitteilen wird.

«Hrm, Mike Larsson hier», meldet er sich mit einer Stimme, die sich überschlägt.

Anfänglich hört er lediglich ein Schniefen.

«Entschuldigung … entschuldigen Sie, dass ich in diesem Zustand anrufe.»

Ihre Stimme ist verwaschen. Doch die Unruhe nagt an Mike, und er spürt, dass er die Wahrheit erfahren muss.

«Was ist passiert?»

Er hört, wie sie sich am anderen Ende der Leitung schnäuzt. Dann wird ihre Stimme etwas fester.

«Ich habe Sune bei der Polizei angezeigt. Er hat mich geschlagen. Heute Nacht war es … war es schlimmer als sonst.»

Mike zittert am ganzen Körper.

«Sie waren heute Morgen hier», fährt sie fort. «Die Polizei, meine ich. Ich habe ihnen alles erzählt. Auch über Robin.»

«Was denn über Robin?»

Mike traut sich kaum zu atmen. Er schaut seinen Sohn an und erkennt an seinem Blick, dass er genau weiß, was Gunborg ihm erzählen will. In den blaugrünen Augen, die wie seine eigenen sind, blitzt es vor Hass und Anklage auf. Seine eigenen verdammten Augen. Sein eigener Sohn. Robin hätte die Augen eines anderen, das Leben eines anderen, einen anderen Vater bekommen sollen. Er hätte den ganzen Mist, den er in seinem Leben schon mit ansehen musste, nicht sehen dürfen. Er hätte den Fluch, der Sohn eines verdammten Versagers wie Mike Lorne Larsson zu sein, nicht zu spüren bekommen dürfen.

«Sune hat ihn regelmäßig in den Keller hinuntergeschleift und geschlagen. Er … Sune ist krank. Ich glaube, er genießt es. Die Erniedrigung.»

Dann klingt sie vollkommen leer, als wäre nichts mehr in ihrem Inneren zurückgeblieben.

«Ich wusste ja davon. Das ist das Allerschlimmste. Ich hab alles gehört, obwohl der Junge niemals schrie. Ich hab jedes Mal den Fernseher lauter gestellt.»

Robin ist vom Küchenstuhl aufgestanden. Langsam, als würde er sich in eine Art Schneckenhaus zurückziehen, geht er zur Tür.

«Die Polizei sucht inzwischen nach Sune», erklärt Gunborg. «Er ist heute Morgen ganz früh zum Jagen losgefahren. Er hat draußen beim Steinbruch eine Pacht. Schießt Hasen auf den Äckern. Es tut mir leid, Mike. Aber ich dachte, dass ich es Ihnen und Robin zumindest schuldig bin, anzurufen und es mitzuteilen ... Entschuldigung.»

«Ich werde diesen Idioten töten!», brüllt Mike geradewegs in die Luft.

Dann blickt er sich verwirrt um, als wüsste er nicht mehr, wo er sich befindet.

«Das Schwein ist losgefahren, um Hasen zu jagen. Kapiert ihr? Um auf einem verdammten Acker Hasen zu jagen!»

Zu spät bemerkt er, dass sich Robin bereits aus der Küche geschlichen hat.

Rolle sitzt am Fenster und blickt unglücklich drein. «Was ist denn passiert?»

Der Revolver! Er liegt nicht mehr auf der Spüle.

«Neeein!», ruft Mike, als er die Haustür zufallen hört. «Warte, zum Teufel!»

Mit klopfendem Herzen stürmt er in den Flur hinaus und stolpert dabei über ein Lampenkabel, sodass er zu Boden fällt. Er kommt fluchend wieder auf die Beine und reißt die Haustür auf. Auf der Steintreppe bleibt er stehen, starrt geradewegs in den Nebel und brüllt seine ganze Verzweiflung hinaus: «Robin!»

Von der Mauer der alten Schmiede hallt das Echo wider.

«Robin!»

Das Gartentor steht offen, und das Fahrrad, das eben noch neben dem Zaun lag, ist verschwunden.

«Scheiße!»

Ich muss ihn einholen, denkt Mike. Ich muss ihn aufhalten, bevor er etwas tut, was er sein Leben lang bereuen wird.

Die Äcker draußen beim Steinbruch. Dort ist dieser Idiot hin, um Hasen zu jagen.

«Wo ist er denn hin?»

Rolle steht im Flur, müde und resigniert. Ohne sich die Zeit für eine Erklärung zu nehmen, steckt Mike die Füße in seine Turnschuhe und läuft durch den Nebel los.

Der Leichenspürhund kommt kläffend auf das Haus zu, als die Sonne eigentlich am höchsten stehen müsste. Doch der Ort liegt immer noch eingehüllt in Feuchtigkeit und Verzweiflung, die das Licht nicht hindurchlassen. Alles ist grau in grau und schwebt in einem unwirklichen Dunst.

Als Rolle sie an der Tür klopfen hört, wirft er sich rasch seine Pillen in den Mund, schluckt sie herunter und versteckt dann die Schachtel im Schrank neben dem Mülleimer. Die Schmerzen dürfen jetzt nicht überhandnehmen.

Er ahnt bereits, was auf ihn zukommt.

Der Polizist in der Türöffnung ist klein gewachsen und schmächtig, ein glatzköpfiger Mann in einem viel zu großen Trenchcoat.

«Björn Bernhardsson. Kriminalkommissar. Ich suche Mike Larsson.»

«Er ist nicht zu Hause», erwidert Rolle vage und wirft einen Blick über die Schulter des kleinen Mannes. Unmittelbar hinter ihm steht eine Polizistin mit asiatischem Aussehen, die er wiedererkennt, und unterhalb der Treppe stehen weitere Männer, von denen einer einen heftig schnaufenden braunen Hund von unbestimmter Rasse an der Leine hält.

«Und der Junge?»

«Auch nicht. Nicht zu Hause.»

Mit einer enttäuschten Miene mustert der Kommissar Rolles massige Gestalt, von seinem verfilzten Schädel bis hinunter zu den schmutzigen Zehen.

«Und Sie sind der Eigentümer des Hauses, Roland Andersson?»

«Der bin ich ... Womit kann ich Ihnen dienen?»

«Wir haben einen Beschluss für eine Hausdurchsuchung.»

Bernhardsson wedelt eilig mit einem Dokument vor seiner Nase herum und lässt es daraufhin wieder in seiner Manteltasche verschwinden.

Rolle setzt eine erstaunte Miene auf. Zugleich denkt er so intensiv nach, dass ihm der Schädel brummt. Der Reporter. Natürlich suchen sie nach ihm. Er wirft einen unruhigen Blick auf den Hund, der ungeduldig an der Leine zieht. In diesem Haus wird er keine Leiche finden. Aber Rolle hat in seinen Büchern einiges über Leichenspürhunde gelesen. Er weiß, dass sie riechen können, wo ein Toter gelegen hat, auch wenn die Leiche nicht mehr da liegt. Er seufzt und nickt den Polizisten ausdruckslos zu. Seinen Entschluss hat er ja eigentlich bereits gefasst.

«Und was hoffen Sie hier zu finden?»

Bernhardsson schiebt ihn brüsk zur Seite.

«Wir haben allen Grund anzunehmen, dass der verschwundene Journalist Nils Ek hier gewesen ist.»

«Wer?»

«Nils Ek. Gehen Sie bitte aus dem Weg!»

«Lassen Sie sich durch mich nicht aufhalten», entgegnet Rolle ruhig.

Er lässt sie in den Flur hineinstiefeln. Folgt ihnen abwartend, während sie im Haus herumschnüffeln. Pfeift leise eine melancholische Melodie vor sich hin, während er sich wie mit anderen Augen in all dem Wohlbekannten um sich herum umsieht. In dem, was all die Jahre lang seine Burg gewesen ist.

Die auch ihre Burg werden sollte. Die Plastikkugeln glitzern anmutig am Baum. Doch es ist noch mehr als einen Monat hin bis Weihnachten. Sie wollten doch eigentlich einen schönen, in Senf marinierten Weihnachtsbraten haben. Ein Pfefferkuchenhaus. Und dort auf dem Sofa sollten sie sitzen, Mike und Robin, wenn er, in den roten Mantel gekleidet, hereinkäme und «Hoho!» riefe. Sie würden über ihn lachen, und er würde sie von ganzem Herzen lieben. Mit seinem großen Herzen und seinem verrückten Kopf.

Nur ein einziges Mal.

Er wischt sich eine Träne weg, die ihm über die Wange gelaufen ist.

Die Polizisten scheinen jetzt mit dem Obergeschoss fertig zu sein. Sie kommen die Treppe heruntergetrampelt. Der Hund schnüffelt im Wohnzimmer und zieht kläffend an der Leine. Der Kommissar beobachtet ihn mit erwartungsvollem Blick.

«Gibt es auch einen Keller?», fragt er mit verkniffener Miene.

Rolle deutet auf die Tür. Muss an alle Voodoo-Bilder da unten denken. Die Löcher in den Augen des Teelichtfabrikanten Malcolm B. Andersson. Er schnaubt im Stillen verächtlich. Das hättest du sehen müssen, alter Knacker. Die Bullen sind hier und durchsuchen dein schönes Haus. Mögest du ewig im Fegefeuer brennen, Vater, und möge es mir erspart bleiben, dir dort zu begegnen!

Mit schweren Schritten steigt er die Treppe zum Schlafzimmer hinauf. Lässt die Tür hinter sich offen. Wirft einen Blick in die Kiste mit seinem Medikamentenvorrat. Darin befindet sich mehr als genug, sodass es reichen dürfte. Die Polizisten scheinen sie nicht beachtet zu haben.

Er entleert wahllos eine Dose in seinen Mund. Danach noch eine. Die Cherubim lächeln ihm zärtlich zu.

Dann öffnet er die oberste Schublade des kleinen Schreibtisches und nimmt einen Bogen Papier zur Hand. Einen leeren weißen ungefalteten Bogen.

Vom Keller aus hört er aufgeregte Rufe.

«Er schlägt an! Der Hund schlägt an! Er riecht die Leiche!»

Er greift nach dem Stift. Stellt fest, dass seine Hand ein wenig zittert. Er muss sich beeilen. Die Zeit wird langsam knapp.

KAPITEL 31

Als der Hase aufspringt, hat er schon fast die Hoffnung aufgegeben, im Nebel überhaupt irgendetwas auszumachen. Das Tier musste sich tief in die Ackerfurche geduckt haben. Ein Scheißwetter zum Jagen, denkt er, kurz bevor der Hase losspringt und die Flucht ergreift.

Ruhig hebt er den Kolben in Richtung Wange. Zielt und drückt schließlich ab. Der Knall verhallt im Nebel.

Anfänglich glaubt er, dass er danebengeschossen hat. Der Hase läuft weiter. Doch genau in dem Augenblick, als er die zweite Kugel abfeuern will, sieht er, dass seine Hinterläufe kraftloser werden. Der Hase schleppt sich noch ein paar Meter voran, bis er liegen bleibt. Er klappt die Flinte auf und geht auf ihn zu.

Die Schrotladung ist in den Hinterlauf gedrungen. Im Fell entdeckt er drei kleine schwarze Punkte. Nicht genügend, um auf der Stelle zu sterben, aber zu viel, um eine Chance zum Überleben zu haben. Das Tier scharrt mit den Vorderläufen in der Erde. Stiert ihn röchelnd mit gelbbraunen Augen an.

Eine ganze Weile bleibt er stehen und blickt auf den Hasen hinunter, ohne etwas zu unternehmen. Er stupst ihn leicht mit der Stiefelspitze an. Doch der Hase gibt keinen Laut von sich. Er kämpft und scharrt mit den Krallen, kommt jedoch nicht vom Fleck, sondern windet sich lediglich in jämmerlichen Kreisbewegungen am Boden.

Gunborg war heute Morgen so merkwürdig, denkt er. Ihr Blick war irgendwie unangenehm. So hart habe ich sie gestern Abend doch gar nicht angefasst. Obwohl sie wie ein Häufchen Elend in ihrem Morgenrock dasaß und ihn anstarrte. Alt und hässlich. Und sie hatte nichts unternommen, um sich wenigstens ein bisschen zurechtzumachen. Nicht mal ein wenig Puder auf die Wangen getupft. Es war fast so, als wolle sie ihn provozieren.

Er schüttelt ein Gefühl der Unlust ab und nimmt das Messer zur Hand. Geht in die Hocke und packt den Hasen an den langen Ohren. Lässt ihn eine Weile an seiner Hand hängen und zappeln. Dann schneidet er ihm schließlich die Kehle durch und lässt das pulsierende Blut herauslaufen. Als der Blutfluss versiegt, eröffnet er mit einigen geübten Schnitten den Bauchraum und gräbt das Darmpaket mit den Fingern heraus. Wischt sich die Hände am Hosenboden ab. Dann greift er den Hasen an den Läufen und geht zum Auto. Noch einen, denkt er. Einen kleinen Teufel werde ich noch abknallen, bevor ich nach Hause fahre.

Der Wind pfeift in Robins Ohren, obwohl eigentlich gar kein Wind gehen dürfte. «Es ist deine Schuld, deine Schuld, deine Schuld.» Er fliegt regelrecht über den Boden, blind und wie nackt. Der Nebel dringt feucht durch seinen Pulli und kühlt die Brust. Es ist alles nur meine Schuld, denkt er. Beinahe hätte er die Abzweigung verpasst. Im letzten Moment erblickt er die knorrige Eiche, die wie ein Troll dasteht. Das Schutzblech klappert, als er mit dem Vorderrad in eine Senke gerät.

Als er den Lenker gerade wieder aufgerichtet hat, hört er weit draußen auf der Ebene einen entfernten Knall. Robin spürt, wie sein Herz einen Sprung macht, und erhöht das Tempo. Er fährt noch ungefähr hundert Meter auf dem schmalen Schotterweg weiter, der zwischen den Äckern verläuft, bevor er bremst und vom Fahrrad springt. Die Stille umschließt ihn unmittelbar. Von einer plötzlichen Unsicherheit erfasst, bleibt er stehen und späht in den Nebel hinein, der dicht über der schwarzbraunen Erde liegt. Nachdenklich zieht er sich die Kapuze seines Pullis über den Kopf. Irgendwo da draußen liegen Sunes Jagdgebiete. Aber jetzt haben sie die Rollen getauscht. Jetzt ist der alte Knacker selbst die Beute.

Als Robin die Hand in die Tasche steckt, spürt er den Stahl. Der Revolver ist schwerer, als er gedacht hat. Der Revolver seines Vaters.

Eine ganze Weile bleibt er so stehen und betrachtet die Waffe. Das schwarze Metall und den dunklen braunen Kolben aus Holz. Er riecht an ihm und spürt, wie ihm ein beißender Geruch in die Nase steigt. Untersucht ihn sorgfältig und findet den Splint an der Trommel. Er öffnet sie vorsichtig. Im Patronenlager stecken sechs Patronen. Er klappt sie mit einem leisen Klicken wieder zu, wie er es im Fernsehen gesehen hat. Ich frag mich, ob Mike gelogen hat, denkt Robin. Hat er wirklich noch keinen damit abgeknallt?

Aus diesem Grund muss Robin es selber erledigen. Nicht, weil Sune ihn regelmäßig unten im Keller verprügelt hat. Er wird es schon irgendwann vergessen können, auch wenn es ihm so zusetzt, dass er fast Durchfall bekommt, wenn er nur daran denken muss. Sondern weil er den Wahnsinn in Mikes Augen hat aufleuchten sehen, als Gunborg anrief, muss er es hinter sich bringen.

«Ich werd diesen Idioten abknallen!»

Es herrschte kein Zweifel daran, dass Mike es ernst meinte. Robin schüttelt den Kopf. Nein, Papa, denkt er. Du wirst keinen abknallen. Du sollst nie mehr im Gefängnis sitzen. Du sollst hier bei mir sein. Ich werde diesem geisteskranken Idioten das Hirn aus dem Schädel pusten.

Sune muss seinen Wagen irgendwo hier am Wegesrand

geparkt haben. Vielleicht sollte ich ihn suchen und dort auf ihn warten, denkt Robin. Doch die Ungeduld macht ihn kribbelig. Es kann noch eine ganze Weile dauern, bis der Alte auftaucht. Und Mike ist bestimmt schon unterwegs. Er wird es nicht verstehen. Ich muss es jetzt tun.

Er macht ein paar Schritte auf den Acker hinaus und spürt sofort, wie der Lehm ihm das Laufen erschwert. Die Füße sinken bis zu den Knöcheln ein. Jedes Mal, wenn er sie anhebt, gibt der Boden einen gequälten Seufzer von sich.

Nach einem kurzen Stück hält er inne und horcht. Es geht kein Lüftchen, und dennoch pfeift es ihm in den Ohren.

Doch Robin hört noch etwas anderes. Unsichtbar hört er sie irgendwo über seinem Kopf herumkrächzen. Oder vielleicht hocken sie in einem Baum am Rande des Ackers und warten wie die Geier.

Die Raben.

Ich frag mich, ob sie wohl Aas fressen, denkt Robin.

Der Polizeiwagen ist bereits dicht hinter Mike, als er das Motorengeräusch wahrnimmt. Im letzten Moment wirft er sich zur Seite, rollt sich in den Graben und presst sich flach aufs Gras. Haben sie ihn entdeckt?

Vorsichtig hebt er den Kopf und sieht den blauweißen Volvo auf dem Asphalt vorbeigleiten. Das Licht der Scheinwerfer zerfließt zu einer gelblichen Wolke. Der Wagen fährt langsam davon, doch er bleibt liegen, bis das Motorengeräusch vollkommen verklungen ist. Um ihn herum riecht es nach Erde. Der Boden unter seinem Bauch fühlt sich eiskalt an. Dann wischt er sich ein paar Grashalme aus dem Gesicht und kommt wieder auf die Füße. Er versucht eine gewisse Ordnung in seine Gedanken zu bringen. Gunborg hat ihm mitgeteilt, dass die Polizei auf der Pacht nach Sune sucht. Ich muss mich unsichtbar machen, denkt Mike. Denn sie jagen auch mich.

Mit steifen Beinen stolpert er weiter. Draußen beim Steinbruch, hat sie gesagt. Mike ahnt, welche Äcker sie meinte. Das Schlimmste ist, dass Robin bestimmt ganz genau weiß, wo Sune immer jagen geht. Und der Junge muss ebenfalls gehört haben, was Gunborg am Telefon gesagt hat. Was zum Teufel hat er nur vor?

Eigentlich weiß Mike die Antwort bereits.

Er läuft keuchend weiter, während er nahezu nichts sieht, aber er spürt etwas Warmes an seinen Wangen hinunterlaufen und weiß, dass es kein Blut ist. Gunborgs Worte hallen ihm ein ums andere Mal im Schädel wider. «Ich glaube, Sune genießt es. Die Erniedrigung. Robins Erniedrigung.»

Der Schuld kann er sich unmöglich entziehen. Robin, zäh wie sein Vater, aber klein und schmächtig. Hilflos dort unten in Sunes dunklem Keller. Die Gedanken prallen wie schwere Hammerschläge gegen Mikes Hirnwindungen. Warum hab ich es die ganze Zeit über nicht begriffen? Wie konnte ich ihn nur so im Stich lassen?

Er kneift die Augen zusammen und erhöht das Tempo. Verdrängt die beschämenden Gedanken und rennt den Weg nahezu blindlings entlang. Seine Joggingschuhe berühren kaum den Asphalt, und mit einem Mal spürt er, wie seine Kraft und die Entschlossenheit zurückkehren.

Die große Eiche an der Weggabelung streckt einen knorrigen Ast wie einen Arm aus, als wolle sie ihm etwas zeigen. Der Schotterweg hinauf zum Steinbruch. Es gibt mehrere Wege dorthin, und Sune kann ebenso gut einen anderen gewählt haben. Doch Mike weiß, dass die beiden sich irgendwo da draußen auf den Äckern befinden.

Robin und Sune. Jäger und Beute.

Er hat es jetzt verdammt eilig. Mike stürzt in den Spurrillen vorwärts, so schnell er nur kann. Sein Herz pumpt wie verrückt; rotes heißes Blut wird in pulsierenden Bewegungen in den Körper hinausgepresst. Aber seine Wut hat sich gelegt. Die besinnungslose Lust, zu töten, die Gunborgs Worte in ihm geweckt haben. Der Schatten, der auf dem Weg zwischen den Äckern voraneilt, ist kein Rächer. Mike ist ein Retter.

Er sieht den Revolver in der Hand des Jungen. Zum Teufel, Robin, überleg, was du tust! Es ist eine Katastrophe, die Mike verhindern muss.

Als er anhält und horcht, hört er lediglich sein eigenes Schnaufen. Um auch ja kein Geräusch zu überhören, hält er die Luft an. Dann läuft er ein Stück weiter und horcht erneut. Um ihn herum ist es still wie in einem Niemandsland, wo die Soldaten nur darauf warten, dass der Offizier in seine Pfeife bläst, damit sie aus den Schützengräben herauskriechen und zum Angriff übergehen können.

Wenn sich der Nebel doch nur lichten würde!, denkt Mike. Wenn er sie nur sehen könnte!

Merkwürdigerweise hat er den Eindruck, dass der Hase ihn anklagend anblickt. Er legt das tote Tier auf die Zeitungen, die er im Kofferraum ausgebreitet hat.

Reiß dich zusammen, denkt er und spuckt den Kautabak aus.

Er öffnet den Rucksack und kramt die Thermoskanne hervor. Gießt dampfenden Kaffee in einen Plastikbecher und wickelt das Papier von den beiden Wurstbroten ab. Als er den ersten Bissen nimmt, merkt er, dass seine Finger nach Blut riechen. Nach frischem Blut. Ein wenig wie nach Eisen.

Der Kaffee wärmt in der Brust. Er plustert sich in seiner Jacke etwas auf und nimmt noch einen Schluck. Wirft dann erneut einen Blick auf den Hasen.

Ein prächtiges Exemplar. Er muss ihm nur das Fell abziehen und ihn für ein paar Tage an den Hinterläufen auf der Veranda aufhängen, damit er schön mürbe wird. Dann kann er Gunborg bestimmt dazu überreden, ihn mit Wacholderbeeren, geräuchertem Speck und etwas Sahne im Schmortopf zuzubereiten. Er verspürt bereits ein angenehmes Ziehen in der Magengegend.

Doch es macht sich noch ein anderes Ziehen bemerkbar, das nicht vom Hunger kommt. Er beißt ein weiteres Mal von seinem Brot ab und wirft dann den Rest auf den Boden. Holt stattdessen die Pfeife hervor und stopft sie nachdenklich mit Tabak.

Es war geradezu entsetzlich, wie sie ihn heute Morgen angestarrt hat. Ohne ein Wort zu sagen, aber das war auch nicht nötig. Ihre Augen hatten einen merkwürdigen Ausdruck, den er nicht von ihr kannte. Fast so, als hasse sie ihn.

Er zuckt mit den Achseln. Das wird sich schon wieder legen. Allerdings hat er es nicht besonders eilig, zu seinem Weib nach Hause zu fahren. Er rülpst und reibt sich leicht den Bauch. Nicht, dass ich noch ein Magengeschwür kriege, denkt er.

Dann trinkt er den letzten Schluck Kaffee und klopft seine Pfeife an der Felge aus. Er verstaut die Thermoskanne und den Becher wieder und schließt den Kofferraum. Greift dann nach der Flinte. Kneift die Augen zusammen und späht über den Acker. Wenn man bei diesem Nebel noch einen von diesen Teufeln ausfindig machen könnte, hätte man wirklich Glück, denkt er.

Die Raben sind nicht mehr zu hören. Plötzlich friert Robin so stark, dass er schlottert. Der Lehm saugt sich an seinen Beinen fest, und seine Füße sinken immer tiefer ein, je weiter er auf den Acker hinauskommt. Es ist, als wolle die Erde da draußen ihn hinunterziehen und unter sich begraben. Ekelhafte schmatzende Geräusche gibt sie von sich. Zum hundertsten Mal bleibt er stehen und spitzt die Ohren.

Die Orientierung hat er schon vor einer ganzen Weile verloren. Es kommt ihm vor, als sei er schon eine Ewigkeit hier draußen herumgestapft. Wie spät mag es wohl sein? Robin hat keine Ahnung. Um ihn herum ist die Zeit irgendwie stehen geblieben. Wenn man wenigstens erahnen könnte, wo die Sonne am Himmel steht, denkt er. Dann könnte man zumindest sichergehen, dass man nicht im Kreis läuft. Doch sosehr er seine Augen auch anstrengt, die Umgebung zerfließt vor seinem Blick. Grauer Nebel über schwarzer Erde. Wenn er nicht so verdammt fröre, würde er sich auf den Boden legen und anfangen zu heulen.

Ich hätte nach Sunes Wagen suchen und dort auf ihn warten sollen, denkt er. Aber jetzt ist es zu spät.

Er nimmt den Revolver erneut aus der Jackentasche und zielt geradewegs in den Nebel. Versucht sich vorzustellen, wie es sein wird, Sune direkt ins Visier zu nehmen. Er hat sich vorgenommen, dem fetten Kerl Zeit zu geben, damit er auch begreift, was mit ihm geschieht.

Meine Hand wird nicht zittern, redet sich Robin ein. Kein bisschen. Es wird ein herrliches Gefühl sein, ihn wie 'ne Memme heulend auf dem Boden herumkriechen und um Vergebung flehen zu sehen. Wie er auf bloßen Knien um sein Leben bettelt. Ich werd ihn 'ne ganze Weile zappeln und in dem Glauben lassen, dass er am Leben bleibt, und dann ramm ich ihm einfach einen Fuß in den Brustkorb und stoß ihn, in der Scheiße stehend, um. Hasta la vista, Baby! Und dann, peng, knall ich ihm 'ne Kugel direkt zwischen die Augen.

Langsam nimmt er den Arm wieder herunter. Robin weiß, dass er sich nichts vormachen kann. Er hat nicht die geringste

Lust, Sune zu töten. Alles, was er will, ist, diesen Scheißkerl zu vergessen. Nie mehr an ihn denken zu müssen. Aber das geht eben nicht. Also muss er es tun. Er muss es schaffen, bevor Mike ihm zuvorkommt.

Plötzlich hört er in der Ferne einen dumpfen Schlag. Leise nur, aber Robin ist sich ziemlich sicher. Es war das Zuschlagen einer Kofferraumklappe. Mit einem Mal beginnt das Blut in seinen Adern schneller zu rauschen, und ohne nachzudenken, eilt er los in Richtung des Geräusches. Mit gezogenem Revolver jagt er über den Acker, das Saugen und Schmatzen um seine Füße herum setzt ihm nicht länger zu; jetzt ist er schneller als der Wind. Er rennt so schnell, dass es in seinen Ohren rauscht und in der Lunge pfeift, und er sieht nichts, doch das entfernte Geräusch klang wie ein Nebelhorn, und jetzt weiß Robin, dass er haargenau auf dem richtigen Kurs zu seiner Beute ist. Nach einer Minute oder auch einer Stunde taucht Sunes Wagen vor ihm auf. Er steht auf einem Schotterweg neben einer Steinmauer. Eine Weide breitet ihre dünnen kahlen Zweige darüber aus.

Vorsichtig nähert Robin sich. Ohne sich zu rühren, steht er, mit dem Finger am Abzug, da und wartet darauf, dass seine Beute sich zeigt. Dann schleicht er sich noch etwas näher heran. Geht einmal um das Auto herum. Niemand in Sicht.

Unentschlossen schaut er sich um. Sune muss wieder auf den Acker hinaus verschwunden sein. Robin betrachtet den Wagen und denkt so intensiv nach, dass es in seinem Schädel nur so brummt. Soll er auf ihn warten? Oder sich auf den Weg machen?

Ohne zu wissen, warum, legt er die Hand auf die Kofferraumklappe. Sie ist kalt und feucht. Er betätigt den Verschluss. Sie springt mit einem gut geölten Klicken auf. Eine ganze Weile steht er da und betrachtet den blutigen Hasen.

Dann fällt sein Blick auf ein Stück Erde neben dem Autoreifen. Da ist ein Stiefelabdruck zu erkennen. Ein paar wellenförmige Rippen auf einem Klumpen plattgetretenen Lehms, der sich von Sunes Schuh gelöst haben muss. Ein Stück entfernt ist noch einer und direkt neben dem welken Unkraut am Wegesrand ein dritter.

Robin macht einen Sprung über den Graben und folgt der Spur mit dem Blick. Als er realisiert, dass sie nicht älter als ein paar Minuten ist, befällt ihn ein eisiges Gefühl. Er atmet schnuppernd die kalte Luft ein. Erahnt den Geruch nach verbranntem Tabak. Sune ist gerade eben hier gewesen und hat den frisch geschossenen Hasen in den Wagen gelegt. Dann hat er sich die Pfeife angezündet, bevor er wieder in den Nebel hinaus verschwunden ist. Aber weit kann er noch nicht gekommen sein. Robin schiebt die Kapuze seines Pullis in den Nacken und spürt die Kälte am Kopf. Wie ein Bluthund, der Witterung aufgenommen hat, stapft er voran.

Obwohl der Tag schon weit fortgeschritten sein muss, ist es unmöglich, auszumachen, wo sich die Sonne versteckt. Der Nebel liegt dichter denn je über den tiefen Ackerfurchen. Das Gesicht zu Boden gerichtet, folgt er den Fußspuren. Er muss sich ausschließlich auf sein Gehör und seinen Geruchssinn verlassen.

Plötzlich reagieren beide Sinne exakt zur selben Zeit. Robin hört ein leises Rauschen und verspürt gleichzeitig ein leichtes Stechen in der Nase. Er schaut auf und erblickt ein Stück vor sich einen Schatten, der gerade noch so auszumachen ist. Sune. Er steht mitten auf dem Acker mit dem Rücken zu Robin und pisst, als würde ihn nichts in der Welt aus der Ruhe bringen können. Er pfeift sogar leise vor sich hin, falsch und frivol, aber Robin erkennt die Melodie wieder. Er hat sie schon oft zuvor gehört. Völlig unvorbereitet tauchen die Worte in seinem Kopf auf. *Denn heute habe ich eine kleine Rose gepflückt. Eine Rose, rot wie Blut …*

Er versucht, reglos stehen zu bleiben, muss sich jedoch innerlich schütteln. Dann hört er, wie die Schattenfigur vor sich ein lang gezogenes Furzen von sich gibt, gefolgt von einem wollüstigen Stöhnen. Er steckt gerade seinen Schwanz wieder rein, denkt Robin. Er hat die Hände nicht frei. Jetzt muss ich es tun.

Doch der Revolver fühlt sich mit einem Mal ganz glitschig an, als hätte ihn jemand mit Seife eingerieben, und gleitet Robin beinahe aus der Hand. Schließlich hat er die Waffe wieder im Griff, legt die Finger um den Kolben und entsichert sie. Doch als er den Arm ausstreckt, um zu zielen, ist Sune verschwunden.

Robin erschrickt. Ist er etwa entdeckt worden?

Die Nebelbank über dem Acker ist inzwischen noch dichter geworden, sodass er nicht weiter als ein paar Meter sehen kann. Das Pfeifen in seinen Ohren hat aufgehört. Er dreht verzweifelt den Kopf und horcht. Alles, was er hört, ist das schwache Säuseln eines feinen Regens, der plötzlich eingesetzt hat. Und sein eigenes Herz.

Wo ist Sune nur abgeblieben?

Unfähig, sich zu entscheiden, ob er weiterlaufen oder umkehren soll, bleibt er einfach stehen. Langsam dreht er sich um die eigene Achse, während er in den Nebel hinauszielt.

Plötzlich bekommt er einen gewaltigen Stoß in den Rücken und wird haltlos zu Boden geworfen. Der Revolver fliegt ihm aus der Hand. Ein schwerer Körper landet auf seinem Rücken und presst die Luft aus seinen Lungen. Robin prustet und spuckt, um die Erde aus Mund und Nase zu bekommen, er versucht, um sich zu treten und zu kratzen, doch sein Gegner ist übermächtig und erdrückt ihn fast mit seinem Gewicht. Als er gerade losschreien will, spürt er eine große Hand über sein Gesicht gleiten und sich wie ein Deckel über seinen Mund legen. Robin beißt, so fest er kann, in einen der Finger, der sich zwischen seinen Zähnen wie eine sehnige Wurst anfühlt. Er schmeckt Blut, doch die Hand ist immer noch da, und dann pressen sich ein paar feuchte Lippen dicht an sein Ohr: «Still, zum Teufel!», zischt jemand so nahe an seinem Kopf, dass er fast den Eindruck hat, die Stimme käme aus seinem eigenen Schädel.

«Mike?»

«Still.»

Eine ganze Weile liegen sie unbeweglich dicht nebeneinander auf dem lehmigen Boden. Warten auf ein Zeichen. Um sie herum riecht es nach Erde und Moder, doch Robin nimmt auch den Geruch von Mikes Schweiß wahr, der ihn irgendwie beruhigt.

Als sie gerade beginnen, sich zu entspannen, klingelt ein Handy.

«Mist!»

Laut und deutlich verbreitet das kleine Gerät sein Indiana-Jones-Geplärre über den Acker. Mike wühlt verzweifelt in Robins Hosentasche, und als er das Handy endlich in Händen hält, fällt ihm nichts Besseres ein, als die grüne Taste zu drücken. Am anderen Ende meldet sich eine klare Stimme.

«Hej Robin, hier ist Roine Lind vom Sozialamt. Ich würde mich gern ein wenig mit dir unterhalten.»

Im selben Augenblick brüllt eine andere Stimme durch den Nebel.

«Hallo! Wer zum Teufel schleicht hier herum?»

Sie hören platschende, schnelle Schritte. Sune nähert sich. Es klickt, als er die Schrotflinte zusammenklappt. Sie blicken sich suchend nach dem Revolver um, doch er ist verschwunden. Voller Panik starren Mike und Robin einander an.

«Hallo Robin, bist du noch dran? Hier ist Roine …»

Dann reagiert Mike endlich. Blitzschnell kommt er auf die Knie hoch und schleudert das Handy wie eine Handgranate so weit weg, wie er kann, wirft sich dann wieder zu Boden und presst sich und Robin platt gegen den lehmigen Untergrund. Keiner von ihnen traut sich zu atmen. Die Schritte sind nicht mehr zu hören. Sune ist stehen geblieben. Sie bekommen mit, wie er ausspuckt und vor sich hin flucht.

Weit entfernt von ihnen scheppert Roine Linds Stimme, inzwischen kaum hörbar.

«Bist du noch dran? Robin ...»

Dann verstummt sie.

Vorsichtig hebt Mike den Kopf und hält Ausschau. Er kann Sune jetzt sehen. Als undeutlichen Schatten, der kurz davor ist, im Nebel zu verschwinden. Der Lauf seiner Flinte sticht aus der Silhouette heraus. Aber er bewegt sich nicht. Das Geräusch hat ihn offensichtlich verwirrt. Er weiß nicht mehr, in welche Richtung er gehen soll.

«Ich weiß, dass da jemand ist», ruft er. «Zeig dich, ansonsten blas ich dir den Schädel weg.»

Er klingt aufgebracht, wutschnaubend wie ein gereiztes Wildschwein. Aber irgendwie auch bedrängt und leicht unruhig.

Dann setzt er sich wieder in Bewegung. Zuerst macht er einige entschlossene Schritte auf Mike und Robin zu, doch dann scheint er es sich anders zu überlegen und schlägt die Richtung des verstummten Handys ein.

Plötzlich ist Sune nicht mehr allein da draußen. Mehrere andere Schatten bewegen sich über den Acker, und dann hören sie jemanden rufen: «Sune Olsson! Hier ist die Polizei. Werfen Sie Ihre Waffe von sich und kommen Sie her.»

«Aber was zum Teufel ...?»

Er ist wie gelähmt stehen geblieben, und nun sind die anderen bei ihm.

«Machen Sie keinen Fehler, Olsson. Folgen Sie uns einfach.»

«Was ist denn los?»

«Sie werden der Misshandlung verdächtigt. Ihre Frau Gunborg hat Sie angezeigt. Folgen Sie uns bitte.»

Mike und Robin pressen sich, so fest es geht, gegen den Boden, wie zwei Hasen, die darauf hoffen, dass der Jäger sie nicht entdeckt. Die Wangen gegen den Lehm gedrückt, schauen sie einander direkt in die Augen, ohne auch nur einen Mucks von sich zu geben.

«Irgendwer ist da draußen und lauert mir auf», hören sie Sune klagen. «Ein Handy hat geklingelt …»

«Ja, ja. Jetzt halten Sie mal den Mund. Folgen Sie uns einfach zum Auto.»

«Aber hören Sie denn nicht, was ich sage? Da ist jemand, der mir auflauert.»

«Halten Sie die Klappe, Olsson!»

«Kapieren Sie denn nicht? Sie lauern mir auf …»

Langsam ebben die Stimmen ab. Nach einer Weile hört man, wie weit entfernt Wagentüren zuschlagen und Motoren starten. Erst als auf dem Acker alles wieder still ist, wagen Mike und Robin es, sich zu bewegen. Sie rollen sich beide auf den Rücken und schauen schweigend in einen Himmel hinauf, den sie nicht sehen können. Schließlich durchbricht Mike die Stille.

«Was hattest du eigentlich vor, Robin?», fragt er geradewegs in die Luft.

«Das Schwein zu erschießen.»

Mike traut sich kaum weiterzufragen.

«Was hat er denn mit dir gemacht?»

Als Robin antwortet, ist seine Stimme brüchig und schwach.

«Er hat mich geschlagen. Immer wenn er Schnaps getrunken hat. Er hatte einen Gürtel im Keller.»

Er schnieft trotzig.

«Aber irgendwann, als ich größer geworden bin, hat er sich nicht mehr getraut, mich zu schlagen.»

«Aber warum hast du nichts davon erzählt …?»

«Du hast doch gesagt, dass du ihn töten wirst. Oder? Als Gunborg anrief, hast du ja in den Hörer geschrien, dass du den Idioten abknallen wirst.»

«Ja, aber …»

Als Mike sein Gesicht Robin zuwendet, sieht er, dass tief in den blaugrünen Augen des Jungen eine Art Glut schwelt.

«Du hättest lebenslänglich bekommen, Papa. Kapierst du? Lebenslänglich. Deswegen musste ich vor dir hier sein. Ich bin ja noch nicht fünfzehn. Mich können sie nicht ins Gefängnis stecken.»

Plötzlich wird Mike ganz heiß, so sehr, dass er glaubt, von innen zu verbrennen. Er bringt kein Wort heraus. Nicht einmal einen Fluch. Die Worte stauen sich regelrecht in seiner Brust. Verzweifelte Gedanken wirbeln in seinem Kopf herum, und obwohl er auf dem Boden liegt, wird ihm total schwindlig. Für einen Augenblick fühlt es sich an, als falle er, und in einem verzweifelten Versuch sich festzuhalten, streckt er seinen Arm aus, greift nach Robins Kapuzenpulli, zieht den Jungen an sich und hält ihn mit zitternden Armen krampfhaft fest.

Mike weint, und irgendwo dicht neben sich hört er Robin wie ein kleines Kind schluchzen und schniefen.

«Es ist meine Schuld …»

«Nein!»

«Doch. Es ist meine Schuld, dass der Reporter tot ist und die Bullen hinter dir her sind. Und es ist meine Schuld, dass du Sune abknallen wolltest.»

«Nein, nein!», schreit Mike. «Nichts ist deine Schuld. Zum Teufel, Robin! Nichts ist deine Schuld!»

In einer Zeitspanne, die nahezu unendlich wie das Universum scheint, sagt keiner von beiden mehr etwas. Es ist, als ob keiner von ihnen mehr Kraft hätte. Als ob ihnen die Gedanken ausgegangen seien. Wie zwei Tiere liegen sie dort auf dem Acker, eng umschlungen. Die Kälte ist wie weggeblasen, plötzlich ist ihnen warm, und sie dösen wie in einem Grenzland zwischen Wachsein und Traum schwebend vor sich hin.

«Warum warst du nie da, du Blödmann?», fragt Robin schließlich murmelnd.

«Ich versprech es dir», sagt Mike und presst seine Wange gegen dessen feuchtes Haar. «Ich versprech es dir, Robin, dass ich ab jetzt immer da sein werde. Ich werd ein richtiger Vater sein.»

Als sie sich wieder auf den Rücken rollen, sehen sie, dass der Nebel sich zu lichten beginnt. Ein schwacher Wind weht übers Feld heran und lüftet die Schleier, und ganz oben am Himmel lässt eine fahle Sonne ihre Strahlen zwischen den Wolken hindurchlugen.

Die Raben haben wieder Auftrieb bekommen. Sie schweben lautlos umher, ohne ein einziges Krächzen von sich zu geben. Robin hebt matt eine Hand und winkt.

«Was machen wir jetzt?», fragt er leise.

«Jetzt gehen wir nach Hause», antwortet Mike. «Wir haben keine andere Wahl. Und wenn die Bullen kommen, sagen wir ihnen die Wahrheit.»

Er wendet sich seinem Sohn mit einem wölfischen Grinsen zu.

«Oder jedenfalls fast.»

KAPITEL 32

Das Wasser im alten Steinbruch ist schwarz wie immer und voller verborgener Geheimnisse. Niemand weiß, wo sich der Grund befindet. Aber weit unten in der Tiefe schlängeln sich die Aale um ihr Festmahl herum.

Robin blinzelt in Richtung des Felsvorsprungs auf der anderen Seite. Die Sonne sticht ihm in die Augen. Wie lange ist es jetzt schon her?

In einer lauen Sommernacht hatte er dort oben im Gestrüpp unter den Birken gelegen und Linda heimlich beobachtet. In einer eiskalten Herbstnacht hatten sie Nils Ek unter einem sternklaren Himmel vom Felsen gestoßen und zur letzten Ruhe gebettet.

Sie sehen einander an.

«Du oder ich?»

Robin antwortet nicht. Das lehmverschmierte Handy funktioniert sowieso nicht mehr. Er holt kurz aus und schleudert es dann durch die Luft. Ein hohles Plumpsen hallt von den Felswänden wider. Langsam breiten sich die Ringe im Wasser aus.

Dann dreht er sich um und nickt.

Mike blickt auf den matten Revolver in seiner Hand. Die Knarre ist voller Erde, und das Metall hat seinen Glanz verloren. Er begegnet Robins forschendem Blick und fragt sich im Stillen, was der Junge wohl denkt. Irgendwann einmal wird er es verstehen, schwört er sich. Irgendwann werd ich alles verstehen, was in seinem Kopf vor sich geht.

«Hast du damit schon mal jemanden abgeknallt?»

Mike schüttelt bedächtig den Kopf. «Niemanden.»

«Im Ernst?»

Er seufzt und dreht sich zum Wasser um.

«Einmal war ich allerdings kurz davor. Ziemlich kurz davor. Und zwar, als du gerade geboren warst. In einer Kneipe in Malmö bin ich 'nem ziemlich miesen Typen begegnet. Er hat 'ne Menge Scheiße über Maria gelabert. Deine Mutter. Er hat behauptet, dass sie ... Na ja, egal, was er behauptet hat. Jedenfalls hat er 'ne Menge üble Dinge über sie gesagt. Plötzlich bin ich total ausgerastet und hab ihm den Revolver in die Fresse gerammt.»

«Und was ist dann passiert?»

«Die Leute haben wie verrückt geschrien. Bis ich schließlich kapiert hab, was ich da trieb. Ich hab Angst vor mir selber bekommen. Scheißangst. Am nächsten Tag bin ich hierher nach Tomelilla gefahren und hab Ragnhild den Revolver gegeben.»

«Ragnhild?»

«Ja, also, eine alte Lehrerin von mir, die unten am Marktplatz wohnt. Es war wohl eher 'ne verrückte Idee. Aber ich hab mir gedacht, dass sie ihn vielleicht gebrauchen könnte. Zur Selbstverteidigung gewissermaßen. Es laufen ja 'ne Menge schräger Typen herum ...»

Er verstummt und zuckt resigniert mit den Schultern.

«Eigentlich hätte ich ihn schon längst in den See werfen sollen.»

Ein letztes Mal spürt er das Gewicht in der Hand. Dann katapultiert er den Revolver in hohem Bogen aufs Wasser hinaus. Sie stehen still am Ufer und verfolgen den Flug der Waffe durch die Luft, bis sie die Wasseroberfläche durchbricht und in der Tiefe verschwindet. Mit dem schicksalsträchtigen Gefühl, sich an einem Wendepunkt zu befinden, lauschen sie dem Echo des Platschens und betrachten die Wellen, die kreisförmig gegen die Steine plätschern. Als jegliche Spuren verschwunden sind, wischt sich Robin mit seinem Pulliärmel übers Gesicht.

«Und wie ist es mit dem Scheißkerl in der Kneipe weitergegangen?»

«Ich hab ihn mit ’ner geraden Rechten zu Boden gestreckt», antwortet Mike glucksend und legt seinem Sohn den Arm um die Schultern.

Ohne Eile schlendern sie wieder hinab zum Pfad. Hoch über ihren Köpfen ziehen die Raben wachsam ihre Kreise. Wie schwarze Schatten unter einem Himmel, der inzwischen knallblau ist. Von den Wolken sind nur noch kleine Wattebäuschchen übrig geblieben. Die Vögel krächzen freundlich.

«Maria …», murmelt Robin vor sich hin.

Mike drückt seine Schulter und lächelt.

«Wir hatten vor, dich auf den Namen Jesus zu taufen», sagt er und stellt das am Boden liegende Fahrrad auf. «Du bist ja am Heiligabend geboren. Aber als wir deine hässliche Visage sahen, haben wir uns anders entschieden.»

«Blödmann!»

«Los, spring auf den Gepäckträger, dann fahren wir nach Hause.»

Die kranke Kastanie beugt sich trauernd über das Steinhaus. Neben der maroden Fassade steht der Bärenklau reglos da. Zwei schmutzige Figuren, die auf einem rostigen Damenfahrrad an der Mauer der alten Schmiede vorbeischlingern, scheinen die letzten Gäste des Begräbnisses zu sein.

Schon von weitem erblicken sie die Autos. Die Polizei ist also offensichtlich aufgekreuzt. Es war auch nichts anderes zu erwarten. Vorsichtig, um sich nicht zu früh zu zeigen, lehnen sie das Fahrrad gegen den Pfosten des Gartentors und schleichen über den Kiesweg. Auf der Steintreppe bleiben sie stehen und bürsten sich, so gut es geht, den eingetrockneten Lehm von den Kleidern. Spucken in die Hände und wischen sich den Schmutz von den Wangen. Dann öffnet Mike die Tür zu Bubblekings Haus.

Der Erste, auf den sie treffen, ist Roine Lind, der in seinen weißen Frotteesocken gerade aus dem Wohnzimmer getapst kommt. Er sieht ganz blass aus.

«Ich habe leider eine traurige Nachricht», sagt er.

Sie blicken ihn verständnislos an.

«Roland ist tot.»

Es fühlt sich an, als hätte jemand Mike mit dem Hammer einen Schlag in die Magengrube versetzt. Ihm weicht unmittelbar die Luft aus den Lungen, und seine Beine verlieren von einem Moment zum anderen jegliche Kraft. Er wankt im Flur umher, halb blind von etwas Klebrigem, das ihm aus den Augen rinnt. Alles um ihn herum beginnt sich zu drehen, als sitze er in einem Karussell, das in rasender Geschwindigkeit herumwirbelt. Dort steht Robin, dort rauscht Roine vorbei, und im Wohnzimmer neben dem Weihnachtsbaum mit den schimmernden Plastikkugeln erkennt er die Bullen. Verzweifelt sucht er nach einem Halt, der dem Schwindel ein Ende setzen könnte, und schließlich gelingt es ihm, sich am Pfosten des massiven Treppengeländers festzuklammern.

«Ich habe gehört, dass Gunborg Anzeige bei der Polizei erstattet hat, und bin, so schnell ich konnte, hergeeilt, um mit Robin zu reden. Schließlich trage ich ja eine gewisse Verantwortung für ihn. Als ich ankam, war die Polizei schon hier», plappert Roine nervös drauflos.

«Und wo ist er?», stöhnt Mike. «Wo ist Rolle?»

«Er liegt oben in seinem Bett», antwortet jemand hinter seinem Rücken.

Die helle Jungenstimme lässt Mike erstarren. Björn Bernhardsson steht unmittelbar hinter ihm und fixiert ihn mit dem Blick.

«Er hat sich das Leben genommen», fährt der Kommissar mit kühler Stimme fort. «Hat sich eine ganze Apotheke mit Tabletten eingeworfen.»

Mike ballt die Fäuste. Er mustert einen nach dem anderen in der kleinen Schar, die sich um ihn herum im Flur versammelt hat. Dann stürzt er die Treppe hinauf.

Rolle sieht friedlich aus, wie er, die Hände über seinem gewaltigen Bauch gefaltet, daliegt. In gewisser Weise majestätisch. Bubbleking hat seinen letzten Seufzer getan und sieht tatsächlich glücklich aus. Das rotkarierte Flanellhemd ist bis zum Hals zugeknöpft, und seine spärlichen Haarsträhnen sind fein säuberlich gekämmt. Die weißen Cherubim schweben an seiner Seite. Rolle lächelt mit geschlossenem Mund und Augen, die bis auf einen schmalen Spalt unter dem linken Augenlid ebenfalls geschlossen sind. Mike kommt es vor, als sei er mitten in einem Zwinkern erstarrt.

«Die Techniker der Rechtsmedizin sind gerade gegangen», informiert ihn Eva Ström, die in der Türöffnung steht. «Jetzt warten wir nur noch darauf, dass sie ihn in die Pathologie bringen. Es geht in Ordnung, wenn Sie ... Abschied nehmen wollen.» Dann hört er ihre Schritte auf der Treppe.

Mike weiß nicht, was er tun soll. Tief in seinem Inneren ist er keineswegs erstaunt. Es ist, als hätte er die ganze Zeit schon geahnt, dass es geschehen würde, auch wenn diese Vorahnung nicht bis in sein Hirn vorgedrungen war.

Robin hat sich an seine Seite geschlichen, gibt jedoch keinen Ton von sich. Der Junge atmet stoßweise und drückt sich fest an ihn, als hätte er Angst, plötzlich mit dem Toten allein gelassen zu werden.

Was hätte Rolle getan, wenn ich statt seiner da liegen

würde?, fragt sich Mike. Jedenfalls keine Psalmen gesungen. Vielleicht hätte er aus all seinen Büchern, die er in seinem verrückten Schädel abgespeichert hatte, einen alten Griechen zitiert. Oder eine stilvolle Rede gehalten, inspiriert von einem französischen Philosophen. Doch Mike kennt sich weder mit Büchern noch mit Reden aus … Tja, was sagt man da?

«Adieu, alter Freund», murmelt er vor sich hin und klopft dem Toten auf die Wange.

Auf der Treppe hinunter zum Erdgeschoss begegnet er zwei Sanitätern in gelben Westen. Sie nicken respektvoll und eilen dann an ihm vorbei. Unten steht Bernhardsson und wartet. Er hat seinen Trenchcoat an die Garderobe gehängt. Mit seiner finsteren Miene und dem dunklen Anzug könnte man ihn glatt für einen Bestattungsunternehmer halten.

«Wir hatten vor einer Weile einen Leichenspürhund im Haus», sagt er mit böswilligem Blick.

«Aha …»

«Er hat ziemlich deutlich angeschlagen. Unten im Keller neben der Gefriertruhe. Haben Sie eine Erklärung dafür?»

Mike antwortet nicht. Er schaut den Kommissar mit leerem Blick an und sieht etwas ganz anderes vor sich. Rolle, der sein massiges Hinterteil über dem Gesicht des tiefgefrorenen Journalisten platziert und ihn mit seinen hundertachtzig Kilo wie einen krummen Nagel geradebiegt. Mike kann nicht umhin zu lächeln.

«Was gibt es denn da zu grinsen?», zischt ihn Bernhardsson an.

«Ach nichts.»

«Sie wissen, was das für einen Kerl mit Ihrem Ruf bedeutet? Eine Leiche im Haus des berüchtigten Gewalttäters Mike Lorne Larsson. Denn es ist ja wohl Ihr Haus, oder? Mir erscheint der Fall jedenfalls sonnenklar. Wie haben Sie ihn umgebracht? Ihm eine Kugel in die Stirn gejagt? Oder haben Sie ihn einfach erschlagen?»

Der klein gewachsene Kommissar hat vor lauter Aufregung Mühe stillzustehen. Er wippt mit seinen schwarzen glänzenden Schuhen auf und ab und durchbohrt Mike geradezu mit seinem Blick.

«Nun sagen Sie es schon! Denken Sie doch wenigstens an Ihren eigenen Sohn. Gestehen Sie, damit man nicht ihm die Schuld in die Schuhe schiebt. Sie sind es ja gewöhnt, im Knast zu sitzen, und der Junge hat es offenbar viel besser ohne Sie.»

Obwohl Mike versteht, dass seine Worte bewusst darauf abzielen, ihn zu verletzen, schneiden sie ihm wie Messerstiche ins Herz. Eigentlich stimmt es ja auch, denkt er in einem Augenblick der Schwäche. Robin hat es besser ohne mich. Wenn ich einfach die gesamte Schuld auf mich nehme, kommt er ungeschoren davon. Eine Runde im Knast kann ich ja noch drehen, danach komm ich wieder raus, und dann können Robin und ich wieder zusammenziehen, und dann …

Schließlich kommt ihm der Gedanke an Sune. An Robin, der sich geweigert hat, da unten im dunklen Keller zu weinen. Nein, nie mehr darf so etwas geschehen! Aber Mike ist müde. So entsetzlich müde, dass es ihm nicht einmal mehr wie sonst an den Schläfen kribbelt. So erschöpft, dass er nicht mal Lust verspürt, dem giftigen Kommissar eins auf die Fresse zu geben. Er wirft Robin einen bekümmerten Blick zu. Der Junge ist ihm wie ein Hundewelpe nachgelaufen, seit sie das Haus betreten haben.

Als er gerade den Mund öffnen will, räuspert sich Eva Ström.

«Vielleicht möchten Sie das hier lesen», sagt sie und hält ihm einen weißen Papierbogen hin.

Bernhardsson wirft seiner Kollegin einen irritierten Blick zu.

Mike schaut sie erstaunt an.

«Was ist das?»

«Ein Brief», antwortet sie. «Ein Brief an Sie oder möglicherweise auch an uns, ich weiß es nicht genau. Er hat ihn wohl geschrieben, bevor er all die Pillen in sich hineingestopft hat.»

Mikes Hand zittert ein wenig, als er das Papier entgegennimmt. Rolles Handschrift ist leicht wiederzuerkennen. Sie ist elegant und verschnörkelt wie immer, aber diesmal sind die Schleifen und Grundstriche der Buchstaben etwas unregelmäßig. Er scheint es eilig gehabt zu haben.

An all diejenigen, die weiterleben

Das Leben ist kurz und grausam. Ich leide seit einer gewissen Zeit an einer ernsten Krankheit. Leberzirrhose, oder Schrumpfleber, wie die weniger ehrenhafte Bezeichnung lautet. In der letzten Zeit sind unheilbare Komplikationen hinzugekommen. Als ich das letzte Mal im Krankenhaus in Ystad war, das war im September, gaben mir die Ärzte noch vier Monate zu leben. Es würde also mit anderen Worten sowieso bald Zeit werden.

Dass ich mein Leiden jetzt verkürze, hat einen besonderen Grund. Auf meine letzten jämmerlichen Tage verspüre ich keine Lust, mich in Haft oder mit ermüdenden Polizeivernehmungen herumzuquälen. Deshalb teile ich jetzt allen mit, was geschehen ist: Vor ein paar Wochen klopfte ein Mann an meine Tür. Er stellte sich als Lokalreporter Nils Ek vor. Er trat sehr bedrohlich auf und warf mit boshaften Behauptungen über Robin um sich, den ich nahezu als meinen eigenen Sohn betrachte. Darüber hinaus forderte er Geld in einer Art und Weise, die einer Erpressung gleichkommt. Ich wurde sehr böse, und es kam zu einem Handgemenge, während dessen ich ihn von mir stieß, sodass er nach hinten fiel und mit dem Kopf auf der Steintreppe aufprallte. Als ich feststellte, dass er tot war, wurde ich von Panik ergriffen und versteckte ihn in der Gefriertruhe in meinem Keller. Am letzten Wochenende beschloss ich, mich der Leiche endgültig zu entledigen. Ich habe mir Mikes Auto geliehen (Mike war auf Geschäftsreise im Baltikum), packte die Leiche in den Kofferraum und fuhr zum Steinbruch außerhalb von Övraby. Wenn sie inzwischen keiner herausgefischt hat, liegt sie immer noch eingewickelt in Maschendraht auf dem Grund. Ich möchte unterstreichen, dass weder Robin noch Mike von dieser Begebenheit etwas wissen.

Ein Engel bin ich nie gewesen – aber ich sterbe mit erleichtertem Herzen.
Auf Ehre und Gewissen
Roland Andersson

Als Mike fertiggelesen hat, hebt er den Blick und schaut die beiden Polizisten an. Er bemerkt, wie Robin ihm den Brief aus der Hand nimmt. Langsam geht ihm auf, was Rolle in den letzten Minuten seines Lebens gedacht haben muss.

«Sie machen den Eindruck, als wüssten Sie nicht, dass er krank war», sagt Eva Ström abwartend.

«Nein, ich hatte keine Ahnung.»

«Ist das nicht merkwürdig? Ich meine, Sie standen sich doch ziemlich nahe.»

Der Anflug eines schlechten Gewissens überkommt Mike. Die Luft im alten Steinhaus wird plötzlich dünn.

«Rolle ist … er war etwas eigensinnig.»

«Tja, die Diagnose werden wir natürlich im Krankenhaus von Ystad kontrollieren», sagt Eva Ström nachdenklich.

Plötzlich reißt Bernhardsson Robin den Brief aus der

Hand und wedelt drohend mit ihm in der Luft herum wie ein Verfechter des Jüngsten Gerichts, der gerade ein Pornoheft von einem Konfirmanden beschlagnahmt hat.

«Dieser Brief beweist gar nichts! Andersson nimmt ganz klar die Schuld auf sich, damit sein Freund unbehelligt bleibt. Er lügt. Sie waren es, Mike, der den Journalisten erschlagen hat, und Sie können Gift darauf nehmen, dass ich Sie drankriegen werde.»

«Beruhig dich, Björn», sagt Eva Ström und wirft ihrem wutschnaubenden Chef einen kühlen Blick zu.

Dann wendet sie sich an Mike.

«Erzählen Sie uns, was Sie über den Brief wissen.»

Bevor Mike antworten kann, erhebt Robin eifrig die Stimme.

«Es stimmt, was Rolle geschrieben hat. Wir haben hier keinen Journalisten gesehen, Mike und ich. Und am Wochenende war Mike unterwegs. In Litauen. Das müssen Sie doch mit dem Fährunternehmen checken können, oder?»

Er schnäuzt sich heftig und blickt Eva Ström mit weit aufgerissenen klaren Augen an.

«Wenn jemand eine Treppe hinunterfällt, muss es noch lange kein Mord sein», sagt sie leise geradewegs in die Luft, als dächte sie im Stillen nach. «Vielleicht war es nur Unbedachtsamkeit. Man ist wütend und stößt jemanden von sich, ohne die Absicht, ihn umzubringen. Fahrlässige Tötung nennen die Juristen das. Oder es war ganz einfach ein Unfall.»

Für eine Sekunde ist Mike versucht, ihr in die Falle zu gehen. Dann entschließt er sich, eine bekümmerte Miene aufzusetzen.

«Rolle lügt nicht. Ich wusste nichts von diesem Journalisten, nicht die Bohne. Und Robin auch nicht. Da bin ich mir ganz sicher, denn ansonsten hätte er es mir sicher erzählt.»

«Verdammt nochmal!», platzt es aus Bernhardsson heraus,

der plötzlich krebsrot im Gesicht ist. «Glauben Sie ja nicht, dass Sie hier stehen und mir geradewegs ins Gesicht lügen können. Ich bin seit dreißig Jahren Polizist, und ich weiß, wie Schurken wie Sie ticken. Sie werden niemals gestehen, und wenn Sie bis zu den Ohren in der Scheiße stehen ... Aber ich nagele Sie schon noch fest!»

Einen kurzen Moment wirkt es, als wäre der Kommissar aus dem Konzept gekommen. Er wendet sich hastig Eva Ström zu, doch die scheint inzwischen nur noch Interesse für die Spinnenweben an der Deckenlampe übrig zu haben. Sie murmelt etwas Unhörbares vor sich hin. Bernhardsson kratzt sich irritiert hinterm Ohr.

«Auf jeden Fall aber haben Sie sich durch Widerstand gegen die Staatsgewalt schuldig gemacht. Sie haben zwei Polizisten misshandelt, die ich zu Ihrer Überwachung in der Zeitungsredaktion abgestellt hatte. Dafür kann ich Sie festnehmen.»

«Ich wäre mir da nicht so sicher, Björn», wendet Eva Ström ruhig ein. «Ich bezweifle nämlich, dass unsere beiden lieben Kollegen eine Zeugenaussage machen wollen. Als ich heute Morgen mit ihnen sprach, war ihnen das Ganze eher etwas peinlich. Ich fürchte, die Polizei würde in einem Prozess ziemlich lächerlich aussehen.»

Schließlich ist ein diskretes Hüsteln zu hören. Roine Linds Wangen färben sich rot, als alle ihre Aufmerksamkeit auf ihn richten. Er klickt die Spitze seines Kugelschreibers, mit dem er sich Notizen gemacht hat, ins Gehäuse zurück und klemmt ihn sorgfältig an den Rand seines Notizblocks.

«Als Repräsentant des Sozialamts möchte ich mich natürlich nicht in die Arbeit der Polizei einmischen», beginnt er. «Aber als verantwortliche Person für Robins Wohl muss ich dennoch darauf hinweisen, dass es von großem Nachteil für den Jungen wäre, wenn sein Vater in dieser schweren Stunde von ihm gerissen würde. Soweit ich es beurteilen kann, liegen keine Beweise dafür vor, dass Mike ein schweres Verbrechen begangen hätte. Da ist es doch das Beste, wenn wir Vater und Sohn gemeinsam ihre Trauerarbeit an Roland Andersson, dem Freund der Familie, bewältigen lassen.»

Im Flur herrscht lange Zeit Schweigen.

Mike wirft dem Sozialarbeiter ein schiefes Lächeln zu und bekommt ein aufmunterndes Nicken zur Antwort. Robin hält die Luft an.

«Tja, so könnte man das Ganze eigentlich zusammenfassen», sagt Eva Ström schließlich mit einer gewissen Unbefangenheit in der Stimme.

«Zum Teufel nochmal!», schreit Bernhardsson und tritt so fest gegen den Pfosten des Treppengeländers, dass er eine schmerzhafte Grimasse nicht unterdrücken kann.

Dann dreht er hastig zwei Runden auf dem verschlissenen Flurteppich, bevor er mit wütendem Blick stehen bleibt.

«Sie!», zischt er und deutet mit dem Finger auf Mike.

Er wird vom Klingeln seines Handys unterbrochen. Irritiert steckt er die Hand in seine Innentasche und fischt es heraus. Er meldet sich mit einem Knurren und hört dann eine ganze Weile zu, ohne eine Miene zu verziehen. Nach einigen kurzen Gegenfragen beendet er das Gespräch und blickt Eva Ström mit starren Gesichtszügen an. Schließlich nimmt er die Kollegin ein Stück zur Seite und flüstert ihr etwas ins Ohr.

Sie pfeift durch die Zähne.

Dann wendet sich der Kommissar an Mike, als sei ihm gerade ein Gedanke gekommen.

«Sie kennen doch Boris' Schrottfirma, nicht wahr?»

Erneut richten sich alle Blicke auf Mike. Er schluckt unmerklich und versucht sich den Kloß in seinem Hals nicht anmerken zu lassen. Vielleicht ergreift ihn nur deswegen nicht die Panik, weil er viel zu müde ist. Jedenfalls gelingt es ihm, einen kühlen Kopf zu bewahren, und den braucht er jetzt auch.

«Boris? Ja, ich bin mehrfach für ihn eingesprungen. Kenn ihn nicht besonders gut. Aber ich hab am Wochenende 'nen Lastwagen aus Klaipeda für ihn abgeholt. Wieso?»

«Er wurde heute Nacht erschossen. Sein ganzes Büro ist verwüstet.»

«Oh, verdammt», bringt Mike hervor und bemüht sich, nicht allzu überrascht zu klingen. Er schüttelt langsam den Kopf. «Tja, es wundert mich nicht besonders. Hab schon geahnt, dass der Kerl Probleme hat ...»

«Und wo waren Sie selber heute Nacht?», fragt Bernhardsson, der den Eindruck macht, als würde er neue Hoffnung schöpfen.

«Tut mir leid, Sie enttäuschen zu müssen.» Mike lächelt. «Aber ich hatte ein Date. Amela heißt die betreffende Dame. Hab die ganze Nacht zusammen mit ihr verbracht. Und wenn Sie mir nicht glauben, kann ich Ihnen ihren Namen und die Telefonnummer geben.»

«Haben Sie sich etwa bei ihr so eingesaut?»

Der Kommissar betrachtet die lehmverschmierte Erscheinung vor sich abschätzig. Mike lacht geniert und wischt sich mit einer durchtriebenen Geste etwas Staub vom Hosenbein.

«Na ja, wir haben uns etwas eingesaut, als wir heute Morgen draußen waren und Vögel beobachtet haben. Robin und ich sind nämlich Ornithologen geworden. Das ist unser gemeinsames Hobby. Als Vater und Sohn. Ich hab ihn in aller Herrgottsfrühe geweckt. Wenn man ganz seltene Arten beobachten will, muss man nämlich früh raus und darf nicht davor zurückschrecken, in den Büschen herumzukriechen. Wir haben übrigens eine Kornweihe gesehen. Circus cyaneus auf Latein.»

Für einen Augenblick sieht es aus, als erleide Bernhardsson eine Hirnblutung. Er öffnet den Mund, bringt aber nur ein mattes Keuchen hervor.

«Aber ich kann Ihnen einen Tipp geben», sagt Mike nachdenklich. «Bei Boris arbeitet 'n Kerl, der Jokso heißt. Zwielichtiger Typ. Ehrlich gesagt, richtig unangenehm. Wenn ich Bulle wär, würde ich ihn mir vorknöpfen.» Er lächelt wohlwollend.

Doch Bernhardsson scheint seine Hilfsbereitschaft nicht zu schätzen. Er sieht eher aus, als hätte er vor, Mike auf der Stelle zu erwürgen.

«Jokso ist ebenfalls tot», schnaubt er. «Die Jugos scheinen heute Nacht eine richtige Vendetta da draußen veranstaltet zu haben.»

«Oha!», stößt Mike aus.

Bernhardsson wirft ihm einen vernichtenden Blick zu.

«Kontrollier sein Alibi!», zischt er Eva Ström zu.

Dann macht er auf dem Absatz kehrt, stürzt nach draußen und knallt die Haustür hinter sich zu.

«Auf Wiedersehen, Knirps!», murmelt Mike und winkt ihm halbherzig hinterher.

Genau in dem Moment kommen die Sanitäter schnaufend und stöhnend die Treppe herunter. Zwischen sich tragen sie eine Bahre, auf der ein riesiger unförmiger Leib mit einem Laken überdeckt liegt. Die Männer schwanken angesichts ihrer Last und gehen besorgniserregend in die Knie. Sie brauchen eine ganze Weile, um sie hinunter in den Flur zu bugsieren.

«Warten Sie!», ruft Robin aus.

Flink wie ein Eichhörnchen flitzt er zum Weihnachtsbaum im Wohnzimmer, und nach ein paar Sekunden ist er wieder zurück.

«Er ist schwer ...», keucht der vordere Sanitäter.

«Du musst dich beeilen», stöhnt sein Kollege in Robins Richtung.

Ohne Notiz von ihnen zu nehmen, geht Robin auf die Bahre zu und schlägt das Laken zur Seite. Rolle sieht unwirklich aus, wie er so daliegt. Fast wie eine große Puppe, die aus Marzipan oder Hefeteig geformt ist. Seine Hände sind immer noch über dem roten Flanellhemd gefaltet.

Vorsichtig bewegt Robin die steifen Finger des Toten, bis die Plastikkugel wie eine Wahrsagerkugel vor seinen geschlossenen Augen liegt. In der durchsichtigen Schale baumelt ein kleiner Engel an einem Faden.

Als die Sanitäter mit dem dahingeschiedenen Bubbleking in Richtung Tür schwanken, spürt Mike eine Hand in der seinen. Robin steht dicht neben ihm.

«Er hat gesagt, dass er dein Schutzengel sein will», flüstert er so leise, dass nur Mike es hören kann.

EPILOG

Der Frühling ist zeitig gekommen. Bereits Ende März verbreitet die Sonne eine Wärme, die den Nebel über Land und Meer vertreibt. Das Wasser der Ostsee glitzert blau und freundlich.

Mike Larsson füllt seine Lungen mit Sauerstoff und blickt in Richtung Horizont hinaus.

Die M/S Ewigkeit hält, was der Alte versprochen hat. Greger Kling sitzt zusammen mit den anderen auf dem Achterdeck in einem Liegestuhl und scheint es zu genießen, nicht selbst am Steuer stehen zu müssen. Er war ziemlich erstaunt, als Mike eine Plastiktüte mit Geldscheinen hervorholte und den halben Preis in bar bezahlte. Der Motor tuckert gleichmäßig, und der Schlepper teilt die Wassermassen so geschmeidig unter sich wie ein Schwertwal.

Kling war einverstanden, mit dem Preis etwas herunterzugehen, weil Mike ebenfalls die Werkstatt am Kai übernommen hat. Schiffsmotoren reparieren und die Touristen im Sommer zum Dorschfischen aufs Meer hinausfahren. Es gibt weitaus schlechtere Jobs.

Und es sieht sogar danach aus, als würde noch ein wenig Geld übrig bleiben, nachdem das Haus verkauft ist. Rolle hat es natürlich seinem einzigen Freund vererbt. Der Teelichtfabrikant Malcolm B. Andersson würde sich wahrscheinlich auf dem Friedhof zwischen all den Maden in seinem Grab umdrehen, wenn er wüsste, dass sein Erbe an einen ehemaligen Knastbruder mit einer Seeräuberschute geht.

«Hast du den anderen schon von Gudriksen erzählt?», ruft Mike durch die offen stehende Tür des Ruderhauses.

«Von wem?» Kling wirkt erstaunt.

«Von dem Seeräuber. Der sich im Hafen von Curaçao herumgetrieben und Öltanker aus Venezuela gekapert hat.»

«Ach der. Ja, das war ein Abenteurer, das könnt ihr mir glauben ...»

Ragnhild scheint die Geschichte gerne hören zu wollen. In drei Decken hat sie sich gehüllt und dazu noch eine rote Mütze tief über ihre grauen Locken gezogen. «Stell dir vor, Mike, dass ich auf meine alten Tage noch einmal aufs Meer hinauskomme», gurrte sie wieder und wieder, als sie aus Simrishamn ausliefen.

Roine Lind war anfänglich etwas blass um die Nase. Er hatte sich gefreut, als Mike ihn gefragt hatte, ob er Lust auf einen Bootsausflug auf dem Meer hätte. Als hätte ihn noch nie zuvor jemand so etwas gefragt. Jetzt zögert er ein wenig, als Kling ihm einen Schnaps zum Kaffee anbietet. Dann nickt er, lässt den alten Aufschneider einschenken und nimmt schlürfend einen Schluck, bevor er mit dem Becher im Schoß wieder in seinen Liegestuhl zurücksinkt.

Hin und wieder wirft Mike einen Blick über die Schulter nach hinten. Bisweilen hört er, was die anderen sagen, mitunter erfasst der Wind ihre Worte und weht sie übers Meer hinaus. Aber was er aufschnappt, reicht ihm allemal.

«Stimmt das, Papa?»

Robin steht neben ihm im Türrahmen zum Ruderhaus.

«Was denn?»

«Das mit dem Seeräuber. Der 'ne Likörfabrik auf Curaçao gekauft hat.»

Mike zuckt unbekümmert mit den Achseln.

«Woher soll man wissen, ob es wahr ist oder nicht? Ist doch 'ne gute Geschichte, oder?»

Robin schaut ihn lange an.

«Darf ich mal fahren?», fragt er dann.

«Klar», antwortet Mike und tritt zur Seite.

Das Steuerrad ist von den verschiedenen Seemannspranken über die Jahre hinweg blankgeschliffen und abgegriffen. Seeräuber. Wodkaschmuggler. Tja, warum nicht?

Hin und wieder muss Robin immer noch an den kleinen Mann denken, den sie in Maschendraht gewickelt im Steinbruch versenkt haben. Und manchmal kommt es ihm vor, als wäre es nie geschehen, als sei alles nur ein böser Traum gewesen. Aber die Polizei hat die Leiche schließlich herausgefischt, also muss wohl etwas dran sein.

Die Eidechse von Kommissar hat noch ein paar Versuche unternommen, Mike dranzukriegen, allerdings ohne Erfolg. Rolles Geständnis stand ja schließlich im Brief.

Jetzt hüten sie ihr Geheimnis nur noch zu zweit. Mike und Robins stillschweigender Pakt. Das, was geschehen ist, ist geschehen.

«Denk nie wieder, dass es deine Schuld war», hat Mike ihm ein ums andere Mal eingetrichtert. Und inzwischen kommt es nicht mehr so oft vor, dass der Reporter oder Sune nachts in Robins Kopf herumgeistern.

«Halt ein wenig Kurs gegen den Wind», rät ihm Mike, während er eine Hand auf dem Steuerrad über die seine legt.

Die Wunde an Robins Daumen ist seit langem verheilt. Lediglich ein kleiner weißer Strich ist zurückgeblieben. Dass er mit von der Partie war, als sie beim Araber die Scheiben eingeschlagen haben, musste er schließlich eingestehen. Kenny, der schon älter war, ist in einem Heim gelandet. Er hatte eine Menge Dreck am Stecken. Aber Roine hat ihnen eine wohlwollende Bescheinigung darüber ausgestellt, dass der Vandalismus auf dem Marktplatz geschah, bevor Mike das Sorgerecht für seinen Sohn übernommen hat, und dass es zweifellos das Beste für Robin sei, von nun an bei seinem leiblichen Vater zu wohnen.

Roine ist in Ordnung, auch wenn er wie ’ne Memme aussieht, denkt Robin. Dann schweifen seine Gedanken zu Linda ab.

Amela döst in ihrem Liegestuhl vor sich hin. Die Sonne brennt ihr auf der Wange, und auch Greger Klings Schnaps tut seine Wirkung. Ab und an tauchen all die alten Erinnerungen wieder in ihrem Kopf auf; sie kann es nicht verhindern. Adnan wäre inzwischen ein erwachsener Mann. Manchmal, wenn sie die Augen schließt, sieht sie ihn immer noch über den Platz rennen.

Sie ist froh darüber, endlich Ragnhilds Rat gefolgt zu sein und eine Vertretungsstelle an der Schule angenommen zu haben. Es war leichter, als sie gedacht hatte, wieder vor den Schülern an der Tafel zu stehen und ihnen englische Vokabeln beizubringen. Die Kinder hier sind ja nicht anders als die zu Hause. Und es tut ihr nicht mal mehr weh, von zu Hause zu sprechen. Zu Hause kann ja mehr als ein Ort auf der Welt sein.

Als sie die Augen aufschlägt, sieht sie Mike und Robin vorn im Ruderhaus stehen. Und ich habe geglaubt, er sei gefährlich, geht es ihr durch den Kopf. So viel Güte in einem einzigen Mann.

Die Polizei hatte ihr natürlich Fragen zu seinem Alibi gestellt. Ob sie sich an diesem Abend tatsächlich getroffen hätten. «Ja, es war unsere erste Liebesnacht», antwortete sie ohne das geringste Zittern in der Stimme. Dann las sie in der Zeitung darüber, wie die Serben in Spjutstorp sich die Vendetta des Jahrzehnts geliefert und sich gegenseitig umgebracht hatten. Amela schaudert bei dem Gedanken an all das Blut. Und sie denkt, dass Mike ihr in dieser Nacht das Leben gerettet hat.

Sie steht langsam auf und geht nach vorn. Schlingt die Arme um seinen Bauch und bohrt ihr Gesicht in seinen Nacken. Mike lacht, als sie zärtlich in die verblichene Tätowierung beißt.

Ganz sicher würde Amela eine gute Mutter für seinen Spross abgeben, denkt er im Stillen. Aber er sagt nichts.

«Dass du die ganze Knete in einer Plastiktüte gefunden hast, Papa», murmelt Robin über die Schulter nach hinten.

«Psst … nicht so laut», flüstert Mike und schielt unruhig zu Roine Lind hinüber.

Gedankenverloren lässt Amela ihre Finger durch den Wuschelkopf gleiten, den sich der Junge seit dem vergangenen Herbst hat wachsen lassen.

Dann stehen sie alle drei da und schauen aufs Meer hinaus. Robin mit beiden Händen am Steuerrad. Mike und Amela unmittelbar hinter ihm. Ein lauer Wind streicht durch die offene Tür herein. Es riecht nach Meer und Tang und ganz schwach nach altem Öl und Teer. Der Motor tuckert leise, an Deck hören sie jemanden lachen, und hoch über der M/S Ewigkeit kreischen die Möwen.

«Larus canus», sagt Mike, während er ihrem Flug mit dem Blick folgt. «Ich hab alle Namen gepaukt, als ich in meiner Zelle saß. Hab ein Kreuz für jeden Vogel in mein Buch gemacht, den ich durchs Fenster sah. Hab mir die Zeichnung ihres Gefieders eingeprägt. Wo sie nisten und wie viele Junge sie bekommen. Wie sie gleiten, rütteln und wie ihr Sturzflug funktioniert. Alles.»

Er sieht Amela an.

«Verrückt, oder?»

Ihr Haar kitzelt ein wenig an seiner Wange.

«Überhaupt nicht», antwortet sie und schüttelt den Kopf. «Ganz und gar nicht verrückt.»

Mike atmet tief ein.

Alle, die ich liebe, sind bei mir, denkt er.
Hier und jetzt, ganz nahe.
Wäre doch nur Rolle auch mit dabei.